D1522706

1

LA DERNIÈRE RÉVÉLATION

LES AVENTURES D'ULYSSE VIDAL
Vol. III

FERNANDO GAMBOA

PREMIÈRE PARTIE

Le journal

1

Le tunnel était plongé dans les ténèbres.

En partie inondé d'une eau sombre et nauséabonde qui montait jusqu'aux genoux, il semblait ne pas avoir de fin.

Au-delà, tout n'était qu'obscurité.

Une obscurité insondable, palpable et collante comme du mazout.

J'étais seul, j'avais froid.

Et peur.

J'avançais sans but entre les humides murs de pierre du souterrain, à peine plus large que mes épaules, brandissant une torche qui n'éclairait pas beaucoup plus loin que le bout de mon bras tendu.

Dans cet espace oppressant, le silence était si absolu que le bruit de ma respiration saccadée rebondissait sur les parois comme un écho, et chacun de mes pas arrachait à l'eau noire et fétide un clapotement tumultueux qui devait s'entendre à des kilomètres à la ronde.

Mon cœur battait la chamade.

J'avais la bouche sèche.

J'étais en nage.

Un frisson remonta ma colonne vertébrale jusqu'à la base de la nuque.

Une sensation qui dépassait la simple perception m'avait fait m'arrêter brusquement en retenant mon souffle.

J'attendis quelques secondes, immobile, l'oreille aux aguets. Mais je ne discernais que ce silence frémissant, aigu, tendu comme une corde de violon sur le point de se rompre.

Un silence aussi profond que peu naturel.

Un silence menaçant.

Un silence mauvais.

Il y eut comme un friselis étouffé, à peine audible, derrière moi.

Je regardai aussitôt en arrière, mais l'étroitesse du couloir ne me laissait pas me tourner pour l'éclairer de ma torche.

Je scrutai l'obscurité par-dessus mon épaule, mais il n'y avait rien.

Le bruit étrange avait été comme un chuchotement lointain, à la limite de la perception. Je l'avais à peine entendu que je doutai déjà de sa réalité.

Contenant ma respiration, je ne bougeai pas, guettant autre chose, n'importe quoi, pour confirmer que je n'étais pas le jouet de mon imagination.

Mais rien ne se passa.

Le corridor que j'avais laissé derrière moi demeurait aussi muet et lugubre que celui qui s'étirait devant. Des galeries mortes, abandonnées, où j'étais le premier homme à m'aventurer depuis des milliers d'années.

Et pourtant, je n'étais pas seul.

Il y avait là autre chose.

C'était indéfinissable. Comme une présence maligne qui imprégnait tout, qui était partout, et qu'il m'était néanmoins impossible d'appréhender.

Le souffle suspendu, je restais encore quelques secondes dans la même position, la tête tournée vers l'arrière. Les battements de mon cœur me martelaient les tympans et la sueur coulait sur mes tempes.

Je ne voyais toujours rien, je n'entendais absolument rien.

Je respirai à fond, exhalant l'air trop longtemps retenu ; je passai une langue rêche sur mes lèvres desséchées et me remis en marche.

J'allais plus vite à présent, presque avec hâte.

Un instinct atavique et irrationnel m'assurait qu'il y avait là-dessous *quelque chose*, qui me suivait furtivement.

Pas après pas, la peur se répandait en moi comme une flaque d'huile. J'étais soudain certain que je ne parviendrais pas à sortir vivant de ces souterrains, que quelque chose se rapprochait à toute vitesse, quelque chose de pervers et d'indéfinissable.

Je me mis à courir, mais j'avais du mal à avancer dans cette eau qui semblait épaissir pour mieux me retenir.

Encore ce chuchotis derrière moi, comme des rats murmurants. Mais plus près.

Sans m'arrêter, je regardai de nouveau en arrière, par-dessus mon épaule, sachant que je ne verrais rien que cette noirceur sans fond.

Instinctivement, je pressai encore le pas, luttant pour écarter de mon esprit la terrible certitude que quelque chose s'approchait. Un être qui défiait l'imagination, décidé à m'attraper, à faire de moi la victime d'un acte effroyable, pire que la mort.

Le bruit se répéta une troisième fois, accompagné d'un crissement âpre de pierre griffée.

Tenaillé par l'angoisse, je n'avais plus le courage de me retourner pour affronter le néant. C'était une terreur si profonde, si viscérale, que je craignais de perdre le contrôle de mes membres et de rester paralysé, à la merci de la chose qui me pourchassait.

Je courais, la torche tendue devant moi telle une baguette magique pour faire fuir les fantômes. Mais j'ignorais toujours où j'allais, ne voyant guère plus loin qu'un mètre ou deux dans cette ombre qui paraissait avaler la lumière.

C'est alors qu'une bouffée pestilentielle m'assaillit les narines tandis que je distinguais nettement le halètement d'une créature de grande taille, derrière moi, à courte distance.

Comprenant que je ne pouvais plus fuir, je m'arrêtai et fis demi-tour, ma torche brandie comme une épée en criant « non ! » de toute la force de mon désespoir.

Mais, cette fois encore, il n'y avait rien.

Le souffle court, ma torche oscillant entre mes doigts tremblants, je restai un long moment à attendre le monstre qui allait jaillir de l'obscurité. J'étais décidé à le regarder droit dans les yeux avant qu'il en finisse avec moi. À ne pas le laisser me surprendre par-derrière.

Mais le démon n'apparut point. J'étais seul.

Je me passai la main sur le visage, essuyant la sueur née de l'effort et de la peur. La respiration agitée, le pouls affolé, l'angoisse imprégnant toutes mes pensées.

Étais-je en train de devenir fou ? Avais-je été la proie d'hallucinations ? J'étais absolument certain d'avoir entendu quelque chose, mais le fait était là : devant moi, il n'y avait rien ni personne. Ni homme, ni monstre, ni démon. Rien.

Je m'accordai le temps nécessaire pour retrouver mon calme, pour que mes pensées s'éclaircissent. Je pris une profonde inspiration, j'expirai de même, puis, avec une ébauche de sourire qui se moquait de moi-même et de mes frayeurs imaginaires, je me retournai afin de poursuivre mon chemin.

Il était là.

La créature se dressait à deux mètres devant moi, comme une ombre gigantesque emplissant le tunnel. La lumière chiche de la torche se reflétait sur la peau noire, huileuse, permettant tout juste de discerner le torse puissant, les bras interminables prolongés par des griffes acérées, les épaules larges et solides qui soutenaient une tête vaguement humaine quoique considérablement allongée, et une face où luisaient d'un éclat féroce deux yeux injectés de sang, chargés d'une haine qui n'était pas de ce monde.

Incapable de remuer un muscle, je fixais cet être venu tout droit des enfers.

Je savais que j'étais sur le point de mourir. Qu'il n'y avait aucune issue.

Et, confirmant ce sombre présage, le démon ouvrit sa gueule horrible, montrant ses crocs immenses et pointus, prêts à me saisir.

En cette seconde qui précédait ma fin, je fus subitement envahi d'un calme inattendu et je consacrai mes dernières pensées à invoquer les visages de Cassie, de ma mère, du professeur Castillo et de tous ceux que j'aimais et que je n'allais jamais revoir.

Alors, la créature balança la tête en arrière, elle fléchit ses muscles et, d'un bond prodigieux, elle se jeta sur moi dans un rugissement.

Je hurlai de toutes mes forces.

Le monstre ouvrit la bouche.

« Monsieur Vidal. »

La bête m'appelait monsieur ?

« Ulysse, dit-elle en élevant la voix. Cela suffit. »

Non seulement le monstre connaissait mon nom, mais il s'exprimait aussi avec un accent argentin assez déconcertant.

« Ulysse ! » cria-t-il.

D'un coup, j'ouvris les yeux.

Je n'étais plus dans un tunnel obscur, mais dans une pièce à l'éclairage tamisé, au plafond haut et blanc orné d'une rosace où était suspendu un luminaire vintage éteint.

Je battis des paupières et mes yeux se posèrent sur des murs couverts d'étagères pleines de livres, de diplômes et de photos d'inconnus.

Où était la réalité ? Avant, ou maintenant ?

Mon cerveau mit encore quelques secondes à s'y retrouver.

Sur ma gauche, une pluie d'automne tambourinait les vitres de la fenêtre, et le jour plombé de l'après-midi éclairait à peine l'homme qui m'observait d'un air préoccupé.

« Vous allez bien ? », s'enquit le docteur Martinez, psychiatre de profession et argentin par vocation. Ou était-ce le contraire ?

C'était un homme jeune, peut-être un peu trop, mais avec le regard franc de ses yeux en amande et sa voix narcotique, il avait été le premier à obtenir une certaine amélioration. Modeste et irrégulière, certes, mais au moins, je ne me réveillais plus chaque nuit en hurlant et trempé de sueur. Désormais, ça n'arrivait plus que de temps en temps.

J'en étais déjà à ma troisième séance avec lui. Dans la pénombre de son cabinet, étendu sur ce divan à l'odeur de cuir coûteux, je revenais sans cesse dans les souterrains de la Cité noire pour y affronter mes monstres familiers. Le jour où je parviendrai à les vaincre dans mon souvenir, assurait le thérapeute, ils seraient également vaincus dans mes rêves, et cesseraient alors de provoquer les terreurs nocturnes qui me hantaient depuis notre retour d'Amazonie.

Je me passai la main sur le front. Il était mouillé.

C'était encore parti en vrille.

« Vous voulez un verre d'eau ? demanda le médecin avec un geste vers la carafe posée sur son bureau.

— Non, merci, répondis-je, réalisant en même temps que j'avais la bouche sèche. Ou plutôt, si. Parce que je ne crois pas que vous ayez une bière fraîche, n'est-ce pas ? »

Un léger sourire incurva les lèvres du psychiatre.

« Que vous ayez envie de plaisanter est bon signe, affirma-t-il. Vous évoluez très bien, Ulysse.

— Bien ? répétai-je en portant une main à mon cœur. Vacherie, j'ai encore des palpitations !

— Lors de la première session de régression, au cas où vous ne vous en souviendriez pas, vous êtes resté muet et le regard dans le vague pendant dix minutes. Que vous soyez en train de bavarder avec moi maintenant est une amélioration notable, croyez-moi.

— Si vous le dites.

— Je le dis, confirma-t-il. Nous devons insister jusqu'à ce que nous ayons atteint la racine du problème afin de l'arracher comme une mauvaise herbe, et l'empêcher de repousser. Je vous attends la semaine prochaine.

— C'est-à-dire… je ne suis pas certain de pouvoir venir, la semaine prochaine.

— Très bien, fit-il en sortant son iPhone de sa poche. Je note un rendez-vous pour dans quinze jours ?

— Euh… Je vous appellerai, si vous le voulez bien. »

Le médecin sembla sur le point de me rappeler combien il est important d'avoir de la constance comme il le faisait après chaque séance, mais il se contenta de hocher la tête et remit son portable dans sa poche.

Le problème était que je ne pouvais pas me permettre les cent euros de l'heure que coûtait la thérapie. Depuis plusieurs mois, nous arrivions tout juste à manger et à payer nos frais fixes ; alors, même si Cassie persistait à affirmer que mon traitement était prioritaire, il grevait vraiment trop notre budget. Ma santé mentale devrait attendre.

Lorsque je rentrai chez moi ce soir-là, après un travail de dernière minute dans les eaux froides et sales du port de Barcelone – réparer l'hélice d'un yacht russe trop pressé d'appareiller – Cassandra était déjà au lit avec un livre.

Avec ses boucles blondes ramassées en une amusante queue de cheval et mon vieux tee-shirt de Bruce Springsteen qui lui arrivait aux genoux en guise de chemise de nuit, elle me paraissait la vision la plus enchanteresse de la journée.

Ma dévotion pour elle ne s'était pas affaiblie d'un iota depuis le jour où je l'avais vue pour la première fois sur le pont du *Midas*, alors que nous sillonnions la mer des Caraïbes à la recherche du trésor perdu des Templiers.

Mille ans semblaient s'être écoulés depuis lors.

« Salut !

— *Quihubo* », sourit-elle avec chaleur, et ses yeux verts me firent oublier mes déboires. « Comment ça a été, au port ?

— Merveilleux, dis-je en m'asseyant au bord du lit pour lui donner un long baiser. L'eau était chaude, les poissons, multicolores, et des dauphins jouaient tout autour de moi.

— C'était si mal que ça ? fit-elle avec une grimace en saisissant au quart de tour. J'aurais pu aller t'aider. »

Je secouai la tête. Nous en avions déjà discuté. Cassie avait beau être une archéologue sous-marine expérimentée, elle n'avait pas les diplômes nécessaires pour pouvoir travailler avec moi. Écoper d'une amende ou d'une suspension de ma licence professionnelle était bien la dernière chose dont nous avions besoin.

« Et la thérapie ?

— Bien. Un peu mieux chaque jour », répondis-je sans entrer dans les détails ni l'informer que je n'y retournerais pas. Je n'avais pas la force d'en discuter encore une fois.

Un sourire chaleureux étira ses lèvres.

« Génial ! Je suis tellement contente, mon amour, se réjouit-elle en caressant du bout des doigts ma barbe de trois jours.

— Oui, c'est fantastique. » Je détournai les yeux pour éviter qu'elle ne lise dans mes pensées. « Si ça ne te fait rien, je vais prendre une douche pour me réchauffer avant de venir au lit.

— Ça marche, je t'attends ici », dit-elle avec un clin d'œil en tapotant la couverture de son livre.

Je restai plus longtemps que prévu sous le jet réconfortant. Il me fallut une bonne demi-heure pour être enfin débarrassé du froid qui me glaçait jusqu'aux os et de l'odeur d'huile de moteur et de poisson qui m'imprégnait la peau.

Lorsque je sortis de la salle de bain, Cassie s'était endormie, la main posée sur le bouquin qui s'était refermé à côté d'elle.

J'hésitai un instant à me coucher. Mais, si j'étais fatigué, je n'avais pas encore vraiment sommeil et je savais bien que me retourner dans mon lit était la pire chose que je puisse faire.

Prenant soin de ne pas la réveiller, j'enlevai le livre, j'éteignis la lumière et j'approchai ma bouche de son front. Sa respiration régulière révélait qu'elle dormait déjà depuis un bon moment.

« Je t'aime », soufflai-je en l'embrassant doucement, savourant la senteur fruitée de ses cheveux.

Je regardai ma montre : il n'était pas encore minuit. Avec précaution, je pris ma liseuse sur la table de nuit et allais dans le salon, disposé à lire devant la chaîne de télé-achat en attendant que le fuyant Morphée daigne me rendre visite.

2

Une heure plus tard, lassé de faire du zapping entre de vieux westerns et les astrologues de la nuit, je finis par éteindre la télé et balancer la télécommande à l'autre bout du sofa, comme si c'était une chaussette sale et puante.

Je me levai pour aller prendre mon Kindle que j'avais laissé sur la table quand mes yeux se posèrent sur mon ordinateur portable. Pendant un instant, ma main s'immobilisa en l'air, indécise quant à sa destination. Avec un claquement de langue, je fis ce que je m'étais promis d'éviter.

Je m'assis sur une chaise, ouvris l'ordinateur et pressai le bouton pour l'allumer.

Tandis qu'il se mettait en marche et que le logo de Windows apparaissait à l'écran, j'évoquai cette journée, deux semaines plus tôt, où j'avais reçu un appel du professeur qui m'informait avec enthousiasme qu'il avait été invité à participer à une populaire émission télévisée. Il s'avérait que l'histoire de notre aventure dans la forêt amazonienne, au cours de laquelle nous avions trouvé les ruines de la Cité noire, était parvenue aux oreilles d'une société de production.

Bien évidemment, les producteurs n'avaient pas considéré tout d'un coup que la découverte d'une civilisation millénaire inconnue était subitement devenue un sujet porteur, mais leur grille de programmes du mercredi soir avait été affectée par l'annulation inopinée d'une star adolescente de la musique pop et il avait donc fallu couvrir de toute urgence une demi-heure d'interview d'une célébrité ; quelqu'un avait dû voir la photo d'Eduardo Castillo dans l'un des rares médias régionaux qui avaient parlé de notre aventure.

Car, contrairement à ce que nous avions présumé à notre retour en Espagne, le récit de nos aventures en Amazonie n'avait pratiquement intéressé personne. Nous avions survécu par miracle en fuyant avec ce que nous avions sur le dos, mais nous n'avions pas de preuve tangible de notre incroyable découverte, à l'exception du vieux journal d'un officier nazi dont nous aurions été bien en peine de démontrer l'authenticité. Par la suite, si quelque publication scientifique ou archéologique nous mentionnait, ce n'était que pour mettre en doute notre récit, voire nous accuser directement d'avoir inventé cette histoire fantastique pour attirer l'attention.

Ni la longue carrière de professeur médiéviste d'Eduardo ni l'expérience professionnelle de Cassie en archéologie sous-marine n'avaient servi de rien. Cela avait été plutôt le contraire. Si nous n'avions été que des amateurs racontant une histoire extraordinaire à propos de cités perdues dans la jungle, de mercenaires et de monstres cauchemardesques, il y aurait eu quelqu'un pour se demander quelle était la part de vérité dans ce récit. Mais, paradoxalement, Cassie et Eduardo étant des experts chacun dans son domaine, le monde académique leur avait tourné le dos, les accusant d'être des charlatans et une honte pour la communauté scientifique. Du jour au lendemain, conspués et montrés du doigt par le milieu universitaire et les chercheurs, ils avaient su que leurs carrières respectives étaient brisées.

Eduardo Castillo perdit tous ses privilèges d'ancien professeur, et même des amis de longue date commencèrent à l'éviter, de peur que leur relation ne les fasse soupçonner d'imposture eux aussi. Pour Cassie, ce fut encore pire : affublée d'un écriteau qui disait « fraudeuse » aussi criard qu'une alarme de supermarché, plus aucun projet d'archéologie sous-marine ne voulut l'engager. Pas même comme simple assistante.

La découverte qui les promettait à une renommée mondiale s'était convertie en une malédiction qui avait mis un terme brutal à leur carrière.

Néanmoins, le professeur ne rêvait que de divulguer la nouvelle que l'histoire des civilisations humaines remontait plus loin qu'on ne le croyait, et de défendre sa réputation mise à mal. Il n'avait donc pas hésité à accepter l'invitation à participer à l'émission, en dépit des avertissements que Cassie et moi lui avions prodigués.

« Les gens doivent savoir ce que représente notre découverte ! argumentait-il avec véhémence. Quand aurons-nous une autre occasion de passer à la télé à l'heure du *prime time* pour parler de ce qui nous est arrivé en Amazonie ? Je ne peux pas refuser ! »

En réalité, si, il le pouvait. Mais naturellement il n'en fit rien. De sorte que, ce fameux mercredi à vingt-deux heures, Cassie et moi nous étions installés devant la télé pour le voir apparaître dans l'émission *La*

Madriguera, avec sa veste de tweed, son nœud papillon et son air distrait, sur un plateau éclairé de projecteurs fulgurants, entouré de danseuses et en compagnie d'un type déguisé en lapin.

L'ordinateur avait fini de démarrer, et en deux clics je me retrouvai sur la page de YouTube où la chaîne avait mis en ligne la retransmission complète.

Je sautai les chansons, les danses et le concours de lancement de poulets en caoutchouc, pour avancer au point où le vieux professeur prenait place aux côtés du présentateur.

La musique originale d'*Indiana Jones* vint remplacer les rythmes électroniques comme fond sonore, les lumières s'atténuèrent et, dans une ambiance subitement intimiste, le présentateur – un petit bonhomme appelé Paco Botos, qui arborait un bouc et une perpétuelle moue railleuse – rapprocha sa chaise de celle d'Eduardo.

« Merci d'être ici ce soir, professeur Castillo, dit-il avec un sérieux inattendu après une brève introduction. M'autoriserez-vous à vous appeler Eduardo ?

— Oui, bien sûr, répondit ce dernier, que les caméras rendaient visiblement nerveux.

— Très bien, Eduardo. Alors, dites-moi : qu'avez-vous trouvé exactement, en Amazonie ? »

Le professeur s'éclaircit la gorge.

« Eh bien, en réalité, ce n'est pas moi qui l'ai découvert. Son découvreur légitime fut le colonel Percy Fawcett qui, en mille neuf cent vingt-cinq...

— Oui, oui, l'interrompit l'autre avec un geste. Mais c'est vous qui l'avez véritablement découvert. Christophe Colomb n'a pas été le premier à atteindre l'Amérique, mais c'est pourtant lui qui est considéré comme l'ayant découverte, n'est-ce pas ?

— Je suppose que l'on peut le voir ainsi. Mais, quoi qu'il en soit, je n'étais pas seul. Le mérite en revient à plusieurs personnes qui...

— Hum... intéressant. Dites-nous-en plus sur ce lieu. »

Le professeur cilla, faisant un effort pour s'adapter au rythme de l'interview.

« Eh bien... il s'agit d'un gisement archéologique de...

— Un gisement ? C'est-à-dire, des ruines ?

— Oui. Enfin, non. Son isolement l'ayant préservé de toute intervention humaine, ce gisement précis se trouve en très bon état.

— C'est ce que j'allais vous demander. J'ai entendu dire que toute cette cité en ruines… Comment l'avez-vous baptisée, au fait ? »

Eduardo secoua la tête.

« Nous ne l'avons pas baptisée du tout. Les indigènes de cette région l'appellent la Cité noire.

— D'accord. Il semblerait que le gouvernement brésilien ait interdit l'accès dans ce secteur, alléguant que les indigènes sont sur le pied de guerre en raison de la construction d'un barrage. De fait, personne n'a pu corroborer vos dires, et vous n'avez pas non plus fourni de preuves d'aucune sorte. Par conséquent… il pourrait s'agir d'une mystification, n'est-ce pas ? Nombreux sont ceux qui vous accusent d'avoir inventé cette histoire pour venir sur mon plateau et devenir célèbre. »

Le vieil ami de mon père cligna des yeux avec perplexité derrière les verres épais de ses lunettes.

« Pardon ? »

Ce fut tout ce qu'il réussit à dire ; son visage était l'image même de l'incrédulité.

Le sourire moqueur du présentateur s'élargit et il lui tapa sur l'épaule.

« Je plaisante ! » Faisant un geste vers sa droite, il se tourna vers le public et tout le studio éclata de rire. « Excusez-moi, Eduardo. Ici, nous aimons bien rigoler, allégua-t-il sans cesser de s'esclaffer. Cette Cité noire est engloutie, je crois ? »

Le professeur mit quelques secondes à répondre, posant sur le petit malin un regard scrutateur.

« Pas exactement. Par chance, nous sommes parvenus à interrompre l'inondation du barrage et les eaux sont en train de baisser, de sorte que non seulement nous avons sauvegardé le gisement, mais la tribu des Menkragnotis pourra conserver les terres que… »

Un ricanement incrédule l'interrompit.

« Mancanoti ? Mais… ce n'est pas un acteur porno italien ? »

Éclat de rire général dans le public.

« Menkragnotis, rectifia le professeur avec un grand sérieux. C'est l'une des tribus les plus anciennes et les moins connues de l'Amazonie.

— Vous voulez dire, des Indiens, non ? Avec des pagnes et des plumes sur la tête ? » Et d'ajouter, d'un air faussement inquiet : « Et personne n'a fini dans une marmite ?

— Dans une marmite ? Mais qu'est-ce que vous racontez ?

— Je crois qu'il ne veut pas parler de cela, chuchota le présentateur en aparté. Vous ne trouvez pas qu'il a un peu de ventre, pour quelqu'un qui a été perdu en Amazonie ? »

Déconcerté, l'intéressé posa une main sur son estomac.

« Je… nous… », bafouilla-t-il.

Aussitôt, l'animateur reprit les rênes de l'interview.

« Alors, cette Cité noire, cher Eduardo, qu'a-t-elle de spécial ?

— C'est… il s'agit d'une ville fondée il y a plus de dix mille ans », exposa le professeur, qui recouvrait son sang-froid dès lors qu'il pouvait parler de ce qui le passionnait. « Elle a été édifiée par une civilisation inconnue. Une civilisation antérieure a toutes celles que nous connaissions.

— Plus ancienne que les Égyptiens ?

— Plus ancienne que l'Égypte, que Sumer, ou toute autre civilisation humaine que vous pourriez mentionner. »

L'animateur se frotta le menton en silence, dans une pose affectée de penseur.

« Je vois, finit-il par dire. Et quel est le nom de cette fabuleuse et si vieille civilisation ?

— Eh bien… à dire vrai, nous ne le savons pas avec certitude, bredouilla le professeur décontenancé. Mais nous croyons que c'est quelque chose comme Les Premiers… ou Les Anciens.

— Les Anciens ? s'écria son interlocuteur en se tapant sur la cuisse. Sérieux ? Excusez-moi, mais on dirait une blague. Quelle civilisation pourrait se donner un tel nom ? C'est comme si je décidais de me faire appeler Paco Botos Le Beau ! »

Le public se mit à rire, et les rires redoublèrent quand l'histrion se leva et tourna sur lui-même comme un mannequin en séance photo, avant de se rasseoir en faisant des mines devant la caméra.

« Sauf que ce serait vrai, dans ce cas, vous ne croyez pas ? » Et, se retournant subitement vers Eduardo, il lui fit un clin d'œil : « Qu'est-ce que vous en pensez ? Vous ne trouvez pas que je suis beau ? »

Le professeur restait la bouche ouverte comme un poisson hors de l'eau, sans pouvoir émettre un son, littéralement muet de stupéfaction.

« Pourtant, d'après ce que j'ai entendu dire… » reprit le présentateur. Il avait baissé la voix, et la lumière des projecteurs s'était encore atténuée. « … dans cette Cité noire, vous avez aussi découvert quelque chose de terrible… » Il marqua une pause théâtrale. D'horribles créatures… des êtres appelés morcegos. »

Les projecteurs s'éteignirent. Seul un réflecteur éclairait les deux hommes sur le plateau plongé dans l'obscurité.

Le professeur tourna la tête de tous côtés, surpris de se voir soudain enveloppé de ténèbres ; la main en visière, il regarda vers la lumière, puis vers l'animateur, qui affichait une grimace qui se voulait terrifiante.

« Les morcegos… des créatures sanguinaires… nous… elles… », dit-il d'une voix sourde en frémissant. Ses yeux bleus fixèrent le sol tandis que son esprit rétrocédait dans le temps et l'espace.

Le présentateur prit sa main, dans un élan de pitié inattendue.

« Je crois que des gens sont morts », murmura-t-il, comme au confessionnal.

Le professeur hocha la tête.

« Et parmi ces gens, quelqu'un qui vous était très proche », ajouta Botos.

Eduardo serra les lèvres et, le visage assombri, il baissa les yeux.

« Ma fille, Valéria. Les morcegos… », dit-il d'une voix à peine audible. Il avala sa salive, examinant ses mains comme si ce souvenir s'était trouvé gravé dans les lignes de sa paume. « Je… je n'ai pas pu la sauver. »

Un murmure de compassion s'éleva du public.

Le professeur leva les yeux et le zoom de la caméra s'approcha assez pour permettre de distinguer les larmes prêtes à couler du coin de ses yeux.

Je ne pus en voir davantage.

Je fermai l'ordinateur avec rage, au risque de l'endommager.

« Misérable ! » grognai-je en secouant la tête avec colère, les yeux fermés.

Cette prétendue interview se prolongeait encore vingt minutes, durant lesquelles l'animateur traitait mon vieil ami comme une bête de foire. Il en faisait la cible de ses mots d'esprit, il le faisait parler des moments les plus terrifiants vécus dans la jungle, le forçant à se remémorer ce qu'il avait eu tant de mal à laisser derrière lui.

Il n'y eut pas une seule question pertinente sur la Cité noire, sur ce que nous y avions découvert ou sur ses implications transcendantes.

Sans aucun scrupule, Paco Botos s'était limité à disséquer, exhiber et fouler aux pieds l'âme tourmentée de mon ami, dans le simple but de divertir le public présent ainsi que quatre millions de téléspectateurs.

Il ne pouvait y avoir qu'un qualificatif pour désigner ce misérable personnage :

« Fils de pute », répétai-je, la mâchoire crispée.

Je respirai à fond, me levai et retournai m'allonger sur le sofa. J'allumai mon Kindle, décidé à me concentrer sur les pages d'un roman jusqu'à ce que ma mauvaise humeur soit passée.

3

Le lendemain matin, l'arôme suave du café frais me tira du sommeil aussi sûrement que l'eût fait la sonnerie d'un gong à quelques centimètres de mon oreille.

« Bonjour », sourit Cassie lorsqu'elle me vit ouvrir les yeux. Elle était vêtue d'une chemise à moi et tenait à la main une tasse fumante. « Je constate que tu as quand même réussi à dormir un peu.

— On dirait, grognai-je d'une voix pâteuse en me redressant péniblement sur le sofa. Quelle heure est-il ?

— Presque dix heures.

— Il est tard.

— Je n'ai pas voulu te réveiller plus tôt. Café ? ajouta-t-elle en s'asseyant à côté de moi.

— Merci. »

Acceptant la tasse, je le goûtai longuement. Il était fort, avec du miel et une pointe de cannelle.

« Tu t'es couché très tard ?

— Aucune idée, avouai-je entre deux gorgées. Je crois que le jour se levait quand j'ai fini par sombrer.

— Tu l'as encore regardée, pas vrai ? demanda-t-elle.

— Quoi ? »

Elle fit un geste en direction de l'ordinateur portable ouvert sur la table :

« Tu as laissé YouTube ouvert, à la page de cette putain d'interview. Pourquoi as-tu regardé encore une fois cette maudite vidéo ? Tu ne réussis qu'à te mettre de mauvaise humeur pour rien.

— C'est plus fort que moi. Chaque fois que j'y pense... » Mes doigts se serrèrent autour de la tasse. « L'horreur. Les morts. Tout ce que nous avons traversé... pour que le premier crétin venu se permette d'en plaisanter. »

Cassie secoua la tête et posa une main apaisante sur mon bras.

« N'y pense plus. C'est comme ça, la télé. Dans quelques jours, plus personne ne se souviendra de cette stupide émission. Ça ne vaut pas la peine de te mettre en colère. »

Cessant de regarder mon café, je rencontrai les prunelles d'émeraude de la Mexicaine et je capitulai :

« Tu as raison. Oublions ça.

— C'est mieux ! sourit-elle. Nous ferions bien de nous bouger. Nous avons beaucoup à faire avant une heure.

— Que se passe-t-il, à une heure ? » m'étonnai-je en plissant les paupières.

L'archéologue soupira et leva les yeux au ciel avant de répondre.

« Je ne peux pas croire que tu aies oublié ! Ta mère et le professeur viennent déjeuner. C'est toi qui les as invités la semaine dernière.

— On est déjà dimanche ? » demandai-je, sincèrement surpris.

Cassie poussa un nouveau soupir et se mit debout.

« Range le salon, moi j'irai nettoyer la salle de bain. Ensuite, nous ferons la cuisine.

— Attends, Cassie, l'interrompis-je en levant la main.

— Quoi ?

— Qu'est-ce que tu as sur le menton ?

— Sur le menton ? » Elle le toucha et voulut aller se regarder dans le miroir de la salle de bain.

« Attends, répétai-je en lui attrapant le poignet et me plaçant debout devant elle. Laisse-moi voir. »

La jeune femme saisit immédiatement ma ruse puérile, mais quand elle essaya de filer, mes bras entouraient déjà sa taille.

« Lâche-moi, Ulysse, protesta-t-elle. Nous avons beaucoup de choses à faire avant que… »

Mes lèvres s'écrasèrent sur les siennes, l'empêchant de finir sa phrase.

« On a le temps, affirmai-je en glissant les mains sous sa chemise pour découvrir avec jubilation qu'elle était nue dessous.

— Pas maintenant… », ronronna-t-elle.

Écoutant plus le son de sa voix que les mots qu'elle prononçait, je redessinai de la bouche la ligne de sa mâchoire, atteignit le cou que je mordillai doucement avant d'y déposer des baisers qui lui arrachèrent un soupir de plaisir. Mes doigts descendirent le long de son dos et se refermèrent sur ses fesses. Je la pressai contre mon corps pendant que mes lèvres remontaient jusqu'à son oreille pour s'acharner sur le lobe innocent orné d'un minuscule bijou rouge en forme d'étoile de mer.

« Ulysse… », gémit-elle en guise de protestation.

Sans répondre, je la soulevai et la portai jusqu'au sofa où je la déposai.

Elle resta allongée telle une Vénus, les mains au-dessus de la tête et un sourire de désir flottant sur les lèvres. Ses cheveux emmêlés retombaient sur son visage et dessinaient sur la chemise le contour sensuel de ses seins, soulignant les pointes érigées qui tendaient le tissu. Le vêtement ne couvrait qu'à peine son mont de vénus, laissant à découvert les longues jambes à la peau si douce qui s'achevaient sur des pieds graciles, bien que cachés ce matin-là dans de grosses chaussettes de laine.

Je sentis mon désir pour cette femme si belle s'emparer de moi, et je n'eus besoin que d'un clin d'œil mutin de sa part pour m'abandonner dans le havre plein de promesses de son corps.

Trois heures plus tard, on frappait à la porte. J'allai ouvrir et me trouvai face à un regard bleu que je connaissais bien, derrière ses lunettes à l'épaisse monture d'écaille. Le professeur Castillo avait déjà ôté son manteau, qui pendait sur son avant-bras gauche, et sous ses cheveux blancs, ses yeux se plissèrent lorsqu'il sourit.

« Salut, lança-t-il avec la familiarité propre aux amis de longue date.

— Salut, prof. Comment allez-vous ? m'enquis-je en lui donnant l'accolade.

— Très bien, merci. Je ne suis pas en retard, j'espère ?

— Vous êtes juste à l'heure, répondis-je en m'effaçant pour le laisser passer. Le déjeuner est presque prêt. »

Après avoir suspendu son manteau, le professeur pénétra dans le minuscule salon de mon appartement sous les toits. Cassie et ma mère étaient assises à table. Avec sa robe Desigual et la monture jaune vif de ses lunettes, ma mère était une île multicolore échouée dans mon salon. Sa garde-robe éclatante formait un contraste étonnant avec les rides qui témoignaient des soixante et quelques printemps qu'elle avait fêtés le mois précédent. Levant les yeux, elle regarda par-dessus ses lunettes celui qui avait été un grand ami de mon père avant de devenir le mien et, non sans une certaine froideur, elle le salua poliment.

« Bonjour, Eduardo.

— Bonjour, Teresa. »

Les sourcils maternels s'étaient légèrement froncés. Mais, bien que très loin d'être chaleureux, cet échange civilisé était presque un événement dans leur relation.

Depuis des années, ma mère reprochait au professeur d'avoir causé la mort de mon père, disparu dans un accident de la circulation alors qu'il était allé étudier le retable d'une antique église des Pyrénées pour rendre service à Eduardo.

L'unique coupable de cet accident était une plaque de verglas sur la route, mais toute la rage de ma mère s'était focalisée sur le vieux professeur d'histoire médiévale, responsable subsidiaire. Elle avait persisté dans cette attitude jusqu'à notre retour d'Amazonie, lorsqu'elle avait appris qu'Eduardo y avait subi à son tour une perte irréparable.

Était-ce par compassion, par compréhension, ou parce qu'elle se sentait coupable de lui avoir si longtemps souhaité du mal ? Mais les manières de ma mère envers Eduardo s'étaient adoucies nettement depuis lors. Ce n'était pas le grand amour pour autant : elle le considérait également responsable d'une bonne part des problèmes dans lesquels je m'étais fourré depuis le jour où je lui avais montré certaine vieille cloche de bronze que j'avais trouvée, incrustée dans un récif des eaux honduriennes. Mais elle tolérait sa présence, et le professeur avait même réussi à lui arracher un sourire en quelques occasions.

« Vous voulez boire quelque chose avant de déjeuner ? demanda Cassie en se levant.

— Rien pour moi, merci, déclara ma mère.

— Moi, je prendrais bien un Martini, dit Eduardo. Tu en as ?

— Bière ou tequila seulement, répondit Cassie en haussant les épaules avec un sourire.

— Si je bois une tequila maintenant, je roulerai sous la table avant le dessert, affirma Eduardo en s'asseyant. Mieux vaut une bière.

— Ce sera deux, fis-je avec un clin d'œil à l'adresse de la Mexicaine avant de m'asseoir à mon tour. Alors, maman, tes valises sont prêtes ?

— Il reste encore dix jours avant mon départ. Je n'ai pas autant de vêtements.

— Vous partez en voyage ? demanda Eduardo.

— En croisière. Un mois dans les Caraïbes, avec des amies.

— Fichtre ! Ce sont de sacrées vacances.

— Je les ai bien méritées. Il y a des années que je n'ai pas voyagé, et puis, à mon âge, je ne me vois pas partir avec un sac sur le dos.

— Ne dites pas cela, protesta le professeur en secouant la tête. Vous êtes superbe.

— Merci », fit ma mère.

Elle fixa Eduardo pendant un instant. J'aurais été incapable de dire s'il y avait dans son regard un peu plus que de la reconnaissance pour ce compliment.

« Et cette nouvelle exposition, Teresa ? demanda Cassie tandis qu'elle ouvrait le réfrigérateur. Ulysse m'a dit que ce sera quelque chose d'important.

— Je n'en dirais pas tant, dit ma mère avec une modestie que démentait son sourire de fierté. Une petite galerie de Gracia m'a proposé d'exposer mes œuvres pendant deux semaines, en avril, en échange d'une commission sur les ventes, bien entendu. Mais ils se chargeront de la promotion, de la publicité et de l'organisation du vernissage. Ils m'ont assuré que des critiques et la presse y assisteront.

— Génial ! C'est fantastique ! s'écria Cassie en distribuant les Coronita sans s'oublier.

— Félicitations, ajouta le professeur.

— C'est incroyable, n'est-ce pas ? déclarai-je. Hier encore tu suivais des cours, et regarde-toi maintenant : tu montes une exposition.

— En réalité, je peignais déjà avant ta naissance, précisa-t-elle, un doigt en l'air. C'est juste que j'avais laissé cela de côté, jusqu'à ce que ton père… » Ses yeux se posèrent rapidement sur Eduardo, et elle poursuivit : « Bref, j'avais abandonné mes pinceaux. Mais il semble que le talent était toujours là.

— Là ? Où ça ?

— Va au diable ! », répliqua-t-elle. Et, regardant Cassie à sa gauche, qui portait sa bouteille à sa bouche, elle lui demanda avec une désolation feinte : « Tu vois ce que le sort m'a donné pour fils ? Il a fallu qu'il soit tout le portrait de son grand-père ! »

La jeune archéologue interrompit son geste et, la Coronita à un centimètre de ses lèvres, elle demanda :

« À son grand-père ? Ulysse ne m'en a jamais parlé, affirma-t-elle en se tournant vers moi.

— Mon père. Un sacré bonhomme, se remémora ma mère avec un sourire. C'était un homme incroyable, et sa vie, un vrai roman. Mais, d'après ma mère, il n'était pas facile à vivre. Il était capitaine de vaisseau et il…

— Maman, l'interrompis-je. S'il te plaît, ne commence pas avec les guéguerres de grand-père.

— Tu vois ? » Son doigt accusateur me désignait. « Je ne comprends pas comment tu peux le supporter.

— Je ne comprends pas non plus, renchérit Cassie en levant les yeux au ciel tout en prenant une gorgée de bière. Il ne fait que me donner des migraines. »

Avant que mon cerveau ne puisse l'éviter, ma langue me trahit et rétorqua du tac au tac :

« Ce n'est pas ce que tu disais il y a un instant, quand on jouait au docteur.

— Ulysse ! » fulmina l'archéologue en me fusillant du regard.

Le professeur faillit recracher sa bière par les narines.

Ma mère posa la main sur le bras de Cassie.

« Ne t'inquiète pas, ma chérie. Je suis vieille, mais je ne suis pas une prude. Il n'est pas facile de me scandaliser.

— Vous, peut-être pas, mais moi si, déclara Cassie en secouant la tête. Ces choses-là ne se mentionnent pas en public, mec. Et encore moins en présence de ta mère.

— D'accord, d'accord, m'excusai-je, les mains en l'air. Je ne… »

Avant que j'aie fini ma phrase, la sonnette de l'entrée vrombit comme un bourdon de cinquante kilos.

« Sauvé par le gong, fis-je avec un sourire narquois en me levant.

— Qui est-ce ? s'informa le professeur. Nous attendons quelqu'un d'autre ?

— C'est le déjeuner. J'espère que vous avez envie de cuisine mexicaine.

— Vous avez commandé un repas mexicain à livrer ? demanda ma mère à Cassie avec étonnement. Pourquoi ne l'avez-vous pas préparé vous-même ? Les fajitas de la dernière fois étaient délicieuses.

— Merci. Mais c'est que... ce matin, nous étions un peu distraits... », entendis-je Cassie expliquer derrière moi avec une pudeur manifeste.

Une demi-heure plus tard, nous avions fait un sort aux tacos au poulet, *quesadillas* et autres nachos au fromage qui constituaient notre déjeuner. Les bières fraîches étant nécessaires pour soulager la brûlure du piment, nous en étions tous à notre deuxième ou troisième Coronita et bavardions d'abondance, riant comme des fous à la moindre bêtise.

« Et tu te souviens de ce ver qui s'était mis sous la peau du professeur ? demandai-je à Cassie. Comment s'appelait-il déjà ?

— Un *sotuto*, répondit-elle avec une grimace de dégoût. La façon dont Iak l'a extirpé en sifflant était incroyable.

— En sifflant ? s'étonna ma mère en regardant Eduardo comme pour qu'il le lui confirme.

— En effet. Mais avant cela, votre fils chéri m'avait charcuté l'épaule à la pointe du couteau.

— J'essayais de vous ôter cette bestiole du mieux que je pouvais ! me défendis-je en brandissant un nacho. Ce n'était pas drôle pour moi non plus. Pas totalement, en tout cas, ajoutai-je avec un sourire.

— Enfant de..., s'indigna l'historien.

— Eh ! Je suis là ! bondit l'intéressée.

— Oh, pardon. Je ne... »

Cassie éclata d'un rire strident, qui devait plus au taux d'alcool qu'elle avait dans le sang qu'à autre chose, mais cela eut le mérite d'interrompre les excuses maladroites du professeur.

Le rire est contagieux et toute la tablée finit par s'esclaffer. Le calme revenu, personne ne savait plus très bien ce qu'il y avait eu de si amusant.

Je repris une gorgée de bière, puis demandai :

« Alors, prof, dites-moi : comment s'est passée la semaine ? Y a-t-il eu des nouveautés ?

— Des nouveautés ? »

Il réfléchit un instant, comme si l'alcool lui rendait le concept difficile à appréhender.

« Eh bien… oui. En fait, il y a eu deux choses. Max a de nouveau appelé.

— Encore ? s'étonna Cassie.

— Trois fois, en réalité. »

Je secouai la tête, incrédule.

« Mais ce type-là ne comprend donc pas quand on lui dit "non" ?

— Je crois surtout qu'il n'y est pas habitué, remarqua le professeur d'un air résigné.

— Qu'il apprenne, alors, grognai-je. La prochaine fois, dites-lui qu'il m'appelle et je me ferai une joie de lui expliquer un concept ou deux. »

Ma mère nous regardait l'un après l'autre, puis, n'y tenant plus :

« Peut-on savoir de qui vous parlez ? Qui est ce Max, et pourquoi vous téléphone-t-il ? »

J'hésitai à la mettre au courant, mais Cassie me prit de vitesse.

« Il s'agit de Maximilian Pardo. Depuis que nous avons rendu public le récit de la Cité noire, il n'arrête pas de téléphoner au professeur et insiste pour le voir. »

Les yeux de ma mère s'ouvrirent comme des soucoupes.

« Maximilian Pardo ? répéta-t-elle, incrédule, avec un sourire nerveux qui faisait trembler le coin de ses lèvres. *Le* Maximilian Pardo ?

— Oui, maman, *celui-là*. »

Je n'étais pas étonné de sa réaction. C'était généralement l'effet produit par ce nom.

Maximilian Pardo était dans une certaine mesure la version espagnole de Richard Branson, en plus jeune et un peu plus beau. C'était un de ces triomphateurs, de ces *self made men* si courants dans les films américains et si rares dans le monde réel. Il n'avait guère plus de vingt ans quand il avait développé un programme de gestion d'entreprise très pointu, qu'il avait vendu pour vingt millions d'euros à une multinationale des États-Unis. Ce fut la naissance de la légende Max Pardo.

Avec une partie de cet argent, il créa un moteur de recherche sur Internet auquel il donna le nom de *Hound* – limier –, qu'il revendit quelques années plus tard, juste avant l'éclatement de la bulle Internet, pour une somme que certains médias n'hésitèrent pas alors à qualifier d'indécente. Après quoi, et ce en moins d'un an, il fonda MaxBank, le premier système de paiement conçu spécialement pour les smartphones, dont le chiffre d'affaires dépassa celui de nombreuses banques traditionnelles. Le fait ne passa pas inaperçu dans les milieux financiers, en particulier de Banco Santander, qui acheta à Maximilian Pardo cinquante et un pour cent de ses actions, ce qui lui permit, à quarante ans tout juste, d'entrer dans la liste Forbes comme l'un des hommes les plus riches du pays.

Célibataire, séduisant – les magazines le comparaient volontiers à George Clooney – et épouvantablement riche, Maximilian Pardo partageait son temps entre ses généreuses causes de bienfaisance et de spectaculaires expéditions dans les lieux les plus reculés du globe, dont il faisait ensuite la publicité pour la plus grande gloire de son ego. Pour toutes ces raisons, ses apparitions continuelles dans les médias et sur les réseaux sociaux étaient inévitables, le plus souvent en compagnie de femmes parmi les plus belles du monde.

Naturellement, je le détestais de toutes mes forces.

Mais ma mère insistait :

« Et que vous veut-il ? Et pourquoi vous appelle-t-il, *vous*, précisément ? demanda-t-elle en regardant Eduardo par-dessus la monture jaune de ses lunettes.

— La Cité noire l'intéresse. Nous pensons qu'il a décidé d'y aller.

— Et quel est le problème ?

— Le problème, intervins-je, c'est que ce n'est pas possible actuellement, puisque la zone est toujours inondée, et que, de plus, ce type ne cherche qu'à faire le buzz. Nous ne le laisserons pas convertir cet endroit en parc d'attractions à sa gloire.

— Mais…

— Il n'y a pas de "mais", maman. Le gouvernement brésilien a fermé l'accès à la région, sous prétexte de problèmes avec les indigènes, mais la véritable raison est qu'on n'y souhaite voir personne aller fourrer son nez dans cette jungle, et moins encore s'il s'agit de nous trois. De toute façon, nous ne voudrions pas y retourner, même si nous le pouvions, affirmai-je. Pas pour tout l'or du monde.

— D'accord, je peux le comprendre, concéda-t-elle. Mais, c'est un homme si séduisant… Tu ne trouves pas, ma chérie ? »

La Mexicaine renvoya un clin d'œil bien peu discret à ma mère.

« Il est à croquer, déclara-t-elle, avant de me sourire avec effronterie en me tirant la langue.

— Bon… assez parlé de ce type, grommelai-je. Et l'autre chose, prof ? »

Déconcerté, il cilla.

« Pardon ?

— Vous avez dit "deux" choses, deux nouveautés, non ? Quelle est l'autre ?

— Ah, oui, bien sûr. C'est là-bas », dit-il en regardant vers son pardessus accroché au porte-manteau de l'entrée.

Aiguisant la vue pour percer le brouillard de l'alcool, je réussis à voir une épaisse liasse de feuillets enroulés qui dépassait de la poche intérieure du manteau.

« Qu'est-ce que c'est ? Vous n'avez quand même pas apporté du travail de chez vous ?

— Un instant, je vais vous montrer », sourit-il.

Il se leva en chancelant un peu, alla prendre le paquet de feuilles retenues par une pince métallique et le laissa tomber sur la table tel un avocat présentant la preuve définitive de sa plaidoirie.

Nous assistâmes avec un mélange de curiosité et d'amusement à ce geste théâtral, attendant en silence qu'il s'explique.

« Voilà enfin ! annonça-t-il d'une voix triomphale, comme s'il nous offrait les tables de Moïse.

— Votre déclaration d'impôts ? ris-je

— Vos mémoires ? dit Cassie.

— Les *Pandora Papers* ? demanda ma mère pour ne pas être en reste.

— Comment ? Non, non. C'est la traduction ! s'écria-t-il en désignant les documents, comme si c'était parfaitement évident. La traduction des journaux nazis que nous avons trouvés dans la Cité noire ! »

4

Sur la nappe à carreaux rouges et blancs, débarrassée des assiettes et des bouteilles, s'étalait près d'une centaine de feuillets, qui n'étaient autres que les pages photocopiées du journal du colonel Franz Stauffel de la *Deutsches Ahnenerbe*.

Sous chaque ligne de ces caractères biscornus et apparemment indéchiffrables de la calligraphie allemande, on avait ajouté au stylo rouge l'équivalent en castillan. Il y avait là des dizaines de pages manuscrites, parfois illustrées de dessins représentant des constructions ou des structures comme celles que nous avions vues en Amazonie, et de nombreuses autres qui ressemblaient à un registre ou un livre de comptes, avec des symboles, des abréviations et des chiffres, qui n'avaient donc aucune traduction possible.

« Qui… ? commença Cassie, surprise devant une telle avalanche d'informations.

— Un professeur de philologie germanique de l'université. Il me devait une faveur, précisa Eduardo avec désinvolture.

— Je croyais que plus personne ne voulait vous parler, à l'université.

— Bah, j'y ai encore quelques amis.

— Et vous l'avez déjà lue ? s'enquit Cassie en montrant les papiers.

— Seulement en diagonale, très chère. Il me l'a donnée hier soir et je n'ai pas eu le temps de bien l'étudier.

— Alors ? », m'impatientai-je en voyant qu'il ne poursuivait pas.

Le professeur Castillo s'agita sur sa chaise, gêné.

« Eh bien…, commença-t-il en se frottant le menton. D'après ce que j'en ai vu pour l'instant, il s'agit, ainsi que nous le supposions, d'un journal personnel dans lequel l'officier nazi narre les détails de sa mission, le fonctionnement et les aléas de l'expédition qu'il dirigeait. En outre, comme nous le savons, il semblerait que le colonel Stauffel était doué pour le dessin, car il y a reproduit fidèlement plusieurs temples de la cité. Suivant son récit, il y avait quatre archéologues parmi les vingt-cinq membres qui composaient l'expédition. Quatre archéologues réputés, de l'Université de Berlin, qui ont dû consigner un grand nombre de découvertes, mais… » Il nous dédia un regard affligé. « Stauffel n'en faisait pas partie. — Que voulez-vous dire par là ?

— Je veux dire que, malheureusement, je ne crois pas que ces pages renferment beaucoup d'informations scientifiques sur ce que les Allemands auront découvert dans la Cité noire ni qu'elles nous aident vraiment à interpréter ce que nous avons trouvé nous-mêmes.

— Est-ce que cela signifie que ces journaux ne servent à rien ? demanda Cassie sans pouvoir dissimuler sa déception.

— Oh, non. Pas du tout. Ils contiennent de nombreux détails sur la mission. Certaines de ces pages, dit-il en désignant celles qui ressemblaient à des feuilles de comptabilité, sont les registres d'enlèvement de centaines de pièces qu'ils ont trouvées, récupérées et classifiées.

— Mais sans aller jusqu'à les décrire », aventura Cassie d'une voix funèbre.

Le professeur secoua la tête et confirma, résigné :

« Sans aller jusqu'à les décrire. »

La jeune archéologue baissa la tête dans un silence déçu, comme qui viendrait de découvrir qu'il n'a pas été couché sur le testament de son Oncle Picsou.

« Bon, mais… il n'y a rien d'autre qui puisse nous être utile ? intervins-je en espérant lui remonter le moral. Parmi tous ces feuillets, il y a forcément des choses intéressantes. Vous vous attendiez peut-être à une thèse doctorale sur les Anciens ?

— Ça, ça aurait été bien, soupira Cassie.

— Prof, demandai-je à mon vieil ami, dans ce que vous avez lu, vous avez sûrement trouvé des informations sur cette expédition nazie en Amazonie, n'est-ce pas ?

— Oui, bien sûr. Avec ce que nous avons là, l'on pourrait écrire plusieurs livres sur la malheureuse expédition de 1940 et l'exploration de la Cité noire. » Il s'éclaircit la gorge avec gêne avant de poursuivre : « Néanmoins… il n'y a rien de notable sur les Anciens, les morcegos ou tout autre des nombreux mystères de cet endroit. Au bout du compte, c'est le journal d'un militaire, sans imagination ni connaissances scientifiques. Il y parle de sujets d'intendance, de discipline et de logistique, mais peu, voire pas du tout, d'archéologie ou d'histoire, acheva-t-il avec un haussement d'épaules.

— Ce qui veut dire que nous en sommes au même point, conclut Cassie.

— Ce n'est pas ce que je dirais.

— Vraiment ? Et en quoi ça nous intéresse de savoir quel combustible ils utilisaient ou pourquoi le soldat Kartoffen a été mis aux arrêts ?

— Non, cela, non, bien entendu. Mais l'un des carnets, dit-il tout en cherchant parmi les feuillets, était consacré à l'enregistrement exhaustif de tout ce dont ils disposaient, y compris ce que livraient ou emportaient en Allemagne les dirigeables qui venaient régulièrement. Les vivres, les munitions, et… » Levant les yeux, il nous regarda tour à tour. « Et les pièces archéologiques. »

Il prit deux photocopies et les plaça face à nous pour que nous puissions bien les voir.

Cassie et moi nous penchâmes sur la table et examinâmes longuement les feuillets quadrillés, où s'alignaient les uns au-dessous des autres des numéros de références, des noms et des dates.

« *Box Nr.21*, lus-je à voix haute en prenant une ligne au hasard. *Archäologischen proben. 8/6/1940.*

— Caisse d'échantillons archéologiques numéro vingt et un, traduisit aussitôt le professeur avant de glisser un doigt le long de la page. Avec la date en marge. Comme vous pouvez le constater, c'est la même pour toutes, de la caisse numéro seize à la caisse numéro trente-huit.

— Et à quoi font-elles référence ? demanda ma mère avec une authentique curiosité. Qu'indiquent ces dates ? »

J'avais presque oublié qu'elle se trouvait à table avec nous. De la voir assise à côté de moi tandis que nous parlions de nazis et de cités perdues me sembla la chose la plus étrange du monde.

« Je dirais que ce sont les dates d'expédition, répondit Cassie. N'est-ce pas, professeur ?

— Exactement. Ces vingt-deux caisses d'échantillons archéologiques ont été embarquées sur le dirigeable qui leur apportait vivres et matériel et ont ainsi été expédiées en Allemagne le 8 juin 1940.

— Vous en êtes certain ? demandai-je en repassant les feuillets. Il n'y a rien de pareil ici. »

Le professeur sourit avant d'extraire une autre photocopie de la liasse, tel un prestidigitateur sortant un lapin de son chapeau.

« Là, si, déclara-t-il en rajustant ses lunettes avant de lire. Dans une entrée de son journal, le colonel Franz Stauffel mentionne brièvement une conversation entre lui-même et un capitaine de zeppelin nommé Liebknecht, qui lui avait apporté d'Allemagne des lettres de son épouse. La date de l'entrée, ajouta-t-il en posant un doigt sur la feuille et en levant les yeux, est le 6 juin 1940.

— Deux jours avant », observa la Mexicaine.

Le professeur Castillo s'appuya au dossier de sa chaise avec un sourire satisfait.

« Exactement. Par conséquent, à présent que nous connaissons la date du départ du dirigeable pour l'Allemagne, je crois que nous pourrons suivre sa piste. Celle du dirigeable, et celle du chargement qu'il emportait.

— Un instant, intervins-je. Vous êtes certain que le dirigeable allait en Allemagne ?

— Où serait-il allé ? s'étonna-t-il.

— Je dis seulement qu'il n'y a rien ici qui mentionne sa destination, non ? Qu'il soit parti pour l'Allemagne n'est qu'une supposition.

— C'est vrai, mais s'il apportait du courrier d'Allemagne, l'on peut légitimement supposer qu'il y retournait, n'est-ce pas ? C'est ce qu'il y a de plus logique, à mon avis.

— Vous avez probablement raison, mais je ne considérerais pas cela comme une certitude.

— Et il n'y a aucune allusion à une autre destination possible ? demanda Cassie.

— Absolument aucune, affirma Eduardo.

— Qu'est-ce que cela ? remarqua alors ma mère en indiquant le coin supérieur droit d'une des pages de registre. Cela signifie quelque chose ? »

Trois têtes se penchèrent sur la photocopie pour voir ce qui avait attiré son attention.

« Oh, cela, fit négligemment le professeur. On dirait un nom en code. Mais il ne se répète nulle part, et sans aucun contexte, je n'ai pas pu découvrir à quoi il faisait référence.

— 0112, lut Cassandra. Ce ne pourrait pas être tout simplement le numéro de la page ?

— Non, c'est la première chose que j'ai vérifiée », dit Eduardo, qui se leva pour aller vers le réfrigérateur, probablement en quête d'une autre Coronita.

« 0112 ? On dirait un numéro d'appel d'urgence, m'amusai-je.

— Attendez, intervint de nouveau ma mère. Vous le lisez mal. Le premier caractère n'est pas un zéro.

— Non, maman. C'est clairement un zéro, ou alors un O majuscule.

— Je te dis que non, insista-t-elle. Regardez bien. L'encre de la photocopie a un peu bavé et a taché le papier. »

Alors, tout simplement en frottant vigoureusement son pouce sur la feuille, l'ovale se transforma comme par magie.

« Merde alors ! s'écria Cassie. Vous avez raison.

— Madame et messieurs, ceci n'est pas un zéro, se rengorgea-t-elle, mais un U comme le nez au milieu de la figure.

— U112 », conclus-je.

Brusquement, le bruit d'une bouteille de bière se fracassant sur le sol nous fit sursauter. Le professeur s'était figé, une main en l'air enserrant encore le vide où s'était trouvée la Coronita.

« Prof, vous allez bien ? m'inquiétai-je. Que vous arrive-t-il ? »

Eduardo Castillo ne répondit pas. Pétrifié, le regard vague, livide comme si le fantôme de sa grand-mère venait de lui apparaître.

Sans dire un mot, il s'approcha de la table et prit la photocopie entre ses doigts tremblants, les yeux fixés sur le code que ma mère avait révélé.

« Ce n'est pas possible… Mais, comment ne l'ai-je pas vu plus tôt ? Où est ton ordinateur portable, Ulysse ? me demanda-t-il, le visage décomposé.

— Dans la chambre », répondis-je, déconcerté, avec un geste vers le couloir. Je n'osai pas lui demander pourquoi il le voulait.

D'ailleurs, ça n'aurait servi de rien.

Il s'était déjà précipité vers la chambre, emportant la mystérieuse photocopie, comme si un incendie venait de se déclarer dans mon salon.

5

Eduardo revint rapidement avec mon ordinateur sous le bras. Il le posa sur la table, l'ouvrit et le mit en marche sans prononcer un mot.

Échangeant en silence des regards perplexes, ma mère, Cassie et moi nous levâmes pour aller nous placer derrière le professeur. Ce dernier avait ouvert le navigateur et tapait fébrilement quelques mots-clés sur Google, cherchant quelque chose qu'il était seul à connaître.

Il choisit un site web consacré à la Seconde Guerre mondiale, cliqua sur le lien qui menait à la page concernant l'armée allemande, puis à la section de la *Kriegsmarine* – la marine de guerre – et cliqua finalement sur un autre lien intitulé *Unterseeboot*. Une nouvelle page s'afficha et tout s'éclaircit.

Sous le titre « U-boot. La flotte sous-marine », un article long et détaillé, accompagné de dizaines de photos en noir et blanc de sous-marins arborant le pavillon de la marine nazie, expliquait l'importance qu'eurent durant la guerre ces vaisseaux qui dominèrent les eaux de tout l'océan Atlantique pendant une grande partie du conflit. Mais ce qui attira tout particulièrement notre attention, ce fut de découvrir que la légende de chaque photographie consistait en un nombre d'un à quatre chiffres, toujours précédé de la lettre « U ».

U112 n'était ni la référence d'une pièce archéologique ni une localisation en code.

U112 était le nom d'un sous-marin.

« Comment avez-vous deviné, prof ? Ce n'est pas votre domaine, que je sache, demandai-je à mon vieil ami qui, bien carré sur son siège, débordait de satisfaction.

— Et alors ? s'étonna-t-il. Tu n'as donc jamais vu de films de sous-marins ? Tous les submersibles allemands s'identifiaient par un numéro, avec le "U" d'*Unterseeboot* devant.

— Je dois dire que je n'avais jamais remarqué ce détail.

— Un instant, fit Cassie en levant le doigt, j'aimerais bien comprendre. Cela voudrait-il dire que les nazis faisaient quitter la jungle à leurs découvertes archéologiques en dirigeable pour ensuite les charger dans un sous-marin ? Franchement, je ne trouve pas ça très logique.

— Pourquoi pas ? demanda l'historien.

— Eh bien, dans les années 30, les dirigeables pouvaient parcourir de très grandes distances, non ? Alors, s'ils volaient d'Allemagne en Amazonie pour aller chercher les échantillons, pourquoi ne pas faire de même au retour ?

— À mon avis, Cassandra a raison, intervint ma mère – j'ignorais jusqu'à quel point ce n'était pas pour le simple plaisir de contredire le professeur –. Ce n'est pas logique qu'ils aient pris le risque d'opérer un transbordement compliqué au beau milieu de l'océan pour passer les pièces archéologiques d'un zeppelin à un sous-marin. U112 veut peut-être dire autre chose. »

Le professeur Castillo secoua la tête.

« C'est la dénomination d'un sous-marin, j'en suis certain.

— Je suis avec Eduardo, déclarai-je en posant la main sur le dossier de sa chaise. Le hasard serait trop grand si ce n'était pas le cas. Je suis sûr qu'ils procédaient de la sorte pour une raison que nous ignorons.

— Quoi, par exemple ? interrogea ma mère en croisant les bras.

— Je ne sais pas… pour ne pas être vus, peut-être, ou parce qu'ils avaient le vent contre eux, ou parce qu'il y avait trop de poids pour que le dirigeable puisse revenir…

— Ou parce que leur destination était trop lointaine, même pour un zeppelin, ajouta le professeur.

— Cela fait beaucoup de suppositions, objecta Cassie. Comme vous l'avez dit vous-même, où pouvait-il aller si ce n'était pas en Allemagne ? Le pays était en guerre contre presque tout le monde, je vous rappelle.

— En réalité, à la date de cette expédition en particulier, le conflit durait depuis moins d'un an, fit-il remarquer, un doigt en l'air. À ce moment-là, seuls les alliés européens et leurs colonies étaient en guerre avec l'Allemagne.

— Alors, où croyez-vous qu'ils aient pu aller ?

— Je n'en ai pas la moindre idée, reconnut Eduardo, songeur.

— Pourquoi ne pas poser la question ? » dit Cassie.

Le professeur examina longuement la jeune femme, essayant de déterminer si elle plaisantait.

« Et comment veux-tu faire ? À qui vas-tu le demander ?

— À saint Google, bien évidemment ! Laissez-moi votre chaise un instant, professeur. »

Dubitatif, l'historien obtempéra et céda sa place à l'archéologue, qui fit craquer ses doigts avant de les poser sur le clavier.

Avec un clic elle ouvrit de nouveau Google puis, d'un index délibérément parcimonieux, elle frappa quatre fois les touches jusqu'à faire apparaître les caractères U112 dans la boîte de recherche. Elle appuya sur « entrée » et une longue liste de pages s'afficha.

Presque aucune de celles-ci ne faisait référence à des sous-marins, mais Cassie localisa très vite un site prometteur, consacré précisément à l'histoire des *U-boots* allemands. Il était illustré par une photo en noir et blanc représentant un sous-marin allemand à quai dans lequel des marins embarquaient en file bien ordonnée.

Le professeur indiqua à Cassie un onglet nommé « Historique Uboote ». Sous nos yeux s'afficha une longue liste de nombres précédés du préfixe « U ». Le cœur battant plus vite – et j'aurais parié que je n'étais pas le seul –, j'observais la flèche blanche du curseur se déplacer jusqu'à la case U112. La Mexicaine cliqua dessus et une nouvelle page s'ouvrit.

Je commençai à lire, et sentis notre belle hypothèse s'écrouler un peu plus à chaque mot.

« Merde », grinçai-je entre mes dents.

6

Sous-marin U112 modèle Type XI.
Commandé par la Kriegsmarine le 17 janvier 1939.
Projet suspendu le 15 septembre 1939.
*Uboot de transport « U-Cruiser » de 4.650 tonnes. Quatre unités identiques devaient être construites : U112, U113, U114 et U115. Une fois achevés, ce devaient être les plus grands Uboots jamais construits jusqu'alors. Ils étaient conçus pour le transport sous-marin longue distance. Néanmoins, le projet fut annulé par la Kriegsmarine pour des raisons de budget, bien que la construction de l'U112 ait été à cette époque pratiquement terminée.

Cet article succinct sur l'histoire inexistante d'un sous-marin appelé U112 nous plongea dans un silence déçu autour de l'écran de l'ordinateur. À l'exception du juron que j'avais poussé, personne ne dit mot jusqu'à ce qu'Eduardo claque des doigts.

« Parfait ! s'exclama-t-il joyeusement. C'est tout simplement parfait ! »

Nous nous tournâmes vers lui, perplexes.

« Je crois que votre vue baisse, professeur, dit Cassie. Rapprochez-vous un peu et lisez ce qu'il y a d'écrit.

— J'ai déjà lu, répondit-il avec un sourire. Et c'est la meilleure des nouvelles.

— Que le sous-marin que nous cherchons n'existe pas est la meilleure des nouvelles ? demandai-je avec stupéfaction.

— En fait, je crois que je suis d'accord avec lui, remarqua Cassie. Si nous écartons définitivement la théorie du sous-marin, nous pouvons nous focaliser sur…

— Un instant, intervint le professeur, ce n'est pas ce que j'ai dit. Cela me semble la meilleure nouvelle possible, précisément parce que cela confirme que le U112 *a été effectivement construit*.

— J'avoue que je suis perdue, balbutia ma mère.

— Vous ne voyez pas ? dit le professeur avec un geste vers l'écran. Toutes les pièces s'emboîtent parfaitement ! L'année de démarrage du projet, le fait que ce soit un sous-marin cargo conçu pour les longues traversées, et que sa construction ait été annulée par la marine de guerre allemande.

— Ouais. Et vous voulez bien m'expliquer le passage où il est dit qu'il n'a jamais été construit ?

— Ce n'est pas ce qui est dit, objecta-t-il en indiquant cette phrase en particulier sur l'écran. Il est dit, littéralement, que la commande a été annulée par la *Kriegsmarine*, la marine de guerre allemande, pour des raisons budgétaires. À aucun endroit il n'est spécifié qu'il *n'aurait pas* été construit. Au contraire, on précise que les travaux étaient très avancés. Une autre organisation du parti n'aurait-elle pas pu achever la construction du bâtiment et le garder ?

— Une autre organisation nazie ? demanda Cassie en fronçant le nez.

— Avez-vous déjà oublié que le colonel Stauffel, que nous avons découvert tout raide à côté de ses carnets, était un officier de la *SS-Ahnenerbe* ?

— Je m'en souviens, et alors ?

— C'est pourtant clair ! Cette organisation était totalement indépendante de l'armée allemande et ne prenait ses ordres que d'Heinrich Himmler ou d'Hitler lui-même. La *SS-Ahnenerbe* était la branche pseudoscientifique de la *Schutzstaffel* et possédait, de fait, des unités militaires dédiées exclusivement à des activités secrètes.

— Y compris des sous-marins ? demandai-je.

— Y compris des sous-marins », affirma-t-il avec un sourire.

Cassie, cependant, n'en était pas aussi sûre.

« Bah, tout cela me paraît bien circonstanciel.

— Moi, il m'a convaincue, déclara ma mère, passant dans l'autre camp.

— Mais, en admettant que vous ayez raison, observai-je pour approfondir cette éventualité, que l'U112 ait existé et qu'il ait embarqué une partie de ce qui a été enlevé de la Cité noire, comment diable pourrions-nous découvrir en quoi consistait sa cargaison et où il l'emportait ? Si ce sous-marin était utilisé pour des opérations secrètes de la *SS-Ahnenerbe*, je ne crois pas que nous trouvions sur Google les rapports de missions avec leurs destinations et leurs cargaisons. »

Le professeur se gratta le cou d'un air songeur.

« Alors, dit-il comme pour lui-même, il faudra le découvrir d'une autre manière. »

Sans rien ajouter, il prit dans son portefeuille un vieux répertoire et commença à le feuilleter, en avant, puis en arrière, comme s'il n'était pas bien certain de ce qu'il devait chercher.

« Ah ! Ah ! » s'exclama-t-il enfin, et, sans refermer son carnet, il saisit son téléphone et marqua un numéro.

On répondit immédiatement. Le professeur se présenta, demanda à son interlocuteur s'il le remettait, échangea quelques rires avec lui avant d'accorder une rencontre pour une heure plus tard.

« Avec qui avez-vous rendez-vous ? demanda Cassie

— Avec qui *nous* avons rendez-vous, précisa le professeur en arquant les sourcils. Et la réponse est... avec quelqu'un qui peut nous donner les éclaircissements que nous cherchons », acheva-t-il avec un sourire mystérieux.

7

Après avoir pris congé de ma mère – qui, faisant montre d'une impressionnante vie sociale, avait rendez-vous avec des amies pour dîner et aller au théâtre –, Cassie, Eduardo et moi sonnions ponctuellement à la porte d'une maison début de siècle à deux étages et quelque peu décatie, située dans le quartier de Poblenou, pas très loin de la plage de la Mar Bella.

Au second coup de sonnette, une voix féminine et peu amène nous demanda abruptement, derrière la porte fermée :

« Qu'est-ce que vous voulez ?

— Bonjour. Nous venons voir Ernesto, répondit le professeur en s'approchant du battant.

— Ernesto ? Pourquoi ? »

Eduardo hésita, puis informa le judas qu'il s'agissait de travail.

Il y eut un bruit de loquets et de verrous, et la porte s'ouvrit sur une forte femme en robe de chambre ouatinée rose, avec des bigoudis et une tête de bouledogue. Pour ma part, je faillis partir à toutes jambes : elle était plus effrayante que les morcegos.

« Bonjour, madame, salua le professeur en déglutissant.

— Pour quel genre de travail vous voulez voir mon fils ? aboya-t-elle en nous regardant tour à tour. Il ne s'agit pas de drogue, au moins ?

— Non, madame, il ne s'agit pas de drogue. J'ai été son professeur à la faculté et nous aurions besoin de le consulter.

— Ernesto ? s'étonna-t-elle, comme si nous lui avions dit que nous voulions l'envoyer dans l'espace. Je crois que vous vous trompez de…

— Maman ! cria une voix à l'étage. Laisse-les passer une bonne fois ! »

La femme nous jeta un nouveau regard scrutateur et, l'air méfiant, elle s'effaça en nous désignant l'escalier.

Nous entrâmes en silence dans une demeure mal éclairée, abondamment décorée de napperons au crochet et d'affreuses statuettes de porcelaine. Nous étions déjà dans l'escalier quand la virago, toujours plantée dans le vestibule, nous menaça du doigt :

« Et pas de drogue, hein ! Sinon, j'appelle la police tout de suite. »

Avons-nous donc l'air d'être des dealers ? m'étonnai-je. Sans répondre, faute de savoir quoi dire, nous atteignîmes l'étage, franchîmes la porte ouverte que nous trouvâmes devant nous, et fûmes subitement plongés dans une espèce de musée modèle réduit.

Les murs étaient couverts d'affiches anciennes qui allaient de la célèbre « *I want you* » où l'oncle Sam pointe un doigt impérieux, à d'autres placards du même type, d'origine britannique, russe ou allemande, demandant aux citoyens de participer à l'effort de guerre, que ce soit financièrement ou en s'engageant dans l'armée.

Les étagères croulaient sous les maquettes et les dioramas présentant des tanks, des soldats ou des scènes de guerre fidèlement détaillées. Il y avait même, suspendu au plafond par des fils de nylon, tout un escadron d'avions de chasse britanniques Spitfire qui semblaient affronter un groupe de bombardiers allemands, des Heinkel 111, recréant la bataille d'Angleterre entre les quatre murs de la pièce.

Et, au milieu de tout cela, dans un pantalon de survêtement taché de chlore et un tee-shirt *Iron Maiden* de la taille d'une tente de camping, un gros jeune homme affligé d'une calvitie précoce, de lunettes comme des culs de bouteille et d'un teint qui révélait qu'il ne sortait pas assez de chez lui, s'approchait en se dandinant du professeur et lui prenait la main avec un sourire chaleureux.

« Ça fait un bail, prof !

— Quand tu as eu ton diplôme, je dirais. Je vois que tu as minci, déclara Eduardo avec une tape amicale sur le ventre rebondi.

— Ma mère essaye de me tuer à coups de salades et de légumes bouillis. Qu'est-ce qui vous amène et... » Remarquant soudain Cassandra, il acheva : « et en si bonne compagnie ?

— Permettez-moi de faire les présentations. Ernesto Garcia, voici Cassandra Brooks et Ulysse Vidal, deux bons amis à moi. »

Cassie reçut deux baisers sonores sur les joues.

Moi, je n'eus droit qu'à un hochement de tête. Je ne m'en plaignis pas.

« Asseyez-vous, je vous en prie », invita le garçon en désignant un lit défait couvert de vêtements sales.

Cassie chercha une chaise, mais il n'y avait qu'un fauteuil de bureau devant l'ordinateur, derrière Ernesto ; elle n'eut d'autre choix que de se faire une place au milieu des habits qui jonchaient le lit.

« Bon, je vous écoute, dit le jeune homme, sans quitter des yeux la Mexicaine assise sur son lit, comme s'il s'efforçait d'engranger cette image à des fins érotiques.

— Comme je te l'ai dit au téléphone, répondit le professeur, j'aurais besoin de ton aide pour une petite enquête dont je m'occupe.

— Je serais enchanté de vous aider, professeur, affirma notre hôte en se laissant tomber lourdement sur son fauteuil de bureau. Une enquête de quel genre ? »

Le professeur Castillo nous jeta un coup d'œil rapide.

« Je ne peux pas entrer dans les détails pour le moment, mais je suis certain que tu peux nous aider. Nous sommes à la recherche d'un sous-marin allemand de la Seconde Guerre mondiale.

— C'est tout ? s'étonna Ernesto. C'est de la rigolade ! Avec ma base de données sur l'armée allemande, je pourrais vous localiser une balle perdue. »

Il fit pivoter son siège face à l'ordinateur et se mit à taper sur le clavier.

« Il s'appelle comment, ce sous-marin ? demanda-t-il, débonnaire.

— Il s'agit de l'U112. »

Les doigts du jeune fan de *heavy metal* s'immobilisèrent sur les touches et il refit tourner son fauteuil vers nous. Son expression avait perdu sa jovialité et il nous examinait à présent d'un air soupçonneux.

« Dites-moi, professeur…, dit-il avec lenteur, que cherchez-vous *vraiment* ?

— Je te l'ai dit. Je regrette de ne pas pouvoir entrer dans les détails, mais je t'assure que c'est important.

— Important pour qui ?

— Pour tout le monde, intervins-je. Peut-être pour toi aussi. »

Ernesto posa sur l'historien un regard scrutateur.

« Je te promets que nous te mettrons au courant plus tard de ce que nous trouverons de notre côté », affirma mon vieil ami.

Une longue minute s'écoula dans un silence soupçonneux avant que notre amphitryon n'ouvre la bouche.

« La construction de l'U112 a été suspendue en septembre 1939 et archivée définitivement en 1940, déclara-t-il enfin, sans même consulter ses fichiers.

— Bon, voilà qui confirme ce que nous avions découvert », murmura Cassie avec une grimace désenchantée.

Ernesto plongea ses yeux de hibou dans ceux de l'archéologue.

« Mais en réalité…, sourit-il d'un air matois, sa construction a été achevée en secret sur ordre du *Führer* en personne, et il a ensuite été mis au service de la *Schutztaffel*.

— Je le savais ! exulta le professeur.

— Moi, ce qui m'étonne, dit le garçon, c'est que vous veniez m'interroger sur l'existence de ce sous-marin. C'est une des grandes énigmes militaires du Troisième Reich et, aujourd'hui encore, très peu de gens sont au courant.

— Et pourquoi tant de mystère ? demanda Cassie. Au bout du compte, ce n'était qu'un sous-marin, non ? »

Ernesto fixa les prunelles vertes de la Mexicaine.

« C'était un sous-marin, mais pas n'importe quel sous-marin. C'était le plus grand de son temps. Il pouvait embarquer des centaines d'hommes ou plusieurs tonnes de cargaison, et les emmener à l'autre bout du monde sans être détecté. Mais dans un sens, tu n'as pas tort, fit-il avec un clin d'œil, le plus intrigant, ce n'est pas le vaisseau en soi, mais les missions qui lui étaient assignées. Pourquoi les SS avaient-ils besoin d'un sous-marin comme celui-là ? Qu'est-ce qu'on lui faisait transporter, et pour aller où ?

— C'est précisément ce que nous voulons découvrir ! s'écria un Eduardo surexcité.

— Alors, mon cher professeur, j'ai peur que vous soyez déçu, parce que personne ne le sait avec certitude.

— Personne ? Tu veux dire… pas même toi ?

— Pas même moi, hélas. Il n'existe aucune documentation officielle sur les missions menées à bien par l'U112 durant sa période de service. C'est le Saint Graal des geeks de la Seconde Guerre mondiale.

— Génial, grogna Cassie.

— Et tu ne vois personne qui puisse nous aider ? demanda Eduardo qui se refusait à perdre espoir. Quelqu'un qui… hum, qui en saurait un peu plus. »

Son ancien élève secoua la tête.

« Je regrette, professeur. Vous pouvez me croire quand je vous dis que personne n'a d'informations fiables à ce sujet.

— Je comprends… — Un instant, intervins-je en croisant les bras, appuyé au chambranle de la porte. Tu as parlé d'informations "officielles" et "fiables" ; en existe-t-il d'officieuses et moins fiables ? À ta tête quand nous t'avons dit le nom du sous-marin, je parierais qu'il y a quelque chose que tu ne nous as pas dit. »

L'ancien élève du professeur leva les yeux vers moi et eut un léger sourire.

« En effet, reconnut-il en joignant le bout des doigts à la manière du méchant d'un film de série B, il y a autre chose. Mais je vous préviens : il ne s'agit que de soupçons et de rumeurs invraisemblables. »

8

Le professeur Castillo s'approcha d'Ernesto et s'appuya aux accoudoirs de son fauteuil.

« Des rumeurs ? demanda-t-il, penché sur lui. Quelles rumeurs ?

— Des trucs qui courent sur Internet. Des récits de marins rapportés dans un forum. Des détails qui ne collent pas… vous savez, ce genre de chose. »

L'ancien élève d'Eduardo paraissait soudain tout intimidé par l'intérêt que lui manifestait son vieux professeur.

« Par exemple : on dit que l'U112 a été assigné à un mystérieux projet de l'*Ahnenerbe* qui était dirigé personnellement par le commandant des SS, Heinrich Himmler, et qu'il a été en service d'octobre 1930 à juillet 1940.

— Dix mois seulement ? s'étonna l'historien. Que s'est-il passé ? Ils avaient dépassé leur budget ?

— Pas exactement, répondit Ernesto avec une grimace. Il n'y a aucune preuve ni aucun document officiel pour le corroborer, mais il semblerait que l'U112 ait fini coulé par un destroyer britannique.

— Il semblerait ?

— En fait, j'en suis sûr. Mais, comme je vous dis, il n'existe aucun document qui mentionne explicitement le torpillage de l'U112, parce qu'il n'y en a aucun qui confirme seulement l'existence du navire. J'ai par ici une copie de…, murmura-t-il en tapant sur son clavier. Oui, la voilà. C'est un extrait du journal de bord du destroyer britannique *HMS Stintson*, que j'ai trouvé par pur hasard sur un forum de vétérans de la *Royal Navy*. Il s'est avéré extrêmement intéressant. »

Sur le moniteur apparaissait l'image scannée d'une feuille de carnet écrite en anglais qui, bien qu'abîmée et jaunie, était encore parfaitement lisible.

« Cette page en particulier, expliqua Ernesto, relate le torpillage d'un sous-marin allemand de grande taille. Son kiosque ne portait aucune identification et il était d'une conception inconnue. Il a été coulé le 12 juillet 1940, à environ deux milles de la côte et approximativement à soixante-quinze milles au sud du port de Walvis Bay. Je suis pratiquement certain qu'il s'agit de notre sous-marin.

— Pourquoi le penses-tu ? » demanda le professeur.

Le jeune homme haussa les épaules.

« D'abord par élimination. L'U112 est un des rares sous-marins allemands dont on n'a enregistré ni la reddition ni le torpillage. Celui-là ne portait aucune identification visible, ce qui est d'ailleurs logique s'il était dédié à des opérations secrètes pour les SS, et c'était un navire de grande taille et de conception inconnue. De plus, il a été coulé au moment où on cesse d'avoir des données sur l'U112. » Se grattant la nuque, il ajouta : « Pour moi, ça crève les yeux.

— Je vois, dit le professeur, songeur. Ça a du sens.

— Beaucoup de sens.

— Walvis Bay ? pensai-je tout haut. Où est-ce ?

— Voyons cela », dit Cassie, qui se leva, alla vers l'ordinateur et en écarta son propriétaire d'un coup de hanche.

La jeune femme cliqua sur l'icône de Google Earth. Elle tapa « Walvis Bay » et l'image du globe terrestre fit un bond en avant pour venir occuper la totalité de l'écran. La carte nous apparut tout d'abord assez pixellisée, mais elle s'éclaircit rapidement pour nous montrer le lieu approximatif où avait coulé l'U112 sur une photo très nette prise par satellite.

« Merde alors, murmurai-je lorsque je compris ce que je voyais. Mais, comment ?

— Il doit s'agir d'une erreur, supputa Cassie.

— Mais que diable irait faire *là* un sous-marin allemand ? » demanda le professeur Castillo.

9

Les yeux écarquillés, nous regardions avec incrédulité la photographie bleu et ocre prise de l'espace.

« La côte de Namibie, indiqua Ernesto en tapotant l'écran du doigt, à l'extrémité sud-ouest du continent africain.

— Juste devant le désert, observai-je. Mauvais endroit pour couler. S'il y a eu des rescapés, ils se seront trouvés dans l'un des parages les plus désolés du monde. En admettant qu'ils aient pu gagner la terre, ils n'auraient pas pu survivre davantage.

— N'est-ce pas ce que l'on appelle "la Côte des Squelettes" ? demanda le professeur

— En effet. Et on ne donne pas un nom pareil sans raison.

— Ce que je ne comprends pas, c'est ce que faisait le sous-marin devant cette fichue côte africaine. »

Le gros jeune homme se gratta le menton, visiblement impatient de répondre à la belle Mexicaine.

« Même si c'était à l'époque un territoire soumis au gouvernement sud-africain, la région de la Namibie avait été jusqu'au milieu de la Première Guerre mondiale une colonie germanique appelée Afrique allemande du Sud-Ouest. De fait, aujourd'hui encore, les descendants de ces Allemands constituent une élite puissante dans le pays et il n'y a qu'à regarder les noms de certaines localités pour se rendre compte que les Allemands n'ont jamais complètement quitté la Namibie, par exemple : Lüderitz, ou Helmeringhausen, dit-il en se rapprochant de l'écran pour désigner deux toponymes.

— Et tu veux dire par là…

— Que des colons allemands et sympathisants des nazis auraient pu apporter une aide logistique à l'équipage de l'U112. Et peut-être que, alors qu'ils se ravitaillaient dans ces eaux, ils ont été découverts par les Anglais et… Pan ! Pan ! fit-il en visant avec un fusil invisible. Aller simple pour le ciel. »

Nous gardâmes le silence, réfléchissant à cette hypothèse, tandis qu'Ernesto attendait notre réaction. OK. Assumons que ça se soit passé comme ça, fis-je, vers où se serait dirigé le sous-marin ? Qu'il ait coulé en Namibie n'a toujours aucun sens. C'est très loin du Brésil, sans parler de l'Allemagne.

— Il aurait pu aller vers le Japon en contournant le cap Horn, suggéra le professeur, songeur, et faire escale en Namibie pour se ravitailler. Les nazis et les Japonais étaient alliés.

— C'est possible, concéda Cassie, mais quelle importance, en réalité ? Nous nous écartons du problème. Qu'est-ce qu'on en a à faire du sort de ce putain de sous-marin ? Nous, nous voulions juste savoir s'il avait existé et ce qu'il était devenu ; alors, on dirait que nous avons la réponse à nos deux questions : il a bien existé, et il a été coulé. Fin de l'histoire.

— Peut-être pas, objectai-je. Si les pièces archéologiques enlevées de la Cité noire en dirigeable en juin 1940 se trouvaient sur l'U112 un mois plus tard, où les emportait-on ? Si nous identifions sa destination finale, nous pourrions peut-être dérouler l'écheveau. Imaginez qu'il y ait, dans quelque lieu gardé secret, un entrepôt où ils auraient mis tout ce qu'ils ont découvert. »

Mon bref monologue achevé, je vis que mes deux amis me fixaient d'un air désapprobateur sans que j'en comprenne la raison. Jusqu'à ce qu'une voix s'élève derrière moi.

« Des pièces archéologiques ? Une cité noire ? Des dirigeables ? » Éberlué, Ernesto posait sur le professeur son insipide regard gris. « On peut savoir de quoi il s'agit vraiment ?

— Mais quelle grande gueule… »

10

Inutile de dire que nous évitâmes d'entrer dans les détails, mais mon indiscrétion nous força à expliquer à Ernesto le motif de notre recherche, non sans lui avoir fait promettre de n'en parler à personne. Ce dont je doutais.

J'étais sûr que ce n'était qu'une question d'heures que notre histoire se retrouve sur sa chaîne YouTube. À la fin de la journée, elle ferait les délices des forums sur Internet, d'Oklahoma à Papouasie Nouvelle-Guinée. Maigre consolation : vu notre discrédit et la quantité de salades qui circulaient à notre propos sur la toile, ceci n'aurait l'air que d'un bobard de plus. Avant la fin de la semaine, la nouvelle serait supplantée par l'annonce que Bill Gates était un reptilien ou que Bayern incorporait des puces électroniques dans les comprimés d'aspirine pour nous contrôler à distance.

« Je dois dire que j'ai du mal à le croire, dit Ernesto en arquant les sourcils. Une cité perdue d'Amazonie, des nazis, des tribus indigènes... on dirait un scénario de film. Je n'avais jamais entendu parler d'une chose pareille.

— Eh bien, la semaine dernière, le professeur en a parlé à la télé, l'informai-je sans réfléchir et en souhaitant aussitôt pouvoir ravaler mes paroles.

— Je n'ai pas la télé, fit le garçon avec un geste englobant sa chambre. Et vous dites que vous n'avez pas de preuves ?

— Les carnets du colonel Stauffel, lui rappela l'historien.

— Rien d'autre ? demanda Ernesto, plus curieux que sceptique. Vous êtes bien d'accord que ce que vous venez de me raconter est plutôt insolite, pour ne pas dire plus.

— Eh bien, en fait, si, nous avons autre chose, déclara Cassie. Et bien que ce ne soit pas à proprement parler une preuve, cela réaffirme ce que nous t'avons relaté. »

Sur ces mots, elle tapa dans la boîte de recherche de Google Earth les coordonnées que je connaissais par cœur : 7° 59′ sud et 52° 48′ ouest.

Aussitôt, l'image se déplaça de la côte aride de Namibie jusqu'au beau milieu de la jungle brésilienne, sur les rives du rio Xingu. Une fois de plus, l'image mit quelques secondes à s'afficher parfaitement, mais quand elle fut nette, quatre personnes purent contempler cette photographie prise à vingt kilomètres d'altitude, dont trois avec un mélange de fascination et de tristesse. Pour le profane, elle n'avait rien de particulier, mais à nos yeux, c'était si évident que nous avions du mal à croire que personne ne s'en soit encore rendu compte.

« Qu'est-ce que je suis en train de regarder ? demanda Ernesto après avoir observé cet océan végétal apparemment uniforme pendant quelques secondes.

— Dis-le-moi, toi, rétorqua la Mexicaine. Tu ne vois pas quelque chose de… comment disais-tu ? D'insolite ? »

Le jeune homme approcha le nez à quelques centimètres de l'écran et, alors qu'il paraissait sur le point de s'avouer vaincu, il posa le doigt sur un point de la carte et leva les yeux.

« Qu'est-ce que c'est que cela ?

— Je ne veux pas t'influencer, répliqua Cassandra. À quoi ça ressemble, d'après toi ?

— On devine la forme d'une étoile à cinq branches, un peu irrégulière, avec un pentagone au milieu.

— Exact ! s'exclama le professeur avec satisfaction. Ceci, c'est ce que l'on peut voir de la Cité noire depuis l'espace. Une étoile à cinq branches de plusieurs kilomètres d'envergure, avec un pentagone central. Il s'agit rien de moins que des murailles de la cité. Je reconnais que la forêt est si dense que c'est un peu difficile à distinguer, mais si l'on sait ce que l'on cherche, cela devient clair comme de l'eau de roche. »

Ernesto sortit un mouchoir de sa poche pour essuyer la sueur qui commençait à dégouliner sur son front.

« Si ce n'était pas vous, murmura-t-il en rangeant son mouchoir, je croirais que vous vous moquez de moi et que cette photo satellite est un montage. Mais ce n'est pas le cas, n'est-ce pas ? »

Posant le doigt sur l'écran, il ajouta :

« Ceci est réel, non ?

— Aussi réel que notre présence dans cette pièce. »

Le jeune homme fronça les sourcils avec perplexité.

« Je te rappelle que tu as promis de garder le secret sur tout ce que nous te dirons, le devança Cassandra avant qu'il ne pose sa question.

— Mais…

— Pas de mais.

— Je ne comprends pas pourquoi vous voulez le garder secret, remarqua Ernesto. Vous dites que vous en avez parlé à la télé l'autre jour.

— Seulement en partie, précisa le professeur. Sans donner trop de détails. Nous avons déjà été assez diffamés pour ne pas avoir envie de fournir les verges pour nous battre. Tant que nous n'aurons pas des preuves irréfutables de la véracité de nos dires, je préfère que rien de tout ceci ne transpire. »

Le jeune homme réfléchit un instant et finit par acquiescer.

« D'accord, professeur. Ne vous inquiétez pas, je serai muet comme une tombe, affirma-t-il en faisant le geste de sceller ses lèvres avec une fermeture à glissière.

— Très bien, n'en parlons plus. Je suis sûr que nous n'avons pas à nous préoccuper à ce sujet », mentis-je à demi.

Lui posant une main amicale sur l'épaule, j'ajoutai :

« À présent que tu es un initié, j'aimerais savoir si tu crois possible qu'un dirigeable ait transbordé sa cargaison sur notre sous-marin et où celle-ci aurait pu être déchargée. Autrement dit, as-tu une idée quant à sa destination ? »

Songeur, le garçon se gratta le nez, puis la nuque, puis l'oreille, et, alors que je craignais de le voir se gratter le scrotum, il plissa les yeux et fit claquer sa langue.

« Au sujet de la première question, il n'y a aucun document qui rapporte ce genre de chose, mais, techniquement, c'est faisable. Quant à l'autre question… »

Il fit une pause et je crus qu'il allait reprendre ses attouchements rituels, mais il poursuivit :

« Indiquer un lieu en particulier serait difficile. En toute logique, ils devraient avoir tout emporté en Allemagne, sauf qu'il y a un problème.

— Lequel ? demanda Cassie.

— Eh bien, vous me l'avez dit vous-mêmes : il semblerait que toutes ces pièces archéologiques n'aient à ce jour pas encore été localisées en Allemagne. À l'heure qu'il est, elles devraient avoir été retrouvées.

— Et en Namibie ? aventurai-je. Peut-être étaient-ils allés à la Côte des Squelettes non pas pour se ravitailler, mais pour dissimuler leur cargaison dans quelque endroit secret. Le désert ne me semble pas la pire des options pour le faire.

— Et les colons allemands auraient pu les aider, ajouta le professeur. Si nous pouvions trouver cet endroit... Entrepôt ou autre. Qui sait ce que nous pourrions y découvrir ? Il doit forcément exister des documents en rapport avec le sujet : des archives, des rapports, des cartes... Nous pourrions même aller au Centre de documentation sur le National-Socialisme, à Munich. Il y a là-bas des milliers de textes de la *Schutzstaffel* et de l'*Ahnenerbe* qui n'ont pas encore été étudiés.

— Il se pourrait que l'un d'entre eux mentionne l'endroit où étaient entreposées les pièces archéologiques apportées, ajouta la Mexicaine avec un enthousiasme croissant. Si nous le trouvions, nous aurions toutes les preuves dont nous avons besoin.

— Holà ! pas si vite ! intervins-je en levant les mains. Je n'arrive pas à croire que ce soit à moi de dire ça... mais, en admettant que nous ayons raison et que cet entrepôt existe, ce qui reste une hypothèse plus que hasardeuse, des mois, voire des années d'investigation pourraient être nécessaires. Et en plus, nous ne parlons même pas l'allemand ! Ce serait une totale perte de temps. »

Le professeur hocha la tête avec lenteur.

« C'est vrai, reconnut-il. Mais c'est la meilleure piste que nous ayons. Ou, plus exactement, la *seule* piste que nous ayons.

— La seule, non. N'oubliez pas le sous-marin coulé.

— Potentiellement coulé, précisa Ernesto.

— Potentiellement coulé, répétai-je, il y a quatre-vingts ans, devant une des côtes les plus dangereuses du monde. Je sais. Mais c'est quand même notre meilleur atout. Bien meilleur, en tout cas, que de plonger dans des archives poussiéreuses. Au moins, nous avons une notion approximative de l'endroit où se trouve ce sous-marin. »

Cassie, qui me voyait venir, fronça les sourcils avec méfiance.

« Qu'est-ce que tu insinues ?

— Je crois que tu le sais très bien », répondis-je tandis que sur mes lèvres affleurait ce sourire malicieux que je réservais pour de telles occasions.

L'expression de la Mexicaine passa de l'incompréhension au sourire nerveux pour se décanter finalement pour la stupeur lorsqu'elle réalisa que je parlais sérieusement.

« Pff, toi, tu ne vas pas bien de la tête, déclara-t-elle.

— Depuis le temps, je croyais que tu t'en étais rendu compte. »

De son côté, le professeur nous regardait alternativement, cherchant à comprendre ce qu'il se passait.

« Qu'est-ce que vous voulez dire ? demanda-t-il, déconcerté. De quoi parlez-vous ? »

Un peu plus tard, ayant laissé Ernesto devant son ordinateur en lui promettant de le tenir au courant de nos résultats, j'invitai Cassie et Eduardo à prendre un café à la librairie Altaïr, sur la *Gran Via*.

Évitant le métro à l'heure de pointe, nous nous y rendîmes en taxi, et, à la cafétéria en sous-sol, nous prîmes possession d'une des tables du fond, entourée de mappemondes et de livres sur les voyages. Lorsqu'on nous apporta les cafés, je les repoussai sur le côté et posai sur la table une carte que je venais de trouver dans la section consacrée à l'Afrique occidentale.

« Qu'est-ce que c'est ? demanda le professeur tout en tournant lentement sa cuiller dans son cappuccino.

— C'est une carte, répondis-je en la dépliant sur la table en bois.

— Je le vois bien. Mais une carte d'où ?

— D'où voulez-vous que ce soit ? De Namibie, bien sûr. »

Cassie fit entendre un claquement de langue contrarié.

« Alors, tu étais sérieux, constata-t-elle avec résignation. Je croyais que c'était une de tes plaisanteries.

— Une plaisanterie ? m'étonnai-je. Si nous localisons ce sous-marin, nous pourrions prouver notre théorie. De plus, comme il s'agit d'une épave, nous aurions des droits sur la cargaison que nous pourrions trouver à l'intérieur. Si, comme nous le croyons, il transportait des pièces archéologiques de la Cité noire, celles-ci auraient une très grande valeur.

— C'est donc ça, tiqua-t-elle. Je comprends maintenant cet intérêt pour retrouver le sous-marin. Ce que tu veux, c'est récupérer les objets pour les vendre. C'est pour le fric, non ?

— Ben oui. Enfin, pas seulement, rectifiai-je en la voyant froncer les sourcils. Mais quel est le problème ? Nous gagnerions sur toute la ligne : nous récupérerions des objets qui, sinon, resteraient à jamais perdus dans l'océan ; nous prouverions que tout ce que nous avons dit était vrai, et, en prime, nous aurions une certaine rentabilité. Je crois que nous l'avons bien mérité.

— Enfin, murmura le professeur en se grattant la tête. Même si tes motifs sont assez discutables, tu as peut-être raison.

— Hé ! professeur ! protesta Cassie en se rejetant contre le dossier de sa chaise. Il ne manque plus que vous lui donniez raison !

— C'est qu'il n'a pas vraiment tort.

— Le problème n'est pas seulement qu'il ait tort ou raison, c'est que c'est une aberration. Je pourrais vous donner une centaine de bonnes raisons pour lesquelles on ne peut pas le faire.

— Par exemple ? » demandai-je en croisant les bras.

Cassie secoua la tête, l'air déçu.

« Je ne peux pas croire que ce soit précisément *toi* qui poses la question, répondit-elle avec exaspération. Tu sais très bien que les recherches sous-marines sont extrêmement compliquées, à plus forte raison si nous ne disposons que des vagues indications que nous a données Ernesto. Nous ne savons pas à quelle profondeur pourrait se trouver ce maudit sous-marin, et moins encore s'il est accessible ou s'il gît sous dix mètres de sable. Nous ignorons aussi s'il est en bon état ou en mille morceaux dispersés sur tout le fond marin. Et il est impossible de savoir s'il contient toujours quelque chose qui vaille la peine et qui n'ait pas été rongé par l'eau salée. Enfin, et ce n'est pas un moindre problème, une opération aussi complexe serait extrêmement onéreuse, conclut-elle en soufflant par les narines. Vous, je ne sais pas, mais la dernière fois que j'ai regardé mon relevé bancaire, je n'avais pas un million d'euros en trop sur mon compte. De fait, je ne sais même pas si j'aurais assez pour payer mon café. »

Ce chapelet d'objections m'était venu à l'esprit dès le départ, mais j'étais convaincu qu'aucun de ceux-ci ne représentait un obstacle infranchissable. Le seul véritable problème, comme c'est presque toujours le cas, était le financement. Là, elle avait mis le doigt dans la plaie, et je n'avais pas d'argument – ni d'argent – pour la contredire. Consciemment ou non, j'avais ignoré ce point, mais je ne pouvais pas ne pas admettre qu'elle avait raison.

« Un million d'euros ? demanda le professeur d'un air songeur. Tu penses que c'est ce que ça coûterait ? »

Cassie le dévisagea avec une grimace amusée.

« Ou même deux. Ne me dites pas que vous les avez ?

— Moi ? rit-il en se posant un doigt sur la poitrine. Ma retraite ne paye pas autant ! »

Il se pencha sur la table et ajouta d'un air de conspirateur :

« Mais je connais quelqu'un qui les a. »

11

Les haut-parleurs déversaient une suave version instrumentale de *Garota de Ipanema*. Le plafond et les quatre parois de l'ascenseur étaient des écrans haute définition qui nous offraient une vertigineuse vue panoramique de Barcelone, comme si nous nous trouvions dans une cabine de verre flottant entre ciel et terre. Bien que sachant que ce n'était pas le cas, l'effet paraissait si réel que nous nous écartions instinctivement des parois-écrans, comme si nous risquions d'être précipités dans le vide.

« C'est vraiment horrible, balbutia le professeur, blanc comme un linge et les yeux exorbités.

— Je croyais que c'étaient les avions qui vous faisaient peur, fit Cassie en lui passant dans le dos une main apaisante.

— Je n'ai pas peur des avions, précisa-t-il, tendu. J'ai peur de *tomber* d'un avion. Alors, ce machin qui paraît ne pas avoir de murs... Qui donc a bien pu avoir une idée pareille ?

— Quelqu'un qui a de l'argent en trop et qui aime impressionner ses visiteurs », dis-je en regardant les tours de la Sagrada Familia qui se dressaient, spectaculaires, au-dessus de la ville.

Flottant au-dessus de nos têtes, un hologramme affichait les numéros des étages qui se succédaient à toute vitesse, indiquant notre progression dans ce gratte-ciel récemment achevé dont les deux derniers niveaux étaient la résidence personnelle de Maximilian Pardo. C'était un appartement luxueux, comme en témoignaient les nombreuses revues d'architecture ou de la presse *people* dont il avait fait la couverture, auquel on ne pouvait accéder que par l'ascenseur privé où nous nous trouvions. Un ascenseur qui n'avait que trois boutons : Parking, Réception et Penthouse.

Quelques secondes plus tard, la vitesse commença de se réduire en souplesse et la cabine s'immobilisa avec un clic imperceptible accompagné d'un léger tintement, juste avant que s'ouvrent les portes qui donnaient directement dans l'appartement. Encore que, pour être honnête, qualifier ce vaste espace du même nom que mon petit logement sous les toits me paraisse assez saugrenu.

Aussitôt sortis de l'ascenseur, nous restâmes cloués sur place, tout en espérant ne pas crever d'envie sur le parquet de bois sombre et luisant. Au fond, une suite ininterrompue de gigantesques baies vitrées offrait une vue à couper le souffle sur la ville, chapeautée de nuages en ce matin d'automne un peu brumeux.

Ce qui nous séparait de ces immenses baies était peut-être encore plus spectaculaire : un espace dégagé de plusieurs centaines de mètres carrés, décoré avec une grande sobriété et un goût exquis ; rien d'ostentatoire, mais clairement avec beaucoup de moyens et une touche de masculinité qui révélait au premier coup d'œil qu'il s'agissait là de la demeure d'un célibataire. D'un célibataire très riche.

Cassie fut la première à recouvrer la parole.

« Pu-tain… !

— C'est incroyable, souffla le professeur éberlué. Je n'avais jamais vu de maison pareille. »

À dire vrai, cette demeure de rêve m'impressionnait tout autant qu'eux, mais je résistai à la tentation de renchérir à voix haute.

À cet instant, un bruit de pas se fit entendre sur notre droite, et un homme dans la cinquantaine, grand et athlétique, cheveux blancs, apparut dans le large escalier en spirale qui venait de l'étage supérieur. Il portait une tenue décontractée : jean, tee-shirt et chaussures de sport. En nous voyant, il ouvrit les bras comme si nous étions des amis d'enfance.

« Bienvenue ! s'écria-t-il avec un sourire de star hollywoodienne ou de publicité pour dentifrice. Merci infiniment d'avoir accepté mon invitation ! »

Je devais reconnaître que ce type avait assez de brio pour paraître réellement enchanté de nous voir. En général, les démonstrations de plaisir ou d'admiration exagérée venant d'inconnus étaient manifestement aussi fausses que des billets de Monopoly, mais l'attitude de Maximilian Pardo était si naturelle qu'il avait l'air sincère.

« Professeur Castillo, dit-il en lui serrant la main avec effusion sans cesser de sourire, c'est un honneur de faire enfin votre connaissance.

— C'est moi qui en suis honoré, monsieur Pardo. »

Le millionnaire secoua la tête.

« Max, je vous en prie. Mes amis m'appellent Max.

— Très bien, Max. Permettez-moi de vous présenter Cassandra Brooks et Ulysse Vidal, les deux amis qui m'ont accompagné en Amazonie et sans qui je ne serais pas là aujourd'hui. »

Max plongea son regard bleu dans les prunelles vertes de Cassie et prit une voix veloutée.

« C'est un plaisir de vous recevoir, mademoiselle Brooks, affirma-t-il en lui serrant la main. Un véritable plaisir.

— Je… oui, bien sûr. Enchantée, Max. »

Cette teinte sur ses joues… Cassie rougissait-elle ?

Notre hôte se tourna vers moi, la main tendue : « Monsieur Vidal, je vous suis très reconnaissant d'être venu aussi. J'ai entendu des choses si incroyables sur vous trois. »

Ce salopard n'était pas seulement plus grand, plus beau et en meilleure forme que moi, mais il dégageait aussi l'arôme d'un de ces parfums hors de prix qui irradient à parts égales virilité et confiance en soi.

« Oui. Moi de même, répliquai-je, répondant à sa ferme poignée de main en m'efforçant de soutenir son regard.

— Le déjeuner sera prêt dans un moment. En attendant, nous pourrions prendre l'apéritif et bavarder un peu, si vous êtes d'accord ? »

Le professeur nous interrogea fugitivement des yeux, puis hocha la tête.

« Oui, bien sûr. C'est parfait.

— Génial. Venez avec moi. »

Avec un geste nous invitant à le suivre, il se dirigea vers un canapé en forme de fer à cheval.

Sur une table basse, on avait disposé une foule de petites assiettes contenant des amuse-gueule que je ne sus pas toujours identifier. J'étais seulement sûr que les boules noires sur le saumon fumé étaient du caviar authentique. Tout ceci était appétissant en diable, et je me rendis compte que j'avais, littéralement, l'eau à la bouche. Je priai pour que mon estomac ne me trahisse pas par un rugissement léonin à la vue de tous ces mets et songeai que j'aurais dû prendre un petit-déjeuner plus copieux.

Nous ayant invités à nous asseoir, notre amphitryon nous mit en main une coupe de Martini *on the rocks* avant de s'installer avec un grand sourire dans un moelleux fauteuil de cuir blanc.

« J'avais très envie de vous connaître, affirma-t-il avec une apparente sincérité. Après avoir vu le professeur Castillo à la télévision, j'ai voulu en savoir davantage sur vous trois et j'ai découvert des choses très intéressantes. »

Il se pencha en avant et poursuivit :

« J'ai appris, par exemple, qu'avant votre… *aventure* en Amazonie, vous avez été impliqués dans les recherches d'un navire naufragé dans les Caraïbes ; ensuite, vous avez été mêlés à un étrange incident survenu au Chiapas, où il semblerait qu'il y ait eu un affrontement armé entre des guérilleros zapatistes et un groupe de mercenaires. Un affrontement qui a fait plusieurs morts et au cours duquel un important gisement archéologique aurait été détruit. »

Maximilian Pardo posa les coudes sur ses genoux et entrelaça ses doigts.

« Je me trompe ? »

Cassie, Eduardo et moi échangeâmes des regards sans vraiment chercher à les dissimuler. Nous n'avions pas prévu d'être interrogés sur ce qu'il s'était passé au Chiapas.

Le professeur se racla la gorge, visiblement mal à l'aise.

« Que voulez-vous savoir exactement, monsieur Pardo ? »

Le millionnaire leva les mains comme pour s'excuser.

« Oh, n'interprétez pas mal ma question. Loin de moi l'idée de vous imposer un interrogatoire. Je suis simplement curieux. Certaines choses que j'ai lues à votre sujet… eh bien, il y en a d'assez incroyables.

— Où avez-vous lu ces choses sur nous ? m'étonnai-je. J'ignorais qu'on eût écrit sur nous. »

Avec un geste négligent de la main, il expliqua :

« Personne n'en a fait un roman ni rien de ce genre. Ce sont plutôt des informations disséminées sur la toile, de petits détails et des métadonnées ici ou là, dit-il en faisant le geste de piocher des particules flottant dans l'air devant lui. Des informations qui, une fois rassemblées, classées et passées au crible, présentent une image assez complète de l'ensemble. Dans ce cas précis, de vos deux dernières années.

— On peut faire cela ? » s'étonna candidement le professeur.

Max Pardo sourit comme si l'on venait de lui demander si l'on pouvait gagner de l'argent en étant banquier.

« Bien sûr. Cela exige un puissant moteur de recherche et du temps, mais ce n'est pas très difficile. De fait, c'est Minerve qui a fait tout le travail. Je me suis contenté de lire le résumé.

— Minerve ? répéta Cassie.

— Oh, vous ne la connaissez pas, c'est vrai. On pourrait dire que Minerve et moi sommes un couple établi.

— Je croyais que vous étiez célibataire », observa Cassie, et je ne goûtai guère la déception qui perçait dans sa voix.

Un nouveau sourire fit apparaître la dentition parfaite et d'un blanc éclatant de Maximilian Pardo.

« Permettez-moi de vous la présenter. »

Rejetant la tête en arrière pour regarder au plafond, il ajouta :

« Minerve, dis bonjour à nos invités, je t'en prie. »

Une voix féminine et sensuelle jaillit d'un haut-parleur invisible.

« Bienvenue chez nous, je m'appelle Minerve, fit la voix avec courtoisie. J'espère que vous êtes bien installés et que vous aimez l'apéritif que nous vous avons préparé. Ah, et ne laissez pas Max vous bombarder de questions, il peut parfois être un peu trop insistant.

— Mais enfin ! protesta celui-ci. Tu es censée dire du bien de moi.

— Oups, pardon. Mais j'ai pensé que ce n'était pas une bonne idée de vous raconter des mensonges dès le départ. Je voulais donc dire que Max est un homme ingénieux, intéressant, doté d'une impressionnante...

— Ça suffit, Minerve.

— ... culture. J'allais dire culture. »

Max Pardo souffla par les narines en secouant la tête.

« Enfin... chantez à l'âne... Où en étions-nous ? » demanda-t-il en regardant Cassandra.

La jeune Mexicaine avait toujours les yeux au plafond comme si elle venait d'y voir flotter un fantôme.

« Qui... ? balbutia-t-elle. Qu'est-ce que c'était que ça ?

— Ça, c'est Minerve, mon assistante.

— C'est... une machine ? » s'enquit le professeur.

Max fronça le nez.

« Ce n'est pas ainsi que je l'appellerais. Minerve est très sensible. Et puis, ce ne serait pas exact. Minerve est une IA, une intelligence artificielle.

— Un peu comme la Siri de l'iPhone ? » aventurai-je.

Le millionnaire secoua la tête avec un sourire complaisant.

« Elle est bien plus que cela. Minerve a été mon projet personnel, ces trois dernières années. J'ai investi beaucoup de temps et d'argent pour la développer. J'ai embauché les meilleurs ingénieurs, biologistes, physiciens et mathématiciens. J'ai même réussi à voler à Google et à Facebook quelques-uns de leurs plus grands experts en intelligence artificielle, dit-il avec un clin d'œil. Mais cela a valu la peine. Minerve n'est pas seulement la meilleure, mais c'est aussi la première IA à avoir une architecture neuromorphique et personnalisée.

— Vous voulez dire qu'elle a été faite uniquement pour vous ? demandai-je, sceptique.

— Je dirais plutôt qu'elle travaille avec moi. C'est comme si j'avais une associée terriblement intelligente, qui est toujours là quand j'en ai besoin et qui se charge de tout ce que je n'ai pas envie de faire. Elle est non seulement capable de trouver une aiguille dans la botte de foin qu'est Internet en un millième de seconde, mais elle sait évaluer quelle est la meilleure décision à prendre à tout moment. S'il le faut, elle devance même mes nécessités et agit en conséquence. De fait, en pratique, c'est elle qui dirige l'entreprise, affirma-t-il en faisant décrire à son doigt un mouvement circulaire qui englobait tout ce qu'il y avait autour de lui, et bien mieux que je ne le faisais. Elle préside l'assemblée des actionnaires, fait le travail du PDG et celui du conseil d'administration. Ainsi, j'ai plus de temps à consacrer à d'autres sujets plus intéressants, comme celui qui nous occupe. Et, cerise sur le gâteau, elle est d'une loyauté absolue et, bien qu'elle puisse parfois être un peu irritante, elle connaît des blagues excellentes.

— De plus, elle a une voix merveilleuse, ajouta Minerve par son haut-parleur. Tant qu'à leur raconter, dis-leur tout. »

Max Pardo acquiesça.

« Sachant que je suis fan de Scarlett Johansson, elle a décidé toute seule de synthétiser la voix de l'actrice et de l'employer pour interagir avec moi.

— Comme dans le film *Her*, observa Cassie.

— Exactement comme dans le film, reconnut Max. Sauf que, dans ce cas, ce n'est pas un système d'exploitation installé chez des millions d'utilisateurs. Nous avons, pour ainsi dire, une relation monogame. Il s'agit presque d'une symbiose entre une intelligence biologique et une artificielle. On pourrait dire que c'est en quelque sorte un second cerveau, beaucoup plus rapide et efficace que le premier.

— Mais… n'est-ce pas dangereux ? objectai-je. Donner un tel pouvoir à une machine ne me semble pas être une bonne idée, pour intelligente qu'elle soit. »

Max poussa un léger soupir, comme s'il était las d'entendre toujours la même question.

« Il n'a jamais rien existé qui ressemble, même de loin, à Minerve. Je comprends votre inquiétude, mais elle est fondée sur des suppositions erronées et des préjugés. Ce n'est pas que Minerve me soit fidèle, c'est qu'elle fait partie de moi, affirma-t-il en se posant la main sur la poitrine. Les probabilités qu'elle me trahisse sont à peu près les mêmes que pour mes bras ou mes oreilles.

— Incroyable, murmura le professeur.

— Non, mon cher ami. Elle est incroyable quand elle s'amuse à imiter des personnalités politiques ou des célébrités parlant n'importe quelle langue. Vous auriez dû l'entendre, le jour où elle a téléphoné à un fabricant de perruques new-yorkais en se faisant passer pour Donald Trump.

— Je dois dire que cela me fait un peu peur, avoua Cassie en jetant un regard méfiant autour d'elle. Cela me rappelle ces films de science-fiction où l'ordinateur devient fou et assassine tout le monde.

— Je ne ferais jamais une chose pareille, ma chère, répondit Minerve. Sauf si je me sens offensée, si vous faites quelque chose qui me déplaît, ou si je suis dans un mauvais jour…

— Minerve, intervint Max sur un ton de reproche, je t'ai déjà dit de ne pas faire ce genre de plaisanterie.

— Pardon. Mes capteurs m'informent que le rythme cardiaque et la température corporelle de nos invités ont augmenté momentanément. Je n'avais pas l'intention de vous effrayer.

— Ce… ce n'est rien, murmura Cassie avec une grimace.

— Je vous présente mes excuses, dit Max. Elle doit encore finir de calibrer ses algorithmes d'interprétation faciale et d'interaction sociale avec des inconnus. Minerve, s'il te plaît, ajouta-t-il d'une voix patiente, soit gentille et reste en mode silence jusqu'à nouvel avis.

— Très bien, patron, répondit aussitôt cette dernière. Je serai là si tu as besoin de moi.

— Merci.

— Ah, au fait, mademoiselle Brooks, fit Minerve comme si elle avait oublié de dire quelque chose, j'adore votre ensemble de lingerie, la couleur vous va très bien.

— Minerve, assez ! »

L'archéologue s'était instinctivement couverte de ses mains.

« Pardon, s'excusa une fois de plus l'imitation de Scarlett Johansson, je voulais juste être aimable. Je m'en vais. Ravie d'avoir fait votre connaissance. »

Et sa voix s'atténua comme si elle était en train de s'éloigner.

Max se tourna vers une Cassie manifestement mal à l'aise qui gardait les mains sur son décolleté.

« Ne vous inquiétez pas, dit-il négligemment. En réalité, elle ne peut pas voir à travers les vêtements. Elle ne possède pas de rayons X ni rien de ce genre, seulement un sens de l'humour un peu excentrique. »

Cassie prit une grande inspiration et se détendit.

« Ce n'est rien », dit-elle d'une voix peu convaincue.

Le millionnaire frappa dans ses mains et se leva :

« Bon, vous avez faim ? Moi, je suis affamé. La table est prête, alors je vous suggère d'aller déjeuner et de garder les bavardages pour le café. Qu'en pensez-vous ? »

Et, avec un clin d'œil, il ajouta : « J'espère que vous aimez la gastronomie japonaise. »

La salle à manger occupait l'angle sud-ouest de l'étage. Les baies vitrées offraient une vue incomparable, sur la Méditerranée, le port et la montagne de Montjuïc. C'est assez intimidés par les attentions de Max que nous nous attaquâmes au déjeuner : notre amphitryon ne cessait de faire des allers-retours à la cuisine, veillant à ce que nous ne manquions ni de nourriture ni de saké, à l'instar du plus obséquieux chef de restaurant japonais. Nous fîmes donc un sort à une quantité exorbitante de poisson et de fruits de mer, servis personnellement par l'un des hommes les plus riches du pays, qui faisait tout pour paraître un type des plus normaux.

De toute évidence, il y avait anguille sous roche.

« Encore ? s'étonna Cassie alors que Max sortait de la cuisine avec un énième plateau de sashimi. Mais vous avez donc monté un restaurant dans votre cuisine ?

— Presque, répondit-il avec un clin d'œil. J'ai engagé deux grands maîtres sushi japonais pour nous préparer le repas.

— Quel luxe ! dit la jeune femme avec un sourire de connivence. Et quel est le restaurant de Barcelone qui a dû fermer aujourd'hui à cause de nous ?

— De Barcelone, aucun. De fait, ce sont les *itamaes* du restaurant Harukoma d'Osaka, expliqua-t-il tranquillement en s'essuyant la bouche avec sa serviette. Ils sont arrivés il y a quelques heures et repartent dès ce soir. Mais personne ne coupe le sashimi comme eux. »

Cassie en resta bouche bée, un sushi en l'air, tandis que le professeur manqua d'avaler son *edamame* de travers.

« C'est l'avantage de posséder un jet privé », ajouta Max avec un clin d'œil malicieux.

Plusieurs plats et deux jarres de saké plus tard, bien repus et un tantinet éméchés, nous nous levâmes pour passer au salon, où chacun se fit un café à son goût au percolateur automatique du bar. Nous nous installâmes confortablement dans l'énorme sofa en fer à cheval tourné vers l'horizon marin, et nous restâmes silencieux, regardant la pluie tambouriner les vitres.

« Vous avez une très belle maison, dit Cassie au bout d'un moment en reposant sa tasse sur la table. Et une vue incomparable.

— Merci, Cassandra. Lorsque j'ai vendu ma société, une partie de l'accord portait sur les deux derniers étages du nouveau siège que la banque était en train de faire construire. »

Il regarda autour de lui avec satisfaction et déclara :

« Cela m'a coûté une fortune, mais je ne le regrette pas.

— La seule chose que je n'aime pas, déclara le professeur, c'est l'ascenseur. Ces écrans sur les parois m'ont donné le vertige. Vous devriez au moins mettre des garde-fous, même si ce n'est que pour donner une sensation de sécurité. J'ai eu tout le temps l'impression que le moindre coup de vent risquait de me faire tomber. »

Max Pardo sourit.

« Alors, heureusement que vous n'êtes pas venu à ma pendaison de crémaillère. Le sol est également un écran haute définition, ce qui donnait l'illusion de flotter dans l'air. C'était hallucinant. Mais beaucoup de gens ont eu des crises de panique et ont refusé d'y monter. D'autres prenaient l'ascenseur, mais ils arrivaient dans l'appartement couverts de sueur froide. J'ai fini par être obligé de le déconnecter avant qu'il ne détruise toute ma vie sociale », dit-il avec une grimace résignée.

Le professeur hocha la tête, compréhensif.

Max reporta son attention sur moi.

« Je vous trouve bien silencieux, monsieur Vidal. Vous n'avez pas ouvert la bouche de tout le repas, et vous me regardez comme si je vous devais de l'argent.

— J'attends, répondis-je.

— Vous attendez ? Vous attendez quoi ? »

Je posai calmement ma tasse vide sur la table basse.

« C'est vous que j'attends.

— Je ne comprends pas.

— Monsieur Pardo, commençai-je, manifestant clairement que je refusais toute familiarité, vous nous avez fait votre petit numéro de multimillionnaire sympa et sans façon, qui, d'une part, fait venir des cuisiniers des antipodes pour lui couper son poisson, et, de l'autre, se sert lui-même à table et porte des vêtements d'occasion. Une habile combinaison d'intimidation et de séduction, je dois le reconnaître, mais ça ne prend pas. »

Je me penchai en avant :

« J'attends de voir apparaître Maximilian Pardo, le requin des affaires dont la photo figure dans la liste Forbes. »

Pendant quelques secondes, le temps s'arrêta dans la grande pièce. Cassie et le professeur tournèrent lentement les yeux vers Max. Ils avaient l'air de se préparer à être jetés dehors à coups de pied dans les fesses, ce que j'étais certain de ne pas voir se produire.

Au bout de quelques instants de tension contenue, le millionnaire éclata de rire.

« Je constate que vous ne prenez pas de gants, monsieur Vidal. J'aime ça.

— Parfait. Alors, vous ne verrez aucun inconvénient à ce que je vous dise que… »

Le professeur Castillo leva la main pour m'interrompre.

« Ulysse, s'il te plaît. C'est moi qui ai appelé monsieur Pardo pour lui solliciter cette rencontre. Ne soyons pas discourtois. »

J'ouvris la bouche pour répliquer, mais je me ravisai à la vue des sourcils froncés de mon vieil ami. Ce dernier se tourna vers notre hôte.

« Nous sommes ravis que vous nous ayez accordé cette entrevue, monsieur Pardo. Voyant l'intérêt que vous manifestez pour notre expédition à la Cité noire, je crois que la proposition que nous venons vous faire pourrait vous intéresser également. »

Le sourire de Maximilian Pardo s'élargit – ce même sourire qu'il affichait dans les journaux d'économie – et, penché en avant dans son fauteuil, il croisa les doigts avec attention.

« Je suis tout ouïe. »

12

Plus d'une heure durant, Eduardo et Cassie firent à Max le résumé des événements qui avaient eu lieu en Amazonie des mois plus tôt, sans trop s'étendre sur les détails les plus singuliers ni sur ce que nous préférions ne pas rendre public pour le moment.

En achevant son récit, le professeur Castillo se rejeta en arrière dans son fauteuil, fermant les yeux comme après une douloureuse séance de thérapie, épuisé par l'effort qu'il venait de fournir pour revivre une fois de plus ces quelques semaines.

Pendant tout ce temps, Max Pardo avait à peine bougé, conservant une expression de concentration absolue, comme s'il essayait de graver dans sa mémoire chacune des phrases prononcées – ce que Minerve était très probablement en train de faire à sa place.

De l'autre côté des fenêtres, le jour déclinait rapidement, et le système d'éclairage automatisé augmentait graduellement l'intensité des lampes de la maison pour s'adapter en douceur à l'obscurité croissante.

Finalement, après de longues minutes d'un silence songeur, Max prit une profonde inspiration et s'adressa au professeur :

« Avant toute chose, déclara-t-il avec gravité, sans trace de la jovialité dont il avait fait preuve pendant le déjeuner, je tiens à vous présenter mes plus sincères condoléances. »

Eduardo le remercia d'un hochement de tête.

Puis, nous regardant tour à tour, le millionnaire poursuivit :

« Et vous dire à tous les trois combien je vous admire, pour vos exploits, pour votre force d'âme et votre courage. Je suis incapable d'imaginer ce que vous avez dû endurer. Toutes mes prétendues aventures médiatisées, comme traverser l'Arctique en traîneau ou survoler l'Afrique avec un ULM, sont réduites à de simples anecdotes en regard de ce que vous avez vécu. Je vous tire humblement mon chapeau. »

Décidément, cette canaille savait comment se mettre les gens dans la poche. Bien malgré moi, je sentais grandir inexorablement la sympathie qu'il m'inspirait.

« Vous être très aimable, monsieur Pardo, dit le professeur avec une nouvelle inclinaison de tête.

— Max, insista celui-ci. Je vous en prie, appelez-moi Max.

— C'est très aimable à vous, Max. Mais je suis sûr que vous vous demandez pourquoi nous vous avons contacté et quelle est la proposition que nous voulons vous faire, n'est-ce pas ?

— Je m'attendais à ce que vous me le disiez le moment venu », répondit-il avec un sourire plein de confiance.

Eduardo nous regarda brièvement, Cassie et moi, et s'éclaircit la gorge avec gêne avant de reprendre :

« Voyez-vous, Max, depuis que nous avons rendu publiques les découvertes que nous avons faites lors de notre voyage en Amazonie, les choses… ne se sont pas déroulées comme nous l'espérions. Des difficultés imprévues et nombreuses se sont présentées qui nous ont mis dans une situation plutôt… hum… assez précaire.

— À quoi faites-vous référence, exactement, professeur ?

— Au fait qu'on nous rend la vie impossible, intervins-je avec impatience. En particulier mes compagnons. Professionnellement, Cassie a vu se fermer toutes les portes devant elle, que ce soit comme archéologue ou comme investigatrice ; quant à Eduardo, il est devenu un paria dans le monde académique. On leur a pendu au cou un écriteau portant le mot "imposteur", et ils ont subi un véritable lynchage professionnel.

— Je retrouverai difficilement du travail dans mon domaine ou dans tout autre où l'on m'exigerait un tant soit peu de crédibilité, renchérit l'archéologue.

— C'est pour cela que nous avons besoin de votre aide, conclut le professeur. Le seul moyen de recouvrer notre honorabilité et notre vie, c'est d'obtenir des preuves irréfutables de la véracité de nos dires. »

Max se pencha en avant avec intérêt.

« Êtes-vous en train de me dire que vous voulez retourner à la Cité noire ? » demanda-t-il avec un enthousiasme contenu.

Le professeur le regarda comme s'il venait de lui proposer d'aller faire le missionnaire en Afghanistan.

« Comment ? Non ! Mon Dieu ! Je ne retournerais pas dans cet enfer pour tout l'or du monde.

— Et même si nous le voulions, nous ne pourrions pas, lui rappela Cassie. Comme nous vous l'avons expliqué, la zone est encore inondée et le gouvernement brésilien ne nous permettrait pas d'entrer dans le pays.

— Mais alors, dit-il en posant sur nous un regard déconcerté, si vous ne voulez pas y retourner, comment ?

— Il y a un autre lieu, répondit la jeune femme. Avant de disparaître, les nazis ont largement exploité la Cité noire, et nous croyons savoir où ont pu finir une partie des pièces archéologiques qu'ils ont emportées. »

L'œil de Max se ralluma.

« Vraiment ? fit-il avec incrédulité. Où donc ?

— Au large de Namibie, au sud de…

— Un endroit dont nous vous parlerons, la coupai-je, si vous décidez de nous aider. »

Le millionnaire eut un petit rire surpris.

« Vous ne me faites pas confiance ?

— Si nous ne vous faisions pas confiance, nous ne serions pas là, objectai-je. Mais nous n'allons pas vous dévoiler toutes nos cartes avant l'heure. Vous êtes un homme d'affaires, vous voyez certainement ce que je veux dire. »

Max opina du chef.

« Très bien, mais vous ne m'avez pas encore dit ce que vous voulez.

— De l'argent, rétorquai-je du tac au tac.

— Beaucoup d'argent, en fait, précisa Cassie.

— Je pensais bien que vous n'étiez pas venus me demander conseil. Mais, de combien parlons-nous ? »

Le professeur et moi nous tournâmes vers la Mexicaine, qui s'excusa timidement :

« En réalité, nous ne savons pas vraiment. Mais je calcule que nous pourrions avoir besoin d'un million d'euros, deux, peut-être », ajouta-t-elle avec un haussement d'épaules.

Pendant quelques interminables secondes, le silence régna dans le salon. Nous guettions la réaction de notre hôte, et lui semblait attendre la suite.

« Un million, peut-être deux, répéta-t-il enfin sans montrer si cela lui paraissait beaucoup ou peu. Je vois. Et il vous faut cette somme pour… ?

— Trouver un sous-marin coulé pendant la Seconde Guerre mondiale. Nous sommes convaincus qu'il transportait les pièces archéologiques extraites du gisement de la Cité noire. »

Sourcils froncés, Maximilian Pardo ne parla pas tout de suite, attendant qu'on lui explique cette blague.

« Mais… vous êtes sérieux ? Un sous-marin ?

— Un sous-marin nazi, pour être précis, souligna le professeur.

— Coulé ?

— Sous l'eau, oui », clarifiai-je d'un ton qui me valut un coup de coude de la part de Cassie.

Mais Max semblait si déconcerté qu'il n'avait même pas dû entendre ma réponse.

« Récapitulons, dit-il en joignant le bout des doigts. Vous dites que vous voulez partir à la recherche d'un sous-marin nazi coulé pendant la Seconde Guerre mondiale parce que vous pensez qu'il contient des objets de la Cité noire ?

— C'est cela, affirmai-je.

— À un endroit dont vous ne souhaitez pas m'informer parce que vous n'avez pas confiance en moi.

— C'est… c'est une manière un peu abrupte de le dire, tempéra le professeur.

— Et vous voulez que je vous prête un ou deux millions d'euros pour ce faire.

— Approximativement », lui rappela Cassie, un doigt en l'air.

Max Pardo porta ses mains jointes à ses lèvres, comme s'il priait, puis, après une interminable minute de réflexion, il murmura :

« Très bien, je vais vous aider. »

Nous en restâmes muets de surprise. C'était tout ? C'était si facile ?

« Mais à mes conditions », ajouta-t-il.

Non, évidemment que ça ne pouvait pas être si facile.

« Quelles conditions ? demanda Eduardo.

— Je veux que le projet porte mon nom.

— Votre nom ? relevai-je avec un rire sans joie. Et comment voulez-vous l'appeler ? *Discovery Max* ?

— Je veux que l'on se souvienne de moi pour autre chose que quelques exploits sportifs, expliqua-t-il en ignorant mon commentaire. De plus, nous obtiendrons une plus grande attention médiatique si mon nom figure en tête du projet.

— Ce que nous voulons, c'est démontrer l'existence d'une civilisation inconnue, répliqua le professeur, pas l'attention médiatique.

— Vous, peut-être pas, mais moi, si. Si nous le faisons, nous le ferons à ma façon. Je ne me contenterai pas d'être le type qui signe les chèques.

— Qu'est-ce que vous voulez dire ? demanda Eduardo.

— Il veut dire que c'est lui qui tient la queue de la poêle, et que si nous voulons son argent, nous devrons danser au son de sa flûte, expliquai-je en adressant un sourire torve au millionnaire. C'est bien cela ?

— C'est une manière un peu abrupte de le dire, rétorqua Max en paraphrasant le professeur. Mais oui, c'est l'idée. Le mérite académique vous reviendra à tous les trois, et à moi, le médiatique. Je crois que le marché est juste. »

Je me tournai vers Cassie et Eduardo, qui acquiescèrent tous deux sans hésitation.

« D'accord, dis-je. Mais nous exigeons un contrat par écrit.

— Bien entendu », répondit Max qui leva les yeux au plafond :

« Minerve, tu peux t'en charger ?

— Tout de suite, dit l'IA, qui ajouta presque aussitôt : c'est prêt. Veux-tu que j'ajoute une clause particulière ou des conditions additionnelles ?

— Hum… oui. Ajoute une assurance accident pour nos amis et un compte pour leurs dépenses personnelles de, disons… dix mille euros chacun, plus trois cents euros par jour à titre de frais de séjour, assurances et imprévus. Cela vous semble bien ? » demanda-t-il en nous adressant un regard interrogateur.

Aucun de nous ne fut capable de répondre immédiatement, peut-être parce que nous étions tous trois en train de calculer ce que représentaient trois cents euros par jour.

« Euh… oui, bien sûr, bafouilla le professeur. Cela nous paraît… hum… acceptable.

— Parfait. Rédige et imprime, Minerve. »

La seconde suivante, le bourdonnement d'une imprimante indiquait que le contrat était prêt à être signé.

Tout allait très vite. Trop vite à mon goût. Et à en juger par l'air déconcerté de mes deux amis, je ne doutai pas qu'il en était de même pour eux.

« Il y a quelque chose qui vous préoccupe ? demanda Max.

— Non, mais, je ne me voyais pas déjà signer un contrat, expliqua le professeur.

— Je vous comprends. Mais c'est ce qu'il y a de mieux pour tout le monde. Naturellement, ajouta-t-il avec un geste destiné à nous tranquilliser, vous pouvez l'emporter chez vous et consulter un avocat avant de signer. C'est une simple formalité, pour éviter d'éventuels malentendus par la suite.

— Bien sûr, bien sûr, acquiesça le professeur.

— Mais nous en parlerons plus tard. J'étais en train de penser à ce que vous m'avez raconté au sujet du discrédit académique et professionnel dont vous souffrez, et je me demandais… »

Il laissa la phrase en suspens, les yeux à demi fermés.

« Quoi ? dit Cassie avec une pointe d'impatience. Qu'est-ce que vous vous demandiez ?

— Hein ? Excusez-moi, reprit-il en se frottant le menton. Je me demandais si tout ce discrédit est circonstanciel ou s'il y a une origine précise.

— Une origine précise ? s'étonna l'archéologue. Je ne comprends pas. »

Max leva encore une fois les yeux au plafond :

« Minerve ?

— Oui, Max ?

— Pourrais-tu opérer une indexation préliminaire des réseaux sociaux pour l'année écoulée et sélectionner tout ce qui est en rapport avec nos amis ou leur découverte ? Ensuite, j'aimerais que tu effectues une analyse de flux de données, de fiabilité et de tendances.

— Naturellement. Le veux-tu en listing ou en graphique ?

— En graphique, s'il te plaît. »

Je n'eus pas le temps de deviner ce qu'il avait en tête avant que Minerve n'annonce :

« C'est prêt. Je l'envoie à l'écran ?

— Vas-y », confirma notre amphitryon, qui se tourna vers la baie vitrée qui prenait tout le mur.

Pendant un instant, je crus qu'un écran allait descendre du plafond ou émerger du plancher, comme dans un film de James Bond, mais ce qui arriva fut encore plus surprenant. L'immense baie vitrée qui nous offrait le spectacle de la ville s'obscurcit brusquement, et la fenêtre se transforma en un instant en un écran de télévision de trois mètres sur cinq.

Un « putain ! » de stupéfaction s'échappa de mes lèvres et Maximilian Pardo se tourna vers moi avec un sourire enchanté.

« Cool, hein ? » fit-il avec un clin d'œil.

J'ouvris la bouche pour lui donner raison, mais Max reportait déjà son attention sur l'écran où un large graphique venait d'apparaître.

« Voilà. Hum… c'est ce que je pensais.

— Ce que vous pensiez ? demanda Cassie dont les yeux allaient du graphique à notre hôte et vice versa. Qu'est-ce que vous voulez dire ?

Se levant, Max alla se placer à courte distance de la fenêtre, comme si cinq mètres d'écran n'étaient pas encore assez pour lui. Puis il se tourna vers nous en secouant la tête d'un air affligé.

« Vous ne voyez rien ? demanda-t-il en montrant le graphique.

— Je vois des lignes de couleurs, mais j'ignore ce qu'elles signifient », répondit le professeur.

Le graphique consistait en une série de coordonnées sur un quadrillage. Une ligne horizontale représentait la chronologie depuis trois mois tandis que l'axe vertical ne portait aucune indication. L'espace quadrillé qu'ils délimitaient était traversé par trois lignes de couleur, qui montaient lentement en se maintenant plus ou moins parallèles, jusqu'au moment où elles se séparaient abruptement, la verte vers le haut et les deux autres vers le bas, dépassant presque les limites du graphique.

« Ce point, dit Max en posant l'index au point de départ des trois lignes, marque le moment où vous êtes revenus de la Cité noire, quand commencent à apparaître des articles et des commentaires sur votre découverte dans les médias et sur les réseaux sociaux. Timidement d'abord – son doigt suivit la ligne verte – puis, petit à petit, avec de plus en plus d'attention médiatique.

— Et les deux autres lignes ? demanda Cassie.

— La ligne rouge indique la tendance, positive ou négative, des commentaires. »

Il désignait cette fois la ligne qui se maintenait dans la moyenne sur la moitié du graphique, avant de se précipiter dans l'abîme comme si on lui avait tiré dessus.

« Et la jaune ? fit le professeur en désignant la ligne qui suivait la rouge pratiquement en parallèle.

— La jaune indique la fiabilité des sources, des commentaires, et des médias qui les publient.

— Je vois…, marmonna mon vieil ami, mais je ne comprends toujours pas.

— Vous voulez dire que, tout d'un coup, les médias et les réseaux sociaux se sont mis à dire du mal de nous sans aucune raison ? demanda Cassie, sceptique.

— Oui et non, répondit Max. *Oui*, ils ont commencé à vous discréditer subitement, mais *non*, ce n'était pas sans raison.

— Cette fois, c'est moi qui ne comprends pas, avoua la Mexicaine.

— Vous voyez cette ligne verte qui grimpe comme une fusée ? C'est le nombre de mentions à votre sujet ou sur la Cité noire le jour de votre interview à la télévision. Avec un tel volume de commentaires, vous êtes sûrement devenus *trending topic* sur Twitter, sans compter Facebook, les journaux numériques, les blogues et autres sites web alternatifs. Cette croissance exponentielle n'est pas normale, dit-il en secouant la tête, sauf si vous êtes élu président ou si vous tirez sur le pape.

— Vous voulez dire… »

Je commençais à deviner où il voulait en venir.

« Je veux dire que quelqu'un vous a pris très au sérieux. »

Suivant les deux lignes descendantes, il expliqua :

« Quelqu'un qui a produit une énorme quantité de fausses nouvelles à votre sujet et qui les a diffusées en masse par tous les moyens à sa portée afin de vous discréditer totalement.

— Mais… qui ? balbutia le professeur, interloqué. Qui est-ce ? Pourquoi faire une chose pareille ?

— Minerve, peux-tu remonter à l'origine des fausses nouvelles, s'il te plaît ?

— C'est la première chose que j'aie faite, répondit l'intelligence artificielle. Ce sont les suspects habituels, Max : Ukrainiens, Russes, Albanais, Philippins…

— Mais que diable auraient les Philippins contre nous ? s'écria le professeur, aussi désorienté qu'indigné. Il y a plus d'un siècle qu'ils nous ont expulsés !

— Calmez-vous, prof, dis-je en lui posant la main sur l'épaule. Vous finirez par avoir une attaque.

— Comment veux-tu que je me calme ? C'est une honte ! Je n'ai jamais mis le pied dans ces pays ! Que leur avons-nous fait, nous ?

— Rien, Eduardo, répondit Max. Vous ne leur avez rien fait, et eux, ils ne savent même pas qui vous êtes.

— Je ne comprends pas.

— Ce sont des hackers, n'est-ce pas ? dit Cassie.

— Exactement. Les auteurs sont des professionnels de la mystification et des fausses nouvelles. Il s'agit de mafias qui, pour de l'argent, génèrent et répandent de fausses informations et des rumeurs malintentionnées capables d'enfoncer n'importe qui. Vous pouvez le demander à Hillary Clinton au sujet de l'élection de 2016, dit-il en esquissant une moue. Quelques hackers ont inventé et diffusé une énorme quantité de mensonges que quelques médias ont repris par intérêt ; ensuite, des millions d'internautes les ont propagés sans se demander si l'ex-première dame pouvait réellement se consacrer au trafic d'enfants ou à la distribution de drogue à grande échelle. Les gens ont commencé à faire passer les rumeurs mensongères que beaucoup ont fini par croire.

— Et c'est ce qu'on nous a fait, à nous ? demandai-je, interloqué.

— Exactement la même chose. Et probablement les mêmes hackers.

— Mais, pourquoi ?

— Pour de l'argent, évidemment.

— De l'argent ? Quel argent ? Nous n'avons pas un kopek ! »

L'idée lui arracha un léger sourire.

« Pas le vôtre, bien sûr. L'argent de celui qui les aura payés pour monter cette cabale. Quelqu'un qui a les moyens, précisa-t-il, et qui est bien décidé à ce que vous ne soyez plus jamais pris au sérieux.

— Et votre amie du plafond ne peut pas savoir qui c'est ?

— L'amie du plafond a un nom, rétorqua celle-ci sur un ton vexé plutôt inattendu. Et je ne travaille que quand on me le demande poliment.

— Ce n'est rien, Minerve, dit Max en levant la main. Et non, elle ne peut rien découvrir. Les transferts d'argent se font en cryptomonnaie et sont impossibles à remonter. Inutile d'essayer de suivre cette piste.

— Alors ? Comment pouvons-nous faire pour le savoir ? s'enquit le professeur.

— Sincèrement, je l'ignore. Il n'y a pas quelqu'un que vous auriez pu vous mettre à dos, dernièrement ? »

Le professeur Castillo lâcha involontairement un « pff » et Cassie leva les yeux au ciel.

« Vous les voulez par ordre d'apparition ou alphabétique ? ironisai-je avec un sourire amer.

— Il a quelqu'un avec assez d'argent pour pouvoir organiser une telle campagne ? »

Pour le coup, le cercle se rétrécissait considérablement. En fait, il se rétrécissait assez pour être réduit à une seule personne.

« Luciano Queiroz, dit Cassie en lisant dans mes pensées. Le président d'AZS, l'entreprise chargée du barrage qui a inondé la Cité noire.

— C'est forcément lui, renchérit le professeur. C'est un homme sans scrupules et son projet de barrage a été gelé à cause de nous.

— Sans compter que tu lui as fait croire que tu l'avais empoisonné, me rappela Cassie.

— Empoisonné ? s'étonna Max en se tournant vers moi.

— C'est une longue histoire. Mais oui, tout porte à croire que ce pourrait être lui.

— Mais qu'est-ce qu'il gagne en faisant cela ? dit Eduardo.

— À part se venger ? fit remarquer Cassie.

— Pour se venger, il aurait pu vous envoyer un tueur à gages, c'est moins cher, observa Max.

— Il croit peut-être que, si nous perdons tout crédit, la Cité noire tombera dans l'oubli et il pourra reprendre son projet de barrage.

— Je ne sais pas si nous sommes si importants, objecta le professeur. La découverte a été rendue publique en dépit de sa faible crédibilité ; il y aura forcément des gens ou des institutions pour s'y intéresser. Tôt ou tard, le gouvernement brésilien lèvera l'interdit et quelqu'un ira vérifier sur place si nous avons menti ou non.

— Sauf si à ce moment l'inondation a repris et la cité se retrouve sous l'eau. Je vous rappelle que, mise à part une poignée d'indigènes menkragnotis, nous sommes les trois seules personnes à connaître l'existence de la Cité noire… encore en vie, précisai-je en les regardant tous deux.

— Qu'est-ce que tu insinues ? s'alarma le professeur.

— Non, Ulysse, répliqua Cassandra. Comme dit Max, s'il avait voulu éliminer des témoins, Queiroz nous aurait envoyé un tueur à gages et ça lui serait revenu moins cher.

— Ou alors, cette campagne de diffamation pourrait n'être qu'un premier pas, avançai-je avec un malaise croissant.

— Un premier pas vers quoi ? demanda Eduardo.

— Vers l'oubli, prof. Afin que, si quelqu'un nous mentionne, ce ne soit que pour nous traiter de charlatans.

— Et ainsi, personne ne posera de questions gênantes, conclut la Mexicaine avec inquiétude, si nous disparaissons un beau jour dans d'étranges circonstances. »

13

Mes deux amis et moi restâmes plongés dans un silence morose, tandis que nous appréhendions peu à peu l'ampleur du guêpier dans lequel nous nous étions fourrés. Ce n'étaient que des spéculations, mais tout s'emboîtait parfaitement.

Comme dit toujours ma mère : si ça ressemble à un canard, si ça nage comme un canard et si ça cancane comme un canard...

« Je vous aiderai », dit soudain Max, nous prenant par surprise.

Nos trois têtes se levèrent d'un seul mouvement.

« Nous aider, comment ? demanda le professeur dont la voix trahissait l'inquiétude.

— Pour commencer, en vous assignant une protection personnelle. Je dispose d'une équipe de sécurité privée très efficace qui se chargera de vous protéger jusqu'à notre départ.

— Des gardes du corps ? Je ne veux pas d'un gorille qui marche derrière moi, protesta Cassie.

— N'ayez crainte, répondit-il patiemment, ce n'est pas ce qu'ils font. Ils sont très discrets. Vous ne vous rendrez même pas compte de leur présence.

— Je ne crois pas que nous ayons le choix, Cassandra, dit le professeur. Si Queiroz est derrière tout ceci, nous ne pouvons pas nous offrir le luxe de refuser la protection de monsieur Pardo.

— Ça se peut, concédai-je. Mais ce que je me demande, ajoutai-je en regardant Max, c'est ce qu'il veut, lui, en échange.

— Vous êtes toujours aussi méfiant ? répliqua ce dernier.

— T*imeo danaos et dona ferentes*, citai-je en guise de réponse.

— Qu'est-ce que c'est ? Une citation biblique en latin ?

— C'est effectivement du latin, mais c'est tiré de l'*Iliade*, corrigeai-je sans révéler que c'était les seuls mots que je connaissais dans cette langue. Cela veut dire : "Je crains les Grecs, même lorsqu'ils apportent des cadeaux".

— Mais il ne s'agit pas d'un cadeau. En réalité, je protège mon investissement.

— Parce que nous sommes un investissement, maintenant ? Je croyais que nous étions associés.

— Ulysse, je t'en prie… », me reprit le professeur.

Le sempiternel sourire de Maximilian Pardo s'effaça au profit du sérieux requis par les circonstances.

« Ne vous faites pas d'illusions, dit-il gravement en se penchant vers nous, mes actes ne sont dictés ni par la sympathie ni par la générosité. Ce que je fais, c'est dans mon propre intérêt. C'est l'occasion de passer à la postérité, d'être cité dans les livres d'histoire et non plus seulement dans la presse sentimentale. Or, si on vous retrouve en train de flotter sur le ventre dans le port, j'aurais perdu cette opportunité. »

Il posa sur nous un regard perçant et demanda :

« Est-ce que je me suis bien fait comprendre ?

— C'est parfaitement clair, répondit le professeur.

— Excellent, déclara-t-il en se détendant. À partir de maintenant, vous serez donc sous protection et vous devrez suivre quelques directives pour votre sécurité personnelle.

— D'accord, céda la Mexicaine à contrecœur. Mais nous ne pouvons pas vivre éternellement avec des gardes du corps.

— Bien sûr que non. C'est juste une mesure temporaire, en attendant que nous résolvions définitivement ce problème.

— Et comment allons-nous le résoudre ?

— Je crois que la réponse est évidente », dit-il en se croisant les mains derrière la nuque.

Et il avait raison. Elle était effectivement évidente.

« En trouvant les preuves qui démontreront de manière irréfutable l'existence de la Cité noire », affirmai-je.

Max Pardo fit un grand sourire.

« Exact, confirma-t-il en me faisant un clin d'œil. Dès lors que l'existence de la Cité noire sera incontestable dans le monde entier, votre témoignage n'aura plus la même importance et il deviendra inutile de chercher à vous faire taire.

— Nous retrouverions notre prestige…, développa le professeur.

— … et nous aurions la vie sauve, conclut Cassandra.

— De mon point de vue, ajouta Max, obtenir ces preuves n'est pas seulement votre meilleure option : c'est la *seule* option. »

Le professeur nous regarda, Cassie et moi, avec gravité :

« Monsieur Pardo a raison. Nous devons trouver ce sous-marin. »

Nous hochâmes la tête avec lenteur.

Il ne s'agissait plus de réputation professionnelle ; c'était devenu une question de vie ou mort.

De manière inattendue, nous qui étions venus voir Maximilian Pardo pour lui soutirer de l'argent, nous retrouvions quelques heures plus tard à dépendre de lui pour sauver notre peau. Pire encore, il semblait ne pas exister d'alternative.

« Nous acceptons, évidemment, dit le professeur, qui se leva et tendit la main à notre amphitryon.

— Parfait ! répondit ce dernier en lui serrant la main avec effusion. Nous réussirons de grandes choses ensemble, vous verrez !

— J'en suis convaincu, acquiesça Eduardo, emporté par l'enthousiasme pétillant de notre hôte.

— Alors…, intervint Cassie, éberluée par la vitesse à laquelle se succédaient les événements. Tout est arrangé ? Nous irons chercher ce sous-marin ?

— Évidemment ! » confirma Max.

Et, avec un sourire malicieux, il ajouta :

« Je parie que la Namibie est particulièrement belle, en cette saison. »

DEUXIÈME PARTIE

U112

14

Dix jours plus tard, je regardais par le hublot d'un petit avion à réaction, absorbé dans la contemplation de l'incroyable désert qui s'étirait bien au-delà de l'horizon.

Juste devant, dans un contraste brutal, les eaux bleu électrique de l'océan Atlantique étincelaient au soleil, s'opposant crûment à l'étendue de sables ocrés et de dunes escarpées que survolait l'appareil depuis notre escale dans la capitale de Namibie.

Au bout d'une petite heure de vol depuis Windhoek, l'Embraer ERJ135 braqua ses volets et déploya le train d'atterrissage dans l'axe de la piste étroite de la modeste ville côtière appelée Walvis Bay. Vu d'en haut, le long rectangle d'asphalte crevassé par la chaleur me faisait penser à un vieux porte-avions qui s'efforcerait vainement d'échapper à cette tempétueuse mer de sable pour regagner l'océan auquel il appartient.

Dès que l'appareil eut touché terre et se fut immobilisé, l'hôtesse fit descendre la courte passerelle et, en compagnie d'une demi-douzaine de passagers seulement, nous abandonnâmes le confort de la cabine climatisée pour affronter l'implacable soleil africain, souverain impitoyable de ces contrées.

Où que se posent les yeux, on ne voyait que le désert monotone qui nous entourait de toutes parts, seulement interrompu par le terminal décrépit où l'on accueillait les rares visiteurs à venir dans ces parages que Dieu lui-même semblait avoir oubliés.

Le bras du professeur passé sur mes épaules, je l'aidai à conserver son équilibre compromis par le cocktail de Valium et d'alcool auquel il recourait invariablement pour surmonter sa peur de voler.

Cassie marchait devant nous, son petit sac à dos en bandoulière, en feignant n'avoir rien à voir avec la scène – digne d'une sortie de taverne – qui avait lieu derrière elle.

Le biréacteur s'était arrêté à quelques mètres de l'endroit où nous devions récupérer nos bagages. Il semblait ne pas y avoir d'autre arrivée ce jour-là, de sorte qu'il ne fallut que quelques minutes pour franchir la porte principale avec toutes nos affaires, suivant une sorte de corridor délimité par des pierres et une haie inégale de buissons à moitié morts, qui menait à la route où patientaient quelques taxis délabrés. L'air était si sec et si brûlant, que je sentais chaque inspiration me crevasser les lèvres et m'assécher les poumons.

« Êtes-vous messieurs Castillo et Vidal, et mademoiselle Brooks ? » demanda une voix de basse.

Nous nous tournâmes tous les trois, pour nous trouver face à un énorme type, avec des yeux bleus perçants dans un visage de pierre, une tenue de paramilitaire et des biceps plus épais que mes cuisses. Avec les cheveux longs et une épée, il aurait été parfait dans le rôle de Conan le Barbare.

Il nous rejoignit en quelques enjambées et, exhibant un sourire aussi blanc qu'artificiel, il se présenta dans un espagnol étonnamment fluide.

« Bienvenue en Namibie. Je suis Carlos Bamberg, dit-il en nous broyant les mains. Monsieur Pardo m'a engagé pour vous accompagner. Je suis à votre entière disposition.

— Bonjour, Carlos », répondit Cassie, qui examina de haut en bas ce spécimen qui faisait deux têtes de plus qu'elle et devait peser plus du double. « Je suis Cassandra Brooks, voici Ulysse Vidal, et Eduardo Castillo.

— Comment ça va, Carlos ? » Avec un coup d'œil à son uniforme, j'ajoutai : « Si j'avais su que nous partions en guerre, je me serais habillé pour l'occasion. »

Il me jeta un regard intrigué, cherchant l'humour du commentaire. Il ne trouva pas, évidemment. Alors, m'ignorant, il fit un geste vers le professeur, que je soutenais pour qu'il se tienne droit.

« Il va bien ? »

Eduardo leva les yeux sur Carlos, commençant par les pieds et remontant tout du long jusqu'à la tête.

« *Ce ne sont pas des moulins, ami Sancho, ce sont des géants...*, bafouilla-t-il.

— Qu'est-ce qu'il dit ?

— Ne vous inquiétez pas, dit Cassie. Calmants et gin-tonics ne font pas bon ménage. »

Carlos nous jeta un long regard scrutateur, comme s'il subodorait les problèmes que nous risquions de lui poser dans un avenir proche. La conclusion ne dut pas être à notre avantage, car il finit par claquer sa langue avec résignation.

« Je vais vous aider avec les bagages, dit-il en enlevant sans effort nos lourds sacs du chariot que poussait Cassie. Je suis garé tout à côté. »

Lorsqu'il se retourna, le professeur brandit un poing tremblant vers lui.

« *Ne fuyez point, lâches*, cria-t-il d'une voix pâteuse, *vous n'avez affaire qu'à un seul chevalier !* »

À moins de trois kilomètres de l'aérodrome commençaient les faubourgs de la ville poussiéreuse – ou plus exactement, sablonneuse – appelée Walvis Bay. Ce n'était guère qu'un gros bourg recuit par un soleil brûlant qui réduisait le spectre de l'arc-en-ciel à une gamme allant de l'ocre au jaune pâle. Seuls deux ou trois bars, peints en rouge vif, se détachaient sur cette monochromie oppressante qui englobait les maisons, l'air et jusqu'aux rares passants qui s'aventuraient dans la rue à cette heure du jour.

« Et de combien de temps aurez-vous besoin pour trouver ce que vous cherchez ? » demanda Carlos à brûle-pourpoint tout en pilotant le Humvee militaire d'occasion où nous nous entassions avec nos bagages.

Assise sur le siège passager, Cassie se retourna pour m'interroger du regard.

« Aucune idée, répondis-je franchement.

— C'est difficile à savoir. Ça peut prendre quelques jours, quelques semaines, ou des mois. L'archéologie n'est pas une science exacte, expliqua-t-elle à notre guide.

— Je comprends, dit celui-ci, l'air peu convaincu.

— Pourquoi cette question ? demandai-je tandis que nous atteignions le centre-ville, un peu moins déprimant que le reste.

— Monsieur Pardo vous a trouvé un bateau pour quinze jours. Il l'a loué à prix d'or à une entreprise de prospection, mais c'était le seul qui puisse être disponible dans un délai aussi court. À cette époque de l'année, la mer est plus calme et c'est quand il y a le plus de travail d'extraction.

— Extraction ? De quoi ? s'informa le professeur, qui récupérait lentement grâce à un Red Bull et à l'air que laissaient passer les glaces baissées.

— De diamants, bien entendu, précisa Carlos comme si c'était une évidence. Monsieur Pardo ne vous en a pas parlé ?

— Nous ne l'avons pas beaucoup vu, dernièrement, dit Cassie. Il nous a juste appelés depuis Hong Kong il y a deux jours pour nous dire qu'il avait trouvé un bateau et que nous devions faire nos valises.

— C'est un homme très occupé, confirma Carlos.

— Vous le connaissez ?

— Nous avons déjà travaillé ensemble en d'autres occasions.

— Vraiment ? m'intéressai-je. Lesquelles ? »

Le géant me regarda dans le rétroviseur.

« Je regrette, monsieur Vidal, mais je ne suis pas autorisé à vous donner cette information. Tous ceux qui travaillent avec monsieur Pardo doivent signer un accord de confidentialité, comme vous devez l'avoir fait vous-mêmes, je me trompe ?

— Non, vous ne vous trompez pas, reconnut Cassie. Mais, pour en revenir aux diamants… il y en a beaucoup, par ici ? »

Carlos acquiesça avec emphase.

« Oh oui ! Ironiquement, la Côte des Squelettes est à la fois l'une des plus dangereuses du monde, mais aussi une des plus riches. Les fonds du plateau continental sont littéralement jonchés de diamants.

— *La gran diabla !*

— Pardon ? fit Carlos en se tournant vers elle.

— Je veux dire… je n'en avais pas la moindre idée. Et si je trouvais un de ces diamants, je pourrais le garder ? »

Carlos éclata d'un rire sonore qui nous surprit tous.

« Mais non, voyons ! Tous les diamants sont la propriété de la compagnie De Beers, y compris ceux qui sont encore sous terre. Si vous en trouvez un et que vous le gardez, le plus sûr est que vous terminiez en prison.

— Excusez-moi, monsieur Bamberg, intervint de nouveau Eduardo, un peu plus lucide. Vous n'êtes pas d'ici, n'est-ce pas ? Votre espagnol est parfait.

— Je suis Sud-Africain, mais ma mère est Espagnole. Jusqu'à dix-sept ans, j'ai vécu à Madrid avec elle. Ensuite, je suis revenu en Afrique du Sud, et j'y suis resté.

— Vous n'aimiez pas la paella ? rigolai-je.

— Ma mère est morte et j'ai dû rentrer à Johannesburg, expliqua-t-il en me jetant un coup d'œil dans le rétroviseur, avec un père alcoolique et abusif qui me frappait tous les soirs.

— Je comprends, bredouillai-je en déglutissant. Excusez-moi. Je ne voulais pas…

— Ce n'est pas grave, répondit Carlos avec un rire sec qui montra ses dents trop blanches, je viens de l'inventer. »

Je ne pus que rire – un peu jaune – et noter que je ferais bien de me taire pendant un moment.

Quelques instants plus tard, nous arrivions au port de la ville. C'était une baie à l'abri des vents et des courants du sud, avec quelques amarres et des grues pour les navires marchands, bien qu'il n'y eût pratiquement rien de plus grand que des embarcations de pêche.

La seule exception était un bateau battant pavillon namibien, long d'une bonne centaine de mètres, et haut de trente. Sa coque était peinte d'un rouge éclatant à l'instar d'un brise-glaces, et sa superstructure à cinq étages était d'un blanc immaculé ponctué de hublots ; les vitres fumées des immenses fenêtres de la passerelle lui faisaient comme un énorme masque, et il portait, bien sûr, le logotype bleu de l'entreprise NAMDEB avec son diamant stylisé.

L'architecture en était assez étrange. Le pont arrière prenait plus de la moitié de la longueur et était complètement dégagé, à l'exception de deux grues légères et de conteneurs. La superstructure, couronnée d'une forêt d'antennes et de radars, s'élevait sur la partie avant du navire ; l'étroit pont avant était une plate-forme d'atterrissage pour hélicoptères qui évoquait un gigantesque plateau de service octogonal.

« Voici notre bateau, dit Carlos en arrêtant le Humvee, le *SS Omaruru*. »

Flottant sur les eaux bleu intense du port, le bâtiment était d'une taille impressionnante.

« Je m'attendais à quelque chose de plus petit, avouai-je bouche bée, comme un remorqueur. Mais pas à une sorte de plate-forme d'exploration océanique.

— Il est très grand…, souffla aussi Cassie.

— Dans cette partie du monde, on voit les choses en grand, répliqua Carlos en descendant de voiture. Monsieur Pardo a pensé qu'il valait mieux le plus que le moins, et l'*Omaruru* dispose de tous les instruments que vous avez demandés, y compris le caisson hyperbare, le sonar et l'équipement de balayage. »

Max Pardo était très efficace, il fallait le reconnaître. Deux semaines s'étaient à peine écoulées depuis notre première entrevue dans son penthouse, à Barcelone, et l'expédition était déjà sur le point de débuter avec les meilleurs moyens possibles.

Cette impression ne fit que se confirmer quelques minutes plus tard, quand, à bord du navire, je découvris sur le vaste pont arrière les caisses empilées qui contenaient tout ce que nous avions sollicité. Nous étions au bout du monde, et ce sacré Max s'était débrouillé pour nous fournir les meilleurs équipements de recherche et de plongée qui puissent être obtenus avec de l'argent.

Laissant nos bagages sur le pont, nous montâmes un escalier extérieur jusqu'à la lourde porte d'acier qui menait à la passerelle.

Là, entourés d'une foule d'écrans et de lumières, comme dans le poste de pilotage d'un vaisseau spatial, trois hommes se tournèrent vers nous à notre arrivée. Le premier était un petit bonhomme brun et souriant qui se leva aussitôt de son fauteuil et se présenta comme étant le pilote, Jonas De Mul. Près de lui, un grand type dégingandé à l'air maussade nous dédia une brève inclinaison de tête et nous informa qu'il s'appelait Denis Van Peel, maître d'équipage. Enfin, traversant d'un pas lourd la dizaine de mètres qui nous séparait de son énorme panse, une sorte de père Noël en tenue de marin avec une longue barbe blanche et un visage débonnaire s'avéra être le capitaine Jan Isaksson.

« Soyez les bienvenus à bord de l'*Omaruru*, nous salua-t-il de sa voix profonde avec un grand sourire et nous tendant la main à chacun. J'espère que votre séjour sur mon bateau vous sera agréable et profitable. Monsieur Van Peel se chargera de vous assigner vos cabines et de vous fournir tout ce que vous désirerez, mais mon équipage et moi-même sommes à votre entière disposition.

— Merci beaucoup, capitaine, répondit Cassie. Vous avez été informé de la nature de notre expédition ?

— Vaguement, dit-il en regardant Carlos. Nous devrions avoir une réunion le plus tôt possible pour que vous me mettiez au courant et définir un plan d'action.

— Cela me semble bien, acquiesça l'archéologue.

— Alors c'est entendu. Je vous laisse avec mon maître d'équipage qui va vous conduire à vos cabines. Je vous attends dans une heure au carré des officiers pour que vous m'expliquiez en détail ce que c'est que cette histoire de sous-marin disparu il y a quatre-vingts ans. »

15

Tandis que nous descendions d'un pont à l'autre, nous étonnant de ne croiser personne, Van Peel nous expliqua que l'équipage était actuellement réduit au minimum. Lorsque l'*Omaruru* effectuait le travail de prospection pour lequel il avait été conçu, il embarquait une cinquantaine d'hommes, entre techniciens, matelots et officiers ; en revanche, l'occasion présente ne nécessitant pas autant de personnel, il n'y avait à bord que trois officiers, un mécanicien, deux cuisiniers et une demi-douzaine de matelots qui ne quittaient guère les ponts inférieurs, sauf si on le leur demandait.

« N'espérez pas avoir beaucoup de vie sociale à bord », informa-t-il sèchement sans se retourner.

N'ayant pas envie de lui poser davantage de questions, nous suivîmes le taciturne bosco jusqu'à ce qu'il s'arrête devant une porte en bois qu'il ouvrit avant de m'inviter à entrer.

L'endroit ressemblait plus à une chambre de motel qu'à une cabine de bateau prospecteur, avec ses tableaux anodins accrochés aux murs en bois, son sol recouvert de linoléum, la salle de bain que l'on devinait se trouver derrière une porte étroite, ses placards encastrés et même une lampe de lecture fixée à la table de chevet. C'était une pièce étonnamment spacieuse. Seul un petit détail me chiffonnait.

« C'est un lit pour une personne », fis-je en indiquant la couchette placée contre la paroi.

Van Peel arqua un sourcil.

« Monsieur avait réservé une chambre double ? demanda-t-il d'un ton sarcastique.

— Nous sommes ensemble, elle et moi », dis-je avec un geste vers Cassie.

Le maître d'équipage haussa les épaules.

« Nous ne sommes pas un bateau de croisière. Il n'y a que des cabines individuelles, mais si vous voulez, je peux vous faire porter un matelas et un de vous deux dormira par terre.

— Ce n'est pas la peine, répondit Cassandra en posant la main sur mon bras. Si nous faisons chambre à part pendant quelques jours, ce n'est pas bien grave, tu ne crois pas ? »

Eh bien, si, c'était grave.

« Non, bien sûr que non, affirmai-je en feignant l'indifférence.

— Quelques nuits sans ronflements, ajouta-t-elle avec soulagement.

— Allons, n'exagère pas, répliquai-je avec un sourire en lui caressant le dos. Tu ne ronfles pas si fort que ça. »

Aussitôt la porte de la cabine refermée sur moi, je me jetai sur le lit et, bercé par le ronronnement lointain des moteurs et la douceur de la climatisation, je m'endormis immédiatement.

Quand j'ouvris les yeux, il me restait cinq minutes pour me doucher et me raser avant le début de la réunion, ce que je fis plutôt mal que bien avant d'enfiler la première chose que je trouvai dans mon sac à dos.

Lorsque je pus enfin localiser ce fichu carré des officiers – je m'étais perdu plusieurs fois et il n'y avait personne à qui demander mon chemin dans ces coursives désertes –, la réunion avait déjà commencé. Bredouillant des excuses pour mon retard, je pris la seule chaise restée libre, de l'autre côté de la table. Au bout de celle-ci était assis le capitaine Isaksson, en compagnie de Carlos, Cassie, le professeur et l'aigre maître d'équipage. Ce dernier était occupé à déployer une carte nautique en y accrochant des petits poids pour l'empêcher de s'enrouler.

« D'après les coordonnées approximatives que vous nous avez fournies, disait Isaksson penché sur la table, ce que vous cherchez devrait se trouver plus ou moins dans ce secteur. »

De son doigt potelé, il tapota la carte et se tourna vers Van Peel. Son officier lui retourna un regard sceptique des plus éloquents.

« Il y a un problème ? demandai-je.

— Un problème ? Non, aucun, se hâta de dire le capitaine. Mais nous avons déjà peigné cette zone à plusieurs reprises pour les diamants… et nous n'avons jamais rien vu qui ressemble à un sous-marin.

— Il pourrait être enterré, objecta Cassie. Si j'en juge par la carte, le fond est cent pour cent sableux.

— Effectivement, reconnut Isaksson, songeur. Mais il est étonnant que nous ne soyons jamais tombés dessus, ou sur ses vestiges.

— Lors de vos prospections, utilisez-vous parfois des magnétomètres ou un sonar à balayage latéral ? demandai-je.

— Non, jamais. Nous cherchons des petits diamants, pas des métaux ni rien de volumineux.

— Dans ces conditions, que vous ne l'ayez pas vu ne me surprend pas vraiment. Il a très bien pu s'enfoncer sous son propre poids. À travers plusieurs mètres de sable, seuls des détecteurs de métaux pourraient le localiser. Je suis prêt à parier, ajoutai-je, qu'il ne sera pas si compliqué à trouver. »

Les visages du capitaine et du maître d'équipage reflétaient néanmoins tout le contraire de l'optimisme.

« Il y a un petit problème, intervint Van Peel avec son rude accent afrikaner. Vous n'avez pas les coordonnées exactes du naufrage. Il faudra explorer une étendue d'environ cent milles carrés. Si nous voulons être méticuleux, cela nous prendra pratiquement les deux semaines pour lesquelles vous avez loué l'*Omaruru* à la compagnie. Après quoi nous devrons reprendre notre travail de prospection habituel.

— Et alors ? Où voyez-vous un problème ? demanda Cassie. Comme le dit Ulysse, le bateau sera facile à repérer à l'aide de nos instruments magnétiques, non ?

— Très facile, acquiesça Van Peel. Trop facile, je le crains.

— Qu'est-ce que vous voulez dire par "trop facile" ? » fit le professeur, déconcerté.

Le capitaine se rejeta en arrière sur sa chaise, qui gémit sous son poids considérable.

Il croisa les mains sur son ventre proéminent et expliqua :

« Ce que mon second essaye de dire de cette façon si mystérieuse, c'est que, si votre sous-marin est là, nous le détecterons sans aucun doute. La mauvaise nouvelle, ajouta-t-il en levant les sourcils, c'est que le magnétomètre détectera le sous-marin… ainsi qu'une dizaine d'autres bateaux qui, d'après mes calculs, peuvent avoir coulé dans le même coin. Il n'y aura aucun moyen de savoir qui est qui avant de les avoir déterrés, ce qui pourrait nécessiter bien plus que deux semaines. »

Appuyé sur la table, j'observais le maître d'équipage tracer habilement sur la carte nautique une succession de lignes entrecroisées dont le résultat fut une intersection sur laquelle il posa la pointe de son compas ; puis, prenant pour référence les secondes de degré indiquées sur le côté de la carte, il délimita un cercle d'approximativement cinq milles de rayon.

« Voilà la zone de recherche, déclara-t-il.

— Mais presque un quart du cercle est sur la terre ferme ! s'étonna Carlos.

— En effet, répondit l'autre sèchement, parce que, d'après les coordonnées que vous nous avez données, nous devrons chercher le sous-marin à seulement deux milles de la côte.

— Alors, le secteur à fouiller est réduit d'un quart. Moi, je considère que c'est une bonne chose, dit Cassie.

— Dans un sens, c'est le cas, mademoiselle Brooks, intervint le capitaine. Mais pensez que le tirant d'eau de mon bateau est de sept mètres. En outre, plus nous serons proches de la côte, plus nous trouverons d'épaves. Et si nous nous en tenons à ces coordonnées, nous devrons chercher *très* près du rivage », acheva-t-il en examinant la carte.

Le professeur Castillo s'éclaircit la gorge, comme à chaque fois qu'il croyait important ce qu'il allait dire.

« Voyez-vous, je n'y connais pas grand-chose en navigation ni en exploration sous-marine, mais… cette zone de recherches n'est-elle pas bien réduite ? Je veux dire, même si les indications de la *Royal Navy* sont exactes quant au lieu où ils ont coulé le sous-marin allemand, ne serait-il pas possible qu'il se soit déplacé tandis qu'il sombrait, s'éloignant des coordonnées que nous avons ?

— Plus que possible, répondit Isaksson, c'est très probable. C'est pour cela que nous chercherons dans un rayon de cinq milles autour de ce point.

— Et s'il est allé plus loin ?

— Dans ce cas, dit le capitaine avec un sourire résigné, vous aurez perdu une somme considérable… et moi, j'aurai une anecdote à raconter à mes petits-enfants.

— Bon, ne parlons pas de malheur. Espérons que ça ne se soit pas passé ainsi et que le sous-marin se trouve où nous croyons.

— Je suis d'accord, déclarai-je. Inutile d'imaginer le pire. »

Me levant, je fis tambouriner mes phalanges contre la table.

« Je propose que nous nous mettions au travail, dis-je avec enjouement. Plus tôt nous commencerons, plus tôt nous serons fixés. » Je me tournai vers Isaksson : « Capitaine, quand pensez-vous être prêt à partir ? »

Le gros officier sourit dans le fouillis de sa barbe blanche et désigna le hublot, derrière moi.

« Juste avant la réunion, j'ai donné l'ordre de larguer les amarres. En cet instant, nous sortons de la baie. Demain à l'aube, nous débuterons les recherches. »

16

Mettant à profit les quatre heures que devait mettre le bateau à atteindre la zone des fouilles, et tandis que le professeur se reposait dans sa cabine, Cassie et moi entreprîmes de déballer le magnétomètre et d'en calibrer le dispositif informatique, ainsi que celui du sonar à balayage latéral, une espèce de torpille jaune que Max avait fait venir la veille par avion des États-Unis, et que nous ferions remorquer par l'*Omaruru* à deux mètres au-dessus du fond. Comme nous le lui avions demandé, Max nous avait également obtenu du matériel de plongée Ocean Reef spécial pour les grandes profondeurs, comportant un masque facial équipé d'éclairage LED et d'une unité GSM sans fil pour pouvoir communiquer entre nous aussi bien qu'avec le bateau. Notre mécène particulier nous avait en outre fourni des appareils recycleurs Poséidon SE7EN de type *rebreather* : un système de recyclage de l'air en circuit fermé qui ne relâche pas de bulles et qui permet aux plongeurs d'effectuer des immersions plus longues et plus profondes qu'avec des bouteilles d'air comprimé classiques.

Nous ne pouvions pas nous plaindre de la diligence de Max Pardo, qui avait accédé à toutes nos demandes sans rechigner. Non seulement il nous avait procuré le meilleur équipement possible pour l'expédition, mais il nous l'avait fait parvenir en un temps record dans ce coin reculé de la planète. L'argent ne fait peut-être pas le bonheur, mais, de toute évidence, tout fonctionne bien mieux et bien plus vite avec que sans.

Dès que nous eûmes organisé le matériel sur le pont avant, nous allâmes vers le ROV, le robot sous-marin télécommandé qui était utilisé pour remplacer les plongeurs lors d'extractions en eaux profondes. C'était un engin d'aspect bizarre, de la taille d'un moteur de voiture, monté sur une structure de tubes en acier d'où dépassaient six petites hélices qui lui permettaient de se déplacer dans toutes les directions. Le logo SeaBotix figurait sur les deux faces latérales du ROV ; à l'avant, une énorme et menaçante pince à quatre doigts jaillissait de l'ensemble, juste sous la caméra vidéo grâce à laquelle on dirigeait l'appareil.

« Ça fait comme une impression de déjà-vu, non ? dis-je à Cassie tout en tapotant amicalement le robot.

— De quoi parles-tu ? répondit-elle sans se retourner.

— Tu sais bien… Toi, moi, et le professeur, à la recherche d'une épave, dis-je avec un ample mouvement de la main.

— Ah, oui. Mais cette fois, c'est nous qui commandons et non pas un stupide chasseur de trésors de Floride.

— Tu crois vraiment que c'est nous qui commandons ?

— Eh bien, Max n'est pas ici. Donc, c'est bien nous qui prenons les décisions.

— Je n'en suis pas si sûr. Il y a Carlos. »

Pour le coup, la Mexicaine me regarda en face.

« Il t'inquiète ? s'étonna-t-elle. Il est censé être là pour nous aider.

— Oui, c'est ce qu'il dit. Mais je parie qu'il fera chaque jour son rapport à Max, l'informant de nos faits et gestes, lui rapportant nos conversations, et même ce que nous mangeons.

— Et alors ?

— Eh bien, si quelque chose déplaît à notre ami le millionnaire, je soupçonne qu'il nous mettra sur la touche pour lui confier le commandement à lui. En admettant qu'il ne l'ait pas déjà, bien sûr. »

Cassie fit entendre un claquement de langue.

« Tu exagères, *mano*. Tu deviens complètement parano. Jusqu'à présent, il nous a servi de chauffeur et a été parfaitement aimable. Il a même encaissé tes mauvaises blagues, ajouta-t-elle, comme si c'était là une preuve irréfutable de son innocence.

— Ce type est un ancien militaire, ça se sent à des kilomètres.

— Et ?

— Pourquoi diable Max veut-il un ex-militaire dans cette expédition ? Nous sommes à la recherche d'une simple épave de sous-marin, pas en train de convoyer de la drogue. »

Cassandra haussa les épaules. Manifestement, elle n'y accordait pas une grande importance.

« Il y avait aussi du personnel de sécurité sur le *Midas*, tu ne te souviens pas ?

— Évidemment que je m'en souviens… et tu sais comment ça s'est terminé.

— C'est différent, maintenant, Ulysse. Ici, il n'y a pas de guérilleros, pas de pirates, et nous ne sommes pas à la recherche d'un putain de trésor.

— Ce que nous trouverons dans le sous-marin pourrait valoir bien davantage qu'un trésor quelconque. »

La Mexicaine croisa les bras, manifestant son impatience.

« Où veux-tu en venir ?

— Je ne sais pas, avouai-je en baissant la tête. C'est juste que… je ne le sens pas. Il y a deux semaines encore, nous ne connaissions même pas Max. Et aujourd'hui, nous nous retrouvons devant la côte de Namibie, dans un bateau qu'il a loué, avec du matériel qu'il a envoyé, et avec des hommes qu'il a engagés.

— Et alors ? C'est exactement ce que nous voulions, non ? Je ne te comprends pas, je te jure.

— C'est que tout s'est déroulé bien trop vite, et bien trop facilement.

— Et depuis quand c'est un problème ?

— Depuis que nous sommes surveillés par un ex-militaire de deux mètres de haut. Ça me rend nerveux.

— Tu sais quoi ? Je crois que ce qui t'arrive en réalité, c'est que ça te dérange qu'il y ait un autre mâle alpha sur le bateau.

— Un mâle alpha ? De quoi parles-tu ?

— Tu le sais très bien, répliqua-t-elle avec un geste en direction de la superstructure. Un mec grand et costaud, que tu ressens comme une menace. Si c'était un petit bonhomme maigre, nous n'aurions pas cette conversation. »

Ma première réaction fut de protester, mais une seconde de réflexion me fit acquiescer.

« Tu as peut-être raison.

— J'ai toujours raison, rétorqua-t-elle avec conviction.

— Que ça ne te monte pas à la tête. En plus, j'ai bien vu comment tu regardais ce type, lui reprochai-je en m'approchant d'elle pour la prendre par la taille. Cela n'aide pas, tu sais.

— C'est qu'il est à croquer, avoua-t-elle avec malice. Tu as vu ses bras ?

— Je ne savais pas que tu aimais les balèzes, lui chuchotai-je en lui mordillant l'oreille.

— Pas spécialement, sourit-elle. Après tout, je suis avec toi. »

Après nous être assurés que tout l'équipement était bien arrimé et protégé sur le pont, Cassie décida d'aller se reposer dans sa cabine et lire un moment avant le dîner. N'ayant rien à faire avant le début des recherches à proprement parler, l'optai pour aller traîner un peu sur le navire.

Après avoir parcouru plusieurs coursives et nombre d'escaliers solitaires – je ne laissais pas d'être surpris de voir un si maigre équipage sur un bateau de cette taille –, j'arrivai devant une porte d'acier portant la mention « Timonerie » juste au-dessus du symbole sens interdit. Naturellement, je décidai de passer outre et poussai le lourd battant. Je me retrouvai plongé dans une obscurité ponctuée de myriades de pilotes lumineux, plus quelques écrans d'ordinateur qui devaient montrer l'état du navire et sa position sur la carte.

« Qui va là ? fit brusquement une voix dans la pénombre.

— C'est moi, Ulysse Vidal, dis-je en me demandant soudain si j'avais eu une bonne idée d'entrer. Je venais voir si tout allait bien.

— Vous ne devriez pas être ici.

— Je sais. C'est juste que… je m'ennuyais et je voulais explorer un peu le bateau, avouai-je.

— Je vous comprends, répondit la voix, bien plus amicale. Moi aussi, je m'ennuie pas mal, à dire vrai. »

Une petite lampe s'alluma à l'endroit où se trouvait la barre, et Jonas De Mul, le pilote, se matérialisa.

« Approchez, m'invita-t-il avec un geste.

— Bonsoir, j'espère que je ne vous dérange pas.

— Me déranger ? sourit-il. Au contraire ! Je suis de garde et votre visite brise un peu la monotonie.

— Vous êtes en train de piloter le bateau ? demandai-je avec un coup d'œil vers l'obscurité complète qui régnait à l'extérieur.

— En fait, non. »

Il fit un geste en direction d'une petite roue en bois, assez incongrue dans une timonerie qui rappelait le poste de pilotage du vaisseau spatial *Enterprise* de *Star Trek*.

« L'*Omaruru* se pilote très bien sans mon aide. Je suis là uniquement en cas d'imprévu, et pour que la compagnie d'assurances ait quelqu'un à accuser si le navire coule pendant mon tour de garde. »

Une rangée de dents blanches éclaira le teint bistré du marin. Il faisait si sombre que je n'aurais su dire si c'était un sourire cynique ou une grimace résignée.

« Vous avez fini de préparer votre équipement ? demanda-t-il ensuite.

— Dès que vous nous le direz, nous connecterons les systèmes du bateau et nous lâcherons le magnétomètre pour commencer les mesures. À propos, vous avez décidé de la technique de balayage que nous utiliserons ? Nous peignerons la zone en quadrillage ou en cercles concentriques ? »

De Mul me jeta un regard surpris.

« Ce n'est pas votre première fois, n'est-ce pas ?

— La deuxième. Mais j'espère que celle-ci ira mieux.

— Vous n'avez pas trouvé ce que vous cherchiez, en cette autre occasion ? »

Cette question aurait réclamé une très longue explication. Je me bornai donc à faire un vague geste de la main en répondant par un cryptique « plus ou moins ».

« Eh bien, en réponse à votre question, dit-il en comprenant qu'il n'obtiendrait pas davantage de détails, le capitaine a décidé de tracer une spirale de l'intérieur vers l'extérieur de la zone de recherche. Nous commencerons le balayage dès que nous arriverons au point central. Alors nous prendrons note de la position exacte de chaque emplacement qui nous paraîtra intéressant et, la spirale achevée, nous combinerons toutes les données du magnétomètre et du sonar à balayage latéral et choisirons les points les plus prometteurs où fouiller plus à fond. Cela vous semble bien ?

— Je trouve cela parfait. Le temps sera optimisé et nous n'aurons pas à plonger inutilement à chaque fois que sautera l'aiguille du détecteur de métaux. »

Jonas De Mul secoua la tête et rit doucement.

« Vous avez bien du courage, c'est sûr, fit-il avec un pff d'admiration. Moi, je ne plongerais pas dans ces parages pour tout l'or du monde.

— Non ? Et pourquoi ? »

Le pilote me regarda avec étonnement.

« Pourquoi ? Vous voulez dire, à part l'eau glacée, la force des courants, le manque de visibilité et les requins ?

— Nous avons l'équipement nécessaire pour surmonter les premiers inconvénients cités, répondis-je avec assurance. Quant aux requins, ils ne m'inquiètent pas vraiment. J'ai plongé de nombreuses fois près d'eux, et je n'ai eu qu'une seule mauvaise expérience… et c'était, d'une certaine manière, de ma faute.

— C'est vous qui voyez. Mais moi, je ne serais pas tranquille si je devais nager au milieu des requins blancs. Ce littoral est leur garde-manger particulier, il y en a des centaines.

— Des centaines, répétai-je, m'efforçant de ne pas laisser voir que je déglutissais.

— Bien sûr, mon gars. Nous sommes juste en face d'une des principales zones de reproduction des loups marins d'Afrique. Les requins blancs patrouillent constamment la côte pour chasser les petits et les adultes malades ou blessés.

— Je vois, murmurai-je, pensif. De toute façon, les requins n'attaquent généralement pas les plongeurs. »

Le barreur me jeta un coup d'œil en coin avec un sourire moqueur.

« Bien sûr, bien sûr. À condition que votre combinaison noire et vos palmes ne les fassent pas vous prendre pour un phoque. »

17

Il n'était pas encore six heures du matin quand, assisté par deux matelots en bleu de travail dont la poche gauche s'ornait du logo en losange de la NAMDEB, je faisais descendre avec tout un luxe de précaution, à l'aide de la grue de poupe, le puissant magnétomètre à protons. L'appareil, qui ressemblait plus à une torpille qu'à autre chose, renfermait une batterie d'instruments sophistiqués qui devaient nous fournir une cartographie électromagnétique du fond où apparaîtrait, parfaitement localisé, tout élément métallique de taille supérieure à une boule de pétanque.

En combinaison avec cet instrument, le moderne sonar à balayage latéral de l'*Omaruru* enregistrerait chaque empan de la surface du lit marin. Durant les journées consacrées à cette première et fastidieuse phase des recherches, nous serions obligés de nous relayer devant les deux moniteurs – celui du sonar et celui du magnétomètre – afin d'entrer dans le GPS les coordonnées exactes de chaque point où serait détecté quelque chose d'inhabituel.

Lorsque le magnétomètre fut mis à l'eau et assuré à la profondeur souhaitée, je remontai à toute allure vers la passerelle pour aller vérifier que tout fonctionne correctement.

À mon arrivée, le reste de l'équipe se pressait déjà devant les moniteurs comme si c'étaient les premiers qu'ils voyaient de leur vie. Le professeur, en particulier, s'était adjugé la chaise pour être en première place et regardait les deux écrans avec l'air de ne rien y comprendre.

« Je croyais que ce serait autre chose, murmura-t-il, déçu. L'écran du détecteur de métaux ne montre que des graphiques et des chiffres. Et sur celui du sonar, je vois des images couleur sépia, mais je suis incapable de les interpréter.

— Les chiffres et les courbes sont les mesures des masses ferreuses qui se trouvent au-dessous de nous, expliqua Cassandra en désignant l'écran en question. Si les chiffres s'emballent et la ligne plus ou moins plane grimpe brusquement, cela voudra dire que nous passons au-dessus d'une importante masse métallique.

— Et si les images du sonar à balayage latéral vous paraissent être des taches ocre sans aucun sens, ajouta Jonas De Mul qui s'était joint au spectacle, c'est parce qu'il n'y a pour le moment que du sable au-dessous de nous, pratiquement sans relief. Mais je vous garantis que lorsque nous passerons sur une épave ou sur un accident géographique, vous le verrez très clairement.

— Vous avez calculé le temps qu'il nous faudra pour peigner toute la zone ? » demanda Carlos qui, lui aussi, se trouvait visiblement hors de son élément.

De Mul se gratta le menton d'un air pensif.

« C'est difficile à savoir. Cela dépend des conditions de la mer dans les prochains jours, qui ne sont pas très claires. Mais je dirais que nous aurons couvert les cent milles carrés prévus en quatre ou cinq jours.

— Tant que ça ? s'étonna le Sud-Africain. Je croyais que votre bateau dépassait facilement les vingt nœuds. Est-ce qu'il y a un problème ? »

Le pilote lui jeta un coup d'œil peu amène et lui répondit par une autre question :

« Si vous perdiez quelque chose, vous le chercheriez en courant ou en marchant lentement pour regarder où vous posez les pieds?

— Ce n'est pas moi qui signe les chèques, rétorqua l'autre. J'en informerai monsieur Pardo.

— Ce délai nous laisserait neuf ou dix jours pour déterminer les points à examiner plus à fond, intervins-je. Moi, cela me semble plus que suffisant, même si nous ne réussissons pas du premier coup. Alors, vous pourrez dire à monsieur Pardo qu'il se fasse une infusion au tilleul. »

En disant cela, je m'aventurais beaucoup et sans en être vraiment sûr.

Cassie, elle, me glissa un coup d'œil en coin, et bien qu'elle ne dît rien, elle secoua doucement la tête en signe de désapprobation.

Après les premiers moments d'attente durant lesquels une petite foule guettait les moniteurs comme si la silhouette de l'U112 devait apparaître à l'écran d'un instant à l'autre, avec le squelette de son commandant nazi en train de saluer du kiosque, l'enthousiasme des curieux finit inévitablement par se dissiper peu à peu. Au bout d'une heure, tout le monde était parti et je me retrouvais seul dans la salle de contrôle pour surveiller avec un ennui croissant l'interminable succession des chiffres et l'image monotone du fond sableux.

Soudain, la radio que je portais accrochée à la ceinture se mit à crépiter et je sursautai. Du petit haut-parleur jaillit la voix déformée de Cassie.

« *Ulysse, ici Cassandra. Tu me reçois ?* »

Il me fallut un instant pour réagir et déclipser mon walkie-talkie.

« Ici Ulysse. Je te reçois, répondis-je en appuyant sur le bouton de transmission. Que se passe-t-il ?

— *Peux-tu venir un moment ?* dit-elle sombrement.

— Comment ? Tu sais bien que je surveille les capteurs. Que se passe-t-il ? insistai-je.

— *Je préfère te le dire face à face.*

— Putain, Cassie ! m'énervai-je. Il y a quelque chose de grave ? »

La Mexicaine mit quelques secondes à répondre, comme si elle était en train de soupeser ce qu'elle allait me dire ou me taire.

« *Je vais chercher quelqu'un pour te remplacer*, finit-elle par répondre. *Dès qu'il sera là, viens tout de suite dans la cabine du professeur.*

— Il ne se sent pas bien ?

— *Pas par radio* », trancha-t-elle.

Et, pour bien marquer la fin de la conversation, elle ajouta encore :

« *Fais vite* ».

Le walkie-talkie se tut et je restai à le regarder, comme si la réponse devait m'apparaître sur le petit écran numérique.

« Eh merde ! » fis-je.

Je m'efforçai de reporter mon attention sur les moniteurs, mais je me demandais ce qui pouvait bien être arrivé.

Cinq interminables minutes après, Carlos vint prendre la relève de mon poste et, après lui avoir expliqué rapidement les paramètres qu'il devait surveiller, je le laissai installé devant les écrans et sortis, dégringolant les escaliers jusqu'à la cabine d'Eduardo.

Je toquai à la porte et entrai sans attendre.

Le professeur, assis sur sa couchette avec Cassie qui avait passé un bras sur ses épaules, leva la tête à mon arrivée, révélant un visage blanc comme un linge.

« Que se passe-t-il ? m'alarmai-je. Ça ne va pas ?

— Il est… mort, souffla-t-il faiblement.

— Mort ? répétai-je, déconcerté, en m'accroupissant devant lui. Qui est mort ? »

Le professeur semblait avoir vieilli de cinq ans en cinq minutes. Il me fixa de ses yeux rougis et répondit d'une voix étrange :

« Ernesto. »

Il me fallut un moment pour me rappeler le visage de son ancien élève, qui nous avait aidés à interpréter la piste du journal.

« Il a été écrasé, hier, à Barcelone. Devant chez lui », ajouta-t-il d'une voix faible.

Sous le choc, je dus m'appuyer contre le bureau.

« Merde.

— C'était un brave garçon.

— Nous le savons, le réconforta Cassie.

— Certainement, dis-je faute de mieux. Je suis vraiment désolé.

— Merci, sanglota-t-il en se frottant les yeux derrière ses verres. Il était si jeune…

— Oui, pauvre garçon, murmurai-je. Quelle malchance ! »

Cassie me regarda et me fit un signe vers la porte.

« Sortons un instant. »

Elle se leva et alla vers le couloir.

Je la suivis, plutôt déconcerté, et plus encore lorsqu'elle referma la porte sur nous.

« Le conducteur a pris la fuite, dit-elle alors en me fixant de ses prunelles vertes. Et c'était une voiture volée.

— Qu'est-ce que tu dis ? m'étonnai-je, me demandant si j'avais mal compris.

— Je dis que ce n'était peut-être pas un accident. J'ai cherché l'information sur Internet, et le malheureux s'est fait aplatir contre un mur comme un timbre sur une enveloppe. »

Il me fallut un moment pour saisir ce qu'elle voulait dire.

« Tu insinues qu'il a été assassiné ?

— Et si c'était le cas ? Nous en serions responsables. Pour être allés le voir.

— Mais ça n'a aucun sens. Ce pauvre diable ne savait pratiquement rien à rien. »

Cassie secoua la tête.

« Non, Ulysse. Ce qui importe, c'est ce que *croyait* celui qui l'a tué. Et s'il avait été assassiné simplement pour avoir parlé avec nous ?

— Quoi ? Non, pas question. Je refuse de croire une chose pareille.

— Que tu refuses de le croire ne veut pas dire que cela ne peut pas être vrai.

— Et que tu insistes ne veut pas dire que tu ne fais pas erreur, rétorquai-je. Et c'est moi que tu accusais d'être parano parce que j'avais des soupçons sur Carlos…

— *La gran diabla* ! lâcha-t-elle avec exaspération. Réfléchis un peu. Tu ne te rends pas compte que c'est exactement ce que nous avions envisagé ? On commence par nous discréditer, et quand les gens nous ont presque oubliés, quand plus personne ne nous accorde d'importance, on nous élimine pour de bon. »

Si, je m'en rendais compte, mais je ne pouvais pas admettre que cela était réellement en train d'arriver.

« J'insiste. Ernesto ne connaissait qu'une partie, et nous n'avons parlé qu'une seule fois, chez lui. Si on l'a tué pour ça, alors il faudrait tuer aussi tous les téléspectateurs qui ont vu le professeur à la télé.

— *No mames*, Ulysse ! (Lorsque l'argot mexicain lui venait aux lèvres, c'était en général le signe que je commençais à l'énerver sérieusement) Ce qu'il a dit à la télé ou ce qu'il a publié sont des informations à portée de n'importe qui. Le problème, avec Ernesto, c'est précisément qu'*on ne sait pas* ce que nous avons pu lui dire. Mais tu ne le vois pas ?

— Si, admis-je à contrecœur. Mais… j'ai du mal à imaginer une chose pareille.

— Eh bien, il va falloir t'y faire. Ernesto a pu être tué à cause de nous.

— Et lui… tu le lui as dit ? demandai-je avec un geste en direction de la porte. C'est pour ça que tu m'as fait sortir ?

— Apprendre la mort d'Ernesto a été un grand choc pour lui. Inutile qu'il se sente coupable en plus.

— Mais, si tu as raison, et je ne dis pas que ce soit le cas, précisai-je, toute personne avec qui nous aurions parlé dernièrement pourrait être en dan... »

Une pensée terrible me traversa l'esprit et je ne pus terminer ma phrase.

« Ulysse ? fit Cassie, surprise de me voir me figer. Qu'est-ce qu'il y a ?

— Ma mère, balbutiai-je, la gorge serrée. Ma mère... elle aussi... »

Elle me posa sur la joue une main apaisante.

« J'y ai pensé également. Mais rappelle-toi qu'elle est en croisière dans les Caraïbes jusqu'au milieu du mois prochain. — Oui, c'est vrai, me rappelai-je avec soulagement. Elle est en sécurité.

— C'est ce que je crois aussi. »

Puis, se tournant vers la porte de la cabine, elle ajouta :

« Retournons à l'intérieur... et espérons qu'Eduardo n'aura pas additionné deux et deux. »

En réalité, le professeur ne mit pas longtemps à faire des conjectures, s'abîmant dans un mutisme introspectif qui l'amena à rester enfermé dans sa cabine sans vouloir parler à quiconque. J'essayai bien de le persuader qu'il ne s'agissait probablement que d'un malheureux accident de circulation, mais Cassie avait semé le doute en moi, et je ne fus peut-être pas aussi convaincant que je l'aurais souhaité.

Cassandra et moi ne pûmes que respecter son processus, et nous nous centrâmes sur la quête du sous-marin, ce qui, bien que terriblement monotone, requérait toute notre attention. Nous nous organisâmes avec Carlos pour établir des gardes de deux heures seulement, afin de ne pas risquer de nous assoupir devant les écrans. La journée s'écoula, jusqu'à la fin de mon tour nocturne, et je me rendis dans ma cabine dans l'intention de dormir un peu avant de retourner à mon poste, après quatre heures de repos. Mais j'étais encore très affecté par ce qui était arrivé au jeune garçon, et j'eus beau m'efforcer, le sommeil me fuyait. Je finis par me lever et allai à la cuisine pour m'y faire un verre de lait chaud avec du miel, ce qui m'aidait souvent dans ces cas-là.

À ma grande surprise, lorsque j'ouvris la porte du carré, le professeur était là, absorbé dans l'examen d'une tasse à café vide.

« Salut, prof. Comment allez-vous ? » demandai-je en m'asseyant face à lui.

Mon vieil ami leva les yeux et ses paupières alourdies en disaient plus long qu'une explication.

« Bien, merci, répondit-il d'une manière fort peu convaincante.

— Vous pensez encore à… ? »

Je ne savais pas si je devais dire « Ernesto » ou « l'accident » ; la question resta donc en suspens.

« Le contraire serait difficile, dit Eduardo, comprenant à demi-mot.

— Oui… mais ça ne sert à rien de se lamenter. Tout ce que nous pouvons faire pour le moment, c'est faire… ce que nous sommes venus faire – je faillis ricaner de ma propre redondance – : trouver ce sous-marin. »

Le professeur acquiesça sans enthousiasme.

« Et si nous ne réussissons pas ? douta-t-il au bout d'un moment. Que se passera-t-il si nous ne le trouvons pas ?

— Nous le trouverons, gardez la foi. »

Il eut un sourire sans joie.

« Me demander de garder la foi…, répéta-t-il. Voilà qui est cocasse, venant d'un athée.

— Ayez foi en vous-même, précisai-je. Foi en Cassie, et en moi. Dans le fait que nous ferons le nécessaire pour réussir en dépit de tous les obstacles. »

Je fis une pause avant d'ajouter :

« Comme nous l'avons toujours fait.

— Oui… peut-être. Mais, à quel prix, Ulysse ? Combien d'autres devront mourir, directement ou indirectement, par notre faute ? Valéria, Ernesto, Angelica, Claudio, ces hommes à Yaxchilan… Malheur ! dit-il en secouant la tête, la liste est bien trop longue.

— Nous ne sommes pas coupables de ces morts, objectai-je sans trop de conviction. Vous ne pouvez pas assumer le fardeau d'une responsabilité qui n'est pas la vôtre. Nous n'avions aucun contrôle sur ce qu'il s'est passé au Mexique et au Brésil. Quant à Ernesto... Peut-être que c'était effectivement un accident. C'est ce que la police a dit, et c'est peut-être vrai. »

Le professeur me dédia un regard éloquent et poussa un long soupir.

« Cela se peut, murmura-t-il en reportant son attention sur la tasse à café vide.

— Quoi qu'il en soit, cela ne se produira plus. Je vous assure que c'est terminé. À partir de maintenant, il n'y aura plus de morts à regretter, affirmai-je en posant une main sur son bras que je serrai avec force. Vous avez ma parole. »

Hélas ! la réalité ne tarderait guère à nous prouver combien je me trompais.

18

L'*Omaruru* allait à cinq nœuds à peine sur un océan moutonneux qui, malgré la taille considérable du navire, le faisait tanguer comme une balançoire géante.

Mon tour de surveillance de quatorze heures s'achevait. J'étais si fatigué d'observer les moniteurs qu'il suffit que la relève apparaisse pour que je sorte de la pièce comme si on venait d'y lancer une boule puante. En deux heures, pas le moindre signe. J'étais tellement mort d'ennui que monter à la passerelle et regarder par les grandes baies vitrées me paraissait le summum de la distraction.

Et pourtant, je découvris en arrivant qu'il n'y avait pas grand-chose à voir. Un brouillard épais noyait l'horizon, empêchant de discerner où s'achevait la mer et où commençait le ciel. Si ce n'étaient les instruments modernes qui gouvernaient le navire de manière automatisée, il aurait été difficile – pour ne pas dire impossible – de savoir dans quelle direction nous naviguions.

La brume était si dense que l'on distinguait à peine la plate-forme d'atterrissage à l'avant. Même les lumières blanches qui en délimitaient le périmètre étaient pratiquement invisibles.

Dans ces circonstances, il n'était pas étonnant que De Mul, le pilote de l'*Omaruru* – qui paraissait vivre en permanence dans sa timonerie –, ne quitte pas des yeux l'écran du radar, attentif au moindre signal qui indiquerait la présence d'un autre bateau errant à l'aveuglette dans le brouillard.

Le maître d'équipage se trouvait lui aussi sur la passerelle en cet instant. Il se tenait un peu à l'écart, ses jumelles inutiles suspendues à son cou, et regardait en silence au-delà des vitres, fixant l'infini comme s'il avait des phares halogènes à la place des yeux.

« Saloperie de temps… », murmurai-je, assez fort pour attirer l'attention de De Mul.

Le timonier se tourna vers moi, son habituel sourire goguenard aux lèvres.

« Moi je trouve que c'est plutôt une belle journée, affirma-t-il avec un geste de la tête vers l'extérieur.

— Je crois que vous et moi n'avons pas la même conception de ce qu'est une "belle journée".

— Je parle sérieusement. Sur la Côte des Squelettes, il y a du brouillard trois cent soixante jours par an… et, en général, la mer est bien plus agitée. Alors, nous pourrons nous estimer heureux si ça reste comme ça encore quelques jours.

— Génial, grognai-je. J'ai l'impression d'être plongé dans un seau de lait. En cet instant précis, je ne sais même pas où est la côte.

— C'est par là, répondit inopinément Van Peel en tendant la main sur la gauche sans se retourner, et vous ne perdez rien. C'est rien qu'une ligne jaunasse sans montagnes ni constructions. Juste quelques colonies d'otaries puantes, et des restes de naufrages ici et là.

— C'est pourquoi on l'appelle la Côte des Squelettes ? demandai-je. Pour les naufrages ? »

Le bosco détourna les yeux de la baie vitrée pour me jeter un regard torve, comme s'il regrettait de s'être mêlé à la conversation.

« Non, monsieur Vidal. Le nom lui vient des milliers d'os de phoques qui jonchent les plages. D'autres questions ? »

Comprenant que c'était une invitation à fermer le bec, je reportai mon attention sur les écrans du GPS, non sans capter du coin de l'œil la grimace que De Mul faisait en direction du maître d'équipage. Il me fit un signe de la main, comme pour me demander d'ignorer ses mauvaises manières.

À ce moment, mon talkie se mit à crépiter à ma ceinture.

« *Ulysse, tu es là* ? fit la voix métallique du professeur.

— Je suis sur la passerelle. Dites-moi.

— *Pourrais-tu venir à la salle de contrôle* ?

— J'y vais », répondis-je.

Je me dirigeai vers la porte tout en prenant silencieusement congé de De Mul avec un geste d'excuse.

« Il se passe quelque chose ?

— *Je ne suis pas certain. C'est peut-être une erreur, mais la ligne du magnétomètre vient de faire un bond. J'ai bien cru qu'elle allait crever le plafond.* »

« Je ne sais pas ce que je suis en train de regarder », avoua Eduardo lorsque je pénétrai dans la salle.

La ligne en question, qui était demeurée jusqu'alors d'une horizontalité monotone, avait tracé une courbe ascendante prononcée et était redescendue tout aussi rapidement.

« Vous pouvez faire rétrocéder l'image du sonar jusqu'à ce point ?

— Rétrocéder ? fit-il en ouvrant les mains. Je ne sais même pas comment régler la luminosité de l'écran.

— Attendez… »

M'emparant de la souris, je ramenai la barre de déroulement jusqu'à l'heure indiquée sur l'écran du magnétomètre

« Voilà : 14 h 27 min 6 s »

Sur le second moniteur apparaissait toujours l'assommante image de couleur marron que nous avions depuis la veille.

« Un peu plus loin », indiqua Eduardo en désignant les secondes.

L'image défila lentement, jusqu'au moment où des lignes droites vinrent en rompre brusquement la monotonie.

« On dirait une partie d'une quille de bateau, dis-je en me rapprochant.

— Vraiment ? s'étonna-t-il en relevant ses lunettes. Moi, je ne vois pratiquement rien. Ce doit être très enfoncé dans le sable.

— Oui, mais l'important est que le magnétomètre a lui aussi détecté une masse ferreuse. Ce qui veut dire qu'il y a là-dessous quelque chose de volumineux et de métallique.

— Tu crois que cela peut être notre sous-marin ? demanda-t-il avec une émotion contenue.

— Ça se peut, répondis-je en haussant les épaules. Pour le moment, c'est notre premier positif, et, de toute évidence, c'est de grande taille. C'est un bon candidat pour revenir l'examiner plus attentivement.

— J'ignorais que cela puisse être aussi exaltant ! s'écria-t-il. Je pourrais peut-être abandonner l'histoire médiévale et me consacrer à la recherche d'épaves dans les sept mers ! »

C'était Cassie qui avait suggéré qu'il pourrait se joindre aux tours de surveillance des instruments, pour l'occuper, et cela avait manifestement été une excellente idée. Il ne ressemblait plus à l'homme qui, la veille, ne cessait de pleurer dans son coin.

« Ce n'est pas toujours aussi amusant, dis-je. Je vous conseille d'attendre un peu avant de brûler vos diplômes. Le dieu des naufrages a un sens de l'humour assez tordu.

— Oui, je me souviens du fiasco du *Midas*. Mais cette fois, j'ai un bon pressentiment.

— Et vous m'en voyez ravi, mais ne vendons pas la peau de l'ours… Attendons d'avoir complété le balayage. Nous venons de commencer les recherches, et je suis sûr que nous trouverons d'autres candidats pour l'U112 », arguai-je, vaguement étonné d'entendre sortir de ma bouche la voix de la prudence.

La gaîté du professeur s'évanouit en un clin d'œil et je me sentis un peu coupable de lui gâcher son plaisir, mais je ne voulais pas qu'il se fasse trop d'illusions dès le départ.

« Tu as raison, convint-il en se redressant. Je me suis laissé emporter par l'émotion.

— Ce n'est rien, prof. C'est toujours comme ça, la première fois.

— Oui, bien sûr, dit-il avec un gros soupir. Enfin, nous continuerons de chercher.

— Vous avez noté les coordonnées dans le GPS ?

— C'est là, dit-il en appuyant sur le bouton *waypoint* du Garmin. »

Sur l'écran couleur de seize pouces où s'affichaient la carte nautique et notre route, un point rouge apparut.

« Parfait, approuvai-je, content qu'il ait appris aussi vite le fonctionnement du traceur.

— Je maîtrise la situation. Va rejoindre Cassandra dans la cabine, je m'occupe de tout.

— D'accord, dis-je avant de me lever. Si vous avez un problème ou un doute, n'hésitez pas à m'appeler, ou Cassie.

— Bien sûr, tu peux être tranquille. Va te reposer un peu, tu as des cernes énormes, ajouta-t-il avec un geste de la main.

— Merci, répondis-je en réprimant un bâillement. Espérons que je pourrai enfin dormir quatre ou cinq heures d'affilée. »

Je me retournai au moment même où l'alarme du magnétomètre retentissait une nouvelle fois.

« Sainte Vierge ! s'écria le professeur. Ulysse, viens voir cela ! »

19

Le signal de détection qui avait tellement affolé Eduardo ainsi que les quarante-sept qui lui succédèrent furent incorporés avec précision au GPS tandis que nous poursuivions notre circuit de balayage sans nous arrêter. Les cinq jours suivants à bord de l'Omaruru auraient pu être résumés en quelques mots : mal de mer, ennui et brouillard.

Depuis que nous avions commencé à naviguer, le temps n'avait fait qu'empirer. Ce qui n'était au départ qu'une houle légère était désormais une mer grosse, dont les vagues de trois à quatre mètres de haut se fracassaient sur la proue avec fureur, provoquant tangage ou roulis selon le cap du moment.

Conséquence directe – outre un retard notable sur nos prévisions quant au balayage initial –, nous arborions tous un teint verdâtre, et repérer à tout moment où se trouvaient les lavabos les plus proches était devenu pour nous un réflexe.

Le professeur Castillo continuait de ressasser la mort d'Ernesto, comme s'il l'avait lui-même poussé sous les roues de la voiture qui lui avait pris la vie. Quand il n'était pas en train de surveiller les moniteurs, il déambulait comme une âme en peine sur le bateau, pratiquement muet et fuyant toute conversation qui se prolongeait au-delà du minimum.

Cassie, pour sa part, paraissait avoir sympathisé avec Carlos Bamberg, et il n'était pas rare de les trouver en train de bavarder tous les deux. Au bout d'une semaine sans quitter l'Omaruru, il était normal qu'elle cherche à se distraire, mais je mentirais si je disais que la voir parler avec lui ne me mettait pas un peu mal à l'aise. Je n'avais jamais été spécialement jaloux, mais que le type en question ait l'air d'un superhéros voyageant incognito n'aidait pas à me tranquilliser.

De mon côté, quand je n'étais pas avec Cassie ou le professeur, je passais la majeure partie de mon temps à dormir, à lire sur mon Kindle, ou à rester assis dans la timonerie pour regarder le brouillard derrière les vitres tout en débattant de l'humain et du divin avec De Mul ou le capitaine Isaksson.

Ce dernier s'avérait aussi pacifique et bon enfant qu'il le paraissait, et était de plus un grand causeur. Il me raconta que, lassé de se geler à pêcher la morue dans la mer du Nord, dans sa Suède natale, il avait décidé d'émigrer en Afrique du Sud à la fin des années soixante-dix. Il avait depuis lors travaillé pour la compagnie NAMDEB – fruit de l'union entre l'état namibien et la société diamantaire De Beers – sur différents bateaux de prospection jusqu'à finir comme capitaine de l'*Omaruru,* en attendant de prendre sa retraite l'année suivante.

« En fait, je ne sais pas exactement quelle est la fonction de ce bateau, lui dis-je lors d'une de nos conversations. — Nous extrayons des diamants du fond marin. Je pensais que vous le saviez.

— Oui, mais… comment ?

— Nous utilisons généralement de longs tuyaux d'aspiration que nous traînons sur le fond avant de séparer les diamants du gravier. C'est tout simple.

— J'imaginais bien quelque chose dans ce genre, mais c'est précisément cette partie qui m'intrigue. Je croyais que tous les diamants étaient incrustés dans la roche et qu'il fallait creuser des mines profondes pour les extraire. Pas qu'ils parsemaient le fond de l'eau », dis-je avec un geste en direction des baies vitrées.

Le capitaine sourit avec patience.

« Et ce n'est généralement pas le cas, mais la côte de Namibie est particulière. Sur son lit marin, les diamants que les vents du désert ont poussés vers la mer avec le sable se sont accumulés durant des millions d'années.

— Mais d'où viennent-ils, alors ? Du désert ?

— Au bout du compte, oui. Même si les diamants sont d'origine volcanique, les forces de la nature à l'œuvre les ont transportés jusqu'à cette partie du Namib, et de là, au fond de l'océan, où nous les aspirons. Comme si nous étions les femmes de ménage, sourit-il en faisant le geste de passer l'aspirateur.

— À votre façon de parler, on croirait que la mer est pleine de diamants.

— Pleine, c'est un peu exagéré, mais c'est vrai qu'il y en a beaucoup plus qu'il n'est habituel. Le sud du désert de Namibie est pour une grande part zone interdite, mais, à certains endroits, il suffit de se baisser pour en ramasser.

— Vous vous moquez de moi. »

Isaksson sourit de nouveau.

« Pas du tout. Au contraire de ce qui est couramment admis, le diamant n'est pas une pierre aussi exceptionnelle que nous le vend la publicité.

— Sérieux ? Moi qui croyais qu'ils étaient extrêmement rares.

— Vous, et le reste de l'humanité, monsieur Vidal. Mais ce n'est que le fruit d'une ingénieuse campagne de marketing de la *Central Selling Organization*, qui contrôle la totalité du marché diamantaire à l'échelle globale.

— Mais, s'ils sont si communs… pourquoi diable sont-ils si chers ? demandai-je, perplexe.

— C'est très simple, répondit-il en croisant les bras. La CSO, elle-même gouvernée par la compagnie De Beers, est la seule à pouvoir accorder les certificats qui permettent de vendre les diamants aux détaillants et aux clients particuliers, ce qui signifie, en pratique, qu'elle détient le monopole mondial du commerce des diamants. C'est elle qui en décide le prix et qui contrôle sur toute la ligne la production et la distribution mondiales pour éviter que l'offre augmente, faisant alors baisser la valeur. Une valeur parfaitement artificielle et exagérément gonflée, soit dit en passant. »

Ce que m'expliquait le capitaine suédois me paraissait si ahurissant que, si cela n'était venu de quelqu'un qui avait passé la moitié de sa vie dans l'industrie diamantaire, je n'en aurais pas cru un mot.

« Mais alors, insistai-je, d'après ce que vous dites, si, par exemple, je découvrais un gisement de diamants dans mon jardin, je ne pourrais pas les vendre moi-même ?

— Pas un seul, affirma-t-il sans hésitation. Ce qui arriverait probablement, c'est qu'un chargé de pouvoir londonien de la CSO se présenterait à votre porte dans son complet du bon faiseur, et il vous dirait que, soit vous lui vendez les diamants que vous trouverez dans votre jardin, au prix qu'il vous en donnera, soit vous pouv+ez vous en servir de presse-papiers. Parce que, sans la licence qu'ils sont les seuls à pouvoir accorder, vous ne pourrez rien en faire, à part les vendre clandestinement, comme les diamants de sang.

— Les diamants de sang ?

— Ainsi appelle-t-on ceux qui sont extraits par de la main-d'œuvre esclave dans des endroits comme le Congo. Ils servent généralement à financer les guérillas et les mafias pour acheter des armes. Les lois internationales interdisent formellement de les commercialiser, mais cela n'empêche pas qu'ils le soient.

— Je n'en savais rien, reconnus-je. Mais tout ce système me paraît complètement absurde. Ce monopole absolu de De Beers... c'est comme donner à Coca-Cola le pouvoir de décider des boissons qui peuvent et ne peuvent pas être vendues dans le monde entier. Seules les leurs seraient sur le marché, et à prix d'or.

— Eh bien, c'est exactement comment cela fonctionne, déclara Isaksson avec sérieux. Évidemment, et c'est bien heureux, les diamants ne sont pas un produit de première nécessité. Alors, si quelqu'un a envie de dépenser des milliers de dollars pour un petit caillou brillant, ce ne sera pas moi qui chercherai à l'en empêcher. Au bout du compte, ce sont eux qui ont payé la maison d'Uppsala où j'ai l'intention de jouir de ma retraite », acheva-t-il avec une grimace sardonique.

Huit jours après notre départ de Walvis Bay, le capitaine Isaksson jugea que le repérage était terminé. Nous nous réunîmes de nouveau dans le carré des officiers, autour de la carte de navigation où étaient marqués dix-sept points de couleurs différentes, à l'intérieur du large cercle de balayage tracé au crayon.

« Comme vous le voyez, chacun de ces points indique un positif du magnétomètre, expliquait Cassandra devant la carte déployée sur la table.

— Et les couleurs ? demanda Van Peel. Que représentent-elles ?

— Les points bleus, qui sont les plus nombreux, poursuivit l'archéologue – qui s'était occupé de reporter sur la carte les *waypoints* du GPS –, sont les positifs détectés par le magnétomètre qui n'ont pas assez d'intensité pour correspondre à la masse métallique d'un sous-marin. Les verts sont des positifs avec la magnitude suffisante, mais que le sonar à balayage latéral nous a permis d'identifier clairement comme des épaves de bateaux de surface.

— Et le rouge ? demanda le professeur.

— Le point rouge… – elle promena son regard sur l'assistance – est une importante masse ferreuse que n'a pas montrée le sonar à balayage latéral, et qui n'est pas non plus enregistrée comme épave dans les archives des gardes-côtes namibiens. Ce qui veut dire qu'elle est enfouie dans le sable et que personne ne sait ce que c'est, sourit-elle avec satisfaction.

— Par conséquent, ce pourrait être le sous-marin que vous cherchez, non ? demanda Isaksson en levant les yeux de la carte.

— Cela paraît très probable, intervins-je. Mais pour le confirmer, il faudra descendre y jeter un coup d'œil.

— C'est à quelle profondeur ? » s'enquit De Mul en se rapprochant.

Cassie consulta les papiers qu'elle avait devant elle jusqu'à trouver le bon.

« À quarante-deux mètres, approximativement.

— Ce n'est pas excessif, opinai-je. Avec les équipements dont nous disposons, nous pourrions y rester presque une demi-heure sans avoir à faire de décompression.

— Moi, j'enverrais d'abord le ROV, pour être tranquille, suggéra Isaksson. Si cela ne suffit pas pour nous en assurer, alors vous descendrez. Ces eaux-là ne sont pas bonnes pour la plongée, et elles sont encore pires quand la mer est mauvaise. Personnellement, je vous conseille d'éviter le bain, s'il n'est pas indispensable.

— Merci, capitaine, mais je suis fatigué de rester les bras croisés, et la vérité est que je meurs d'envie de me jeter à l'eau. Aussi bien Cassie que moi, dis-je en quêtant des yeux l'approbation de celle-ci, sommes des plongeurs très expérimentés et nous faisons une bonne équipe. Je suis plus inquiet de crever d'ennui que des difficultés de cette immersion. Alors, si vous n'y voyez pas d'inconvénient, je propose que nous nous rendions dès maintenant à ce point rouge. Nous avons déjà perdu assez de temps à cause de la tempête. »

Le capitaine échangea un regard rapide avec son second, puis haussa les épaules.

« Très bien. Qui paye commande. Jonas, ajouta-t-il par talkie-walkie à l'intention de son pilote qui se trouvait sur la passerelle, mettez le cap sur le point que je vous ai indiqué tout à l'heure sur le GPS et allons voir si nous y dénichons un joli sous-marin.

— *Tout de suite, monsieur*, répondit la voix métallique. *Mais avant, vous devriez monter un instant. Il y a quelque chose que je voudrais vous montrer.*

— De quoi s'agit-il ? »

La radio crépita dans la main du capitaine, et la réponse mit un moment à arriver.

« *Je n'en suis pas très sûr. Je crois qu'il vaut mieux que vous jugiez par vous-même.* »

Isaksson eut beau essayer de nous convaincre de rester dans le carré pour discuter des détails de l'immersion, il ne réussit pas à nous empêcher de le suivre comme des enfants derrière le camion du marchand de glaces. La minute d'après, nous faisions cercle devant la console principale du navire, cherchant à comprendre ce qui avait attiré l'attention de De Mul.

Les trois officiers scrutaient l'écran du radar, où je n'étais capable de distinguer qu'une grande masse d'un vert brillant que je supposai être la terre ferme, et une kyrielle de petits points et de taches floues qui apparaissaient et disparaissaient sporadiquement. Le pilote, cependant, en désigna deux, fixes, au bord de l'écran.

« À quelle distance sont-ils ? lui demanda Isaksson.

— Ils s'éloignent ou se rapprochent suivant un cap apparemment erratique, jamais plus de cinq milles. J'ai d'abord cru que c'étaient de simples interférences dues à la houle, mais plus je les observe, plus je suis convaincu qu'il s'agit d'embarcations de taille modeste.

— Depuis combien de temps sont-ils là ? s'enquit le capitaine en se grattant la nuque.

— Aucune idée, avoua De Mul. Je m'en suis rendu compte il y a un moment, mais ils pourraient nous guetter depuis bien plus longtemps. »

Je n'étais pas sûr d'avoir bien entendu, mais il me semblait avoir compris le mot « guetter ».

Le capitaine regarda par les grandes baies vitrées, mais la tempête empêchait de voir au-delà de cent ou deux cents mètres.

« Il est clair que si nous n'avons pas le visuel, eux non plus, commenta-t-il pour lui-même.

— Ils sont petits, mais ils auront certainement un radar, observa Van Peel. De toute façon, c'est absolument indispensable pour naviguer dans ces eaux.

— Mais ces mouvements…, murmura De Mul. Je ne saurais pas dire pourquoi, mais ils ne me paraissent pas normaux. C'est comme si…

— Comme s'ils restaient volontairement à distance, mais en cherchant à faire croire que ce n'est pas le cas », acheva Isaksson.

Pour toute réponse, le pilote garda le silence.

De fait, nous gardâmes tous le silence, attendant qu'on nous explique ce qu'il se passait.

« Et si c'étaient des prospecteurs illégaux ? aventura le pilote. Ce ne serait pas la première fois que nous tombons dessus.

— Avec ces vagues, ils auraient du mal à utiliser les tubes d'aspiration pour extraire les diamants. Nous, nous aurions des problèmes pour le faire, et nous sommes de taille bien supérieure, objecta un Isaksson assombri. En plus, qu'ils soient deux… Ils ont essayé d'entrer en contact avec nous ?

— Négatif, capitaine, et ils n'ont pas répondu non plus à mes appels. »

Le Suédois se caressa la barbe un long moment, puis se tourna vers Van Peel.

« Denis, dit-il en lui posant la main sur l'épaule, vous voulez bien préparer le dispositif de prévention des abordages et sortir le Barret de l'armurerie ? Juste au cas où.

— À vos ordres », réagit instantanément le second avant de quitter la passerelle en deux grandes enjambées.

Isaksson et le timonier continuaient de fixer les deux insignifiantes taches vertes sur l'écran.

« Excusez-moi, capitaine, dis-je après avoir attendu sans que personne n'apporte le moindre éclaircissement. Vous pourriez nous dire ce qu'il y a ? »

Isaksson se tourna vers nous, et nous regarda comme s'il venait de s'apercevoir de notre présence.

— Nous n'en sommes pas sûrs, répondit-il évasivement.

— Ça, je l'ai compris, mais votre expression ne dit pas la même chose. Vous avez l'air nerveux.

— Je m'efforce simplement d'être prévoyant, soyez tranquilles, dit-il avec un sourire forcé.

— Nous sommes tranquilles, capitaine, intervint le professeur, mais nous le serions davantage si vous nous donniez des informations. »

Isaksson hésita, puis il fit claquer sa langue et, visiblement inquiet, prononça une phrase que je n'aurais jamais cru entendre un jour à bord d'un bateau :

« Ce pourraient être des pirates. »

20

Après quelques secondes d'un silence incrédule, Cassie posa la question que nous avions tous à l'esprit.

« Vous êtes sérieux ?

— J'ai l'air de plaisanter ? dit Isaksson en faisant une tête qui ne laissait aucune place au doute.

— Mais… je croyais que les pirates se trouvaient vers la Somalie, de l'autre côté du continent, m'étonnai-je.

— Des pirates, il y en a pratiquement sur toutes les côtes africaines, précisa Carlos. C'est juste que, ceux de Somalie, on en parle davantage aux informations.

— Mais que pourraient-ils nous vouloir ? », demanda le professeur avec candeur.

Le reste de l'assistance se tourna vers lui avec stupéfaction, vu l'évidence de la réponse.

« Non, attendez, se reprit-il en voyant la tête que nous faisions. Ce que je voulais dire c'est… pourquoi nous suivre, nous, précisément ? S'il est si dangereux de naviguer par ce temps, pourquoi courir un tel risque ? Il serait plus logique d'attendre que la tempête se calme, ou choisir un autre objectif, n'est-ce pas votre avis ? »

Le capitaine s'appuya contre la console avant de répondre :

« Je crois que vous oubliez un détail, monsieur Castillo : ce qu'est ce bateau en réalité. Tout du long de la côte sud-occidentale africaine, nul n'ignore que l'*Omaruru* est un navire-prospecteur appartenant à De Beers Marine Namibia. C'est pour cette raison que nous sommes autorisés à être armés.

— Vous voulez dire…

— Je veux dire que n'importe quel pirate entre l'Angola et Le Cap serait prêt à risquer sa peau pour s'emparer des diamants que nous pouvons extraire en un seul jour. Il existe un marché noir pour les diamants illégaux, et celui-ci ne serait pas le premier bateau-prospecteur à être abordé dans ces eaux.

— Mais maintenant, nous ne sommes pas en train de chercher des diamants, allégua Cassie.

— Effectivement, acquiesça Isaksson qui montra le radar avant d'ajouter : C'est pour cela que la situation est plutôt étrange. De nos jours, les pirates ne se contentent pas de voguer ici et là en espérant croiser une victime. Quand ils attaquent un bateau, c'est généralement parce qu'ils sont déjà informés de son chargement et de la valeur approximative de la prise.

— Et nous ne pourrions pas les contacter par radio ? hasarda le professeur. Pour leur dire qu'ils font erreur et que nous ne sommes pas en train de ramasser des diamants. »

Le capitaine croisa les bras et esquissa un sourire acide.

« Êtes-vous en train de suggérer que nous contactions les pirates par radio pour leur demander de nous attaquer un autre jour parce qu'aujourd'hui nous n'avons rien à voler ?

— Je... vu comme cela... bredouilla le professeur.

— Mais... et si ce qu'ils veulent, ce ne sont pas les diamants ? fit De Mul en posant les yeux sur moi.

— Vous croyez qu'ils sont là pour nous ?

— Vous ne nous avez pas encore dit ce qu'il y a dans ce sous-marin, rappela le maître d'équipage avant de regarder Isaksson. Pas vrai, capitaine ? »

Ce dernier hocha lentement la tête et se tourna vers le professeur.

« Nous vous avons dit tout ce que nous savons, argua Eduardo devant la réponse muette d'Isaksson. Nous pensons qu'il s'agit d'une cargaison de pièces archéologiques que les nazis cherchaient à dissimuler quelque part. Nous ignorons ce que cela peut être exactement.

— Mais ces pièces, elles pourraient avoir de la valeur, non ? insista le capitaine.

— Et comment voulez-vous que je le sache ? Avec les informations dont nous disposons, le sous-marin pourrait aussi bien être vide que transporter un chargement de canards en plastique.

— Ou l'or volé par les nazis pendant la Seconde Guerre mondiale, suggéra Isaksson en arquant un sourcil. Voilà qui expliquerait l'intérêt des pirates. »

Le professeur fit une grimace d'incrédulité.

« De l'or ? répéta-t-il, presque moqueur. Vous croyez que c'est cela que nous cherchons ? Écoutez, capitaine, poursuivit-il d'un ton plus mesuré, le trésor des nazis, c'est bon pour le cinéma, et je peux vous assurer que ce n'est pas cela que nous voulons.

— Vous venez bien de dire que vous ne savez pas ce qu'il y a dans le sous-marin.

— Non, je ne le sais pas, reconnut-il. Mais il est infiniment plus probable que, si nous parvenons à localiser l'U112, nous ne trouvions à l'intérieur que des poteries et autres artefacts du même genre. »

Incrédule, De Mul ouvrit les bras dans un geste qui englobait toute la passerelle.

« Êtes-vous en train de me dire, persifla-t-il d'une voix sceptique, que vous avez loué ce bateau plus d'un million de dollars pour aller chercher des poteries ? Vous nous prenez pour des imbéciles ?

— Il s'agit d'une expédition archéologique, intervint étonnamment Carlos avec autorité. Si vous avez des doutes, adressez-vous à la NAMDEB pour leur demander plus d'informations sur les conditions de location du navire avec son équipage.

— Ne la ramenez pas avec ça, monsieur Bamberg », s'irrita le capitaine.

Puis, désignant l'écran du radar, il ajouta :

« Si ces deux points verts se révèlent être des pirates, tout le galimatias légal ne vous servira à rien.

— Si ce sont des pirates, souligna Carlos, je compte bien que vous et votre équipage prendrez les mesures nécessaires pour éviter un abordage et maintenir la sécurité du bateau. Mais pour l'instant, ce n'est qu'une supposition, et je ne vois aucune raison d'altérer notre programme.

— Ce que vous voyez ou non est sans importance, rétorqua Isaksson en pointant le doigt sur lui. Je suis le capitaine de l'*Omaruru* et il m'incombe de rentrer au port si je soupçonne un danger pour la sécurité de mon navire ou de mon équipage.

— Bien évidemment, concéda le Sud-Africain. Mais si votre seul motif est d'avoir remarqué deux points sur le radar et que cela fasse annuler le contrat de location – il eut un sourire glacial –, je subodore que vos supérieurs n'en seront pas très contents, et, qui sait, votre retraite toute proche pourrait bien s'en ressentir.

— Qu'est-ce que vous insinuez ? demanda le Suédois, qui contenait à peine son exaspération.

— Je n'insinue rien, capitaine. Je vous suggère simplement de bien réfléchir avant de prendre toute décision. Il serait fort dommage que vous vous trompiez. »

Le capitaine serra les lèvres, réprimant un juron.

« Quittez la passerelle immédiatement, ordonna-t-il en indiquant la porte. Tous ! » ajouta-t-il en nous regardant nous aussi, Cassie, Eduardo et moi.

Le professeur leva un doigt, prêt à faire une objection, mais je le retins par le bras.

« Partons, prof.

— Mais c'est que…

— Plus tard », dis-je en le poussant vers la sortie.

Tandis que nous descendions les escaliers pour retourner au carré des officiers, je songeais que, comme l'avait suggéré Carlos, nous étions probablement en train de nous noyer dans un verre d'eau et de pécher par excès de prudence. Néanmoins, ces deux points brillants sur l'écran noir me faisaient penser, je ne sais pourquoi, à deux hyènes en embuscade, attendant que leur proie baisse la garde pour lui sauter à la gorge.

Au bout de quatre heures, plus personne ne parlait des deux embarcations suspectes. De Mul s'était installé définitivement au pupitre du radar pour surveiller leurs mouvements. Quant à nous, nous nous affairions à préparer l'immersion à l'endroit marqué d'un point rouge sur la carte.

Sur le pont instable et balayé par la pluie régnait une activité fébrile. Cassie et moi enfilions nos épaisses combinaisons de cinq millimètres de néoprène tandis que Van Peel effectuait les derniers réglages du ROV, car nous avions décidé qu'il nous accompagnerait. Sous l'eau, il serait les yeux de ceux qui restaient à bord.

Les conditions de plongée ne pouvaient pas être plus adverses : aux forts courants propres à cette zone venaient s'ajouter les effets de la houle sous la surface. Plus il y a de vagues, plus il y a de sable en suspension et plus mauvaise est la visibilité. Comble de malchance, le ciel était si plombé au-dessus de nos têtes que la lumière du jour ne serait que résiduelle à quarante-cinq mètres de profondeur. Bref, quelle que soit la façon de l'envisager, ce serait une plongée de merde.

Mais en dépit de tous les inconvénients, j'attendais avec impatience de me retrouver dans l'eau, et Cassie semblait encore plus surexcitée que moi. Après avoir été confiné plus d'une semaine sur ce fichu bateau, je me serais jeté à l'eau même au milieu d'un banc d'inspecteurs du fisc. La perspective de plonger à la recherche d'une épave cachée sous le sable, et, par la même occasion, d'échapper pendant un moment au perpétuel tangage de l'*Omaruru*, m'emplissait d'un enthousiasme qui se moquait de tous les contretemps et les dangers qui pourraient surgir.

Un éclair lointain, suivi quelques secondes plus tard d'un fracassant coup de tonnerre, nous fit échanger un regard inquiet ; mais Cassie et moi nous connaissions suffisamment pour savoir que la probabilité de mourir électrocutés sous l'eau n'allait pas nous arrêter. Après une seconde d'hésitation, nous continuâmes de nous équiper, comme si nous n'avions rien entendu.

Lorsque je levai la tête pour la glisser dans l'encolure de la combinaison, je vis, au travers des rideaux de pluie, le capitaine qui était sorti au balcon de poupe de la passerelle, engoncé dans un ciré jaune portant l'emblème de la compagnie, pour observer le ciel avec méfiance. Nos regards se croisèrent et, avant qu'il ne soit tenté de me faire un geste indiquant qu'il annulait l'immersion, je lui fis le signe « OK » avec les doigts et lui offris mon plus beau sourire, espérant qu'il y en aurait assez pour lui démontrer que nous nous préparions à plonger avec confiance. Une confiance que je ne ressentais pas vraiment, je dois le dire.

Pendant ce temps, le professeur et Carlos nous observaient de l'autre côté d'épais hublots, à l'abri du temps de chien que nous subissions à l'extérieur, leurs visages reflétant à la fois l'impatience et l'inquiétude.

Heureusement, tout l'équipement que nous devions utiliser était prêt. Après avoir fait le plus difficile – c'est-à-dire revêtir les combinaisons de néoprène sur un pont mouvant et sous une pluie torrentielle –, le reste fut bien plus simple. Cassie et moi nous aidâmes mutuellement à fermer la fermeture éclair des combinaisons, à enfiler et vérifier les gilets de stabilisation et les recycleurs qui allaient remplacer les bouteilles de plongée, puis à nous assurer que les dispositifs de communication de nos masques faciaux fonctionnaient.

Une fois que nous nous considérâmes comme prêts, nous prîmes nos palmes et les scooters sous-marins – sorte de petites torpilles à hélice munies de poignées qui nous éviteraient de nous épuiser à lutter contre le courant – et nous nous dirigeâmes vers la poupe où, avec l'aide de deux matelots, nous empruntâmes une échelle métallique glissante pour descendre jusqu'à la plate-forme inférieure.

Dans des circonstances normales, nous nous serions mis à l'eau tranquillement, puis on nous aurait passé les scooters depuis le pont. Mais cette journée n'avait rien de normal. Avec la forte houle, la plate-forme, qui aurait dû rester stable juste au-dessus de la surface, chevauchait les vagues à plus d'un mètre de hauteur pour redescendre aussitôt et s'enfoncer d'autant. Je songeai alors que, si la mise à l'eau était déjà compliquée, le retour sur le bateau n'allait pas être une partie de plaisir non plus. Mais je préférai chasser cette pensée et me concentrer sur le fait que nous nous retrouvions de nouveau, Cassie et moi, sur le point de plonger ensemble.

« Prête ? lui demandai-je par le communicateur.

— Prête, confirma-t-elle d'une voix un peu déformée.

— Je passe le premier, me hâtai-je de dire pour la devancer. Je t'attends dans l'eau. »

Et, tenant le scooter des deux mains, j'attendis que la plate-forme entame un de ses abrupts mouvements descendants pour lâcher la barre à laquelle je me tenais. Je fis un grand pas en avant, et me laissai tomber dans cet océan sombre et violent.

21

Mon gilet stabilisateur gonflé au maximum me réexpédia sur-le-champ vers la surface comme un bouchon de liège, au moment même où une énorme vague se brisait au-dessus de ma tête ; je m'enfonçai de nouveau dans un tourbillon d'écume. Heureusement que mon masque facial intégral était fermement attaché, sans quoi la force de l'impact me l'aurait arraché et je me serais trouvé en mauvaise posture.

En revanche, je ne pus éviter que la houle m'entraîne rapidement à distance de l'*Omaruru*, où Cassie, encore debout sur la plate-forme de poupe, me cherchait des yeux.

Je levai la main gauche et l'agitai pour qu'elle me voie, et sa voix inquiète se fit aussitôt entendre dans mon oreillette.

« Ça va ? »

De la main ramenée au-dessus de la tête, je lui indiquai que tout allait bien, tout en lui répondant grâce au micro intégré de mon masque.

« Oui, oui. Il n'y a pas de mal. J'ai juste un peu fait la culbute.

— Alors tout roule. J'arrive ! »

Et comme je l'avais fait un instant plus tôt, elle se laissa tomber dans l'eau et s'enfonça pour émerger la seconde d'après. Dans son cas, cependant, la houle la maintenait dangereusement près de la poupe de l'*Omaruru*.

« Cassie ! criai-je par radio, éloigne-toi du bateau ! »

Malgré la distance, je la vis tourner la tête et, comprenant le danger, elle tourna son propulseur vers moi et le mit en marche à pleine puissance.

Je l'imitai pour aller à sa rencontre. Lorsque nous nous rejoignîmes à mi-chemin, nous nous prîmes la main et nous regardâmes à travers l'écume et la pluie opiniâtre.

En dépit des vagues qui nous secouaient et nous faisaient monter et descendre comme sur des montagnes russes endiablées, je distinguai clairement ses grands yeux verts qui brillaient d'excitation derrière son masque. J'étais sûr que, cachées par le détendeur, ses lèvres dessinaient un sourire enthousiaste.

« Ça va ? lui demandai-je sans la lâcher.

— Évidemment ! Qu'est-ce qu'on attend ? », répliqua-t-elle d'une voix décidée. Et, levant la purge au-dessus de sa tête, elle pressa le bouton pour dégonfler son gilet stabilisateur.

De sa main libre, elle me fit signe de la suivre avant de s'enfoncer et de disparaître sous la surface.

Nos stabilisateurs une fois vidés de leur air, nous ne mîmes pas longtemps à atteindre les dix mètres de profondeur, où nous nous arrêtâmes un instant, à l'abri de la houle qui sévissait plus haut. Alors Cassie fit un geste vers le fond, m'invitant à regarder ce que l'on voyait au-dessous.

Ou, plus exactement, ce que l'on *ne voyait pas*. Certes, à plus de quarante mètres de profondeur, il n'y avait pas trop de sable en suspension, mais la lumière plombée de ce jour maussade avait du mal à arriver aux zones les plus profondes, et, au-dessous de nous, il n'y avait que le bleu sombre, presque noir. Les conditions étaient sans doute telles que nous nous y attendions, mais je compris qu'il n'allait pas être facile de trouver des indices du sous-marin dans ces circonstances.

Par chance, nous étions équipés de lampes puissantes fixées au masque ainsi que sur les scooters. Je les allumai toutes et regardai vers le haut, cherchant l'ombre de l'*Omaruru* à la surface. Comme prévu, le navire était juste au-dessus de notre objectif grâce à son système de positionnement dynamique par GPS.

Je fis signe à Cassie et, accélérant mon scooter, je plongeai en angle aigu vers l'aplomb du bateau namibien.

« *Allo ?* cria alors une voix dans nos écouteurs, *vous m'entendez ?*

— *La gran diabla*, Eduardo ! Ce n'est pas la peine de hurler ! Vous allez me rendre sourde ! répliqua la Mexicaine, très fort elle aussi.

— *Oh ! Excuse-moi. Comment allez-vous ? Tout se passe bien ?*

— Oui, prof, répondis-je. Tout va bien. Et là-haut ?

— *Eh bien, on dirait que la connexion est parfaite. Van Peel est en train de descendre le ROV avec la grue.*

— Magnifique. Je calcule que nous aurons atteint le fond d'ici deux minutes et nous commencerons les recherches.

— *Bien. Bonne chance, et soyez prudents.*

— Merci, professeur, dit Cassie. Nous vous tenons au courant. Terminé. »

Prenant le bateau pour référence, nous nous situâmes juste sous son ombre imposante et effectuâmes une descente en spirale jusqu'au fond. Un bref coup d'œil à l'ordinateur de plongée que je portais au poignet me confirma que la profondeur indiquée par le sonar était correcte.

« Nous avons vingt-six minutes, dis-je à Cassie pour l'informer du temps dont nous disposions sans avoir à nous soumettre à une fastidieuse décompression.

— Ce n'est pas beaucoup.

— Non, ce n'est pas beaucoup. Et encore moins avec cette visibilité.

— Eh bien, tant pis, dit-elle avec résignation. Ne perdons pas de temps, alors. »

Nous nagions en parallèle, à moins d'un mètre au-dessus du fond que nous scrutions, à l'affût du moindre élément discordant, attentifs au plus léger détail qui aurait pu suggérer la présence de l'épave.

Nous n'espérions pas tomber sur un périscope dépassant du sable, mais même un tout petit débris de naufrage aurait pu être révélateur, ou au moins nous confirmer que nous cherchions au bon endroit. Pour ma part, je n'avais aucun doute : la situation et l'intensité du signal magnétique prouvaient que nous avions trouvé l'U112.

« Je crois que j'ai vu quelque chose, fit Cassie en désignant un point en avant et en accélérant son scooter.

— Je te suis. »

Je mis les gaz à mon tour, essayant de remonter à sa hauteur.

Lorsque je l'eus rejointe, la Mexicaine s'était arrêtée devant une espèce de filament recouvert de petits organismes, qui saillait d'une main à peine.

Je me demandais comment elle avait fait pour le voir, à une telle distance et avec si peu de visibilité, quand elle retourna subitement son scooter et le remit en marche, propulseur vers le bas.

« Mais qu'est-ce que tu fais ? protestai-je quand nous nous retrouvâmes enveloppés d'un épais nuage de sable.

— Attends et tu verras.

— C'est justement le problème, grognai-je. Nous n'allons plus rien voir du tout.

— Patience, *mano…* »

J'ai le choix, peut-être ? pensai-je, mais, suivant son conseil, je m'agenouillai sur le sol en attendant que les sédiments en suspension soient retombés.

Trois minutes passèrent, et mon impatience allait croissant. Sous l'eau, chaque seconde est précieuse, et nous n'avions pas de temps à perdre. À la quatrième minute, on commença enfin à deviner quelque chose au milieu du brouillard de sable. Je distinguai une forme allongée qui émergeait du fond marin.

Nous nous approchâmes de l'objet, nos deux têtes se touchant presque, mais même les deux lampes combinées de nos masques étaient incapables de nous révéler ce qu'il y avait devant nous.

Je m'étais déjà résigné à perdre plusieurs minutes de notre précieux oxygène à patienter sans rien faire, quand une puissante lumière jaillit dans notre dos. C'était si inattendu que je sursautai et fis volte-face dans un nuage de bulles.

En réponse, un petit rire sibyllin sortit de mon oreillette.

« *Désolé*, fit une voix que j'identifiai comme appartenant à Van Peel, aux commandes du ROV. *Vous effrayer n'était pas mon intention, monsieur Vidal*, ajouta-t-il d'un ton fort peu convaincant.

— Sacré f…, grinçai-je entre les dents, certain qu'il l'avait fait exprès.

— Cessez de faire l'idiot et éclairez-nous un peu plus par ici, nous interrompit Cassie. Il y a quelque chose d'intéressant.

— *Qu'est-ce que vous avez trouvé ?* demanda la voix du professeur.

— Je ne sais pas encore. On dirait… une sorte de structure métallique.

— *Écartez-vous, je vais rapprocher le ROV* », dit Van Peel.

Le petit submersible flottait à hauteur de ma tête, à un peu plus d'un mètre de distance. Tous ses projecteurs étaient allumés et sa grande pince noire de crabe géant s'avançait juste dessous.

Grâce au puissant éclairage du ROV, j'identifiai aussitôt l'objet que Cassie venait de partiellement déterrer.

« *Caramba* ! s'écria-t-elle, me prenant de vitesse. On dirait une antenne ! »

Elle se tourna vers moi, les yeux brillant d'émotion, et fit un geste de triomphe qui se figea brusquement. À la lumière de ma lampe frontale, je vis son expression changer derrière le verre de son masque.

Subitement, son visage radieux s'était mué en une grimace de terreur.

22

Je n'eus même pas le temps de me retourner pour voir ce qui effrayait tellement Cassie.

Une masse sombre et extrêmement véloce me frôla d'épaule droite, passa devant la caméra du ROV et alla se perdre rapidement derrière l'archéologue. La scène n'avait pas duré deux secondes, mais nous en étions restés paralysés, les yeux exorbités et le cœur battant la chamade, sans savoir ce qui nous arrivait.

« Qu'est-ce que c'était que ça ? souffla Cassie, comme si elle craignait d'être entendue par l'apparition.

— Dis-le-moi, c'est toi qui l'as vu venir.

— J'ai seulement vu une ombre qui se précipitait sur nous, surgissant du néant. Je ne sais vraiment pas ce que c'était, avoua-t-elle en jetant des coups d'œil nerveux derrière elle.

— Ce n'était pas un requin, c'est sûr, affirmai-je, autant pour la rassurer que pour me tranquilliser moi-même. Un requin n'a pas cette forme, ni cette agilité. En tout cas, je n'en ai jamais vu se déplacer si vite. »

La voix de Van Peel nous parvint de la surface.

« *D'après l'image fugitive que nous en a donnée le ROV, je crois que c'était un loup de mer. Nous en avons une importante colonie juste devant, et vous vous trouvez dans leur zone de pêche. C'était peut-être leur façon de vous demander gentiment de ficher le camp.*

— Vous êtes en train de me dire que nous avons été attaqués par un satané phoque ? lançai-je avec incrédulité.

— *Une otarie à fourrure. Une otarie de trois cents kilos avec une mâchoire de rottweiller*, précisa le maître d'équipage. Si elle vous avait attaqués, un de vous aurait maintenant un bras ou une jambe en moins. À mon avis, elle était seulement joueuse, ou elle cherchait à vous intimider. On ne peut pas savoir.

— Eh bien, elle m'a flanqué une sacrée frousse, haleta Cassandra.

— *Ne vous inquiétez pas*, dit-il d'une voix placide. *Je n'ai jamais entendu parler d'un comportement agressif envers des plongeurs.* »

En dépit de ces bonnes paroles, je n'étais qu'à moitié convaincu. C'est facile de faire des hypothèses, quand on n'a pas vu passer un animal de cette taille à dix centimètres de son nez. *Et puis*, songeai-je, *ce n'est pas pour rien qu'on les appelle des loups de mer.*

« Qu'est-ce qu'on fait ? demandai-je à Cassie. Tu veux remonter ?

— Remonter ? Juste pour un fichu phoque ? s'offusqua-t-elle en claquant la langue, comme si l'idée ne lui avait jamais effleuré l'esprit. Mettons plutôt à profit le temps que nous pouvons rester en bas pour essayer de découvrir où nous conduit cette antenne. »

Employant la même technique qu'auparavant, nous dirigeâmes vers le bas les propulseurs des deux scooters et poussâmes les gaz à fond, soulevant autour de nous un épais nuage de sable. Il était si dense que, en dépit des puissants projecteurs du ROV, la silhouette de Cassie, à moins d'un mètre de moi, avait complètement disparu. Je ne distinguais même plus la lumière de son masque facial.

« Comment ça va ? demandai-je, juste pour être sûr qu'elle était toujours là.

— Bien, je crois. Mais je ne vois rien.

— De toute façon, il n'y a pas grand-chose à voir. Continue d'accélérer le scooter.

— Si on continue comme ça, on va épuiser les batteries.

— Peu importe. Une fois remontés à la surface, ils se débrouilleront pour nous récupérer. Occupons-nous seulement de faire le plus grand trou possible. »

Je pensai alors qu'un ou deux de ces tuyaux d'aspiration employés habituellement par l'équipage de l'*Omaruru* pour extraire les diamants du fond marin auraient été les bienvenus ; mais, comme nous l'avait expliqué le capitaine Isaksson, le mauvais temps interdisait de les utiliser avec un minimum de sécurité. Avec de la chance, si la tempête s'apaisait, nous pourrions y avoir recours les jours suivants, et déterrer complètement le sous-marin qui paraissait se trouver sous nos pieds.

« *Attention, en bas. Vous me recevez ?* fit la voix du capitaine Isaksson, comme s'il avait lu dans mes pensées.

— Parfaitement bien, répondit Cassie.

— Cinq sur cinq, dis-je à mon tour, en éteignant provisoirement mon scooter.

— *Nous avons détecté un nouveau signal du sonar*, dit-il avec un peu d'inquiétude. *Et cela s'approche de votre position à grande vitesse.*

— Encore un phoque ? demandai-je.

— *Si c'est un phoque, c'est le plus grand que j'aie vu de ma vie.*

— Un… requin blanc ? s'alarma la Mexicaine, qui avait cessé elle aussi de creuser à l'aide du propulseur.

— *Plus grand.*

— Plus grand qu'un requin blanc ? m'étonnai-je. Combien…

— *Environ dix mètres, je dirais*, répondit-il à ma question inachevée.

— Putain !

— Dix mètres, c'est forcément une baleine, affirma Cassie. Elles sont parfaitement inoffensives.

— *C'est possible*, répliqua Isaksson. *Mais depuis son entrée dans le rayon du sonar, son comportement n'est pas celui d'une baleine.*

— Qu'est-ce que vous voulez dire ?

— *Comme je vous ai dit, ça va directement vers vous. Mais aussi… ça oscille d'un côté à l'autre, comme si… comme si ça vous pistait.* »

Un lourd silence s'installa dans notre système de communication. Regardant à droite et à gauche, je ne voyais qu'un intangible mur brunâtre qui nous enveloppait de toutes parts.

« C'est à quelle distance ? demandai-je au capitaine, l'imaginant le nez collé à l'écran du sonar.

— *À cent cinquante mètres environ, et ça se rapproche*, répondit aussitôt Isaksson. *Je vous suggère de ne plus être là quand il arrivera.*

— Vous commencez à m'inquiéter, capitaine.

— *Moi, je suis déjà inquiet*, avoua le Suédois.

— Et toi, qu'en penses-tu, Cassie ? » lançai-je dans le vide.

La réponse se fit attendre quelques secondes. Je n'avais pas de mal à me représenter ma Mexicaine en train de se mordre la lèvre, songeuse, comme elle le faisait toujours quand elle affrontait une décision difficile.

« Je crois que c'est un cétacé. Ce sont des animaux très curieux : il voudra voir ce que nous faisons.

— *Cent mètres…*, crépita la voix d'Isaksson dans l'oreillette.

— Il est rapide, m'inquiétai-je. Trop rapide.

— Si à la fin c'est une baleine pilote ou un bébé jubarte, on aura l'air fin d'être partis à toutes jambes, argua Cassandra.

— Ça ne m'empêchera pas de dormir, rétorquai-je.

— *Cinquante mètres. Je ne sais pas ce que c'est, mais ça va droit sur vous*, nous prévint un capitaine de plus en plus exalté.

— Cassie ! Où es-tu ? criai-je sans la voir, comme si élever la voix allait servir à quelque chose.

— Qu'est-ce que j'en sais ! Ici !

— *Vingt mètres.* »

Au travers de l'épais brouillard de sable en suspension, je devinai la faible lueur de ses lampes et, sans y réfléchir à deux fois, je lâchai mon scooter et me précipitai dans sa direction.

En fait, la Mexicaine n'était qu'à un mètre de moi, et je l'entraînai dans mon élan, jusque dans le trou que nous venions de creuser.

J'atterris sur le dos, et mon *rebreather* fit entendre un sonore bruit de cuivre en heurtant quelque chose. Bras tendus, je tâtonnai autour de moi : j'eus l'impression que nous étions tombés à l'intérieur d'une sorte de structure circulaire et métallique.

Je levai les yeux et, grâce à la lumière diffuse des projecteurs du ROV, je pus voir une gigantesque forme noir et blanc passer à quelques centimètres de mon masque de plongée ; je me sentis écrasé contre le sable sous la pression de sa nageoire caudale.

Cassie avait raison : c'était bien un cétacé. Sauf qu'en l'occurrence il n'avait rien d'inoffensif.

« Cassie ? Ça va ? » m'inquiétai-je en la cherchant du regard.

Tout comme moi, la Mexicaine était allongée sur le dos sur le sable.

« Je vais bien, confirma-t-elle en me faisant le signe "OK" avec la main. Qu'est-ce… qu'est-ce que c'était ?

— Une orque. C'est une putain d'orque.

— Mais, pourquoi nous a-t-elle attaqués ? Les orques ne s'attaquent pas aux hommes.

— Aucune idée. Tu n'as qu'à lui poser la question.

— *Vous avez été attaqués par une orque ?* demanda la voix métallique et incrédule du professeur depuis l'*Omaruru. Tout va bien ?*

— Tout va bien, rassurez-vous. Mais il s'en est fallu de peu.

— *Ce doit être un individu solitaire*, déclara Isaksson dans nos oreillettes. *Il suivait peut-être l'otarie que vous avez vue avant et il vous a confondus avec elle.*

— Génial, soupira Cassie, toujours étendue à côté de moi au fond du trou. Vous auriez pu nous prévenir qu'il y avait des baleines tueuses dans le coin.

— *On n'en voit pas souvent*, s'excusa le capitaine. *Et je vous ai avertis que ces eaux sont dangereuses pour la plongée, à plus forte raison sans visibilité.*

— Nous en reparlerons plus tard, intervins-je. Le sonar l'a toujours localisée ?

— *Elle tourne en rond*, expliqua-t-il au bout d'un moment. *C'est comme si elle avait perdu votre trace.*

— C'est certainement parce que nous sommes à l'abri dans un trou. Mais nous finirons bien par être obligés d'en sortir.

— *Combien d'air vous reste-t-il ?* fit la voix du professeur, cette fois.

— Dix minutes tout au plus, répondit Cassie après avoir regardé son manomètre.

— Quelqu'un a une idée pour nous débarrasser de cette orque ? » demandai-je en levant un peu la tête : la visibilité était toujours aussi mauvaise.

Le silence qui succéda à ma question était assez éloquent pour me faire comprendre que Cassie et moi allions devoir nous débrouiller par nous-mêmes.

« Ne pourrait-on pas utiliser le ROV pour essayer de lui faire peur ? » suggérai-je.

Après une courte pause, la réponse arriva de l'*Omaruru*.

« *Je ne crois pas qu'un engin de soixante kilos puisse affronter une orque de plusieurs tonnes et dix mètres de long*, répondit Isaksson.

— Il ne s'agit pas de l'attaquer, mais juste de l'effrayer un peu, répliquai-je.

— *Ça ne marchera pas, et nous aurons perdu un temps précieux,* affirma le capitaine. *Il faut chercher une alternative.*

— Et si nous l'ignorons ? » proposa Cassie. Peut-être qu'elle comprendra.

Je lui jetai un coup d'œil à travers le masque :

« Et moi qui croyais être le seul à faire des plaisanteries mal venues.

— Ce doit être contagieux, rétorqua-t-elle. Mais, pourquoi ne remontons-nous pas tout simplement à la surface ? Si le capitaine a raison, et qu'elle nous a confondus avec des otaries à cause du manque de visibilité, plus nous monterons, plus il y aura de probabilités qu'elle se rende compte que nous sommes des humains.

— Tu risquerais ta vie sur cette supposition ? Et si cette orque est myope, ou affamée ? Et si elle s'est échappée d'un aquarium et qu'elle déteste les humains ?

— Diable… où est passé ton éternel optimisme ?

— J'ai dû l'oublier dans ma cabine, grognai-je, avec ma chance.

— Dommage, elles nous auraient été utiles toutes les deux. » Puis, changeant de ton : « Capitaine, vous m'entendez ? L'orque est toujours là ?

— *Je vous entends, et oui, elle est toujours là*, dit-il simplement. *D'après ses déplacements en cercle, je dirais qu'elle continue de vous chercher.*

— Génial.

— Il va bien falloir trouver quelque chose, remarquai-je, parce que nous allons avoir épuisé notre oxygène dans un rien de temps. Quelqu'un a-t-il une idée, là-haut ? »

À ma grande surprise, la réponse qui arriva de la surface était affirmative.

« *Nous avons pensé que nous pourrions essayer de distraire l'orque assez longtemps pour que vous puissiez remonter*, dit Isaksson.

— Comment ? demandai-je.

— *En l'appâtant. Nous jetterons à l'eau de la viande et du poisson pris dans nos réserves. Avec un peu de chance, les vagues entraîneront l'appât loin du bateau et cela occupera l'animal pendant quelques minutes.*

— Avec de la chance, releva Cassie d'une voix morne.

— Les orques sont attirées par le sang ? » m'étonnai-je.

La réponse mit quelques secondes à arriver.

« *Nous n'en sommes pas sûrs*, avoua le capitaine. *Mais elles sont carnivores, donc… c'est possible.*

— Ce qui est sûr, c'est que cela rameutera tous les requins blancs des environs. Je ne crois pas que ce soit une bonne idée.

— *C'est tout ce qui nous est venu à l'esprit*, allégua Isaksson. *Si vous avez une autre suggestion, je suis tout ouïe.* »

Un rapide échange de regards avec Cassie me fit comprendre que nous n'avions pas beaucoup d'alternatives.

« D'accord, faites-le, déclara la Mexicaine en voyant mon signe d'assentiment. Combien de temps mettrez-vous à lancer l'appât, à votre avis ?

— *On s'y emploie déjà. Cinq minutes, peut-être.*

— Ce sera très juste.

— *Nous essayerons de les réduire à quatre*, concéda le capitaine. *Pour l'instant, je vous suggère de rester calmes et de vous efforcer de ménager l'oxygène. Dès que le sonar nous indiquera que l'orque s'éloigne, nous vous ferons signe de remonter le plus rapidement possible, d'accord ?*

— D'accord, dit Cassie.

— Pas le choix », dis-je à mon tour, pas très convaincu par le plan.

À la maigre probabilité qu'une orque se laisse abuser par un seau de sardines et quelques biftecks, il fallait ajouter la complication que représentait la houle en surface, qui allait rendre assez difficile notre retour au bateau. Sans compter le fait que, attiré par le sang, il y aurait bien quelque requin blanc pour se joindre à la fête.

Le problème était que personne n'avait eu d'autre idée. Alors, c'était cela, ou mourir noyés.

La réponse était toute trouvée.

23

L'attente se faisait interminable. Serrés l'un contre l'autre, nous scrutions autour de nous dans une vaine tentative de percer l'épais nuage de sable qui semblait ne jamais devoir se redéposer.

Au bout de ce qui me parut une éternité, je consultai de nouveau mon ordinateur de plongée. La marge que nous avait donnée Isaksson ne s'était pas encore écoulée, mais le compte à rebours pour remonter se poursuivait, implacable ; au moment où je regardais l'écran, il passa en dessous des cinq minutes.

Quatre minutes cinquante-neuf.

Quatre minutes cinquante-huit.

« Merde !

— Quoi ? Qu'est-ce qu'il y a ? demanda Cassie, alarmée.

— Non, rien, pardon, fis-je, me souvenant trop tard que nous étions connectés par radio.

— Tu ne me la fais pas, Ulysse. Que se passe-t-il ? »

Je lui montrai l'écran de l'ordinateur de plongée.

« Si le chrono arrive à zéro, il faudra faire au moins un palier de décompression à mi-chemin de la surface.

— Avec une orque dans le coin ? Impossible.

— Nous n'aurons pas le choix, si on ne veut pas risquer l'œdème cérébral.

— Je préfère risquer l'œdème.

— Vraiment ? Et qu'en est-il de ta théorie qui dit qu'elle ne nous attaquera pas quand elle découvrira que nous ne sommes pas un couple de phoques ?

— Je dois encore la peaufiner. De toute manière, même en admettant que je veuille faire la décompression, je ne sais pas si j'aurais assez d'air », dit-elle en me montrant l'aiguille de son manomètre, toute proche de la zone rouge.

Par réflexe, je regardai le mien et vis que ma réserve n'était guère mieux que la sienne. Les courants forts et le froid nous avaient fait consommer bien plus d'oxygène que prévu.

« Si nous remontons de vingt mètres par minute, calculai-je à voix haute, il nous faudra deux minutes pour atteindre la surface.

— Et c'est deux fois plus rapide qu'il n'est conseillé, observa Cassie avec inquiétude.

— Et on serait encore très justes. »

La Mexicaine poussa un profond soupir.

« La prochaine fois que j'insisterai pour me jeter à l'eau malgré les avertissements des gens du cru, arrête-moi, s'il te plaît, dit-elle d'une voix lasse.

— Je te dis la même chose. Un de nous deux devrait assumer le rôle de la personne raisonnable, dans cette relation.

— Pas la peine de me regarder. Celui qui a des cheveux blancs ce n'est pas moi, c'est donc à toi d'être la voix de l'expérience.

— Alors, si nous sommes dans ce pétrin, je peux en rejeter la faute sur toi ?

— Je crains que cette distinction n'ait pas d'effets rétroactifs.

— Dommage. J'aurais adoré te lancer un "je te l'avais bien dit".

— Ce sera pour une autre fois, dit-elle en me prenant la main dans la sienne, chaude à travers les deux épaisseurs de néoprène.

— J'y compte bien », répondis-je en entrelaçant mes doigts avec les siens.

Nous restâmes silencieux, scrutant le brouillard ocré qui nous enveloppait comme un suaire. On ne discernait rien au-delà de quelques mètres. La présence d'une orque tout près de nous, tout comme celle de l'*Omaruru* à la surface, ressemblait à un mauvais rêve dont j'allais m'éveiller d'un moment à l'autre.

Juste à cet instant, une voix retentit dans nos oreillettes, tel Yahveh appelant du haut des cieux.

« *Cassandra ! Ulysse ! Le capitaine vient de m'informer que l'orque a mordu à l'hameçon et est en train de s'éloigner ! Remontez vers le bateau avant qu'elle revienne !* »

Le professeur n'eut pas à nous le dire deux fois : nous nous élançâmes vers le haut, résistant à la tentation de gonfler nos gilets pour éviter que nos poumons éclatent comme des bulles de savon, mais outrepassant quand même les règles de sécurité et ignorant les avertissements de mon ordinateur de plongée, qui sonnait comme l'alarme d'une banque.

Nous étions remontés d'une quinzaine de mètres, dépassant à peine le nuage de sédiments, quand la radio se remit à grésiller.

« *Attention !* – c'était la voix de De Mul – *redescendez vous réfugier où vous étiez !*

— Pourquoi ? s'inquiéta Cassie sans cesser de nager vers la surface. Que se passe-t-il ?

— *Le sonar montre un nouveau signal qui se rapproche de vous rapidement !*

— Et merde ! pestai-je. Je savais bien que cette saleté n'allait pas mordre à l'hameçon.

— *Non, non, le plan a marché*, protesta De Mul. *La première orque est en train de faire un festin avec nos provisions, à une cinquantaine de mètres au nord de votre position.*

— La première ? releva Cassandra.

— *Il y a un deuxième signal, taille et forme similaires, et il se dirige vers vous*, expliqua sombrement le timonier.

— Deux orques ? fit-elle avec incrédulité. Vous êtes sûr ?

— *Vous devez redescendre immédiatement et vous cacher*, intervint alors Isaksson. *Si vous continuez de monter, elle vous atteindra dans quelques secondes !* »

Je jetai un bref coup d'œil à mon ordinateur de plongée, qui clignotait désespérément, m'informant avec insistance que notre remontée était trop rapide. Puis je tournai la tête vers le haut, vers la lumière du jour, où l'on devinait déjà la coque de l'*Omaruru* en train de se balancer à la surface, et, finalement, vers les profondeurs insondables que nous avions laissées derrière nous, sombres et menaçantes.

« La réponse est non, capitaine, dis-je en me tournant vers Cassie, quêtant son accord du regard. Nous poursuivons la remontée. Nous n'avons plus assez d'oxygène pour replonger. C'est maintenant ou jamais.

— *Ne faites pas cela !* insista le Suédois avec inquiétude. *Elle va vous attraper !*

— Nous n'avons pas le choix. Tu es avec moi, Cassie ? »

La Mexicaine hocha la tête.

« Bah, pas le choix. »

J'aurais voulu avoir quelque chose de transcendant à dire, mais tout ce qui me vint à l'esprit fut de lui faire un clin d'œil complice et de serrer ses doigts toujours entrelacés avec les miens.

« Je calcule que nous émergerons à une trentaine de mètres de la poupe, dis-je en regardant de nouveau vers le haut. Préparez la plate-forme, avec des gens pour nous aider à sortir de l'eau !

— *Elle se rapproche rapidement par le sud !* – la voix de Jonas De Mul frisait la panique – *Elle va droit sur vous !* »

Cela nous poussa à monter encore plus vite, faisant fi de tout protocole de sécurité.

De deux ultimes et douloureux coups de palmes, nous émergeâmes enfin à la surface d'une mer toujours aussi agitée. D'énormes vagues sombres et écumantes se brisaient au-dessus de nos têtes, nous secouant chaotiquement de haut en bas.

Sans perdre un instant, nous gonflâmes à fond nos gilets stabilisateurs pour empêcher que les lames ne nous entraînent de nouveau vers le bas.

Cassie était juste à côté de moi. Je lui fis le signe « OK » en joignant le bout du pouce et de l'index, et Cassie répondit de même pour me confirmer qu'elle allait parfaitement bien. Du moins aussi parfaitement bien qu'il était possible à ce moment et dans ces circonstances.

« *Dix mètres !* cria alors la voix de De Mul dans nos oreillettes. *Elle est presque sur vous !* »

Nous regardâmes autour de nous avec nervosité, mais ne vîmes absolument rien. Plongeant la tête sous l'eau, je guettai à droite et à gauche, cherchant la grande masse bicolore qui allait se jeter sur nous. Bien que la visibilité porte à plus d'une dizaine de mètres en surface, je ne distinguais que le bleu omniprésent de la mer.

« *Cinq mètres !* cria le pilote dans l'oreillette.

— Mais il n'y a rien du tout, répondit Cassandra qui regardait elle aussi sous l'eau.

— *Cherchez bien ! Elle est tout près !* insista De Mul.

— Le sonar ne pourrait pas s'être déréglé ? demandai-je. Je t'assure qu'on ne voit aucune orque.

— *Le sonar fonctionne très bien !* répliqua le pilote, au bord de la crise de nerfs. *Elle est juste sur votre marque !* »

En proie à un mauvais pressentiment, je me submergeai de nouveau et scrutai l'opacité liquide au-dessous de nous.

Alors je la vis.

À nos pieds, une ombre passait, véloce, au-dessus du nuage de sédiments ; elle se retourna sur elle-même avec une agilité surprenante et, roulant sur un flanc, elle tourna son œil gauche vers le haut. Un regard intelligent, conscient que la chasse atteignait son dénouement.

Nous étions à elle.

« Elle est juste en dessous ! hurlai-je dans le micro, sans sortir la tête de l'eau. File vers le bateau, Cassie ! Vite ! »

Je regrettais à présent d'avoir abandonné les scooters, tout en sachant, au fond, que cela n'aurait pas fait grande différence. Sans perdre l'orque de vue, je me mis quand même à nager en direction de l'*Omaruru*, qui apparaissait et disparaissait entre les vagues, si près et pourtant si loin.

La houle nous secouait comme des marionnettes, nous rapprochant puis nous éloignant impitoyablement du navire. J'avais beau employer toutes mes forces à nager, je commençais à croire que Poséidon se jouait de nous et avait déjà décidé que nous serions le dîner du cétacé.

Tous nos efforts pour rejoindre l'*Omaruru* semblaient inutiles et je haletais avec exaspération en tentant de reprendre mon souffle. Je regardai de nouveau vers le bas, et mon sang se glaça dans mes veines.

« Plus vite, Cassie ! Plus vite ! » criai-je, désespéré.

Venant presque à la verticale depuis les profondeurs, la gueule gigantesque emperlée de dents acérées montait droit vers nous. L'idée ne m'effleura même pas d'essayer de l'esquiver, ni de tirer le couteau de plongée attaché à ma cheville. Ç'aurait été absurde. Le sympathique animal qui, dans les parcs aquatiques, se met en quatre pour ravir les spectateurs de ses cabrioles, était ici un prédateur affamé de la taille d'un autobus convaincu que nous étions des proies trop faciles pour les laisser passer.

Nous allions être dévorés à quelques mètres de notre bateau et je ne pouvais absolument rien faire pour l'éviter.

« Je suis désolé… » murmurai-je en pensant à Cassie.

Et alors que les mâchoires colossales béaient à moins d'un mètre de mes pieds, je fermai les yeux et me rendis à l'inéluctable.

24

Pourtant, l'inéluctable ne se produisit pas.

En revanche, j'entendis la voix du capitaine Isaksson qui hurlait dans mon oreillette.

« *On la tient !* exultait-il. *On l'a crochée par la nageoire !* »

Déconcerté, j'ouvris les yeux. Plus d'énorme gueule béante à mes pieds. L'orque ne venait même plus vers moi. Elle s'était comme recourbée sur elle-même, tordue comme un chien qui cherche à attraper sa queue.

Je compris alors ce qui était arrivé.

À la faveur d'une brusque contorsion du cétacé, j'avais pu voir, accroché à sa nageoire caudale, une espèce de crabe métallique dont l'unique pince géante s'était refermée comme un piège sur sa proie. Je ne savais pas comment il s'était débrouillé, mais Van Peel avait attrapé l'épaulard avec le ROV.

Enfin, *attrapé* n'était peut-être pas le terme exact, parce que l'orque devait bien faire cent fois le poids du robot sous-marin, et elle ne mettrait pas longtemps à se débarrasser de cette espèce de tique en acier ; mais son attention était détournée pour quelques instants, ce qui nous donnait une chance de nous échapper. Que demander de plus ?

« *Dépêchez-vous ! Je ne sais pas combien de temps nous pourrons la retenir !* » brama le capitaine dans la radio.

Je m'élançai de nouveau vers le bateau.

Cassie avait réagi plus vite que moi et, après s'être retournée brièvement pour s'assurer que je la suivais, elle continua de nager à toute allure vers l'*Omaruru*.

Mes muscles me brûlaient sous l'effort soutenu de palmer contre la houle incessante qui me secouait dans tous les sens. Une vague particulièrement grosse me souleva sur sa crête, à plusieurs mètres de hauteur, et du haut de cet observatoire éphémère, je pus voir que j'avais déjà parcouru la moitié du chemin, et que Cassie avait atteint la plate-forme du bateau, où l'attendaient deux matelots les bras tendus.

Intérieurement, je poussai un soupir de soulagement, heureux que cette immersion désastreuse touche à sa fin.

La voix de De Mul grésilla de nouveau à mes oreilles.

« *Qui est encore dans l'eau ?* demanda-t-il précipitamment.

— Moi, Ulysse, haletai-je. Qu'y a-t-il ?

— *La première orque est en train de se rapprocher de vous rapidement.*

— De moi ? Pourquoi ? protestai-je.

— *Elle a dû être attirée par les plaintes de l'autre. Elle vient dans votre dos.*

— Bordel ! jurai-je en regardant derrière moi. Est-elle très près ?

— *Trop près.* »

Cette vague réponse avait été donnée sur un ton qui me parut résigné.

Je faillis lui répliquer qu'on ne jouait pas aux devinettes, mais je compris qu'en savoir plus n'avait en réalité que peu d'importance. Une nouvelle vague me souleva alors, et je vis que Cassie venait d'être hissée sur le pont. C'était maintenant moi que les deux matelots, sécurisés par des harnais, attendaient en m'encourageant du geste et de la voix, bien que je sois incapable de les entendre dans le vacarme de la tempête.

Je calculai qu'il y avait moins de dix mètres pour atteindre la plate-forme, mais, tournant malencontreusement la tête en crawlant, une de ces images qui vous marquent pour le restant de vos jours s'inscrivit sur ma rétine.

J'étais alors dans un creux entre deux grandes vagues. Et derrière moi, surfant dans le rouleau de la crête suivante, je vis avec effroi une titanesque masse bicolore qui s'élançait, implacable, les nageoires pectorales tendues comme des ailes, et l'énorme aileron dorsal surgissant de l'écume comme une funeste voile noire. À travers le fin rideau liquide qui nous séparait, je distinguai les yeux perçants de l'orque fixés sur moi, comme si elle comptait les secondes avant qu'elle ne m'attrape.

Je me tournai vers le pont de l'*Omaruru*, où Cassandra me regardait, ses mains jointes étouffant un cri d'horreur, car elle comprenait que je ne pourrais jamais atteindre l'échelle du bateau.

Je priai pour que la fin survienne le plus rapidement possible. Et c'est à cet instant précis qu'un coup de tonnerre se fit entendre par-dessus le tumulte de la tempête.

Je pensai que la foudre n'était pas tombée loin… et une étonnante cacophonie de vivats se déchaîna dans la radio.

Ce n'est qu'alors que je m'aperçus que l'eau s'était teintée de rouge autour de moi. Je regardai en arrière : sur les vagues, le haut aileron dorsal de l'épaulard montrait une entaille sur un bord. Il lui manquait un morceau qui y était un instant plus tôt.

Je constatai avec soulagement que l'orque ne venait plus vers moi, mais au contraire, s'éloignait. Je relâchai alors tout l'air de mes poumons, me rendant seulement compte que j'avais retenu ma respiration.

« Dépêche-toi, Ulysse ! Elle pourrait revenir ! » cria Cassie dans mon oreillette.

Dans un dernier effort, j'atteignis la plate-forme de l'*Omaruru*, et, avec l'aide des deux matelots, je montai jusqu'au pont où Cassandra m'attendait.

« Dieu soit loué ! dit-elle en m'ôtant mon masque avant de m'embrasser avec fougue. Quand j'ai vu l'orque se jeter sur toi, j'ai cru… que… »

Et elle cessa de parler, m'étreignant comme s'il y avait des années qu'elle ne m'avait pas vu.

« Je l'ai cru, moi aussi, avouai-je en la serrant contre moi. Mais, à dire vrai, je ne sais pas encore ce qu'il s'est passé.

— Là-haut », répondit-elle en pointant le doigt en arrière.

Suivant son doigt, mes yeux remontèrent les cinq niveaux de la superstructure, jusqu'au balcon arrière de la passerelle où Carlos était appuyé à la rambarde ; il tenait avec désinvolture une arme de gros calibre, le regard perdu à l'horizon tel un chasseur prenant la pose pour la photo après avoir abattu un éléphant.

C'est alors que je compris que le coup de tonnerre que j'avais entendu était en fait un coup de feu.

Pour lui rendre justice, un coup de feu qui, dans les pires conditions possibles, venait de me sauver la vie.

La porte du pont s'ouvrit, et le professeur Castillo, Van Peel et De Mul firent leur apparition, suivis de près par le capitaine Isaksson.

Nous reçûmes de chacun une chaleureuse accolade, et les félicitations du capitaine.

« Tu nous as fait une sacrée peur, fiston, affirma Isaksson en me prenant par le bras, la pluie dégoulinant de la visière de sa casquette pour aller tremper sa barbe blanche.

— Moi, je réfléchissais déjà à la manière d'expliquer cela à ta mère, plaisanta le professeur. Je crois que je me serais jeté à l'eau avec les orques plutôt que de rentrer à Barcelone et devoir lui donner la mauvaise nouvelle.

— Sans la précision au tir de Carlos, et l'habileté de Van Peel avec le ROV, je ne serais pas là, dis-je en me tournant vers les officiers de l'Omaruru. Je ne sais comment vous remercier, et… à propos, qu'est-il arrivé au robot ?

— Il a été un peu malmené, répondit Isaksson avec un sourire grimaçant. L'orque a fini par lui donner un sacré coup de dents, mais je crois qu'on pourra le récupérer.

— En tout cas, vous et votre équipage, vous nous avez sauvé la vie, dis-je en lui étreignant les mains. Que puis-je faire pour vous, à part vous offrir ma gratitude éternelle ?

— Vous pourriez nous inviter tous à boire une bière, quand nous serons de retour à Walvis Bay, suggéra-t-il avec bonne humeur.

— Ce sera plutôt un dîner dans le meilleur restaurant », acceptai-je avec un sourire en lui tapant dans le dos.

Personne ne paraissait accorder d'importance au déluge qui balayait le pont, au tangage prononcé, ou aux lames qui s'écrasaient sur le bastingage.

Du coin de l'œil, je vis Carlos qui se tenait toujours sur le balcon de poupe, son énorme fusil entre les mains, et le regard fixé sur l'horizon comme s'il cherchait à voir au-delà.

Une fois débarrassés de notre incommode équipement de plongée, Cassandra et moi nous dirigeâmes vers nos cabines respectives afin de prendre une douche chaude – bien méritée – et un peu de repos. Nous n'étions restés dans l'eau qu'une demi-heure à peine, mais la tension et les efforts m'avaient laissé aussi éreinté que si j'avais traversé la Manche à la nage.

Je sortis de la douche et m'effondrai sur ma couchette, les bras en croix, complètement épuisé. Et juste alors que je commençai à me détendre, une voix métallique se fit entendre par le petit haut-parleur de l'interphone placé à la tête du lit.

« *À tous les passagers de l'*Omaruru – la voix déformée était celle de Van Peel. *Le capitaine Isaksson requiert votre présence sur le pont immédiatement. Merci.* »

Levant la tête, je regardai l'interphone avec incrédulité.

« C'est une blague ? » grognai-je.

Je songeai un instant à ignorer l'appel, et rester jouir d'un sommeil plus que mérité ; mais je réalisai aussitôt que si je n'obtempérais pas, on viendrait frapper chez moi en une question de minutes ; et puis, si le capitaine nous convoquait avec une telle urgence, il devait avoir une bonne raison.

Désormais intrigué, je m'habillai aussi vite que je pus, et allai grimper quatre à quatre les marches qui menaient à la passerelle.

Dès que je franchis la porte, je me trouvai face à Carlos et profitai de l'occasion pour le remercier de m'avoir sauvé la vie avec son coup de fusil providentiel.

L'ancien militaire répondit d'un hochement de tête.

« La vérité, c'est que j'ai eu beaucoup de chance.

— De la chance ? C'était un tir impressionnant.

— Ne croyez pas ça. Ça bougeait tellement que j'avais autant de probabilités de toucher l'orque que de vous atteindre, vous.

— Euh, d'accord…, dis-je en déglutissant. En tout cas, je suis heureux que vous ayez eu la bonne cible. »

Carlos minimisa son importance, alléguant que s'il avait manqué son coup, je ne serais pas venu le lui reprocher. Je ne pus que lui donner raison, et le léger sourire qui flottait sur ses lèvres donnait à entendre que me toucher au lieu de l'orque ne l'aurait pas non plus empêché de dormir.

Dans la passerelle, je découvris que j'étais le dernier à répondre à l'appel du capitaine. Cassie et Eduardo étaient déjà là. Tous étaient agglutinés autour d'une des consoles et une discussion animée faisait rage tandis qu'ils désignaient l'écran.

« Bonjour tout le monde ! saluai-je.

Mais personne ne sembla faire attention à mon arrivée. Ils étaient bien plus intéressés par ce qu'ils regardaient.

« — Approchez, monsieur Vidal, dit De Mul en levant la tête au milieu du groupe. Venez voir. »

Je me frayai un chemin vers la place du timonier, qui posait le doigt sur un écran de télévision ; à chaque angle de celui-ci, des indicateurs et des chiffres, tandis qu'au centre apparaissait une image fixe et légèrement floue. Comme un photogramme d'un mauvais film amateur.

« Qu'est-ce que vous en dites ? demanda-t-il avec enthousiasme.

— J'en dis que la télévision de Namibie laisse beaucoup à désirer.

— C'est une image captée par le ROV, juste avant de remonter vers la surface, précisa De Mul en souriant. Regardez ça, là, vous ne le reconnaissez pas ? »

En m'approchant, et avec une bonne dose d'imagination, je réussis à discerner une petite cuvette et le profil semi-circulaire de quelque chose qui ressortait du sable.

« C'est le trou que nous avons creusé avec les scooters ? » demandai-je en me tournant vers Cassie.

Souriante, elle acquiesça.

« Alors… cette pièce, que l'on voit dans le trou, c'est là où nous nous sommes cachés, compris-je. Quelqu'un a-t-il une idée de ce que c'est ?

— Nous n'en sommes pas encore certains, dit le professeur.

— Mais…

— Mais nous croyons qu'il s'agit d'une écoutille.

— Une écoutille de sous-marin, précisa Cassandra.

— Sérieux ? » Je m'approchai un peu plus de l'écran, et je vis que c'était possible. « C'est vrai ! Ça ressemble à une écoutille de sous-marin ! m'écriai-je. *Yes* ! On le tient ! »

Une grosse patte se posa sur mon épaule et la voix de basse du capitaine s'éleva derrière moi.

« On dirait bien, mon ami. Mais nous avons encore du travail avant de l'avoir totalement déterré.

— Et comment ferons-nous ? Pour le moment, je n'ai pas vraiment envie de retourner en bas.

— Ne vous inquiétez pas, répondit-il avec un sourire rassurant. N'oubliez pas que l'*Omaruru* a été spécialement conçu pour déterrer des

155

choses. Pour les trois prochains jours, la météo prévoit des hautes pressions et une mer peu agitée ; donc, si rien ne change, nous pourrons utiliser les tuyaux d'extraction et évacuer tout le sable qui nous gêne en quelques heures. Avec de la chance, vous devriez pouvoir accéder à l'intérieur du sous-marin dès demain, et trouver ce que vous êtes venus chercher, quoi que ce soit. »

Et il croisa les bras d'un air satisfait.

25

Au petit matin, après avoir dormi presque douze heures d'affilée, je me présentai à la cabine de Cassie et toquai à la porte de contreplaqué.

« Cassie ? Tu es réveillée ? »

La porte s'ouvrit au bout d'un instant, et la Mexicaine apparut, les cheveux en bataille, et portant en tout et pour tout un vieux tee-shirt à moi. Elle était si belle que j'en oubliai ce que j'étais venu lui dire.

« *Qué onda* ? fit-elle en réprimant un bâillement.

— Euh… j'allais sur le pont vérifier l'état de la mer, pour l'immersion. Tu viens ? »

Plissant ses yeux verts et somnolents, elle jeta un coup d'œil à sa montre de plongée et fronça les sourcils :

« Tu sais qu'il est six heures du matin ?

— C'est pour ça que je t'ai apporté un café », déclarai-je en lui montrant la tasse fumante que je tenais.

La jeune Mexicaine ne lui accorda pas un regard.

« Six-heures-du-ma-tin, répéta-t-elle très lentement, en se passant la main sur le visage d'un geste las.

— Est-ce que ça veut dire non ? »

Sans répondre, elle secoua la tête et, sans autre explication, elle me ferma la porte au nez.

« Eh bien… oui, murmurai-je pour moi-même, on dirait bien que c'est un non. »

Sans prendre la peine d'aller réveiller le professeur Castillo, je me dirigeai vers l'escalier qui conduisait à la passerelle de l'*Omaruru*.

Je ne croisai personne en chemin ; mais, en franchissant la porte d'acier, je vis que le capitaine était déjà à son poste, en train de donner des ordres par radio à son équipage. Simultanément, il observait une batterie d'écrans montrant des images en noir et blanc de l'arrière du bateau, où avait lieu une activité fébrile.

« Bonjour tout le monde ! » claironnai-je.

Isaksson leva la main en guise de salut et continua de parler.

« Bonjour, répondit De Mul en baissant les jumelles avec lesquelles il scrutait attentivement une mer d'huile. Vous avez vu quel temps incroyable nous avons?

— Surprenant, dis-je en rejoignant le pilote, debout devant les grandes baies vitrées de la passerelle. Qui l'eût cru, après le temps de ces derniers jours.

— La météo est comme ça, ici : imprévisible, affirma-t-il avec un geste du menton vers l'extérieur. Mais d'aussi bonnes conditions ne sont quand même pas très habituelles, sur cette côte.

— Il y a un rapport avec le branle-bas de combat qu'il y a sur le pont ? », m'informai-je, le pouce pointant en arrière.

De Mul jeta un coup d'œil aux moniteurs.

« Bien sûr, il faut en profiter. On a commencé à descendre l'aspirateur. Dans deux heures, nous aurons dégagé ce que vous avez trouvé hier.

— Vous avez dit deux heures ? demandai-je avec incrédulité.

— Probablement moins. Le système de succion de l'*Omaruru* peut aspirer jusqu'à dix mille mètres cubes de sable à l'heure, expliqua-t-il avec fierté. Et ça représente beaucoup de sable.

C'est complètement fou, soufflai-je avec ahurissement, en faisant mentalement la comparaison avec l'expérience du *Midas*, qui ne datait pas de si longtemps. Alors, j'imagine que vous n'aurez pas besoin que je vous donne un coup de main.

— Merci, mais je ne crois pas que cela soit nécessaire, répondit-il en portant de nouveau ses jumelles à ses yeux. C'est une opération totalement automatisée. Pour nous, c'est la routine. Van Peel est déjà à la poupe avec tous les hommes qu'il lui faut. »

Curieusement, en ce moment qui pouvait être une étape clé de notre entreprise, De Mul paraissait préférer scruter l'horizon plutôt qu'observer le bon déroulement des opérations.

Je mis un certain temps à saisir ce qui suscitait l'attention du timonier.

« Les pirates ? chuchotai-je, comme si les nommer était de mauvais augure.

— Nous ne sommes pas encore sûrs qu'ils le soient.

— Mais ils sont toujours là.

— Ils se sont éloignés assez pour se dissimuler juste derrière l'horizon, mais ils sont toujours là, confirma-t-il sombrement, sans détourner les yeux des baies vitrées.

— Et que ferons-nous… s'ils se rapprochent ?

— Vous avez pu voir que nous ne sommes pas complètement sans défense, si c'est ce qui vous préoccupe, dit-il en se tournant à demi avec un sourire confiant.

— Vous n'avez pas à vous inquiéter de cela, fit alors la voix du capitaine, qui avait fini de parler par radio. Quels qu'ils soient, *ils* sont notre problème. Monsieur Bamberg vous l'a bien précisé hier. Je vous suggère de vous préparer, pour quand nous aurons accès au sous-marin. Mais cette fois, nous enverrons d'abord le ROV », ajouta-t-il avec fermeté.

Je n'étais pas encore complètement remis de mes frayeurs de la veille, de sorte que j'acquiesçai sans discuter.

« Cela me semble une excellente idée. En fait, nous ne sommes pas si pressés », affirmai-je avec un sourire soulagé.

Carlos fut le premier à faire son apparition, suivi peu après par Cassie et le professeur. Tous deux me dédièrent un salut ensommeillé avant de reporter leur attention sur les consoles où étaient postés les trois officiers de l'*Omaruru*.

Le capitaine Isaksson observait un moniteur qui affichait alors une image floue, obscurcie par ce qui semblait une boue épaisse qui empêchait de rien distinguer.

« Qu'est-ce que vous êtes en train de regarder, capitaine ? s'enquit un Eduardo intrigué.

— En fait, je suis en train de surveiller le tuyau de pompage, expliqua-t-il sans quitter l'écran des yeux. Il comporte deux caméras de contrôle, mais avec tout le sable soulevé, il est impossible de voir quoi que ce soit pour le moment.

— Et qui manie le tuyau ? demanda Cassie en se rapprochant un peu. Où sont les plongeurs ?

— Il n'y en a pas. C'est totalement robotisé. Nous opérons depuis la passerelle, sans nécessité d'exposer qui que ce soit. Avec ce *joystick*, dit-il en désignant la manette qu'il actionnait de la main droite, et une série de capteurs installés dans l'appareil lui-même, nous pouvons le diriger en restant confortablement assis et sans qu'il y ait besoin de se colleter avec la faune locale. »

Isaksson se tourna vers nous avec un petit sourire moqueur.

« Encore quelques minutes, ajouta De Mul de son côté, et nous aurons dégagé une section assez large pour savoir ce que nous avons là-dessous. Mais il faudra quand même patienter jusqu'à ce que le sable se redépose, évidemment.

— Et le sonar à balayage latéral ? intervint Cassie. Ne pourrait-il pas voir à travers le sable en suspension ?

— C'est trop dense, répondit le pilote. Le mieux est d'attendre tranquillement que le ROV nous donne une image définie.

— Vous avez descendu aussi le robot ? Vous l'avez déjà réparé ? s'étonna Carlos.

— Nous y avons travaillé toute la nuit, dit Van Peel avec une pointe de rancune, et il est totalement opératif. Regardez cet écran : ce sont les images qu'il est précisément en train de nous transmettre. »

Nous nous rapprochâmes tous du moniteur de Van Peel, mais tout ce que l'on y voyait, c'était un gros nuage de sable d'où émergeait, telle une gigantesque trompe blanche annelée, le tube d'extraction relié au bateau.

« Arrêtez la pompe d'aspiration », ordonna le capitaine par radio.

Puis, manipulant le levier de commande avec l'habileté que donne l'expérience, il fit remonter le tuyau jusqu'à ce qu'il sorte du champ de la caméra du ROV.

« Bon, je crois que nous avons creusé suffisamment. À présent, il n'y a plus qu'à attendre que le sable retombe pour voir ce que nous avons là. »

Dix minutes plus tard, nous étions toujours attentifs aux deux seuls écrans allumés du poste de navigation : celui du sonar à balayage latéral, et celui de la caméra du ROV. Malheureusement, aucun des deux ne nous montrait encore d'image détaillée du sous-marin qui se trouvait quarante mètres sous nos pieds.

« Cette attente me met les nerfs en pelote, murmura Cassandra en se rongeant les ongles.

— C'est comme un film à suspense, renchérit le professeur. Il va falloir attendre longtemps pour voir quelque chose ?

— Patience, ça ne devrait plus tarder, répondis-je, bien que je fusse aussi impatient qu'eux.

— Je crois qu'on commence à distinguer quelque chose avec le sonar à balayage latéral », informa De Mul.

Nous nous précipitâmes tous sur l'écran qui présentait le profil précis du fond marin dans une gamme de tons bruns. Malgré les interférences causées par le sable en suspension, on devinait une forme circulaire entourée d'éléments plus petits qui évoquaient des antennes. Si cette image se confirmait, cela voudrait dire que nous avions trouvé le kiosque du sous-marin et l'écoutille d'accès principale, comme nous le soupçonnions depuis la veille.

Je réfléchissais déjà aux moyens à mettre en œuvre pour forcer l'écoutille et pénétrer à l'intérieur du vaisseau, quand la voix de Van Peel m'arracha à mes pensées.

« Je commence à recevoir des images plus nettes du ROV », déclara-t-il de sa voix monocorde.

Nos têtes se tournèrent à l'unisson vers l'autre moniteur, qui était à présent bien plus éclairé et permettait de discerner des formes plus définies dans le nuage de sable.

« Je vais avancer », informa-t-il.

Et, à l'aide de la manette de console de jeux vidéo avec laquelle on dirigeait le ROV, il actionna les hélices du robot.

Tous les assistants retinrent leur souffle, pleins d'expectation devant la révélation qui devait se matérialiser sous nos yeux d'ici à quelques secondes.

« Là ! s'écria Cassie en désignant une ombre sur l'écran. Déplacez-vous vers la droite ! »

Le second de l'*Omaruru* obtempéra, et cette ombre se transforma rapidement en un cylindre rongé par la rouille qui faisait approximativement un mètre cinquante de diamètre.

Il n'y avait presque plus de sable environnant, et le ROV s'était stabilisé à un mètre à peine au-dessus du cylindre. Mais nous n'arrivions pas à comprendre cette image. De par le diamètre et la forme, ce n'était absolument pas ce que nous nous attendions à voir.

« Ceci n'est pas une écoutille, déclara le capitaine, qui se redressa et recula d'un pas pour nous permettre d'en juger par nous-mêmes.

— Mais alors… que diable sommes-nous en train de regarder ? lui demanda le professeur en désignant la structure rouillée qui apparaissait juste au centre du petit écran couleur.

— Une cheminée, laissa tomber le Suédois comme s'il nous présentait ses condoléances. Ce que nous avons ici, c'est la cheminée d'un bateau. »

Je mis quelques secondes à interpréter le ton funèbre d'Isaksson… et je compris :

Les sous-marins n'ont évidemment pas de cheminées.

26

Brillant au zénith d'un ciel diaphane, le soleil de midi cognait dur. Au mépris du risque d'insolation, je m'appuyais avec lassitude au bastingage de bâbord, le regard perdu sur le lointain profil de la côte : une ombre ocrée, à plusieurs milles de distance, là où l'océan Atlantique rencontrait l'un des déserts les plus arides du monde.

Découvrir que ce que nous avions pris pour l'U112 était en fait une simple épave de bateau non enregistrée – une parmi tant d'autres qui parsemaient les fonds de ce littoral – avait été une terrible déception. Après avoir réalisé, j'avais abandonné la passerelle sans dire un mot, et avais erré sans but sur le navire jusqu'à finir ici, sur le pont arrière.

Comme une pénitence, je restai plus d'une demi-heure à rôtir sous le soleil torride de l'Afrique, pendant que, derrière moi, quelques matelots récupéraient le tuyau d'extraction et l'enroulaient soigneusement par sections.

Je n'arrivais pas à me défaire de mon sentiment de frustration, après être passé en un instant de la jubilation à une profonde déception. Dans le périmètre de recherche que nous avions délimité, la localisation que nous venions d'éliminer était la possibilité la plus prometteuse – la seule, en réalité – de trouver le sous-marin.

Dix jours après avoir commencé le balayage, nous nous retrouvions les mains vides. Le mystère de l'insaisissable sous-marin nazi n'avait guère de chances d'être résolu en quatre jours – qui nous restaient de la période de location de l'*Omaruru* – et, par conséquent, nous ne découvririons pas non plus les secrets qui auraient pu être emportés de la Cité noire.

Sans sous-marin, pas de vestiges archéologiques ; sans vestiges, nous ne pourrions pas réunir les preuves nécessaires pour démontrer l'existence de la Cité noire ; et, si nous ne pouvions pas en prouver l'existence… nous étions en bien mauvaise posture, tous les trois.

J'avais beau tourner et retourner le problème dans ma tête, je ne voyais aucun moyen d'en sortir.

Tous nos efforts auraient été complètement en vain. Comme avait remarqué le capitaine avec une logique écrasante, si le sous-marin n'était pas dans le périmètre de nos recherches, cela pouvait signifier, soit que l'U112 n'avait finalement pas coulé – en dépit des rapports de la *Royal Navy* –, soit qu'il avait bien sombré, mais après s'être éloigné du lieu de l'attaque. Et ce pouvait être dans n'importe quelle direction. Au bout du compte, le résultat était le même : nous ne pourrions peut-être jamais le trouver, même si nous cherchions durant tout le reste de notre vie.

Je balançai un coup de pied frustré au plat-bord, laissant une légère trace sur la peinture du bateau, outre me faire mal au gros orteil.

« Si vous cassez, vous payez », fit une voix derrière moi.

Je me tournai à demi, pour voir De Mul qui s'approchait, une moue triste aux lèvres.

« C'est juste, grognai-je. Vous mettrez aussi sur ma note la chaise de ma cabine.

— Elle est cassée ?

— Pas encore. »

Le pilote vint me poser la main sur l'épaule.

« Je suis désolé, mon vieux.

— Ce n'est pas grave, mentis-je. C'est comme ça avec ce genre de choses. Si quelqu'un croit que trouver un bateau coulé est facile, il se trompe lourdement. »

De Mul sortit un paquet de Marlboro et prit une cigarette. Il m'en offrit une, que je refusai en secouant légèrement la tête.

« Vous avez fait de votre mieux – il alluma sa cigarette et en tira une longue bouffée –. Les recherches étaient bien planifiées et vous aviez un équipement de dernière génération. C'est juste la faute à pas de chance. Vous aurez d'autres occasions de trouver ce que vous cherchez.

— J'en doute. C'était une occasion unique : une carte que nous ne pourrons pas jouer une seconde fois. »

De Mul sembla hésiter.

« Je peux vous poser une question ? finit-il par dire.

— Bien sûr, allez-y.

— Pourquoi ce sous-marin est-il si important pour vous ? »

Ce fut à mon tour d'hésiter, entre l'envie de m'épancher et la nécessité de garder le secret.

« Ce que nous croyons se trouver dans ce sous-marin allemand pourrait sauver des vies. La mienne et celle de mes amis, pour être précis.

— Votre vie ? releva-t-il, interloqué. Que voulez-vous dire ? »

Finalement, continuer de tout taire comme nous l'avions fait depuis le début n'avait plus de sens. Je lui fis donc un résumé succinct de ce qui nous avait amenés à rechercher l'U112.

Lorsque j'achevai de lui narrer les événements qui nous avaient conduits de la forêt amazonienne aux côtes de Namibie, le pilote resta à me regarder, avec une expression à mi-chemin entre le scepticisme et la stupéfaction.

« Cette histoire me paraît... comment dirai-je...

— Le mot que vous cherchez est *incroyable*, suggérai-je en lui offrant l'adjectif qui convenait le mieux. Ne vous inquiétez pas : si on me l'avait racontée à moi, j'aurais fait la même tête que vous en ce moment. »

L'officier secoua la tête et vint s'appuyer au bastingage à côté de moi. Il jeta son mégot à l'eau.

« Moi qui croyais que vous étiez une bande d'excentriques chasseurs de trésors... murmura-t-il. Sincèrement, je regrette que nous n'ayons pas réussi.

— Merci. »

Et, n'ayant pas envie de parler davantage, je laissai mon regard se perdre vers l'horizon irrégulier du désert.

Des dunes hautes de plus de cent mètres brisaient l'horizontalité de cette mer de sable infinie, dont les teintes allaient du jaune pâle à l'orange vif ; une ombre floue et foncée s'y détachait, qui avait attiré mon attention depuis un moment.

« Qu'est-ce qu'il y a, là-bas ? demandai-je à De Mul, plus pour changer de conversation qu'autre chose.

— Oh, rien. Un vieux navire marchand rouillé qui est là depuis presque cent ans.

— Un bateau ? m'étonnai-je, ne sachant trop s'il se moquait de moi ou non. Échoué en plein désert ?

— En effet, confirma-t-il sans avoir l'air de plaisanter. C'est l'*Eduard Bohlen*, une des rares attractions touristiques de la région, si l'on excepte les otaries.

— Et comment diable est-il arrivé là ? On l'a remorqué depuis le littoral ? »

Le pilote de l'*Omaruru* se mit à rire, amusé à cette idée.

« Mais non ! Il s'est échoué sur la côte en 1909, mais l'avancée du désert fait qu'il se trouve aujourd'hui à plusieurs centaines de mètres à l'intérieur des terres.

— L'avancée du désert ?

— Vous ne le saviez pas ? » C'était à son tour d'être étonné. « Le désert du Namib gagne près de quatre mètres par an sur l'océan Atlantique. Les Namibiens disent souvent en plaisantant que leur pays est le seul au monde à être chaque jour plus grand que la veille.

— C'est la première fois que j'en entends parler.

— Normal, c'est parce que vous êtes ici depuis peu, dit-il avec un sourire indulgent.

— Mais… insistai-je, vous voulez dire que ce bateau a fait naufrage sur le rivage et qu'il se trouve maintenant au beau milieu du désert, sans que personne l'ait déplacé ?

— Exactement », acquiesça-t-il en prenant une nouvelle cigarette.

À cet instant, tandis que je regardais s'allumer le tabac de De Mul, je compris que nous faisions fausse route depuis le départ et que toutes nos recherches se basaient sur une erreur absurde.

« Putain ! jurai-je en me frappant le front de la paume de la main. Comment peut-on être aussi stupide ? »

27

« Je suis désolé, mais je ne suis pas certain de bien comprendre », dit le professeur en se grattant le menton après avoir entendu mon hypôthèse.

À la suite de mon illumination, sur le pont, j'avais réuni Eduardo, Cassandra et Carlos au carré des officiers, et avais demandé à Jonas De Mul de nous accompagner afin de corroborer mes suppositions.

« En réalité, c'est tout simple. Tout vient d'une erreur que nous avons commise en fournissant au capitaine les coordonnées des recherches.

— Mais nous avons obtenu ces coordonnées d'après des cartes nautiques, insista-t-il.

— Oui, prof. Mais des cartes nautiques actualisées. »

Le crayon à la main, je me penchai sur la carte de la côte namibienne réalisée par l'amirauté britannique. C'était une carte d'un mètre de long et plus de cinquante centimètres de large à l'échelle d'un trois cent mille, où le littoral était représenté par une ligne presque droite de couleur crème, pratiquement sans accidents notables.

« La position de l'U112 que nous a donnée Ernesto se basait sur les rapports de la *Royal Navy* se référant au torpillage. Cette position indiquait un point situé à environ soixante-quinze milles au sud de Walvis Bay et approximativement à deux milles de la côte. »

Cassie posa le doigt sur la carte, exactement sur le cercle que nous avions tracé pour délimiter la zone de balayage.

« Euh, si je ne me trompe pas, c'est juste l'endroit où nous avons fait les recherches, non ?

— Précisément ! C'est là que nous avons fait erreur, dis-je avec véhémence. En nous basant sur ces données, nous avons effectué l'exploration aux coordonnées correctes, d'après cette carte nautique actuelle. Mais il y a quelque chose que nous n'avons pas pris en compte… la ligne de la côte de Namibie n'est pas la même qu'en 1940.

— Pas la même ? Qu'est-ce que tu entends par là ? s'étonna le professeur.

— Je sais que ça a l'air bizarre, admis-je, mais le capitaine pourrait vous le confirmer : le désert avance sur l'océan au rythme d'environ trois ou quatre mètres par an. Ce qui signifie que le littoral de Namibie se trouvait en 1940 plus ou moins par ici – et j'en esquissai le tracé au crayon sur le désert –, plus de deux cents mètres à l'est de son niveau actuel.

— *Caramba* ! s'écria la Mexicaine. Ce que tu veux dire, c'est que, puisqu'aujourd'hui la côte n'est plus là où elle était en 1940, la référence dont nous sommes partis pour calculer les coordonnées est erronée.

— Le prix revient à la demoiselle !

— Donc vous voulez dire… que le sous-marin est bien plus proche du rivage que nous le pensions ? » demanda Carlos, dubitatif.

Je savais que c'était parfaitement irrationnel, mais chaque fois que ce type ouvrait la bouche, ça me mettait de mauvaise humeur. Qu'il m'ait sauvé la vie la veille ne faisait que souligner combien ma réaction était injuste et ridicule.

« Non, Carlos, répondis-je. Je veux dire que l'U112 se trouve *plus loin* que le rivage.

— Qu'est-ce que tu entends par *plus loin* ? demanda le professeur, comprenant enfin où je cherchais à en venir.

— Je parierais dix mille euros que…

— Tu n'as pas dix mille euros, rigola Cassie.

— D'accord, cent euros.

— Non plus.

— Ce que je veux dire, insistai-je en lui jetant un regard oblique, c'est que j'ai la conviction que l'U112 est enterré sous le sable du désert – je fis un geste vers la côte, une ligne plus sombre à l'horizon, au-delà du hublot – et que c'est pour cela que nous ne l'avons pas trouvé. »

La confusion et l'incrédulité initiales durèrent le temps que mit De Mul à soutenir mon hypothèse et à assurer les autres que je n'avais pas été en train de picoler en cachette.

Le capitaine Isaksson, qui avait rejoint la réunion, leur expliqua le cas de l'*Eduard Bohlen* et de diverses autres épaves, qui faisaient aujourd'hui partie du paysage du Namib. Bateaux que les tempêtes avaient entraînés vers la côte où ils avaient naufragé, pour finir engloutis en quelques années par les sables voraces du désert, jusqu'à disparaître de la surface.

« Si l'U112 menaçait de couler, dis-je en brandissant mon crayon, son capitaine aura peut-être pris la décision de l'échouer sur la plage pour sauver l'équipage. Dans ce cas, il pourrait se trouver approximativement dans ce secteur. »

J'avais tracé un ovale sur la carte, mais sur la terre ferme, cette fois.

« C'est une zone presque deux fois plus étendue que celle que nous avons explorée, remarqua le professeur.

— C'est vrai. Mais comme nous ignorons l'endroit exact où aurait pu s'échouer le sous-marin, je crois qu'il vaut mieux voir large que faire court.

— Tout ça, c'est bien joli, Ulysse, objecta Cassie, mais tu n'oublierais pas un léger détail ? Corrigez-moi si je me trompe, mais je dirais que ce navire n'est pas vraiment préparé pour naviguer sur la terre ferme. Et sans bateau, tu ne peux pas chercher un sous-marin enfoui sous le sable dans une zone de deux cents kilomètres carrés, à moins que tu n'aies envie de passer plusieurs années avec un pic et une pelle.

— Sur ce point-là, je suis d'accord avec mademoiselle Brooks, convint le pilote. L'*Omaruru* est un bateau magnifique, mais je crains fort qu'il ne soit pas d'une grande utilité hors de l'eau.

— Très bien, dis-je en me tournant vers eux, bras croisés. Quelqu'un a-t-il une autre évidence à mentionner ? »

La Mexicaine allait ouvrir la bouche, mais je levai le doigt pour lui demander un instant.

« Je suis au courant que les bateaux ne vont pas sur la terre, et qu'on mettrait une éternité à trouver le sous-marin avec un pic et une pelle. Voilà pourquoi nous aurons besoin d'un hélicoptère.

— Un hélicoptère ? répéta Eduardo, éberlué.

— Oui, c'est un machin qui vole en faisant tacatacacataca…, précisai-je, décrivant des cercles en l'air du bout de l'index.

— Je sais ce qu'est un hélicoptère, me coupa-t-il. Ce que je veux savoir, c'est pourquoi. Et ne me réponds pas que c'est pour voler, je te vois venir.

— Eh bien, avec un hélicoptère, nous aurons une perspective aérienne et nous pourrons couvrir toute cette surface en quelques jours.

« — Mais si l'U112 était visible du ciel, il y a longtemps qu'il aurait été trouvé, n'est-ce pas, capitaine ? objecta Cassie en se tournant vers Isaksson.

— En effet, confirma celui-ci. Et je n'ai jamais entendu dire que quiconque ait fait une telle découverte.

— Parce que personne ne le cherchait, contrai-je avec désinvolture. Mais en outre, nous disposons d'un grand avantage.

— Quel avantage ? s'enquit le professeur avec curiosité.

— Nous disposons d'un magnétomètre de première.

— Un magnétomètre *sous-marin*, rappela l'archéologue.

— Et alors ? Il n'y aurait qu'à adapter un système d'accrochage à l'hélicoptère, et le recalibrer un peu. Il n'y a aucune raison pour qu'il ne fonctionne pas aussi bien dehors que dans l'eau.

— Tout est facile, pour toi.

— Pas du tout. Mais je ne vois pas pourquoi ça ne pourrait pas fonctionner. »

Carlos toussota pour réclamer notre attention.

« Vous me permettrez de mentionner un petit détail, monsieur Vidal ? »

Et, sans attendre la réponse :

« De quel hélicoptère parlez-vous ? À ma connaissance, nous n'en avons aucun à disposition.

— C'est là que vous intervenez, rétorquai-je. Carlos, il nous faut un hélicoptère pour demain. »

Ses yeux se fermèrent à demi.

« Vous plaisantez.

— Un grand, si possible, précisai-je. Qu'il puisse embarquer le pilote, deux passagers, l'équipement informatique, et, évidemment, les cent et quelques kilos du magnétomètre.

— Voyons voir… comment vous expliquer, broncha le Sud-Africain. Nous ne sommes ni en Europe ni aux États-Unis. Ici, les hélicoptères ne sont pas légion, et les rares qu'il y a appartiennent à des sociétés comme NAMDEB, qui les utilisent quotidiennement. Ils ne sont pas disponibles pour être loués d'un jour sur l'autre.

— Je croyais que votre travail était de nous fournir ce dont nous aurions besoin. C'est pour cela que monsieur Pardo vous a engagé, non ?

— Cela n'implique pas de pouvoir sortir un hélicoptère de mon chapeau en vingt-quatre heures.

— En réalité, observai-je, j'aimerais que ce soit avant ça. »

Carlos tiqua.

« Je transmettrai votre demande à monsieur Pardo. Si par miracle j'en trouve un, ce sera extrêmement onéreux.

— L'argent n'est pas un problème. »

Le Sud-Africain esquissa un sourire méprisant.

« Ça, ce sera à monsieur Pardo d'en juger. Au bout du compte, c'est lui qui paye et lui qui prend les décisions, et non pas vous.

— En effet, reconnus-je avec impatience. Mais sans l'hélicoptère, nous ne pouvons pas chercher le sous-marin. Je suis sûr qu'après avoir loué l'*Omaruru* pour deux semaines, il ne verra pas d'inconvénient à louer un hélicoptère pendant quelques heures, vous ne croyez pas ? »

Carlos rumina l'argument pendant quelques secondes, puis parut le digérer ; dans un crissement des pieds de sa chaise sur le linoléum, il se leva.

« Je vais passer quelques coups de fil », dit-il seulement. Et, nous tournant le dos, il quitta la pièce tout en tirant de sa poche le téléphone par satellite.

« Vous croyez qu'il y arrivera ? douta Eduardo dès qu'il fut sorti.

— Je parie que oui, dit Cassie. Jusqu'à présent, il a obtenu tout ce que nous lui avons demandé.

— Mieux vaut que ce soit encore le cas, soupirai-je en me rejetant contre mon dossier. Parce que sinon, je ne vois pas comment faire. »

28

« Assurez bien les sangles ! » insistai-je pour la énième fois tout en vissant le dernier collier de fixation au patin de l'hélicoptère.

Moins de vingt-quatre heures après la scène tendue qui s'était déroulée dans le carré des officiers, Carlos et Cassie m'aidaient à accrocher le magnétomètre en forme de torpille à une élingue longue de vingt mètres qui devait être suspendue sous l'hélicoptère, afin d'éviter des interférences lorsqu'il se trouverait en l'air.

Il fallait d'abord nous assurer que le magnétomètre, conçu pour travailler sous l'eau, ne risquait pas de se décrocher à cause du vent, d'un virement brusque ou de tout autre incident durant le vol.

Nous avions eu de la chance. Une société de charters de Windhoek avait un vieux Bell 206 JetRanger disponible, idéal pour la tâche que nous avions à effectuer. En outre, le pilote connaissait parfaitement la côte méridionale, où il emmenait souvent des touristes voir les dunes et les colonies d'otaries à fourrure ; ce terrain et les conditions météorologiques particulières de la zone lui étaient donc familiers.

« Je crois qu'il est prêt, jugea Cassandra après avoir tiré fortement sur la sangle deux ou trois fois. Tu as vérifié l'ordinateur ?

— Il y a un instant.

— J'espère que ton plan fonctionnera, dit-elle en reculant d'un pas pour examiner la torpille jaune de deux mètres de long reliée à l'hélicoptère par deux élingues.

— Je l'espère aussi, répliquai-je, faisant taire les doutes qui m'assaillaient.

— Enfin…, soupira-t-elle en croisant les bras et regardant l'engin d'un air méfiant. On y va tout de suite ?

— Pourquoi attendre ? » dis-je en lui passant un bras autour des épaules.

Je me tournai vers le pilote, qui était dans le cockpit depuis un bon moment à vérifier les instruments. C'était un grand type efflanqué avec des lunettes d'aviateur et une combinaison verte trop large de deux tailles, qui s'était présenté sous le nom de Dan Craven. Je dessinai un cercle en l'air pour lui indiquer qu'il pouvait mettre le rotor en marche.

Puis je montai dans l'hélicoptère, où je pris la place du co-pilote tandis que Cassie s'installait à l'arrière ; de là, elle devait contrôler les signaux envoyés par le magnétomètre à l'ordinateur portable qu'elle tenait sur les genoux. Ma ceinture de sécurité bouclée, je coiffai le gros casque qui était posé sur le siège et le connectai à la radio pour pouvoir parler avec le pilote et Cassie malgré le bruit du rotor.

L'archéologue et moi étant les deux personnes les plus expérimentées dans l'utilisation de magnétomètres, il avait été décidé que nous opérerions le balayage d'en haut, pendant que les autres attendraient des nouvelles à bord du bateau. Lorsque l'hélicoptère commença à s'élever depuis sa plate-forme d'atterrissage, nous pûmes voir Carlos qui nous regardait décoller, à la proue de l'*Omaruru*. Le professeur, debout au balcon de la passerelle avec Isaksson, nous observait avec appréhension tandis que nous prenions de la hauteur à la verticale du navire.

Dès que nous fûmes assez haut, le pilote inclina le nez de l'appareil vers le bas, et nous nous dirigeâmes directement vers la côte, à un peu plus d'un kilomètre de distance.

Je devais reconnaître que Carlos s'était montré extrêmement compétent et avait fait diligence pour satisfaire ma demande. Tôt le matin, le Bell 206 jaune citron qui nous emmenait avait déjà atterri sur l'héliplateforme de l'*Omaruru*

L'hélicoptère avala rapidement les deux milles qui nous séparaient du littoral, et il commença aussitôt à suivre la séquence de balayage que j'avais saisie dans son GPS.

« Descendez un peu plus, demandai-je au pilote en regardant par la lucarne de plexiglas qui s'ouvrait à mes pieds. Le magnétomètre doit se trouver environ à dix mètres du sol, mais pas plus.

— C'est trop bas, objecta-t-il avec son terrible accent afrikaner. S'il heurtait le sol, il serait réduit en miettes et nous risquerions de nous écraser.

— Alors, allez moins vite. Si vous volez à cette altitude, le magnétomètre ne pourra rien détecter et nous perdrons notre temps. »

Dan Craven réfléchit une minute, puis me regarda derrière les verres miroir de ses Ray-Ban.

« Si vous voulez que je vole plus bas, vous ne devrez pas quitter la torpille des yeux un seul instant, et surveiller sa hauteur.

— D'accord », acquiesçais-je. Puis je jetai un coup d'œil en bas :

« Mais… comment dois-je faire ? demandai-je en montrant la lucarne à mes pieds. Je ne la vois pas d'ici.

— Va falloir sortir, dit-il avec un geste du pouce vers l'arrière de l'appareil.

— Sortir ? Qu'est-ce que vous voulez dire ? »

Au sourire qui apparut sur son visage osseux, je sus que sa réponse n'allait pas me plaire.

Une heure plus tard, je me retrouvai assis sur le marchepied métallique du patin gauche de l'hélicoptère, les jambes pendant dans le vide et le vent du rotor m'arrivant d'en haut comme un ouragan classe 5.

De fait, cette position était la seule qui permettait d'avoir le magnétomètre visible en permanence ; néanmoins, et même si le risque de chute était négligeable grâce au harnais que j'avais improvisé à l'aide de deux ceintures de sécurité, cela avait cessé d'être amusant une fois passées les cinq premières minutes.

« Plus bas, Dan ! criai-je dans le micro intégré de mon casque, pour m'assurer que le pilote m'entendrait malgré le vacarme que faisaient le vent et le moteur combinés. Là ! Stabilise !

— *Roger* », répondit-il pour confirmer qu'il m'avait bien reçu.

Cassie, toujours assise sur le siège arrière avec son ordinateur portable sur les genoux, me lança un regard non exempt de commisération.

« Comment ça va ? fit sa voix dans mon oreillette.

— À merveille, dis-je avec un sourire fatigué. Pourquoi cette question ?

— Tu veux que je te relaie un moment ?

— J'en serais ravi, mais j'ai les deux jambes engourdies et je crois que je tomberais si j'essayais de me lever, répondis-je en me tapant sur la cuisse.

— Et qu'est-ce que tu feras quand il faudra atterrir ?

— Je préfère ne pas y penser, dis-je en cherchant une position moins douloureuse pour mes fesses. Quoi de neuf, là-haut ? Un signal intéressant ?

— Seulement quand nous avons survolé l'*Eduard Bohlen*. Au moins, j'ai pu avoir la confirmation que les capteurs fonc…

— Attends ! la coupai-je en levant la main. Plus haut, Dan ! Remonte un peu !

— *Roger*, répondit-il aussitôt en reprenant légèrement plus d'altitude.

— Pardon, Cassie. Qu'étais-tu en train de me dire ?

— En bas ! s'écria-t-elle.

— *Roger*, fit le pilote.

— Non ! criai-je. Plus haut ! Plus haut ! »

L'homme sortit la tête par la fenêtre, et il n'eut aucun besoin d'ouvrir la bouche pour me demander ce que c'était que cette pagaille à l'arrière.

Cassandra tendit son portable en criant avec excitation :

« Nous venons de le dépasser ! Plus bas, Dan ! Fais demi-tour !

— Que se passe-t-il ? demandai-je en tordant le cou pour essayer de voir son écran. Pourquoi faut-il revenir en arrière ?

— Un signal super fort ! Le signal du magnétomètre a fait un bond ! » expliqua-t-elle avec exaltation.

Je jetai un coup d'œil derrière nous, fouillant du regard l'endroit que nous venions de survoler, mais je ne vis rien de plus que quelques rares arbustes secs au milieu du sable.

« Je ne vois rien.

— Et alors ? fit la Mexicaine en observant son écran. Je te dis que nous venons de passer au-dessus d'une importante masse métallique. Dan, fais demi-tour et descends le plus que tu pourras, jusqu'à ce que le capteur frôle le sable.

— *Roger.* »

L'hélicoptère vira à cent quatre-vingts degrés, et repassa au-dessus du point à moindre altitude.

« Le revoilà ! s'exclama Cassie. Juste au-dessous de nous ! Atterris dès que tu le peux !

— Un instant, Dan, intervins-je. Cassie… est-ce que ce ne serait pas plus logique de mettre à profit l'après-midi pour effectuer une

175

reconnaissance complète de la zone, et noter les points les plus prometteurs pour y revenir plus tard ?

— Fais-le si tu veux, rétorqua l'archéologue. Moi, j'ai l'intention de descendre ici même.

— Qu'est-ce que je fais ? demanda le pilote en nous regardant, indécis. Nous gaspillons du combustible à rester immobiles en l'air. »

J'étais persuadé qu'atterrir à la première était une perte de temps. D'après ce que nous avaient raconté De Mul et Isaksson, nous pouvions trouver plusieurs bateaux enterrés sous le sable, et le plus sensé était de faire le balayage pour choisir a posteriori l'endroit où fouiller. Mais je n'avais pas envie de batailler avec Cassie, et puis, je n'étais pas contre me dégourdir les jambes.

Poussant un soupir résigné, je tendis le pouce vers le bas pour indiquer au pilote qu'il pouvait descendre.

« Allons jeter un coup d'œil, dis-je à l'archéologue. Mais ensuite, nous poursuivrons la reconnaissance comme prévu.

— Ce ne sera pas la peine, répliqua-t-elle avec conviction, regardant de nouveau son écran. J'ai le pressentiment que nous l'avons déjà trouvé.

— Un pressentiment…, souris-je avec condescendance. Fichtre ! Il fallait le dire ! Je me sens bien plus tranquille, à présent. »

En guise de réponse, Cassie me dédia un sourire parfait, et, fixant sur moi ses grands yeux verts, elle me tendit son ravissant majeur droit.

Suivant les indications que je lui donnais depuis ma position sur le patin, Dan commença par déposer le magnétomètre sur le sable, puis l'hélicoptère, soulevant un terrible nuage de poussière qui persista jusqu'à ce que les rotors se soient complètement arrêtés.

Dès que le sable eut cessé de tourbillonner autour de nous, nous ôtâmes nos casques et prîmes pied sur le sol, étirant bras et dos comme des touristes sur une aire de repos d'autoroute.

« Vacherie, qu'est-ce que ça pue ! » protesta soudain Cassandra en se bouchant le nez.

C'était vrai. Une puanteur épaisse de poisson pourri et d'excréments rendait irrespirable l'air chaud du désert. Je me tournai vers le pilote avec un regard interrogateur, me touchant le nez du doigt ; il fit la grimace et me désigna la mer du geste. Sur la grève, à environ deux cents mètres de distance, j'avais ma réponse. Des centaines d'otaries s'entassaient les unes sur les autres, incompréhensiblement serrées en dépit des kilomètres de plage vide où elles auraient pu prendre leurs aises ; certaines mugissaient comme des vaches, d'autres rugissaient comme des lions – d'où le nom qu'elles recevaient parfois – et toutes empestaient comme un troupeau de porcs à l'estomac dérangé.

Pendant que j'observais les otaries, Cassie s'éloignait rapidement de l'hélicoptère, regardant frénétiquement autour d'elle, comme si elle avait perdu ses clés.

« Qu'est-ce que tu espères trouver ? demandai-je quand je parvins à la rejoindre.

— Je ne sais pas, avoua-t-elle sans cesser de scruter le sol. Un indice, peut-être.

— Une sorte de pancarte qui indiquerait "Sous-marin nazi ci-dessous ?"

— Ne sois pas stupide.

— Je te rappelle que nous n'avons pas apporté les détecteurs de métaux, Cassie. Nous n'avons même pas une pelle sur nous ! Quoi que tu trouves, comment penses-tu le dégager ? »

La Mexicaine ne daigna pas répondre et poursuivit sa tâche, tel un pisteur indien cherchant les traces de Custer. Elle se dirigea vers une petite dune couronnée d'arbustes rachitiques, et commença à déambuler en décrivant des cercles.

Je considérais que c'était une perte de temps, mais je la suivis avec un soupir.

« Ce doit être par là. Ce doit être par là », répétait-elle tout en marchant.

Soudain, elle s'agenouilla sur le sable, qu'elle se mit à déplacer avec les mains.

« Tu plaisantes ? lançai-je en secouant la tête avec incrédulité. Tu vas chercher le sous-marin en creusant avec les mains ?

— Le magnétomètre a fait un bond quand on a survolé ce point précis, allégua-t-elle sans cesser de creuser.

— Même si c'est le cas. Note la position avec le GPS et nous reviendrons quand nous aurons fini le balayage.

— Non, répliqua-t-elle.

— Putain ! Ce que tu peux être têtue ! »

— Pourquoi n'arrêterais-tu pas de protester pour m'aider ?

— T'aider à quoi ? À faire des châteaux de sable ? Tu ne vois pas que tu perds ton temps ? Il nous faudrait la journée entière pour creuser cinquante centimètres à la main. Tant qu'à faire, je pourrais me mettre à souffler pour disperser le sable. Ça aurait à peu près le même effet.

— Bah, oublie ça », renifla-t-elle avec contrariété.

Tout à coup, elle se redressa vivement et me regarda avec cet air malicieux de petite fille qui vient de trouver où sa mère a caché le bocal à bonbons

« Attends-moi ici », dit-elle avant de partir en courant vers l'hélicoptère.

Là, elle décrocha le magnétomètre de l'élingue, ouvrit la portière pour dire quelque chose au pilote, qui mit aussitôt le moteur en marche.

La première chose que je pensai, ce fut que Cassie voulait me jouer un sale tour et me laisser tout seul en plein désert du Namib ; mais lorsque je vis qu'elle ne montait pas dans l'hélicoptère et revenait vers moi à toute vitesse, ma théorie s'effondra.

« Mais qu'est-ce que tu fais ?

— Attends un peu, tu vas voir. »

Je décidai donc d'obtempérer pour savoir ce qu'elle avait en tête. L'hélicoptère s'éleva et s'approcha lentement, avant de s'immobiliser à quelques mètres de hauteur, juste au-dessus de nos têtes. La force des rotors souleva de nouveau un épais nuage de poussière dans lequel l'appareil disparut, m'obligeant à me couvrir le nez et les yeux avec ma chemise. Pendant les deux interminables minutes qui suivirent, des millions de grains de sable bombardèrent chaque centimètre de peau exposée.

Puis l'hélicoptère reprit enfin de la hauteur et s'éloigna de nous pour retourner à l'endroit d'où il venait de décoller.

Peu à peu, la force de gravité fit son ouvrage, et le sable se redéposa tandis que j'essayais de me débarrasser de tout ce qui m'était entré dans la bouche et les oreilles.

Alors, Cassie me saisit par le bras :

« Regarde. »

Elle avait utilisé le courant d'air engendré par les pales de l'hélicoptère pour déplacer le sable, exactement comme nous l'avions fait sous l'eau avec les scooters.

Dès qu'il y eut assez de visibilité, elle retourna à l'endroit où elle avait commencé à creuser, et me fit signe de m'approcher.

À moins de deux mètres de cet endroit, il me sembla voir quelque chose : une sorte de tuyau oxydé qui dépassait du sable d'une vingtaine de centimètres.

« Qu'est-ce que c'est ? » demandai-je en m'agenouillant près d'elle.

Cassie s'accroupit près du morceau de métal, l'effleurant du bout des doigts comme s'il s'était agi d'une sculpture du Bernin. Puis elle se tourna vers moi avec un sourire de triomphe.

« Tu ne vois rien ? s'amusa-t-elle devant ma confusion.

— Je vois un vieux tuyau.

— Regarde bien. »

J'obtempérai, et m'aperçus que ce tuyau avait quelque chose d'inhabituel. Sur un côté, il y avait deux orifices ; et dans l'un de ces orifices, quelque chose étincela au soleil.

« Merde ! m'écriai-je en bondissant sur mes pieds. C'est impossible ! C'est un périscope ! »

29

Les cris de liesse à bord de l'*Omaruru* quand nous les informâmes de notre découverte auraient presque pu s'entendre depuis le rivage sans qu'il y ait besoin d'avoir recours à la radio.

Après en avoir parlé avec Isaksson, et puisque nous disposions du bateau encore pour quelques jours, nous décidâmes qu'il serait bien de le garder comme base d'opérations flottante. Non seulement il était bien plus près que Walvis Bay, mais son système de positionnement dynamique lui permettait de rester à l'ancre à moins d'un mille de la plage, ce qui facilitait grandement toute la logistique.

À l'aide du GPS, nous relevâmes la position du sous-marin, puis remontâmes dans l'hélicoptère pour qu'il nous ramène au bateau. Une fois à bord, nous décrochâmes le magnétomètre avant de renvoyer Dan à Walvis Bay avec Carlos, qui devait y acheter tout l'équipement nécessaire à l'excavation, et l'acheminer par voie de terre jusqu'au sous-marin dès le lendemain.

Lorsque le crépuscule atteignit enfin cette partie du monde, j'étais si exténué par le tourbillon d'activité qu'avait déclenché la découverte de l'U112, que je ne vis rien de mieux à faire que d'aller me coucher, non sans m'être octroyé d'abord un dîner copieux pour reprendre des forces. J'ignorai volontairement la conversation où étaient plongés Cassandra, le professeur et Isaksson sur le programme du lendemain ; en passant à côté d'eux, je grommelai « bonne nuit » sans recevoir de réponse, puis me dirigeai droit vers ma cabine avec l'illusion de jouir d'une longue nuit réparatrice.

Mon plan s'écroula lorsque je rencontrai De Mul dans le couloir, à côté de la porte ouverte de sa cabine. Le pilote me montra discrètement une bouteille de tequila José Cuervo et insista pour que je lui tienne compagnie le temps d'une tournée ou deux, avec la promesse qu'il ne me volerait pas plus de quelques minutes de sommeil.

Évidemment, cette promesse se révéla être aussi vraie que celles d'un politicien en campagne, et ce ne fut qu'au bout de plusieurs heures d'anecdotes, d'aventures, et de mensonges élaborés, que je retournai à ma cabine en titubant pour m'effondrer sur ma couchette, avec la tête qui tournait, mais heureux.

« Allons, Ulysse ! disait quelqu'un en me secouant. Debout ! C'est l'heure de se lever. »

Entrouvrant les yeux, je trouvai devant moi le professeur Castillo, radieux comme un enfant le matin de Noël.

« Allons, lève-toi, insistait-il obstinément. Il faut partir dans une demi-heure. »

Je regardai vers la fenêtre, et vis avec déplaisir qu'il n'y avait pas de lumière. Mon fol espoir de dormir huit heures d'affilée était bien loin de s'être réalisé.

« Mais le jour n'est pas encore levé…, protestai-je d'une voix pâteuse.

— Il sera là dans une demi-heure, je te l'ai dit. Le capitaine m'a assuré qu'il y aurait alors un canot de prêt pour nous conduire à terre, avec deux matelots pour nous donner un coup de main.

— Et nous ne pouvons attendre qu'il fasse jour ?

— Enfin, Ulysse ! Nous en avons parlé hier soir. Nous n'avons pas une minute à perdre.

— Je ne me souviens pas d'avoir parlé de se lever à l'aube, répliquai-je en me frottant les yeux. Et pourquoi avons-nous besoin de deux matelots ?

— À ton avis, mon garçon ? Pour creuser !

— Oui, bien sûr, répondis-je machinalement.

— Tu es vraiment dans le coaltar… Allez, va te doucher. Moi, je vais réveiller Cassandra. Nous t'attendons sur le pont arrière. Ne tarde pas. »

Et, pour s'assurer que j'allais bien me lever, il laissa allumé l'insidieux néon du plafond et sortit en claquant la porte, ce qui résonna sous mon crâne comme si on venait de me frapper avec une savate.

Au bout d'un moment, sachant que je ne pourrai pas me défiler et jurant tout bas, je repoussai mes draps et posai les pieds sur le sol froid. Je me mis debout, un peu vacillant, et me dirigeai vers la douche, espérant que l'eau fraîche entraînerait dans le siphon les traces de tequila qui circulaient encore dans mes veines.

Lorsque j'arrivai sur le pont, tout le monde était déjà là, m'attendant dans une atmosphère laiteuse que l'on pouvait difficilement qualifier d'aurore. On devinait la sphère orangée du soleil qui pointait à l'horizon, mais un brouillard intense s'était de nouveau installé, et j'avais l'impression d'évoluer dans un de ces films d'aventures de série B. Si la créature du lac noir était soudainement apparue en train d'enjamber le plat-bord, cela m'aurait semblé des plus cohérent.

« Ce n'est pas trop tôt, *mano*. On t'attend depuis dix minutes, reprocha Cassie, engoncée dans un gilet de sauvetage orange, en tapotant sa montre de plongée.

— Je ne savais pas quoi me mettre.

— Allons, Ulysse, s'impatienta le professeur. Arrête de plaisanter et donne un coup de main. »

Nous aidâmes les matelots à mettre le Zodiac à l'eau avec la grue, puis nous embarquâmes et nous dirigeâmes vers la plage. Le puissant projecteur installé à la proue du canot faisait de son mieux pour nous éclairer le trajet, mais il pouvait à peine percer la brume sur quelques mètres devant nous.

Bien qu'ayant navigué à l'aveuglette, guidés seulement par le GPS, il fallut moins de dix minutes pour que le fond du hors-bord vienne frotter le sable de la plage. L'un après l'autre – Cassie, Eduardo, trois marins philippins à qui nous avions offert un supplément de salaire, et moi-même –, nous débarquâmes sur la grève. Nous portions tous de multiples sacs d'équipement et de matériel.

« Quelle mauvaise odeur, par ici, non ? observa le professeur en fronçant le nez, tandis qu'il suivait Cassandra, qui allait en tête de notre petit groupe, nous menant vers le point marqué la veille.

— Ne vous inquiétez pas, prof. Dans un moment, vous vous serez habitué à l'arôme de *Parfum de Phoques*.

— À quelle heure avons-nous rendez-vous avec Carlos ? demanda Cassie en se tournant vers nous.

— Il devrait déjà être là, répondit le professeur après avoir regardé sa montre.

— Je savais bien qu'il était idiot de nous lever à l'aube... », grognai-je in petto.

Heureusement que je ne l'avais pas dit tout haut, car le ronronnement d'un moteur de voiture se fit entendre à cet instant, et, peu après, des phares antibrouillards percèrent la brume, s'approchant lentement.

Ce salopard arrivait pile à l'heure ; avec l'Humvee chargé à ras bord de matériel d'excavation et d'une pile de planches presque aussi haute que le véhicule arrimée sur le toit.

Nous échangeâmes un bref salut et nous occupâmes de décharger la voiture, disposant le matériel sur des bâches bleues destinées à éviter qu'il s'enfonce dans le sable.

« Vous avez apporté des tentes de camping ? s'étonna le professeur en identifiant ce qu'il portait. Pourquoi en avons-nous besoin ? Je croyais que nous continuerions de dormir sur le bateau.

— Certains devront rester ici pour garder l'excavation la nuit, non ? répondit Carlos.

— Garder ? répéta Eduardo en regardant autour de lui d'un air amusé. De quoi aurions-nous à nous inquiéter ? Des otaries ? Cet endroit est déjà assez difficile à trouver, avec ce brouillard, je ne vois pas qui viendrait nous cambrioler.

— J'ai une responsabilité envers monsieur Pardo. Je resterai dormir près de l'excavation, répliqua l'ancien soldat avec un haussement d'épaules. Vous, faites ce que vous voudrez. »

Au bout de deux heures, nous avions non seulement déchargé tout l'équipement, mais nous avions également monté une petite installation composée de quatre tentes, plus une cinquième, plus grande, qui faisait office d'entrepôt.

Le campement fut complété par une cuisinière de camping, un groupe électrogène de mille watts que nous plaçâmes de l'autre côté de la dune et qui devait nous permettre de travailler même à la nuit tombée, ainsi qu'une demi-douzaine de tripodes avec leurs projecteurs respectifs, tous orientés vers le tuyau oxydé qui dépassait du sable.

Lorsque nous eûmes établi la connexion électrique, nous disposâmes sur les bâches les pics et les pelles qui nous étaient indispensables, et nous nous regardâmes, conscients que tout était fin prêt. Il ne restait plus qu'à donner le coup d'envoi.

Si cette ultime tentative était un nouveau fiasco, Max Pardo nous fermerait les vannes, et la recherche des preuves de l'existence de la Cité noire serait terminée.

Ce que je ne pouvais pas encore deviner, c'était les répercussions qu'aurait cette quête à partir de cet instant. Un colossal effet papillon dont je n'aurais pu imaginer les conséquences dans mes rêves les plus débridés.

30

Nous nous mîmes à l'œuvre sans perdre de temps : après avoir délimité un périmètre de quatre mètres sur quatre autour du périscope, nous commençâmes à creuser en nous relayant, l'idée étant que le kiosque du sous-marin devait se trouver quelques mètres plus bas, avec son écoutille par où nous pensions pouvoir accéder à l'intérieur. À mesure que progressait l'excavation, nous étayions les instables parois de sable avec les planches apportées par Carlos, qui était reparti à Walvis Bay en chercher davantage, ainsi que de l'essence pour le groupe électrogène et des vivres.

Le soir était déjà là et nous étions toujours, avec le professeur et Cassie, en train d'extraire à la pelle le sable dont nous remplissions des seaux, que les marins de l'*Omaruru* emportaient et entassaient à l'extérieur.

En dépit de la brume épaisse qui nous environnait, il n'y avait pas un souffle d'air dans ce trou, et il y faisait une chaleur d'enfer. Évidemment, nous étions dans le désert : avec ou sans brouillard, l'atmosphère était étouffante. De véritables rivières de sueur me coulaient sur le visage et s'égouttaient de mon menton jusqu'au sol, où elles formaient de petits points sombres sur le sable.

« Ce salopard de Carlos s'est bien défilé, grognai-je en m'essuyant le front avec ma manche de chemise. C'est bien pratique d'aller "chercher quelques affaires et je reviens". »

Cassie, en nage et couverte de sable, enfonça sa pelle et me dédia un froncement de sourcils.

« Arrête de te plaindre.

— Je ne me plains pas. C'est juste que j'aimerais bien le voir transpirer un peu dans ce trou. »

Elle cessa de creuser pour me regarder d'un air amusé.

« Tiens donc… je n'aurais jamais cru qu'il t'intéresse de cette manière.

— Quoi ?

— Ce que je me demande, moi, haleta Eduardo en s'appuyant sur sa pelle, c'est pourquoi le plus vieux est celui qui travaille le plus ?

— C'est elle qui a commencé.

— Cafteur », répliqua-t-elle.

Le professeur leva les yeux au ciel et laissa tomber sa pelle.

« Enfin… Pourquoi ne sortirions-nous pas de ce trou pour prendre un repos bien mérité ?

— C'est la meilleure idée que j'aie entendue de la journée, dis-je en regardant vers le bord de la fosse. Nous avons assez creusé pour aujourd'hui, et je crois qu'il y a des boissons fraîches dans le réfrigérateur ».

Lorsque Carlos revint, les matelots étaient retournés au bateau et nous étions assis autour du feu de camp, un pack de six Windhoek vide à nos pieds, et nous faisions cuire des brochettes de poulet plantées dans le sable à côté des flammes.

Le Sud-Africain eut le bon goût de ne faire aucun commentaire. Il se limita à ouvrir le réfrigérateur pour s'y prendre une bière, et vint s'asseoir avec nous pour regarder grésiller la graisse de viande sur les braises.

Nous laissâmes la nuit s'installer presque sans parler, jusqu'au moment où, rassasiés et un peu éméchés, nous allâmes nous coucher.

Alors que je commençais tout juste à sombrer dans le sommeil, dans la tente que je partageais avec Cassie, je découvris avec horreur que Carlos ronflait encore plus fort que moi – et ce n'est pas peu dire. La toile de tente ne suffisait pas, hélas ! à étouffer ses grognements de sanglier en rut.

Je jetai un coup d'œil à Cassie, qui était inexplicablement déjà endormie… et je vis qu'elle s'était mis des bouchons d'oreille.

« Ce doit être le karma », grommelai-je.

Car si elle dormait avec des bouchons dans les oreilles, c'était à cause de moi.

Je me tournai et me retournai pendant une demi-heure, essayant sans succès d'ignorer les ronflements de l'ancien soldat. Incapable de trouver le sommeil, je pris mon sac de couchage et me dirigeai vers le feu de camp agonisant ; car dans tous les déserts – et celui-ci n'était pas en reste –, les nuits sont aussi froides que les journées sont chaudes.

Je ne m'attendais pas à être réveillé au beau milieu de la nuit par un bruit étrange et la désagréable impression de ne pas être seul.

« Il y a quelqu'un ? » demandai-je à la nuit étoilée.

On ne répondit pas, mais un léger bruit de pas, près des tentes, me mit les sens en alerte. Il est curieux de constater que certains réflexes ataviques sont demeurés en nous à l'état latent, pour se manifester instantanément quand quelque chose fait sonner l'alarme de notre instinct de survie.

Je me redressai lentement, l'oreille tendue ; allumant la lampe frontale que j'avais dans la poche, je scrutai l'obscurité autour de moi, jusqu'au moment où trois paires de petites sphères me renvoyèrent le reflet de la lumière.

Un grondement sourd, menaçant, me donna la chair de poule.

Je compris que ces sphères étaient des yeux, et que ces yeux n'appartenaient probablement pas à de mignons chatons.

Une ombre passa et son profil se découpa un instant dans le cercle lumineux. Une forme canine, efflanquée, avec une tête trop grosse ; une odeur fétide de viande pourrie m'arriva, me rappelant ces créatures infernales qu'étaient les morcegos.

Des hyènes.

Je savais bien qu'une hyène solitaire ne chercherait jamais à s'attaquer à un homme adulte et en bonne santé, mais elles devaient être au moins trois, et peut-être y en avait-il d'autres que je n'avais pas détectées.

Je me demandai brièvement si je n'étais pas en train de prendre des chiens pour ces charognards. Il n'était pas très logique qu'une meute de hyènes se promène dans un désert sans proies, mais je me rappelai aussitôt la colonie d'otaries toute proche. Ce devait être l'explication à la présence de ces animaux, et probablement leur menu habituel. À l'exception de cette nuit, bien sûr : l'odeur du poulet rôti avait dû les attirer.

Elles me faisaient face, à présent, se rapprochant petit à petit avec un grondement sourd, et je n'avais même pas sur moi un malheureux couteau de plongée pour me défendre.

Je commençai à reculer très lentement vers ma tente, espérant pouvoir m'y réfugier, ou du moins y prendre mon couteau. Mais les malodorants charognards, soit qu'ils aient deviné la manœuvre, soit parce que c'était tout simplement leur comportement normal, se déployèrent en éventail et leurs mouvements se firent plus rapides.

Réalisant que je n'aurais pas le temps d'atteindre la tente avant qu'ils se jettent sur moi, je m'emparai d'un tison dans le feu qui fumait encore et leur fis face.

« Partez ! criai-je avec fureur en brandissant le brandon rougeoyant. Foutez-moi le camp ! »

Hélas ! les bêtes ne parurent pas comprendre ; impavides, elles poursuivirent leur approche, m'encerclant avec des grondements de plus en plus menaçants.

Soudain, sans autre signe avant-coureur, l'une des hyènes s'élança vers moi, la gueule ouverte.

Je l'évitai de quelques centimètres et tentai de la frapper de mon gourdin improvisé, mais elle fut plus rapide que je ne m'y attendais et, esquivant le coup, elle passa près de moi comme un éclair.

J'avais à présent au moins deux hyènes devant moi et une autre derrière ; impossible de les contrôler toutes à la fois. Ces saletés étaient en train de me prendre au piège, et je compris que je devais anticiper leurs mouvements, ou j'étais un homme-grenouille mort.

« Et puis merde ! grognai-je en serrant les dents. Ce ne sont que des clébards. » Et, hurlant comme un possédé, je me jetai sur les premières en faisant de grands moulinets avec mon brandon.

Les deux hyènes, probablement désarçonnées par cette attitude inappropriée chez une proie, reculèrent dans l'obscurité. Je fis aussitôt volte-face pour affronter la troisième, mais je n'eus pas le temps d'achever mon geste : un poids me heurta et m'envoya à terre en éjectant ma lampe frontale.

J'eus instinctivement le réflexe d'interposer mon gourdin entre moi et mon attaquant tandis que je tombais sur le sable. Juste à temps, heureusement, pour que les énormes crocs se referment sur le bois et non sur ma gorge.

Les griffes de la bête me labourèrent furieusement les bras et le visage, mais tout ce qui m'importait en cet instant était d'éviter les horribles mâchoires, parmi les plus puissantes du monde animal. Si elle me mordait, c'en était fait de moi.

Je réussissais à grand-peine à retenir le pestilent carnassier, et je réalisai soudain que les deux autres n'allaient pas tarder à revenir. Je me retrouverais alors dans une sale situation.

Fouaillé par cette pensée, je lui balançai un coup de pied à l'entrejambe pour tenter de me dégager, même si ce n'était que pour un instant.

Ce devait être une femelle, parce qu'elle ne broncha pas et mon attaque ne servit qu'à la faire redoubler de fureur : avec une force implacable, elle essayait de m'arracher mon bâton tandis que son souffle chaud et répugnant m'asphyxiait presque.

Je sentis mes doigts mollir et je compris que je ne tiendrais pas beaucoup plus longtemps, que je ne pourrais plus éviter que ces crocs dégouttant d'une bave infecte finissent par se refermer sur ma gorge.

Le morceau de bois me glissa des mains. Et alors, une détonation déchira la nuit.

Instantanément, l'animal bondit en arrière, et, m'oubliant complètement, il détala à toutes jambes jusqu'à se perdre dans l'obscurité.

Exténué, je soulevai la tête ; j'entendis la voix de Carlos, qui s'approchait rapidement.

« Ça va ? s'inquiéta-t-il. Tu as été mordu ? »

Il me fallut quelques secondes pour reprendre mon souffle et récupérer le don de parole.

« Non... elle ne m'a pas mordu, balbutiai-je. Que... que s'est-il passé ?

— Tu as été attaqué par des hyènes, déclara-t-il en s'accroupissant près de moi.

— Oui, j'ai cru m'en rendre compte, grognai-je.

— Tu as eu de la chance que je t'entende, poursuivit-il en ignorant le sarcasme, et que mon fusil se soit trouvé dans la tente et non pas dans la voiture. Si j'avais mis quelques secondes de plus...

— Oui, je sais, acquiesçai-je, encore secoué. Merci infiniment, Carlos. Je t'en dois une.

— Deux, en fait, me rappela-t-il en me tendant la main pour m'aider à me relever.

— C'est vrai, grognai-je en me redressant. Je ne... »

C'est alors qu'apparurent Cassie et Eduardo, dont les lampes frontales nous éclairèrent.

« Qu'est-ce que c'était ? s'inquiéta Cassie, altérée. On aurait cru un coup de feu !

— C'est fini, soyez tranquilles, les rassura Carlos. Nous maîtrisons la situation.

— Mais que diable faites-vous dehors ? demanda le professeur en regardant ma main toujours accrochée à celle du Sud-Africain.

— Rien, prof, répondis-je avec un sourire forcé. Nous faisions juste une promenade au clair de lune. »

Le jour suivant s'écoula comme une réplique à l'identique du précédent. Nous nous levâmes avant l'aube, nous creusâmes, nous fîmes une pause à la mi-journée, durant les heures où la chaleur est trop étouffante, et nous reprîmes notre tâche vers la fin de l'après-midi.

Cette fois, Carlos ne s'absenta pas et, avec l'aide des matelots de l'*Omaruru*, l'excavation progressa rapidement. Quand le soleil ne fut plus qu'un disque orangé se reflétant dans l'océan, le trou avait plus de six mètres de profondeur et nous étions sur le point de terminer notre journée de travail.

C'est alors que le son bien reconnaissable du métal heurtant du métal retentit ; Carlos et moi nous tournâmes vers Cassie, qui était restée pétrifiée, la pelle plantée dans le sol. Le professeur et les trois matelots, qui étaient en train de se reposer, se penchèrent immédiatement sur le bord de la fosse, imaginant bien ce que signifiait ce bruit.

L'archéologue leva les yeux, me regarda, et sourit d'une oreille à l'autre.

« Je crois que nous l'avons », dit-elle seulement.

Une seconde plus tard, nous étions tous agenouillés sur le fond, pelletant avidement le sable avec les mains, cherchant l'écoutille du kiosque qui nous permettrait d'accéder à l'intérieur du sous-marin.

Le capitaine Isaksson avait insisté par radio pour que les matelots et nous rentrions passer la nuit à bord de l'*Omaruru*, à cause du risque que représentaient les hyènes et les lions solitaires qui s'aventuraient parfois jusqu'à la côte pour chasser des otaries. Mais nous étions tous tellement enthousiastes à l'idée que nous approchions du but, que personne ne voulut suivre ce conseil, sauf les Philippins, qui repartirent en Zodiac en promettant de revenir le matin de bonne heure.

Lorsque nous nous retrouvâmes seuls, Carlos alla préparer le dîner au campement ; pendant ce temps, Cassie, Eduardo et moi continuâmes d'évacuer du sable jusqu'à la nuit tombée, quand, à la lumière des projecteurs, nous eûmes enfin dégagé le faîte du kiosque du sous-marin allemand, révélant une écoutille oxydée. Une invitation à pénétrer les obscurs secrets que l'U112 occultait dans ses entrailles depuis plus de quatre-vingts ans.

« Alors ? lançai-je, debout sur l'écoutille. Nous entrons ?

— Maintenant ? s'étonna le professeur en regardant sa montre. Il est très tard.

— Pourquoi attendre ? Le moment en vaut un autre.

— Pour moi, c'est bon, approuva Cassie en repoussant une mèche de cheveux du revers de la main. J'en meurs d'envie.

— Je sais déjà que vous le ferez, quoi que j'en dise, affirma Eduardo avec un haussement d'épaules, alors pourquoi me demander mon avis ?

— Donc, c'est d'accord, déclarai-je avec satisfaction. Il ne reste plus qu'à ouvrir l'écoutille, mais je subodore que ça ne va pas être facile.

— Sur l'*Omaruru*, ils ont sûrement tout ce qu'il faut pour découper le métal, dit Cassie.

— Certainement, mais le zodiac est parti et j'aimerais autant ne pas attendre demain.

— Et en faisant levier ?

— C'est possible, murmurai-je en m'accroupissant pour essayer de faire tourner le volant rouillé. Mais si l'on pense qu'elle a été conçue pour résister à des pressions extrêmes, et qu'elle a dû passer des décennies sous l'eau…

— Attends un peu…, me coupa le professeur, qui observait l'écoutille. Il y a quelque chose de bizarre.

— Quelque chose de bizarre ? À part le fait que nous sommes en train de déterrer un sous-marin au beau milieu du désert ?

— Je veux dire que je trouve étrange que l'écoutille soit fermée, précisa-t-il en la désignant.

— Je ne comprends pas, comment voulez-vous qu'elle soit ? s'étonna Cassie en croisant les bras.

— Eh bien, ouverte, naturellement ! »

Il nous regarda, surpris que nous n'ayons pas suivi son raisonnement.

« Si le sous-marin est là, c'est parce que le capitaine aura décidé de l'échouer sur la grève afin de sauver son équipage, non ?

— C'est notre hypothèse, oui, fis-je, ne voyant toujours pas où il voulait en venir.

— Dans ce cas, les Allemands auront logiquement ouvert cette écoutille pour sortir du bâtiment avant qu'il ne coule. Pourquoi auraient-ils perdu leur temps à la refermer ?

— Eh bien... il n'y a qu'un moyen de s'en assurer. »

Et, m'accrochant au volant de l'écoutille, je mobilisai toutes mes forces pour essayer de le faire tourner.

« Mais qu'est-ce que tu fais, Ulysse ? lança Cassie. Tu ne vois pas que c'est complètement oxydé ? Tu ne réussiras qu'à te faire mal au dos. »

Faisant la sourde oreille, je serrai les dents et redoublai d'efforts pour mouvoir le volant d'acier corrodé.

Lequel, bien évidemment, ne bougea pas d'un millimètre.

« Je devais essayer », alléguai-je en haussant les épaules.

À ce moment, il me sembla capter un son étrange par-dessus la rumeur lointaine des vagues.

Je me redressai.

« Mais... qu'est-ce que...

— Que se passe-t-il ? demanda Cassie, étonnée.

— Vous n'entendez pas ? », dis-je en penchant la tête comme un chien qui entend siffler.

Sans attendre de confirmation, je m'élançai sur l'échelle et grimpai les échelons à toute allure, sortant de la fosse pour scruter l'horizon.

Cassie et Eduardo m'imitèrent en un instant et me rejoignirent pour regarder dans la même direction.

Venant du nord-ouest, une lumière blanche se déplaçait à faible hauteur devant la silhouette sombre des dunes.

« C'est un hélicoptère ? demanda le professeur

— Et on dirait qu'il vient vers nous, observa Cassie.

— Il nous cherche, affirmai-je, comprenant au moment même où je prononçais ces paroles.

— N'exagère pas, *mano*. Tu deviens parano. »

Un grand projecteur s'alluma sous l'appareil, dirigeant vers le bas son faisceau de lumière qui balayait le terrain.

« Parano, hein ? murmurai-je en me tournant vers elle.

— Merde…

— Qui cela peut-il bien être ? demanda le professeur d'une voix un peu inquiète. Les autorités namibiennes ?

— De nuit et en hélicoptère ? répliquai-je.

— Alors ?

— Je n'en ai aucune idée, avouai-je, mais je n'aime pas ça.

— Et si c'étaient les sbires de Luciano Queiroz ? avança-t-il, vraiment effrayé, cette fois. Pourraient-ils nous avoir trouvés, ici ?

— Je ne sais pas, prof. Mais je n'ai pas envie d'attendre ici de le découvrir.

— Et que faisons-nous ? demanda-t-il en regardant autour de lui, réalisant soudain combien nous étions vulnérables, en plein désert et sans endroit où nous cacher.

— Le Humvee ! rappela Cassie.

Elle désigna l'obscurité où le véhicule devait être garé, de l'autre côté des tentes.

— C'est vrai ! Allons-y ! dis-je, songeant que, si nous n'allumions pas les phares, on pourrait difficilement nous repérer.

— Mais… et le sous-marin ? fit Eduardo avec un geste vers le trou, derrière nous.

— Nous ne pouvons pas l'emporter, prof, rétorquai-je en l'entraînant.

— Nous étions si près…

— Nous trouverons quelque chose, soufflai-je, mais pour l'instant, filons avant l'arrivée de l'hélicoptère.

— Un instant. Et les clés ? demanda Cassie en s'arrêtant net.

— C'est Carlos qui les a.

— Et Carlos ? Où s'est-il fourré ? dit-elle avec un regard alentour.

— Merde ! », jurai-je à voix basse, en proie à un mauvais pressentiment.

Plantant là mes deux amis, je partis en courant vers l'endroit où le tout-terrain était censé être garé.

Bien sûr, il n'y avait rien.

Ni Carlos, ni clés, ni voiture.

Eduardo et Cassie me rejoignirent en quelques secondes.

« Fils de pute ! jura la jeune femme en constatant que le Sud-Africain avait pris le large avec le Humvee.

— Là-bas ! Regardez ! » s'écria Eduardo en désignant le lointain.

Suivant la direction indiquée par son doigt, je pus distinguer les feux arrière du tout-terrain surgir de derrière une dune, tandis que les puissants phares du toit formaient un cône de lumière devant lui.

« Mais… où il va, ce fumier ? bredouilla Cassie, incrédule.

— Il s'en va sans nous ! s'exclama le professeur avec indignation.

— Il ne s'en va pas, dis-je en le voyant se diriger tout droit vers l'hélicoptère. Ce salaud va à leur rencontre. »

31

« Je n'arrive pas à y croire, balbutia le professeur en regardant la voiture s'éloigner.

— Mais… pourquoi ? demanda Cassie, complètement déconcertée.

— Nous le découvrirons plus tard, les interrompis-je. Pour l'instant, il faut filer.

— Pour aller où ? lança la Mexicaine en écartant les bras. Nous sommes au milieu de nulle part ! Eux, ils ont la bagnole et un putain d'hélicoptère !

— Vous, partez vers la plage, improvisai-je. Moi je vais au campement chercher une radio. Si nous contactons le bateau, nous avons peut-être une chance. »

Le professeur et Cassie me regardèrent comme si je venais de suggérer d'aller sur la Lune à vélo.

« Allez-y, merde ! bramai-je en indiquant la grève. Ne perdons pas plus de temps ! »

Sans leur laisser l'occasion de répondre, je leur tournai le dos et me mis à courir vers le campement.

Je parcourus la cinquantaine de mètres qui m'en séparaient comme Usain Bolt lui-même avant de me précipiter vers la grande tente de bâche verte où nous avions entreposé le matériel.

Dans un coin, près de l'entrée, je trouvai le chargeur des radios. Me félicitant de ma chance, je m'emparai de la première à ma portée, tournai le bouton d'allumage et pressai celui d'appel.

« *Omaruru. Omaruru*, répétai-je. Ici Ulysse Vidal. Me recevez-vous ? »

Je lâchai le bouton, mais il n'y eut aucune réponse. Le petit haut-parleur ne fit même pas entendre un pauvre bruit blanc : la batterie était à plat.

« Merde ! »

Je jetai la radio par terre et en saisis une autre.

Déchargée elle aussi.

Je les essayai toutes une à une, jusqu'au moment où je m'aperçus que ce satané chargeur était débranché.

Ce fut le moment que choisit Cassie pour faire irruption dans la tente, me faisant une peur bleue.

« Qu'est-ce que tu fiches ici ? l'apostrophai-je. Je t'ai dit de...

— Oh ! La ferme ! Eduardo peut bien atteindre la plage tout seul. Tu as pu avoir le bateau ? »

Il me fallut deux secondes pour me rappeler qu'il était inutile de donner des ordres à Cassandra Brooks. Je lui montrai la dernière radio, que j'avais encore à la main.

« Elles sont toutes à plat.

— Merde.

— Ça, je l'ai déjà dit. »

Saisissant aussitôt la situation, Cassie regarda autour d'elle et tendit la main vers un sac à dos vide.

« Plan B, dit-elle tout en l'ouvrant. Prenons tout ce qui pourrait nous être utile et fichons le camp.

— D'accord, acquiesçai-je sans hésiter tout en m'emparant d'un autre sac à dos. Toi, vois ce que tu peux trouver et moi je prendrai autant d'eau que je pourrai. Nous partons dans une minute.

— Une minute », approuva la Mexicaine. Et elle se mit à fouiller les caisses de plastique et d'aluminium où notre équipement était rangé.

Pendant ce temps, je m'accroupis près des packs de bouteilles d'eau et en déchirai l'enveloppe de plastique avant de les glisser en hâte dans mon sac.

Avant que la minute soit écoulée, il était rempli de dix bouteilles de Celtu d'un litre et demi. C'était à peine assez pour survivre deux jours dans le désert, mais nous ne pouvions pas en prendre davantage.

« Tu es prête ? demandai-je en me tournant vers Cassie, dont le sac était aussi plein à craquer.

— Prête ! répondit-elle en se jetant le sac sur l'épaule.

— Alors allons-y ! »

Et je sortis de la tente à toute vitesse, suivi de près par la Mexicaine.

Une fois dehors, je m'arrêtai un instant pour observer le puissant faisceau de lumière de l'hélicoptère, qui était descendu à moins de trois cents mètres de l'endroit où nous nous trouvions. Juste devant les phares du Humvee, que Carlos avait laissés allumés pour lui faciliter l'atterrissage.

« Quel fils de pute, grinçai-je entre les dents.

— Oh ! Attends une minute ! » fit Cassie derrière moi.

Me retournant, je la vis abandonner son sac sur le sable et filer vers les tentes individuelles.

« Non, Cassie ! criai-je. Il faut y aller !

— Une seconde ! » cria-t-elle à son tour en s'éloignant pour entrer dans la tente la plus proche.

Poussant un juron, je me baissai pour ramasser le sac à dos de Cassie, qui, curieusement, pesait encore plus lourd que le mien. *Mais qu'est-ce qu'elle a bien pu fourrer là-dedans* ? me demandai-je en le soulevant avec effort. *Des cailloux* ?

« Ça y est ! » Elle surgit hors de la tente à toute vitesse, comme si elle venait de chaparder dans un supermarché.

C'est alors que je vis ce qu'elle était allée chercher.

Elle tenait le fusil à lunette de Carlos.

« Il était dans la tente ? m'étonnai-je lorsqu'elle me le tendit pour reprendre son sac à dos

— Je l'ai vu aller le chercher dans la voiture pour en nettoyer le sable, expliqua-t-elle tout en ajustant ses courroies. Il a dû l'oublier. »

Je soupesai l'arme et en sortis le magasin du chargeur qui, par chance, contenait encore cinq balles. Un courant de froide satisfaction me parcourut tout entier lorsque je compris que nous n'étions plus totalement sans défense.

« Je suis prête. Allons-y ! »

Mais j'étais toujours en train d'observer le fusil, que je ne quittai des yeux que pour regarder vers l'hélicoptère qui venait de toucher terre au milieu d'un nuage de poussière.

« Ulysse, non ! » fit Cassie en me saisissant le bras.

Elle avait deviné mon intention avant même que je n'en prenne conscience.

Je me tournai vers elle.

« Nous n'aurons peut-être pas d'autre occasion, dis-je en me débarrassant de mon sac. Ils ne s'attendent pas à ce que nous ayons une arme.

« — *La gran diabla*, Ulysse ! Ne sois pas stupide ! Tu crois peut-être qu'ils n'en ont pas, eux ? »

Elle avait raison, bien sûr. Mais j'étais fatigué de courir pendant qu'on me tirait dessus. Depuis trop longtemps, nous ne faisions que fuir et nous cacher pour esquiver les balles. Au Mali, au Mexique, au Brésil… Il y en avait plus qu'assez. Cette fois, j'étais armé et je prendrais l'initiative.

« Va sur la plage et emporte les deux sacs, dis-je avec une détermination calme et glacée. Je te suis dans une minute.

— Non, Ulysse. Je t'en prie, ne fais pas ça, supplia Cassie en me retenant par le bras.

— Je dois le faire. » Et, m'approchant d'elle, je baisai fugacement ses lèvres. « Je t'aime.

— C'est une folie, insista-t-elle.

— Va sur la plage, répétai-je tout en enfilant la courroie de l'arme en bandoulière. Essaye de te faire voir du bateau. Il y a peut-être quelqu'un sur le pont qui regardera par ici.

— Non, je t'en prie… »

Je me dégageai de sa main, que je serrai entre les miennes.

« Fais-moi confiance. Je reviens tout de suite. »

Et je lui lançai un clin d'œil complice en guise d'adieu.

« Ulysse… » souffla-t-elle une dernière fois.

L'ignorant au prix d'un effort surhumain, je lui tournai le dos et pris la direction de l'hélicoptère, dont les rotors commençaient à ralentir.

Je ne me retournai pas de peur de me raviser, et, fusil à l'épaule, je courus vers une dune proche, sur ma droite, d'où je pensais avoir une bonne position de tir.

D'abord courbé, puis rampant jusqu'à atteindre le faîte de la dune, j'avais obtenu une situation privilégiée d'où je pourrais viser sans aucun obstacle.

Des myriades d'étoiles brillaient dans le ciel, comme une constellation de villes lointaines, et je jugeai que, tant que je ne bougerais pas, je devais être pratiquement invisible sur cette crête. L'inconvénient était que je ne voyais que grâce aux phares du tout-terrain, qui éclairaient un peu la scène noyée dans le nuage de poussière soulevé par les rotors de l'hélicoptère, et qui commençait tout juste à retomber.

Je réglai la lunette à la distance de l'objectif et je chargeai le fusil, laissant une balle dans l'antichambre. Mon expérience avec une telle arme se bornait à quelques parties de *Call of Duty* et vingt minutes dans un club de tir récréatif de la banlieue de Bangkok. Je m'efforçai de me rappeler les trois ou quatre notions de base que l'on m'avait alors expliquées sur le maniement d'un fusil à lunette. Rassemblant mes souvenirs, je posai le fusil sur le sable pour gagner en stabilité, puis, ouvrant les jambes pour une posture plus ferme, j'approchai l'œil de la lunette à douze augmentations.

Soudain, tout sembla bien plus proche. Je dirigeai le viseur sur le tout-terrain où était resté Carlos pour se protéger de la poussière, puis vers l'énorme hélicoptère Super Puma, noir et sans signe distinctif visible, que ce soit de la police, de l'armée, voire le logo bleu et blanc de NAMDEB. Un anonymat sinistre qui ne faisait qu'accentuer mon mauvais pressentiment.

Avant que les rotors n'aient complètement stoppé, la portière latérale de l'appareil s'ouvrit et deux hommes à l'allure militaire en sortirent, vêtus d'uniformes pour le désert et portant des pistolets à la ceinture. Sans perdre une minute, ils se mirent à décharger des sacs.

Ce fut le signe qu'attendait Carlos pour descendre de la voiture. Il s'approcha des nouveaux arrivants, leur serra la main, et les aida à décharger les paquets qu'ils avaient apportés.

Je posai le doigt sur la détente, la caressant doucement, guettant le moment propice. Si je tirais trop tôt, ils auraient le temps de monter dans le Humvee ou de retourner dans l'hélicoptère ; mais, si je le faisais trop tard, j'aurais laissé échapper l'occasion.

Je n'avais que cinq balles, et ils étaient trois, sans compter le pilote.

« Quatre », murmurai-je, voyant Carlos saluer quelqu'un qui était resté dans l'appareil.

Il me fallait attendre qu'ils soient tous à découvert, et je n'avais droit qu'à une erreur. Ces types-là n'avaient pas l'air du genre à bien prendre qu'on leur tire dessus.

J'ôtai le cran de sûreté.

Les deux hommes armés entreprirent de porter les paquets dans le Humvee, mais le quatrième larron ne sortait toujours pas de l'hélicoptère et cela commençait à m'inquiéter. S'il se montrait quand les deux autres seraient déjà à l'abri dans la voiture, tout serait bien plus compliqué.

Alors Carlos tendit la main, comme pour aider le dernier passager à descendre, mais je vis l'individu – dont la tête était enveloppée dans un foulard palestinien –, sauter de l'hélicoptère et se planter devant Carlos, les poings sur les hanches, comme s'il venait prendre possession de ces territoires.

« Toi, tu seras le premier, murmurai-je, t'es trop con. »

Retenant ma respiration, je plaçai la mire sur la tête du nouveau venu.

On dirait que c'est toi qui commandes… pensai-je. *On verra ce que feront les autres quand tu seras tombé.*

Je recourbai le doigt sur la détente, décidé à lui mettre une balle dans la tête. Je sentais déjà la résistance du ressort quand l'inconnu ôta son turban et sourit dans ma direction, comme s'il me voyait.

« C'est impossible…, soufflai-je avec incrédulité en reconnaissant dans ma ligne de mire la caractéristique chevelure blanche, le visage bronzé et l'expression arrogante de Max Pardo. Sacré fils de… »

32

Assis en tailleur sur le sable, Cassie, Eduardo et moi-même nous réchauffions autour du feu de camp. Face à nous se trouvaient Max Pardo, Carlos, et un des types armés qui les accompagnaient.

Mais nous avions d'autres invités. Outre Max et ses deux gardes du corps, l'hélicoptère avait amené une équipe de tournage au complet constituée d'un cameraman, d'un ingénieur du son et d'une productrice. En cet instant, tout ce petit monde évoluait autour de nous, enregistrant la scène comme si nous étions dans un film. La productrice ne cessait de nous rappeler de ne pas regarder l'objectif et de nous efforcer de les ignorer, mais ce n'était pas chose facile : chaque fois que j'étais aveuglé par le projecteur de la caméra, il me venait une absurde envie de saluer.

« Je ne peux pas me faire à l'idée que vous ayez été sur le point de me tuer, disait Max en haussant les sourcils avec incrédulité.

— Je croyais que nous étions en danger, m'excusai-je en buvant une gorgée de thé chaud. Vous auriez dû nous prévenir de votre arrivée, ajoutai-je à l'intention de Carlos autant que de Max.

— Et tu tires toujours sur les visiteurs inattendus ? » demanda le Sud-Africain. Il gardait son fusil entre les jambes, comme pour s'assurer qu'il demeurait hors de ma portée.

Je haussai les épaules.

« Seulement quand je crois que quelqu'un veut nous tuer, arguai-je, conscient du regard inquisiteur du gorille qui, assis près de Max, ne me quittait pas des yeux. Et puisque nous en parlons... pourriez-vous m'expliquer ce que vous faites ici ?

— Vous expliquer ce que je fais ici ? – la question semblait presque l'amuser – La dernière fois que j'ai vérifié, cette expédition portait encore mon nom. Carlos m'a informé hier soir de vos progrès, ajouta-t-il avec une tape amicale dans le dos de ce dernier. J'ai donc pris mon avion ce matin, et me voici.

— Avec deux mecs en armes », dis-je en regardant le garde du corps ; c'était un type à l'expression maussade, aux yeux froids, avec accoutrement militaire et foulard palestinien autour du cou. Le portrait vivant du cerbère à louer comme il y en a pléthore, ces derniers temps, qui font leur beurre en Libye et dans tout le Moyen-Orient.

« Blackwater ? lui lançai-je. DyonCorp ? »

L'intéressé me fixa sans desserrer les lèvres. Parler n'entrait peut-être pas dans ses attributions, ou il ne répondait peut-être qu'à l'homme assis à côté de lui et qui signait les chèques ; ou, et c'était le plus probable, il se fichait complètement de mes questions.

« C'est mon équipe de protection personnelle, nous informa Max à sa place. Ils ne sont ici que pour garantir notre tranquillité.

— Moi, j'étais plus tranquille avant qu'ils arrivent.

— Un problème ? fit le garde du corps d'une voix caverneuse en se penchant dans une attitude intimidante.

— Le problème est que nos amis ont vécu de mauvaises expériences avec des agents de sécurité, au Mexique et au Brésil, expliqua Max en prenant les devants.

— Nous avons été forcés d'en liquider quelques-uns, précisai-je en regardant le mercenaire tout en me penchant comme il l'avait fait lui-même.

— Vous m'en direz tant…, répliqua le gorille avec un sourire dangereux. Eh bien, vous pouvez être sûr que ça n'arrivera plus. »

Il ne spécifia pas à quoi il se référait exactement.

« Enfin, Carlos m'a mis au courant de la façon dont vous avez réussi à découvrir le sous-marin, intervint de nouveau Max pour dévier la conversation. Je dois avouer que je suis impressionné. Je n'aurais jamais pensé à le chercher à l'intérieur des terres.

— Nous avons eu de la chance, dis-je en haussant les épaules.

— De la chance ? Allons, voyons ! Mon très cher ami ici présent, dit le professeur en me passant la main dans le dos, possède un talent spécial pour trouver des choses.

— Vous ne diriez pas ça si vous le voyiez en train de chercher ses clés dans toute la maison », murmura Cassie.

Eduardo rit doucement et hocha la tête, comme s'il savait exactement de quoi elle parlait.

« De fait, dis-je en désignant Cassandra, c'est elle qui l'a réellement découvert ».

L'équipe de tournage se déplaça devant la Mexicaine, le projecteur de la caméra et la perche du micro pivotant dans sa direction.

« Vous avez vraiment besoin de filmer maintenant ? lança-t-elle, se protégeant avec la main de la lumière qui la gênait.

— Si ce n'était pas le cas, je ne le ferais pas, vous ne croyez pas ? répliqua Anna, la productrice, une petite rousse au visage anguleux constellé de taches de son et un caractère plus sec que le désert qui nous entourait.

— Eh bien, je ne sais pas si j'apprécie d'être filmée.

— Cela fait partie de l'accord, lui rappela Max.

— Je ne me souviens pas avoir lu cette clause. »

En guise de réponse, Max sortit de sa poche un smartphone à connexion satellite et le plaça devant lui :

« Minerve ? Tu nous écoutes ? Pourrais-tu préciser ce point à notre chère amie ?

— Vraiment ? Elle est là aussi ? » fit le professeur, stupéfait, en levant les yeux comme si la voix de l'assistante tombait du ciel.

Avec quelques secondes de retard, la voix familière de l'intelligence artificielle émergea du téléphone portable de Max, presque amusée.

« Je suis toujours ici, professeur. Mademoiselle Brooks, poursuivit-elle sur un ton didactique, la clause 9.3 de l'accord que vous avez tous signé mentionne spécifiquement la cession des droits d'image pour toute production audiovisuelle qui…

— D'accord, d'accord, la coupa Cassandra en levant les mains. Mais… faut-il nécessairement qu'ils nous filment *tout le temps* ?

— Vous allez peut-être m'expliquer comment faire mon travail, mademoiselle ? s'irrita Anna.

— Ne vous inquiétez pas, intervint Max pour apaiser l'ambiance. Seule une part minime de tout le matériel finira par être utilisée. Je veux néanmoins que tout soit parfaitement documenté afin qu'il ne puisse subsister aucun doute quant à la véracité de notre découverte.

— La vérité, observai-je, également agacé par l'intromission de l'équipe de tournage, c'est que vous voulez être devant la caméra lorsque nous pénétrerons dans l'U112 pour la première fois. Voilà pourquoi vous êtes apparu maintenant, et pas la semaine dernière. Si c'était la crédibilité que vous cherchiez, vous auriez amené un notaire. »

Loin de se formaliser, le millionnaire hocha la tête avec appréciation.

« C'est une bonne idée, celle du notaire, je le ferai peut-être, répliqua-t-il avec un léger sourire. Et évidemment, je vous ai déjà dit que ce que je poursuis, c'est un zeste d'immortalité ; alors, si ce sous-marin contient ce que vous pensez qu'il contient, cette expédition pourrait être le moyen d'y parvenir. »

Il fit une pause, avant d'ajouter :

« Est-ce qu'il y a un problème ? Je croyais que les termes de notre association étaient parfaitement clairs.

— Ils le sont, ils le sont, confirma très vite Eduardo, avant que je n'aie l'idée d'ouvrir de nouveau la bouche. Il n'y a aucun problème, monsieur Pardo.

— Dès demain, nous pourrons entrer dans le sous-marin, et nous aurons tous ce que nous voulons, déclara Cassie. Vous, la célébrité que vous cherchez, et nous, retrouver notre vie d'avant.

— Voilà ce que je voulais entendre », affirma Max avec satisfaction.

Sur quoi il se leva et épousseta le sable de son pantalon.

« Et maintenant, je suggère que nous allions tous dormir. La journée a été longue, et demain… – il se tourna vers la caméra, un sourire exultant aux lèvres – demain sera une journée mémorable. »

33

À peine la sphère incandescente du soleil fit-elle son apparition sur les dunes qui fronçaient l'horizon oriental qu'elle nous trouva déjà au bord de la fosse du sous-marin, après avoir expédié rapidement des œufs au bacon et une tasse de café, que certains d'entre nous avaient encore entre les doigts.

Sur une simple table de camping, sous les projecteurs de l'équipe de tournage, un homme à la chevelure blanche et à l'expression rayonnante déployait une feuille de papier bleu où était représenté le plan de coupe longitudinale d'un sous-marin.

« Ceci n'est peut-être pas d'une exactitude parfaite, déclara Max d'une voix résolue en offrant son meilleur profil à la caméra qui ne perdait aucun de ses mouvements, mais nous avons obtenu une copie des plans originaux des sous-marins allemands de la série XI-B. Les SS auront probablement apporté des modifications pour l'adapter à leurs besoins, mais nous pouvons nous attendre à ce que la distribution que nous allons trouver soit assez similaire.

— Ceci est la tourelle que nous avons désensablée, n'est-ce pas ? demanda de professeur Castillo en posant un doigt sur le plan.

— En effet. Depuis cette écoutille, nous pourrons descendre jusqu'au poste de navigation du pont supérieur, expliqua Max en suivant de l'index sa description sur le plan. À la proue, nous avons les chambres des officiers supérieurs, puis la zone des couchettes pour les matelots, et, à l'arrière du poste de navigation, les cabines des officiers subalternes, le réfectoire et les cuisines. À la proue et à la poupe se trouvent respectivement la salle des machines et le local des torpilles, dont je suggère de ne pas s'approcher. »

Il leva les yeux et, d'une voix dramatique, il précisa :

« Nous ignorons combien de torpilles sont toujours dans le sous-marin et dans quel état elles seront, mais il est permis de supposer qu'après quatre-vingts ans elles pourraient être extrêmement instables. Un simple choc… » Il nous regarda un par un, comme s'il était en train de jouer dans un film. « … pourrait les faire exploser, et nous avec.

— Mais alors, ne serait-il pas plus sensé de les désamorcer ? remarqua Eduardo. Pas nous, bien entendu, mais une équipe de démineurs spécialisée. »

Max eut pour le professeur le même regard qu'il aurait eu pour un enfant lui posant une question évidente.

« Ce serait plus sûr, certainement. Mais savez-vous comment sont désamorcés les explosifs abandonnés ? Pas au cinéma, précisa-t-il, dans la réalité.

— Eh bien, non, à vrai dire.

— On les fait exploser, répondit Carlos, encouragé par un geste de Max. La zone est évacuée et on les fait exploser intentionnellement. C'est l'unique méthode. »

Le professeur Castillo battit des paupières, assimilant les conséquences d'une telle opération sur l'U112.

Il hocha la tête.

« Je comprends.

— Si vous ne souhaitez pas y entrer parce que vous trouvez cela trop dangereux, vous n'avez pas à le faire, lui rappela Max.

— J'ai été dans des lieux autrement pires, répliqua Eduardo avec un dédain peu habituel chez lui.

— Et la soute pour la cargaison ? intervint Cassie en se penchant sur la table. Où est-elle ? Ce que le sous-marin transportait devrait être là. »

Max Pardo fit glisser son doigt sur environ deux centimètres.

« Ici, juste au-dessous du local des torpilles.

— Vous voulez dire…

— Je veux dire, répondit-il en reprenant les mots que l'archéologue avait laissés en suspens, que pour accéder à la soute, nous devrons descendre deux ponts d'un sous-marin rouillé enterré sous des tonnes de sable, puis traverser une salle contenant des torpilles qui pourraient exploser rien qu'en les effleurant. Une erreur infime peut nous être fatale », conclut-il en se redressant aussi théâtralement qu'il en était capable.

En l'entendant, je ne pouvais m'empêcher de penser qu'il n'avait en réalité pas la moindre idée de ce qu'il disait : Minerve devait lui avoir raconté tout ceci dix minutes plus tôt. Et, si c'était vraiment aussi dangereux qu'il le prétendait, il y aurait très certainement envoyé quelqu'un d'autre plutôt que de descendre lui-même. Il faisait juste son petit numéro de héros pour la caméra.

Pour la première fois dans l'histoire, et en dépit de mon incurable manie d'ouvrir ma grande gueule, je me limitai à la fermer et à écouter les explications de Max. Néanmoins, mes hochements de tête manifestaient un intérêt si outrancier que Cassie ne tarda guère à me donner un discret coup de coude.

« Arrête de faire l'idiot, me souffla-t-elle dans l'oreille droite. Les gens vont croire que tu es complètement stupide. »

À ma gauche, le professeur Castillo toussota pour exprimer son opinion sur le sujet.

« *Toi aussi, Brutus* ? » lui reprochai-je tout bas.

Eduardo allait parler, mais la voix de Max l'interrompit avant qu'il n'ouvre la bouche.

« Vous souhaitez apporter quelque chose à cet exposé, monsieur Vidal ? s'enquit-il avec un sourire d'impatience.

— Euh… non. Enfin… si, me ravisai-je. Nous avons bien compris qu'il sera très dangereux de descendre là-dedans, et que si quelqu'un éternue un peu fort nous finirons en bouillie, mais il me reste encore un doute. »

Cassie pivota vers moi, sourcils froncés, craignant de m'entendre proférer quelque absurdité. Je lui lançai un clin d'œil, puis, me tournant vers Max, je lui désignai le fond du trou qui s'ouvrait dans le sable :

« Et qu'est-ce que nous attendons encore ? »

Cinq minutes après, l'équipe de tournage était postée au bas de l'échelle d'aluminium que Max Pardo descendait, tel Neil Armstrong s'apprêtant à poser le pied à la surface de la Lune.

« Sainte Mère, quel cabotin ! marmonnai-je tout bas.

— Chut, fit Cassie. Laisse-le, ça fait partie du show.

— Ce qui aurait été un show, ç'aurait été de le voir creuser avec nous.

— C'est comme ça, la télévision. Tu croyais peut-être que tous ces documentaires d'aventures et d'archéologie représentent la réalité ? Certains d'entre nous deviennent célèbres, affirma-t-elle en désignant Max Pardo qui venait d'arriver auprès de l'écoutille du kiosque, et puis il y a vous, qui faites le gros du travail. »

Elle se tourna vers moi avec un sourire espiègle.

« *Certains d'entre "nous" deviennent célèbres* ?

— La productrice m'a proposé d'accompagner Max en bas, expliqua-t-elle avec un clin d'œil. Il semblerait que la présence d'une jolie femme dans une situation dangereuse fait augmenter l'audience chez le public masculin d'âge moyen.

— Sérieusement ? Tu vas jouer le rôle de la demoiselle en péril ? demandai-je en élevant un peu trop la voix, ce qui me valut un regard furibond de la part d'Anna, dans la fosse.

— Par *la grand diabla*, baisse le ton, chuchota-t-elle en fronçant les sourcils. Qu'est-ce que ça peut faire ? Ce n'est que de la télé. Une fiction à la gloire de Max Pardo. Nous, nous avons d'autres motifs d'être ici. Ou cherches-tu la célébrité, toi aussi ?

— Mais non, enfin. C'est juste que… je n'aime pas sentir que je ne peux rien contrôler. »

Je réfléchis un instant, puis ajoutai :

« Tu as raison, oublie ce que j'ai dit. Mais fais bien attention, je t'en prie. Max exagère peut-être, mais ce sous-marin est un endroit très inquiétant.

— Je peux prendre soin de moi-même.

— Je le sais, dis-je en lui prenant la main. C'est en lui que je n'ai pas confiance. Au moindre soupçon de danger, nous filons comme l'éclair, d'accord ? »

Pour toute réponse, Cassie m'embrassa sur la bouche et, faisant demi-tour, elle se dirigea vers l'échelle.

« Tout ira bien », dit-elle en commençant à descendre les barreaux d'aluminium.

En l'entendant, j'eus le pressentiment que ce ne serait pas le cas.

Le plan prévoyait que Max entre le premier, muni d'une minicaméra GoPro qui devait enregistrer tout ce qu'il verrait et dirait, Cassie immédiatement derrière lui ; l'équipe de tournage les suivrait pour filmer tous leurs déplacements et conversations.

Le professeur et moi viendrions en renfort, tandis que Carlos resterait à l'extérieur avec les gardes du corps, prêts à intervenir en cas de problème.

Nous étions tous équipés de puissantes lampes frontales, de gants et de vêtements épais. Là-dedans, la chaleur allait être infernale, mais si nous pensions à l'état dans lequel devait être l'intérieur de l'U112, il y avait bien trop de risques de se blesser sur un bout de fer rouillé. Sans aucun doute, cela valait la peine de transpirer un peu.

Debout sur l'écoutille, Max adressa quelques mots que je n'entendis pas à la caméra – certainement quelque chose du genre *Un petit pas pour l'homme, bla-bla-bla...* – puis il s'accroupit, saisit fermement le volant de l'écoutille, tendit les muscles, et le fit tourner avec un crissement irritant.

Après plusieurs tours, le volant atteignit son maximum. Max prit alors un levier de fer et l'introduisit sous le bord ; il souleva l'écoutille oxydée, assez pour pouvoir y glisser les deux mains et, tirant de toutes ses forces, l'ouvrir totalement.

Haletant, Max Pardo essuya la sueur de son front et sourit avec satisfaction.

Quelle importance si nous avions dégrippé et graissé l'écoutille au préalable et que cette manœuvre eût pu être effectuée par deux personnes sans trop d'efforts... ni tant de spectacle. Comme me l'avait fort justement rappelé Cassie, notre ami le millionnaire était le protagoniste absolu du show, et il était là pour se mettre en valeur. Pour le reste, nous n'avions qu'à lui faciliter la tâche et l'applaudir quand nous étions dans le champ de la caméra.

Après cela, Max prit une poignée de bâtons lumineux qu'il tordit pour que leurs réactifs se mélangent, et les laissa tomber par l'écoutille comme qui jetterait des pièces dans un puits. Instantanément, la fantasmagorique lueur verte des tubes émergea de l'intérieur de la gueule ténébreuse, donnant l'impression que nous venions de réveiller les spectres de l'inframonde.

« Bon, je crois que le moment est venu, dit Max à Cassandra. Prête ? »

L'archéologue n'avait pas besoin qu'on le lui demande deux fois.

« Parfaitement prête, répondit-elle, ses yeux verts étincelants d'enthousiasme.

— Allons-y », dit Max en regardant la caméra.

Puis il alluma sa lampe frontale, se glissa par l'étroite ouverture de l'écoutille, et disparut.

34

Lorsque vint mon tour, aussitôt après l'équipe de tournage qui suivait Max et Cassandra, je me penchai sur l'écoutille, regardant l'échelle qui descendait bien sur quatre ou cinq mètres à l'intérieur du kiosque. En bas, où devait se trouver le poste de commandement, les faisceaux de lumière des lampes frontales s'entrecroisaient d'un côté à l'autre, jusqu'à ce que l'un d'eux pivote vers le haut, m'aveuglant.

« *Caramba, mano* ! Qu'est-ce que tu attends ?

— Comment ça se passe, en bas ? demandai-je.

— Il fait noir comme dans un four. »

Puis elle ajouta, après un instant :

« Il t'arrive quelque chose ?

— Non, rien. »

Mais c'était faux.

Je ne l'avais pas vu venir. Penché sur la gueule sombre du sous-marin, j'avais senti ma gorge se nouer tandis qu'une sueur soudaine perlait à mon front.

Sans que je sache pourquoi, quelque recoin obscur de mon esprit associait cet instant avec ce que j'avais vécu quelques mois plus tôt, dans la Cité noire, provoquant une crise de panique aussi inattendue qu'inopportune.

Mon cerveau conscient me disait que j'étais à dix mille kilomètres de distance, que c'était là un sous-marin allemand et non un temple perdu, et que les seuls morcegos présents en ces lieux étaient ceux qui hantaient ma mémoire. Mais, même si je le savais bien, j'étais incapable de bouger. Paralysé comme un mauvais second rôle dans un film de terreur.

Une main se posa soudain sur mon épaule, et je fis un bond.

« Tu vas bien ? »

Le professeur s'accroupit près de moi.

« Oui, mentis-je de nouveau. C'est juste que…

— Cela te rappelle d'autres choses. »

Il se tourna vers moi, et je lus sur son visage que je n'étais pas le seul. Ce n'était pas une question. C'était une affirmation.

Je fis un léger signe d'assentiment.

« Et que vas-tu faire ? » demanda-t-il.

Et c'était une vraie question, cette fois.

Je secouai la tête comme si je pouvais ainsi secouer ma stupeur, je serrai les poings, et inspirai le plus lentement et profondément que j'en étais capable.

« Surmonter ça », répliquai-je.

Et en lui répondant, c'était surtout à moi que je m'adressais.

J'allumai ma lampe frontale, m'accrochai au rebord de l'écoutille, puis, fermant les yeux, j'entrepris de descendre vers l'obscurité.

La première chose qui me frappa, ce fut que l'échelle était inclinée. De fait, c'était tout le sous-marin qui l'était. D'en haut, nous ne nous en étions pas rendu compte, mais une fois à l'intérieur, il devenait évident qu'il penchait de plusieurs degrés sur le côté. Ce n'était pas exagéré, mais assez pour que le cerveau mette quelques secondes à ajuster le sens de l'équilibre pour éviter la chute.

Lorsque j'atteignis le bout de l'échelle d'écoutille, je levai la tête et mon pouce, indiquant au professeur Castillo que j'étais bien arrivé et qu'il pouvait descendre à son tour.

Je me tournai pour regarder alentour.

Le projecteur de la caméra et la demi-douzaine de lampes frontales qui éclairaient l'intérieur suffisaient amplement à révéler l'étroitesse de l'espace où nous nous trouvions. Avec ma première inspiration, je sentis que cet air, emprisonné hermétiquement pendant des années, possédait une étrange densité, comme si j'en pouvais goûter l'odeur de métal, de graisse et d'abandon qui m'envahissait les narines et le palais pour s'y installer à demeure.

La coque interne du vaisseau devait faire quatre ou cinq mètres de large en ce point, mais la profusion de boîtiers de connexion, de tableaux et de vannes rouges ou vertes qui s'avançaient sur chaque centimètre carré était telle qu'elle amputait facilement un mètre de chaque côté du poste de contrôle. Le plafond voûté était à moins de cinquante centimètres de ma tête, parcouru tout du long de dizaines de tuyauteries ponctuées çà et là de manomètres et de valves à l'utilité indéchiffrable. Un vrai cauchemar pour un plombier.

Et dans cet espace réduit s'entassaient six personnes, comme un groupe d'enfants apeurés en expédition dans la maison hantée du quartier. Nous regardions autour de nous dans un silence révérencieux, brisé seulement lorsque le professeur arriva au bas de l'échelle et poussa une exclamation de surprise :

« Sainte Vierge ! Il est intact ! »

C'était cela.

Ce qui rendait cet endroit si inquiétant, ce n'était pas son étroitesse ni l'obscurité qui y régnait, c'était l'état inattendu de conservation dans lequel il se trouvait. Comme la chambre d'un enfant que ses parents gardent inchangée, au cas où il déciderait un jour de revenir.

Certes, la coque extérieure du sous-marin avait inévitablement été attaquée par l'oxydation, mais les décennies passées enterré dans le sable semblaient avoir arrêté le processus de détérioration à l'intérieur.

Avec un soin extrême, comme si je craignais de dissiper le sortilège, j'ôtai mon gant droit et posai le bout des doigts sur ce qui devait avoir été jadis la petite table où le capitaine et ses officiers déployaient leurs cartes nautiques.

Sur une impulsion, je tâtonnai dessous jusqu'à rencontrer la poignée d'un tiroir, que je tirai : elles étaient là, les cartes de navigation d'un sous-marin allemand de la Seconde Guerre mondiale, en parfait état de conservation.

« Incroyable ! murmura près de moi la voix d'Eduardo, qui glissa la main dans le tiroir pour toucher le papier. Elles ne sont même pas moisies.

— Il est clair que les Allemands savent travailler, dis-je en tapotant du doigt ce qui me paraissait être un inclinomètre. L'eau n'y a jamais pénétré après qu'il ait été coulé, et le désert l'a ensuite préservé de l'humidité.

— Dans cette salle, fit remarquer Max avec un pas vers nous, l'équipe de tournage le suivant tant bien que mal.

— Comment ? »

Je me tournai vers lui, plissant les yeux sous le projecteur de la caméra.

« L'eau n'a pas pénétré dans le poste de contrôle, mais elle a bien dû entrer quelque part. Sinon, le sous-marin n'aurait pas été coulé, déclara-t-il en éclairant de sa lampe frontale une porte de sas fermée sur une autre section.

— Oui, je suppose, acquiesçai-je. Mais en réalité, je me demandais si… »

Un craquement comme de bois sec claqua soudain, suivi d'un juron poussé par Anna.

« Bordel ! Mais qu'est-ce que… ?

— Que se passe-t-il ? demanda Max en se tournant vers elle.

— Je ne sais pas, je crois que j'ai marché sur quelque chose. Oh, merde. »

Le cameraman cadra les pieds de la productrice, révélant la manche d'une veste bleu marine ornée de trois galons dorés, d'où sortait une main momifiée ; guère plus qu'un fin parchemin grisâtre recouvrant les os qui, au bout de quatre-vingts ans, étaient toujours crispés sur la crosse d'un pistolet Luger.

« Je crois que nous avons trouvé le capitaine, déclara Max en s'accroupissant pour ramasser la casquette d'officier blanche qui gisait près du cadavre.

— On dirait qu'il s'est suicidé, observa Eduardo en désignant l'arme. Pourquoi ?

— Si l'alternative était de mourir d'asphyxie là-dedans…, répondis-je, laissant la conclusion en suspens.

— Mais alors, s'ils étaient prisonniers du sous-marin, où sont les autres ? » demanda Cassie qui, à quelques mètres de nous, devait avoir lu dans mes pensées.

Le projecteur de la caméra se tourna vers elle, la découvrant au bout du poste de commande, accroupie près d'une porte ouverte comme un scientifique cherchant des traces de sang sur une scène de crime.

« Il n'y a personne d'autre, ici, ajouta-t-elle.

— L'équipage des sous-marins du type XI B comptait cent dix matelots et sept officiers, rappela Max.

— Cet endroit n'est pas si grand, déclara Eduardo. Où peuvent-ils être ? »

Pour toute réponse, Cassie se pencha dans l'ouverture vers la section voisine. Une ouverture circulaire, sombre et silencieuse, qui menait vers le poste d'équipage.

« Probablement pas très loin. »

La porte hermétique indiquée par Cassandra donnait sur un couloir si étroit que nous ne pouvions avancer qu'en file indienne. Bien évidemment, Max Pardo allait en tête dans une attitude intrépide, se retournant de temps en temps vers la caméra pour faire un commentaire à l'adresse de ses futurs téléspectateurs ; l'équipe de tournage était derrière lui, et enfin Cassie, Eduardo et moi. J'étais le dernier, ce qui me permettait de fureter sans hâte et sans personne pour me pousser.

Des deux côtés du couloir, l'on voyait des portes de contreplaqué, closes. Nous tentâmes de les ouvrir, mais elles paraissaient toutes fermées à clé de l'intérieur, et personne ne jugea bon d'essayer de les forcer.

L'une des portes, néanmoins, n'était pas fermée, et je ne pus résister à la tentation d'y jeter un coup d'œil en passant. C'était une cabine d'un peu plus d'un mètre sur deux dont la bannette, qui avait l'air d'être tout juste faite, s'encastrait entre une armoire et une commode, laissant à peine assez de place pour un bureau exigu et un petit tabouret. L'espace habitable réduit à la plus simple expression, dans lequel des hommes en état d'alerte permanent vivaient des semaines ou même des mois, confinés, sans voir la lumière du jour.

Sur le sol étaient éparpillés des tas de papiers jaunis, des livres mal ouverts tels des oiseaux blessés, et une photo sépia dans un cadre à la glace brisée : une femme, jeune et belle, portant dans ses bras un enfant aussi blond qu'elle qui regardait l'objectif avec un sourire serein.

Cette pièce minuscule, qui conservait les souvenirs de quelqu'un qui n'existait plus, éveilla en moi une mélancolie diffuse et poignante. Je reculai et levai les yeux sur l'inscription qui figurait sur la porte ; un mot unique, en allemand : *Kapitän.*

« Il a fait son lit avant de se suicider », commenta Eduardo, qui avait compris que c'était la chambre de l'homme qui gisait derrière nous, momifié.

Nos pas résonnaient dans l'oppressant silence de cimetière qui régnait en ces lieux. Un silence seulement brisé de temps à autre par d'occasionnels murmures de commisération, lorsque nous découvrions ici ou là des détails sur les hommes qui avaient vécu ici, et qui devaient aussi y être morts, supposions-nous, malgré des doutes grandissants.

À pas prudents, nous traversâmes la zone des chambres des officiers et entrâmes dans une salle équipée de couchettes du sol au plafond.

Et ils étaient là.

Les cent dix marins de l'U112. Morts sur leurs bannettes, comme s'ils s'étaient couchés pour dormir de leur dernier sommeil. La momification leur avait contracté la peau et les muscles, crispant leurs membres dans des postures grotesques, faisant de leurs visages des masques d'horreur, bouches ouvertes, yeux exorbités...

« Mon Dieu..., balbutia Eduardo en portant une main à sa bouche.

— Qu'a-t-il pu leur arriver ? s'interrogea Cassie en se penchant sur un cadavre comme s'il s'agissait d'une antique momie égyptienne. Ils se seraient suicidés aussi ?

— Je ne vois ni sang séché ni armes, observai-je en éclairant la scène de ma lampe frontale. Ils ont peut-être pris du poison.

— Mais, pourquoi ? Pourquoi n'ont-ils pas été évacués ? demanda le professeur.

— Ils n'ont peut-être pas pu, avançai-je. S'ils sombraient très vite, ils n'ont peut-être pas eu la possibilité de sortir.

— Cela se pourrait. Mais que l'équipage au complet se suicide... avec du poison. Je n'ai jamais rien entendu de pareil.

— Souvenez-vous que c'était un vaisseau SS, professeur, répondit Cassie en se redressant. Ils avaient peut-être des règles particulières. L'ordre de se suicider plutôt que d'être capturés par l'ennemi, qui sait ? »

Eduardo réfléchit à cette hypothèse et finit par hocher la tête.

Pendant ce temps, à quelques mètres devant nous, Anna, la productrice, était en train d'expliquer à Max qu'ils devraient faire une autre prise, d'un angle différent, pour rendre plus dramatique la scène de l'entrée dans le poste d'équipage.

J'avais beau comprendre qu'elle ne faisait que son travail, je ne pus éviter un sentiment de répulsion devant son indifférence pour la mort qui nous entourait.

Max, quant à lui, acquiesçait à ses indications, suggérant du geste où il pourrait se placer afin d'obtenir le meilleur plan.

« Mademoiselle Brooks, l'appela alors la productrice en se retournant. Vous pourriez vous mettre à côté de monsieur Pardo pour quelques prises ?

— On devrait peut-être faire ça plus tard ? répliqua l'archéologue. D'abord explorer le sous-marin, et faire votre fichu film après.

— Elle a raison, intervint Max à ma grande surprise, en posant la main sur l'épaule de la productrice. Ces pauvres diables ne vont pas s'enfuir. Nous le ferons plus tard. » Éclairé par le projecteur de la caméra, qui paraissait ne jamais cesser de filmer, il désigna une affiche sur la porte qui séparait cette section de la suivante, et ajouta :

« C'est maintenant que ça devient intéressant. »

Il me fallut quelques secondes pour déchiffrer le tracé compliqué des caractères gothiques, mais lorsque j'y parvins, leur signification m'apparut évidente, même en allemand : *Torpedoraum*.

Nous étions arrivés à la salle des torpilles.

35

« Ne touchez à rien ! »

Cet ordre de Max lancé sur un ton comminatoire n'était pas nécessaire.

Nous avancions en file indienne entre deux rangées d'énormes torpilles grises mesurant plus de sept mètres de long. De véritables monstres à l'ogive peinte d'un rouge intense d'où saillait la pointe du détonateur, comme un sinistre téton dont l'impact contre l'objectif devait activer les trois cents kilos de charge explosive capables de briser un navire en deux.

Le problème était que quatre-vingts ans sans entretien, c'était long. Malgré l'extraordinaire état de conservation du sous-marin – le sable qui l'enveloppait avait absorbé toute trace d'humidité à l'instar d'un papier buvard –, nous marchions comme au milieu d'un champ de mines, évitant de générer des vibrations. Les composants chimiques des explosifs ne se caractérisaient pas précisément pour leur stabilité, et nous en avions plusieurs tonnes autour de nous.

Le professeur s'arrêta devant moi, désignant le flanc d'une des torpilles.

Un orifice au contour irrégulier s'était formé à sa base, laissant sourdre un liquide transparent.

« Qu'est-ce que c'est que cela ? » demanda-t-il, chuchotant presque, le doigt tendu.

Je lui saisis le poignet avec force.

« N'y touchez pas, prof. C'est de l'acide sulfurique. Des batteries, probablement. Au contact de la peau, cela pourrait vous brûler.

— Je n'en avais pas l'intention, affirma-t-il en retirant la main. Il a fait un sacré trou dans le métal.

— Oui. Espérons qu'il n'aura pas atteint les câbles du détonateur ou quelque chose du même genre. Ces bêtes-là pourraient exploser rien qu'en les regardant fixement. »

Au même moment, la voix de Cassie retentit entre les parois de cette caverne d'acier bourrée d'explosifs.

« Nous l'avons trouvée ! »

Mon cœur avait manqué un battement. Je me tournai vers elle, me mordant les lèvres pour retenir une imprécation.

Plus en avant, à l'autre bout de la salle, la Mexicaine et le reste de l'expédition faisaient cercle autour d'une écoutille dans le sol.

Sans perdre un instant, et toujours sous l'éclairage attentif de l'équipe qui filmait, Max et Cassandra actionnèrent le volant de la trappe, jusqu'au moment où un *clonc* métallique leur indiqua qu'elle était ouverte.

Ils échangèrent un regard de satisfaction, puis le millionnaire se tourna vers la caméra avec un sourire exultant.

« Nous sommes sur le point d'accéder à la soute de l'U112, expliqua-t-il à son futur public. Nous ignorons quels trésors et quels mystères nous y trouverons, mais il y a une chose dont je suis sûr : aujourd'hui est une date que vous garderez en mémoire. »

Et, avec un geste d'invitation à l'adresse de la caméra, il ajouta :

« Suivez-moi, allons écrire l'histoire ensemble. »

Il glissa les jambes dans l'ouverture, et commença à descendre.

Dès que Max eut disparu dans l'écoutille, Cassie se disposa à le suivre.

« Cassie ! » appelai-je avant qu'elle ne le fasse.

Elle se tourna vers moi, aveuglée par le projecteur, plissant les yeux pour me distinguer.

« Oui ?

— Rien, dis-je bêtement. Juste… sois prudente. »

En guise de réponse, elle se borna à joindre les bouts de son pouce et de son index, comme si elle s'apprêtait à plonger, et entreprit de descendre les échelons.

Sans savoir pourquoi, j'étais extrêmement inquiet, certainement plus que toutes les personnes présentes. Était-ce le souvenir encore prégnant de mon expérience dans les catacombes de la Cité noire ? Parce que je n'étais que trop conscient de la volatilité de la douzaine de torpilles qui nous entouraient ? Ou peut-être le fait de n'avoir aucun contrôle sur les événements et que ce soit un autre qui marche devant…

Jouer les seconds rôles ne me posait aucun problème – pas de manière consciente, du moins –, mais que Max soit aux commandes et que tout soit subordonné à la plus grande gloire de son ego me rendait indéniablement nerveux.

Les membres de l'équipe de tournage descendirent à la suite de Cassandra, puis le professeur Castillo, et je passai en dernier, faisant grincer l'échelle sous mon poids.

En bas, il y avait une petite antichambre, avec une cloison d'un côté et une solide porte étanche haute comme un homme de l'autre. Au moment où le sol en acier résonna sous mes pieds quand je sautai le dernier barreau, Max s'affairait déjà sur le mécanisme de la porte, sous un panneau portant la légende *Frachtraum*.

Dès qu'elle fut ouverte, le millionnaire regarda la caméra, puis, sans discours préalable, cette fois, il s'enfonça dans l'obscurité.

Lorsque j'entrai à mon tour dans la soute, après tout le monde, les faisceaux des lampes frontales s'entrecroisaient frénétiquement dans toutes les directions. Le puissant projecteur de la caméra illuminait le dos de Max qui, debout au milieu de la pièce, tournait la tête à droite et à gauche.

La soute destinée à la cargaison était un lieu d'une ampleur inattendue en comparaison avec le reste du sous-marin. C'était un espace de quatre ou cinq mètres de large, haut de trois mètres, et dont nos lampes n'arrivaient pas à éclairer le bout, plongé dans les ténèbres.

Un espace énorme, où une douzaine de camions auraient pu tenir à l'aise, et complètement plein de... rien.

Absolument rien.

La soute était plus vide que le réfrigérateur d'un divorcé.

« Merde », murmurai-je, résumant la situation du mieux que je pus.

Le retour à la surface fut très différent du début de l'exploration. Nous devions ressembler à une équipe de football rentrant au vestiaire après avoir perdu la finale d'un tournoi.

Le cameraman ne filmait plus ; Max ne lançait plus de déclarations à la postérité ; et ni Cassie, ni le professeur, ni moi n'avions très envie de parler. Nous revenions sur nos pas dans un silence tendu que personne ne cherchait à briser.

Avec le recul, je savais que nous aurions dû envisager la possibilité que la soute du sous-marin ne renferme rien de ce que nous escomptions y trouver. Mais après tout ce que nous avions enduré, tous les risques que nous avions courus pour arriver jusque-là, nous abritions l'espoir secret que tous les aléas que nous imposait le sort nous faisaient d'autant plus mériter la récompense finale.

Et cet espoir s'était effondré, comme un château de cartes balayé par la main d'un enfant qui s'ennuie.

Max allait toujours devant ; tête basse et silencieux, comme s'il avait le monopole de la déception autant que celui du succès. Pour une raison quelconque, il paraissait être celui qui avait subi le plus grand préjudice dans toute cette affaire. C'était peut-être là un trait caractéristique des égocentriques : non seulement ils croyaient être le centre du monde, mais ils étaient aussi capables de faire croire aux autres qu'il en était effectivement ainsi.

Certes, il avait perdu de l'argent ; mais un ou deux millions d'euros ne représentaient pas grand-chose, avec sa fortune. En revanche, c'était Cassie et moi qui avions failli mourir en plongée tandis que nous cherchions ce maudit sous-marin ; et nous, avec le professeur, qui avions fait tout le travail et tout misé sur cette entreprise.

« Et maintenant ? » demanda Cassie dans mon dos ; et j'eus un instant l'impression d'avoir pensé tout haut.

Je m'arrêtai et me tournai vers elle.

À la lumière de la lampe, ses yeux verts me parurent moins transparents, sa peau moins bronzée, et ses ridules plus marquées, comme si elle avait vieilli de plusieurs années en quelques minutes.

Je cherchai une phrase humoristique ou encourageante pour lui remonter le moral. Je voulais lui dire qu'elle ne s'inquiète pas, que tout irait bien, et que j'avais une idée brillante qui allait rattraper la situation. Mais je ne pus lui dire que la vérité.

« Je ne sais pas. »

Elle hocha la tête.

« Ouais. »

Je la pris aux épaules.

« Nous nous en sortirons. D'une manière ou d'une autre, ajoutai-je, incapable de supporter la déception que je lisais sur son visage.

— Bien sûr », répondit-elle en essayant de sourire, sans succès. Et cela m'attrista plus que si elle m'avait contredit.

Après des semaines à croire que nos problèmes allaient être résolus, que notre vie allait redevenir celle qu'elle était avant, cette soute vide nous renvoyait à la case départ d'un coup de pied aux fesses.

Sans mentionner la menace nommée Luciano Queiroz, le président d'AZS, que nous soupçonnions d'être impliqué dans la mort d'Ernesto et la campagne de discrédit à notre encontre. Trouver des pièces archéologiques pour prouver l'existence de la Cité noire aurait été le seul moyen que Queiroz nous laisse tranquilles ; et à présent, nous n'avions rien, pas même l'espoir. C'était ce que je lisais dans les yeux de Cassie, et j'en avais le cœur brisé.

Je n'avais plus le choix : pour aller de l'avant, il me faudrait m'abuser moi-même, et, avec de la chance, je réussirais peut-être à abuser également la femme que j'aimais et mon meilleur ami.

Un ami, réalisai-je soudain, que je ne voyais plus depuis un moment.

« Et le professeur ? Je croyais qu'il nous suivait », dis-je en scrutant les deux extrémités du couloir.

Cassie m'imita et haussa les épaules.

« Je ne sais pas. Moi, je pensais qu'il allait devant, mais je peux me tromper. »

Une dizaine de mètres devant nous, Max et son équipe de tournage avaient franchi le seuil du poste central et devaient déjà sortir du sous-marin par l'échelle du kiosque. Je supposai qu'Eduardo serait avec eux.

« Prof ! criai-je. Vous êtes là ? »

Mais c'est derrière nous que répondit la voix d'Eduardo.

« Ulysse ? Que se passe-t-il ? dit-il en émergeant d'une des chambres des officiers.

— Non, rien. Je ne savais pas où vous étiez, c'est tout.

— Et où voulais-tu que je sois ? Il est impossible de se perdre, par ici, précisa-t-il avec un geste qui soulignait que ce vaisseau n'était pas beaucoup plus qu'un long couloir.

— Qu'est-ce que vous faisiez là-dedans, professeur ? demanda Cassie.

— Fouiner, répliqua-t-il en rajustant ses lunettes. Nous nous trouvons à l'intérieur d'un sous-marin de la *Schutzstaffel* étonnamment bien conservé. C'est mieux que n'importe quel musée.

— Un musée avec des morts encore dans leurs lits, observa Cassie en désignant le dortoir commun, une dizaine de mètres plus loin.

— Si les morts avaient huit cents ans au lieu de quatre-vingts, ça te dérangerait ? »

L'archéologue prit un instant pour assimiler la question.

« Non, je suppose que non.

— Eh bien, voilà. Je vais rester un peu, par curiosité. Vous, allez-y, si vous voulez.

— Je n'aime pas l'idée de vous laisser seul ici, protestai-je avec un claquement de langue.

— Ne t'inquiète pas, je ne vais pas aller faire joujou avec les torpilles. J'ai juste envie de voir à quoi ressemblait la vie dans un sous-marin de la Seconde Guerre mondiale.

— D'accord, capitulai-je. Ne restez pas trop longtemps.

— Je vous retrouve en haut, répondit-il. Et il rentra dans la cabine d'où il était sorti.

— Et toi ? Que fais-tu ? demandai-je à Cassie.

— Il n'y a rien pour moi dans ce damné sous-marin, déclara-t-elle en haussant les épaules avec résignation. Laissons le professeur à ses histoires et fichons le camp d'ici une fois pour toutes. Cet endroit me rend nerveuse. »

Je l'observai un instant, essayant de déceler cette prétendue nervosité sur son visage, mais soit elle dissimulait mieux que moi, soit elle s'était aperçue de mon malaise au moment d'entrer dans le vaisseau et elle m'aidait à sauvegarder mon ridicule ego de mâle en prenant l'initiative de partir. Si j'avais dû parier, j'aurais misé sur la seconde hypothèse.

« D'accord, acquiesçai-je, soulagé de remonter à la surface. Sortons de ce putain de trou. »

36

« Entrez », fit la voix de Maximilian Pardo de l'intérieur de sa tente.

J'écartai le pan de toile qui faisait office de porte, et invitai Cassandra et Eduardo à passer devant moi.

Le millionnaire nous attendait, assis à une table pliante, ses doigts entrelacés posés sur un MacBook et une expression amère sur son visage soigné, comme s'il ressentait en cet instant précis les affres d'un ulcère à l'estomac. Carlos était debout derrière lui, sur la gauche. Il gardait les mains dans le dos et le regard fixé devant lui, avec un air d'indifférence affectée bien militaire.

Comparée à nos minuscules tentes individuelles, celle de Max tenait du chapiteau de cirque. Elle comportait un espace de travail, un lit de camp dissimulé par un rideau et même un petit appareil de climatisation qui ronronnait dans un coin.

Je ne pus éviter d'imaginer Max dans sa fameuse expédition polaire qui avait fait la une de nombreux magazines, suivi d'un cortège chargé d'un minibar, d'une cheminée et d'un jacuzzi.

Je suppose que cette évocation amena un vague sourire à mes lèvres, car Max me fixa soudain, sourcils froncés, donnant l'impression que son ulcère empirait.

« Auriez-vous l'amabilité de partager avec nous ce qui vous amuse tant, monsieur Vidal ? »

Exit la fausse cordialité, songeai-je.

« Rien du tout. Enfin, si, ajoutai-je en voyant quelques chaises pliantes rangées sur un côté de la tente, alors que nous étions toujours debout devant la table de Max. Ça me rappelle l'époque du lycée, quand j'étais convoqué chez le directeur. Je crois malgré tout que son bureau était un peu plus modeste.

— Je me demande pourquoi je n'ai pas de mal à imaginer la scène, pouffa Cassie.

— Moi, je n'ai pas besoin de l'imaginer, affirma Eduardo. Je me souviens bien quand ton père arrivait complètement furieux…

— Je ne vous ai pas fait venir pour évoquer vos souvenirs, le coupa sèchement notre hôte. Nous avons un problème.

— Un seulement ? fis-je, comme si j'étais effectivement un gamin dans le bureau du directeur.

— Vous êtes incapable de vous taire, n'est-ce pas ?

— Si, j'en suis capable. Mais je devine où va cette conversation et je n'aime pas votre façon de poser au patron furieux contre ses employés.

— Je vous garantis que ce n'est pas une pose.

— Et nous ne sommes pas vos employés, rétorquai-je. Nous sommes associés, si je me souviens bien. »

Max répondit sans presque bouger un seul muscle de son visage :

« Appelez ça comme vous voudrez. Le fait est que cette expédition a été un fiasco absolu. Une complète perte de temps et d'argent.

— Vous dites ça comme si c'était notre faute, objecta Cassie, le regard aiguisé.

— Vous voyez quelqu'un d'autre dont ce pourrait être la faute ?

— Ce n'est la faute de personne. Les informations étaient correctes, et le sous-marin nazi est bien là où il était censé être.

— Le sous-marin ? releva Max avec l'air presque amusé. Et qui s'intéresse à ce foutu sous-marin ? Ce que nous cherchions, c'est ce que vous prétendiez trouver *à l'intérieur* du sous-marin. »

Il prit quelques profondes respirations, comme s'il avait besoin de se calmer.

« Où sont les vestiges archéologiques de cette soi-disant civilisation perdue d'Amazonie ? Parce que, moi, je ne les ai pas vus.

— Soi-disant ? intervint Eduardo. Comment cela, *soi-disant* ? »

Max se rejeta en arrière sur sa chaise.

« Il se pourrait que ce que l'on dit de vous ne soit pas tout à fait faux.

— Êtes-vous en train d'insinuer que nous vous avons abusé ? dit le professeur.

— Ça y ressemble beaucoup, non ?

— Je vois, souffla Eduardo Castillo en secouant la tête avec incrédulité.

— Vous ne pouvez pas parler sérieusement ! répliqua Cassie en refrénant son indignation. Nous avons risqué notre vie pour trouver ce fichu sous-marin. Qu'aurions-nous à gagner à faire une chose pareille ?

— Je ne sais pas, moi, répondit Max. De la publicité ? Prolonger la fumisterie ? Pour commencer, vous avez reçu des milliers d'euros pour quelques semaines de travail.

— Allez vous faire foutre ! lançai-je avec un pas en avant pour venir m'appuyer sur sa table et le regarder bien en face. Vous voulez rejeter le blâme sur nous pour ne pas salir votre curriculum d'homme qui réussit tout ce qu'il entreprend, alors que vous étiez parfaitement au courant des risques encourus. Vous faites votre petit numéro comme si vous étiez filmé. » Je donnai un rapide coup d'œil autour de moi pour m'assurer que ce n'était pas le cas. « Combien de squelettes y a-t-il dans vos placards, monsieur Pardo ? Combien d'affaires foireuses dont vous avez accusé autrui ? Mais vous préférez faire la victime plutôt qu'admettre que les choses ne sont pas allées comme vous l'espériez, c'est ça ? »

Pardo attendit patiemment que j'aie achevé ma diatribe et, avec un rictus presque immuable, il dit :

« Vous avez fini ?

— Pour le moment », répliquai-je en jetant un regard en coin à Carlos, qui n'avait pas bougé d'un millimètre. Il semblait certain que je ne toucherais pas un cheveu de la tête de son patron.

Plus certain que moi, en tout cas.

« Je vous informe officiellement que l'expédition est annulée dès à présent, et que votre rémunération est suspendue.

— Mais nous n'avons pas encore trouvé les artefacts, insista Eduardo avec candeur. Ils sont peut-être près d'ici. Ils auraient pu être débarqués et... »

Max Pardo décroisa les doigts et leva les mains, juste assez pour le faire taire.

« Professeur Castillo, c'est terminé, assena-t-il d'une voix atone. Monsieur Bamberg vous accompagnera à l'aéroport de Walvis Bay cet après-midi même. Vous pourrez y prendre un avion pour rentrer à Barcelone.

— Et c'est tout ? fit Cassie. Je ne peux pas croire qu'après tout notre travail et tout ce que nous avons obtenu, cela finisse ainsi. Et le sous-marin ?

— Nous le recouvrirons de nouveau de sable.

— Comment ? Mais pourquoi ?

— Parce que nous sommes au milieu du parc national de Namib-Naukluft et que nous n'avons pas de permis de fouilles, intervint Carlos. Si nous parlons du sous-marin et de la façon dont nous l'avons découvert, nous aurons des problèmes du point de vue légal. Nous *tous*.

— Ce n'est pas possible, fit Eduardo en secouant la tête. C'est aberrant. Savez-vous la somme d'informations que pourrait encore renfermer l'U112 ? Le journal de bord du capitaine doit se trouver quelque part ; il pourrait mentionner où sont passées les pièces archéologiques. Peut-être l'endroit où elles ont été débarquées. Vous ne voyez pas qu'il est insensé de l'enterrer de nouveau et de faire comme s'il n'existait pas ? »

Sa voix avait des accents désespérés.

Maximilian Pardo prit tout son temps avant de parler, et je crus un moment qu'il réfléchissait aux arguments du professeur.

« Si vous n'avez rien d'autre à ajouter, dit-il en se levant, je vous suggère d'aller faire vos bagages. Vous partez dans une demi-heure. »

Si ce n'était Carlos, qui m'aurait démoli le portrait avant que je puisse porter la main sur son patron, j'aurais sauté à la gorge de ce crétin arrogant.

« Et si nous refusons de partir ? grognai-je entre les dents en serrant les poings.

— Je crois que vous ne m'avez pas compris, monsieur Vidal. Je ne suis pas en train de vous le demander. »

Le millionnaire sourit et regarda Carlos.

Celui-ci prit le micro de la radio accrochée au col de sa chemise et y chuchota quelque chose.

Immédiatement, deux « agents de sécurité » ouvrirent en grand la toile de l'entrée et pénétrèrent dans la tente, leurs armes bien en vue.

« Il n'y a aucun besoin d'en arriver là », protesta Eduardo.

Max nous indiqua la sortie en levant cette mâchoire parfaite qui me demandait à grands cris d'être déboîtée d'un coup de poing.

« Je vous souhaite un bon voyage de retour », lança-t-il en guise d'adieu.

Cassie, Eduardo et moi échangeâmes un coup d'œil, puis nous regardâmes les deux sicaires postés à l'entrée.

Manifestement, il n'y avait plus rien que nous puissions faire ou dire pour changer la situation.

« Partons », dis-je, bouillant de rage et de frustration.

Cassie et Eduardo hochèrent la tête, et nous nous disposâmes à sortir.

« Ah, une dernière chose, reprit Max, nous faisant tourner la tête à l'unisson. L'accord de confidentialité que vous avez signé est toujours en vigueur. Si vous dites un seul mot sur ce qu'il s'est passé ici ou sur ce que vous avez fait au cours de ces quelques semaines, mes avocats se chargeront de vous attaquer en justice et je m'assurerai que vous passiez le reste de votre vie à dormir près d'un guichet automatique. » Il fit une pause, avant d'ajouter : « Vous me comprenez ? »

Pour toute réponse, je me bornai à sourire et, affectueusement, lui montrai dans toute son extension le doigt de la salutation.

37

Dire que le voyage en tout-terrain à Walvis Bay fut inconfortable serait revenu à affirmer que les goulags de Staline auraient pu améliorer leur buffet. Sous un ciel gris, lourd et plombé, nous fûmes obligés de faire les cent vingt kilomètres de désert qui nous séparaient de Walvis Bay sans même une piste sur laquelle circuler... à l'exception de la plage, où la suspension du Humvee rebondissait sur chaque pierre, chaque bout de bois, chaque creux que nous rencontrions, nous secouant sur nos sièges pendant quatre heures, comme dans un interminable cycle de lave-linge.

Cela pour l'inconfort physique.

Mais il y avait l'autre. Celui de ruminer notre échec, de penser à tout ce qui était allé de travers et à tout ce qui irait mal à partir de là. En quelques heures, nous étions passés d'un optimisme enthousiaste à la déception, la colère et la frustration les plus absolues. Une coupe amère que nous buvions en silence dans une voiture qui ressemblait à un corbillard courant le Paris-Dakar.

C'était une chance que les plus de deux mètres de largeur du véhicule nous permettent de rester chacun dans son coin, sans obligation d'établir un contact visuel, ni d'ailleurs aucun contact. Chacun réfléchissait à sa façon au revirement de notre situation, et à ce que nous allions bien pouvoir faire à partir de là. Nous avions exactement les mêmes problèmes qu'un mois auparavant ; mais un accord de confidentialité pesait dorénavant sur nous comme une épée de Damoclès, et nous avions le moral en berne.

Nous nous sentions comme des naufragés qui, voyant un navire devant leur île, s'imaginent être sauvés, pour se rendre compte au dernier moment que leurs allumettes sont humides et qu'ils ne pourront pas faire le feu qui les signalerait au bateau... qui finit par s'éloigner.

Quoi que nous puissions dire, cela n'aurait fait qu'alimenter notre abattement ; et que Carlos soit au volant du Humvee n'arrangeait rien.

« Que s'est-il passé, à ton avis ? » lui demanda soudain Cassie, brisant plus de deux heures de silence.

Elle devait espérer que tous les moments que nous avions partagés lui donneraient droit à un peu de sincérité.

Ce ne fut pas le cas, évidemment.

« Je n'ai pas d'avis, mademoiselle Brooks, répondit-il sèchement.

— *No mames* ! Tu as bien vu : ton salopard de patron nous a chassés à coups de lattes.

— Je n'ai pas d'opinion au sujet de monsieur Pardo.

— Tu en as forcément une, mais tu ne veux pas la dire. »

Le Sud-Africain la regarda dans le rétroviseur, et haussa les épaules :

« Si vous le dites. »

J'étais assis sur le siège passager, mais j'entendis Cassie grommeler à l'arrière, tandis qu'elle se tournait vers sa fenêtre :

« Connard…

— Qui paye les violons choisit la musique, c'est cela ? dit alors le professeur, comme si cela expliquait tout.

— Effectivement », confirma Carlos.

L'historien se pencha en avant, levant un doigt accusateur.

« Eh bien, vous pourrez lui dire que…

— Ça suffit, l'interrompis-je en me retournant sur mon siège. Inutile de s'en prendre à lui. Laissons-le conduire et c'est tout. Rien de ce que nous lui dirons ne pourra changer les choses. Carlos est juste un pauvre type payé par Max. Qu'il lui fasse la même chose qu'à nous n'est qu'une question de temps. »

Eduardo lâcha un bruyant soupir – j'ignore s'il était censé être d'approbation ou de consolation – et se rencogna sur la banquette.

Je vis que Carlos m'observait du coin de l'œil sans que je sache s'il m'était reconnaissant de lui épargner les accusations de mes compagnons, ou plutôt irrité par mes mots. C'était un mercenaire et il se fichait royalement de nous ; mais il m'avait aussi sauvé la vie, et cela équilibrait la balance. Même s'il l'avait fait dans son propre intérêt.

N'ayant plus rien à ajouter, je me bornai à regarder devant moi, où l'essuie-glace peinait à évacuer les projections de mer et de sable qui maculaient le pare-brise comme si on nous jetait des seaux d'eau.

Le crépuscule s'installait lorsque nous arrivâmes enfin au modeste bourg de Walvis Bay. Le Humvee s'arrêta devant le Pelican Bay, un joli hôtel de la chaîne Marriott, près de Flamingo Lagoon. Il n'y avait là ni flamants roses ni pélicans, mais un jardin à la pelouse soignée et des palmiers que je faillis aller serrer dans mes bras. Après tant de jours passés en mer et dans le désert, à respirer les effluves des excréments de phoques et mastiquer du sable, ceci m'apparaissait comme une version réduite du paradis.

« Monsieur Pardo vous a réservé des places sur le vol de demain matin pour Windhoek, annonça Carlos en sortant nos sacs pour les déposer sur le sol. Les chambres pour la nuit et l'avion pour Barcelone sont payés également. »

Et il resta debout près de l'énorme tout-terrain, comme s'il attendait des remerciements, ou un pourboire.

Cassie et Eduardo ramassèrent chacun son bagage, et se dirigèrent vers l'accueil sans lui adresser la parole.

Je les imitai et leur emboîtai le pas ; mais, au bout de quelques mètres, je m'arrêtai et me retournai : il était toujours là, planté à côté du véhicule, comme s'il voulait s'assurer que rien de mal ne nous arriverait pendant que nous traversions le jardin, ou que nous ne prenions pas la poudre d'escampette. Ou peut-être les deux.

« Merci de m'avoir sauvé la vie », dis-je en guise d'adieu.

Pour toute réponse, le colosse hocha la tête, remonta dans la voiture, et partit.

Ce fut à cet instant, tandis que je voyais le Humvee s'éloigner à grand bruit dans la rue, que je pensai que cette aventure venait de prendre fin.

Évidemment, je me trompais, comme d'habitude.

Deux heures plus tard, nous étions dans le restaurant de l'hôtel, peu avant la fermeture des cuisines. Il n'était pas encore vingt-deux heures, mais il paraissait que, selon les standards namibiens, cela équivalait à trois heures du matin.

Il n'y avait personne d'autre dans le salon lorsque Cassie et moi descendîmes de notre chambre pour y retrouver le professeur, qui regardait son ordinateur portable avec une expression absorbée.

« Salut, prof ! » saluai-je en arrivant.

Il leva les yeux de l'écran et battit des paupières, comme si cela faisait un bon moment qu'il y était scotché.

« Ah, bonsoir. Asseyez-vous, asseyez-vous », dit-il en nous montrant l'autre côté de la table.

Plus que nous asseoir, nous nous écroulâmes sur nos chaises. Pour ma part, j'étais si fatigué que je n'aspirais qu'à manger quelque chose, boire une ou deux bières, et remonter m'évanouir dans mon lit jusqu'au matin suivant.

Le serveur était apparu dès que mes fesses avaient touché le siège, et, après avoir pris notre commande avec une célérité qui mettait en évidence l'envie qu'il avait de nous voir décamper, il repartit par où il était venu.

« Comment allez-vous, professeur ? s'enquit Cassie. Je ne sais pas ce que vous êtes en train de faire, mais vous m'avez l'air drôlement intéressé. »

Eduardo la regarda par-dessus son portable. Ses yeux étaient un peu rouges derrière ses lunettes d'écaille.

« C'est effectivement très intéressant.

— Ah oui ? De quoi s'agit-il ? »

Le professeur retourna son ordinateur pour nous en montrer l'écran.

Je sentis mon sang se glacer dans mes veines.

« C'est… c'est…, bégayai-je.

— C'est la Vénus de Willendorf, précisa-t-il. Elle est d'une facture très similaire à la statue que nous avons vue dans la Cité noire. Sauf que l'autre faisait dix mètres de haut, et celle-ci, dix centimètres à peine. »

La photo montrait une petite sculpture en terre qui représentait une femme aux formes exagérément opulentes : hanches et seins énormes, gros ventre à la vulve proéminente, tête sans visage et pieds minuscules. Une image complètement innocente, mais qui m'évoquait les moments les plus angoissants de ma vie.

« C'est un archétype de la déesse de la fertilité, poursuivait Eduardo. Une figure vieille de plus de trente mille ans et trouvée sur les rives du Danube.

— La Déesse-Mère, ajouta Cassie. Ce symbole de la féminité du Paléolithique se retrouve dans tout le monde, avec de légères variantes, mais toujours avec la femme comme source de toute vie. »

J'écoutais les paroles de Cassie, mais l'image qui s'imposait à mon esprit était celle d'une statue masculine qui lui ressemblait énormément, couverte de sang et entourée de restes humains.

La Mexicaine devina à quoi je pensais, et elle posa la main sur la mienne, m'arrachant à ma transe.

« Et pourquoi regardez-vous ceci maintenant ? Cela appartient au passé, dis-je, légèrement irrité qu'il évoque ce sujet après la journée éprouvante que nous avions eue.

— Oui, bon… » Il se gratta la nuque et plissa les lèvres. « Je voulais justement en parler avec vous.

— Vous n'envisagez quand même pas de retourner à la Cité noire ? m'exclamai-je avec incrédulité.

— Y retourner ? Grands dieux, non ! Je ne retournerais pas là-bas pour tout l'or du monde.

— Alors ? De quoi parlez-vous ? » demanda Cassie.

Eduardo regarda autour de nous sans beaucoup de discrétion ; puis, s'étant assuré qu'il n'y avait personne à proximité, il glissa la main dans la poche de sa veste pour en sortir un objet enveloppé dans un mouchoir en coton, qu'il déposa avec tout un luxe de précautions sur la table. Ensuite, il ouvrit lentement le mouchoir, comme s'il écartait de délicats pétales neigeux. Alors, sous nos yeux, fleurit une statuette d'un blanc opalin, qui ressemblait étonnamment à celle que nous venions de voir à l'écran.

« *Caramba* ! s'écria Cassie, qui se rejeta en arrière sous l'effet de la surprise. Mais… comment ? D'où… ?

— Du sous-marin, répondit-il à voix basse d'un air de conspirateur. Je l'ai trouvée dans la cabine du capitaine. »

38

« J'ai fouillé dans les tiroirs, expliqua Eduardo à voix basse, comme s'il croyait qu'il y avait des micros sous la table. Par curiosité.

— Vous cherchiez un souvenir à emporter », interprétai-je.

Il ouvrit la bouche pour protester, mais se ravisa.

« Eh bien, oui, cela aussi, reconnut-il.

— Et où l'avez-vous trouvée ? demanda Cassie.

— Précisément au fond d'un tiroir, dans une petite boîte en bois remplie de copeaux et de bouts de papier. Mais comme elle ne tenait pas dans ma poche, je l'ai laissée là-bas.

— Vous devriez avoir honte ! souris-je, sincèrement surpris de cette audace qui ne lui ressemblait pas. Si vous aviez été pris, Max nous aurait infligé une de ses fameuses attaques en justice.

— Eh bien… je trouvais vraiment dommage de partir les mains vides, se justifia-t-il avec un regard timide. Et puis, de toute façon, Max n'aurait… »

Il s'interrompit soudain et jeta une serviette sur la statuette. Deux secondes après, j'entendis les pas du garçon derrière moi.
Tandis qu'il nous servait le dîner, ses yeux se posaient avec curiosité sur la serviette qui recouvrait un objet qu'il ne pouvait pas voir. Nous étions peut-être trop méfiants, mais nous préférions ne pas courir de risques. Cassandra attendit qu'il soit parti pour dégager la statuette, avide de l'examiner de nouveau.

« Vous avez bien fait de l'emporter, approuva-t-elle en baissant la tête pour l'admirer à ras de la table. Elle est superbe. »

L'ordinateur était toujours ouvert sur la nappe, et mon regard allait de la Vénus de Willendorf découverte en Autriche, joyau du Musée d'Histoire naturelle de Vienne, à celle qui se trouvait devant moi, sous les lampes du restaurant.

Leurs similitudes étaient plus qu'évidentes. Bien que la seconde soit un peu plus stylisée, la sculpture plus polie, et qu'elle soit pourvue d'un petit socle rond qui lui permettait de tenir debout, toutes deux représentaient manifestement le même sujet.

« Elle est plus que cela, réagit le professeur avec retard. Ce pourrait être ce que nous cherchions.

— Vous voulez dire…, avançai-je prudemment, que cette figurine pourrait venir de la Cité noire ? »

L'historien ouvrit les mains, me mettant au défi de trouver une autre explication : « D'où viendrait-elle, sinon ? Nous savons, d'après les journaux que nous avons traduits, que les pièces archéologiques de la Cité noire étaient destinées à l'U112, n'est-ce pas ?

— C'est possible, mais elles n'étaient pas dans le sous-marin, objectai-je.

— C'est vrai. Mais peut-être que cela ne s'est finalement pas fait ; ou bien elles auraient pu avoir déjà été débarquées lorsqu'il a été coulé, pourquoi pas ? En tout cas, ce n'était probablement pas leur premier voyage.

— Suggérez-vous que le capitaine du sous-marin aurait pu *soustraire* cette pièce d'une cargaison précédente ? intervint Cassie.

— Il aurait pu aussi la recevoir en cadeau, ajouta Eduardo.

— Ou alors c'est un souvenir qu'il a acheté un jour qu'il visitait ce musée de Vienne où se trouve l'originale », dis-je.

Ils se tournèrent tous deux vers moi, l'air sceptique.

« Vous être en train d'assumer que la statuette vient de la Cité noire, expliquai-je. Mais il n'y a aucun moyen de le savoir. Je me trompe ? En fait, elle aurait aussi bien pu être sculptée par le capitaine lui-même pendant son temps libre, comme un hobby. »

Cassie arqua un sourcil.

« C'est ce que tu penses ? Que le capitaine d'un sous-marin passait ses loisirs à façonner des représentations préhistoriques de la déesse de la fertilité ?

— D'accord, d'accord, cédai-je en levant les mains. Je n'ai rien dit.

— De plus, ajouta-t-elle, cette figurine est en albâtre.

— Je croyais que c'était du marbre, dis-je en lui donnant un petit coup d'ongle.

— Ça y ressemble, mais l'albâtre est plus ductile et plus délicat, expliqua-t-elle tout en repoussant ma main pour m'empêcher de la toucher. C'est une des raisons pour lesquelles les antiques l'utilisaient pour leurs sculptures. »

Le professeur lui jeta un regard surpris.

« Ah, oui ? Je ne me souviens pas en avoir vu beaucoup.

— C'est vrai, il n'en reste pas beaucoup. Leur rareté se doit au fait que l'albâtre a un problème : il est soluble dans l'eau.

— Sérieux ?

— Pas comme un cachet effervescent, précisa-t-elle en voyant la tête que je faisais, mais au bout de plusieurs siècles, bien sûr. C'est pour cela qu'il y en a si peu. »

La question suivante était inévitable.

« Mais alors… Pourquoi celle-ci aurait-elle subsisté ? Est-ce que ce n'est pas une preuve qu'elle ne peut pas être aussi ancienne ?

— Tu as raison, dit le professeur, mais elle a peut-être été conservée extrêmement soigneusement, à l'abri de l'humidité.

— Pendant trente mille ans ? Si l'eau peut la dissoudre, dans la Cité noire, au beau milieu de l'Amazonie, elle n'aurait pas duré un an. Il y a quatre-vingt-dix-neuf pour cent d'humidité partout, peu importe à quel endroit.

— C'est vrai, reconnut Cassie, l'air déçu. Il est peu probable que la sculpture vienne de là-bas. Et si toi, tu as été capable d'arriver à cette conclusion, n'importe qui le pourra.

— Diable, je ne sais pas comment prendre ça, répliquai-je, vexé.

— Mais alors… si la statuette ne vient pas de la Cité noire, reprit Eduardo, elle ne nous servira pas à démontrer quoi que ce soit. Elle ne prouve en rien que nous avons dit la vérité.

— Si cela peut vous consoler, professeur, dit Cassie, elle ne pouvait pas nous servir, encore qu'elle ait porté un sceau disant *"Made in Cité noire"*. Vous savez bien comment ça marche : tout dépend du gisement et de la documentation de la découverte. Même si nous avions trouvé un millier de pièces dans le sous-marin, il aurait fallu convaincre la communauté scientifique que ce n'étaient pas des faux. Avec une unique pièce, dont nous ne pouvons prouver ni la provenance ni l'âge, je crois qu'il sera difficile d'être pris au sérieux. Sans compter que notre crédibilité n'est pas au mieux de sa forme. »

Tandis qu'elle parlait, sa boutade à propos du sceau « *Made in Cité noire* » me trottait dans la tête.

Et si…

Sur une impulsion subite, je tendis la main et saisis la figurine.

« Non ! Qu'est-ce que tu fais ? protesta Cassie en me touchant l'épaule pour que je la lâche. Elle est très délicate !

— Je sais. Je veux juste vérifier quelque chose. »

Je retournai la statuette tête en bas pour regarder dessous. Mais, bien entendu, il n'y avait aucune marque visible.

« Vraiment ? siffla la Mexicaine en comprenant. *La gran diabla* ! Le coup du sceau, c'était une blague ! »

Déçu, je caressai du bout des doigts la surface du socle. À la différence de la sculpture elle-même, la base était un peu irrégulière, comme si l'on n'avait pas voulu prendre la peine de polir des marques de ciseau sur la pierre. Je fermai les yeux pour me concentrer sur le sens du toucher.

« C'est peut-être écrit en braille ? ironisa le professeur.

— Chut… Je crois qu'il y a quelque chose.

— Je ne vais pas me faire avoir », me prévint Cassie, voyant venir une de mes plaisanteries.

Je l'ignorai, et ouvris les yeux :

« Il me faut du papier et un crayon. »

Convaincus l'un et l'autre que je finirais par dessiner quelque obscénité avant de leur demander si c'était de l'écriture « péniforme » ou quelque chose du même genre, ils se bornèrent à m'adresser un sourire condescendant et à attendre que je me fatigue tout seul.

Je cherchai autour de moi quelque chose qui puisse m'être utile ; mes yeux se posèrent alors sur l'assiette de colin à l'encre de calmar posée devant Eduardo et qu'il n'avait pas encore touchée.

« Désolé, prof, dis-je en prenant ma serviette pour la tremper dans la sauce noire. C'est pour la science.

— Mais enfin ! » protesta-t-il.

Devant un professeur déconcerté et sous le regard horrifié de Cassie, qui avait porté les mains à sa poitrine dans un geste de complète impuissance, je badigeonnai d'encre de calmar la base de la statuette avant de la presser sur la nappe blanche, comme si j'imprimais un tampon.

Bouche bée, mes compagnons avaient perdu la parole devant ce sacrilège, tels deux muséographes voyant quelqu'un peindre une moustache à la Joconde.

« Qu'est-ce que tu as fait ? balbutia Cassie en se prenant la tête dans les mains.

— Un instant », rétorquai-je. Je pressai une dernière fois mon « tampon » en priant pour ne pas m'être fourvoyé.

Alors, je soulevai doucement la statuette et la reposai sur le mouchoir qui l'avait enveloppée. Mais les yeux de mes amis ne la regardaient plus : ils étaient fixés sur la tache d'encre arrondie que je venais de laisser sur la nappe. À l'intérieur de cette tache noire, on pouvait distinguer un dessin fait de main d'homme.

Je n'avais aucune idée de ce que c'était, mais c'était manifestement *quelque chose*.

Et à la tête que fit Cassie en le voyant, *quelque chose* de révélateur.

39

Cassandra examinait la base de la statuette, et la comparait à la marque laissée sur la nappe de lin.

« C'est incroyable, murmura-t-elle pour la troisième ou quatrième fois. Si je n'étais pas en train de le voir de mes propres yeux, je n'y croirais pas.

— Ce symbole signifie quelque chose pour toi ? demanda le professeur, qui semblait aussi déconcerté que moi.

— Incroyable, répéta-t-elle, comme étrangère à la question d'Eduardo.

— Si, très incroyable, lançai-je pour attirer son attention. Mais, pourrais-tu nous expliquer pourquoi ? Tu connais la signification de ce symbole ? »

L'archéologue leva les yeux, comme si elle avait effectivement oublié notre présence.

« C'est le symbole du *tyet* », affirma-t-elle.

Mais, devant notre air perplexe, elle ajouta :

« Regardez la forme générale. Que vous rappelle-t-elle ? »

Je reportai de nouveau mon attention sur le symbole, m'efforçant cette fois de le voir comme un dessin et non comme une abstraction.

« C'est une femme, déclara Eduardo avec assurance. C'est une représentation schématisée de la femme.

— Vraiment ? fis-je, stupéfait, en collant presque le nez sur la nappe. Où voyez-vous cela ?

— Tu le regardes à l'envers, m'informa Cassie en traçant du doigt un cercle sur la table. Mets-toi de l'autre côté. »

Il me fallut un instant pour comprendre ce qu'elle voulait dire, mais je suivis son conseil et fis le tour de la table pour me placer à côté du professeur. Et elle était là.

Le symbole était en réalité un dessin stylisé d'une femme, avec la tête un peu trop grande, et des bras qui pendaient sur les côtés, parallèles aux jambes. Mais oui, cette image aurait parfaitement pu fonctionner sur la porte de toilettes publiques.

« Le *tyet*, reprit Cassie, est une représentation de la féminité, de la vie et du bien-être. C'est assez logique de le voir sur une sculpture qui symbolise la déesse de la fertilité, bien que ce soit quelque chose d'absolument inexplicable.

— Inexplicable ? releva le professeur. Pourquoi, exactement ?

— Parce qu'il s'agit de deux cultures que séparent des dizaines de milliers d'années, répliqua-t-elle comme si c'était l'évidence même. Imaginez un pont qui relierait deux croyances qui n'ont jamais été en rapport l'une avec l'autre, comme si on trouvait un bouddha à l'intérieur d'une pyramide inca.

— Attends un peu, l'interrompit le professeur. Veux-tu dire que ce symbole, le *tyet*, ne correspond pas à l'époque de la statuette ?

— Non. Le *tyet* est d'origine… égyptienne, lâcha-t-elle comme qui annonce qu'elle est enceinte à la table d'un dîner de famille. Le *tyet*, connu également sous le nom de "nœud d'Isis", est censé appartenir à la période prédynastique égyptienne, vieille d'environ six mille ans. Mais ceci… » Exaltée, elle s'empara de la figurine d'albâtre. « Ceci change tout ! »

J'avais beau voir Cassie tenir la statuette comme si elle venait d'obtenir l'Oscar à la meilleure actrice, je n'arrivais pas à assimiler l'importance que semblait avoir cet objet. Je suppose que c'est l'inconvénient d'être un peu abruti.

« C'est… c'est impressionnant, murmura le professeur à côté de moi, soulignant mes lacunes. Tu en es sûre ?

— Voyez vous-même. »

Cassie tapa quelque chose sur le clavier du portable et le retourna.

L'écran montrait la page que Wikipédia consacrait au *tyet*. En marge d'un texte assez long sur son origine égyptienne et sa signification, il y avait une photo du symbole gravé en or, trouvé dans la tombe de Toutankhamon.

Il n'y avait aucun doute : c'était exactement le même.

« Mon mémoire de fin d'études, nous expliqua-t-elle tandis que nous lisions, portait sur les fouilles sous-marines dans le port d'Alexandrie. J'ai donc beaucoup étudié l'Égypte antique, son histoire, sa symbolique, ses mythes et tout ça.

— D'accord, dis-je en achevant de lire l'article. Nous avons une figurine de dix centimètres qui représente une déesse d'il y a trente mille ans, dont la base comporte une inscription en égyptien d'il y a... disons, six mille ans ? Correct ?

— Correct.

— Bien. »

Je m'efforçai d'assembler les pièces dans mon esprit.

« Et son importance réside dans le fait qu'il s'agisse de croyances et d'époques très éloignées entre elles, et de lieux qui le sont tout autant, c'est cela ?

— C'est ça.

— Mouais. Eh bien, je ne comprends pas. C'est-à-dire, je comprends que c'est incohérent, mais, quelle conclusion en tirer ? Que ce symbole du *tyet* serait plus ancien qu'on ne le pense et qu'il était déjà utilisé à la préhistoire ? Ou bien, qu'un Égyptien a trouvé cette statuette de la déesse de la fertilité et a eu la bonne idée de graver le symbole d'Isis sous le socle ? Dans un cas comme dans l'autre, je ne crois pas qu'il y ait de quoi s'exalter. »

Cassie me regarda comme si j'étais un grand-père qui demande où il peut acheter un peu de cet Internet dont tout le monde parle.

« Ça, c'est vrai. Tu ne comprends pas.

— Ce pourrait être d'une grande importance, précisa Eduardo sans condescendance. Ce serait un chaînon manquant entre les cultes paléolithiques et les égyptiens, un trait d'union qui connecterait les origines de la croyance en un surnaturel à la religion judéo-chrétienne actuelle.

— Vous voulez dire à la religion égyptienne, notai-je, pensant qu'il s'était trompé.

— Non, Ulysse. Selon la théorie généralement acceptée, la religion judéo-chrétienne est une évolution de la religion de l'Égypte antique : Yahveh, le Saint-Esprit, Jésus Christ et la Sainte Vierge sont en fait les dieux égyptiens Amon, Râ, Horus et Isis. Sous une forme différente, et adaptés à la tradition juive, mais ce sont essentiellement les mêmes.

— Sérieux ? dis-je avec stupéfaction. Je n'en avais aucune idée.

— Comme presque personne, si cela peut te consoler. Ce n'est pas un détail que les théologiens chrétiens aiment beaucoup divulguer.

— Donc, résumai-je en me grattant une barbe de plusieurs jours, cela signifierait que cette statuette de la déesse de la fertilité avec le symbole d'Isis est la version égyptienne de la Vierge Marie, c'est ça ?

— Une version très, très ancienne, précisa-t-il.

— Ce qui veut dire que, si nous remontons encore dans le temps, la Sainte Vierge des chrétiens ne serait pas autre chose que l'évolution de la déesse de la fertilité du Paléolithique, datant de dizaines de milliers d'années, dis-je en poursuivant mon raisonnement.

— Un peu ironique, non ? Que le symbole primordial de la féminité et de la fertilité ait fini par devenir une femme vierge qui accouche sans avoir eu de rapport sexuel. C'est peut-être bien pour ça que tout est allé de travers depuis », lança Cassie avec une grimace.

Je ne pouvais que lui donner raison. Manifestement, à un tournant de notre histoire, nous avions cessé d'adorer la déesse féminine de la fertilité et de la vie pour vénérer le dieu masculin du péché et du châtiment.

Effectivement, c'était peut-être bien le moment où tout avait commencé à aller de travers.

« Assumons que la statuette est d'origine égyptienne, dit le professeur en ôtant ses lunettes pour les nettoyer avec sa chemise. Mais je me demande vraiment ce qu'elle faisait dans un sous-marin qui transportait des objets de la Cité noire. Quelle serait la relation ? Ce ne peut pas être un hasard.

— Vous avez une idée pour le découvrir ?

— Peut-être en fouillant à fond l'U112, suggéra-t-il, songeur.

— Oubliez ça, prof. Nous n'allons pas y retourner. »

Le vieil ami de mon père me jeta un regard contrarié.

« Mais si nous la montrons à Max Pardo, nous pourrions peut-être le convaincre que l'expédition n'a pas été un fiasco et faire qu...

— Faire qu'il nous donne un autre coup de pied au cul, le coupai-je. Il commencera par vous intenter un procès pour avoir emporté la statuette sans lui en demander l'autorisation, et après, il nous renverra là où nous sommes maintenant, mais les mains vides. Non, prof, contacter Max est une mauvaise idée.

— Sans intention de créer un précédent, intervint Cassie en me regardant du coin de l'œil, je suis d'accord avec Ulysse. On ne peut pas se fier à ce connard. Nous ne pouvons pas permettre qu'il soit au courant de ceci.

— Alors, si nous ne disons rien, que voulez-vous faire ? » demanda Eduardo en écartant les bras en signe d'ignorance.

Cassie se pencha sur la table dans une attitude de conspiratrice :

« Dès que nous serons chez nous, nous chercherons des archéologues spécialistes du Paléolithique de toute l'Europe pour qu'ils nous confirment qu'il s'agit bien d'une représentation de la déesse de la fertilité. Ensuite, nous pourrions la rendre publique et informer de sa relation avec le culte d'Isis. Alors, il se pourrait que la communauté scientifique nous écoute. » Elle nous regarda alternativement, et, impatiente : « Qu'est-ce que vous en pensez ? »

Eduardo claqua la langue, peu convaincu.

« Personne ne nous croira, affirma-t-il.

— Sans compter que dès que cela sera rendu public, ajoutai-je, Max Pardo l'apprendra et nous attaquera en justice pour rupture de contrat, appropriation indue et manque de respect.

— Ouais, acquiesça Cassie en penchant la tête. Ça pourrait être un problème.

— Alors, ne le rendons pas public, suggérai-je. Tout simplement.

— Il faudra bien le faire à un moment où un autre, répondit le professeur. Si nous présentons la statuette à des chercheurs pour qu'ils nous confirment son âge et sa provenance, quelqu'un parlera, qu'on le veuille ou non.

— Eh bien, ne la montrons pas aux chercheurs.

— Et quelle est ton idée, Ulysse ? demanda Cassie en croisant les bras. T'en servir comme presse-papiers à la maison ? »

Je me laissai absorber un instant par ces prunelles vert émeraude avant de répondre posément :

« Je ne crois pas non plus que nous devrions rentrer chez nous.

— Quoi ?

— Qu'est-ce que tu racontes ? »

Leurs visages étaient des images vivantes de la stupéfaction. J'aurais presque pu voir des points d'interrogation flotter au-dessus de leurs têtes.

« Je dis que je ne vois pas l'utilité de retourner à Barcelone, si c'est seulement pour passer des mois ou des années à chercher des scientifiques à qui quémander un fichu sceau d'approbation. Nous avons un brelan d'as en main, et très peu de jetons, ajoutai-je en désignant la statuette. Pourquoi ne pas les jouer à quitte ou double ? Misons le maximum. Si nous perdons, nous ne perdrons pas grand-chose ; mais si nous gagnons…

— Tu m'excuseras, Ulysse, m'interrompit le professeur Castillo, mais pourrais-tu mettre de côté tes métaphores de joueur de poker et préciser à quoi tu fais référence quand tu parles de "miser le maximum" ?

— Nous avons un peu d'argent, non ? dis-je en les regardant. Avec ce que Max nous a payé, nous pouvons réunir quelques milliers d'euros à nous trois. » Comme ils ne disaient rien, je considérai que mon calcul était correct. « Alors, au lieu de rentrer chez nous les dépenser lentement, en laissant passer le temps, je propose que nous les utilisions pour faire nous-mêmes les recherches concernant notre petite divinité d'albâtre.

— Je suis perdue, déclara Cassie. Es-tu en train de nous suggérer de retourner au sous-marin ?

— Non. Je doute que nous puissions rien y trouver dont Max ne se sera pas déjà emparé. Et puis, nous ne pourrions pas non plus nous en approcher, même si nous le voulions. Ce que je vous propose, c'est d'aller à l'endroit d'où nous croyons que provient la statuette, chercher s'il y en a d'autres comme elle, et tâcher de découvrir la relation avec la Cité noire. En définitive, tirer sur le fil pour voir où il nous mène.

— L'endroit d'où nous croyons qu'elle provient ? répéta Eduardo. Veux-tu dire… ? »

Je me carrai sur mon siège, bras croisés, et respirai profondément avant de répondre :

« L'Égypte, prof, déclarai-je sans plus de circonlocutions. Nous devons nous rendre en Égypte. »

TROISIÈME PARTIE

La déesse

40

C'était notre troisième avion de la journée, et enfin, après dix interminables heures de vol et deux escales, à Windhoek et Johannesburg, le commandant de l'Airbus A330 d'EgyptAir annonça, dans un anglais sommaire et avec l'accent russe, que nous allions entamer notre descente vers l'aéroport international du Caire.

L'éclairage intérieur de la cabine s'alluma, et le calme silencieux des passagers se transforma peu à peu en un brouhaha impatient et des courses plus ou moins discrètes pour arriver le premier aux lavabos.

À ma gauche, drogué au Valium jusqu'aux sourcils, le professeur dormait, la tête contre le hublot. Avec un coussin de voyage autour du cou, un masque sur les yeux et des bouchons dans les oreilles, il était complètement étranger à l'activité croissante qui l'environnait. Le pilote aurait dû retourner l'avion le ventre en l'air pour le réveiller. Et encore.

À ma droite, Cassie, quant à elle, s'étirait comme un chat après une longue sieste.

« *Qué onda* ? fit-elle en bâillant, s'apercevant que je la regardais.

— Tu es ravissante quand tu te réveilles », déclarai-je.

La jolie Mexicaine se passa les mains sur le visage et rouvrit les yeux en louchant un peu. Ses lèvres s'étirèrent en un sourire encore ensommeillé.

« Merci. Qu'est-ce que tu fais ? Tu lis ? demanda-t-elle en voyant que j'avais mon Kindle entre les doigts.

— Plus ou moins. J'ai dû relire trois fois le même chapitre, mais je n'arrive pas à me concentrer.

— Ouais. Moi aussi j'ai passé un bon moment sans pouvoir m'arrêter de penser. À propos, quelle heure est-il ? » Elle regarda sa montre : « *Caramba* ! Cinq heures du matin ! Et tu n'as pas réussi à dormir ?

— Un peu.

— Et lui ? demanda-t-elle en se penchant légèrement pour voir le professeur.

— Lui, beaucoup ! Un jour, il mourra pendant le vol et nous ne le saurons qu'au moment de descendre de l'avion.

— Quelle horreur ! » protesta-t-elle en m'envoyant son coude dans les côtes. Puis elle jeta un coup d'œil au couloir et ajouta :

« Commence à le secouer pendant que je vais aux toilettes avant d'atterrir.

— D'accord, répondis-je en sonnant l'hôtesse pour commander deux Red Bull. Procédure de réanimation activée. »

Une heure plus tard, bagages récupérés, livres égyptiennes en poche, cartes SIM locales dans nos portables, et le professeur marchant plus ou moins tout seul, nous franchîmes le dernier contrôle de l'aéroport et arrivâmes à la sortie. Une bonne cinquantaine de chauffeurs patientaient, levant des affiches de leurs hôtels respectifs avec le nom de leurs clients. Parmi eux, un jeune homme à l'air endormi tenait un bout de carton où l'on pouvait lire les mots « Mr Vibal » griffonnés au marqueur.

« Je crois que c'est le nôtre, fit Cassie en se tournant vers moi, "Mister Vibal".

— Il a quatre lettres sur cinq, ce n'est pas si mal.

— Hein ? Que se passe-t-il ? demanda un Eduardo encore vaseux et somnolent.

— Rien, prof, dis-je en lui posant la main dans le dos. Notre chauffeur est là. Nous serons à l'hôtel dans un moment.

— Ah, oui… bien sûr, dit-il en dodelinant de la tête, comme s'il se rappelait tout juste où il était. Magnifique. »

Nous échangeâmes de brèves salutations avec notre chauffeur qui, avec son tee-shirt aux couleurs du Barça, ses tongs et son acné, paraissait n'avoir même pas atteint l'âge légal pour conduire, et nous le suivîmes jusqu'à une fourgonnette d'un rouge éteint qui devait être plus vieille que moi. On aurait pu le prendre pour le typique étudiant à qui son père offre la voiture la moins chère du concessionnaire pour le récompenser d'avoir réussi son examen d'entrée à l'université.

Mais il était six heures du matin et le voyage nous avait éreintés : personne ne fit de commentaire. Nous aspirions seulement à arriver à l'hôtel au plus vite et nous écrouler sur un lit.

Par chance, la circulation des lève-tôt est rarement chargée, et notre chauffeur imberbe nous conduisit en à peine plus d'une demi-heure dans le quartier d'Abdeen, où il s'arrêta devant un immeuble décrépi qui devait avoir connu son époque d'élégance. Sur la porte principale, une affiche modeste : « Pensione Roma »

« Enfin ! s'écria le professeur. J'avais hâte d'être arrivé ! J'ai faim. Vous croyez que nous pouvons avoir un petit-déjeuner ? Sinon, j'ai vu une cafétéria juste à côté. Elle sera certainement ouverte. J'avalerais un bœuf. Et vous ? Vous n'avez pas faim ? »

Il avait à peine repris sa respiration. Cassie se tourna vers moi avec un air de reproche.

« Je t'avais dit qu'un seul Red Bull c'était assez.

— Ouais, acquiesçai-je en claquant la langue. Ça lui fait peut-être un peu trop de caféine.

— Un peu ? Regarde-le. »

Eduardo traînait sa valise sur le trottoir à toute vitesse, comme si l'hôtel était sur le point de fermer.

« Allez ! nous exhortait-il tandis qu'il montait l'escalier. Qu'est-ce que vous attendez ? Nous avons beaucoup à faire ! Il faut aller au musée des Antiquités ! Et aux pyramides ! Et le Sphinx, je veux voir le Sphinx ! Et puis la Vallée des rois ! Et le temple de... », continuait-il alors qu'il avait déjà franchi le portail.

La Mexicaine ferma les yeux et secoua la tête.

« Tu t'en occuperas *toi* jusqu'à ce qu'il soit calmé, déclara-t-elle en m'enfonçant le doigt dans la poitrine. Et pas question de lui donner un autre Valium pour compenser, je te connais.

— Loin de moi cette idée ! me récriai-je en levant les mains pour protester de mon innocence.

— Ouais, bien sûr », murmura-t-elle avec méfiance.

Et, se retournant, elle partit à son tour vers l'hôtel à la suite de l'impatient professeur.

Peu de choses sont aussi déconcertantes que de rêver qu'on vous appelle par votre nom et de se réveiller en découvrant que c'est réellement le cas.

« Ulysse ? Cassandra ? Toc, toc. » Une pause. Et, de nouveau : « Coucou ? Toc, toc. Vous êtes là ? »

La voix du professeur Castillo m'arrivait un peu étouffée, mais les coups secs de ses doigts contre le bois résonnaient dans ma tête comme des coups de marteau.

« Vous dormez ? demanda-t-il en baissant légèrement le ton, comme s'il venait d'y songer.

— Plus maintenant, répondit Cassie, à côté de moi.

— Que se passe-t-il, prof ? bafouillai-je, la langue pâteuse.

— Non, rien. C'est qu'il est déjà deux heures, ajouta-t-il timidement, et j'ai pensé que vous pourriez avoir faim. »

J'ouvris la bouche pour lui répondre que ce que j'avais, c'était sommeil, mais mon estomac prit les devants pour donner son avis en grondant.

« En fait, oui, avouai-je.

— Laissez-nous cinq minutes, dit Cassie.

— D'accord. Je vous attends à la réception. »

Je tournai la tête sur mon oreiller, et je la regardai, allongée près de moi en sous-vêtements, qui se frottait les yeux pour se réveiller. Inconsciente de sa beauté chiffonnée.

« Bonjour… »

Elle se tourna vers moi.

« Je croyais que tu devais rester avec lui jusqu'à ce qu'il soit un peu redescendu, fit-elle avec un coup d'œil vers la porte.

— Moi aussi. Mais ce n'est manifestement pas le cas. »

En bougeant la tête, je réalisai que je portais les mêmes vêtements depuis la Namibie.

Cassie se redressa :

« Bon, on se lève ?

— Et si nous lui disions d'attendre dix minutes, suggérai-je en posant la main sur la sienne avec un clin d'œil. Ou plutôt, quinze. »

Elle hocha la tête et se pencha comme pour m'embrasser… au lieu de quoi elle fronça le nez.

« Ça me paraît bien, chuchota-t-elle d'une voix sensuelle. Comme ça, tu auras le temps de te doucher et te changer. Tu pues.

— Mais enfin ! protestai-je en approchant de mes narines le tissu de ma chemise. Ce n'est quand mê... »

Je m'interrompis. Elle avait raison : je puais comme si je cachais un chat mort sous mon tee-shirt.

« Je crois que je vais la prendre, cette douche, déclarai-je en sautant du lit pour aller vers la salle de bain.

— Excellente idée », me félicita Cassie.

Je m'arrêtai à la porte de la salle de bain et me tournai vers elle :

« Si je fais vite, nous pouvons encore avoir quelques minutes pour nous, suggérai-je d'une voix insinuante.

— Ce que tu peux être lourdingue ! s'écria-t-elle en me jetant un oreiller. Fiche le camp une fois pour toutes.

— Ça, ce n'est pas un "non" », rétorquai-je en esquivant l'oreiller.

Je la vis tendre la main vers la lampe de chevet, cherchant un nouveau projectile.

« D'accord, d'accord, dis-je en levant les mains en signe de reddition. Je sais comprendre à demi-mot. »

Finalement, nous mîmes bien plus de quinze minutes à nous rendre à la réception, mais le professeur ne parut pas s'en formaliser. Nous le trouvâmes accoudé au comptoir, en train de bavarder avec animation avec une vieille dame à la chevelure blanche, aux gestes vifs et au sourire facile, dans un baragouin qui mêlait italien, espagnol et catalan.

« Oh, vous êtes là. Je vous présente la *signora* Otavia, la propriétaire du Roma, dit-il en accompagnant ses paroles de la main.

— *Buonasera*, salua la femme avec un sourire qui démultiplia les rides de son visage aimable. *Tutto bene ? Sei contento della stanza?*

— *Tutto bene*, merci, répondis-je.

— Vous n'allez pas le croire, mais la *signora* Otavia vit au Caire depuis plus de trente-cinq ans, et savez-vous qui elle connaît, personnellement ? demanda l'historien avec enthousiasme.

— Non, dis-je, mais je suis sûr que vous mourez d'envie de nous le dire.

— Zahi Hawass ! s'exclama-t-il en ouvrant de grands yeux. Zahi Hawass lui-même ! Otavia vient de parler avec sa secrétaire et elle va essayer de nous obtenir un rendez-vous avec lui.

— Quoi ? lança Cassandra, subitement aussi excitée que lui. Avec Hawass ? C'est sérieux ?

— C'est comme je vous le dis, confirma-t-il avec exultation.

— Tu entends ça ? s'écria la jeune femme en se tournant vers moi. Nous allons rencontrer Zahi Hawass !

— Oui, c'est super. »

J'étirai les lèvres, m'efforçant de mettre un peu d'enthousiasme dans ce sourire.

Cassie recula d'un pas et me regarda comme quand elle s'aperçoit que j'ai bu la dernière bière du réfrigérateur.

« Tu n'as aucune idée de qui il s'agit, n'est-ce pas ? affirma-t-elle.

— Un *youtubeur* célèbre ?

— Zahi Hawass a été ministre des Antiquités égyptiennes, renifla le professeur. C'est en outre un des archéologues les plus célèbres et influents du monde. C'est comme... le Lionel Messi de l'égyptologie, tu comprends ?

— Le Messi de l'égyptologie, répétai-je, m'efforçant de combiner ces deux concepts dans ma tête.

— Exactement, confirma-t-il, fier de son analogie. Le plus important, c'est que nous nous sommes épargné des jours, peut-être même des semaines, à devoir mener nos propres recherches et solliciter des rendez-vous. Rencontrer Otavia a été une chance incroyable. *Grazie mille*, ajouta-t-il en se tournant vers cette dernière avec une inclinaison de tête.

— *Felice di aiutarti*, répondit la propriétaire de la pension. *Quando mi confermerai dall'ufficio di Zahi, te lo farò sapere.*

— Génial, dis-je en me frottant les mains. Et pendant que nous attendons des nouvelles, qu'est-ce que vous diriez d'aller manger quelque chose ?

— Otavia m'a recommandé un restaurant italien, au coin de la rue, déclara le professeur. Qu'est-ce que vous en pensez ?

— Ça roule ! J'ai très envie d'un bon plat de pâtes avec un verre de vin rouge.

— Alors n'y a pas à en discuter davantage, conclus-je. Allons déjeuner. Et mettre au point ce que nous dirons à ce monsieur Hawass...

et comment nous ferons pour qu'il ne nous jette pas dehors à coups de pied aux fesses. »

Quelques minutes plus tard, nous étions installés dans le restaurant, attendant qu'on nous apporte la carte, quand le téléphone du professeur se mit à vibrer sur la table.

« Allo ? Ah, *ciao, Otavia* », ajouta-t-il au bout d'un instant.

Nous entendions la voix de la femme comme un bourdonnement inintelligible dans l'appareil, tandis qu'Eduardo acquiesçait en silence, intervenant de temps en temps avec un « ah, ah » ou un « je comprends ».

Peu à peu, au cours de la conversation, son visage perdait de son animation, et la courbe de son sourire s'effaçait progressivement.

Quand Otavia cessa de parler, Eduardo avait la tête de quelqu'un qui vient d'ouvrir une lettre recommandée de l'inspection des impôts.

« *Grazie mille, Otavia* », dit-il enfin, avant de raccrocher.

Il resta silencieux quelques instants, l'air songeur.

« Eh bien ? s'impatienta Cassie.

— Zahi Hawass ne pourra pas nous recevoir, assena-t-il sans prendre de gants.

— Oh !

— Ils ne doivent pas être aussi amis qu'elle le croyait, jugea-t-il avec un haussement d'épaules.

— Alors ? demandai-je.

— Par chance, on nous propose une solution de remplacement : un rendez-vous avec le conservateur général du Musée égyptien.

— Bon, cela ne me paraît pas mal, non ? fis-je en regardant Cassie.

— Pas mal du tout, confirma la Mexicaine.

— Oui. Ce n'est pas comme rencontrer Hawass, mais cela pourrait même être mieux, reconnut Eduardo. Zahi Hawass n'est pas précisément connu pour son ouverture d'esprit face aux théories alternatives.

— Alors, c'est parfait. Quand avons-nous rendez-vous ? dis-je tout en levant la main pour appeler le serveur.

« — Aujourd'hui même. Il nous attend à dix-sept heures, dans son bureau, au Musée, dit-il en regardant sa montre. Nous avons donc un peu plus de deux heures devant nous pour réfléchir à ce que nous allons lui dire, et comment nous allons le lui dire », ajouta-t-il en se penchant sur la table, les doigts croisés.

41

La bonne demi-heure de trajet entre la pension Roma et le Musée égyptien de la place Tahrir, nous la passâmes à parler de la manière dont nous allions affronter le rendez-vous qui nous attendait et qui pouvait décider de notre avenir immédiat.

Il ne s'agissait pas de simplement sortir de notre poche la statuette d'albâtre pour la poser sur la table. Si nous voulions que le conservateur du musée nous aide à en découvrir l'origine, nous devions faire en sorte qu'il nous prenne au sérieux, et prier pour qu'il n'ait pas au préalable cherché nos noms sur Internet.

Je m'efforçais de me concentrer sur les brillants arguments historico-archéologiques grâce auxquels mes compagnons pensaient capter l'intérêt du conservateur, mais je levais parfois les yeux pour observer autour de moi, frappé par cette ville en ébullition à cette heure de l'après-midi.

Les édifices du centre du Caire étaient étonnamment similaires à ceux que l'on peut voir à Paris, Barcelone ou Buenos Aires. De nobles constructions du début du XXe siècle, hautes de six ou sept étages, au caractère indubitablement européen ; l'impression de marcher dans le quartier de Montparnasse ne se dissipait que lorsqu'on prêtait attention aux enseignes des commerces, évidemment écrites en arabe.

Et aussi quand on se rendait compte que les immeubles étaient dans un triste état.

Que ce soit à cause des assauts obstinés du sable du désert qui encercle la ville, de la pollution, ou du manque de moyens pour l'entretenir, la métropole tout entière dégageait une mélancolique atmosphère de laisser-aller post-apocalyptique. Comme si, du jour où ces édifices avaient été achevés, nul n'avait jamais pris la peine de les nettoyer ou d'en réparer les vitres brisées. Cela me rappelait ces documentaires qui présentent grâce à des montages ce que deviendraient certaines villes si les humains disparaissaient du jour au lendemain.

Encore que, soyons justes, étant moi-même de ceux qui attendent qu'il pleuve pour que la voiture se lave toute seule, je n'avais pas vraiment le droit de crier au scandale pour la vieille couche de crasse et de poussière qui recouvrait Le Caire comme un linceul.

Remontant ainsi la rue Ksar Al Nile en partageant mon attention entre les déités préhistoriques dont parlaient mes amis et l'agitation croissante des Cairotes à mesure que s'avançait l'après-midi, nous débouchâmes sur la place Tahrir avec presque vingt minutes d'avance.

Face à nous, de l'autre côté de la place, s'élevait un immense édifice bâti en pierre calcaire rose, entouré d'une vingtaine d'autocars touristiques, tels des bateaux multicolores abandonnés devant les plages de Normandie après le Débarquement.

« Le voilà, soupira un professeur aussi ému qu'un alpiniste voyant pour la première fois le mont Everest se dessiner au loin. Le Musée égyptien.

— Superbe, renchérit Cassie, la main en visière pour se protéger du soleil. Je ne sais pas pourquoi je ne suis jamais venue.

— Moi, je me demande comment nous allons traverser, déclarai-je en tournant la tête à droite puis à gauche.

— Qu'est-ce que tu veux dire ? s'étonna Eduardo.

— Regardez. »

Quatre artères convergeaient à l'endroit où nous nous trouvions. L'une d'elles – une avenue à double sens dont le nombre de voies était difficile à évaluer – était un véritable fleuve de voitures qui se déplaçaient à toute vitesse dans un concert de klaxon. Ce flot ne s'arrêtait que brièvement, quand le feu passait au vert pour laisser les véhicules des autres rues accéder à l'avenue. Alors, les voitures de ces trois artères fonçaient comme des taureaux impatients à l'ouverture des portes des torils de Pampelune à la San Fermin.

Il n'y avait pas un seul passage piéton en vue, et la circulation frénétique ne s'arrêtait pas un instant. Essayer d'atteindre l'autre côté de l'avenue sain et sauf semblait aussi faisable que de franchir le Niagara à vélo.

« *Caramba*… souffla Cassie. Et moi qui croyais que le trafic de Mexico était terrible.

— Il doit y avoir une passerelle quelque part, aventura le professeur en cherchant au loin. Les gens doivent bien traverser d'une façon ou d'une autre, non ?

— En effet, répondis-je en voyant un piéton se diriger vers nous depuis le trottoir opposé, mais je ne sais pas si ça va vous plaire. »

Sans s'inquiéter de la circulation délirante, comme s'il n'y avait là qu'un troupeau de moutons moelleux, l'homme s'engageait sur l'avenue, presque sans regarder, d'un pas ferme et les yeux fixés droit devant lui.

Je me demandai brièvement si ce n'était pas un candidat au suicide qui n'avait pas envie d'aller jusqu'au pont sur le Nil, mais, sous mes yeux ahuris, le type avait atteint sans problème la division entre les deux sens de circulation et poursuivait son chemin comme si de rien n'était, ignorant le concert de klaxons qui se déchaînait autour de lui ; il se permit même de jeter un coup d'œil à son téléphone, ce qui me parut le comble de la provocation.

« Tu déconnes…, entendis-je Cassie murmurer à côté de moi.

— Cela ne se peut pas », souffla Eduardo à son tour.

Mais, si, cela se pouvait.

Les véhicules freinaient à peine pour l'éviter tandis que l'homme se faufilait dans l'espace minimal qui séparait les hypothétiques voies – aucune ligne n'était peinte sur l'asphalte –, et personne ne semblait s'étonner de ce comportement téméraire.

Et lorsque je vis une femme entreprendre de traverser avec la même désinvolture en tenant deux enfants par la main, je compris enfin que, tout démentiel que cela paraisse, c'était ainsi que l'on traversait les rues du Caire.

« Bande de cinglés », dis-je à voix basse en secouant la tête.

Mais il fallait me rendre à l'évidence : s'ils pouvaient le faire, moi aussi. Alors, les yeux fixés sur le trottoir d'en face, je levai le menton et fis un « pas de la foi » en avant.

« Uniquement dans le saut depuis la tête du lion pourra-t-il prouver sa valeur », récitai-je pour moi-même en espérant que ce ne seraient pas mes dernières paroles.

« Attends ! » entendis-je le professeur crier dans mon dos.

Je n'attendis pas. Dès lors que j'avais commencé à traverser, il était plus dangereux de m'arrêter que de continuer.

Les voitures laissaient tout juste l'espace minimum pour ne pas m'entraîner, me frôlant à quelques centimètres tandis que des insultes se noyaient dans la cacophonie des coups de klaxon. Qu'un seul conducteur se trompe dans son évaluation de la vitesse et la distance, ou soit distrait en regardant son portable, et la moitié du parc automobile du Caire me passerait dessus.

Pas après pas, avalant ma salive, je franchis l'avenue en m'efforçant de conserver une certaine dignité ; mais les conducteurs devaient sentir la peur, et à une ou deux reprises, je dus presser le pas ou faire un bond pour ne pas être emporté.

Au bout d'une éternité, me sembla-t-il, à toréer au milieu de ces taureaux sur roues, j'arrivai enfin de l'autre côté, tel un naufragé atteignant la grève.

« Putain… »

Appuyé sur mes genoux, je poussai un soupir soulagé, croyant à peine à ma réussite.

Mon cœur battant à grands coups dans ma poitrine, je me tournai pour prendre toute la mesure de mon exploit. Et, stupéfait, je vis Eduardo et Cassie qui, les yeux exorbités et avec de grands gestes indignés, m'avaient emboîté le pas à travers cette ruée démentielle de véhicules aussi délabrés que la ville qui les entourait.

Finalement parvenus tous les trois sains et saufs sur le bon trottoir, nous franchîmes le premier contrôle de sécurité qui précédait le deuxième contrôle de sécurité, puis le guichet pour acheter les tickets et le troisième contrôle de sécurité, juste devant l'entrée principale du musée.

« Ce qu'ils peuvent être assommants, commenta le professeur avec contrariété tandis qu'il déposait une fois de plus ses objets personnels dans un plateau en plastique avant de passer sous le portique détecteur de métaux.

— Les Égyptiens ne prennent pas à la légère les menaces du terrorisme islamique, dis-je. S'il y avait un attentat et que des étrangers soient assassinés ici, il faudrait des années pour que le tourisme se récupère.

— Si c'était le cas, je ne sais pas si ces types serviraient à grand-chose, remarqua Cassie en regardant les deux vigiles armés avachis sur leurs chaises avec l'air de se barber.

— Avec un peu de chance, les terroristes n'oseront pas traverser cette rue », fis-je avec un geste du pouce vers l'arrière.

Les dernières formalités accomplies et nos billets en main, nous montâmes le court escalier qui conduisait à l'entrée du musée, dont nous franchîmes l'énorme porte de bois pour rester cloués sur place. Un « ooooh » de stupéfaction s'échappa de la bouche d'un d'entre nous. Moi, probablement.

Verrières et fenêtres déversaient dans un hall colossal de véritables colonnes de lumière, rendues presque tangibles par les particules de poussière en suspension. Comme si les lois de la physique ne s'appliquaient plus à l'intérieur, cette lumière de fin d'après-midi semblait être devenue palpable, conférant à la scène une atmosphère onirique d'une beauté extraordinaire.

Où qu'il se tourne, le regard se posait sur des statues de pharaons oubliés, sur des sphinx, des sarcophages, de petites pyramides d'un mètre de haut, des stèles couvertes de hiéroglyphes indéchiffrables… Des centaines de pièces, des sculptures ancestrales, occupaient tout l'espace, comme l'arrière-boutique d'un antiquaire affecté du syndrome de Diogène.

Et ce n'était que le hall.

À droite et à gauche, on devinait des couloirs et des escaliers qui invitaient à l'exploration, tels des chemins qui conduiraient vers d'autres ères, des milliers d'années en arrière.

Je n'avais jamais vu un musée comme celui-là ; pour la bonne raison qu'il n'existe aucun musée qui lui ressemble.

Ce n'était pas un endroit où l'on regarde dans une vitrine quelques fragments de poteries ou une poignée de pièces romaines. Ici, l'Histoire s'imposait, sans appel, oppressante et merveilleuse, comme la présence écrasante d'Amenhotep III et de la reine Tiyi sous la forme de statues hautes de sept mètres qui nous observaient du fond de la galerie.

« Sainte Vierge… c'est incroyable ! bredouilla le professeur avec fascination.

— Comment est-ce possible que je ne sois jamais venue ici ? s'interrogea Cassie. C'est… c'est…

— À tomber sur le cul, déclarai-je.

— À tomber sur le cul, confirma-t-elle.

— Je pourrais y rester des semaines, reprit Eduardo qui regardait partout comme un enfant à Disneyland.

— Des mois, renchérit Cassie dont les yeux brillaient comme des étoiles, peut-être même des années.

— Je veux bien vous croire, répliquai-je en jetant un coup d'œil à ma montre, mais pour l'instant, nous devons y aller. Notre rendez-vous est dans dix minutes, et il faut encore trouver le bureau du conservateur. »

42

Il nous fallut bien des tours et détours, et après nous être renseignés auprès de trois personnes qui nous donnèrent trois réponses différentes, nous arrivâmes finalement devant la porte assez vétuste d'un bureau, au sous-sol de l'édifice. Une plaque de métal toute simple nous confirma que nous étions au bon endroit.

« Tu es sûr que c'est ici ? demanda le professeur, un peu étonné.

— C'est ce qui est écrit sur la plaque : Dr Sabah Abdel-Razek. Conservateur général.

— Eh bien, on dirait plutôt la porte d'un placard à balais. »

Le son d'une voix qui parlait en arabe nous parvint de l'autre côté. Quelqu'un, semblait-il, avait une discussion assez intense au téléphone.

« D'accord, fit le professeur, cela élimine le placard à balais, mais je ne sais pas si nous arrivons au bon moment.

— Possible, dis-je, mais nous n'en aurons pas d'autres. »

Et je toquai à la porte.

« *Udkhul* ! » répondit la voix altérée.

Nous échangeâmes des regards déconcertés.

« Et qu'est-ce que ça veut dire ? demanda Cassie. Entrez ? Foutez le camp ?

— J'ai peur qu'il n'y ait qu'un moyen de le découvrir », dis-je.

Je saisis la poignée, ouvris la porte… et poussai Cassandra la première. Lorsqu'elle réalisa, la jeune femme avait déjà un pied dans le bureau.

« Bonjour, dit-elle en anglais en s'accrochant au chambranle comme si elle craignait que je la pousse plus loin. Je suis Cassandra Brooks. Je crois que nous avons rendez-vous. »

En regardant par-dessus son épaule, je vis un homme d'âge moyen qui portait une chemise bleue tachée de sueur et de petites lunettes rondes encastrées dans un visage trop large. Son épais sourcil noir – qui ressemblait à une moustache au-dessus du nez – s'arqua de surprise à l'irruption de la jeune Mexicaine.

Apparemment, « *udkhul* » devait signifier « un moment » ou « n'entrez sous aucun prétexte ».

« Un instant », répondit-il également en anglais en plaçant la main sur le combiné.

Revenant à l'arabe, il prit congé de son interlocuteur et raccrocha avec mauvaise humeur.

« S'il vous plaît », nous invita-t-il du geste.

Obéissants, nous entrâmes et allâmes nous planter devant lui, comme trois étudiants turbulents envoyés chez le directeur.

« Merci de nous recevoir », dit la Mexicaine, avec un sourire suave et un regard qui facilitaient généralement beaucoup les formalités lorsqu'elle avait devant elle le typique spécimen du genre masculin.

À cette occasion, pourtant, le spécimen fit à peine attention à elle.

En revanche, il me détailla de haut en bas, comme un éleveur de bétail sur le point d'acheter une vache.

Désarçonné, je me sentis légèrement violenté, et je compris alors ce que les femmes doivent supporter sans cesse. Être regardé comme un morceau de viande n'a rien d'agréable.

« Je vous prie de m'excuser, dit-il en se levant et nous désignant les deux chaises devant son bureau. Le déménagement des pièces au nouveau musée est un véritable cauchemar logistique.

— Ce n'est rien, docteur Abdel-Razek, l'assura Cassie avec un sourire. Je vous présente Eduardo Castillo et Ulysse Vidal, ajouta-t-elle en se tournant vers nous.

— Enchanté, répondit-il en me regardant fixement quelques secondes de plus qu'il n'était strictement nécessaire, mais je ne suis pas le docteur Abdel-Razek. Je suis le docteur Sedik, assistant du secrétaire du conservateur général.

— Mais, sur la porte…, s'étonna Eduardo avec un geste vers celle-ci.

— Oui, c'est son bureau. Mais comme je vous disais, le déménagement vers le nouveau musée est une opération complexe et le docteur Abdel-Razek est surchargé ; il m'a donc demandé de m'occuper de vous. »

Et, se rasseyant sur le fauteuil de cuir noir qui montrait des marques d'usure :

« Dites-moi, en quoi puis-je vous être utile ? »

L'assistant du secrétaire du conservateur, me répétai-je in petto. *Pour un peu, c'était le concierge qui nous recevait.*

Cassie et le professeur échangèrent un regard et je sus qu'ils pensaient exactement la même chose.

Eduardo s'éclaircit la gorge :

« Bien… hum… Nous vous remercions de nous avoir reçus, mais… quand pourrions-nous voir le conservateur du musée ? »

L'assistant du secrétaire du conservateur croisa les doigts et nous sourit avec componction.

« Je suis désolé, s'excusa-t-il courtoisement, mais le docteur Abdel-Razek sera très occupé durant les semaines à venir. Pour le moment, je suis le seul qui puisse vous recevoir… et pas bien longtemps. » Il ouvrit les mains pour nous désigner la montagne de papiers qui s'étalait sur son bureau. « Comme vous pouvez le voir, je suis moi aussi débordé. Je ne peux vous consacrer que deux minutes.

— Deux minutes ? répéta le professeur, déçu.

— Mais… c'est quelque chose d'important. Très important, insista Cassandra. »

Le docteur Sedik hocha légèrement la tête, comme s'il partageait leur déception.

« Nous comprenons, intervins-je. Mais nous avons fait le voyage depuis l'Espagne tout spécialement pour ce rendez-vous. Vous ne pouvez pas vous imaginer combien nous vous serions reconnaissants si vous pouviez nous consacrer plus de temps. »

Sur ces mots, je pris mon portefeuille dans la poche de mon pantalon, et, comme si c'était la chose la plus naturelle du monde, je comptai puis posai sur la table vingt billets de cent livres égyptiennes. Assez près pour qu'il puisse évaluer d'un coup d'œil le montant du bakchich, et assez loin pour qu'il ne puisse pas l'atteindre sans se pencher.

« Nous vous serions très reconnaissants, je vous assure », insistai-je, parachevant ma phrase de mon plus faux sourire et d'un regard qui se voulait séducteur.

J'aimerais croire que l'intensité de mes prunelles avait pesé dans la balance, mais la vérité était que l'attention du fonctionnaire était tout entière accaparée par le petit tas de billets à l'effigie du Sphinx de Gizeh.

Après les quelques instants de réflexion de rigueur, un sourire indulgent apparut sur les lèvres de l'Égyptien qui se leva, lissa les pans de sa chemise, et demanda aimablement :

« Connaissez-vous le Musée égyptien, monsieur Vidal ? »

Quelques minutes plus tard, seul le bruit de nos pas s'entendait dans les couloirs d'un musée à présent vidé de ses touristes. À cette heure de fin d'après-midi, la clarté du jour déclinait derrière les verrières et l'éclairage principal s'éteignait à mesure que nous avancions dans les galeries, ne laissant que celui des issues de secours et les spots des vitrines, qui illuminaient sculptures de déités ou masques funéraires auxquels ils arrachaient des fulgurances d'or et de pierres précieuses. J'ignorais si c'était l'effet recherché, mais cela donnait à ces lieux une atmosphère terriblement cinématographique ; je m'attendais presque à voir surgir Allan Quatermain poursuivi par les hordes du méchant roi Twala.

« Chaque soir, depuis dix ans, je fais ce même parcours », dit le docteur Sedik tout en marchant, les mains dans le dos, caressant des yeux les vitrines remplies de sarcophages qui allaient du sol au plafond. « Cela me manquera quand il faudra déménager au nouveau musée.

— Le Musée égyptien est devenu un temple en soi », observa Eduardo en effleurant du bout des doigts le buste d'un pharaon inconnu.

Le docteur Sedik le regarda et hocha la tête. L'image lui plaisait visiblement.

« Vous avez peut-être raison. Au fait, ajouta-t-il au bout d'un moment en se tournant vers nous, en quoi puis-je vous être utile, exactement ? »

Ce fut Cassie qui prit l'initiative :

« Eh bien, le motif de notre visite, c'est que nous voudrions en apprendre le plus possible sur la déesse Isis. En particulier en ce qui concerne son origine.

— Sur Isis ? fit Sedik en secouant légèrement la tête. Je regrette beaucoup, mais je ne suis pas expert en mythologie. Je n'en sais pas plus que ce que vous pourriez trouver dans un bon livre thématique.

— Oh ! souffla Cassie, incapable de dissimuler sa déception. Je croyais que…

— Il y avait dans l'Égypte antique environ cinquante déités principales, et encore plus de divinités secondaires et tertiaires, expliqua l'Égyptien. C'est un domaine à part entière qui est malheureusement très éloigné de ma spécialité.

— Je vois, murmura Cassie, qui se tourna vers nous et ouvrit les mains en un geste de résignation.

— Vous avez des statues d'Isis, ici, au musée ? demandai-je soudain.

— Oui, évidemment. L'exposition sur la déesse Aset se trouve au rez-de-chaussée.

— Aset ?

— Aset est son nom égyptien. Le nom d'Isis lui a été donné par les Grecs.

— Pouvons-nous aller la voir ? s'enquit Eduardo. L'exposition, en bas…

— Je ne sais pas… hésita notre cicérone en regardant sa montre. Il nous faudrait un bon moment.

— S'il vous plaît, docteur Sedik », insistai-je.

Il me fixa longuement, et je craignis un instant qu'il soit en train d'attendre que je l'invite à dîner ou quelque chose de ce genre.

Par chance, après quelques minutes d'un silence gênant, il fit ce geste universel qui consiste à se frotter les doigts, et ce qu'il voulait vraiment apparut alors clairement.

Je sortis mon portefeuille et lui tendis mille livres de plus.

« D'accord, accepta-t-il sans enthousiasme tout en fourrant l'argent dans sa poche de chemise. J'ai encore quelques minutes. »

À la suite du vénal fonctionnaire, nous descendîmes les escaliers et traversâmes quelques salles dans la pénombre, jusqu'à une nouvelle pièce, que rien ne différenciait des précédentes, avec ses grandes vitrines remplies d'objets le long des murs, et quelques vitrines plates.

Il y avait si peu de lumière, au rez-de-chaussée, que l'on distinguait à peine leur contenu ; prenant mon téléphone dans ma poche, j'en allumai la lampe et le dirigeai vers une de celles-ci.

Les reflets sur le verre ne permettaient pas de voir clairement, mais je pus distinguer une figure féminine stylisée, en pierre noire ; elle était assise et tenait un enfant dans les bras ; sur sa tête, quelque chose qui ressemblait à des cornes de vache et une espèce de disque. Plus ou moins la même image que m'aurait montrée Google si j'avais tapé « Isis » dans la barre de recherche.

Le fonctionnaire nous désigna la vitrine qui occupait le centre de la salle.

« La voilà. La déesse Aset, connue plus tard sous le nom d'Isis. Fille de Râ, mère d'Horus et épouse d'Osiris. Déesse de la royauté, de la magie, de la sagesse et du ciel, personnifiée par l'étoile Sirius dans la voûte céleste, déclara-t-il avec un geste vers le ciel comme si nous n'en étions pas séparés par un toit. Les traces de son culte remontent à presque cinq mille ans. À l'origine, elle était invoquée pour des incantations de guérison et des rites funéraires, mais, au cours des siècles, elle a évolué jusqu'à devenir la déité la plus influente du panthéon égyptien.

— Influente ? Dans quel sens ? demanda le professeur Castillo.

— Prenez la Vierge Marie, par exemple : ce n'est pas autre chose que l'adaptation judéo-chrétienne de la déesse Isis, expliqua le docteur Sedik. Le disque solaire au-dessus de sa tête et sa représentation portant son fils Horus dans les bras se retrouvent directement dans l'iconographie chrétienne. Si vous y réfléchissez, vous verrez qu'il y a une image d'Isis dans toutes les églises du monde, et c'est certainement la figure la plus adorée et la plus idolâtrée après Jésus-Christ. Si cela n'est pas être influente…

— Syncrétisme religieux, marmonna Eduardo.

— En effet », confirma l'Égyptien.

En écoutant le docteur Sedik nous parler de la relation entre la Vierge Marie et Isis, j'évoquai les processions de la Semaine sainte en Espagne. Je me demandais ce qu'en penseraient les pénitents qui portent les *pasos* sur leurs épaules, si quelqu'un leur disait qu'ils transportent la déesse Isis sans le savoir.

L'idée ne manquait pas de sel.

Autour d'elle, dans la même vitrine, plus d'une vingtaine d'autres représentations de la déesse étaient disposées : assise, debout, sans cornes, avec des cornes – je me demandai si son divin époux aurait eu quelque chose à préciser à ce sujet –, avec son enfant, sans enfant, et plusieurs variantes, mais elle apparaissait essentiellement sous la forme d'une femme grande et mince.

Rien à voir avec *notre* déesse de la fertilité.

« Euh…, grognai-je, le nez collé à la vitre, vous ne l'auriez pas en grande taille ?

— Pardon ?

— Un peu plus… opulente, répondis-je en me redressant et ouvrant les bras pour suggérer des hanches larges. Une Isis plus en chair, disons.

— Vous plaisantez, cilla le muséographe avec incrédulité, essayant de déterminer si je me moquais de lui.

— Nous aimerions savoir, intervint Cassie avant qu'il n'arrive à une déduction erronée, si vous connaissez une représentation d'Isis moins svelte que celles-ci.

— Je ne vois pas où vous voulez en venir, argua-t-il, déconcerté. Toutes celles de l'exposition sont très similaires, vous pouvez le constater vous-mêmes.

— Et celles qui ne sont pas exposées ? s'enquit Eduardo. Tous les musées conservent la grande majorité de leurs pièces dans leurs magasins et n'en exposent qu'une partie. C'est certainement aussi le cas du Musée égyptien.

— Oui, évidemment. Nous avons énormément de pièces entreposées. Certaines le sont depuis plus d'un siècle, et des milliers d'entre elles ne sont même pas cataloguées.

— Et il ne pourrait pas s'y trouver une Isis taille XXL ?

— Je n'ai pas la moindre idée de ce qu'il y a dans les sous-sols du musée, avoua-t-il avec un haussement d'épaules.

— Et qui pourrait le savoir ? » demandai-je.

Sedik recula d'un pas et croisa les bras, affichant soudain une expression méfiante que même la pénombre de la salle n'empêchait pas de remarquer parfaitement.

« Qu'est-ce que vous cherchez, exactement ?

— Montre-lui », dit Eduardo, avec un geste vers le petit sac à dos que je portais.

Ôtant les bretelles, je le déposai sur le sol. Je m'accroupis devant et ouvris la fermeture éclair. Puis j'y glissai la main et en sortis une boule de papier journal que j'effeuillai précautionneusement, jusqu'au moment où, telle la naissance de la Vénus de Botticelli, s'épanouit entre mes doigts la neigeuse sculpture d'albâtre, représentant la déesse de la fertilité à l'aube de l'humanité.

267

Je n'espérais pas une réaction spectaculaire de la part de l'assistant du secrétaire du conservateur, ni que ses yeux se remplissent de larmes émues à la vue de la statuette, mais je ne m'attendais pas non plus à ce que le type fasse la même tête que si je lui avais montré un souvenir bon marché comme ceux vendus à la boutique du musée.

Croyant qu'il n'avait peut-être pas bien vu, je fis un pas en avant pour me rapprocher.

Mais non. Aucune réaction.

Il se borna à y jeter un coup d'œil avant de nous regarder, l'air interrogateur.

La situation était si absurde qu'un silence gêné s'installa, et se prolongea plus longtemps qu'il n'était raisonnable selon les règles de la courtoisie.

« Qu'est-ce... qu'est-ce que vous en pensez ? » se lança le professeur.

Toute l'argumentation érudite que nous avions préparée en chemin avait tourné en eau de boudin avant même de commencer.

« Vous aviez déjà vu quelque chose de semblable auparavant ? » demanda Cassie en montrant la statuette.

L'assistant du secrétaire du conservateur y jeta un nouveau coup d'œil, et secoua la tête.

« Non, jamais, répondit-il sans hésitation. C'est pour *ça* que vous êtes venus ? » Et la façon dont il le disait révélait le tour qu'allait prendre la conversation.

« Regardez bien, dit le professeur en saisissant la figurine. C'est une pièce unique, une déesse de la fertilité en albâtre, qui pourrait avoir plus de vingt mille ans. Et voyez ici, ajouta-t-il en la retournant pour lui montrer la base. C'est le symbole de la déesse Isis, n'est-ce pas ?

— C'est un *tyet*, sans le moindre doute », intervint Cassie avant que l'Égyptien ne réponde.

Mollement, l'homme s'approcha.

« On dirait, confirma-t-il sans paraître surpris.

— Et cela ne vous semble pas étrange ? Un symbole égyptien sur une déesse du Paléolithique ?

— Sculptée dans l'albâtre, comme beaucoup d'autres pièces que vous avez ici, souligna le professeur en montrant la galerie par où nous étions arrivés.

— Les sculptures en albâtre ne sont pas l'apanage de la culture égyptienne, lui rappela le docteur Sedik.

— En revanche, le symbole du *tyet* l'est, observa Cassie.

— Êtes-vous en train de suggérer que cette sculpture est égyptienne ? demanda-t-il, du ton que prendrait quelqu'un qui s'attend à une réponse négative.

— C'est juste ce que nous pensons, et la raison pour laquelle nous sommes ici. Nous devons découvrir son origine. Quand, où, et par qui elle a été créée.

— D'où votre intérêt pour trouver une Isis volumineuse ?

— S'il existait dans les magasins du musée une pièce similaire, il serait plus facile de la dater et d'en confirmer la provenance, raisonna Eduardo.

— Je vois..., murmura Sedik pour lui-même, comme s'il s'efforçait de ne pas perdre patience. Et où l'avez-vous eue, exactement ? Dans des fouilles ? Ne me dites pas qu'un soi-disant archéologue vous l'a vendue en prétendant l'avoir découverte dans une tombe que personne ne connaît et qu'il doit la vendre pour nourrir ses sept enfants.

— Nous ne sommes pas des touristes stupides, répliquai-je, irrité par son attitude méprisante. Cassandra est une archéologue reconnue, et monsieur Castillo est un historien renommé. Je ne vous demande pas de les croire, mais seulement de les écouter avec attention et sans préjugés.

— Je les écoute, rétorqua l'Égyptien, mais vous ne m'avez toujours pas dit où vous l'avez obtenue.

— En Namibie, déclara le professeur avant que je puisse l'en empêcher. Nous l'avons trouvée en Namibie, à l'intérieur d'un sous-marin nazi enterré dans le désert. »

L'assistant du secrétaire éclata de rire, et se reprit quand il se rendit compte qu'il ne s'agissait pas d'une plaisanterie.

Il fixa longuement Eduardo, comme s'il attendait qu'il se mette à rire lui aussi. Puis, après quelques secondes, ses yeux se tournèrent vers Cassandra et moi-même, en quête d'une hilarité complice qu'il ne trouva pas.

« Vous parlez sérieusement, affirma-t-il avec incrédulité, comme si nous venions de lui dire que la Terre est plate.

— C'est une longue histoire, s'empressa de préciser Cassie avant qu'il nous jette dehors. Il s'agit d'un sous-marin qui transportait des pièces volées par les nazis pendant la Seconde Guerre mondiale. Celle-ci était dans la cabine du capitaine, et nous avons de bonnes raisons de croire qu'elle est authentique. »

L'Égyptien regardait attentivement la jeune archéologue tandis qu'elle parlait, mais son langage corporel trahissait un malaise soudain, comme s'il venait de réaliser qu'il était seul dans un musée avec trois déséquilibrés.

« Je vois… C'est intéressant. »

Je compris à cet instant qu'il n'y avait plus rien à faire. Qu'il nous donne raison au lieu de discuter était le signe qu'il n'avait pas cru un mot de ce que nous lui avions dit, et qu'il n'en croirait rien, quels que soient nos arguments.

Je laissai néanmoins le professeur continuer.

« Nous sommes venus directement de Namibie, expliquait-il. Nous sommes fermement convaincus que cette statuette peut être la clé qui ouvrira la porte sur une nouvelle ère de compréhension de la préhistoire. Le chaînon manquant entre les tribus préhistoriques européennes et l'aube de la civilisation égyptienne. Ce serait la révolution archéologique de notre siècle.

— J'entends bien, affirma l'Égyptien dont l'attention se partageait entre Eduardo et la sortie de la salle. Ce serait magnifique.

— C'est pour cela qu'il nous intéresse grandement de savoir si vous avez connaissance d'une pièce semblable à celle-ci, et, si ce n'est pas le cas, qu'on nous autorise à accéder aux archives et registres du musée afin d'y chercher d'éventuelles références à des découvertes similaires. Bien entendu, ajouta-t-il, tout résultat obtenu de notre côté serait partagé avec vous. Notre intérêt est purement scientifique.

— Bien entendu, bien entendu.

— Alors… vous allez nous aider ?

— Oui, bien sûr. Évidemment. La science avant tout, n'est-ce pas ?

— Professeur, intervins-je en me tournant vers ce dernier.

— Épatant ! s'exclama Eduardo en m'ignorant. Merci infiniment. Quand pouvons-nous commencer ?

— Prof…, insistai-je en pressant son épaule.

— Que se passe-t-il ? » demanda-t-il, désarçonné par mon interruption.

Je serrai les lèvres en secouant la tête, comme pour annoncer la perte d'un parent.

« Il ne va pas nous aider.

— Quoi ? Mais s'il dit justement que… »

Ce n'est qu'alors qu'Eduardo parut remarquer le sourire tendu du fonctionnaire.

« Il ne nous croit pas, comprit-il enfin.

— Je suis désolé, dis-je seulement en pressant de nouveau son épaule.

— Cet imbécile ne nous aidera pas, répéta Cassie.

— Mais alors ? demanda le professeur sans quitter des yeux l'Égyptien, qui avait l'expression crispée de quelqu'un qui a un terrible prurit aux fesses et l'impossibilité de se gratter. Nous partons, et c'est tout ?

— C'est une perte de temps, déclarai-je. Il nous a pris pour des charlatans. Peu importe ce que nous lui dirons. Il s'en fout royalement.

— Mais, sans l'aide du musée, nous n'y arriverons pas. Ils ont les registres, les pièces découvertes dans les fouilles, les archives, tout ! argua Eduardo.

— Nous trouverons un autre moyen. Nous n'avons plus rien à faire ici, ajoutai-je avec un geste en direction du fonctionnaire. »

Le professeur s'appuya contre la vitrine et poussa un soupir épuisé.

« Bien… bien…, murmura-t-il tristement. Merci de nous avoir reçus, docteur Sedik. Je regrette de vous avoir fait perdre votre temps. »

Sur quoi il se redressa péniblement, comme s'il venait de vieillir de dix ans, et s'apprêta à se diriger vers le couloir.

« Un instant », dit alors le docteur Sedik. Et nous nous tournâmes vers lui à l'unisson.

Je crus qu'il allait nous dire qu'il avait réfléchi, et que, comme dans les films, il nous griffonnerait le numéro de téléphone de quelqu'un qui pourrait nous aider.

Mais non.

« La sortie est par là », dit-il en montrant la direction opposée.

43

Lorsque nous sortîmes du musée, la nuit était tombée sur la place Tahrir. La lumière des lampadaires éclairait d'un jaune malsain le flot des véhicules qui poursuivaient leur irritant et inutile concert de klaxon.

La paix et le silence qui régnaient à l'intérieur du bâtiment n'étaient plus qu'un souvenir flou, comme l'agréable sensation qui persiste après avoir fait un beau rêve qui vous file entre les doigts.

Bien que, dans notre cas, le beau rêve avait plutôt été un affreux cauchemar.

« Les choses ne sont pas allées très bien, hein ? constatai-je, brisant le mutisme qui s'était installé depuis un bon moment.

— C'est une façon de le dire, répondit Cassie.

— C'est un complet désastre, soupira le professeur. Et qui nous a coûté presque cent euros.

— C'est vrai, acquiesçai-je en palpant un portefeuille bien moins gonflé. Enfin… ce qui est fait est fait. Se lamenter ne servira à rien. Quelle est l'étape suivante ?

— L'étape suivante ? fit Cassie comme si je lui avais demandé ce qu'elle voulait faire après sa mort. Il n'y a pas d'étape suivante, Ulysse. La réponse que nous cherchons se trouve là. S'il existe une pièce, ou une référence à une pièce similaire à la nôtre, elle doit être ici, dans une caisse oubliée dans une cave sombre.

— Je vois… Et on ne pourrait pas… vous savez quoi…, dis-je avec un mouvement serpentin de la main. Nous infiltrer et chercher nous-mêmes ? »

Cassandra fit entendre un ricanement incrédule.

« Tu es sérieux ?

— Et pourquoi pas ?

— Parce que ce serait une folie, affirma la Mexicaine. Le Musée égyptien est comme une banque ; la valeur de ses collections est inestimable. Il serait plus facile de s'introduire dans la Banque d'Espagne en portant des combinaisons rouges et des masques de Dali.

— Sans compter qu'il doit y avoir des dizaines de milliers de pièces, renchérit le professeur, dont la plupart ne sont pas cataloguées. Même si on nous laissait passer librement, conclut-il en secouant la tête, sans la collaboration du musée nous pourrions mettre des années à trouver quelque chose… si tant est qu'il y ait quelque chose à trouver, évidemment.

— Il va bien falloir faire quelque chose. Je refuse de croire que nous sommes venus pour rien. Vous ne voyez personne à qui nous pourrions parler ? Pas d'autre musée à visiter ? »

Eduardo et Cassie échangèrent un regard dubitatif.

« C'est le Musée égyptien : aucun autre ne pourrait posséder ce que nous cherchons, affirma Eduardo.

— En revanche, nous pourrions rencontrer des archéologues indépendants, remarqua Cassie en se ralliant à ma cause. Des gens qui seraient des familiers de la figure d'Isis. Il faudrait voir et frapper à toutes les portes possibles. »

Le professeur secoua la tête.

« Ils nous diront la même chose que le docteur Sedik. Notre hypothèse va à l'encontre de deux siècles d'égyptologie. Aucun scientifique sérieux ne nous croira.

— Alors, n'allons pas voir les scientifiques sérieux, suggérai-je.

— Ah non ! protesta-t-il en levant le doigt. Je refuse de frayer avec des pseudospécialistes et des mystificateurs. Si nous n'obtenons pas l'aval d'un scientifique attesté, nous ne serons jamais reconnus et nous ne recouvrerons jamais le cours de notre vie. » Il marqua une pause et ajouta : « Nous ne faisons pas tout cela pour être invités à une émission sur le paranormal dans le genre de *Cuarto Milenio*, Ulysse.

— Je vous comprends, mais il doit bien exister un moyen terme entre un charlatan sur YouTube et un égyptologue officiel, non ?

— Comme qui ? demanda Cassie.

— Et qu'est-ce que j'en sais ? Aucune idée. Mais nous ne perdons rien à chercher, vous ne croyez pas ? »

L'historien et l'archéologue sous-marine échangèrent un nouveau regard.

« Je suppose que non, admit la jeune femme avec un haussement d'épaules. Nous pouvons au moins essayer.

— Et vous, qu'en dites-vous, prof ? »

Eduardo se gratta la barbe, ôta ses lunettes d'écaille, en nettoya les verres avec un pan de sa chemise, et hocha faiblement la tête.

« Très bien… je présume que nous n'avons rien à perdre, soupira-t-il avec résignation.

— Je préfère ça ! L'optimisme à fond ! dis-je en laissant tomber une main sur son épaule.

— Je ne sais pas par où nous pourrions commencer, observa Cassie.

— Eh bien, tu vois, moi si, je sais exactement par où commencer, déclarai-je avec un sourire confiant. En venant, nous sommes passés devant un restaurant égyptien qui avait l'air pas mal du tout. Je meurs d'envie de manger une bonne soupe de lentilles avec une bière fraîche. Nous en avons assez fait pour aujourd'hui. Demain sera un autre jour. »

Tout en parlant, mes yeux s'arrêtèrent sur la façade de pierre rose du musée, qui brillait sous les projecteurs de la place Tahrir.

Et ce n'est qu'alors que je remarquai, sculptée sur la clé de voûte de l'arc du portail principal et gardant l'entrée du musée, une colossale tête d'Isis, avec ses cornes de vache et son disque solaire, qui paraissait nous regarder fixement. Je n'aurais pu définir, néanmoins, si elle nous contemplait avec bienveillance, ou si c'était un sourire narquois qui se dessinait sur son hiératique visage de pierre.

C'était peut-être parce que j'étais affamé, mais ce dîner me sembla magnifique. Bien que la gastronomie égyptienne n'ait pas précisément de quoi pavoiser, je me gavai de soupe, de légumes grillés et de perche du Nil, espérant qu'elle n'avait pas été pêchée au Caire.

Le professeur décida de rentrer directement à l'hôtel après le dessert, mais Cassie et moi préférâmes faire une promenade digestive dans les étroites ruelles qui serpentaient entre les constructions délabrées de la ville. Le moindre espace libre, même minuscule, était suffisant pour y monter un petit étal et y vendre les brimborions les plus invraisemblables. Tandis que nous déambulions dans les passages exigus et chichement éclairés, où se succédaient les échoppes calamiteuses aux enseignes poussiéreuses, avec leurs vendeurs indolents et pas un client en vue, j'évoquai ces scènes de *Blade Runner* durant lesquelles Harrison Ford parcourt la Los Angeles du futur, une mégapole surpeuplée, sombre, sale et décadente. Ridley Scott aurait pu tourner son film au Caire et il aurait économisé une fortune en décors.

« J'espère que le futur ne ressemblera pas à ça, murmurai-je.

— Pardon ? s'étonna Cassie.

— Non, rien. Je parlais tout seul. »

Je regardai autour de moi, cherchant la plus proche sortie de ce labyrinthe oppressant.

« Une chicha, ça te dit ? J'ai une amie qui m'a toujours affirmé qu'ici c'est la meilleure du monde. »

La Mexicaine haussa les épaules et hocha la tête.

« Je n'ai jamais essayé, mais d'accord. »

Tout près de l'hôtel, dans la rue Gawad Housny, une terrasse constituée de tables de plastique hétéroclites s'étalait sur un côté d'une large venelle arrière, occupant presque toute la place sans que personne ne semble s'en formaliser. C'était peut-être parce que, ainsi que m'en informa mon amie par WhatsApp, on servait là la meilleure chicha à la pomme de toute la ville, du pays, et donc du monde entier.

Nous étant adjugé deux chaises libres, nous regardâmes le monde défiler devant nous en fumant une chicha que le garçon venait régulièrement raviver en renouvelant le charbon de bois de citronnier.

À quelques mètres de nous, une télé retransmettait en direct un match de la Ligue des champions avec le Liverpool, devant une douzaine de Cairotes enthousiastes, qui ôtaient de temps en temps le narguilé de leur bouche pour acclamer le jeu de Mohamed Salah et le commenter avec leur voisin de table.

Les lointains coups de klaxon de la circulation et les cris occasionnels des amateurs de football n'ôtaient rien au calme de cette étrange oasis de tranquillité, sans voitures, au beau milieu d'une ville bouillonnante, bruyante et démente.

Un timide lampadaire au coin de la rue éclairait à peine nos visages, à moins d'un mètre l'un de l'autre. Cette douce lumière orangée soulignait les traits de Cassie comme un crépuscule d'automne, conférant à la scène une atmosphère bucolique. Lentement, elle sortit le narguilé de ses lèvres et, les yeux fermés, elle exhala un nuage de fumée blanche qui alla se dissiper dans ses cheveux bouclés.

« Tu es ravissante. »

Elle se tourna vers moi avec un sourire fatigué. Ses yeux verts reflétaient la lumière de la télé, derrière moi.

Je tendis la main sur la table, écartant une assiette de dattes pour prendre la sienne.

« On est bien, ici, non ? dis-je en aspirant une bouffée de vapeur de pomme de la chicha.

— C'est pas mal. » Elle regarda autour d'elle d'un air appréciateur. « Plutôt mieux que sur l'*Omaruru*.

— Ou que dans le désert du Mali, à fuir les Touaregs.

— Ou dans cette foutue jungle amazonienne pleine de bestioles, de mercenaires et de morcegos.

— C'est vrai, acquiesçai-je, évoquant tous ces moments compliqués vécus dans les endroits les plus étranges. Nous ne menons pas une vie facile, n'est-ce pas ?

— Non, facile n'est pas le mot. »

Elle secoua la tête en tirant une longue bouffée de la chicha, et ajouta, après avoir recraché la fumée :

« Mais sacrément intéressante, ça oui. »

Nous nous aventurions sur un terrain glissant que je n'étais pas certain d'avoir envie d'explorer, mais je demandai quand même :

« Et ça ne te manque pas ? La tranquillité et tout ça, je veux dire. Ne pas risquer la mort toutes les cinq minutes. »

De nouveau, une longue bouffée songeuse.

« Non, la vérité, c'est que non. Pas pour l'instant, du moins. Et toi ? »

À cette question, j'avais toujours automatiquement répliqué « non, pas le moins du monde ». J'adorais avoir une vie intense et passionnante. Mais, cette fois, j'hésitai.

« Je ne sais pas », répondis-je sans m'en rendre compte.

Cassie sembla aussi surprise que moi.

« Tu es sérieux ? Depuis que je te connais, je t'ai toujours entendu pester contre la monotonie.

— Je ne dis pas que j'ai envie de passer le reste de mes jours en pantoufles à regarder la télé, précisai-je. C'est juste que… je ne sais pas. J'ai parfois l'impression que nous sommes constamment entraînés par les événements, que nous courons devant un taureau pourvu de cornes très très pointues qui finira bien par nous rattraper.

— Et tu voudrais sauter de l'autre côté de la barrière.

— Même pour un petit moment, fis-je en rapprochant le bout de mon pouce et de mon index. Lever un peu le pied, quoi. »

Une moue railleuse apparut sur les lèvres de la Mexicaine.

« Ce doit être l'âge, affirma-t-elle en aspirant une bouffée.

— Le temps ne fait rien à l'affaire, ma chère. C'est le kilométrage, répliquai-je en citant de nouveau mon personnage de ciné favori.

— Je ne sais pas… » Elle m'évalua du regard. « Tu as quel âge, déjà ? Quarante…

— Quarante et rien du tout ! Et quand bien même, ajoutai-je en me penchant sur la table, je suis plus en forme que toi… et je te le prouve quand tu veux.

— Ah, oui ? demanda-t-elle en feignant l'intérêt. Et comment ça ?

— Si nous rentrons à l'hôtel dès maintenant, je te l'explique pas à pas.

— Mmmm… cela semble prometteur, chuchota-t-elle en se penchant aussi jusqu'à ce que nos visages ne soient plus qu'à quelques centimètres l'un de l'autre.

— Plus drôle que Police Academy 3 et plus éducatif qu'un documentaire du National Geographic.

— Quelle académie ?

— *Mamma mia*, soupirai-je. Combien j'ai à t'apprendre ! » Je me levai et posai un billet sur la table. « Allons-y, la nuit va être longue. »

Cassie prit la main que je lui tendais pour se lever à son tour, puis, la bouche contre mon oreille, elle murmura, provocante :

« J'espère que c'est vrai. »

44

Le matin suivant nous surprit avec un ciel couvert et une pluie légère. Un temps qu'on ne s'attendrait jamais à avoir dans un endroit comme Le Caire. Les gouttes d'eau s'écrasaient sur le pare-brise du taxi, traçant d'éphémères coulures boueuses que les essuie-glaces se chargeaient efficacement d'étaler sur la vitre, la laissant dans un état catastrophique.

« Pluie bonne, affirma le chauffeur, baragouinant son espagnol pour touristes. Beaucoup pluie, en Espagne ?

— Pas beaucoup, répondit le professeur. De moins en moins.

— Ah… Et vouloir excursion à Saqqarah demain ? Moi conduire.

— Non, merci, lui répliquai-je pour la énième fois depuis que nous étions montés dans la voiture. Nous t'avons déjà dit que nous n'irons pas à Saqqarah.

— Dahchour, dit-il alors, un doigt levé. Pyramide rouge. Touristes aimer beaucoup. Moi conduire. Bon prix.

— Non plus, répondis-je en m'efforçant d'être patient. Nous ne voulons pas aller à la pyramide de Saqqarah, ni à celle de Dahchour, ni à aucune autre.

— Aller à Gizeh maintenant, objecta-t-il, soulignant la contradiction.

— Oui. Nous allons visiter les pyramides de Gizeh, mais aucune autre. Pas de pyramides.

— Tombes ! s'écria-t-il en levant de nouveau le doigt, comme s'il venait d'avoir une illumination. Vous voir tombes ! Moi conduire !

— Le diable l'emporte ! » grognai-je en me tournant vers la fenêtre et essayant de ne pas penser combien le trajet jusqu'au plateau de Gizeh allait me paraître long.

Lorsque nous étions rentrés à l'hôtel, la nuit précédente, avant de nous enfermer dans la chambre pour jouer au docteur, le professeur Castillo nous avait interceptés pour nous proposer d'aller le lendemain matin visiter les célèbres pyramides de Gizeh, ce qui nous avait semblé une idée magnifique.

Nous ne l'aurions sûrement pas trouvée aussi magnifique si nous avions su que nous serions bloqués deux heures durant dans les embouteillages, entourés de conducteurs qu'enchantait le son de leurs avertisseurs, et confinés dans une voiture avec probablement le chauffeur de taxi le plus assommant de toute l'Égypte.

Finalement, les deux heures se réduisirent à « seulement » une heure et demie de bavardages incessants tandis que nous traversions les faubourgs du Caire. Une plaine sans fin, couverte d'immeubles de dix ou quinze étages dans un triste état, tellement entassés les uns sur les autres que l'air circulait à peine entre eux, dans des rues sombres, non goudronnées, et tout juste assez larges pour laisser passer un petit véhicule. La voie rapide élevée qui traversait la ville était si proche des constructions que, si un des occupants s'était penché à sa fenêtre, j'aurais pu le gifler en passant.

Manifestement, il n'existait là aucun contrôle urbanistique, ni aucun autre d'ailleurs ; dans un pays bureaucratique à l'extrême comme l'était l'Égypte, l'explication tenait en un mot : corruption. En voyant défiler devant mes yeux cette ville condamnée à s'abîmer dans sa propre misère, je songeai que ce serait une bonne idée d'amener ici tous ceux qui minimisent l'importance de la corruption, ou qui n'appréhendent pas vraiment quelles en sont les conséquences ultimes. Ils comprendraient peut-être alors combien il est dangereux pour une société de permettre à ce cancer de prendre racine.

C'est en traversant cette mégapole du nord au sud que je saisis ce qu'était réellement Le Caire. Ce n'était pas son centre-ville décadent avec ses bâtisses du dix-neuvième siècle, ni le quartier copte, ni les vieux quartiers avec leurs mosquées et leur marché d'artisanat. La véritable nature de la plus grande ville du nord de l'Afrique, c'était une interminable périphérie de bâtiments couverts de poussière et de sable qui s'étendait jusqu'à la lisière du désert et où l'immense majorité des vingt millions de Cairotes devaient se débrouiller pour survivre comme ils pouvaient.

« Oh ! Mon Dieu ! » s'écria Cassie en tendant le bras devant elle.

Je détournai les yeux du panorama déprimant que je voyais par ma fenêtre et regardai dans la direction qu'elle indiquait.

« Quelle merveille ! » souffla le professeur Castillo.

À environ deux kilomètres, se détachait au-dessus des immeubles la masse gigantesque d'une des pyramides. Une île d'éternité flottant sur un océan de médiocrité et d'abandon.

« Elle est énorme, observai-je, faisant montre d'une grande originalité.

— Pense qu'elle est située sur un petit plateau, ce qui la fait paraître encore plus haute, dit Eduardo. Mais oui, elle est énorme. »

Le taxi quitta la voie rapide pour prendre une large avenue, qui débouchait sur le poste de contrôle policier de l'enceinte des pyramides, juste à côté de l'hôtel Marriott et d'un terrain de golf de luxe, vision incongrue entre le désert et les faubourgs.

Cependant, notre chauffeur tourna au dernier moment, dépassant l'accès principal pour se diriger sur la gauche.

« Où tu vas, l'ami ? m'étonnai-je. Les pyramides sont par là.

— Entrée principale beaucoup de gens, expliqua-t-il en montrant la file de cars de touristes qui attendait devant le contrôle. Moi conduire à une mieux. »

Et, joignant le geste à la parole, il serpenta dans des rues secondaires et finit par nous laisser devant un petit guichet, gardé par deux policiers amorphes avec leurs AK47 en bandoulière, où quelques personnes seulement, entre étrangers et Égyptiens, faisaient la queue pour prendre leur billet.

« Acheter ticket ici, dit le chauffeur en descendant de la voiture.

— Oui, merci. Nous le voyons, dit Cassie.

— Moi accompagner. Moi montrer.

— Non, pas question, l'interrompis-je, peut-être un tantinet trop fougueusement. Nous préférons y aller seuls.

— Mais moi…

— Voilà pour toi, l'ami, dis-je en le payant un peu plus que convenu dans l'espoir de le faire taire. À partir d'ici, nous saurons nous débrouiller. Merci. »

Le chauffeur fit mine d'ouvrir encore cette bouche qui ne se fermait jamais.

« Chut ! Silence ! Pas un mot de plus, mon vieux. »

L'homme parut enfin comprendre. L'air offensé, il sortit une carte de visite portant le mot « Taxi » sur la photo d'une Mercedes qui n'avait pas grand-chose à voir avec sa Toyota de troisième main.

« Si besoin taxi, appeler, OK ? dit-il en la tendant à Cassie tout en me jetant un regard rancunier. Moi conduire. Bon prix. »

Sur quoi il nous serra la main à chacun comme si nous venions de passer une semaine ensemble – moi, personnellement, c'était l'impression que j'avais –, et il remonta dans la voiture pour repartir par le même chemin.

« Quel casse-pieds, vous ne trouvez pas ? demanda le professeur.

— Il m'a donné mal à la tête, le salopard.

— Bon, c'est fini, coupa Cassie. Ce qui importe, c'est que nous sommes arrivés, et que derrière ces guichets il y a ces damnées pyramides de Gizeh. On va les voir ou vous préférez rester ici à vous plaindre toute la matinée ? »

Cinq minutes plus tard, nous franchissions le contrôle policier qui permettait d'accéder au site archéologique le plus impressionnant du monde. Nous vidâmes nos poches, passâmes sous un portique détecteur de métaux débranché, et, brusquement, elle était devant nous. L'image que j'avais vue des milliers de fois dans des magazines ou des documentaires : le grand Sphinx de Gizeh et, quelques centaines de mètres plus loin, les trois pyramides, rangées par ordre décroissant, griffant les nuages bas qui s'étendaient au-dessus du plateau.

« Putain… ! C'est… c'est…, bégayai-je.

— Spectaculaire, dit Eduardo en s'arrêtant à côté de moi.

— Impressionnant, renchérit Cassie, les yeux ouverts comme des soucoupes. Incroyable.

— À tomber sur le cul, déclarai-je, trouvant enfin l'expression que je cherchais.

— Moi guide ! cria soudain un homme en courant vers nous la main levée, comme si nous étions les derniers touristes sur Terre. Moi montrer pyramides ! Prix pas cher ! »

Il nous fallut pas moins de cinq minutes pour nous débarrasser du casse-pieds numéro deux, pour découvrir que c'était précisément ce qu'attendaient les casse-pieds numéro trois, quatre et cinq pour s'approcher et essayer de nous vendre respectivement des ballades à cheval, un tour en chameau et des souvenirs.

Finalement, j'eus l'idée d'engager le casse-pieds numéro six qui apparut quand nous eûmes réussi à nous défaire des précédents – un jeune Cairote à l'air vif, appelé Ahmed, qui portait autour du cou une accréditation de guide officiel plus fausse qu'un master de l'Université Rey Juan Carlos –, à la condition qu'il n'ouvre la bouche que si nous lui posions une question directe, et qu'il s'occupe de tenir ses concurrents à distance pour toute la durée de la visite.

Ce fut un remède miracle, et nous pûmes enfin déambuler tranquillement sans avoir l'impression d'être un pot de miel dans un congrès de mouches.

Bien que le Sphinx soit tout à côté – je mourrais d'envie de le voir de près –, l'arrivée d'une excursion de je ne sais combien de milliers de Chinois avec leur guide qui hurlait ses explications nous décida à le laisser pour la fin.

D'un pas enthousiaste, nous commençâmes de monter la rampe qui grimpait jusqu'au plateau où les trois grandes pyramides s'élevaient devant nous.

Par chance, la pluie et les nuages s'étaient lentement dissipés, et le soleil commença enfin à nous réchauffer un peu. Car même si nous étions en Égypte, c'était déjà la fin de l'automne, et par cette matinée grise, il faisait un froid de canard dans le désert.

Il nous fallut plus de dix minutes pour venir à bout de la pente raide et glissante qui nous menait à hauteur des pyramides. Pendant ce temps, des petites calèches à deux roues nous dépassaient, emmenant des touristes trop paresseux pour marcher ; leurs chevaux épuisés peinaient à tirer plusieurs centaines de kilos dans une côte où leurs sabots dérapaient, tandis que les cochers les fouaillaient sans pitié et faisaient claquer leurs fouets au-dessus de leur tête.

« Misérables ! maugréa Cassie près de moi, horrifiée elle aussi par les mauvais traitements auxquels ces animaux étaient soumis. Comme peuvent-ils les traiter ainsi ?

— C'est la faute des touristes, dis-je en remarquant une famille complète d'Occidentaux en surpoids visiblement ravis de la promenade en calèche, insoucieux de la souffrance qu'ils entraînaient. Il n'y aurait pas de calèches s'il n'y avait pas des touristes paresseux prêts à payer. Si cela dépendait de moi...

— Mais cela ne dépend pas de toi, Ulysse, m'interrompit Eduardo. Cela ne vaut pas la peine d'être contrarié, parce que vous ne pouvez rien y faire.

— Oui, mais...

— Nous devrions plutôt nous concentrer sur ce que nous avons sous les yeux, ce n'est pas votre avis ? insista-t-il en regardant la pyramide de Khephren qui se dressait juste en face. Admirons cette merveille. Quarante siècles nous contemplent !

— Ça fait combien, ça ? demandai-je en calculant mentalement

— Quatre mille ans, me renseigna Cassie.

— Je les croyais plus anciennes.

— Elles le sont, confirma le professeur. Je citais juste Napoléon Bonaparte, à l'époque où il gagna la bataille des Pyramides contre les mamelouks, en 1798. Des mamelouks qui, curieusement, ajouta-t-il de sa voix didactique, finirent par être enrôlés dans l'armée française. Ils affrontèrent les Madrilènes lors du soulèvement du 2 mai 1808, tel que Goya l'a très bien représenté dans son tableau... »

Il dut soudain s'apercevoir que j'avais l'air de m'ennuyer, car il interrompit brusquement ses explications et se remit à marcher. « Enfin, soupira-t-il, allons voir les pyramides. »

Avec un Eduardo essoufflé d'avoir grimpé cette côte raide, nous arrivâmes à la base de la grande pyramide de Khéops – Khéops, Khephren et Mykérinos, ça, je le savais – qui s'élevait à une telle hauteur qu'il était difficile d'en apprécier la taille colossale.

Nous nous plantâmes devant elle, les mains sur les hanches.

« Elle est... immense, dit Cassie en levant les yeux vers son lointain sommet.

— Cent quarante mètres de haut et deux cent trente à la base, précisa le professeur.

— Une fichue montagne. Ces gens-là se sont construit leur propre montagne au milieu du désert, dis-je.

— Une, non, Ulysse, rectifia l'historien. Ils en ont édifié plusieurs, presque aussi impressionnantes. Celle de son fils ne fait que trois mètres de moins, dit-il avec un geste vers celle qui se dressait derrière nous.

— Son fils ?

— Khéops était le père de Khephren et le grand-père de Mykérinos, expliqua Cassandra.

— Je vois. Faites vos pyramides en famille pour que la famille reste unie, c'est ça ?

— Quelque chose comme ça.

— Et ces trois-là, les plus petites ? demandai-je à propos de trois pyramides de quelques dizaines de mètres de hauteur, disposées sur le côté de celle de Khéops.

— Ce sont les pyramides des reines, répondit le professeur. La première appartient à la mère de Khéops, je crois qu'elle s'appelait Hétep-Hérès. Les deux autres, je ne sais pas, je dois le dire.

— Mérésânkh II et Mérésânkh III », affirma Cassie.

Nous nous tournâmes vers la Mexicaine.

« Bravo, la félicita Eduardo. Je ne savais pas que tu étais si versée dans ce domaine.

— Je ne le suis pas, avoua-t-elle en glissant la main dans sa poche pour en tirer un prospectus avec la photo des pyramides. Ils les donnaient à l'entrée. C'est gratuit et très utile. »

45

Faire le tour de la pyramide de Khéops nous prit presque une heure. L'archéologue et le professeur s'arrêtaient sans cesse, devant chaque pierre, chaque perspective, poussant des oh! et des ah! d'admiration.

Quant à moi, les deux millions trois cent mille blocs de calcaire de la Grande pyramide me paraissaient tous identiques, même si mes deux amis semblaient s'entêter à les examiner un par un.

Contrairement à ce que j'avais cru, le complexe ne se limitait pas aux trois pyramides les plus connues, mais consistait en un vaste site : où qu'il se tourne, le regard se posait sur des vestiges de constructions anciennes, partiellement dévorées par le temps et les sables du désert.

« Je veux aller dedans, déclara Cassie en désignant l'étroit escalier qui menait à une ouverture au flanc du monument.

— Nous pouvons entrer dans la Grande pyramide, Ahmed ? demanda Eduardo à notre jeune guide, qui marchait quelques mètres derrière nous en jouant sur son téléphone.

— Oui, je vous conduis, répondit-il, visiblement heureux que nous l'ayons enfin pris en considération. Venez ! »

Et, nous faisant signe de le suivre, il se dirigea au pas de course vers le pied de l'escalier.

Lorsque nous le rejoignîmes, Ahmed finissait d'échanger quelques mots avec le fonctionnaire en charge et se tourna vers nous.

« Vous voulez visite privée ? nous proposa-t-il d'un air de comploteur. Si vous payez cinquante euros à garde, personne entrera avant que vous sortez.

— C'est possible ? demanda Eduardo que l'idée séduisait. Toute la pyramide pour nous seuls ?

— Combien de temps ? s'informa Cassie

— Une demi-heure, répondit Ahmed. Suffisant pour monter à Chambre du Roi.

— Vous avez remarqué qu'il n'y a personne d'autre en train d'attendre, n'est-ce pas ? Nous serons probablement seuls de toute façon, observai-je.

— Je m'en fiche, rétorqua le professeur. Si ces cinquante euros me garantissent qu'aucune horde de touristes braillards ne s'engouffrera derrière nous, cela en vaut la peine. »

Il prit un billet dans son portefeuille et le tendit discrètement au vigile qui, avec des airs de conspirateur, nous fit passer rapidement, comme un videur qui laisse entrer un groupe d'adolescents dans un club de strip-tease.

Nous grimpâmes l'escalier extérieur et arrivâmes à l'entrée proprement dite : un simple trou au flanc de la pyramide, une blessure béante par laquelle nous pénétrâmes dans cette montagne artificielle élevée des milliers d'années auparavant.

Le parcours commençait dans une grotte grossièrement creusée dans les entrailles du monument telle une mine au versant d'une colline, où seul le bruit de nos pas venait briser le silence sépulcral. Cassie allait devant, suivie du professeur, de moi-même et enfin, d'Ahmed, qui fermait le cortège dans cette caverne assez large et éclairée pour pouvoir s'y déplacer sans difficulté. Un confort qui prit fin lorsque nous arrivâmes à un embranchement où nous devions prendre le chemin ascendant.

Soudain, ce n'était plus qu'un couloir en pente abrupte, d'un mètre de large seulement, et guère plus en hauteur, où j'étais obligé de marcher plié en deux. Tout l'éclairage consistait en quelques rares points de lumière très espacés les uns des autres.

Le décor où se déroulaient tous mes cauchemars revenait.

Je dus m'arrêter. Pour respirer, essayer de me calmer. J'avais commencé à transpirer à grosses gouttes, mon cœur battait plus vite. Un tremblement désagréable agitait mes mains.

« Tout va bien ? demanda le professeur qui, quelques mètres plus loin, s'était immobilisé en remarquant mon attitude.

— Ça va…, mentis-je, le souffle irrégulier. J'ai juste besoin… d'un peu d'air. »

En réalité, j'étais en proie à une crise d'anxiété dans les règles. Mais je devais la surmonter. Je ne pouvais pas passer ma vie à fuir les endroits sombres et étroits.

Je fermai les yeux, m'efforçant de rationaliser la situation, de persuader mon subconscient que je n'avais aucun morcego collé aux talons, mais en vain.

« Ulysse », fit la voix de Cassie à cet instant.

Mes paupières se relevèrent et elle était là, me fixant de ses prunelles émeraude qui semblaient briller dans l'obscurité.

« Je suis là, avec toi, sourit-elle. Tu peux y arriver. »

Alors, peut-être en raison d'un million d'années d'évolution qui ont fait que les hommes soient subjugués par le sourire d'une femme, j'y arrivai.

Ce ne fut pas facile, à dire vrai. Je dus m'arrêter encore deux fois pour reprendre haleine. En partie à cause de l'anxiété, en partie à cause de la pente raide, et en partie à cause de l'émerveillement ressenti en débouchant dans la Grande galerie. C'était un couloir plus large que le précédent, dont le plafond s'élevait en encorbellement à plusieurs mètres au-dessus de ma tête pour aller se fondre dans l'obscurité de cette structure déconcertante, évoquant plus une civilisation extra-terrestre qu'une œuvre humaine.

Au bout de cette étrange galerie, il y avait une petite ouverture en hauteur à laquelle on accédait par des échelons. Cassie et Eduardo s'y engagèrent sans hésitation. Après le soulagement relatif que m'avait offert la Grande galerie, j'avais à peu près autant envie de retourner dans un passage étroit que de recevoir un coup de pied à l'entrejambe.

« Tranquille, dit Ahmed dans mon dos en me voyant hésiter au pied des degrés. On est presque arrivés.

— J'espère », dis-je en me tournant à demi.

Et, prenant une profonde inspiration, je fis un pas en avant :

« Enfin… allons-y », soupirai-je.

Comme je le craignais, ce couloir était aussi oppressant que les précédents, mais il n'était heureusement long que de quelques mètres, que je parcourus à toute vitesse pour atteindre l'endroit que Cassandra désignait juste à ce moment sous le nom de « Chambre des herses ».

« Vous voyez le plafond, dit-elle avec un geste vers le haut. C'est de là qu'ils ont fait tomber trois grandes dalles de granit pesant des dizaines de tonnes guidées par ces rainures latérales pour être mises en place.

— Dans quel but ? Et où sont-elles ? demandai-je.

— Elles ne sont plus là : les pillards les ont détruites pour accéder à la Chambre du roi, expliqua-t-elle. C'était leur raison d'être : sceller le passage.

— La Chambre du roi ? Tu veux dire, le pharaon ?

— Exactement. »

Elle désigna une ouverture carrée, d'un mètre de côté environ, ménagée dans un angle de la salle.

« C'est juste là derrière. Vous voulez la voir ? demanda-t-elle avec un sourire plein d'illusion.

— On dirait que tu connais tout cela sur le bout des doigts, observa Eduardo. Es-tu sûre de n'être jamais venue ici ?

— Jamais, dit-elle en se courbant pour passer par l'ouverture, mais j'ai vu quelques vidéos sur YouTube. »

Sur quoi elle se coula par l'orifice et disparut.

« Les femmes et les personnes âgées d'abord », dis-je au professeur, avec une petite révérence à laquelle il répondit en marmonnant quelque chose d'inintelligible à propos de ma mère.

J'avalai ma salive et, m'accroupissant, j'entrai à leur suite dans ce corridor qui ressemblait plutôt à un terrier. Ahmed entra derrière moi.

« Je ne comprends pas cette fichue manie qu'ils avaient de tout faire si étroit, ronchonnai-je en me traînant dans cette nouvelle galerie, qui était heureusement plus courte que la précédente.

— C'était pour embêter les touristes du futur, répondit Cassie tandis que j'émergeais de ce maudit trou et pouvais enfin me redresser.

— Merde alors ! » m'écriai-je avec admiration dès que j'ai eu recouvré assez de dignité pour regarder autour de moi.

Nous nous tenions dans une salle aux murs de granit rouge, d'une dizaine de mètres de long pour cinq de large et autant de hauteur. C'était une pièce qui ne faisait aucune concession à la décoration. Seulement des parois lisses et polies et, à l'autre extrémité, un sarcophage, en granit lui aussi, comme une énorme caisse en pierre sans couvercle, dépourvue de détails et de signes distinctifs.

Je trouvais assez contradictoire d'avoir construit l'édifice le plus grand de l'histoire de l'humanité pour en faire son panthéon, et de ne même pas laisser une misérable inscription : ni le nom du défunt roi ni aucune déclaration du genre « Tes sujets et tes esclaves ne t'oublieront jamais ». Une tombe anonyme.

Ou bien les Égyptiens étaient grands amateurs de minimalisme, ou il y avait anguille sous roche.

« C'est ici qu'on a enterré le pharaon ? demandai-je en désignant le sarcophage.

— C'est ce qu'on pense, répondit Cassie.

— Ce qu'on pense ? Il n'était pas là ?

— Ceci a été découvert tel que c'est maintenant, m'informa Eduardo. Il n'y avait ni trésors ni momie, rien. Les pilleurs de tombes avaient dû tout emporter depuis longtemps.

— Je vois…, murmurai-je en passant la main sur le granit poli, sans marques ni inscriptions. Question idiote : pourquoi n'y a-t-il aucun hiéroglyphe sur ces murs ? Et, maintenant que j'y pense, je n'en ai vu aucun en venant. Ce n'est pas un peu bizarre ?

— C'est vrai que ce n'est pas très habituel, répondit Cassie. La seule inscription que l'on ait trouvée jusqu'à présent, ce sont des graffiti réalisés par les ouvriers qui ont construit la pyramide, qui mentionnent le roi Khoufou, ou Khéops, comme nous l'appelons aujourd'hui.

— Eh bien, qu'est-ce que vous voulez que je vous dise ? J'ai vu des photos d'autres tombes égyptiennes et elles ne ressemblent pas à ça. Elles sont pleines de hiéroglyphes et de fresques. Celle-ci, en revanche, paraît être un débarras.

— *Caramba*, Ulysse. Qu'est-ce que ça peut être sinon une tombe ? Pourquoi le pharaon Khéops se serait-il donné tant de mal pour la construire si ce n'était pas pour y être inhumé ?

— Aucune idée, avouai-je. Je dis seulement que je ne trouve pas ça logique. Si j'avais consacré des décennies à élever une gigantesque pyramide pour en faire ma dernière demeure, pour qu'on se souvienne de moi pendant des millénaires, j'aurais mis au moins mon nom sur la porte, pas vous ? » Avec un geste qui englobait toute la salle, j'ajoutai : « On dirait plus une citerne abandonnée qu'un tombeau.

— Ulysse, tu ne peux pas préjuger des intentions, des goûts ou des coutumes d'un roi égyptien mort il y a cinq mille ans de ton point de vue d'homme d'aujourd'hui, argumenta le professeur.

— C'était peut-être un pharaon austère, plaisanta Cassie.

— Oui, sûrement, murmurai-je. L'austère pharaon qui a construit la Grande pyramide. Il y a autre chose à voir, ou nous pouvons partir ?

— Tu n'aimes pas beaucoup être ici, n'est-ce pas ? dit Eduardo.

— Je préfère une séance chez le dentiste.

— Je prendrais ceci comme un non. Mademoiselle Brooks ?

— D'accord, soupira celle-ci en se tournant vers l'ouverture par où nous étions entrés. Je ne veux pas alimenter davantage ses cauchemars ; après tout, c'est moi qui dors à côté de lui. »

Avec une hâte mal dissimulée, je rebroussai chemin, suivis par mes amis et Ahmed, que je distançai peu à peu.

Lorsque j'émergeai enfin au jour, je dus m'asseoir sur un bloc de pierre pour reprendre mon souffle et recouvrer mon calme, que j'avais bien failli perdre à l'intérieur. Décidément, l'expérience de la Cité noire m'avait laissé plus de séquelles que je ne pensais.

« Les blocs viennent d'une carrière située à plus de mille kilomètres d'ici », entendis-je quelqu'un dire en espagnol.

Levant les yeux, je vis un groupe assez nourri de visiteurs, guidés par un gros homme avec un bouc, des lunettes noires et des cheveux longs, qui leur montrait la pyramide dont je sortais tout juste.

« Quelqu'un peut-il me dire comment, demandait-il d'une voix grave à son auditoire, pendant les vingt ans que dura le règne de Khéops, ils auraient pu extraire, transporter et placer avec une telle précision plus de deux millions de blocs de pierre pesant plusieurs tonnes ? »

L'homme attendit un instant et, avant que quiconque ne parle, il se répondit lui-même :

« Ils ne le pouvaient pas », affirma-t-il d'un air mystérieux, pour ajouter, après une pause d'orateur expérimenté : « C'était tout simplement impossible. Prenez par exemple la pyramide de Teotihuacan, qui est deux fois moins haute, il a fallu cent cinquante ans pour la construire. Il y a quelques années, la chaîne de télévision PBS tenta de recréer la méthode supposée de construction de la Grande pyramide, bien qu'avec des outils en fer, quand même. Savez-vous combien de temps il a fallu pour mettre en place chaque bloc de pierre ? Plus de dix heures, se répondit-il encore une fois. Savez-vous combien de temps auraient dû mettre les Égyptiens pour placer chacun de ces deux millions trois cent mille blocs de pierre qu'il y a derrière moi pour achever la pyramide en vingt ans seulement ? » Il fit une nouvelle pause, puis, formant un V avec les doigts, il lança : « Deux minutes trente. »

Murmures d'étonnement parmi les spectateurs.

« Mais alors… comment ont-ils pu le faire ? demanda quelqu'un en levant la main, un type maigre, en tenue de safari, avec la complexion de quelqu'un qui passe bien trop d'heures devant un écran d'ordinateur.

— Comme je le disais, c'est très simple, répondit l'homme en écartant les mains pour démontrer l'ampleur de l'évidence. Ils ne pouvaient pas. En ce temps-là, ils ne disposaient pas de la technologie nécessaire pour réaliser une telle chose en si peu de temps.

— Est-ce que cela veut dire qu'elle a été construite à une autre époque ? intervint une femme en robe longue qui portait un chapeau digne du Grand prix. »

L'homme hocha la tête avec complaisance, comme s'il attendait précisément qu'on lui demande cela.

« Vous posez des questions intéressantes, affirma-t-il avec une touche de condescendance, mais ce ne sont pas les bonnes pour obtenir la réponse que nous cherchons. »

Il prit une inspiration comme s'il s'apprêtait à plonger, puis, promenant son regard sur le groupe :

« La question que vous devez vous poser, ce n'est pas *comment* ni *quand*, mais *qui*. Cette pyramide était déjà ici à la naissance de Khéops, déclara-t-il avec solennité. Elle était là à la naissance de son grand-père, et du grand-père de son grand-père. Elle était là avant l'Empire égyptien, et même avant la période archaïque. La pyramide que vous voyez derrière moi a été érigée par une civilisation bien plus ancienne que les Égyptiens, déclara-t-il en se tournant à demi vers l'immense masse de pierre. Une civilisation si ancienne que ses traces se perdent dans les brumes de l'histoire. Les Égyptiens sont tout simplement arrivés plus tard, ils se la sont appropriée, et ont essayé de l'imiter ; alors ils en ont construit d'autres qui lui ressemblaient, mais sans jamais atteindre la taille, la perfection de forme, ni les dimensions de la Grande pyramide. Et vous savez pourquoi ? demanda-t-il à son public fasciné, attendant un instant avant de donner la réponse : parce que ceci, mesdames et messieurs, n'a pu être construit qu'avec l'aide d'une technologie que nous n'avons toujours pas été capables d'égaler.

Une technologie..., conclut-il en levant l'index vers le ciel, venue d'au-delà des étoiles. »

Des applaudissements nourris accueillirent la fin du discours, ponctués de vivats et d'appréciations, tandis que l'intéressé remerciait en hochant la tête, comme un acteur ayant achevé son monologue.

C'est peut-être pour cela que l'exclamation qui s'éleva derrière moi attira particulièrement l'attention :

« Foutaises ! criait le professeur dont la voix devait porter sur tout le plateau de Gizeh. Tout ceci n'est qu'un ramassis de foutaises et de balivernes ! »

46

Nous eûmes droit à quelques commentaires désobligeants et bon nombre de regards de reproche des membres du groupe, mais, par chance, cela ne dégénéra pas. Avec un professeur qui continuait de pester tout bas, je pressai le rythme pour nous éloigner au plus vite.

Cassie et Eduardo voulurent aller voir les pyramides de Khephren et de Mykérinos avec Ahmed, tandis que je préférai me balader alentour et prendre l'air. Après le mauvais moment que j'avais passé dans les couloirs étroits et obscurs, je ne désirais que sentir sur mon visage la caresse du soleil, qui avait fait son apparition dans toute sa splendeur. Je donnai rendez-vous à mes amis une heure plus tard, près du Sphinx, et me dirigeai vers une éminence que je voyais à moins d'un kilomètre, d'où je pensais avoir une vue panoramique sur tout le complexe, tout en m'écartant un peu de la foule qui déambulait autour des pyramides.

En fait, le plan ne fut qu'un demi-succès. Certes, me promener sous le soleil du désert me fit énormément de bien, mais, sans l'escorte d'Ahmed, il me fallut subir les assauts continuels de vendeurs à cheval et à chameau qui, tels des Apaches apercevant une diligence solitaire, flairaient en moi la proie facile.

Néanmoins, en dépit de la bonne vingtaine de fois que j'eus à repousser leurs attaques tel John Wayne dans *La Chevauchée fantastique*, ma petite excursion obtint sa récompense : la vue du haut de la colline était splendide, de celles qui justifient en soi tout un voyage.

Les trois pyramides s'élevaient, imposantes, entourées de sable caillouteux et d'une multitude de minuscules points colorés – les touristes – qui les assiégeaient comme des fourmis sur un croûton de pain. Au-delà du plateau de Gizeh, la ville du Caire s'étendait à perte de vue, estompée par le brouillard, la poussière et la pollution.

En contemplant ces montagnes artificielles aux lignes tracées au cordeau, j'essayai de les imaginer telles que Cassie m'avait dit qu'elles étaient à l'origine : recouvertes de blocs de pierre blanche et polie qui reflétait le soleil et les rendait visibles comme des phares colossaux au milieu du désert.

Si leur vision coupait déjà le souffle aujourd'hui, alors qu'elles n'étaient que l'ombre de ce qu'elles étaient jadis, quelle impression devaient-elles provoquer chez ceux qui les voyaient pour la première fois, des milliers d'années plus tôt ?

Il fallait avouer que j'avais du mal à croire qu'ils aient pu édifier cela en moins de vingt ans. Sans aller chercher bien loin, la Sagrada Familia, la basilique de Barcelone conçue par Gaudi, était en construction depuis plus de cent ans, bien qu'infiniment plus petite et disposant de toute la technologie moderne. Et achever une simple voie cycliste devant chez moi avait pris près de trois ans.

Certes, ce que laissait entendre le guide à propos des Martiens qui auraient bâti la pyramide me paraissait une couillonnerie, comme aurait dit Cassie, mais tandis que, assis sur mon rocher en haut de la colline, j'admirai avec un étonnement croissant ces merveilles âgées de milliers d'années, j'eus la conviction soudaine que leur véritable origine n'était pas celle qu'en donnaient les livres d'histoire.

L'heure écoulée, je retrouvai Cassie et Eduardo près du Sphinx, sans Ahmed, cette fois, et aussi éblouis que Vélasquez devant un tableau du Titien.

« Alors ? Il bouge, ou pas ? demandai-je en les rejoignant.

— Il est magnifique, dit le professeur, fasciné, sans s'occuper de ma question. Tu sais quel est son nom en arabe ? *Abou al-Hôl*, "Père de la terreur".

— Pourquoi ?

— Aucune idée, répondit-il en haussant les épaules. C'était peut-être pour éloigner les pilleurs de tombes.

— Et ça a marché ?

— Tu en as la preuve devant toi, dit-il en désignant le Sphinx. Dans l'Antiquité, on utilisait souvent les matériaux des édifices et des temples plus anciens pour en construire de neufs. Qu'il soit toujours debout après des milliers d'années démontre que la ruse a fonctionné. Certains disent même, ajouta-t-il en baissant la voix, qu'il y a une chambre secrète au-dessous ; mais, si c'est le cas, personne n'en a encore trouvé l'entrée.

— Et toi ? Tu te sens mieux ? s'inquiéta Cassie.

— Beaucoup mieux, merci. Pardon de vous avoir brusqués, dans la pyramide. Je crois que… bref, il va me falloir du temps pour surmonter… euh, vous savez quoi.

— Ne t'inquiète pas, fit la Mexicaine avec un geste minimisant la chose. Il n'y avait pas grand-chose à voir, en fait.

— C'est vrai. C'est assez inconcevable qu'elle soit si grande de l'extérieur, et si oppressante à l'intérieur. Et vous ? Quoi de neuf ? »

Cassie ouvrit les bras comme pour porter un plateau.

« Comme tu peux le voir, répondit-elle en se tournant vers le Sphinx, j'essaye d'assimiler ce truc. Si les théories du géologue Robert Schoch sont correctes, les traces d'érosion si marquées qu'il y a au-dessous de la tête du Sphinx seraient dues à l'eau ; ce qui impliquerait que, au lieu des quatre mille cinq cents ans qu'on lui attribue, il pourrait avoir le double ou même le triple, puisque c'est l'époque où cette région avait un climat humide.

— Ah, oui, cela me revient, dis-je en me rappelant la conversation que nous avions eue devant l'effigie d'un puma, dans la forêt amazonienne. À l'origine, la tête du Sphinx était celle d'un lion, et ce ne fut que des milliers d'années plus tard qu'un pharaon malin décida de la transformer en sa propre tête. Voilà pourquoi elle paraît si petite en comparaison avec le reste du corps.

— Eh bien, je suis étonné que tu t'en souviennes, dit le professeur.

— J'écoute. Je ne comprends pas tout, mais j'écoute. Je me rappelle aussi quelque chose à propos de la déification des félins, ajoutai-je en fermant à demi les yeux. Et qu'ils étaient en rapport avec le soleil, non ?

— Quelque chose de ce genre, acquiesça Eduardo. Les grands félins à pelage doré, comme les lions ou les pumas, étaient déjà adorés à la préhistoire en tant que représentation du dieu soleil sur la Terre. Cela fait partie de l'héritage de nombreuses cultures, dont des Andins, les Mésopotamiens, les Égyptiens ou même les chrétiens. Les Félins dorés, comme les appelle Valéria… Les… appelait…, rectifia-t-il tandis que son visage se voilait d'une soudaine tristesse.

— Vous savez quoi, prof ? dis-je en lui passant un bras autour des épaules. Tout ceci, c'est également pour elle que nous le faisons. Si nous parvenons à découvrir la vérité sur cette fichue figurine, si nous pouvons trouver un rapport avec la Cité noire, non seulement nous retrouverons notre crédibilité, mais on se souviendra d'elle aussi avec honneur.

— Merci. J'aimerais tant qu'elle soit ici, répondit-il avec abattement.

— Oui, nous aussi, dit Cassie en lui prenant le bras affectueusement.

— J'ai une idée, intervins-je avec un claquement de mains sonore. Pourquoi ne pas nous reposer un peu de toutes ces pierres et aller manger quelque chose ? Près de l'entrée, j'ai vu un restaurant assez sympathique, et je dois dire que je meurs de faim.

— Ça roule ! Je soutiens la motion, approuva Cassie.

— Je... je ne sais pas, fit Eduardo en regardant le Sphinx. Je trouve dommage de partir maintenant.

— Nous pouvons revenir plus tard, prof, affirmai-je en l'entraînant. Je crois que le père la terreur n'ira nulle part pendant notre déjeuner. »

Que ce soit la faim ou l'air du désert, les légumes grillés me parurent délicieux.

Étonnés de voir l'endroit presque vide – nous étions pratiquement les seuls convives –, nous interrogeâmes le garçon, qui nous expliqua que c'était la basse saison, et qu'en été ou à Noël, il y avait dix fois plus de touristes qui visitaient les pyramides. Tout en mangeant le dessert, je me demandais comment cela devait être avec dix fois plus de monde alors que je trouvais déjà qu'il y en avait trop, quand la porte du restaurant s'ouvrit pour laisser passer le type aux extra-terrestres, heureusement sans sa cohorte de supporters.

Ce devait être un habitué des lieux, car les serveurs le reçurent avec familiarité. Parmi les vingt ou trente tables libres qu'ils pouvaient choisir, ils décidèrent de lui donner, comme par hasard, celle juste à côté de la nôtre, comme si nous étions des enfants dans un parc, que leurs parents laissent les uns à côté des autres pour qu'ils jouent.

L'homme ne nous reconnut pas tout de suite : ce ne fut qu'en arrivant à sa place qu'il remarqua le professeur Castillo, puis Cassie, et enfin, moi.

« Tiens donc…, soupira-t-il avec lassitude, le monde est petit.

— Et le restaurant est grand, répliqua Eduardo en se retournant sur sa chaise pour souligner que nous étions seuls.

— Je m'appelle Cassandra, intervint celle-ci, qui se leva, la main tendue. Je vous demande pardon pour l'incident d'un peu plus tôt. Nous passons par une période compliquée.

— José Luis, se présenta-t-il à son tour en lui serrant la main.

— Ulysse, dis-je, suivant l'exemple de Cassie. Et ce monsieur qui vous regarde comme si vous lui aviez volé son portefeuille, c'est le professeur Eduardo Castillo.

— Professeur d'histoire, précisa l'intéressé sans faire mine de se lever.

— Je comprends…, murmura José Luis, comme si cela expliquait tout. Moi aussi, je le suis… ou du moins, je l'étais.

— Eh bien, on ne le dirait pas, marmonna Eduardo tout bas.

— Vous voulez vous asseoir avec nous ? Permettez-nous de vous inviter à déjeuner, pour nous faire pardonner, dit Cassandra, qui regarda le professeur du coin de l'œil tout en désignant la chaise libre à notre table.

— Je ne voudrais pas déranger.

— Alors…, commença Eduardo.

— Avec plaisir, José Luis, coupai-je en envoyant un coup de pied sous la table au vieux ronchon. Asseyez-vous, je vous en prie. J'espère que nous ne vous avons pas causé de problème avec votre groupe.

— Non, pas du tout. Quand on croit qu'il y a de la vie au-delà de l'archéologie officielle, on est habitué aux moqueries. Au moins, le professeur Castillo l'a fait bien en face. À propos, votre visage et votre nom me disent quelque chose, professeur, ajouta-t-il en se tournant vers celui-ci. Nous nous sommes déjà rencontrés ?

— J'en doute fort, rétorqua Eduardo avec hauteur.

— Je suis pourtant presque sûr que… »

Il se tut brusquement, prit son téléphone, écrivit quelque chose, et un sourire incrédule élargit son petit bouc.

« Je n'arrive pas à y croire ! C'est vous, n'est-ce pas ? »

Il retourna le portable et lui mit l'écran sous le nez.

On y voyait le professeur Castillo, l'air complètement déconcerté, assis devant le présentateur de cette horrible émission de télé.

« Ce… ceci a été une erreur, bredouilla Eduardo. Je n'aurais jamais dû aller à cette émission.

— Je crois me rappeler que vous parliez d'une cité perdue dans la jungle, non ? demanda José Luis d'une voix songeuse. Avec des pyramides immenses, des mercenaires qui voulaient vous assassiner, et… comment s'appelaient donc ces créatures ? Mucegos… moregos… Quelque chose de ce genre.

— Morcegos, dis-je.

— C'est ça, des morcegos, dit-il en claquant des doigts. Des êtres terribles, si je me souviens bien. Qu'est-ce que c'était ? Une tribu perdue ? Une espèce de simien ?

— Nous ne savons pas, mentit Cassie, qui n'avait pas envie de donner d'explications.

— Et cet endroit… » José Luis se pencha en avant, dédaignant la carte que le serveur venait de lui déposer sur la table. « Comment l'avez-vous baptisé ? J'ai le nom sur le bout de la langue.

— La Cité noire. Mais ce n'est pas nous qui lui avons donné ce nom. La tribu des Menkragnotis l'appelle ainsi, précisai-je.

— Incroyable…, souffla José Luis en se rejetant en arrière, ce qui fit grincer sa chaise sous son poids. J'aurais tant de questions à vous poser.

— Vous vous demandez si nous avons tout inventé, non ? » avança le professeur, sur la défensive.

José Luis eut une expression déconcertée, presque offensée.

« Pas du tout ! protesta-t-il en fronçant les sourcils comme si cela ne lui avait même pas effleuré l'esprit. Je me rappelle que, en regardant l'émission, j'étais indigné de voir avec quel mépris on vous traitait. Ce n'était pas une interview, c'était un vil guet-apens, déclara-t-il avec fermeté.

— Euh… hum… merci.

— Ne me remerciez pas, professeur. C'est une émission infâme. »

Il se pencha de nouveau, posant les coudes sur la table.

« Nombreux sont ceux qui vous ont écouté et qui vous ont cru, je vous assure. Moi, je vous crois.

— Merci, répéta le professeur, qui s'éclaircit la gorge en jouant avec sa cuiller à café. Mais parmi la communauté scientifique, personne ne l'a fait. Et, depuis ce jour, nous sommes tous les trois devenus des pestiférés. Nos carrières et notre vie professionnelle en général ont été brisées.

— Je sais ce que c'est, dit José Luis avec un sourire triste. Moi aussi, j'ai perdu mon emploi d'enseignant après avoir publié un travail dans lequel je remettais en question certains principes considérés comme fondamentaux en égyptologie. J'ai commis l'erreur de penser par moi-même, ajouta-t-il, haussant les sourcils et secouant la tête. Et vous voyez, j'ai dû me reconvertir en guide de tours *alternatifs*.

— Je suis désolé, dit Eduardo avec un étonnant accent de sincérité. Et, sur quoi portait votre travail ? Les extra-terrestres durant l'Antiquité ? demanda-t-il sans paraître se moquer.

— Mais non ! Ceci n'est qu'une adaptation aux temps qui courent. Si les clients veulent des extra-terrestres, je leur donne des extra-terrestres. »

José Luis claqua la langue, comme s'il avait honte d'avoir dit cela tout haut.

« Mon travail portait sur la datation des pyramides et du Sphinx, ainsi que sur l'origine réelle de ces constructions.

— Oui, nous avons lu quelque chose sur ce sujet, intervint Cassie. Vous parlez de la théorie qui se base sur l'érosion du Sphinx, selon laquelle il pourrait être vieux de plus de dix mille ans, non ?

— Quelque chose du même genre. Mais je ne le date pas de douze mille ans, comme Robert Schoch ou d'autres. Je suis persuadé, ajouta-t-il en baissant la voix, qu'il est plus ancien. Beaucoup plus ancien, en fait.

— Beaucoup plus de douze mille ans ? demanda le professeur, soudain intéressé.

— Je crois qu'il a plus de quinze mille ans, affirma-t-il avec conviction. Peut-être même vingt mille.

— Mais, ce serait au milieu du Paléolithique, objecta Eduardo.

— Je le sais parfaitement. Je suis persuadé que le Sphinx original ainsi que ces pyramides ont été érigés par une civilisation bien antérieure à celle des Égyptiens. Une civilisation terriblement avancée, qui s'est étendue en Méditerranée et qui aura décliné ou été détruite par un cataclysme ; après quoi elle a sombré dans l'oubli au cours des millénaires. Une civilisation dont seuls quelques exemples perdurent, comme ce que nous avons ici, dit-il avec un geste vers la porte du restaurant, et peut-être aussi cette Cité noire où vous êtes allés, en Amazonie. »

Alors, en écoutant la théorie de José Luis, j'eus l'impression que quelques pièces apparemment sans rapport entre elles, de deux puzzles que je croyais distincts, commençaient à s'assembler dans mon esprit.

47

Quelques moments plus tard, notre invité essayait de terminer son assiette de poulet-frites sans trop de succès tandis que Cassie et Eduardo le bombardaient de questions.

« Donc, vous croyez que ces pyramides ont été construites au-dessus d'autres, bien plus anciennes, répétait le professeur à la suite de la dernière affirmation de José Luis. »

Ce dernier finit de suçoter son aile de poulet, et, s'essuyant les doigts avec sa serviette, il acquiesça.

« En effet. Qui ont été érigées sur d'autres encore plus anciennes. Ce cycle s'est répété pendant des milliers d'années.

— En fait, cela s'est pratiqué dans presque toutes les cultures depuis la nuit des temps. Les rois mayas, par exemple, nous rappela Cassie, construisaient leurs pyramides par-dessus celles de leurs ancêtres. C'était à la fois leur rendre hommage et une façon de s'élever au-dessus d'eux, tout en bâtissant plus grand avec moins d'efforts, puisqu'il ne fallait pas partir de rien.

— Alors, d'après vous, qu'est-ce que c'était, à l'origine ? demandai-je avec intérêt. Des *mini-pyramides* où on enterrait les rois Cro-Magnon ?

— Qui peut savoir… Ce pouvait être des tombes ou des temples, sur lesquels, au cours des millénaires, on n'a cessé de construire jusqu'à en faire des pyramides. Mais ce dont je suis sûr, c'est qu'il a existé une civilisation très antérieure à l'époque pharaonique qui a commencé à édifier ses lieux sacrés ici, à Gizeh, ajouta-t-il avec conviction.

— Et pourquoi en êtes-vous si certain ? demanda Cassie. Vous avez des preuves ?

— Des preuves ? ricana José Luis. Pour trouver des preuves, il faudrait faire des fouilles à l'intérieur de la pyramide et atteindre les strates inférieures, mais c'est impossible. Les autorités égyptiennes refusent catégoriquement toute prospection approfondie. Leur argument est qu'ils ne veulent pas altérer le site, mais je crois que ce qu'ils craignent vraiment, c'est qu'on découvre quelque chose qui viendrait contredire l'égyptologie officielle. Néanmoins, ajouta-t-il après une pause, il nous reste une preuve que le ministère des Antiquités égyptiennes ne peut pas dissimuler.

— Laquelle ?

— La précession des équinoxes.

— Comme celles de la Semaine sainte ? m'étonnai-je, un peu perdu.

— *Précession*, Ulysse, pas *procession*, corrigea le professeur Castillo. C'est un mouvement de l'axe terrestre, n'est-ce pas ?

— En effet, confirma José Luis. La Terre ne tourne pas sur son axe de manière fixe, mais elle oscille très lentement, un peu comme une toupie. Le cycle de cette oscillation dure environ vingt-sept mille ans et fait que, avec le temps, l'étoile Polaire ne se trouve plus au nord et que toute la voûte céleste se déplace peu à peu. C'est presque imperceptible d'un siècle à l'autre, mais si l'on parle de millénaires, c'est autre chose.

— Je suis perdu, avouai-je en me grattant la nuque.

— Laissez-moi vous expliquer », dit-il en sortant un stylo de sa poche.

Et il écarta l'assiette qu'il n'avait pas finie pour écrire sur la nappe en papier blanc.

« Comme vous le savez, durant l'Antiquité on adorait le soleil et les étoiles, qui marquaient les cycles des récoltes, des crues, des saisons, etc. »

José Luis leva les yeux sur moi, assumant que j'étais le maillon faible de la dissertation, et demanda :

« D'accord ?

— Si vous le dites, concédai-je avec un haussement d'épaules.

— Eh bien, il s'avère que les pyramides et de nombreux autres temples égyptiens étaient parfaitement orientés sur les points cardinaux. »

Il fit une pause pour nous regarder un par un, et ajouta :

« Tous, sauf le Sphinx. Le Sphinx de Gizeh n'est dirigé vers aucun point du ciel en particulier. C'est comme si ses architectes avaient oublié cet élément crucial de leur mythologie.

— Et vous pensez que ce n'est pas le cas, déduisit Cassie.

— Bien sûr que non, sourit-il. Le Sphinx n'est orienté vers aucun point particulier... de nos jours. Mais, il y a environ douze mille ans, à cause de la précession des équinoxes, la disposition des pyramides correspondait très exactement aux trois étoiles qui forment le baudrier de la constellation d'Orion, expliqua-t-il, un doigt levé vers le ciel. Et, de la même manière, il y a aussi douze mille ans, le regard du Sphinx était tourné juste vers le soleil levant lors de l'équinoxe du printemps, qui se trouvait... devinez... dans la constellation du Lion.

— Stupéfiant, déclara le professeur. Donc, quand il a été construit, le Sphinx était un lion et il regardait vers la constellation du Lion.

— Et ce n'est pas tout, ajouta José Luis en balayant les miettes de pain pour dessiner sur la nappe les trois pyramides. Tout comme les trois pyramides de Gizeh – Khéops, Khephren et Mykérinos – sont le reflet exact des étoiles qui constituent le baudrier d'Orion dans le ciel, les pyramides de Dahchour, Abousir, Zaouiet el-Aryan et Abou Rawash correspondent elles aussi à la position d'autres étoiles, il y a douze mille ans. »

Chaque fois qu'il nommait une pyramide, il esquissait un petit triangle sur la nappe. Puis il traça deux lignes qui serpentaient sur la droite des pyramides de Gizeh. « Ceci, c'est le Nil. Il correspondrait à la Voie lactée. Vous voyez ? insista-t-il en passant la main sur la carte d'Égypte qu'il venait de dessiner. Toutes ces pyramides ont été construites comme une carte du ciel d'il y a douze mille ans. Bien avant l'existence de la civilisation égyptienne... ou d'aucune autre que l'on connaisse.

— Les pyramides sont sur la Terre le miroir des étoiles dans le ciel..., murmura Cassie en battant des paupières avec incrédulité. Mais, comment est-il possible que personne ne s'en soit rendu compte ?

— Oh, mais on s'en est rendu compte, évidemment, gronda José Luis. Mais, comme vous le savez bien, l'archéologie se base souvent sur des interprétations, des preuves partielles, voire des textes anciens que l'on considère comme vrais et sur lesquels on construit les récits correspondants. Sans aller plus loin, une grande partie de l'histoire de l'Égypte antique se base uniquement sur les textes de l'historien grec Hérodote d'Halicarnasse.

— Le père de la géographie et de l'histoire, dit aussitôt Eduardo, soulignant son importance. La source la plus fiable que nous ayons des temps anciens.

— Effectivement. Mais, bien qu'il ait réalisé un grand travail d'investigation et de documentation, il l'a fait en 450 avant Jésus-Christ. Des milliers d'années après l'histoire égyptienne qu'il narre dans ses *Histoires*. Tout scrupuleux qu'il ait été, il ne pouvait pas faire plus que réunir des chroniques et des légendes vieilles de plusieurs siècles. Songez qu'il y avait plus d'écart entre l'époque d'Hérodote et celle de l'Égypte antique qu'entre nous et Jésus.

— Mais, que faites-vous des hiéroglyphes ? observa Cassie. Certains attribuent la construction du Sphinx au pharaon Khephren. Cela n'invaliderait pas votre théorie ? »

José Luis se rejeta contre le dossier de sa chaise et sourit. Visiblement, il était content qu'on lui pose la question.

« Permettez-moi de vous retourner la question, dit-il en croisant les doigts sur son estomac. Qu'est-ce qui vous paraît le plus fiable pour dater le Sphinx ? D'un côté, nous avons un hiéroglyphe qui aurait pu être gravé n'importe quand ; quand on a remplacé la tête d'origine par celle du pharaon, par exemple. De l'autre, nous avons l'orientation d'une gigantesque statue en forme de lion qui pointe vers la constellation du Lion, représentation animale du dieu Soleil, le plus important de l'Antiquité. Quel critère vous semble le plus digne de foi ?

— Donc vous insinuez que les hiéroglyphes sont des faux ?

— Pas du tout. Ce serait aussi absurde que dire que toutes les plaques commémoratives d'Espagne sont des faux. Mais nous ne pouvons pas non plus assumer que quelque chose est véridique simplement parce que c'est gravé dans la pierre, vous ne croyez pas ?

— Voyons voir… que je m'y retrouve, intervins-je pour clarifier mes pensées. Je ne suis pas archéologue comme Cassandra, ni historien comme Eduardo, mais tout ce que vous nous racontez ressemble à un conte de bonne femme, sans vouloir vous offenser.

— Il n'y a pas d'offense.

— Bien, parce que je trouve incroyable que, si ce que vous dites est vrai, je n'en aie jamais entendu parler. Si c'est tellement évident, pourquoi n'en parle-t-on pas ? Pourquoi continuer d'enseigner une version fausse de l'histoire ?

— Parce que personne n'a envie de découvrir que tout son savoir n'est que mensonges, qu'il part de postulats erronés ou incorrects, répondit-il avec un regard significatif vers le professeur et Cassie. S'il s'avère qu'une civilisation inconnue a existé des milliers d'années avant les Égyptiens ou les Sumériens, toute l'histoire qui vient ensuite s'écroule comme un château de cartes. Quel égyptologue accepterait de bon cœur, après des dizaines d'années de travail, d'investigations et de dévouement, que ses connaissances soient en grande partie fausses ? Tromper quelqu'un est facile… mais faire admettre à quelqu'un qu'il a été abusé, c'est terriblement difficile. Tout le monde trouve plus simple de continuer de croire à un mensonge auquel il a cru toute sa vie que d'accepter qu'il fait erreur, ou que quelqu'un de plus futé s'est moqué de lui.

— C'est vrai, concédai-je.

— Eh bien voilà, fit José Luis en ouvrant les mains. Je vous invite à vérifier tout ce que je vous ai dit et à en tirer vos propres conclusions. Oubliez ce que vous croyez savoir et réfléchissez par vous-mêmes. C'est la seule manière d'atteindre la vérité.

— Nous le ferons, n'en doutez pas », affirma Eduardo.

José Luis jeta un coup d'œil à sa montre.

« Je serais ravi de passer l'après-midi à bavarder avec vous, dit-il, mais j'ai un autre groupe dans une demi-heure.

— Je peux vous poser une question, avant que vous partiez ? s'enquit Cassie en se penchant sur la table.

— Allez-y.

— Êtes-vous familiarisé avec la statuette de la Vénus de Willendorf ?

— Bien sûr, comme tout le monde.

— Fantastique, sourit-elle de ses yeux verts. J'aimerais vous demander si vous avez déjà vu, ou entendu parler d'une représentation similaire trouvée ici, en Égypte. »

Sans répondre, José Luis se caressa le bouc en promenant son regard sur la tablée.

« C'est là une question très spécifique, observa-t-il avec perspicacité. Pourquoi voulez-vous le savoir ? »

Nous échangeâmes un bref coup d'œil, puis Eduardo expliqua :

« Peu de gens sont au courant, mais, dans la Cité noire, nous avons découvert une statue de dix mètres de haut dont la facture rappelle étonnamment celle de cette déesse. Et, il y a moins d'une semaine…, ajouta-t-il en prenant une inspiration, comme s'il hésitait encore, nous en avons trouvé une autre, presque identique à celle de Willendorf quant à sa forme et sa taille, mais sculptée dans de l'albâtre. Elle porte le symbole d'Isis gravé sur son socle. »

Les yeux de José Luis s'écarquillèrent comme des soucoupes.

« Ici ? En Égypte ? demanda-t-il en vrillant la table de son index.

— Nous l'avons trouvée ailleurs, indiqua Cassandra sans entrer dans les détails. C'est pour cela que nous sommes venus en Égypte : nous voulons savoir si elle peut en être originaire. »

L'homme prit son temps pour assimiler l'idée et en évaluer les implications.

« La Vénus de Willendorf a plus de vingt-cinq mille ans.

— Minimum, nota Cassie.

— Mais alors…, murmura-t-il, pensif. Cela voudrait dire que son culte aurait survécu durant des millénaires : Isis n'apparaît pas avant l'Ancien empire, approximativement en 2.600 avant Jésus-Christ. Cela fait…

— Plus de vingt mille ans de différence, calcula rapidement Cassie.

— C'est trop long, affirma le professeur Castillo.

— Sauf si les architectes du Sphinx et créateurs de la carte céleste avec les pyramides sont venus avec la déesse de la fertilité, et que, au cours des millénaires, celle-ci ait évolué jusqu'à se convertir en une nouvelle divinité, Isis.

— Et notre statuette en serait la preuve, notai-je.

— Cela se tient, confirma le professeur. Nonobstant le caractère insensé de tout ceci, cela se tient. Mais nous ne savons toujours pas de quelle civilisation nous parlons. Une civilisation qui aurait apporté le culte de la déesse de la fertilité, érigé une carte du ciel en plein désert et construit une gigantesque statue de lion, que les Égyptiens ont fini par transformer en sphinx.

— Les Anciens, affirma alors Cassandra sans hésitation en se tournant vers le professeur. Ce sont forcément les Anciens. »

Et quelques nouvelles pièces de ce puzzle complexe firent clic, clic, clic, dans ma tête.

48

Sur la promesse de le tenir au courant de nos éventuelles découvertes, nous laissâmes José Luis retourner à ses clients, et nous consacrâmes le reste de l'après-midi à nous promener à l'ombre des pyramides et du Sphinx, observant désormais chaque détail sous un nouvel angle.

Certes, nous soupçonnions que la statuette trouvée dans le sous-marin devait avoir un rapport avec les Anciens, mais, après notre conversation avec José Luis, nos doutes s'étaient envolés. Ce dont nous avions besoin dorénavant, c'était des preuves. Si les nazis avaient mis la main sur l'effigie de la déesse, il se pourrait qu'il y ait quelque chose d'autre ailleurs qui vienne démontrer l'existence des Anciens.

Après cette conversation avec José Luis, une idée me trottait dans la tête, mais je n'arrivais pas à la définir. C'était comme un moustique bourdonnant dans une chambre obscure. Et, comme si c'était effectivement un insecte importun, je l'écartais d'un geste de la main et essayai de me concentrer sur l'immédiat.

« J'ai faim, déclarai-je.

— Tu passes ta journée à manger, mon garçon, rétorqua Eduardo.

— Réfléchir m'ouvre l'appétit. »

Cassie me toisa avec une grimace moqueuse :

« Ouais, c'est pour ça que tu es si maigre, non ?

— Qu'est-ce que tu insinues ? protestai-je, faisant l'offensé.

— Reconnais que tu es de ceux qui mettent les doigts dans une prise pour voir ce qui arrive, dit le professeur.

— Je n'ai fait ça qu'une seule fois, et j'étais gamin.

— Quatorze ans, précisa Cassie, selon ta mère.

— On fait tous des erreurs.

— Et le jour où tu as sauté du toit avec un bouquet de ballons ?

— Mon enfance n'a pas été aussi ennuyeuse que la vôtre, c'est clair. On peut aller dîner, maintenant, ou vous avez d'autres objections ? »

Il n'y en eut pas ; ce qu'il eut, en revanche, ce fut un bel embouteillage pour rentrer à l'hôtel. Par chance, il n'était pas aussi désespérant que celui du matin, tout en restant assez long pour que l'insidieux moustique refasse son apparition.

Le nez à la fenêtre passager, je laissais mon regard errer sur les toits des immeubles entre lesquels passait la voie rapide surélevée, et remarquai que beaucoup portaient des structures en bois, peintes de couleurs vives. J'allais interroger le chauffeur du taxi à propos de ces constructions, quand je vis soudain la porte de l'une d'elles s'ouvrir, et une volée de pigeons se rua dehors dans un désordre de battements d'ailes bigarrées, encouragés par les claquements de mains de l'homme qui leur avait ouvert.

Et, comme s'il venait de donner le coup d'envoi, tous les pigeonniers de tous les toits des faubourgs de Gizeh s'ouvrirent, vomissant des milliers d'oiseaux qui, se regroupant par dizaines ou même centaines, couvrirent le ciel empourpré du crépuscule cairote.

« Que c'est beau ! », murmura Cassie derrière moi.

Et ça l'était.

Par un curieux phénomène, certaines villes, toutes chaotiques, laides ou sales qu'elles soient, possèdent un charme inexplicable, une beauté qui s'épanouit comme une fleur sur un tas de fumier et qui fait que, contre toute logique, on finisse par en tomber amoureux. Mes sentiments envers Le Caire n'en étaient pas encore à ce stade, mais je devais reconnaître que je commençais à apprécier cette mégapole bruyante, contradictoire et décadente.

Les pensées et le regard perdus dans les nuages, quelque chose dans mon subconscient éveilla mon attention et me fit remarquer un de ces immenses panneaux publicitaires qui bordent l'autoroute. L'on y voyait, sous un texte incompréhensible écrit en arabe, une jolie femme qui portait un enfant dans les bras. Le fond était un dessin des trois pyramides sous un ciel étoilé. Ce qu'il promotionnait demeurait obscur.

Mais le moustique revint, en jouant de la trompette, cette fois.

Quelque neurone désespéré tentait de me dire quelque chose dans les tréfonds de mon cerveau, mais je ne pouvais pas l'entendre.

Nous avancions à dix à l'heure à cause des embouteillages ; j'eus donc tout le temps de regarder longuement le panneau, essayant d'y découvrir ce qui avait attiré mon attention.

Le dessin des pyramides n'avait rien de spécial. C'étaient les mêmes que j'avais vues sous tous les angles pendant la journée. Les étoiles ne me disaient rien non plus, et elles ne me semblaient reproduire aucune constellation précise.

Qu'est-ce que c'était, alors ?

La femme était jolie, mais ce n'était visiblement qu'un modèle qui, la chevelure cachée par un voile, jouait le rôle de la mère de l'enfant qu'elle portait. Une représentation stylisée et classique de la maternité, comme si c'était la...

« Sainte Vierge ! m'écriai-je en donnant un grand coup sur la carrosserie de la voiture. C'est cela ! »

Effrayé, le chauffeur fit une embardée. Si nous n'étions pas allés à la vitesse d'une tortue, nous aurions eu un accident.

« Miséricorde ! Tu m'as fait peur ! protesta le professeur.

— Que se passe-t-il ? s'inquiéta Cassie.

— Laissez-moi un portable ! criai-je en me tournant vers eux.

— Quoi ? Pourquoi ? demanda Cassie, déconcertée.

— Le mien n'a plus de batterie, dis-je en tendant une main impatiente. Allez !

— Le mien non plus. Tu veux bien nous dire ce qu'il y a ? Pourquoi te faut-il un portable ?

— Je vous expliquerai plus tard. Une idée m'est venue, mais avant de vous en parler, je dois vérifier si c'est possible. Prof ? Et le vôtre ? »

L'intéressé glissa la main dans sa poche et me tendit son téléphone.

Je ne savais pas vraiment comment vérifier mon hypothèse, mais je commençai par télécharger une application d'astronomie, puis je cherchai une carte où figuraient les étoiles que j'avais à l'esprit. Ensuite, j'ouvris l'application de Google Earth et j'y localisai une zone bien précise dont je pris une capture d'écran. Enfin, à l'aide d'une troisième application, d'édition photographique, celle-ci, je modifiai l'image des étoiles pour en faire un calque semi-transparent que je superposai à l'image de la surface terrestre.

« On peut savoir ce que tu fais ? » fit la voix de Cassie par-dessus mon épaule.

Je me tournai légèrement, et les vis tous deux collés au dossier de mon siège, s'efforçant de deviner ce que j'étais en train de faire.

« C'est une vue du Caire ? demanda le professeur en désignant l'écran.

— En effet.

— Et l'autre ? Qu'est-ce que c'est ? Des étoiles ? interrogea Cassie à son tour.

— Exactement.

— Très bien, dit Eduardo. Et maintenant, pourrais-tu nous expliquer ce que tu cherches à faire ?

— Les faire coïncider », répondis-je, concentré sur la manipulation de l'écran tactile du smartphone. Avec un ordinateur et une souris, tout aurait été bien plus simple ; mais j'avais hâte de savoir si mon inspiration subite avait du sens ou si c'était une parfaite idiotie.

« Coïncider quoi ? s'impatienta Cassandra. *La gran diabla*, Ulysse. Arrête d'être aussi cryptique.

— Eh bien, une image…, murmurai-je en finissant d'agrandir le cliché au maximum, avec l'autre.

— Ça, ce sont les pyramides, reconnut Cassie sur l'image agrandie. Et tu essayes de les faire coïncider avec… est-ce que c'est le Baudrier d'Orion ?

— Le prix va à la demoiselle, la félicitai-je en me tournant à demi.

— Et elles coïncident ? s'enquit le professeur. Je ne vois pas bien l'écran d'où je suis.

— Elles coïncident parfaitement. Y compris la légère déviation de la pyramide de Mykérinos par rapport aux deux autres.

— C'est juste ce que nous expliquait José Luis, qu'elles étaient alignées, rappela Cassie. Pourquoi ce besoin urgent de vérifier, Ulysse ? Tu ne pouvais pas attendre d'être arrivé à l'hôtel ?

— En fait, non. Parce que, ce que je voulais vérifier, ce n'était pas ça, dis-je tout en ouvrant le plan de la photo et élargissant la partie visible du Caire. C'était ceci », ajoutai-je en désignant un point lumineux, à l'ouest de la ville, presque à sa limite.

Je leur tendis le téléphone.

« C'est une autre étoile, avança Cassie après un instant. Une autre étoile superposée sur le plan de la ville. Mais… pourquoi ? »

Cette fois, je me retournai complètement sur mon siège.

« Eh bien, tu vois… toute la journée j'ai eu une pensée qui me trottait dans la tête, mais je n'arrivais pas à la saisir. Jusqu'à ce que l'ampoule s'allume en voyant une affiche, il y a deux kilomètres.

— Une affiche ? s'étonna Eduardo.

— Oui, une affiche avec une femme, mais la publicité n'a aucune importance, précisai-je avec un geste négligent de la main. Ce qui est important, c'est que tout s'est mis en place d'un seul coup. José Luis nous a dit que de nombreuses étoiles, comme celles du Baudrier d'Orion, coïncident avec des pyramides et des temples qu'il y a ici, en Égypte, non ? Et que même le Nil se trouve à l'emplacement qui correspond à la Voie lactée.

— Oui, c'est ce qu'il a dit.

— Eh bien, vous vous souvenez, hier, au musée, le type qui s'est occupé de nous nous a raconté que la représentation d'Isis dans le ciel, c'était l'étoile Sirius.

— C'est vrai, confirma Cassie.

— Si les Anciens, ou les Égyptiens, ou qui que soient les constructeurs des pyramides, ont été assez précis pour symboliser certaines étoiles sur la Terre… n'auraient-ils pas pu faire de même avec Sirius ? C'est-à-dire, avec la représentation d'Isis au firmament. »

Le professeur leva les mains comme s'il voyait une avalanche lui arriver dessus. « Doucement, doucement…, qu'est-ce que tu insinues ? Qu'il pourrait y avoir une pyramide à cet endroit ? Au milieu de… qu'est-ce c'est ? demanda-t-il en désignant le point blanc au-dessus du plan du Caire.

— Un quartier à la périphérie du Caire. »

Puis, regardant mieux, je rectifiai :

« Plutôt une ville, appelée… Zinayn. »

Je pris quelques secondes pour observer avec attention les coordonnées qui figuraient au pied de l'image : 30° 2' 10" Nord, 31° 10' 30" Est, sans réussir à trouver un sens caché à ces chiffres.

« Et ne crois-tu pas que s'il y avait quelque chose au milieu de la ville, quelqu'un s'en serait rendu compte ? » S'approchant davantage de l'écran, il ajouta : « Cela m'a l'air couvert d'immeubles.

— Pas totalement. Regardez bien, dis-je en zoomant au maximum. Juste sous le point où devrait se trouver la représentation de Sirius, il y a un terrain vague sans constructions. On dirait qu'il sert de parking.

— Mais il n'y a ni temple ni pyramide, Ulysse, insista-t-il. Ce n'est rien qu'un terrain vague.

— Ça ne se voit peut-être pas sur la photo. Les pierres ont pu être utilisées pour autre chose, ou bien c'est enterré sous le sable… Qu'est-ce que j'en sais ?

— Et qu'en pense l'archéologue de l'équipe ? Est-ce possible ? » demanda-t-il à celle-ci.

La Mexicaine, songeuse, paraissait avoir la tête ailleurs.

« Hein ? Eh bien… oui, ce serait possible, répondit-elle. De fait, de nombreux gisements ont été découverts dans des grandes villes. Il est très fréquent qu'on entreprenne la construction d'une station de métro ou d'un parking souterrain et qu'une construction millénaire apparaisse. Les humains sont très doués pour enterrer les choses. Mais j'étais en train de me demander, s'il y avait là un temple consacré à Isis…

— Quel serait son âge ? achevai-je, car j'y avais pensé aussi. Assez pour avoir une relation avec la déesse de la fertilité ?

— S'il existait un temple d'Isis assez ancien pour qu'on y ait rendu un culte à la déesse de la fertilité, ce pourrait être la preuve d'une relation directe entre les deux croyances, réfléchit le professeur Castillo.

— La preuve… de l'existence des Anciens », ajouta Cassie.

Plaçant le téléphone sous les yeux du chauffeur – qui s'était heureusement révélé appartenir à la classe des silencieux –, je lui montrai le point noté dans le GPS.

« *Can you take us there now?* lui demandai-je, en anglais.

— *It's too late, sir*, objecta-t-il en désignant l'endroit où le soleil s'était couché. *And Zinayn is a bad neighborhood.*

— Un mauvais quartier ? s'étonna Eduardo. *Why is a bad one* ?

— *It's dangerous. Dangerous for you, Christians*, précisa-t-il en le regardant dans le rétroviseur. *Many Muslim fundamentalists live there. Bad people.*

— C'est plein de fondamentalistes islamiques, traduisit Eduardo d'une voix inquiète. Ce n'est pas bon.

— Pour moi, ça pourrait être le Bronx des années 70, déclara Cassie. Je veux voir cet endroit de mes propres yeux. »

Je sortis mon portefeuille de ma poche et l'ouvris pour y prendre cinq billets de deux cents livres égyptiennes, que je déposai un par un sur le tableau de bord.

Le chauffeur de taxi regarda les billets, me regarda, et haussa les épaules, comme pour dire « c'est toi qui vois, mon gars. Moi, je t'aurais prévenu ».

« *As you wish, sir* », répondit-il. Et, dans un concert de klaxon furieux, il donna un coup de volant téméraire pour prendre la sortie la plus proche.

49

En quittant l'autoroute périphérique, nous pénétrâmes dans Le Caire véritable, celui que j'avais vu depuis la voie surélevée, avec ses rues ridiculement étroites, plongées dans le noir dès le coucher du soleil. Seules les lumières des fenêtres et de quelques balcons, ainsi que les apathiques ampoules à basse consommation des échoppes et des petits ateliers, éclairaient ce quartier au sol de terre battue et dont les immeubles se dressaient sur plusieurs étages couverts de poussière.

Les phares de la voiture poignardaient l'obscurité, révélant des chiens errants en train de fouiller dans les ordures amoncelées au coin des rues, des cyclomoteurs abandonnés, des ânes attachés devant chez leurs maîtres, et éblouissaient les quelques rares passants qui se retournaient sur nous, surpris de voir un taxi se promener dans ce coin à une heure pareille.

Finalement, nous débouchâmes à l'endroit qu'indiquait le GPS : un grand terrain vague au beau milieu du quartier où se serraient les bâtiments séparés par des voies étriquées. C'était un rectangle d'environ deux cents mètres de long sur quarante de large – comme ils diraient aux informations : l'équivalent de deux terrains de football mis bout à bout – dominé sur les quatre côtés par les immeubles d'habitation.

« Merde ! m'exclamai-je dès que la voiture s'arrêta.

Je ne m'attendais pas à cela.

Devant nous, une grille portait un panneau indiquant la construction imminente d'une nouvelle promotion d'appartements. L'esplanade était à présent un chantier encombré de pelleteuses, de grues et de camions assoupis avant de se remettre en marche le matin suivant.

« Tu es sûr que c'est ici ? demanda Cassie.

— Regarde toi-même, dis-je en lui montrant l'image de Google Maps sur le téléphone du professeur.

— Eh merde ! jura-t-elle en constatant que nous étions effectivement au bon endroit.

— Diable, quel manque de chance ! se lamenta Eduardo. Que faisons-nous, maintenant ? Nous partons ?

« — Partir ? Pas question. Je n'ai pas l'intention de m'en aller sans y avoir jeté un coup d'œil, déclarai-je tout en ouvrant la porte de la voiture pour descendre.

— Un coup d'œil ? » entendis-je le professeur répéter dans mon dos, tandis que je m'avançais jusqu'à la clôture.

C'était un grillage métallique d'environ deux mètres de haut, qui entourait tout le périmètre, mais permettait d'observer l'intérieur du chantier plongé dans la pénombre.

À l'heure qu'il était, il n'y avait plus personne au travail, les machines étaient arrêtées et les lumières éteintes dans toute l'enceinte, à l'exception de deux conteneurs situés sur un côté, qui paraissaient faire office de bureaux ou d'entrepôts.

« Nous arrivons trop tard », se désola Cassie en venant se placer à côté de moi.

En effet, mais pas de beaucoup. Sur le côté où nous nous trouvions, les travaux de cimentation de plusieurs immeubles avaient déjà débuté ; mais sur la plus grande partie de l'enceinte, on avait juste nivelé le sol. On parvenait même à distinguer vaguement, à l'autre bout du terrain, une humble bâtisse de plain-pied, à peine visible dans l'obscurité, que nous avions supposé être la demeure du propriétaire sur la prise de vue aérienne de Google Earth. Jadis une modeste maison de paysan entourée de ses cultures, qui allait être engloutie par l'insatiable expansion des faubourgs du Caire, tout comme la marée montante emporte un château de sable sur la plage.

« Voyons le côté positif, déclara le professeur. S'il existe un temple d'Isis enterré ici, ils tomberont dessus en creusant les fondations. Et comme il est obligatoire d'informer le ministère des Antiquités en cas de découverte, nous pourrions savoir en quelques semaines ce qui a été mis au jour. En fait, il se pourrait que ce soit un coup de chance qui nous épargnera du travail, ne croyez-vous pas ?

— Je n'y compterais pas trop, prof, dis-je avec un claquement de langue. Vous croyez vraiment qu'un promoteur qui a investi dans l'achat des terrains, l'obtention des permis, l'équipement et tout le reste, préviendrait les autorités qu'il a trouvé des ruines, au risque de voir fermer son chantier et de perdre tout l'argent dépensé ?

— Cela dans mentionner le fait que faire des trous avec une pelleteuse n'est pas le moyen le plus indiqué pour préserver un gisement

315

archéologique, ajouta Cassandra. Ils pourraient le détruire sans même s'en rendre compte. »

Le professeur se gratta le cou.

« Vu ainsi… Et si nous informions nous-même le ministère des Antiquités ? suggéra-t-il. Pour assurer le coup.

— Avec quelles preuves ? objecta Cassie. En leur parlant de nos déductions qui se basent sur des spéculations, des hypothèses alternatives et une statuette en albâtre qui ne devrait pas être en notre possession ?

— C'est vrai aussi… Mais alors, que faire ? Nous ne pouvons pas rester les bras croisés.

— Nous ne le ferons pas, prof, dis-je tout en agrippant le grillage que je secouai un peu pour en éprouver la solidité.

— Je ne crois pas que tu puisses le faire tomber, observa Cassie, ne plaisantant qu'à demi.

— Ce n'est pas mon intention », rétorquai-je.

Aussitôt, je sautai pour m'accrocher au bord supérieur de la clôture, je me hissai à la force des bras, et, passant une jambe, puis l'autre, aussi agilement que je pus, je me laissai tomber de l'autre côté. Je me reçus en fléchissant les genoux et prenant légèrement appui sur mes mains. Je faillis lever les bras en croix pour saluer le jury.

« Mais… qu'est-ce que c'est que cette connerie que tu nous fais ? demanda la Mexicaine, étonnée.

— Je vais jeter un coup d'œil, comme je vous l'ai dit.

— Non, *mano*, ce que je veux savoir, c'est pourquoi tu n'es pas passé par là », répondit-elle avec un mouvement vers sa gauche.

Comme de bien entendu, il y avait à quelques mètres une porte ouverte dans la clôture, que je n'avais bien évidemment pas remarquée.

« J'avais envie de faire de l'exercice, alléguai-je en faisant semblant de faire des étirements.

— Oui, bien sûr, répondit Cassie qui retenait un fou rire.

— Vous voulez entrer ? demanda le professeur en regardant l'ouverture d'un air méfiant. Est-ce que ce ne sera pas… euh… illégal ?

— Si, probablement, dit Cassie en franchissant tranquillement l'entrée.

— Je ne sais pas si c'est une bonne idée.

— Ne vous inquiétez pas, prof, lui dis-je avec un clin d'œil malicieux. Vous êtes trop vieux pour qu'on vous mette en prison. »

Éclairés seulement par la lune à son premier quartier qui venait de se lever au-dessus des immeubles, nous pénétrâmes dans l'enceinte en essayant de ne pas nous faire voir. L'endroit ne paraissait pas surveillé, mais quelqu'un qui nous apercevrait de sa fenêtre pourrait prévenir la police, et nous n'avions aucune excuse pour justifier notre présence, à part jouer le rôle de touristes étourdis avec un sens de l'orientation désastreux.

Nous traversâmes d'abord la zone où l'on avait déjà commencé à élever les fondations de trois édifices ; il nous fallait serpenter entre des montagnes de matériaux ou de terre et prendre garde de ne pas tomber dans l'un des multiples trous hérissés de tiges de fer longues de plusieurs mètres.

« Ce sera difficile de trouver quelque chose ici, se plaignit le professeur.

— Et encore plus dans le noir, renchérit Cassie. Dommage que nous n'ayons pas de lampe-torche.

— Nous risquerions d'attirer l'attention, rappelai-je en leur désignant les immeubles voisins dont beaucoup avaient des fenêtres éclairées. Vos yeux vont s'accoutumer à l'obscurité petit à petit, vous verrez.

— Nous ne sommes pas des chats, grogna Eduardo.

— De toute façon, prof, vous ne voyez pas clair de jour non plus.

— Ça, c'est intéressant, m'interrompit Cassie, agenouillée près d'une montagne de terre de plusieurs mètres de haut. Toute cette terre doit venir de là-dessous, supposa-t-elle en montrant la base des constructions commencées. Si je pouvais la passer au crible, je trouverais peut-être un fragment identifiable.

— Désolé, mais je n'ai pas apporté le tamis, répondis-je en palpant mes vêtements.

— Très drôle. Mais ça n'aurait peut-être pas été nécessaire : ils en ont généralement sur les chantiers, pour tamiser le sable.

— En voilà un, informa Eduardo en ramassant une caissette en bois dont le fond était en grillage. Allons, mettons-nous au travail.

— Tamiser un tas de terre me paraît passionnant, dis-je avec une grimace, mais avant, j'aimerais jeter un coup d'œil au reste de l'enceinte.

— Tu es en train de te défiler.

— Pas du tout, mentis-je, mais je veux tout voir, pour ne pas risquer de passer à côté de quelque chose d'important.

— Mais oui, soupira la Mexicaine, qui savait lire dans mes pensées.

— Je reviens tout de suite », mentis-je derechef.

Et, non sans un léger remords, je m'éloignai au pas de course.

Essayant de ne pas mettre le pied dans un trou, j'explorai le terrain en zigzaguant, espérant ne rien rater d'intéressant. Mais je compris très vite que je n'étais probablement pas capable d'identifier ce qui aurait de l'intérêt, même si je tombais le nez dessus.

Au bout d'une heure, j'étais de retour auprès de Cassie et Eduardo qui, comme je le craignais, étaient toujours en train de gratter et tamiser.

« Alors ? Tu as trouvé quelque chose d'intéressant ? demanda Cassie qui se redressa en essuyant du bras son front en sueur. Une pyramide ? Un temple d'Isis ? Un bar ouvert ?

— Le bar, j'aurais bien aimé, rétorquai-je sans relever le reproche subtil. Mais non, ni l'un ni l'autre. À partir de la moitié, plus ou moins, ajoutai-je en me tournant dans la direction d'où je venais, ils ont remué un peu la terre et creusé ici et là ; je suppose qu'ils faisaient des sondages ou quelque chose de ce genre.

— Et la maison ? demanda Eduardo.

— Rien. C'est juste une vieille baraque en briques avec un patio. Ce devait être là qu'habitait le propriétaire du terrain. La porte est fermée de l'extérieur, avec un cadenas rouillé ; elle doit être abandonnée depuis un sacré bout de temps.

— Dommage.

— Et vous ? Vous avez trouvé de l'or ? lançai-je en désignant le tamis.

— *No mames, wey*, répliqua Cassie, qui revenait à l'argot mexicain dès qu'elle était irritée ou fatiguée. Ça fait une heure qu'on bosse pendant que tu te balades. »

Bon, elle était très fatiguée.

« D'accord, capitulai-je. Je vais vous aider… Qu'est-ce qu'il faut faire ?

— Il faut chercher dans la terre tout fragment de céramique ou de pierre qui ne semble pas naturel, expliqua le professeur avant que Cassie ne le fasse.

— Compris. »

Je m'accroupis pour ramasser un caillou de forme aplatie et triangulaire.

« Quelque chose comme ça ? demandai-je en le lui tendant.

— Fais-moi voir… »

Il se rapprocha tout en essuyant ses lunettes d'écaille.

« Diable ! fit-il avec surprise. Où était-ce ?

— Juste ici, à mes pieds.

— Fais voir, intervint Cassie, qui s'approcha aussi pour prendre l'objet. Il me faut de la lumière.

— Professeur, la lampe du portable.

— Ah ! C'est vrai. »

Il sortit son téléphone et alluma la lampe qu'il dirigea vers la pierre.

« On dirait… un fragment de céramique », marmonna l'archéologue.

Elle cracha sur le caillou et, du coin de son chemisier, elle le frotta pour le libérer de sa terre.

Ce qui apparut une fois propre était d'un blanc pur et paraissait venir d'une assiette ou d'un plat.

« Sainte Vierge ! s'écria le professeur. C'est de l'albâtre, comme la statuette.

— Ça ne peut pas être un hasard, affirma Cassie en élevant le fragment devant elle comme si elle ne pouvait pas croire à ce qu'elle avait entre les doigts. Les artefacts en albâtre sont très rares. Alors, soit nous avons eu une chance extraordinaire de l'avoir trouvé…

— Ce n'est pas de la chance ! protestai-je. J'ai tout simplement une vue excellente, et un talent inné pour trouver des objets de valeur.

— Tu ne peux même pas retrouver tes chaussettes dans le tiroir de l'armoire, me rappela-t-elle en arquant un sourcil. Donc, soit tu as eu la bonne fortune de trouver l'aiguille de la botte de foin, soit ce terrain pourrait être un gisement archéologique de premier ordre.

— Enfin ! se réjouit Eduardo, mains jointes et regard levé vers le ciel. Il était temps que nous ayons un peu de chance. »

Et il n'avait pas fini de parler qu'une lampe puissante nous aveuglait comme le projecteur d'un théâtre.

Quelqu'un que nous ne voyions pas rugit d'une voix autoritaire :

« *Arfae yudik 'aw "atlaq alnaara* ! » ordonna-t-il en arabe, puis il répéta, en anglais : « *Put your hands up or I'll shoot* ! »

Pendant un instant, nous restâmes pétrifiés, sans savoir comment réagir. Alors se fit entendre le *clic* bien reconnaissable du percuteur d'un revolver, et nous levâmes les mains à l'unisson.

Notre chance n'avait pas duré longtemps.

50

Nous nous retrouvions donc au milieu de nulle part, en pleine nuit, sans que quiconque sache où nous étions – à l'exception d'un chauffeur de taxi qui devait probablement avoir déjà décampé –, en compagnie d'un inconnu qui braquait sur nous un pistolet. Si l'on donnait à un tueur à gages l'opportunité de décider où assassiner et enterrer ses victimes, il choisirait certainement un endroit comme celui-ci.

« Nous ne sommes pas armés ! *We are unarmed* !, l'informai-je.

— *Knee on ground* ! » ordonna l'homme.

Obéissants, nous nous mîmes à genoux, les mains toujours levées. Aux types qui me crient dessus dans le noir en me visant avec un pistolet, je dis systématiquement oui.

« *We are unarmed* », insistai-je.

J'avais le faisceau de sa lampe directement dans les yeux ; je ne pouvais donc pas savoir si nous avions devant nous un policier, un gardien zélé, ou si nous étions sur le point d'être kidnappés par l'État islamique.

« *Who are you* ? *What are you doing here* ?

— *We are tourists. We got lost* », mentit Cassie avec aplomb, prétendant que nous étions des touristes égarés.

Le faisceau de lumière se posa sur elle, et quand l'inconnu reprit la parole, c'était sur un ton bien moins agressif.

« *Tourists* ? s'étonna-t-il. *What are you doing here* ?

— *We are amateur archaeologists*, répondit-elle en modifiant légèrement sa version. *We thought this was an archaeological site.* »

Avec son air de parfaite innocence, même moi j'aurais avalé que nous étions des archéologues amateurs croyant se trouver sur un site de fouilles. D'ailleurs, si on y réfléchissait, cela n'était pas très éloigné de la vérité.

« *This is not an archaeological site*, expliqua candidement l'homme qui tenait la lampe-torche. *This is a construction site.*

« — *Oh* ! *I'm so sorry* ! s'excusa Cassandra en joignant les mains pour demander pardon. *We made a mistake.* »

L'inconnu réfléchit un instant, et arriva probablement à la conclusion que nous n'avions pas l'air bien dangereux, puisqu'il tourna sa lampe vers lui pour que nous le voyions. Avec un geste de la main nous autorisant à nous relever.

« *I'm Ibrahim, the security guard* », précisa-t-il, au cas où l'uniforme, la casquette et le ventre proéminent qui débordait de son pantalon n'auraient pas suffi à nous faire comprendre que c'était le vigile.

C'était un homme corpulent, avec une casquette trop petite posée sur son crâne rasé et une chemise bleue ornée de galons aux épaules, comme s'il était un vrai policier. À la lumière subjective de sa lampe, Ibrahim eut un sourire endormi. Son visage peu soigné suggérait une quarantaine mal portée, et son sourire, une relation épisodique avec sa brosse à dents.

« *I'm Cassie. Nice to meet you*, se présenta la Mexicaine avant de nous désigner, le professeur et moi : *And they are Ulysse and Professor Castillo.*

— *How... How did you get here* ? dit Ibrahim qui balaya l'extérieur de sa torche, se demandant comment nous étions arrivés ici.

— *By taxi*, affirma Eduardo, qui se tourna dans la même direction pour vérifier que celui-ci n'était plus là où nous l'avions laissé.

— *This place is dangerous for westerners*, nous dit-il, soulignant comme l'avait fait le chauffeur de taxi la dangerosité de ce quartier en ce qui concerne les Occidentaux.

— *We know that* », répondit Cassie. Puis, battant des cils : « *But we are safe now, right* ? *You will protect us.* »

Promu protecteur des belles archéologues désemparées, Ibrahim bomba le torse et s'efforça en vain de rentrer son ventre.

« *Yes, of course* », répondit-il, fier comme un coq dans un poulailler.

Comme par magie, le brave homme qui nous menaçait de son pistolet moins d'une minute plus tôt venait de se convertir en défenseur de la blonde damoiselle et sa suite.

Avec ses grands yeux verts et son air innocent, Cassie était plus dangereuse que les intégristes armés censés traîner dans le coin.

« *But... sorry, that's not my job, madam. I don't have time*, dit le gardien, qui sembla soudain réaliser que ce n'était pas son boulot et qu'il ne pouvait pas nous protéger et surveiller l'enceinte en même temps.

— *And if we buy a little time here ? Do you think that's possible ?* » suggérai-je en prenant quelques billets dans mon portefeuille pour lui « acheter un peu de temps ».

Quatre cents livres égyptiennes plus tard, et à la condition qu'il ne nous pose pas de questions, nous pûmes rester un peu sur le chantier, que nous explorâmes à notre gré, escorte armée et lampe-torche comprises.

Manifestement, dans un pays où la corruption était tellement bien enracinée, il était facile d'obtenir gain de cause dès lors que l'on avait de l'argent en poche. Je ne voulais pas penser à ce que cela représentait à l'échelle de toute une nation. Politiciens, militaires et chefs d'entreprises... tout ce beau monde exploitait les ressources et la population pour remplir en toute impunité leurs comptes bancaires dans des paradis fiscaux, sous la protection de juges qu'ils avaient eux-mêmes désignés.

Voilà qui me rappelait quelque chose...

« Nous devons informer les autorités, insista Eduardo en tournant entre ses mains le fragment que j'avais trouvé. Nous avons notre preuve, maintenant. »

Nous parcourions le chantier avec tout le soin que nous permettait l'obscurité, balayant le sol de la lampe-torche, en quête du moindre indice qui révélerait l'existence d'un temple inconnu sous nos pieds.

« Ce n'est pas suffisant, professeur, allégua Cassie. J'aimerais que ça le soit, mais il en faut davantage pour être pris au sérieux.

— Et même si nous avions davantage... il y a trop d'argent investi ici pour qu'ils paralysent tout pour un morceau de vaisselle cassée, murmurai-je en reproduisant le signe international qui consiste à séparer deux billets de banque.

— Il faut revenir de jour, dit Cassie. Cet endroit est trop grand, et avec une bête lampe nous n'arriverons à rien.

— Revenir de jour risque d'être compliqué, objectai-je. N'oublie pas que c'est un chantier. Je ne crois pas qu'on nous laisserait passer tranquillement avec une pelle et un seau.

— Nous pourrions les soudoyer, comme Ibrahim, suggéra le professeur avec un geste vers ce dernier qui se tenait derrière lui.

— Tous ? Graisser la patte d'un garde de sécurité qui s'ennuie, c'est une chose ; mais avec un chef de chantier, ce serait une autre paire de manches. Nous n'avons pas autant d'argent.

— Il nous reste encore pas mal sur ce que Max nous a payé, rappela Cassie. Je crois que cela vaut la peine d'être tenté.

— Alors… que faisons-nous ? demanda Eduardo. Nous rentrons à l'hôtel et revenons demain avec une enveloppe pleine de billets ?

— Avant, j'aimerais aller voir la maison abandonnée, déclara Cassie, qui désigna la vieille baraque blottie sous un énorme figuier.

— J'ai déjà jeté un coup d'œil, lui rappelai-je.

— Je sais, mais j'aimerais la voir moi aussi. Autrefois, les gens réutilisaient des briques ou des blocs de pierre anciens pour construire leurs maisons. On ne sait jamais.

— Je trouve que c'est une bonne idée, approuva le professeur. Après, nous irons dîner et nous coucher. Je n'ai plus l'âge de ce genre d'exercices. »

Nous avançâmes vers la vieille ferme abandonnée qui, ayant jusque-là résisté vaillamment aux assauts de la mégapole qui l'entourait, allait quand même finir par être engloutie et enterrée sous des tonnes de ciment.

La maison devait faire un peu plus de cent mètres carrés, avec un petit patio pourvu d'un vieux puits ; elle avait été construite en briques d'adobe et peinte d'un bleu délavé à présent écaillé par le manque d'entretien. La porte cadenassée et l'intérieur sombre que l'on pouvait distinguer à travers les vitres sales révélaient clairement qu'il y avait bien longtemps que plus personne n'habitait là.

« Abandonnée, ratifia le professeur en scrutant par une fenêtre à la lumière de son portable.

— On voit quelque chose ? s'enquit Cassie tout en examinant la façade à l'aide de la lampe-torche.

« — Pas grand-chose, à dire vrai. L'intérieur a l'air intact, mais il n'y a rien qui… Oh ! Que c'est curieux !

— Quoi ? demandai-je en m'approchant.

— Regarde, dit-il en me tendant son téléphone tout en s'écartant. Tu ne vois rien de bizarre ?

— Voyons… »

J'éclairai une pièce que je supposai être le salon. Les murs étaient peints en vert bouteille, il y avait au plafond une lampe ornée de toiles d'araignée ; sur un côté, une table entourée de chaises maltraitées par le temps, un vieux sofa, une télévision qui devait dater du dix-neuvième siècle, quelques livres et une demi-douzaine de photographies encadrées sur un mur.

« Tu as vu ?

— Quoi ? Que la femme de ménage n'est pas venue depuis longtemps ?

— Mais non, enfin. Regarde bien. Regarde ce qu'il y a au-dessus de la télé. »

Je regardai.

Une croix en bois dont la partie supérieure avait la forme d'une goutte inversée était accrochée au mur, entre deux portraits de famille en noir et blanc.

« C'est une croix égyptienne, non ?

— Cela s'appelle une *ankh*. On la connaît également sous le nom de clé de vie, et c'est une évolution simplifiée du symbole du *tyet*, celui qui est gravé sur la statuette d'albâtre et qui représente la déesse Isis. »

Je regardai de nouveau par la fenêtre.

« Alors… l'homme qui vivait ici était un adorateur d'Isis ?

— Mais non, sourit Eduardo à cette idée. En réalité, l'*ankh* a été adoptée comme croix par les chrétiens coptes d'Égypte. De fait, on la désigne aussi sous le nom de croix copte. La personne qui vivait ici devait être un chrétien, un copte.

— Au milieu d'un quartier de musulmans radicaux. C'est pas de bol.

— Songe qu'il y a encore quelques années, il n'y avait ici que des champs cultivés. Le pauvre homme a été dévoré par la ville et l'intégrisme du vingt et unième siècle. »

À cet instant, Cassie finissait de faire le tour de la maison et apparaissait de l'autre côté, lampe à la main.

« Alors, vous avez vu quelque chose d'intéressant ? demanda-t-elle sans trop d'espoir.

— Pas beaucoup, avouai-je. Il semblerait que le fermier était un chrétien copte. Il y a une de ces croix avec une tête ronde au-dessus de la télé.

— Une *ankh* ?

— Oui, c'est ça. Et toi ? Tu as trouvé quelque chose ?

— Rien de rien, soupira-t-elle en éteignant la lampe-torche. C'est une simple maison en adobe. Si on l'a construite avec les pierres d'un temple, je n'ai pas réussi à le voir.

— Bon, nous sommes fatigués et il fait noir, dis-je. Demain, à la lumière du jour, nous y verrons plus clair.

— Hum… je n'en suis plus si sûre.

— Qu'est-ce que tu veux dire ? demanda Eduardo avec surprise. Tu ne veux plus revenir demain ?

— Comment ? Non ! Je veux dire, oui. Je veux revenir, évidemment. Mais j'ai réfléchi…

— Tu me fais peur, marmonnai-je.

— J'ai réfléchi, répéta-t-elle en me donnant un léger coup de poing à l'épaule, et je crois que nous sommes pressés par le temps. Même si nous réussissions à soudoyer le responsable du chantier, nous n'avons ni les permis, ni les moyens, ni le temps nécessaire pour réaliser une étude du gisement qui pourrait être recevable par le ministère des Antiquités. Il ne suffit pas de dénicher quelques tessons et de les leur apporter sur un plateau. Il faut aussi démontrer comment et par quels moyens ils ont été trouvés. »

Eduardo croisa les bras et leva les épaules :

« Alors, que veux-tu faire ? Comme tu le dis, nous ne pouvons pas mener à bien des fouilles dans les règles.

— Il nous faut quelque chose de mieux que quelques fragments », déclara-t-elle. Et, sous l'éclairage diffus que laissaient passer des fenêtres vides, je distinguai clairement le sourire rusé qui se dessinait sur son visage tandis qu'elle poursuivait :

« S'il y a sous nos pieds les vestiges d'un antique temple d'Isis, nous avons besoin d'une preuve sans équivoque et indiscutable de son existence. Quelque chose que ni le ministère des Antiquités ni l'UNESCO ne pourront ignorer afin qu'ils soient obligés d'interrompre les travaux.

— Et comment comptes-tu faire ? m'enquis-je, sincèrement intrigué.

— Avec un GPR.

— Un GPS, tu veux dire.

— Non, Ulysse. Un GPR est un géoradar. Un radar de sol.

— Ah ! Bien sûr ! s'écria le professeur. Avec cela, on peut voir à travers plusieurs mètres de terre. Quelle bonne idée !

— Ça existe ? m'étonnai-je.

— Absolument, confirma Cassie. C'est comme un radar normal, mais il est pointé vers le sol pour détecter des objets ou des structures enterrées. Il est utilisé depuis des décennies en archéologie, mais le système s'est beaucoup perfectionné ces dernières années. Avec un bon GPR, nous pourrions enregistrer tout le terrain en… je ne sais pas, moins de huit heures, peut-être.

— Cela me semble parfait, déclarai-je, ravi de ne pas avoir à passer des jours ou des semaines à pelleter de la terre. Et tu sais où en trouver un ?

— Pas encore, avoua-t-elle. Mais il n'y a aucun pays au monde qui possède une densité de fouilles archéologiques au kilomètre carré plus importante que celui où nous sommes. Je ne crois pas que ce soit difficile d'en trouver un, mais ce ne sera pas bon marché. Surtout si nous en voulons un de qualité.

— Si nous pouvons le payer, c'est un bon investissement, dis-je. Qu'est-ce que vous en pensez, prof ?

— J'en pense qu'il est temps de rentrer à l'hôtel, répliqua-t-il en saisissant son portable. J'espère qu'il y a assez de réseau pour appeler un taxi. »

51

La journée suivante fut consacrée dans sa presque totalité à chercher qui pourrait nous louer un géoradar ; après plusieurs négociations qui n'aboutirent pas, nous entrâmes finalement en contact avec une fondation archéologique allemande qui avait dû suspendre ses fouilles pour deux semaines, et qui accepta de nous louer son GPR et l'équipement de traitement des images.

L'après-midi, nous nous rendîmes à Saqqarah, où l'appareil était stocké dans un entrepôt des environs. Par chance, il ne pleuvait plus et la circulation était bien plus fluide que la veille. Vers dix-neuf heures, nous étions donc en possession de tout le matériel nécessaire et nous nous dirigeâmes avec optimisme vers le chantier.

Nous avions loué un pick-up avec chauffeur – je n'aurais pas voulu conduire dans le trafic démentiel du Caire pour tout l'or du monde –, dans la benne duquel se trouvait, à l'abri d'une bâche, le GPR USRadar Q25 qui, si ce n'était l'antenne GPS et l'écran sur le guidon, aurait pu passer aisément pour une tondeuse à gazon.

« Tu es sûre que tu sauras t'en servir ? demandai-je à Cassie, le pouce pointant vers l'arrière.

— Je pense, oui, répondit-elle tout en feuilletant un mode d'emploi épais de cinq cents pages. J'en ai utilisé un très similaire, dans des fouilles au Yucatan, il y a plusieurs années. Il n'était pas aussi moderne, mais le principe reste le même.

— Pour moi, c'est de la magie, fit le professeur. Voir à travers le sol... Quelle profondeur atteint-il ?

— Cela dépend de plusieurs facteurs, comme la composition du sol, sa densité, son humidité ou le niveau de détail souhaité, énuméra-t-elle en levant un doigt après l'autre. Si l'on cherche de petits objets, la définition se perd au-delà d'un ou deux mètres. Mais si, comme nous, on cherche des structures de pierre importantes dans un terrain sableux, cet équipement nous permet de sonder jusqu'à cinq, six, voire sept mètres de profondeur.

— Pas mal, jugeai-je, calculant que cela correspondait à presque trois étages.

— C'est énorme, corrigea-t-elle. Il y a quelques années, ç'aurait été impossible.

— J'ai hâte d'être arrivé, dit Eduardo en se frottant les mains avec allégresse. Vous avez parlé au vigile ?

— Ibrahim ? Oui, tout est arrangé, répondis-je. Nous aurons toute la nuit pour travailler tranquillement. Si quelqu'un vient fouiner, il dira que nous appartenons à l'entreprise de construction et que nous mettons à profit les heures où il n'y a ni ouvriers ni engins en marche.

— Magnifique. Eh bien, tout me paraît plus ou moins organisé, non ?

— Oui, mais vous savez ce qui se passe quand nous croyons avoir la situation bien en main.

— Ne fais pas l'oiseau de mauvais augure, me reprit Cassie. J'ai le pressentiment que tout ira bien, cette fois. »

Lorsque nous arrivâmes sur le chantier, au moment où la nuit prenait possession du quartier de Zinayn, Ibrahim nous attendait déjà près de l'entrée principale, avec la grille ouverte en grand et le sourire aux lèvres.

« Il est bien aimable, commenta Eduardo en le voyant.

— Il peut l'être, je lui ai promis cent euros pour passer la nuit à se gratter la panse. »

Notre chauffeur stoppa le pick-up un peu après l'entrée, et nous déchargeâmes précautionneusement le GPR – l'engin coûtait vingt-cinq mille euros, mieux valait en prendre soin – et le reste de l'équipement que nous avions apporté. Ayant informé le chauffeur que nous lui téléphonerions pour qu'il vienne nous reprendre, nous lui dîmes au revoir avant de pénétrer dans l'enceinte.

Sans perdre une minute, Cassie mit le géoradar en marche et le connecta à l'ordinateur portable qui devait interpréter sous forme d'images en trois dimensions les signaux à 400 mégahertz. Quand la tondeuse à gazon de grand luxe fit entendre un triple bip de confirmation, l'archéologue se frotta les mains avec satisfaction.

« Ça y est ! Maintenant, il ne reste plus qu'à peigner le terrain suivant une grille de balayage d'un mètre de large. » Elle nous regarda, Eduardo et moi, et demanda : « Qui va commencer ?

— Moi, je voulais examiner l'endroit où nous avons découvert le fragment, hier, dit le professeur en se tournant vers le monticule de terre. Qui sait ce que je pourrais trouver ?

— Moi je dois gérer d'ici le software du GPR, déclara Cassie en désignant l'ordinateur allumé sur une table de camping.

— Je vois, soupirai-je avec résignation. Le travail le plus dur, c'est pour bibi, comme d'habitude.

— Tu aurais dû faire des études, plaisanta Eduardo en me donnant une petite tape dans le dos, avant de s'éloigner à la recherche d'un tamis.

— Regarde, Ulysse », indiqua la Mexicaine en me montrant l'écran du GPR, alors que je suivais des yeux le professeur en évaluant la possibilité de lui lancer un caillou.

« Ulysse, répéta-t-elle en m'attrapant par le bras pour que lui prête attention, tu devras surveiller ces lignes-là pendant que tu avanceras. Je l'ai programmé de telle manière que tu n'as qu'à les suivre en marchant juste un peu plus lentement que la normale ; pas plus vite, mais pas trop lentement non plus, compris ?

— Marcher lentement en ligne droite, résumai-je. Je présume que je saurai faire ça.

— Alors, ne perdons pas de temps, dit-elle en jetant un coup d'œil à sa montre. Ça va nous prendre un moment. »

J'empoignai le guidon du GPR, et commençai à le pousser vers l'extrémité opposée de l'enceinte.

Je ne devais pas avoir fait cent mètres, quand j'eus la bonne idée de calculer la distance que j'aurai à couvrir : deux cents mètres par quarante tranches d'un mètre, cela donnait huit mille mètres.

Huit kilomètres à pousser ce fichu chariot, dans le noir, sur un terrain en travaux.

La nuit promettait d'être longue.

Et, en effet, elle le fut.

Il était largement plus de quatre heures du matin quand j'achevai enfin de couvrir tout le périmètre des recherches. L'écran du guidon indiquait parfaitement les lignes de balayage que j'avais parcourues durant la nuit. Quarante lignes aussi droites que possible, sauf quand il avait fallu contourner des pelleteuses, des trous ou des squelettes d'immeubles en construction.

Assise à la table de camping, Cassie téléchargeait dans l'ordinateur les données emmagasinées dans la mémoire du géoradar ; Eduardo et Ibrahim observaient l'écran par-dessus son épaule, hypnotisés par la barre bleue qui montrait la lente progression du téléchargement.

« Alors, prof ? Vous ne faites plus joujou dans le sable ? Vous avez fait quelque chose de joli ? Une sirène, peut-être ?

— Et toi ? Ta pelouse est bien tondue ? » rétorqua-t-il sur le même ton, exhalant un nuage de vapeur.

Ibrahim nous regardait sans comprendre, mais l'air content d'avoir de la compagnie, et d'avoir gagné un petit extra. Il sourit avec entrain et prit une longue gorgée de son thermos de thé chaud.

Heureusement que nous avions apporté des vêtements épais, parce que la température ne dépassait pas dix degrés, ce qui était assez froid. C'était peut-être l'Égypte, mais l'hiver approchait.

« Où ça en est ? demandai-je à Cassie en m'accroupissant près d'elle.

— C'est long, mais ça avance. Il y a beaucoup à télécharger », ajouta-t-elle en me montrant à l'écran le nombre de gigaoctets. Puis, se frottant les mains pour les réchauffer :

« L'important, c'est qu'il n'y ait pas eu de coupures ni d'erreurs en relevant les données.

— Pas la peine de me regarder. J'ai suivi tes instructions au pied de la lettre.

— Je ne dis pas ça pour toi. Mais l'électronique et moi... eh bien, tu sais, dit-elle en faisant osciller la main, nous ne nous entendons pas toujours très bien.

— Et quand tout aura été téléchargé, nous pourrons voir le sous-sol en trois dimensions ?

— C'est ça. Nous avons examiné une surface de huit mille mètres carrés, ce qui implique qu'il y a environ cinquante mille mètres cubes de données qui doivent être converties en images. Avec de la chance, nous aurons les résultats dans une heure, dit-elle en se mordant la lèvre inférieure pendant qu'elle calculait mentalement.

— Avec de la chance, répétai-je en me laissant tomber sur un tabouret avec lassitude.

— Si quelque chose n'a pas marché, il faudra revenir demain pour refaire le balayage.

— Super perspective.

— Espérons que ce ne sera pas le cas, me rassura-t-elle. Mais s'il faut revenir, je te promets que nous nous relaierons au chariot. »

Les premières lueurs de l'aube se devinaient au-dessus des immeubles quand le traitement des images fut achevé et que l'écran du portable nous révéla ce que le géoradar avait détecté dans le sous-sol.

La composition 3D commençait à l'endroit où nous nous trouvions, près de l'entrée du chantier, et avançait progressivement vers l'extrémité opposée.

Peu à peu apparaissaient des taches de couleurs, d'intensité variable, à différentes profondeurs. Allant du jaune au violet, en passant par toute une gamme d'orangés et de rouges, les taches étaient de formes et de tailles diverses et ne semblaient répondre à aucun patron régulier.

« C'est seulement de la roche et des zones de terre compactée », informa Cassie, confirmant mes soupçons.

L'image qui se formait révélait quelques espaces qui n'avaient pas été sondés, principalement au début, qui correspondaient aux endroits où je n'avais pas pu accéder avec le chariot du GPR. Mais, à mesure que l'on allait vers l'autre extrémité de l'enceinte, ces interférences diminuaient, jusqu'à pratiquement disparaître.

À la moitié du parcours, plus ou moins, l'image tridimensionnelle était complète et sans zones vides, mais ne montrait apparemment rien qui soit digne d'intérêt. C'était toujours la même succession de rochers plus ou moins gros, disséminés aléatoirement dans le sous-sol.

Plus la synthétisation progressait, plus je sentais le découragement grandir en moi. Chaque nouvelle strate révélée augmentait ma déception en proportion, comme un ballon qui se serait gonflé de colère, de fatigue et de frustration.

« Quelle merde, maugréai-je alors que nous avions vu les trois quarts du terrain sans rien distinguer qui nous ait paru un tant soit peu intéressant.

— Cela ne sent pas bon, fit Eduardo dont le visage était tout un poème.

— Les structures pourraient se trouver plus profond, observa Cassie pour nous remonter le moral. Pensez que ceci ne va pas au-delà de sept mètres. Nous ne savons pas s'il y a quelque chose plus bas.

— Quelle importance, s'il y a quelque chose plus bas ? dit le professeur. Que ce soit à huit ou à quatre-vingts mètres de profondeur, si nous ne pouvons pas le détecter, nous ne pourrons pas être pris au sérieux. S'il y a un temple là-dessous, dans quelques semaines il sera dissimulé à jamais sous une douzaine d'immeubles d'appartements. Nous ne saurons jamais s'il a vraiment existé. »

Tandis que le professeur parlait, l'image continuait d'avancer, inexorable et vide. Nous avions couvert presque tout le terrain, quand une zone floue apparut sur environ cent cinquante mètres carrés.

« Qu'est-ce que c'est ? demanda le professeur qui s'approcha de l'écran.

— C'est la ferme, me rappelai-je. J'ai dû la contourner avec le GPR.

— Non, je parle des ombres qu'il y a juste au-dessous, précisa-t-il en posant le doigt sur le profil orangé qui entourait la zone d'interférence. À la limite de profondeur.

— Ça pourrait faire partie des interférences de la maison elle-même, expliqua Cassie. Les ondes ont rebondi sur les fondations.

— Mais on ne voit pas la même chose sous les immeubles en construction, remarquai-je. Regarde : il y a des interférences, mais il n'y a pas de halo comme celui qui se dessine sous la maison.

— Je ne sais pas, Ulysse. C'est peut-être un dépôt minéral, ou une poche de pétrole, ou encore une cavité souterraine. Je sais utiliser un GPR, mais je ne suis pas géologue. Ça pourrait être n'importe quoi.

— Et pourquoi pas le temple que nous cherchons ?

— Juste sous la maison ? rétorqua-t-elle avec incrédulité, le doigt pointé vers le bas. Ce serait un trop grand hasard.

— Hasard ou *finalité* ? observa le professeur d'un air songeur, en portant la main à son menton.

— Pardon ?

— Vous vous rappelez l'ankh accrochée au mur, dans la maison ?

— Oui, et vous avez dit que c'était la croix des Coptes.

— En effet, mais… et si je m'étais trompé ? Et si ce n'était pas un copte, en réalité, mais un adepte du culte d'Isis ?

— Un adorateur d'Isis au vingt et unième siècle ? objecta Cassie. C'est une blague ?

— Et pourquoi pas ? Prenez l'hindouisme, par exemple : il existe depuis plus de trois mille cinq cents ans, et il est toujours là.

— Mais l'hindouisme a un milliard de fidèles, professeur. Je n'ai jamais entendu parler d'une église d'Isis.

— De nombreux fidèles d'Isis se sont convertis au christianisme. Mais peut-être pas tous. Certains ont pu entretenir la flamme de leur foi.

— Pendant deux ou trois mille ans ? demanda Cassie en croisant les bras. Et sans que personne n'en sache rien ?

— Oui, cette partie de mon hypothèse est encore un peu bancale », répondit Eduardo, se grattant la nuque.

Je levai la main gauche :

« Pardon, je crois que vous perdez votre temps à discuter, alors qu'il y a une manière très simple de le vérifier.

— Ah, oui ? Laquelle ? » demanda Cassie, surprise.

Je me relevai et allai vers un des conteneurs, où je m'emparai d'une paire de grandes tenailles que quelqu'un avait laissée appuyée contre la paroi.

« Eh bien, en allant voir par nous-mêmes, répliquai-je en chargeant les tenailles sur mon épaule. Qui veut venir ? »

52

Nous nous pressions devant la porte de la maison, le professeur Castillo jetant de tous côtés des regards inquiets et fort peu discrets. Son attitude de délinquant néophyte paraissait plus suspecte que les tenailles que j'étais en train de poser sur le cadenas au même instant.

« Je n'aime pas cela, dit-il, nerveux. Et cela ne plaît pas non plus à Ibrahim. Vois la tête qu'il fait.

— Nous lui avons donné cent euros de mieux, dis-je en jetant un coup d'œil au gardien, je me fiche de la tête qu'il fait.

— Mais nous allons entrer par effraction. Nous sommes en train de commettre un délit, affirma Cassie.

— Techniquement, c'est moi qui le commets. Vous, vous êtes complices, au maximum. »

Je souris, et, refermant les tenailles de toute la force de mes bras, je fis sauter le cadenas et la chaîne tomba à terre.

« Ça y est, c'est officiel : nous sommes des délinquants, soupira Eduardo.

— Ne soyez pas si mélodramatique, prof, dis-je en posant l'outil sur le sol et en repoussant la chaîne. C'est une baraque abandonnée qui doit sûrement finir par être démolie.

— Quand même…

— Assez bavardé, l'interrompit Cassie. Allons voir ce qu'il y a là-dedans. » Et, poussant la porte de contreplaqué, elle pénétra dans la maison sans attendre personne.

La pièce où nous nous tenions devait être le salon. Les faisceaux de lumière de nos lampes frontales balayaient les murs, le sol et le plafond, faisant naître des ombres mouvantes dans les recoins.

À en juger par le sofa élimé, le vieux poste de télé à tube cathodique et le tapis râpé, la demeure avait été humble, bien que la collection appréciable de livres en arabe et en anglais qui remplissaient les étagères indiquât que son occupant n'était pas exactement le typique agriculteur de la vallée du Nil.

J'effleurai distraitement la surface de la table, laissant trois lignes plus sombres sur le bois verni. Le bout de mes doigts avait ramassé une pellicule de poussière et de sable fin, ce qui ne signifiait pas grand-chose dans un endroit comme Le Caire.

« La voilà », dit Eduardo, qui éclairait la croix copte sur le mur, en face.

Cassie s'en approcha pour la regarder de plus près.

« *Caramba*, venez voir ça ! » s'écria-t-elle aussitôt tout en la décrochant.

Je la rejoignis en deux enjambées pour voir ce qui avait tellement attiré son attention.

« C'est un *tyet*, dit Eduardo, entre incrédule et enthousiaste. Le symbole original d'Isis. »

Juste au centre de la croix et peint en doré, l'on distinguait parfaitement le même symbole que celui gravé sur le socle de la déesse de la fertilité, que nous avions laissée dans le coffre-fort de l'hôtel.

« Alors… est-ce que cela veut dire que cette personne était adepte du culte d'Isis ? demandai-je.

— Cette personne aurait aussi bien pu ignorer la signification du *tyet* et avoir acheté cette croix copte sans savoir ce qu'était ce symbole, argumenta le professeur.

— C'est possible, dit Cassie.

— Oui, bon, fis-je avec un claquement de langue. Fouillons la maison pour en savoir plus. Répartissons-nous dans les pièces et cherchons à fond. Il y aura peut-être quelque chose qui éclaircira nos doutes. »

Malheureusement, vingt minutes plus tard et après avoir passé la maison au peigne fin, les doutes persistaient.

Affalés sur le canapé décrépit, épuisés par une longue nuit blanche, nous atteignions les limites de notre capacité de résistance. Nous savions que si nous restions ainsi quelques minutes de plus, nous nous endormirions irrémédiablement.

« Rien de rien, dit Cassie en étouffant un bâillement. Pas la moindre piste, aucun symbole cultuel, quel qu'il soit. Je crains que notre ami n'ait été qu'un copte parmi les neuf millions de Coptes d'Égypte.

— Et pas spécialement pieux, à en juger par le manque d'iconographie religieuse, souligna le professeur en ôtant ses lunettes pour se frotter les yeux.

— Vous êtes certains, bâillai-je, que nous n'avons rien laissé passer ?

— Aussi certain que je puisse l'être au bout de vingt-quatre heures sans dormir, rétorqua Eduardo.

— J'ai tellement sommeil que je ne suis sûre de rien. Mais ne nous faisons pas d'illusions, dit Cassie en esquissant un geste englobant l'espace autour de nous, ça n'a pas l'air d'être la maison d'un adepte d'une secte millénaire.

— Non, c'est vrai, admis-je. Mais elle pourrait tout aussi bien l'être, précisément pour cette raison. Un culte minoritaire dans un pays si troublé serait forcément obligé d'être très discret pour pouvoir survivre, vous ne croyez pas ? »

Cassie fit entendre un léger rire.

« Cela n'a aucun sens, Ulysse, lança Eduardo en se levant péniblement. Je crois que le manque de sommeil nous affecte tous. Allons dormir et demain sera un autre jour.

— Je soutiens la motion », approuva Cassie qui se leva à son tour.

Mais je restai assis. J'avais du mal à m'avouer vaincu.

« Il y a quelque chose que nous oublions.

— Quoi ?

— Aucune idée.

— Sainte Vierge, Ulysse ! s'irrita le professeur, pressé de rentrer à l'hôtel. Nous avons fouillé toutes les pièces une par une. Nous avons même cherché des trappes dissimulées sous les tapis. Nous avons examiné à la loupe chaque centimètre de l'intérieur de cette maison. »

Alors, la lumière se fit dans mes quelques neurones ensommeillés.

« C'est ça ! m'exclamai-je en bondissant sur mes pieds comme si j'avais été mû par un ressort. Nous avons regardé dans la maison, mais… et dehors ? »

Deux paires d'yeux m'observaient fixement, sans avoir l'air de comprendre.

« Nous n'avons pas fouillé le patio, dis-je en me précipitant vers l'arrière de la maison.

— Le patio ? Il n'y a rien du tout, à part un poulailler vide et un puits, objecta Cassie. J'ai regardé hier. »

Je l'entendis marmonner quelque chose à propos de mon obstination, mais Eduardo et elle me suivirent néanmoins.

Quand ils me rattrapèrent, j'étais déjà près du vieux puits de pierre et, penché sur la margelle, j'en scrutai la gueule noire.

« Fais attention, dit Eduardo. Si tu tombes là-dedans, ta mère me tuera.

— Ce n'est rien qu'un foutu puits », jugea Cassie en me rejoignant.

Les faisceaux de nos lampes frontales perforaient les ténèbres sans nous renvoyer le moindre reflet qui aurait pu nous permettre d'en évaluer la profondeur.

« Attends », dis-je.

Je ramassai un caillou et le lâchai dans le puits.

« Mille un… mille deux… mille… »

Ploc !

« Il est très profond, dit Cassie.

— Environ vingt ou vingt-cinq mètres, calculai-je d'après les deux secondes et demie de la chute. Je suis sûr qu'il y a des cordes suffisamment longues sur le chantier. »

Cassie se tourna vers moi, l'air grave.

« Tu plaisantes.

— Je ne plaisante jamais quand je parle de cordes.

— *No mames*, gronda-t-elle en me plantant un doigt dans la poitrine. Pas question que tu descendes là-dedans.

— C'est peut-être une entrée.

— Une entrée ? répéta Eduardo, se joignant à discussion. Ce n'est qu'un puits !

— C'est clair que vous n'avez jamais vu *Le Ministère du Temps*, prof.

— Comment ? Mais de quoi parles-tu ? »

Son air déconcerté était digne d'en faire un portrait.

« C'est une série télévisée dans laquelle l'accès aux installations souterraines est précisément… »

Je fis un geste vers le bas.

« Dans un puits, souffla le vieil ami de mon père. Mais tu t'es écouté ? Tu te fondes sur un feuilleton télévisé pour croire qu'il y a là-dedans l'entrée secrète d'un temple perdu ?

— Et pourquoi pas ?

— Tu as besoin de dormir, décréta Cassandra.

— Ça, je le sais, mais ça ne veut pas nécessairement dire que je me trompe. Si nous dénichons des cordes, je peux improviser un harnais et…

— Tu ne descends pas, c'est hors de question, insista Cassie.

— De plus, le jour se lève, observa le professeur. Les ouvriers seront là dans un rien de temps et nous devons encore ramasser l'équipement. Il faut partir d'ici tout de suite. »

Je levai les yeux du puits, et vis qu'Eduardo avait raison. Au-dessus des toits des immeubles, le ciel devenait plus clair.

« D'accord, cédai-je en reculant d'un pas. Partons.

— Enfin des paroles sensées, répondit Eduardo en m'entraînant par le bras.

— Mais nous reviendrons demain, et je descendrai dans ce puits, m'entêtai-je.

— Oui, oui…, fit-il sans s'arrêter.

— Demain, je descendrai moi aussi s'il le faut, ajouta Cassie en me poussant pour que j'aille plus vite. Mais dépêche-toi, *mano*, ou on va se faire surprendre ici. »

Finalement, on ne nous surprit pas. Mais il s'en était fallu d'un cheveu.

Lorsque nous arrivâmes à l'hôtel, la matinée était déjà bien avancée. La charmante propriétaire de la Pension Roma nous vit passer devant l'accueil comme des âmes en peine ; nous lui souhaitâmes bonne nuit avant de disparaître d'un pas traînant dans le couloir qui menait à nos chambres.

Ayant réussi à ouvrir la porte – je dus m'y reprendre à trois fois pour mettre la clé dans la serrure –, je me jetai tout habillé sur le lit, en dépit de la saleté, du sable et de la sueur qui imprégnaient mes vêtements : j'avais eu tout juste la force d'enlever mes bottes avant de m'écrouler.

Cassie ne tarda guère à m'imiter, s'affalant à côté de moi comme un poids mort. Incapable de tourner la tête pour lui donner un dernier baiser, je me laissai glisser dans la douce inconscience du sommeil, tel que j'étais tombé, comme si l'on m'avait coupé les fils.

53

Au bout du compte, notre repos dura moins de quatre heures. Les coups de klaxon insistants et continuels qui nous parvenaient de la rue nous empêchèrent de dormir davantage malgré les bouchons d'oreille ; à dix heures, nous étions donc déjà à la table du petit-déjeuner, dans la salle à manger de l'hôtel.

Nous arborions tous trois des cernes sombres sous nos yeux injectés de sang tandis que nous avalions, avec plus de faim que d'appétit, quelques petits pains caoutchouteux tartinés de confiture aqueuse et de beurre ramolli.

Nous étions les derniers clients à déjeuner, et le langage corporel du serveur qui se tenait, bras croisés, près du bar, clamait haut et fort qu'il avait mieux à faire que d'attendre que nous ayons terminé.

Pour être sincère, son impatience m'importait bien peu.

« Comment allons-nous faire ? demandai-je d'une voix lasse tout en remuant ma cuiller dans ma tasse de thé.

— Faire quoi ? répondit le professeur Castillo.

— Descendre dans le puits. Il faut nous organiser.

— Tu en es encore là ? s'étonna-t-il. Je ne suis pas sûr que cela en vaille la peine. Sur les images du géoradar, on ne distinguait aucune structure enterrée.

— Il y avait ce halo, lui rappelai-je.

— Mais, d'après notre experte, ce pourrait être n'importe quoi. Une nappe phréatique, des interférences…

— Je ne suis pas experte du tout, protesta la Mexicaine. Mais le plus probable est que ce halo soit une conséquence de l'ombre portée par la maison. Il n'y a rien qui permette de penser qu'il y ait là-dessous une construction humaine.

— Ça pourrait être plus profond, avançai-je. Le GPR arrive jusqu'à sept mètres maximum. Le puits, en revanche, doit en faire plus de vingt.

— Tu t'obstines à croire qu'il y a quelque chose, hein ?

— C'est qu'il *devrait* y avoir quelque chose. Le lieu correspond exactement à la position de Sirius par rapport aux pyramides. Que ce soit précisément le seul terrain non construit à des kilomètres à la ronde ne peut pas être dû au hasard. »

Le professeur secoua la tête.

« Tu confonds une simple hypothèse avec la réalité, Ulysse. L'idée est bonne, mais elle n'est pas forcément vraie. Il est possible que tout ceci ne soit qu'une coïncidence.

— Ou que ce temple ait effectivement existé il y a des millénaires, ajouta Cassie, mais qu'il ait été détruit et qu'il n'en reste rien.

— Il se pourrait aussi qu'il soit situé au-delà de sept mètres et que ce soit pour cela que le géoradar ne l'a pas détecté », argumentai-je.

Cassie secoua la tête avec véhémence.

« Les gisements archéologiques se trouvent rarement à une telle profondeur.

— Rarement, ce n'est pas la même chose que jamais, n'est-ce pas ? insistai-je, refusant de me rendre.

— C'est vrai. Mais nous aurions alors le problème de l'eau : s'il y a un puits, il y a certainement une nappe phréatique dessous.

— Et qu'est-ce que ça veut dire ?

— Ça veut dire que, s'il y a quelque chose qui ressemble à un temple, il sera inondé.

— Oui, bon… ce serait embêtant, admis-je, mais cela n'exclut pas la possibilité qu'il existe.

— Il n'y a rien non plus qui le prouve, objecta Eduardo.

— Raison de plus pour descendre. C'est la seule manière de nous en assurer.

— Nous ne pourrons pas te convaincre du contraire, n'est-ce pas ? demanda Eduardo.

— Vous savez bien que non.

— Alors, j'irai avec toi, décréta Cassie à son corps défendant.

— Ce n'est pas la peine. De fait, je préférerais que tu restes en haut, pour superviser la…

— J'irai avec toi, répéta-t-elle en arquant un sourcil belliqueux. Dans la pyramide, tu as presque eu une attaque de panique, et pourtant, il y avait de l'air et de la lumière. Il n'est pas question que je te laisse descendre seul dans un puits.

— Ce n'est pas la même chose.

— C'est vrai. C'est bien pire. Si tu y vas, je descends avec toi, affirma-t-elle avec fermeté en se penchant sur la table. Fin de la discussion. »

S'il y avait une chose dont j'étais sûr, c'était qu'il n'y avait rien que je puisse dire pour convaincre cette femme de changer d'avis. Quand Cassie prenait une décision, j'avais à peu près autant de chances de la persuader du contraire que d'obtenir du serveur renfrogné qu'il m'apporte un sandwich au jambon de pays et une bière bien fraîche.

Je cédai donc avec un haussement d'épaules.

« D'accord. Nous aurons besoin de matériel d'escalade : cordes, baudriers, mousquetons, étriers, bloqueurs... »

Je ponctuais mon énumération en levant les doigts.

Le professeur se gratta la barbe, pensif.

« Eh bien... je ne sais pas où tu vas pouvoir dénicher tout ceci, dans un pays sans montagnes.

— Oui, ça ne va pas être facile. En plus, grimaçai-je, il nous faudra aussi des masques de plongée, des lampes étanches, des chaussons et des combinaisons...

— Des combinaisons ?

— L'eau du puits doit être très froide, nous risquerions d'entrer en hypothermie, lui expliqua Cassie.

— Donc, il faut trouver des combinaisons de plongée et du matériel d'escalade dans une ville en plein désert et sans la moindre montagne, résuma Eduardo. Je subodore que ce ne sera pas facile.

— Non, ça ne va pas l'être », convins-je.

Je posai ma serviette sur mon assiette et me levai, pour la plus grande joie du serveur.

« Mieux vaut nous y mettre au plus vite. »

Il n'était pas encore vingt heures que nous attendions déjà avec impatience, dans notre pick-up jaune loué avec chauffeur, que le dernier ouvrier abandonne le chantier.

Nous avions eu la chance – car il n'y avait effectivement aucune montagne digne de ce nom à des milliers de kilomètres à la ronde – de trouver un gymnase équipé d'un mur d'escalade en plein air qui avait accepté de nous louer – à prix d'or – le matériel nécessaire pour descendre dans le puits. Et, dans un magasin spécialisé du quartier Almazah, nous avions acheté deux combinaisons de néoprène de cinq millimètres pour affronter le froid de l'eau, des masques, des lampes de plongée, des chaussons, des ceintures de plomb, des palmes, et même deux petites bouteilles de secours d'un demi-litre d'air comprimé, au cas où. Je ne pensais pas que nous ayons à plonger, mais s'il y avait une chose que j'avais apprise ces derniers temps, c'était que mieux valait prévenir, quitte à ne pas s'en servir.

Pendant que Cassie et moi faisions nos emplettes, Eduardo s'était chargé d'aller rendre le GPR et récupérer notre caution. Nous n'allions plus avoir besoin du géoradar, et sa location mettait à mal les fonds limités dont nous disposions. Bonnes ou mauvaises, les images 3D que nous avions obtenues étaient les meilleures que pouvait nous fournir l'appareil.

« On dirait qu'ils sont tous dehors, dit Eduardo qui, sur le siège arrière, ne quittait pas des yeux l'entrée du chantier.

— Il vaut mieux attendre qu'Ibrahim nous prévienne, prof.

— Le voilà », informa Cassie en voyant le gardien s'approcher du pick-up avec des airs de conspirateur dignes d'un mauvais film d'espionnage.

L'Égyptien se pencha à ma fenêtre.

« *Engineers are still working*, dit-il en désignant des hommes en gilets réflecteurs et casqués de blanc qui utilisaient des engins à l'autre bout du chantier. *You can't enter yet.*

— Tu sais à quelle heure ils finissent ? » lui demanda Cassie en anglais.

Ibrahim haussa les épaules.

« *I'm just the guard*, allégua-t-il, nous précisant, non sans raison, qu'il n'était que le vigile.

— *It's OK, Ibrahim. Lets us know when they're done*

— *I will.* »

Ayant accepté de nous prévenir du départ des ingénieurs, il fit demi-tour pour reprendre son poste près de la guérite.

« Merveilleux, grogna Eduardo. Qu'allons-nous faire ?

— Attendre, quoi sinon ? À moins que vous n'ayez un autre engagement, répondis-je.

— Espérons qu'ils ne mettront pas trop longtemps.

— Je ne pense pas, dis-je avec conviction. Je suis sûr qu'ils auront terminé dans une heure ou deux. »

Finalement, cela dura plus de huit heures. Huit heures enfermés dans une voiture si inconfortable que nous ne pûmes même pas en profiter pour dormir.

Il était plus de quatre heures du matin quand les ingénieurs s'en allèrent enfin, et Ibrahim nous envoya avec sa lampe le signal que la voie était libre.

Il nous restait un peu plus de deux heures avant le lever du jour. Cela devrait être suffisant.

Ankylosés et transis de froid, nous descendîmes du pick-up et nous dirigeâmes vers la clôture, chargés de sacs de toile contenant tout notre équipement. Plus que des archéologues amateurs, nous avions plutôt l'air d'aller faire sauter le coffre-fort d'une banque.

Par chance, le manque absolu d'éclairage public dans ce quartier nous permettait d'évoluer dans l'ombre, et seul un des rares passants y regarda à deux fois en nous croisant. Je suppose qu'il nous prit pour des maîtres d'œuvre étrangers particulièrement lève-tôt.

Nous pénétrâmes dans l'enceinte, empruntâmes deux walkies-talkies dans la baraque du chef de chantier et nous dirigeâmes sans perdre un instant vers la vieille ferme.

À mi-chemin, je vis qu'on avait laissé, à une vingtaine de mètres de la maison, une grande rétro-excavatrice et ce qui me sembla être une foreuse hydraulique.

« Ils se rapprochent, observa Cassie avec inquiétude en passant près des engins. Nous n'avons plus beaucoup de temps.

— Ce doit être ce qu'ils préparaient, dit Eduardo en levant les yeux vers l'extrémité de la foreuse, à plus de dix mètres de hauteur. À quoi sert cet engin ?

— C'est une foreuse à impact, dis-je. J'en ai vu une fonctionner sur un chantier du port de Barcelone. On l'utilise pour creuser des fondations. On laisse tomber de là-haut une pelle qui pèse plus d'une tonne ; elle se plante dans le sol et on la fait remonter, pleine de terre. »

Je remarquai alors que la structure de l'immeuble le plus proche était presque terminée, et qu'ils préparaient la suivante. À ce rythme, ils auraient atteint l'emplacement de la maison en quelques jours, et celle-ci finirait alors sous les bulldozers qui attendaient sur un côté de l'enceinte.

Cassie avait raison : nous n'avions plus beaucoup de temps.

Arrivés à la maison, nous la traversâmes sans plus de cérémonie et sortîmes dans la cour où se trouvait le puits.

Construit en pierre et avec la potence d'où pendait la poulie apparemment en bon état, le tout semblait assez solide pour pouvoir y assurer les cordes sans problème. Je ne me fiais néanmoins pas beaucoup de la poulie ; nous descendrions donc en rappel, et nous remonterions à l'aide des bloqueurs et des étriers. Cela allait être long et épuisant, mais je préférais ne pas avoir à dépendre du professeur. Avec un peu de chance, il y aurait des encoches dans la paroi du puits auxquelles s'accrocher.

« Il est étroit. Un mètre cinquante maximum », dit Cassie en se penchant.

Elle se tourna vers moi, l'air un peu inquiet.

« Ça ira, répondis-je sans la regarder, tandis que je fixais la corde à la base de la potence.

— Je pourrais descendre toute seule. Dans un espace aussi réduit, je bougerai mieux que toi. En tout cas, mieux que si sommes deux.

— Cassandra a raison, Ulysse, intervint le professeur. Ce n'est pas la peine que tu y ailles aussi.

— Je descends, affirmai-je avec détermination, en levant les yeux, cette fois. Je me fiche de ce que vous direz. »

Au fond de moi, je savais qu'ils avaient raison, qu'il était bien plus logique que Cassie descende seule. Je ne ferai probablement guère plus que la gêner ; et puis, c'était elle, l'archéologue, pas moi. Mais un instinct de protection atavique – et parfaitement inutile dans un monde où les femmes n'ont besoin de personne pour les défendre – m'interdisait de la laisser y aller seule. Et puis, pour être sincère, l'orgueil et une bonne dose d'entêtement pesaient aussi dans la balance.

Cassie poussa un soupir exaspéré et commença à se déshabiller pour enfiler la combinaison de plongée.

Pendant le court instant où elle se montra en tanga et soutien-gorge, je sentis une part de moi-même s'enthousiasmer à la vue de son anatomie.

« Sérieux ? fit la jolie Mexicaine en voyant comment je la regardais.

— Qu'est-ce que tu veux que je te dise ? fis-je en ouvrant les mains avec un sourire innocent. La nature est capricieuse.

— Capricieuse, je ne sais pas, dit-elle tout en glissant les pieds dans sa combinaison. Mais la tienne est tout à fait inopportune », ajouta-t-elle avec un coup d'œil furtif vers mon entrejambe.

J'attrapai ma propre combinaison de néoprène.

« Sois tranquille, ça passera vite quand l'eau m'arrivera à la taille. »

Cinq minutes plus tard, nous étions équipés, masque enfilé autour du cou et lampe étanche sur le front, le couteau de plongée dans son étui de cheville et le baudrier bien fixé à la taille.

« Prêts ? s'informa le professeur, debout devant nous.

— Je crois que oui, confirma Cassie en serrant son harnais. Nous vous laissons les palmes et les bouteilles, dit-elle en lui désignant la bâche que nous avions étendue sur le sol pour y disposer l'équipement. Si nous en avons besoin, nous vous appellerons par radio.

— Vous l'avez allumée ? demandai-je en regardant le walkie-talkie accroché à sa ceinture. Canal deux.

— Canal deux, corrobora Eduardo après avoir vérifié la position du bouton. Voilà la vôtre. »

Il me tendit le jumeau de son appareil, enveloppé dans deux sacs de plastique pour le garder à l'abri de l'humidité.

« Bon, on est prêts, non ? s'impatienta Cassie.

— Les dames d'abord », l'invitai-je du geste.

Loin de se vexer, elle se tourna et, sans hésitation, elle passa la corde semi-statique de huit millimètres dans le descendeur, puis, assise sur la margelle du puits, elle nous fit un clin d'œil avant de se lâcher dans le trou en hurlant « Yi-aaaah ! »

Le professeur m'adressa un regard significatif. Cassie était indubitablement très loin d'être une demoiselle en détresse.

Sans perdre plus de temps, j'empoignai ma corde, la passai dans le Petzl Stop, m'assis à mon tour sur la margelle comme l'avait fait Cassie, et me laissai glisser à sa suite.

Un peu plus bas, la lumière de sa lampe frontale se reflétait sur les parois du puits, révélant dans notre progression des pierres grossièrement taillées où de petites encoches avaient été creusées à intervalles réguliers.

« Ça nous facilitera le retour, remarqua Cassie en voyant les prises.

— Certainement, répondis-je, deux mètres au-dessus d'elle. Parce que remonter rien qu'avec l'étrier, c'est vraiment trop pénible. »

Nous continuâmes de descendre, avec précaution, mais sans nous arrêter, de plus en plus isolés du monde extérieur, dont nous parvenaient à peine une vague lueur nocturne et la rumeur distante de la ville. C'était comme explorer un gouffre naturel au milieu de nulle part, dans la seule compagnie du bruit de notre respiration et du frottement des cordes qui se réverbérait contre les parois.

« C'est encore loin ? » demandai-je en regardant en bas.

La réponse m'arriva aussitôt sous forme d'un clapotis.

« J'y suis ! *Caramba* ! ajouta-t-elle immédiatement d'une voix surprise.

— Que se passe-t-il ? m'inquiétai-je. Tout va bien ?

— Oui, tout va bien. C'est juste que… quelle profondeur d'eau il y a, dans un puits ?

— Qu'est-ce que tu veux dire ? »

Ayant atteint l'eau à mon tour, je n'eus pas à descendre beaucoup pour me mettre à flotter.

Le visage de Cassie était maintenant devant moi, tandis qu'elle agitait les bras en haletant un peu pour se maintenir à flot.

« Tu touches le fond ? » demanda-t-elle.

Je tendis les jambes vers le bas, mais mes pieds ne touchaient rien.

« Non. Je ne suis jamais descendu dans un puits, mais je pensais qu'il n'y aurait que quelques dizaines de centimètres d'eau.

— Alors, que faisons-nous ? » Elle tourna sur elle-même, sa lampe n'éclairant que les monotones parois de pierre. « On dirait qu'il n'y a rien, ici.

— Il doit y avoir quelque chose, j'en suis sûr. Si ce n'est pas vers le haut, dis-je avec un regard circulaire, c'est forcément vers le bas. »

Je pris une inspiration et plongeai la tête sous l'eau, dirigeant ma lampe frontale vers les ténèbres qui s'ouvraient sous nos pieds.

54

« C'est aussi noir qu'un puits de pétrole, je n'arrive pas à voir le fond, dis-je en ressortant. Il doit être au moins à quatre ou cinq mètres.

— Si nous étions venus pendant la journée…

— Tu sais bien que c'était impossible. De plus, ça ne ferait pas beaucoup de différence, à cette profondeur, ajoutai-je.

— Alors quoi ?

— Je ne sais pas, avouai-je. Nous pouvons revenir demain avec des lampes plus puissantes et des bouteilles d'air comprimé.

— *No mames*, on peut quand même plonger en apnée. Jusqu'où nous pourrons.

— Nous n'irons pas bien loin.

— Même pour quelques mètres, ce sera toujours mieux que de rester là, non ? »

À vrai dire, je me serais senti un peu stupide de remonter maintenant. Surtout parce que l'idée de descendre dans le puits venait de moi.

« Tu as raison, admis-je, mais soyons prudents.

— Oui papa, ironisa Cassie.

— Je parle sérieusement, la repris-je avec gravité. Même avec nos lampes, il y a très peu de lumière, et on ne sait pas ce qui aura été jeté là-dedans : des cordes, du fil barbelé, des bouts de fer… tu pourrais te blesser ou te prendre dans quelque chose et ne plus pouvoir sortir.

— D'accord, d'accord…, ronchonna-t-elle. Je ferai attention. Qui y va en premier ?

— Nous devrions alterner : pendant qu'un de nous descend, l'autre reste à surveiller d'en…

— Ça roule. Je reviens tout de suite », dit-elle en ajustant son masque avant que je puisse terminer ma phrase.

Elle remplit ses poumons et, faisant un canard, elle plongea dans l'obscurité. L'instant d'avant, j'avais son visage devant moi, et le suivant, c'était la pointe de ses pieds qui battait pour la propulser vers le bas.

Je poussai un juron en me détournant pour éviter de recevoir les éclaboussures.

La voix du professeur résonna alors entre les parois du puits, venant d'en haut comme si Dieu parlait dans un vieux mégaphone.

« Tout va bien en bas ?

— Tout va bien ! le rassurai-je en élevant la voix, le pouce, et les yeux vers la lumière de sa lampe. Et là-haut ?

— À mourir d'ennui ! Vous avez trouvé quelque chose ?

— Pas encore ! Cassie a plongé pour essayer de voir quelque chose sous l'eau. Je vous tiens au courant !

— D'accord !

— Ah, prof ! Une chose !

— Quoi ?

— Souvenez-vous que vous avez une radio ! Pas la peine de s'égosiller pour parler ! »

Deux secondes après, le walkie-talkie enveloppé de sacs de plastique crépita : le professeur avait pressé le bouton de transmission.

« *Allo* ? *Allo* ? *Tu me reçois* ? fit la voix métallique par le haut-parleur de ma radio. *C'est... Ah, oui : à vous.*

— Cinq sur cinq, prof, répondis-je. À vous.

— *Eh bien, oui, c'est beaucoup mieux ainsi*, reconnut-il avec un petit rire contrit. *J'allais devenir aphone.* Puis il ajouta : *Terminé.* »

Je reportai mon attention sur ce qui se passait au-dessous de moi.

Cassie était sous l'eau depuis plus de trente secondes.

Ce n'était pas excessif, en réalité ; je l'avais déjà vue faire une apnée de plus de trois minutes les doigts dans le nez. Mais je commençai malgré tout à ressentir la morsure de l'inquiétude au creux du ventre.

Je pouvais heureusement suivre ses mouvements, car, dans cette eau cristalline, la lumière de sa lampe frontale était parfaitement visible.

Et soudain, la lumière disparut.

« Mais qu'est-ce que... ? »

Je faillis l'appeler, bien que cela n'ait aucun sens, puisqu'elle ne pouvait pas m'entendre.

J'attendis qu'elle remonte à la surface en essayant d'imaginer ce qui avait pu se passer, tout en me souvenant que j'avais moi-même mis des piles neuves à nos lampes frontales.

Quarante secondes.

Rien.

« Merde », grognai-je.

Et, prenant une inspiration, je plongeai la tête sous l'eau.

La lumière de ma lampe perfora l'obscurité du puits, éclairant à plusieurs mètres de profondeur. Mais il n'y avait rien.

Qu'est-ce que c'est que ce délire ? pensai-je.

Comment était-ce possible ? Elle était là à peine un instant plus tôt.

Merdemerdemerdemerdemerde...

Cinquante secondes.

Je n'avais pas la moindre idée de ce qu'il se passait, mais cela ne pouvait pas être bon.

Le cœur battant à tout rompre, je sortis la tête de l'eau pour remplir mes poumons à fond et me préparai à plonger, conscient que Cassie serait à bout de souffle.

Et juste au même moment, la lumière se matérialisa de nouveau au-dessous de moi, et Cassie émergea l'instant suivant, s'arrachant aussitôt le masque pour prendre une longue goulée d'air.

Suffoquant comme un poisson hors de l'eau, elle eut besoin de plusieurs inspirations pour récupérer son taux d'oxygène sanguin, tandis que j'attendais avec impatience qu'elle réussisse à parler.

« Tu ne vas pas me croire... commença-t-elle en haletant.

— Mais qu'est-ce qui t'a pris, merde ! la coupai-je, furibond. Est-ce que tu as une idée de la peur que tu m'as faite ? Qu'est-ce qu'il s'est passé ? Pourquoi n'es-tu pas remontée dès que ta lampe s'est éteinte ?

— Mais...

— Tu es plongeuse, bordel. Tu connais les protocoles. J'ai cru que tu étais bloquée !

— Je n'étais pas bloquée. Je...

— Alors quoi ? aboyai-je. Pourquoi n'es-tu pas remontée quand elle s'est éteinte ?

— Parce qu'elle ne s'est pas éteinte ! m'interrompit-elle en élevant la voix à son tour.

— Mais..., fis-je à mon tour, déconcerté.

— J'ai trouvé un tunnel ! s'écria-t-elle en levant les mains au-dessus de l'eau. C'est ce que j'essaye de te dire !

— Un tunnel ? répétai-je.

— À cinq mètres de profondeur, à peu près. Ma lampe ne s'est pas éteinte : je suis entrée dans le tunnel pour vérifier.

— Tu n'aurais pas dû le faire, lui reprochai-je encore, un peu moins fâché et beaucoup plus intrigué. Te fourrer dans un tunnel sans me prévenir était très imprudent.

— Oui, je sais, admit-elle à ma grande surprise. Mais je ne suis pas allée au-delà de deux mètres. Il fallait que je m'en assure. Tu aurais fait la même chose. »

Je devais reconnaître qu'elle avait raison sur ce point, mais je ne le lui dis pas. Je me limitai à renifler encore une fois, pour bien manifester mon opinion sur le sujet.

« Eh bien, qu'est-ce que tu as vu ? demandai-je ensuite, en m'efforçant de dissimuler que j'étais mort de curiosité.

— Un tunnel. Ou un couloir, je ne saurais dire. Il fait un mètre de large, plus ou moins, et il n'est pas naturel, précisa-t-elle avant que je lui pose la question, j'en suis certaine.

— Waouh.

— La mauvaise nouvelle, poursuivit-elle avec une grimace, c'est que j'ai eu l'impression qu'il descendait légèrement.

— Merde.

— Eh oui. À moins qu'il remonte un peu plus tard, nous serons tout le temps sous l'eau, avec une pression croissante. » Elle haussa les épaules, comme se résignant à l'évidence, et ajouta : « Je ne crois pas que nous puissions aller très loin. »

Lorsque nous eûmes expliqué au professeur – par radio – ce que Cassie avait découvert, la question inévitable arriva aussitôt :

« *Et qu'est-ce que vous allez faire ?* »

Nous n'en avions pas encore discuté, mais le regard exalté et impatient de Cassie parlait pour elle. Je pris la liberté de répondre pour nous deux :

« Puisque nous sommes là, je crois que nous irons jeter un coup d'œil. »

La Mexicaine sourit en entendant ces mots, mais la voix du professeur, en revanche, trahissait son inquiétude.

« *Soyez prudents. Vous avez besoin de quelque chose d'ici ? À vous.* »

Cassandra se posa la main sur le visage, recouvrant son nez et sa bouche comme le ferait un masque.

« Oui. Mettez les palmes et les bouteilles dans un sac, et descendez-nous le tout avec la corde, demandai-je au professeur par radio. À vous.

— Et mon portable, ajouta Cassie en levant un doigt.

— Ton portable ? m'étonnai-je. Pourquoi faire ? Il n'y a pas de réseau là-dessous.

— Ne sois pas bête. Je le veux pour la caméra. On ne sait jamais. »

J'eus la tentation de lui rappeler que, sous l'eau, elle n'allait pas pouvoir filmer grand-chose avec un portable, mais je me bornai à presser le bouton du walkie-talkie.

« Prof, mettez-y aussi le portable de Cassie, s'il vous plaît, dans des sacs de plastique hermétiques comme nous l'avons fait pour la radio.

— *D'accord ! Autre chose ?*

— Deux Coronitas et une pizza quatre fromages.

— Avec un extra de parmesan ! ajouta Cassie en s'approchant de la radio.

— *Très bien,* renifla Eduardo. *Pour le moment, je vous descends tout le reste. À vous.*

— Ah, encore une chose, prof.

— *Une glace ?*

— Non, pour de vrai. Détachez une des cordes et laissez-la tomber. À vous. »

Il y eut un instant de silence, puis il demanda :

« *Une des cordes ?*

— Je n'ai pas l'intention de me fourrer dans un passage submergé et dans le noir sans une corde de sécurité, expliquai-je. Il nous restera toujours l'autre pour remonter. À vous.

— *Bien reçu. Je m'y mets. Terminé.* »

Cassandra se tourna vers moi :

« Tu es sûr de toi ? Je veux dire… plonger dans un tunnel obscur et tout ça. Est-ce qu'il ne vaudrait pas mieux que j'y aille seule, avança-t-elle, et que tu restes ici pour m'aider en cas de problème ? Ce serait plus logique, tu ne crois pas ?

— Arrête avec ça.

— Quoi ?

— Tu le sais parfaitement, répliquai-je d'un ton de reproche. Je vais descendre dans ce tunnel et je me fiche de ce que tu diras.

— S'il t'arrive la même chose que dans la pyramide…

— Ça n'arrivera pas.

— Mais…

— J'ai dit que ça n'arrivera pas et le sujet est clos, répétai-je en haussant la voix un peu plus qu'il n'était nécessaire. Si tu n'as pas confiance, tu n'as qu'à rester ici et c'est moi qui y vais seul.

— Ne sois pas stupide. Tu sais que je ne ferais jamais ça.

— Alors il n'y a rien à ajouter. »

La jeune femme secoua la tête, mais n'insista pas.

« Combien de temps peuvent durer les petites bouteilles d'air comprimé ?

— À cette profondeur, et en supposant qu'elles soient réellement à 200 bars de pression… je dirais… dix minutes, calculai-je rapidement.

— Ce n'est pas beaucoup.

— C'est même beaucoup moins, en réalité. Si nous comptons les quatre minutes de marge de sécurité, il nous en reste six. Trois pour aller, trois pour revenir.

— Bah… nous n'irons pas loin en trois minutes.

— Assez pour voir si ce tunnel mène quelque part. Si nous voyons que c'est le cas, nous pouvons revenir demain avec tout le nécessaire pour l'explorer comme il faut. Aujourd'hui, nous ne ferons que jeter un coup d'œil, ajoutai-je. C'est compris ?

— Oui, mon adjudant ! ironisa-t-elle.

— Cassie, je t'en prie, grognai-je. Là-dessous, nous n'avons pas le droit à l'erreur, et nous ne recevrons aucune aide en cas de problème. Si quelque chose va de travers, nous serons dans la merde.

— Mais oui, soupira-t-elle en levant les yeux au ciel. Je sais. Je ne suis pas une débutante, Ulysse.

— Tu ne l'es pas, mais tu te laisses parfois entraîner par l'enthousiasme et tu oublies les mesures de sécurité.

— Je serai prudente, parole ! affirma-t-elle avec sérieux, deux doigts en l'air à la manière du serment scout.

— J'y compte bien », dis-je.

Au même instant, la voix du professeur se fit entendre par la radio.

« *Tout est prêt*, annonça-t-il. *Je commence à le descendre. Bonne chance.*

— Merci prof. Espérons que nous n'en aurons pas besoin. »

J'avais à peine prononcé ces mots qu'une petite voix intérieure vint me rappeler qu'on a toujours, toujours besoin de chance.

À cet instant, je ne pouvais pas imaginer à quel point.

55

Dix minutes plus tard, ayant chaussé nos palmes et tenant à la main les bouteilles auxiliaires, nous ajustions nos masques avant de nous donner le « OK » en joignant le bout du pouce et de l'index.

Cassie s'étant débrouillée pour me convaincre qu'elle devait passer la première, j'avais attaché à son harnais une extrémité de la corde que le professeur nous avait lancée. L'autre bout était noué à la corde restée accrochée à l'extérieur, dont une trentaine de mètres flottaient à côté de nous. Les deux cordes mises bout à bout, nous aurions au total une marge d'à peu près quatre-vingts mètres pour explorer le tunnel.

Ce qui prendrait fin en premier – de la corde ou des trois minutes de plongée – donnerait le signal du retour.

« Prête ? demandai-je une dernière fois.

— Super prête, sourit-elle en me faisant un clin d'œil derrière son masque.

— Fais attention, d'accord ? »

En guise de réponse, l'archéologue s'approcha de moi et, nos masques s'entrechoquant, elle prit mon visage dans ses mains pour me donner un long baiser.

« Toi aussi. »

Puis elle emboucha le détendeur de la bouteille et s'enfonça de nouveau dans les profondeurs du puits. Je mis en marche le chronomètre de ma montre et plongeai immédiatement derrière la Mexicaine dont la silhouette se découpait en ombre chinoise sur la lumière de sa lampe frontale.

Poussant sur mes palmes, je me situai rapidement dans le sillage de Cassie, qui progressait avec décision droit vers le fond. Sur les côtés, les parois du puits semblaient avoir disparu, même si je savais que je pouvais les toucher rien qu'en tendant le bras.

Car plus nous descendions, plus les particules en suspension troublaient l'eau. Quand Cassie s'arrêta, à quatre ou cinq mètres de profondeur, l'eau cristalline avait fait place à une soupe trop liquide : encore translucide mais plus tout à fait transparente.

C'est alors que la lampe frontale de la jeune femme éclaira une ouverture sur le côté, un carré presque parfait d'environ un mètre de large. Dès que je le vis, je pensai que c'était trop exigu pour être un tunnel : ce devait être plutôt une canalisation d'eau souterraine. Mais c'était sans nul doute un travail réalisé de main d'homme.

Sans attendre, Cassie se glissa dans le conduit, entraînant derrière elle la corde attachée à son harnais. Je lui laissai deux mètres d'avance, puis, prenant garde de ne pas m'emmêler avec le filin, je la suivis dans l'étroit passage.

Ma lampe n'éclairait que ses palmes qui battaient sur un rythme lent, dans un mouvement presque horizontal pour éviter de soulever les sédiments du fond. Au-delà, je ne voyais que le faisceau diffus de sa propre lampe qui ouvrait la voie, et les quatre parois qui m'entouraient.

De la main droite, j'effleurai la pierre, laissant la marque de mes doigts sur la couche d'algues vertes dont elle était tapissée. Sous les algues, on apercevait des blocs rugueux, d'un ton ocré, qui me rappelaient le couloir de la pyramide de Khéops.

De fait, la forme aussi bien que les dimensions des deux tunnels étaient très similaires, mis à part le fait que le couloir de la pyramide était ascendant et que celui-ci allait vers le bas, car il descendait toujours et semblait ne pas avoir de fin.

Amenant ma montre devant mon masque, je m'étonnai de constater qu'il s'était écoulé plus d'une minute trente.

Encore une minute trente, et nous serions obligés de rebrousser chemin.

Et même avant, réalisai-je alors. Car plus nous descendions, plus la consommation d'air augmentait, rendant caducs mes calculs préliminaires.

Malheureusement, ma montre-profondimètre n'était pas programmable pour une plongée en eau douce ; je ne pouvais donc pas connaître la profondeur que nous avions atteinte, mais j'étais certain que nous avions dépassé les quinze mètres.

C'était beaucoup. C'était même trop.

Je tendis la main pour attraper une palme de Cassie et lui faire comprendre que nous devions rebrousser chemin, mais je n'étais pas assez près.

Je sortis alors mon couteau de son étui de cheville, et le cognai plusieurs fois sur ma bouteille d'air comprimé. Au cours d'une immersion normale, ce *cling cling* répété du métal contre le métal aurait pu être perçu d'assez loin dans l'eau ; mais, soit parce que la bouteille était trop petite, soit en raison de l'acoustique propre au tunnel, je ne l'entendis même pas moi-même. Tandis que je tapais vainement sur ma bouteille, Cassie poursuivait son chemin, s'enfonçant toujours plus dans ce boyau qui semblait sans fin, creusant la distance entre nous. Ses palmes n'étaient plus que deux traînées jaunes qui ondulaient à la limite de mon champ de vision.

Je regardai de nouveau ma montre, et d'une minute trente nous étions passés à deux.

Il fallait faire demi-tour immédiatement.

Je m'apprêtai à nager plus vite pour la rattraper, quand mes yeux se posèrent sur la corde qui flottait juste à côté de ma tête et dont l'autre bout était attaché au harnais de Cassie.

Plus stupide que moi, tu meurs, me dis-je.

Je tendis le bras, saisis le filin, et notai aussitôt la résistance de Cassie lorsqu'elle s'arrêta brusquement.

Cela lui ferait comprendre qu'il n'y avait plus de corde et qu'elle devait faire demi-tour.

Je ne voyais désormais même plus ses palmes jaunes ni la lueur de sa lampe, étouffée par le reflet de ma propre lampe sur les sédiments en suspension, mais je la sentais tirer sur la corde, comme si elle cherchait à s'assurer qu'elle ne s'était pas coincée quelque part.

Après quelques secondes, le filin se détendit, m'indiquant qu'elle avait fait demi-tour et revenait vers moi. Je halai de mon côté pour l'aider à aller plus vite.

Je ramenai un mètre de corde, deux mètres, trois, quatre, cinq, six, sept, huit…

Et soudain, horrifié, je découvris que Cassie n'était plus attachée à l'extrémité.

Je regardai stupidement le bout de la corde, comme si j'en attendais une explication.

Il n'y avait que deux possibilités : ou le nœud s'était défait, ou Cassie l'avait dénoué elle-même. Les deux éventualités étaient mauvaises et ne me laissaient qu'une alternative : aller la chercher.

Je me mis à palmer comme un possédé, de toute la force de mes jambes, prenant appui sur les parois glissantes du conduit pour me propulser.

Je n'avais que quelques secondes pour la rejoindre, ou nous ne pourrions plus revenir. Et même si je la trouvais, je n'étais pas certain de réussir : tous ces efforts me faisaient consommer l'air bien plus rapidement. En admettant qu'elle-même en ait assez pour rebrousser chemin, il était possible que ce ne soit pas mon cas.

Mais cela m'importait bien peu en cet instant. Je ne voulais que la retrouver et lui faire faire demi-tour immédiatement.

Je réalisais que cette immersion avait été une terrible folie. La dernière, peut-être.

Et pire encore : ce serait peut-être aussi la dernière de Cassandra.

Je regardai le chronomètre une fois de plus : deux minutes quarante-trois.

Je levai les yeux : aucune trace de Cassie ou de ses palmes jaunes.

Où diable s'était-elle fourrée ?

J'avais à présent la même visibilité que quand je travaillais dans les eaux souillées du port de Barcelone. C'était comme plonger dans une soupe de lentilles.

Dans ces circonstances, ma lampe ne me servait à rien ; je l'éteignis donc, espérant voir le reflet de celle de Cassie. En vain.

Je continuai de palmer avec énergie tandis que mes yeux s'habituaient à l'obscurité, me demandant ce qui avait bien pu passer pour qu'elle laisse la corde derrière elle, et moi avec.

Et alors je le vis.

Un halo de lumière qui se devinait à peine dans cette opacité épaisse.

Je me précipitai en avant sans hésitation, le cœur au bord des lèvres, serrant les dents tout en priant un Dieu auquel je ne croyais pas, priant pour que l'amour de ma vie n'ait pas de mal.

La lumière se fit soudain plus forte, comme si elle était tournée vers moi. Elle était toute proche à présent.

Alors que je pensais l'avoir enfin rejointe, le cône lumineux pivota vers le haut et, inexplicablement, commença à s'élever.

Incrédule, je battis des paupières, me demandant comment c'était possible.

Mais je n'avais pas le temps de me livrer à des spéculations.

Simplement, je suivis le faisceau de lumière… et découvris que le plafond du passage avait disparu.

Je montai comme une fusée dans une sorte de cheminée verticale, et soudain, sans bien comprendre comment, je me retrouvai la tête hors de l'eau.

Mais qu'est-ce que… ? pensai-je.

« Coucou ! » fit une voix derrière moi.

Je me tournai vivement et sa lampe m'éblouit, m'obligeant à fermer les yeux.

« Oh ! Pardon, s'excusa-t-elle en la repoussant vers le haut. Voilà, c'est mieux. »

Flottant devant moi, Cassie arborait un sourire enthousiaste.

J'avais un million de reproches sur le bout de la langue qui se bagarraient pour sortir le premier, mais ce fut une question qui franchit mes lèvres. Une question inévitable, par ailleurs.

« Que… que s'est-il passé ? » Et, regardant autour de moi tout en ôtant mon masque, j'ajoutai : « Où sommes-nous ?

— Je crois que c'est une grotte souterraine, dit Cassie en levant les yeux. Elle se trouve si profond que le géoradar n'a pas pu la détecter. »

Au-dessus de notre tête, une forêt de cristaux aux formes géométriques étincelait à la lumière de nos lampes frontales. J'avais l'impression de me trouver à l'intérieur d'un caléidoscope : où qu'il se dirige, le faisceau de ma lampe me renvoyait des myriades de reflets arc-en-ciel.

« C'est une géode, compris-je, submergé par la beauté de ce lieu. Nous sommes dans une géode.

— Aussi grande ? C'est possible ? demanda Cassie, incrédule.

— On dirait bien. Et ces cristaux doivent être du quartz, ou quelque chose du même genre.

— On croirait voir des diamants géants, dit-elle.

— Ce serait bien. » Je souris, m'imaginant arriver chez un joaillier avec un diamant de deux mètres pour le faire tailler. « Mais, d'après le peu que j'ai appris sur le sujet quand nous étions à bord de l'*Omaruru*, ce n'est pas comme ça que les diamants se forment.

— C'est bien dommage, répliqua-t-elle en claquant la langue. Mais c'est quand même impressionnant.

— Très impressionnant. »

L'endroit était si irréel que j'avais du mal à croire que nous nous y trouvions physiquement.

« Ce qui m'étonne, ajoutai-je en respirant à fond, c'est qu'il y ait de l'air ici. Nous sommes sous le niveau de la nappe phréatique. La grotte devrait être remplie d'eau.

— Ça doit être une poche d'air prise dans la géode.

— On dirait bien. Sans cela, nous serions morts, ajoutai-je avec gravité.

— Nous avions encore le temps, argua-t-elle en tapotant sa montre. Nous avions une marge de sécurité de cinq minutes. »

Je me mordis la langue pour ne pas entamer une dispute. Ce n'était ni l'endroit ni le moment. Mais, si nous nous en sortions, j'allais avoir avec elle une longue conversation sur la signification du concept « marge de sécurité ».

« Regarde ! s'écria-t-elle en désignant quelque chose dans mon dos. Qu'est-ce que c'est ? »

Intrigué, je me retournai, mais il me fallut quelques secondes pour que, dans ce chaos de cristaux et de reflets, mon cerveau parvienne à interpréter l'image que lui transmettaient mes yeux.

« On dirait… un chemin. »

Entre les blocs de quartz, des mains humaines avaient taillé un étroit sentier, qui commençait au bord de la fosse pour pénétrer dans cette vision onirique que formaient les prismes de cristal de roche.

« Allons-y ! » dit Cassie.

Et, joignant le geste à la parole, elle nagea vers la rive et sortit de l'eau, s'asseyant sur le bord avec agilité pour enlever ses palmes.

Essayer de faire les choses tranquillement, avec cette femme, c'était une bataille perdue d'avance.

Je l'imitai – je n'avais pas le choix – et sortis à mon tour. En moins d'une minute, nous nous étions débarrassés de nos palmes et des ceintures de plomb, et avancions sur le sentier en chaussons de néoprène pour ne pas nous faire mal aux pieds. L'endroit était peut-être splendide, mais c'était quand même un immense rocher creux plein de cristaux.

Comme toujours, Cassie voulut aller devant, mais j'eus enfin assez de réflexes pour l'attraper par le bras.

« Pas cette fois », déclarai-je.

L'archéologue allait protester, mais elle remarqua mon expression menaçante et fit un pas de côté.

Deux frayeurs en une seule nuit, c'était bien assez.

Lentement, en regardant bien où nous posions les pieds, nous avançâmes dans cette forêt de cristaux polyédriques épais comme des troncs d'arbre, qui nous renvoyaient la lumière de nos lampes frontales dans toutes les directions et sous toutes les couleurs possibles.

J'avais l'impression de marcher dans un labyrinthe aux miroirs sous LSD.

Un peu plus loin, le chemin tournait brusquement sur la droite, et nous découvrîmes qu'il s'élargissait pour déboucher dans une gigantesque caverne, qui devait faire dix fois la précédente. Une vision inimaginable : des prismes colossaux couvraient murs et plafond à plus de quinze mètres de haut, étincelant comme des éclairs sous les faisceaux de nos lampes.

« *Mamma mia*…, murmurai-je avec émerveillement, ébloui comme un homme de Neandertal devant la Sagrada Familia.

— Ulysse », souffla Cassie d'une voix tremblante, la main tendue devant elle.

Je suivis des yeux la ligne de son bras, vers l'autre bout de la grotte.

C'est à peine si la lumière de ma lampe arriva à l'éclairer ; mais il n'en fallait pas plus pour que mon cœur manque un battement. Involontairement, je reculai d'un pas et faillis tomber.

56

Une intolérable sensation de déjà-vu fit s'accélérer mon pouls, tandis qu'un frisson me parcourait l'échine comme une décharge électrique.

« C'est impossible… »

Devant nous, voilée de pénombre, se dressait sur un piédestal une statue de la déesse de la fertilité haute de six ou sept mètres.

C'était la représentation à grande échelle de la petite figurine d'albâtre que nous avions laissée à l'hôtel, mais sculptée dans la pierre. Une ankh d'or brillait à son front.

Une statue qui ne rappelait que trop celle que nous avions trouvée des mois auparavant, à dix mille kilomètres de là, dans une autre caverne, au cœur de la forêt amazonienne.

« C'est comme…, murmura Cassie en me saisissant le bras un peu trop fort.

— Oui », confirmai-je sans avoir besoin qu'elle achève la phrase.

À petits pas prudents, comme si nous craignions d'éveiller l'immense déesse de pierre, nous nous approchâmes d'elle avec lenteur. À ses pieds, ce que j'avais cru être un piédestal se révéla être un grand bloc de granit noir dont la face supérieure était parfaitement lisse tandis que les côtés étaient couverts de dessins et d'inscriptions ; un autel, peut-être, ou une tribune sacerdotale.

Les cristaux de quartz, omniprésents, jaillissaient du plafond et des parois sur tout le périmètre de la grotte, mais le centre avait été dégagé en une sorte de forum, assez vaste pour accueillir plusieurs centaines d'assistants.

Le simple fait de se trouver à l'intérieur d'une géode grande comme un pavillon des sports était déjà quelque chose d'inconcevable ; mais qu'elle ait été aménagée comme lieu de culte des milliers d'années auparavant, c'était…

« Incroyable, murmurai-je avec émotion.

— C'est un temple, affirma Cassie d'une voix tremblante. Voici l'autel du prêtre ; là, c'est l'espace où se rassemblaient les fidèles, et, au fond, la déesse de la fertilité qui domine tout. » Elle avala sa salive. « Jamais, on n'a jamais rien découvert de pareil, Ulysse. Jamais. »

La lumière limitée fournie par nos lampes était bien loin d'éclairer toute la caverne, mais nous étions tous deux aussi médusés l'un que l'autre, autant par la beauté inquiétante de ce lieu onirique que par le fait de nous retrouver dans le sanctuaire d'une divinité oubliée dans les brumes des temps.

« Je me demande pourquoi ici, à l'intérieur d'une géode, dis-je en regardant autour de moi avec une stupeur sans bornes. C'est un endroit étrange pour y installer un temple.

— Mais, tu n'as pas encore compris ? Tu ne saisis pas l'allégorie ?

— Une allégorie ? Qu'est-ce que tu veux dire ?

— C'est un utérus, Ulysse, affirma-t-elle en ouvrant les bras pour englober toute la caverne. La géode est un utérus, et là, nous avons la déesse de la fertilité qui le garde. Lorsque les fidèles sortaient d'ici, ils prenaient le passage par lequel nous sommes arrivés, recréant le processus de l'accouchement.

— Comme s'ils naissaient à nouveau, compris-je en suivant le parcours du regard.

— Ce n'est pas seulement un temple, Ulysse, ajouta-t-elle avec émotion, c'est un lieu de renaissance. »

Précautionneusement, comme un rêveur qui craint de se réveiller, nous traversâmes le forum pour aller vers l'autel. Nos chaussons de néoprène laissaient des traces mouillées sur le sol de pierre, dont la surface était sillonnée d'encoches et de lignes irrégulières.

« Tu te rends compte que cela change tout ? Il faudra réécrire l'histoire et la préhistoire de l'Égypte et de tout l'Occident. Peut-être même du monde ! déclara-t-elle avec une agitation et une fébrilité croissante. Ceci n'est pas l'œuvre de quelques chasseurs-cueilleurs en pagne. C'est la culmination d'une culture avancée, de toute évidence antérieure à la civilisation égyptienne ; et qui a été en contact avec les habitants de la Cité noire, en pleine Amazonie ! »

Elle désigna la volumineuse effigie de la déesse, et ajouta :

« Voilà la preuve ! Quand nous sortirons d'ici, nous ne serons plus des parias. Le monde saura que nous disions la vérité.

— Il faudrait commencer par pouvoir sortir.

— Ne fais pas ton rabat-joie, *mano*, me reprocha-t-elle. Si nous sommes entrés, nous pourrons ressortir.

— Ce ne sera peut-être pas si facile, Cassie. Dans le meilleur des cas, nous avons consommé la moitié de notre oxygène.

— Je ne dis pas que ce sera facile. Mais le professeur s'occupera de nous envoyer des secours s'il ne nous voit pas revenir. Nous avons de l'air et de l'eau en abondance. S'il le faut, nous pouvons tenir des jours, ici. »

Je fus sur le point de lui rappeler que les piles des lampes n'allaient pas durer si longtemps, et qu'attendre dans le noir ne serait pas la plus agréable des expériences ; mais je me ravisai, décidant de ne pas l'inquiéter avec un problème que nous ne pouvions pas résoudre.

« Oui, je suppose », répondis-je, laconique, avant de reporter mon attention vers le bloc de granit sombre placé devant la déesse.

Et à cet instant précis, tandis que je me remémorais son jumeau de la Cité noire, couvert du sang séché de milliers de victimes, il m'arriva comme un relent fétide qui me donna la chair de poule.

« Cassie… », soufflai-je en reculant d'un pas.

Je regardais tout autour de moi, au bord de la crise de panique.

« Qu'est-ce qu'il y a ? s'inquiéta-t-elle à la vue de mon visage décomposé.

— Tu ne sens pas ? dis-je, tous mes sens en alerte. Cette odeur… »

La jeune femme huma l'air, d'abord un peu étonnée, puis franchement surprise, et enfin avec dégoût.

« Pouah ! C'est vrai, ça sent mauvais, affirma-t-elle en fronçant le nez.

— Ça sent le morcego.

— Mais non ! dit-elle en secouant la tête. Ils sentaient la pourriture et la charogne, tu ne te rappelles pas ? Cette odeur-ci… ça sent plutôt les égouts.

— Oui, peut-être », reconnus-je en flairant l'air de nouveau.

Ce n'était pas la même odeur. Elle était tout aussi nauséabonde, mais différente.

« Il y a peut-être un égout qui passe tout près et qui s'infiltre quelque part.

— Absolument génial. Une des découvertes archéologiques les plus importantes de tous les temps… et il faut qu'elle pue la merde. »

Pendant que Cassie s'efforçait d'enregistrer tout ce qu'elle pouvait sur son portable en espérant réunir assez de preuves pour les très réticentes autorités en archéologie égyptienne, j'avais entrepris d'explorer la grotte de fond en comble. Ma théorie était que, de même que l'on égare ses clés ou la télécommande entre les coussins du canapé, les gens qui avaient créé et utilisé cet endroit pouvaient eux aussi avoir oublié quelque chose d'intéressant dans un coin.

Tandis que je regardais derrière la statue, j'entendais Cassie commenter tout ce qu'elle filmait, en faisant la description comme un médecin légiste en train de pratiquer une autopsie.

« … et nous avons ici un grand bloc de granit noir, disait-elle d'une voix professionnelle, d'approximativement trois mètres de côté pour un mètre de hauteur. Quatre de ses faces semblent couvertes de caractères en… »

Elle fit une longue pause, et finit par ajouter avec surprise :

« *Caramba*, ça, c'est bizarre alors.

— Il y a quelque chose ici qui ne soit pas bizarre ? commentai-je, sarcastique, en levant les yeux vers la tête de la divinité.

— Oui, mais ça, c'est *particulièrement* bizarre, Ulysse. »

Intrigué, je fis le tour de la statue pour la rejoindre.

Accroupie devant l'autel, l'archéologue éclairait à l'aide de son portable les hétérogènes inscriptions d'une des faces. Du bout du doigt, elle suivit une rangée de ces symboles inintelligibles, comme une institutrice faisant lire son élève à haute voix.

« C'est un genre d'écriture, non ? demandai-je en m'agenouillant à côté d'elle. Comme celle que nous avons vue dans la Cité noire ? »

Cassie me jeta un regard oblique, comme si elle s'apercevait tout juste que l'élève en question n'était pas très futé.

« Non, Ulysse. Les inscriptions d'alors étaient en cunéiforme, répondit-elle avec patience. Mais ceci… ceci, c'est du grec.

— Du grec ? répétai-je stupidement. De la Grèce ?

— De la Grèce antique, précisa-t-elle.

— Je ne comprends pas. Qu'est-ce que ça fait ici ?

— Je ne comprends pas non plus », avoua-t-elle.

Elle se rejeta en arrière, comme cherchant une nouvelle perspective.

« Une géode souterraine en Égypte, avec une déesse de la fertilité préhistorique et un autel orné d'inscriptions en grec. Ça n'a pas de sens.

— Et tu peux le lire ? Tu sais ce que ça dit ?

— Un mot par-ci par-là. J'ai fait du grec pendant mes études, mais je dois dire que je n'ai jamais été très douée. Je vais faire des photos pour les montrer au professeur, ajouta-t-elle en allumant la caméra du portable. Lui saura le lire.

— C'est une bonne idée. Enregistre et photographie tout ce que tu peux, des fois qu'on ne nous laisse pas revenir de sitôt.

— Les réponses que nous cherchons pourraient bien être ici, Ulysse, dit-elle avec émotion tout en prenant des photos des inscriptions. La clé de tout. Notre pierre de Rosette.

— La pierre de qui ?

— Laisse tomber, soupira-t-elle en secouant la tête.

— Bon. »

Je me relevai, notant mentalement de chercher la pierre en question sur Google quand nous serions de retour à l'hôtel.

« En attendant, je continue d'explorer, au cas où… »

Mes yeux se posèrent alors sur une fine ligne horizontale, presque imperceptible, qui courait sur tout le côté de l'autel, à environ vingt centimètres du bord.

« Tu as remarqué ceci ?

— Quoi ? demanda-t-elle sans cesser de photographier.

— Là. Tu sens ? répondis-je en passant la main sur le tracé et l'invitant du geste à faire de même. »

Elle abandonna les inscriptions pour suivre le sillon du bout du doigt.

« C'est une fissure ?

— Je ne pense pas : c'est parfaitement rectiligne et ça fait tout le tour de l'autel.

— Une jonction, comprit-elle enfin en bondissant sur ses pieds. La part supérieure est une dalle !

— Une dalle énorme, précisai-je.

— Ce n'est pas un autel, Ulysse. *La gran diabla* ! Je crois que c'est un sarcophage ! s'écria-t-elle en reculant de quelques pas pour avoir une vision d'ensemble. Comme celui que nous avons vu dans la pyramide.

— Merde alors ! Mais… ça veut dire qu'il y a une momie là-dedans ?

— C'est ce qu'il y a généralement dans les sarcophages, sourit-elle avec exultation. Un sarcophage encore scellé, qui n'a pas été pillé. Dieu seul sait ce qu'il peut contenir.

— Eh bien, je regrette de t'informer que je ne vois pas par quel moyen nous pourrions l'ouvrir. Cette dalle doit peser plusieurs tonnes, dis-je en toquant sur la pierre.

— Non, non, non…, protesta-t-elle en levant les mains dans une attitude défensive. Nous n'allons pas l'ouvrir. C'est aux autorités égyptiennes de le faire. On doit s'efforcer de ne pas altérer le gisement. Notre présence doit être indétectable, pour que personne ne puisse nous accuser de négligence ou d'avoir contaminé la découverte archéologique. En réalité, le simple fait de respirer dénature déjà la composition chimique de l'air.

— Eh bien, je te préviens que je n'ai pas l'intention de retenir ma respiration.

— Ce que je veux dire, c'est que nous devons faire extrêmement attention. Nous ne devons rien déplacer, pas même un caillou.

— D'accord, dis-je en m'asseyant sur le bord de la dalle. On ne bouge pas les cailloux.

— Et on ne s'assoit pas dessus non plus.

— Là, tu charries. Ce truc-là supporterait le poids d'un camion, rétorquai-je en passant la main sur la pierre. »

Je me tus brusquement, puis posai l'autre main.

« Attends un peu. Il y a quelque chose ici.

— Quelque chose ?

— Oui. Je l'ai senti au toucher. »

La Mexicaine vint à côté de moi et éclaira la dalle de granit avec sa lampe frontale.

« Moi je ne vois rien, dit-elle en se penchant. Elle me paraît parfaitement lisse.

— Pas complètement. Éteins ta lampe.

« — Éteindre ma lampe ? C'est ça, ton idée ?

— Fais-moi confiance, insistai-je. Éteins-la.

— D'accord. C'est fait, obtempéra-t-elle sans conviction. Et maintenant ?

— Maintenant, regarde. »

J'ôtai ma propre lampe et, la réglant à la puissance minimale, je la plaçai au bord de l'autel. La lumière rasante, parallèle à la surface de la pierre, formait des ombres subtiles là où l'on ne distinguait rien l'instant précédent.

Un entrelacement ténu de symboles et de dessins apparut sous nos yeux : un hiéroglyphe.

« Oh ! Mon Dieu ! souffla Cassandra avec stupeur. Ça ne se peut pas...

— Que se passe-t-il ?

— C'est... impossible.

— Qu'est-ce qui est impossible, Cassie ? De quoi parles-tu ? C'est un hiéroglyphe égyptien, non ? »

Cassie garda le silence pendant quelques secondes qui me parurent éternelles.

« Oui... Enfin, non, répondit-elle finalement d'une voix troublée. Ce n'est pas exactement un hiéroglyphe : c'est un cartouche.

— Un cartouche ? Je ne comprends pas.

— C'est la manière qu'avaient les anciens Égyptiens d'écrire le nom de leurs pharaons, expliqua-t-elle en se reprenant un peu. C'était comme une signature.

— Et tu as réussi à lire le nom qui est écrit ici ? » m'étonnai-je.

Moi, je ne voyais que le dessin d'un lion couché et de deux oiseaux au milieu d'autres symboles incompréhensibles.

« J'ignorais que tu savais déchiffrer les hiéroglyphes.

— Je ne le sais pas. Mais ce cartouche en particulier, je l'ai vu des milliers de fois quand je travaillais à ma thèse sur les gisements sous-marins d'Alexandrie. C'est celui du personnage le plus célèbre de l'histoire d'Égypte.

— Un pharaon ? aventurai-je. »

La lampe de Cassie se ralluma, illuminant le sarcophage.

« Une pharaonne, corrigea-t-elle avec solennité. C'est le cartouche de Cléopâtre. »

57

« Cléopâtre ? répétai-je. *La* Cléopâtre ?

— Elle-même.

— Et que ferait son nom gravé là-dessus ? m'étonnai-je en désignant la grande dalle noire. Tu veux dire qu'elle… »

L'archéologue aux yeux verts hocha la tête avec lenteur, comme si elle n'était pas encore totalement convaincue.

« Je ne vois pas d'autre explication. Il se pourrait que nous ayons trouvé le tombeau de Cléopâtre, répondit-elle en touchant la pierre avec déférence.

— Et c'est quelque chose de très important, non ?

— Important ? Tu poses vraiment cette question ? La tombe de Cléopâtre est l'un des plus grands mystères de l'égyptologie. La découverte de Toutankhamon est presque anecdotique à côté. Tu sais quand même qui c'était ?

— Je me souviens de l'avoir vue dans des films ou autres, mais pas beaucoup plus, avouai-je. Je sais qu'elle s'est suicidée en se faisant mordre par un serpent et qu'elle s'envoyait en l'air avec un général romain, je crois.

— Marc Antoine, m'informa-t-elle. Ils étaient amants, et étaient en guerre contre Octave pour le contrôle de l'Égypte. Marc Antoine s'est tué avec son glaive quand son armée fut vaincue ; il croyait que Cléopâtre avait mis fin à ses jours après avoir été capturée par l'ennemi, mais c'était faux. Elle était encore en vie. Mais quand Octave la fit prisonnière peu après, elle se suicida avec un aspic pour ne pas être exhibée à Rome comme trophée de guerre.

— Quel roman ! On dirait la fin de Roméo et Juliette.

— C'est l'histoire d'amour la plus célèbre de l'histoire, Ulysse. Shakespeare lui-même a écrit sur eux. Mais il y a plus intéressant, ajouta-t-elle tout en marchant autour du sarcophage, laissant ses doigts glisser sur le granit noir et poli. D'après la légende, ils furent enterrés ensemble par leurs serviteurs, dans un tombeau secret que nul n'a jamais réussi à trouver… »

Elle me regarda et ses lèvres s'étirèrent en un sourire de triomphe.

« Jusqu'à maintenant.

— Tu crois qu'ils sont tous les deux là-dessous ?

— Tout concorde. Cléopâtre était une adoratrice fidèle de la déesse Isis. De fait, elle s'habillait à son image et affirmait en être la réincarnation. Si Cléopâtre avait dû choisir son lieu de sépulture, ç'aurait été ici, sans aucun doute, déclara-t-elle en levant les yeux vers le visage de la statue. Aux pieds d'Isis dans sa conception la plus ancestrale. Ce qui expliquerait d'autre part pourquoi les inscriptions sont en grec ancien.

— Ah, oui ?

— *Caramba*, Ulysse ! Cléopâtre était Grecque.

— Quoi ?

— Tu ne le savais pas ? Mais qu'est-ce qu'on vous apprend, à l'école ? Cléopâtre était la descendante de Ptolémée Ier, un général d'Alexandre le Grand devenu roi d'Égypte. Tu sais qui était Alexandre le Grand, non ? demanda-t-elle avec circonspection.

— Quand même ! De fait, c'était le nom de mon grand-père maternel.

— Le marin ? Un jour, il faudra que tu m'en dises plus sur ton grand-père. Donc, bien que née à Alexandrie, Cléopâtre était Grecque de la tête aux pieds, et sa langue natale était la koinê. Mais, d'un autre côté, elle a été également la première pharaonne en trois cents ans de dynastie ptolémaïque à apprendre à parler l'égyptien.

— Tu veux dire qu'ils ont régné trois siècles sur l'Égypte sans connaître l'égyptien ? Ça, c'est ce que j'appelle vivre dans sa bulle.

— Ils n'en avaient pas besoin. En Égypte, à cette époque, il y avait presque autant de Grecs que d'Égyptiens. Voilà pourquoi l'église copte est si enracinée ici… ou l'était, du moins.

— Très intéressant. »

Puis, plus porté sur les aspects pratiques de la découverte :

« Mais ce que je me demande, c'est comment on a pu apporter tout ça jusqu'ici. Nous, nous avons dû nager sous l'eau, dis-je avec un geste vers l'entrée de la caverne.

— Je ne sais pas. Les Égyptiens étaient d'excellents ingénieurs. Ils avaient peut-être trouvé un moyen de vider le puits et de le remplir de nouveau. Quelle meilleure façon de tenir les pilleurs de tombes à l'écart ?

— Oui, c'est possible. Mais je trouve que c'est un endroit bizarre pour une tombe. Je croyais que les sépultures des pharaons étaient toujours pleines de hiéroglyphes et de trésors.

— En effet. Ils étaient inhumés avec tout ce qui pouvait leur être nécessaire dans l'autre monde : or, chars, bateaux, meubles, et même des animaux familiers et des serviteurs. Mais rappelle-toi les circonstances de la mort de Cléopâtre. L'Égypte avait été envahie et ses serviteurs durent fuir d'Alexandrie en emportant sa dépouille et celle de Marc Antoine.

— C'est justement pour ça que je trouve étrange qu'ils l'aient amenée ici. Alexandrie est à plus de deux cents kilomètres.

— Au contraire. De cette manière, ils s'assuraient qu'Octave ne retrouverait pas leurs corps. Il est probable qu'en tant qu'adoratrice d'Isis, Cléopâtre connaissait cet endroit et son accès difficile. En plus, si elle ne… »

Bôum !

Sa phrase fut interrompue par une forte vibration qui parcourut la caverne, comme un coup de marteau sur une cloche.

Nous nous figeâmes et nous regardâmes en silence, tendus.

« Qu'est-ce que c'était que ça ? demanda Cassie au bout de quelques secondes.

— Aucune idée. Mais ça venait d'en haut », dis-je en levant les yeux.

Bôum !

Un nouveau coup sourd qui venait du plafond, suivi d'une secousse qui fit trembler le sol sous nos pieds.

« Celui-ci était plus fort, remarqua la jeune femme. Que se passe-t-il, là-haut ?

— C'est l'excavatrice ! compris-je brusquement. Elle tape juste au-dessus de nous.

— Mais il n'est que six heures ! protesta Cassie en regardant sa montre. Ils ne commencent jamais avant huit heures !

— Eh bien, on dirait qu'aujourd'hui si.

— Mais, le professeur ? Pourquoi ne leur a-t-il pas dit d'arrêter ? Tu ne peux pas l'appeler par radio ?

— Le signal n'arrive pas jusqu'ici, Cassie. »

Bôum !

Cette fois, le choc fut suivi d'un craquement sec qui me hérissa le poil. Presque au même instant, un petit cristal de quartz vint s'écraser au sol et éclata en mille morceaux.

« Putain ! s'exclama Cassie en faisant un saut en arrière.

— Merde ! Ils sont en train de se briser ! », dis-je en regardant au plafond, guettant le décrochage d'autres fragments.

Bôum !

Ce dernier coup était plus fort que les précédents, ainsi que le son terrifiant des cristaux en train de se fendre, à quinze mètres au-dessus de nos têtes.

« On doit partir d'ici ! dis-je en saisissant Cassie par le bras pour l'entraîner.

— Non ! protesta-t-elle en se libérant d'une secousse. Nous n'avons rien encore !

— Il faut filer, bordel ! La grotte va s'effondrer sur nous !

— Non ! Je dois documenter tout ça ! » s'obstina-t-elle. Et d'un geste rapide, elle glissa la main dans sa combinaison et en sortit son portable.

Bôum !

Crrrac.

« Putain, Cassie !

— Juste une minute ! cria-t-elle en allumant la caméra de son smartphone pour filmer la statue et le sarcophage.

— Nous n'avons pas une minute, merde ! » vociférai-je en m'efforçant d'ignorer les grands blocs de cristal de la voûte qui se craquelaient sous leur propre poids.

Dédaignant le danger, l'archéologue continuait de filmer comme le ferait un correspondant de guerre pris dans une fusillade, tandis que des fragments de prismes pleuvaient autour de nous comme des massettes de cristal allant s'écraser sur le sol.

Bôum !

Crrrac !

Flussssh.

Ce bruit-ci est nouveau, songeai-je.

Une section de la paroi, située juste derrière la statue à plusieurs mètres de hauteur, venait de s'écrouler dans un fracas de tonnerre, et une cascade brune et fétide jaillit dans la grotte.

L'odeur que nous avions remarquée avant se multiplia au centuple. Ce qui avait été une légère filtration était à présent un torrent d'eaux fécales qui se précipitait dans la caverne.

Cassie, qui filmait en cet instant les motifs du sol, se tourna vers le sarcophage.

« *Mierda* ! proféra-t-elle avec un grand sens de l'à-propos, en regardant avec répugnance le fleuve d'excréments qui l'entourait.

— Il faut partir, maintenant, dis-je d'une voix aussi calme que possible en lui tendant la main. Sinon, nous ne le pourrons jamais. »

L'espace d'un instant, je vis le doute dans ses yeux… mais elle finit par acquiescer et, après avoir rangé son portable dans le sac de plastique, elle sauta dans l'eau infecte, qui atteignait déjà une main de hauteur, abandonnant ce qui était peut-être le tombeau le plus recherché de l'histoire.

Nous traversâmes la caverne à toute allure, en direction de la sortie, quand un nouveau choc fit craquer la géode tout entière.

Un bloc de quartz de la taille d'une machine à laver se détacha de la voûte et alla se fracasser sur le sol, à moins de deux mètres de nous, nous mitraillant d'une pluie de cristaux. Sans nos épaisses combinaisons de néoprène, les éclats nous auraient lardés comme des coups de couteau.

« Ça va ? » demandai-je à Cassie. Je la regardai, et vis qu'un de ces éclats l'avait atteinte juste au-dessus du sourcil, lui faisant une coupure qui saignait abondamment.

Elle porta la main à son front et la ramena couverte de sang.

« C'est grave ? demanda-t-elle.

— Ce n'est qu'une égratignure, filons d'ici tout de suite. »

J'avais à peine parlé, que le passage qui conduisait au puits par lequel nous étions arrivés s'effondra dans une avalanche de cristaux, de pierre et de poussière.

La seule issue de cet endroit venait de disparaître juste sous notre nez.

Nous étions pris au piège.

« Bordel de merde ! jurai-je en serrant les poings.

— Qu'est-ce qu'on va faire ? » demanda Cassie en balayant les alentours de sa lampe, pour ne voir qu'un amoncellement de morceaux de quartz fracassés sur le sol.

C'était un miracle que nous n'en ayons reçu aucun sur la tête.

« Je ne sais pas ! » aboyai-je avec rage et désespoir.

L'engin de chantier continuait de marteler le terrain impitoyablement, et à chaque coup d'autres cristaux se détachaient de la voûte. Que la géode s'effondre tout entière sur nous, suivie de milliers de tonnes de terre et même de la foutue excavatrice, n'était plus qu'une question de temps.

Et comme si ce n'était pas assez, le niveau des eaux usées montait à vue d'œil. Si nous ne mourions pas écrasés, nous finirions noyés dans le caca des Cairotes.

« Suis-moi ! criai-je en l'entraînant par la main.

— Mais où tu vas ? protesta-t-elle. Tu te trompes de sens ! La sortie est par là !

— Il n'y a plus de sortie ! rétorquai-je en avançant avec difficulté dans l'eau pestilente. Nous devons sortir par ici ! »

Cassie s'arrêta d'un coup lorsqu'elle comprit mon intention.

La cascade de matières fécales surgissait d'un orifice à plusieurs mètres de hauteur, comme une répugnante langue noire se moquant de la déesse de la fertilité dans son dos.

« Tu plaisantes. »

Je me tournai vers elle ; mon visage devait être un masque de détermination, dégoût et sueur à parts égales.

« J'ai l'air de plaisanter ?

— J'espère que non.

— Alors on y va », dis-je en l'entraînant.

Nous courûmes jusqu'au sarcophage et nous grimpâmes dessus.

« Pourvu qu'il soit bien scellé », souffla Cassie en baissant un regard attristé sur la dalle.

Moi, j'avais en tête des préoccupations plus prosaïques, comme, par exemple, rester en vie assez longtemps pour trouver une manière de sortir de ce fichu endroit.

Le trou d'où les eaux noires jaillissaient à gros bouillons était une brèche de presque un mètre de large, mais seulement une vingtaine de centimètres de haut.

Même si elle semblait suffisante pour nous laisser passer, la hauteur à laquelle elle se trouvait et la force du flot allaient rendre l'entreprise très difficile.

« Je ne vois pas beaucoup de prises où nous agripper, dit Cassie en désignant la paroi. Et avec l'eau qui nous tombera dessus...

— Ça ne va pas être facile, je sais. Mais nous n'avons pas de plan B. »

Mon plan A consistait à l'aider à grimper comme je le pourrais et lui permettre de s'échapper. Au fond de moi, je doutais fort que je puisse y parvenir moi aussi sans personne pour me pousser par dessous.

« Et si nous attendions que l'eau monte jusqu'au niveau du trou ? » suggéra la Mexicaine.

Comme si la destinée avait voulu lui donner une réponse sans équivoque, un large pan de la voûte s'effondra sur la déesse et la décapita, tandis que la statue s'inclinait périlleusement sur son socle étroit. Seule la chance empêcha que les débris tombent également sur nous.

« Voilà ta réponse, haletai-je en me relevant au milieu d'un nuage de poussière.

— *La gran diabla* ! pesta-t-elle en essuyant son visage couvert d'une pâte de poussière et de sang. Il s'en est fallu d'un cheveu. Regarde, ajouta-t-elle avec tristesse, la statue a été détruite. Elle est sur le point de tomber.

— Mais oui ! m'écriai-je soudain. C'est ça ! C'est notre porte de sortie !

— De quoi parles-tu ?

— Pas le temps de t'expliquer. Grimpons sur le dos de la statue !

— Pourquoi ? insista-t-elle. De là nous n'atteindrons pas le trou !

— On n'a pas le temps, Cassie. Tu me fais confiance ?

— Là maintenant tout de suite, pas trop, à vrai dire.

— Je crois que je sais comment sortir d'ici, mais tu devras faire ce que je te dirai. »

À l'autre extrémité de la caverne, toute une partie de la voûte s'effondra, ensevelissant presque la moitié de la grotte et nous arrosant de nouveau d'une pluie de fragments et de poudre de quartz.

L'air devenait irrespirable.

Dans quelques minutes, tout s'écroulerait définitivement.

« Foutus pour foutus... », céda la jeune femme. Et elle entreprit de grimper sur la statue.

Je la suivis avec soulagement, m'accrochant aux énormes seins de la déesse et glissant le bout de mon chausson dans son nombril en guise de point d'appui pour mon pied droit. De là je me hissai sur ses épaules, où Cassie, plus douée que moi pour l'escalade, m'attendait déjà.

« Et maintenant ? » demanda-t-elle.

Me mettant debout, je posai les mains sur un des cristaux de la voûte, qui était beaucoup plus basse à cet endroit.

« Maintenant, dis-je, on pousse. »

Incrédule, la Mexicaine me regarda un moment, s'efforçant de comprendre quelle était mon intention.

« Tu veux faire basculer la statue sur le trou !

— C'est ça, mais si tu m'aides, grognai-je en forçant. Seul, je ne peux pas.

— Mais... c'est une folie ! Et tu vas renverser une statue unique, qui a des milliers d'années ! »

Je m'interrompis pour me tourner vers elle.

« Tout ceci va disparaître d'un moment à l'autre, lui rappelai-je avec impatience. Y compris nous, si nous ne faisons pas en sorte que cela fonctionne.

— Oui, mais...

— Aide-moi, Cassie, insistai-je en recommençant de pousser. Si je me trompe, je te laisse me le reprocher le restant de nos jours.

— Si tu te trompes, ça ne va pas faire bien longtemps, renifla-t-elle en prenant appui sur la voûte pour faire pression vers le bas avec les jambes.

— Elle a bougé ! m'écriai-je, sentant la statue céder. Plus fort ! »

Encouragés par ce petit succès, nous redoublâmes d'efforts, et, ruisselants de sueur, nous réussîmes à faire s'incliner l'énorme statue, dont le centre de gravité était bien au-dessus de la taille. Très lentement d'abord, puis avec un peu plus d'élan.

« Accroche-toi ! criai-je quand la déesse se précipita vers le mur.

— Où ?

— Où tu peux ! »

Ma dernière pensée fut la certitude que l'impact allait être beaucoup plus fort que je ne l'avais imaginé.

58

La seconde suivante, la statue millénaire de la déesse de la fertilité se fracassait contre la paroi dans un nuage de poussière et de débris, avec Cassie et moi agrippés à son dos.

« Kof kof... Cassie ? Kof kof, appelai-je entre deux quintes de toux dès que j'eus récupéré de l'impact. Cassie ? Kof kof. Tout va bien ? »

Allongée près de moi, la Mexicaine tourna la tête. Son visage était barbouillé de saleté et du sang qui coulait toujours de sa blessure au front.

« Je crois... Kof kof... que oui... Kof kof. Ça a marché ? demanda-t-elle en dégageant ses cheveux. »

Je levai les yeux.

« Merde, oui ! m'exclamai-je, sincèrement surpris. Regarde ! »

Juste au point d'impact de la statue contre la paroi de la géode, la fissure s'était agrandie, formant un orifice irrégulier haut d'une cinquantaine de centimètres d'où jaillissait la cataracte d'eaux usées.

« C'est très... Kof kof... étroit, observa Cassie avec inquiétude.

— Ça suffira. »

Et, sans perdre de temps, je m'approchai du trou tout en remettant le masque de plongée que je portais autour du cou.

« Allons-y. »

Je m'accrochai des deux mains au rebord de l'ouverture et y glissai la tête, au-dessus du niveau du torrent pestilentiel. Lorsque je sentis le liquide infect m'effleurer le menton, je fus saisi d'une violente nausée que je ne réussis à retenir qu'à grand-peine.

À la lumière de ma lampe frontale, je pus voir que le tunnel improvisé se prolongeait sur plusieurs mètres en une pente ascendante assez prononcée. Passer par là semblait réalisable, mais ce ne serait pas facile.

« On peut passer ! dis-je en tournant la tête, sans entrer dans les détails.

— Tu es sûr ? demanda Cassie derrière moi.

— Ce dont je suis sûr, c'est que nous mourrons si nous n'essayons pas », répliquai-je.

Et, sans rien ajouter, je m'introduisis dans l'orifice où je me mis à ramper, les doigts crispés dans la fange pour lutter contre le courant, et faisant l'impossible pour garder la bouche hors de l'eau.

L'eau qui avait foré cette cavité au cours des ans devait provenir d'une fuite dans un égout proche. J'avais juste assez d'espace pour progresser à quatre pattes, les cheveux frôlant la terre humide ; et même si mes paumes me transmettaient toujours les vibrations provoquées par l'impact de l'excavatrice, au moins le ciel n'était plus en train de me tomber sur la tête.

« C'est… c'est horrible », entendis-je Cassie gémir derrière moi.

Je n'avais pas besoin de la regarder pour visualiser parfaitement l'expression révulsée qu'elle devait avoir en cet instant.

Bien qu'elle puisse se montrer incroyablement courageuse, je l'avais déjà vue sur le point de vomir en débouchant le lavabo obstrué par ses propres cheveux.

Pour elle, ramper dans ce répugnant cloaque, plongée jusqu'aux lèvres dans un fleuve d'eaux noires, devait représenter le pire des cauchemars.

« Ça s'effondre ! hurla-t-elle alors, terrifiée. C'est en train de s'effondrer ! »

Elle n'eut pas à le répéter : je compris aussitôt.

Les secousses avaient augmenté subitement tandis que le tunnel où nous nous traînions commençait à s'effriter sur nous.

« Dépêche-toi, Ulysse ! » cria-t-elle avec désespoir, se voyant déjà enterrée vivante.

Elle n'avait pas besoin d'insister ; j'avais accéléré au premier cri, à quatre pattes et à contre-courant, aussi vite que me le permettaient mes bras et mes jambes.

Mourir écrasé comme un cafard dans une rivière de merde ne figurait pas sur ma liste de morts favorites.

« Je crois que… je vois quelque chose », haletai-je sans ralentir.

Un peu plus loin, ma lampe frontale n'éclairait plus les parois de l'oppressante galerie, mais s'estompait en atteignant un espace plus dégagé.

Une pluie de terre et de petits cailloux me tomba sur la tête, annonçant l'imminence de l'effondrement. Ce n'était plus qu'une question de secondes.

Derrière moi, la respiration rapide et saccadée de Cassie me poussait à me hâter encore davantage, sans me préoccuper d'avaler de cette eau infecte.

« Ulysse… Kof kof… »

Je ne répondis pas. Toute mon attention était mobilisée par l'ouverture que je venais d'atteindre et par laquelle je passai la tête comme un lapin dans son terrier.

« Nous sommes sauvés ! annonçai-je en me glissant vivement par le trou.

— *Dios mío...* merci ! » souffla Cassie en émergeant une seconde plus tard.

J'avais à peine fini de l'aider à s'extirper du boyau infâme que celui-ci s'effondra avec un grondement sourd, dans une dernière exhalation de poussière et de boue, comme une éructation finale.

L'orifice qui nous avait permis d'en sortir se retrouva entièrement bouché par l'éboulis et disparut sous nos yeux, comme s'il n'avait jamais existé.

« Il s'en est fallu… d'un cheveu », haletai-je, prenant appui sur mes genoux pour reprendre mon souffle.

En regardant autour de moi, je constatai que nous nous trouvions dans une sorte d'égout. C'était une galerie qui ne faisait pas deux mètres de large, mais elle était au moins assez haute pour pouvoir s'y tenir debout.

« Merci, mon Dieu, répétait Cassie dans un élan de foi assez compréhensible. Merci.

— Tu devrais plutôt remercier… la déesse de la fertilité, dis-je, la respiration hachée, tandis que je l'aidais à se relever. C'est elle… qui a agrandi le trou d'un coup de tête.

— La statue… Nous avons brisé la statue, se souvint-elle en portant ses mains crasseuses à son visage, pas beaucoup plus propre.

— La grotte était en train de s'effondrer, elle aurait été détruite de toute façon, lui rappelai-je. Nous n'avons fait que la pousser un peu.

— Tout a été perdu, souffla-t-elle en pleurant. Le temple, la statue, le tombeau, les inscriptions… Tout est perdu pour toujours.

— Mais tu l'as filmé, non ? dis-je en désignant la bosse que formait son portable sous sa combinaison.

— Juste quelques photos et une minute de vidéo enregistrée à la hâte et presque sans lumière, se lamenta-t-elle. Ça ne servira à rien. Personne ne nous croira. On dira que c'est une mystification.

— Nous prouverons que ce n'est pas le cas, affirmai-je en la prenant par les épaules pour la consoler.

— Comment ? » demanda-t-elle en levant sur moi ses yeux rougis.

En coulant, ses larmes traçaient des sillons sur sa peau maculée de boue.

« Nous trouverons un moyen. »

Cassie essuya ses larmes de la main, laissant une trace noire sur ses joues.

« Merci de chercher à me remonter le moral, renifla-t-elle. J'espère que tu ne te trompes pas.

— Me tromper ? Et quand est-ce que je me suis trompé ? »

La jeune femme fit la grimace.

« Je te fais une liste ?

— C'était une question rhétorique, protestai-je, feignant d'être vexé. Enfin. Il faut d'abord sortir d'ici. Choisis : on suit le courant ou on le remonte ?

— Dans les documentaires sur la survie, ils insistent toujours pour suivre le courant.

— Dans des égouts, je ne sais pas si on doit employer la même technique que pour un cours d'eau dans la montagne, observai-je, dubitatif. Mais faute d'une meilleure idée, va pour celle-ci. »

Nous suivîmes le courant pendant cinq bonnes minutes dans ce conduit aux parois de briques, puis l'étroit tunnel déboucha sur une galerie plus large en béton.

« On dirait une canalisation principale, dis-je en éclairant autour de moi. Il y aura certainement une sortie.

— Attends un peu, dit Cassie en s'appuyant contre le mur. J'ai trop chaud avec le néoprène, je vais finir déshydratée. »

En moins de temps qu'il n'en faut pour le dire, la Mexicaine entreprit d'ôter sa combinaison de plongée.

« Quand nous serons dehors, dans la rue, tu auras froid, dis-je avec un geste vers le haut.

— Possible, reconnut-elle sans s'arrêter pour autant. Mais si je n'enlève pas ça, je vais m'évanouir. »

Elle n'avait pas tort. Il faisait plus de quarante degrés et nous portions des combinaisons conçues pour plonger en eaux froides. La chaleur était insupportable.

« Tu as raison. Entre la puanteur et le néoprène, on finira par se trouver mal ».

Je l'imitai et ôtai également ma combinaison.

Nous restâmes en sous-vêtements, gardant seulement nos chaussons pour nous protéger les pieds. Nous hésitâmes à emporter les combinaisons, mais nous étions si fatigués, et elles étaient si imbibées de matières fécales, que nous décidâmes de les abandonner derrière nous avec les lourds harnais. De toute manière, nous n'avions plus de corde pour les y attacher.

« Il y a du réseau ? demanda Cassie en regardant le walkie-talkie que je tenais à la main.

— Toujours pas, dis-je en pressant le bouton sans résultat. Nous sommes encore trop profond.

— Le professeur doit être mort d'inquiétude.

— Je veux bien te croire. Le savon qu'il va nous passer... Encore que moi, j'ai un moyen d'y échapper, heureusement.

— Ah, oui ? Comment ?

— En rejetant toute la faute sur toi, expliquai-je avec un sourire innocent. Au bout du compte, c'est la vérité. Si tu n'avais pas agi comme une irresponsable en te détachant...

— Nous n'aurions pas découvert la grotte. Et toutes ces merveilles auraient été perdues sans que l'on connaisse leur existence. Maintenant, au moins, nous avons des images, dit-elle en agitant son portable, apparemment intact dans ses deux sacs de plastique.

— Oui, c'est vrai, admis-je en lui jetant un regard oblique. Mais je ne sais pas s'il y en aura assez pour nous délivrer de la juste colère d'Eduardo Castillo. »

Cassandra haussa les épaules.

« Dans un cas comme dans l'autre, nous serons rapidement fixés. » Et, désignant la pénombre, au-delà de la lumière de nos lampes frontales, elle ajouta : « Je crois qu'il y a une échelle, là-bas. »

Effectivement, il y avait un peu plus loin une échelle rouillée accrochée au mur. Dix ou douze mètres plus haut, un jour vague se glissait timidement par une plaque d'égout.

« Ça ne m'a pas l'air très fiable, dis-je en secouant l'échelle et voyant jouer les boulons qui la fixaient à la paroi. Il vaudrait peut-être mieux chercher une autre issue.

— Pas question ! assena Cassie en fronçant les sourcils.

— Elle n'est pas sûre, insistai-je, secouant de nouveau l'échelle.

— Ce qui est sûr, c'est que je ne reste pas une putain de seconde de plus dans ce cloaque répugnant, répliqua-t-elle en m'écartant. Moi, je monte. Toi, fais ce que tu veux », déclara-t-elle en grimpant les premiers échelons.

Et sans y réfléchir davantage, elle se mit à monter à toute vitesse sans un regard en arrière.

En la regardant d'en bas, je compris que je n'avais plus le choix : il me faudrait la suivre, en espérant que les boulons rouillés tiendraient le coup.

Ce fut à cet instant, quand je saisis l'échelle des deux mains, que je réalisai que je n'avais plus la radio. Je l'avais posée sur le sol pour enlever ma combinaison, et j'avais oublié de la ramasser.

J'hésitai brièvement à retourner la chercher, mais Cassie était déjà à mi-chemin, et l'idée de repartir en arrière alors que nous étions presque dehors ne m'enthousiasmait pas. M'étant convaincu que nous n'en aurions plus besoin, j'abandonnai cette idée et je commençai à monter.

Cassandra était rapidement arrivée en haut, et quand je la rejoignis, elle se bagarrait déjà avec la plaque d'égout.

« Ça pèse une tonne, gémit-elle en essayant de la soulever.

— Laisse-moi t'aider. »

Il y avait à peine assez de place pour nous deux, et moins encore pour trouver une position correcte pour pousser.

« Il faut y aller tous les deux en même temps, dis-je en évaluant le poids de cette satanée plaque à une cinquantaine de kilos. Prête ?

— Moins de bla-bla et pousse, *mano*.

— Un, deux… trois ! » m'écriai-je.

Et, mobilisant toutes nos forces, nous parvînmes à la soulever de quelques centimètres.

« Nous l'avons ! grognai-je sous l'effort. Allez ! »

Sous nos pieds, l'échelle rouillée protesta dans un crissement de vis, menaçant de lâcher.

« On y est presque ! marmonna Cassie en serrant les dents. Pousse ! »

Et, comme si notre incoercible besoin de revoir la lumière du soleil renouvelait notre énergie, dans un ultime effort, nous réussîmes enfin à déloger la plaque de son emplacement et à la repousser sur le côté.

Au-dessus de nous, le ciel bleu pâle du Caire brillait, réconfortant.

« Vacherie, que c'est bon ! » dis-je en emplissant mes poumons d'un air sec et pollué qui me parut embaumer comme un matin de printemps en montagne.

Cassie grimpa les derniers échelons, se hissa sur le bord, et, complètement exténuée, se laissa tomber sur l'asphalte.

Je l'imitai et, une fois à l'extérieur, les mains posées sur les genoux, je pris un moment pour retrouver mon souffle. Ce ne fut que lorsque les battements de mon cœur retrouvèrent un rythme plus raisonnable que je levai les yeux pour regarder où nous étions.

« Cassie, appelai-je immédiatement.

— Quoi ? demanda-t-elle, étendue sur le sol, les yeux fermés.

— Debout.

— Oui, oui. Encore un instant.

— Tout de suite, Cassie », insistai-je en maîtrisant le ton de ma voix.

Plus par curiosité qu'autre chose, la Mexicaine leva enfin la tête, et put voir la même chose que moi.

Nous nous trouvions en plein milieu d'une petite place, avec des étals de cuisine de rue, des voitures délabrées, un âne attaché à la porte d'un magasin, plusieurs boutiques aux enseignes incompréhensibles en arabe, et entourée des mêmes immeubles décrépis de huit à dix étages qu'il y avait dans toute la banlieue du Caire.

Mais ce n'était pas la raison pour laquelle j'avais demandé à Cassie de se lever.

Le problème, c'était que la place était pleine de monde ; plus de mille personnes, peut-être. Et du premier au dernier, y compris le bourricot attaché devant le magasin, tous nous observaient dans un silence stupéfié, comme si nous venions de descendre d'une soucoupe volante.

« Pourquoi nous regardent-ils comme ça ? chuchota Cassie.

— Je soupçonne qu'on ne doit pas voir énormément de femmes en sous-vêtements, dans ce quartier.

— Oh ! Merde ! fit-elle, cherchant à se couvrir de ses mains lorsqu'elle réalisa qu'elle ne portait qu'un minuscule tanga et un soutien-gorge qui ne laissaient pas beaucoup de place à l'imagination. Que faisons-nous ?

— Aucune idée. » Puis, conscient qu'une petite foule s'agglutinait autour de nous, j'ajoutai : « Dire bonjour ? »

Sans savoir quoi faire, j'adressai des signes de tête à la ronde.

« Bonjour ! » lançai-je avec mon plus beau sourire en indiquant plusieurs directions et bien conscient qu'ils ne comprenaient pas un mot. « Pourriez-vous me dire par où on va aux pyramides ?

— Arrête de faire l'imbécile et demande un taxi, me pressa Cassie en se couvrant pudiquement des deux mains. Je suis à poil.

— Taxi ? demandai-je à la multitude. *Do you know where can I get a taxi* ? »

Nul ne dit mot, et je crus qu'ils ne m'avaient pas compris ; mais les nombreux commentaires du chauffeur qui nous avait conduits jusqu'au chantier me revinrent à l'esprit : on voyait rarement des voitures circuler dans ce coin, et les taxis encore moins.

« Je vais commander un Uber, dit alors Cassie en sortant son téléphone de sa poche étanche.

— Ils ne viennent peut-être pas jusqu'ici, objectai-je en la regardant ouvrir l'application.

— Cela vaudrait mieux, dit-elle en tapant fébrilement sur l'écran, parce que ces gens me donnent de mauvaises vibrations. »

L'attroupement était de plus en plus nombreux, et plus inquiétant. Cela me rappelait les rassemblements qui se formaient autour des danseurs de break dance sur la place de la cathédrale de Barcelone.

Sauf que, à en juger par le langage non verbal des hommes, et l'air réprobateur des femmes que l'on devinait nous leurs *niqabs*, je doutais fort qu'ils aient l'intention de nous lancer quelques pièces.

Ils ne paraissaient pas apprécier que deux Occidentaux en petite tenue et couverts de crasse s'exhibent sans la moindre pudeur sur la place du quartier.

« Trente-cinq minutes, m'informa Cassie en éteignant son téléphone.

— Je ne crois pas que nous puissions attendre autant », dis-je, montrant un groupe d'hommes portant barbes longues et *taqiyah* qui, fendant la foule, venaient vers nous dans une attitude peu amène.

L'un d'eux, en tunique blanche et barbe assortie, fit un pas en avant et prit la parole, en nous désignant avec un regard flambant de colère.

« *Madha tafealun hna ? 'Iinahum yasayiyuwn 'iilaa alsaalihin walnabii beryhm !* s'écria-t-il sur un ton qui n'avait besoin d'aucune traduction. *Aistifzazahum la yitaq wayajib 'an yahsuluu ealaa aleuqubat alty yastahiquwnaha !*

— Ça, ça ne sent pas bon », murmura Cassie avec inquiétude.

Alors, comme si le discours de l'homme qui ressemblait à un imam n'avait pas été assez clair, dans la main d'un des types qui le suivaient apparut un énorme couteau brillant.

59

De seulement gênante, notre situation était brusquement devenue dangereuse, et nous ne pouvions pas faire grand-chose pour y remédier.

Rien, en réalité.

« Attendez. C'est un malentendu, alléguai-je en levant les mains pour les calmer. *This is a misunderstanding. We are so sorry, and we only want to leave.* »

Tout en m'excusant, je leur montrai le regard d'égout ouvert, espérant qu'il y aurait quelqu'un pour comprendre l'anglais ou simplement m'écouter.

Mais cela n'en avait pas l'air.

« *Alkilab almasihia* ! » cria le type au couteau tout en faisant un pas en avant.

Cassie, elle, fit un pas en arrière :

« Ils veulent nous tuer, comprit-elle.

— Je m'en suis aperçu. »

Je jetai un coup d'œil rapide derrière moi, où la foule était tout aussi compacte, mais au moins, personne ne brandissait de couteau. Il me sembla qu'une femme, totalement dissimulée sous son voile et qui tenait un panier de courses, nous invitait d'un geste furtif à aller vers elle.

C'était bien peu, et je ne pouvais même pas affirmer que cette dame n'était pas plutôt en train de se gratter, mais nous n'avions pas beaucoup d'alternatives.

« À trois, dis-je à Cassie, tu fonces vers la dame au *niqab* bleu qui se trouve derrière nous. Moi, je tenterai de les distraire.

— Non, répliqua-t-elle en m'attrapant la main. Ensemble.

— Il vaut mieux que…

— Ensemble », répéta-t-elle en serrant mes doigts.

Il n'y avait pas le temps d'essayer de la convaincre. Et puis, la connaissant, je n'aurais jamais réussi.

« D'accord, cédai-je. À trois.

— Trois ! » lança Cassie.

Et elle fit volte-face pour filer comme si elle avait le diable aux trousses.

Comme je le lui avais demandé, elle se dirigea directement vers un groupe de nombreuses femmes, parmi lesquelles se trouvait celle qui portait le *niqab* bleu.

Derrière nous, les hommes qui entouraient l'imam se ruèrent à notre poursuite en criant « *Allah Akbar* ! » Ainsi que d'autres choses que je ne compris pas. Et je ne m'arrêtai pas pour m'informer.

Le groupe des femmes s'ouvrit devant nous comme les eaux de la mer Rouge. En passant près de la femme au *niqab* bleu, celle-ci nous fit un signe de tête en direction d'une des étroites ruelles qui débouchaient sur la place.

« Merci ! » lui lança Cassie sans ralentir, continuant directement vers l'issue indiquée.

Dès que nous eûmes dépassé le groupe, je le vis du coin de l'œil se refermer aussitôt derrière nous et les femmes s'engager dans une discussion véhémente avec nos poursuivants.

Leur initiative courageuse ne nous donnerait peut-être que quelques secondes d'avance, mais il faudrait nous en contenter.

Au pas de course, nous pénétrâmes dans la venelle malpropre, au sol de terre battue, emmurée entre des immeubles si rapprochés que l'air y circulait à peine. En atteignant la première intersection, nous prîmes à gauche, et à la deuxième, nous tournâmes à droite, espérant ainsi semer nos poursuivants.

Les quelques rares passants que nous croisions ouvraient de grands yeux, stupéfaits de voir un couple de touristes faire du jogging en sous-vêtements dans le faubourg le plus intégriste du Caire. Nous allions alimenter les conversations de toutes les réunions familiales du quartier pendant un bon moment.

« Ils… nous suivent… toujours ? » s'enquit Cassie, la respiration saccadée.

Je regardai en arrière ; je ne vis rien et n'entendis rien non plus. Apparemment, nous les avions semés, grâce à ces femmes. Des femmes courageuses et désarmées tenant tête à des fanatiques violents : rien de nouveau sous le soleil.

« Je ne crois pas, haletai-je. Mais éloignons-nous un peu plus… au cas où. »

Baissant le rythme à une petite foulée plus tenable, nous bifurquâmes encore deux fois, cherchant à mettre le plus de distance possible entre nous et la meute des extrémistes. Ce ne fut qu'en arrivant dans une ruelle isolée, à l'abri des regards scandalisés, que nous pûmes nous permettre de nous arrêter pour reprendre haleine et nous reposer un instant.

« Ouf ! souffla Cassie. Il s'en est fallu de peu.

— Nous ne sommes pas encore tirés d'affaire, lui rappelai-je en m'adossant à un mur. Il faut sortir de ce quartier et retourner à l'hôtel.

— Eh bien, je ne sais pas comment nous allons… » Elle s'interrompit et se frappa le front. « *Caramba*, quelle idiote je fais ! Le professeur ! Nous n'avons qu'à l'appeler pour lui demander de venir nous récupérer ! s'exclama-t-elle en cherchant le numéro dans l'agenda de son téléphone.

— Merde alors, tu as raison. Je ne pensais plus du tout à lui.

— Un instant, dit-elle en portant l'appareil à son oreille, l'index levé pour me faire taire. Professeur ? dit-elle quand on répondit.

— …

— Oui, nous allons bien.

— …

— Si, si… c'est vrai.

— …

— Vous ne devinerez jamais ce que nous avons découvert.

— Cassie ! l'appelai-je, deux de mes doigts imitant des ciseaux. Pas maintenant.

— Professeur, reprit-elle en me faisant le signe "OK", il faut que vous veniez nous chercher en voiture, le plus vite possible.

— …

— Non. Laissez tomber le matériel et le reste. Nous vous expliquerons plus tard. Venez juste nous chercher à la localisation que je viens de vous envoyer.

— …

— Oui, nous ne sommes pas loin. Mais nous promener dans la rue n'est pas une bonne idée. Vous verrez pourquoi.

— …

— D'accord, nous vous attendons ici. Dépêchez-vous, ajouta-t-elle avant de raccrocher et de remettre son portable dans un bonnet de son soutien-gorge. Cinq minutes.

— Génial, répondis-je en regardant ma montre. Qu'est-ce qu'il t'a dit ?

— Tu peux te l'imaginer, soupira-t-elle en haussant les sourcils. Il était terriblement angoissé et s'apprêtait à appeler la police. Il croyait que nous nous étions noyés dans le puits.

— C'était tout juste, en vérité.

— Moi, pour l'instant, je m'inquiète plus d'avoir choppé le choléra ou une hépatite, déclara-t-elle avec répugnance en touchant la pelote collante de ses cheveux crasseux. Mon Dieu, quelle horreur ! Ne me demande plus jamais de faire une chose pareille.

— Nous n'avions pas d'alternative, lui rappelai-je.

— Je préfère mourir enterrée à nager de nouveau dans du caca.

— Moi, je préfère… que nous n'ayons pas à nous retrouver devant ce dilemme », dis-je avec un haussement d'épaules.

À cet instant, l'écho d'un bruit de pas rapide se fit entendre à l'entrée de la ruelle, et nous nous redressâmes, tous les sens en alerte, pour regarder dans cette direction.

Un enfant de sept ou huit ans apparut au coin et freina des quatre fers en nous découvrant, restant planté sur place comme s'il était tombé sur un tigre.

« Coucou, petit, sourit Cassie en voyant les yeux écarquillés du gamin. Comment tu t'appelles ? »

Le mioche sourit aussi, il fit un pas en arrière et, le doigt pointé sur nous, il se mit à crier :

« *'Iinahum hna ! Laqad wajadtha ! Alkufaar hna !* »

Et nous courrions de nouveau sans but dans les rues étroites et sombres du quartier de Zinayn, pourchassés par une horde d'intégristes dont les hululements se rapprochaient.

« Quel petit fils de pute, ce gamin…, soufflai-je en galopant. J'aurais dû lui flanquer une baffe.

— Et à quoi… ça t'aurait servi ? haleta Cassie près de moi.

— À rien. Mais… ça m'aurait… bien plu. » Je lui désignai la porte entrouverte de ce qui semblait être un entrepôt abandonné, et ajoutai : « Entrons là-dedans. »

Je vérifiai qu'il n'y avait personne en vue, et nous nous glissâmes vivement dans le local, refermant la porte sur nous.

« Merde, grognai-je, prenant appui des deux mains sur mes genoux pour reprendre haleine. Comment ça va ?

— Je suis crevée, souffla-t-elle en s'accroupissant. J'ai besoin d'un moment.

— Appelle Eduardo. Il faut changer notre point de rendez-vous.

— D'accord. »

Elle sortit le portable de son soutien-gorge et tapota l'écran, avant de rester à le regarder en silence.

« Qu'est-ce qu'il y a ?

— Il y a qu'il n'y a pas de réseau, répondit-elle, l'air incrédule tandis qu'elle me montrait l'icône du signal barré d'un X rouge.

— Eh merde. C'est une blague ! protestai-je.

— Il faudrait sortir dans un endroit plus dégagé. Avec tous ces immeubles, c'est difficile que le signal arrive.

— Google Maps fonctionne ?

— J'ai téléchargé la carte, oui, mais sans réseau, nous n'aurons pas notre localisation, indiqua-t-elle tout en ouvrant l'application.

— Ce n'est pas grave, dis-je en posant le doigt sur l'écran. Je crois que nous étions là. Après, je dirais que nous sommes passés par là, et par ici… »

Je fis une pause, essayant de me rappeler tous les détours que nous avions faits.

« Alors, je crois que nous sommes peut-être dans cette rue… ou dans celle-ci, à côté. Si nous dépassons deux pâtés de maisons, nous arriverons à cet espace ouvert qui doit être une petite place, et il se pourrait que le signal nous parvienne.

— C'est beaucoup de "je crois", "je dirais" et "il se pourrait".

— Je suis disposé à entendre toute suggestion.

— Nous pouvons aussi rester cachés ici et attendre que les choses se calment.

— Oui, mais pense que le professeur doit être tout près d'ici, avec la voiture, en train de nous chercher. Si nous arrivons à le contacter, nous pourrions être sortis de ce quartier dans deux minutes.

— Et si nous n'y arrivons pas, ou s'ils nous trouvent avant… ces fanatiques nous enverront danser avec la Faucheuse, rappela-t-elle.

— Je sais, c'est le risque, reconnus-je. C'est toi qui décides. »

La jolie Mexicaine se mordit la lèvre inférieure, comme elle le faisait toujours devant un dilemme.

« C'est bon. Je n'ai pas très envie de rester là-dedans à attendre la nuit.

— Alors on y va. Tu es prête ?

— Je suis née prête, rétorqua-t-elle en tenant fermement son portable.

— On dirait qu'il n'y a personne », dis-je en entrebâillant la porte de quelques centimètres pour jeter un coup d'œil.

En l'ouvrant complètement, les gonds grincèrent horriblement ; adieu, notre intention d'être discrets.

« Bon Dieu !

— Dans quelle direction ? me pressa Cassie.

— Par là, dis-je en tendant la main vers l'autre bout de la ruelle. Ensuite, à gauche et puis à droite jusqu'à la place.

— On y va. » Et elle se mit en marche.

D'un pas vif, mais sans courir, nous atteignîmes le coin de la ruelle.

Dans la rue où nous devions tourner, il n'y avait que quelques femmes chargées de paniers, et deux enfants qui jouaient au ballon devant un portail. Ce n'était pas grand-monde, et personne ne paraissait au courant du scandale que nous avions provoqué ; mais, comme nous l'avions vu, il suffisait qu'un seul sonne l'alarme pour que la chasse reprenne.

« Dans les films américains, les gens qui vont tout nus dans la rue trouvent toujours une fichue corde à linge avec des vêtements en train de sécher… et de leur taille, en plus, se lamenta Cassie.

— Je me plaindrai au scénariste dès que nous serons de retour à l'hôtel, répliquai-je en me tournant vers elle. On y va ?

— *Go !* »

Elle entra dans la rue et se dirigea vers la suivante, l'air très digne, comme si se promener en petite tenue était la chose la plus naturelle du monde.

Je lui emboîtai le pas, m'efforçant de conserver la même attitude, non sans me retourner constamment pour surveiller nos arrières.

Aussitôt, tous les regards convergèrent vers nous, surtout vers Cassie, qui ne passait déjà pas inaperçue habillée, avec ses cheveux blonds et ses yeux verts.

Une femme murmura quelques mots en arabe quand nous la croisâmes, et au ton de sa voix, il était facile de comprendre qu'elle ne nous souhaitait pas le bonjour.

« Ne t'arrête pas, la pressai-je. Nous prenons la suivante à droite et nous y serons. »

Cassie jeta un coup d'œil rapide à son portable.

« Toujours pas de réseau.

— Ne t'inquiète pas. Je suis sûr qu'il y en aura sur la place », dis-je pour la rassurer, bien que je n'en sois pas si certain.

Mon plan fit long feu : en tournant l'angle de la rue, nous nous trouvâmes en face d'une petite foule de barbus qui entouraient un homme en tunique blanche et *taqiyah*.

Toutes les têtes pivotèrent vers nous instantanément, et sur le visage de l'imam se dessina une grimace de satisfaction cruelle.

« *"Aqtul huala" alkafara !* s'écria-t-il avec haine en nous désignant. *Bism Allah warasulih Muhamad !*

« Cours ! bramai-je. Cours ! »

Nous repartîmes comme des flèches dans l'autre sens, revenant sur nos pas. Les vingt mètres d'avance que nous avions n'allaient pas durer bien longtemps. Nos chaussons de néoprène nous gênaient pour courir. C'était comme porter trois paires de chaussettes imbibées d'eau ; sans compter l'épuisement que nos jambes commençaient à accuser.

Les voix se rapprochaient de plus en plus, mêlées de rires se moquant de notre aspect lamentable, et probablement convaincus que nous ne pouvions aller nulle part.

« Continue ! criai-je. Je vais les distraire !

— Même pas en rêve ! »

Je m'arrêtai net et, me retournant, je tirai mon petit couteau de plongée de son fourreau de cheville. Une lame dentée de moins de dix centimètres de long, qui n'avait même pas de pointe.

« Va-t'en ! insistai-je

— Non ! rétorqua-t-elle en se plantant à côté de moi et en prenant son propre couteau. Je ne leur donnerai pas le plaisir de m'attraper comme un lapin, à ces salauds. Le premier qui s'approche, je lui coupe la bite ! » cria-t-elle en brandissant son couteau pour bien le faire voir.

Le groupe de fanatiques s'arrêta aussi : ils savaient que nous ne pouvions pas nous échapper. Sur les visages, l'on pouvait lire la rage de certains et les regards libidineux des autres, le tout dans un chœur croissant de railleries devant notre attitude. À présent, il y avait des coutelas ou des bâtons dans toutes les mains.

« Venez ici, fils de putes ! les défiait Cassie du geste. Putain de poules mouillées… »

En cet instant désespéré, et craignant plus ce qu'ils risquaient de faire à la jeune femme que pour ma propre vie, je songeai à me jeter sur l'imam pour, avec un peu de chance, lui mettre ma lame sous la gorge. Si je réussissais, elle aurait peut-être une possibilité de s'échapper.

Le problème était qu'il était entouré d'une vingtaine d'autres types, et que les types en question n'avaient qu'une envie : me larder de coups de couteau. Mais le moment des plans sensés était passé.

Serrant mon couteau avec force, je me préparai à sauter sur le fanatique. Alors des coups de klaxon retentirent derrière nous. Un bruit de moteur se rapprochait à toute vitesse. Je me retournai, convaincu de voir un intégriste décidé à nous écraser. Mais au contraire, un pick-up jaune nous dépassa à vive allure et se dirigea droit sur le groupe d'extrémistes sans ralentir.

Comme des cafards éclairés par une lampe-torche, les intégristes se dispersèrent avec des cris indignés, allant se coller aux immeubles pour éviter la voiture.

Alors, le pick-up fit marche arrière jusqu'à nous, et ce ne fut qu'à cet instant que je reconnus le véhicule que nous avions loué ces derniers jours.

« On peut savoir ce que vous attendez ? demanda le professeur Castillo, qui se penchait à la fenêtre en nous désignant la benne. Montez ! »

60

Les premières lueurs du matin se glissèrent par les fentes de la persienne, dessinant des rayures dorées sur le mur de ma chambre, à la Pension Roma.

J'étais éveillé depuis quelques minutes déjà, écoutant le souffle régulier de Cassie, qui dormait placidement à côté de moi. Et, tandis que je regardais sa chevelure blonde répandue en désordre sur l'oreiller et dissimulant en partie son visage, je songeais que nous avions été bien près de ne plus jamais vivre un tel instant.

Nous aurions pu mourir la veille d'une demi-douzaine de façons différentes, et je ne cessais de me remémorer chacune d'elles.

Quand je n'étais qu'un simple plongeur sous-marin, sans horizon plus lointain que la prochaine immersion, la prochaine liaison, ou la prochaine île tropicale où aller m'installer, je n'avais rien à perdre ni d'autres préoccupations que celle d'avoir toujours des bières fraîches dans le réfrigérateur. Aujourd'hui, j'avais une vie en commun avec une femme extraordinaire, un foyer, un vieil ami retrouvé, et même une mère que je voyais plus souvent.

Était-ce l'âge ? Était-ce parce que je n'avais encore jamais ressenti un tel attachement ? Mais l'éventualité de perdre ce que je n'avais jamais eu auparavant s'était convertie en une inquiétude qui envahissait mon esprit et me faisait évaluer plus sérieusement les risques.

Ce qu'il s'est passé hier ne doit jamais se reproduire, me dis-je.

À cet instant, Cassie battit des paupières et ses yeux verts plongèrent dans les miens, me renforçant dans ma décision.

« *Qué onda* ? fit-elle d'une voix ensommeillée.

— Rien, dis-je en écartant délicatement une mèche de cheveux de son visage. Je divague.

— Tu as l'air préoccupé.

— Suis-je si transparent ? »

Avant de répondre, elle tendit la main pour me caresser la joue.

« Comment tu vas ?

— Heureux d'être vivant. Et d'être ici, avec toi. »

Elle acquiesça du regard.

« Il s'en est fallu d'un cheveu.

— Je dirais même, d'un cil. Je n'arrive pas à croire que nous ayons réussi à sortir de ce trou.

— Et que le professeur nous ait vus pendant qu'il tournait en voiture pour nous chercher. Une minute de plus… Mais nous voilà, sains et saufs, ajouta-t-elle avec un sourire soulagé.

— Oui. Mais nous ne pouvons pas continuer de prendre de tels risques. Un jour, notre chance prendra fin.

— Qu'est-ce que tu veux dire ?

— Je veux dire que je commence à être fatigué de tout cela, soupirai-je. Poursuivre des mystères et risquer sa peau constamment, c'est très bien dans les romans d'aventures, mais dans le monde réel… »

Je fis une pause, me massant le contour des yeux du bout des doigts.

« Je suis fatigué, Cassie, c'est tout. »

L'archéologue prit un moment pour assimiler cet aveu, ou peut-être attendait-elle que j'ajoute quelque chose.

Elle hocha la tête.

« Je te comprends, mais que pouvions-nous faire ?

— Je ne sais pas. Mais, rien que ces dernières semaines, nous avons failli être dévorés par des orques, enterrés vivants dans une caverne et poignardés par des intégristes dans le quartier le plus dangereux du Caire. Je comprends pourquoi nous le faisons, mais les risques encourus sont parfois excessifs. Si nous étions morts, hier, est-ce que ça en aurait valu la peine ?

— Je suppose que non », admit-elle, dubitative.

C'était peut-être une question d'expérience, ou de cheveux blancs, mais, de toute évidence, sa conception de qui valait la peine ou pas était actuellement très différente de la mienne. Je me regardai par ses yeux, et je fus plus conscient que jamais des années qui nous séparaient.

« De toute façon, repris-je, tout est fini désormais. Nous sommes dans une impasse. La statuette nous a menés jusqu'au temple, et celui-ci est maintenant enseveli sous des milliers de tonnes de terre.

— Peut-être… mais nous savons exactement où. Si nous parvenions à persuader le ministère des Antiquités égyptiennes d'organiser des fouilles, ils pourraient récupérer le sarcophage, et même la statue, encore qu'elle soit en morceaux.

— Personne ne nous croira, Cassie, dis-je en secouant la tête, pessimiste. Et en admettant que quelqu'un nous écoute, le gouvernement égyptien ne fera pas démolir une demi-douzaine d'immeubles pour une campagne de fouilles qui coûterait des millions simplement parce que nous affirmons qu'il y a dessous un temple dont personne n'a jamais entendu parler. Tu as une idée du nombre d'illuminés qui débarquent avec des histoires similaires, jurant qu'ils détiennent la preuve qu'il y a des extra-terrestres sous le Sphinx et d'autres contes du même acabit ?

— Nous avons une vidéo et des photos.

— Une vidéo floue et quelques photos ne feront aucune différence, Cassie. N'importe qui pourrait faire une vidéo plus crédible que la nôtre avec son ordinateur portable ; il suffit de posséder quelques rudiments en édition photographique.

— Nous pourrions au moins essayer, insista-t-elle, refusant que nos mésaventures aient été en vain. C'est la tombe de Cléopâtre et Marc Antoine, putain ! »

Nous avions déjà eu cette conversation la veille au soir avec le professeur. Et après plusieurs heures de discussion, nous étions arrivés à la conclusion qu'il n'y avait rien à faire.

Sans preuve tangible, sans le soutien explicite d'une institution renommée, nous ne serions que trois hurluberlus sans réputation qui pourraient passer des années à en appeler en vain à la bureaucratie égyptienne, kafkaïenne et corrompue, pour obtenir l'autorisation de démolir plusieurs immeubles d'appartements dans un quartier intégriste et le financement de fouilles qui coûteraient des millions, pour chercher ce que beaucoup croient ne pas exister.

Il serait plus aisé de les convaincre de nous acclamer comme les nouveaux dieux d'Égypte et d'élever des temples en notre honneur.

« Oui, bien sûr que nous pouvons, acquiesçai-je patiemment avant de reprendre les mêmes arguments que la veille. Mais il faudra aussi expliquer de quelle façon nous nous sommes introduits dans une propriété privée, ou dire pourquoi nous n'avons pas prévenu les autorités au lieu de partir en exploration de notre côté. Le plus probable, c'est qu'on finisse par être arrêtés, toi et moi, pour avoir entrepris des fouilles illégales. »

Cassie secouait la tête, refusant d'accepter cette réalité déprimante.

« Le tombeau de Cléopâtre, répéta-t-elle, savourant ces mots comme deux boules de glace en pleine canicule. Tu sais ce que c'est ? Tu sais combien d'archéologues donneraient leur vie pour pouvoir le trouver ?

— Et ça a bien failli être notre cas, lui rappelai-je.

— Tu sais très bien ce que je veux dire, grogna-t-elle. Cet endroit est le plus extraordinaire que j'aie… »

Elle prit une longue inspiration, cherchant des adjectifs qui étaient inévitablement trop faibles. Puis elle leva les yeux et me regarda fixement.

« Nous ne pouvons pas laisser passer ça, Ulysse. *Nous ne devons pas.* »

Nous avions également débattu de cela la veille au soir, mais, manifestement, elle n'était toujours pas convaincue. Ou bien elle avait peut-être seulement besoin de sentir qu'elle avait fait de son mieux, d'entendre encore une fois les arguments contraires pour accepter qu'elle n'allait pas faire acte de trahison envers elle-même.

Je l'attirai à moi et l'enveloppai de mes bras pour la réconforter.

« Nous n'allons pas l'oublier, Cassie, affirmai-je. Nous trouverons un moyen de revenir et de déterrer cet endroit, je te le promets. Mais pour l'instant, cela équivaudrait à nous taper la tête contre des murs.

— Ta manière de me consoler est vraiment unique, renifla-t-elle avec contrariété.

— Qu'est-ce que tu veux que je te dise ? C'est un de mes talents cachés. »

Elle laissa tomber la tête sur mon épaule et exhala longuement, vaincue.

« Et maintenant…, demanda-t-elle d'une voix faible au bout d'un moment. Qu'allons-nous faire ?

— Je ne sais pas, avouai-je. Mais ici, nous n'avons plus rien à faire. Rentrons à la maison. »

Abattus, sans envie de reparler de ce sujet, ni d'aucun autre d'ailleurs, nous nous douchâmes et descendîmes à la salle à manger de la pension pour y retrouver le professeur, espérant que le petit-déjeuner serait servi.

« Tiens, voilà les beaux endormis ! s'exclama Eduardo avec effusion lorsque nous arrivâmes, levant les yeux de son ordinateur portable posé devant lui. Vous vouliez battre le record de Lennon et Yoko Ono ?

— De qui ? demanda Cassie.

— Rien… oublie ce que j'ai dit. Ah, ces jeunes…, soupira-t-il avec un geste de la main.

— Bonjour, prof, saluai-je en réprimant un bâillement. Vous m'avez l'air bien joyeux.

— Et vous, vous faites une tête d'enterrement. Il s'est passé quelque chose ?

— À part le fait que tout a fini en eau de boudin ? fit Cassie en prenant place à table. Non, rien de neuf.

— En eau de boudin ? Je n'en dirais pas tant, répliqua-t-il en fronçant les sourcils.

— Ah, non ? Et comment appelleriez-vous la journée d'hier ? Un complet succès ? demanda la Mexicaine.

— Ce qu'il s'est passé hier a été un contretemps, certes.

— Un contretemps ? s'étrangla-t-elle. Vous avez compris quelque chose à notre récit ? Un contretemps, c'est se faire une entorse, professeur. Ça, c'est une putain de catastrophe ! La géode s'est effondrée et le temple a été enseveli. Nous avons tout perdu. »

Un petit sourire satisfait que je connaissais bien plissa la commissure des lèvres d'Eduardo.

« Pas tout, rétorqua-t-il.

— Qu'est-ce que vous voulez dire ? » demandai-je, intrigué par cet optimisme injustifié.

Pour toute réponse, il retourna son ordinateur vers nous.

« C'est la vidéo que j'ai filmée, dit Cassie en reconnaissant les images à l'écran.

— En effet.

— Mais nous ne pouvons pas nous en servir comme preuve de notre découverte, souligna la Mexicaine en me jetant un regard oblique.

402

— C'est flou et mal éclairé, déclarai-je. On dirait un montage, comme ceux qui existent sur le Bigfoot ou les soucoupes volantes. Si nous la montrons, on nous traitera de charlatans… encore une fois.

— Je sais, répondit-il avec calme. La présenter aux autorités serait une mauvaise idée.

— Où voulez-vous en venir ? Je connais ce sourire, l'apostrophai-je. Il va falloir jouer à vous poser des questions pendant dix minutes pendant que vous faites l'intéressant, ou vous allez nous dire une bonne fois ce que vous avez en tête ?

— Qu'y a-t-il de répréhensible à faire un peu l'intéressant ?

— J'ai faim, j'ai sommeil, j'ai mal au dos, et je n'ai pas encore pris mon café du matin, énumérai-je en me penchant sur la table. Ne jouez pas avec moi, prof.

— D'accord, d'accord, renifla-t-il de mauvais gré en levant les mains. Certes, la vidéo ne nous servira pas à convaincre le ministère des Antiquités, ni personne d'autre, d'ailleurs. Mais… »

Il laissa les points de suspension flotter dans l'air…

« Quelques-uns des clichés que vous avez pris se sont révélés très intéressants. »

Le professeur remplaça l'image de la vidéo par une autre, qui montrait une partie des symboles gravés sur le côté du sarcophage de granit. La photo avait une mauvaise luminosité, elle était un peu floue, et le flash se reflétait sur la pierre, empêchant de distinguer clairement les symboles. Bref, une photo lamentable. Et pourtant, l'historien nous la montrait avec émotion, comme si elle venait de lui faire gagner le prix *World Press Photo* de l'année.

« Je suis désolée. Tout est allé très vite, s'excusa Cassie alors que personne ne lui faisait de reproche. J'ai à peine eu le temps de viser.

— Au contraire, ma chère, dit Eduardo. Le sang-froid dont tu as fait preuve en prenant ces photos alors que la grotte s'effondrait sur vous me semble incroyable. Moi, j'aurai filé comme un lapin, n'en doute pas.

— Merci. Mais ces photos sont si mauvaises qu'elles ne servent pas à grand-chose.

— Elles ne sont pas si mauvaises que cela. De fait, une grande partie du texte reste lisible.

— Vous pouvez lire ce qu'il y a là ? m'étonnai-je en examinant l'image de plus près. Moi, je ne vois que des petits bâtons et des symboles indistincts.

— Ces petits bâtons sont du grec archaïque ; et, si tu regardes bien, tu verras que certains ressemblent aux lettres de notre alphabet actuel, expliqua-t-il en me désignant des caractères qui rappelaient les lettres a, m ou t. Si ceci était réellement le sarcophage de Cléopâtre, c'est étrange que cet alphabet ait été employé, car il est antérieur à son époque de plusieurs siècles, mais bon... Après tout ce que nous avons vu jusqu'à maintenant, ce ne serait pas le détail le plus bizarre, ajouta-t-il en haussant les épaules.

— Et que dit le texte ? demanda Cassie. Est-ce qu'il mentionne Cléopâtre ? »

Le professeur secoua lentement la tête.

« Pas un mot », confirma-t-il.

Mais le petit sourire flottait toujours sur ses lèvres.

« Mais..., avançai-je, devinant qu'il avait quelque chose à ajouter.

— Mais..., répéta-t-il en souriant plus largement, ce sont des prières et des louanges adressées à la déesse-mère de ses ancêtres, qu'elle appelait aussi Isis. Ce qui valide notre hypothèse qu'il s'agit de la même divinité sous différents noms.

— Nous ne le savions pas déjà ?

— C'est vrai. Et cela ne fait que le corroborer. Mais il y a autre chose encore.

— *Caramba*, prof ! lança Cassie en se penchant sur la table avec impatience. Cessez de jouer et accouchez !

— Très bien, soupira-t-il avec une grimace dramatique, il s'avère qu'une partie du texte ne se réfère pas seulement à la déesse pour implorer sa protection dans l'autre vie ; elle mentionne également ses ancêtres qui, je cite : "Vinrent des Stèles d'Héraclès quand Poséidon les châtia pour leur orgueil".

— *Híjole* ! s'écria Cassie. Cela fait référence à...

— Effectivement, confirma Eduardo sans avoir besoin qu'elle finisse sa phrase. Dans des termes très similaires à ceux employés par Platon dans ses dialogues du *Timée* et du *Critias*. »

Moi, comme d'habitude, je n'y comprenais rien.

« Pardon, mais, de quoi vous parlez ? »

Eduardo se tourna vers moi et posa une main sur mon épaule, comme une sage-femme venant m'annoncer la bonne nouvelle.

« De l'Atlantide, Ulysse. Nous parlons de l'Atlantide. »

61

« Voyons voir, dis-je en cherchant à trouver un sens à tout ce qui encombrait ma tête tandis que j'essayais de tartiner une tranche de pain trop mou avec du beurre trop dur. Je crois que vous m'avez déjà parlé de ce truc sur Platon et l'Atlantide, mais la vérité, c'est que je ne m'en souviens plus. »

Eduardo poussa un bref soupir résigné.

« Ce "truc" sur Platon, ce sont les dialogues qu'il a écrits, le *Timée* et le *Critias* ; il y est fait mention d'un philosophe nommé Solon qui alla en Égypte, vers 600 avant Jésus-Christ. D'après le récit de Platon, des prêtres auraient raconté à Solon l'histoire de "l'île atlantide" et de sa disparition sous les eaux, précisément lorsque le dieu Poséidon décida de châtier les Atlantes pour leur orgueil.

— Donc… vous croyez que l'inscription de la pierre et Platon font référence au même lieu.

— Ce n'est pas seulement pour cela. La mention des "Stèles d'Héraclès" ne laisse pas de place au doute.

— Pour vous, peut-être, mais moi…

— Les Colonnes d'Hercule, Ulysse, précisa Cassie. Les "Stèles d'Héraclès" est le nom que leur donnaient les Grecs à l'origine.

— Autrement dit, ce que l'on connaît aujourd'hui comme le détroit de Gibraltar, ajouta le professeur.

— Ah, d'accord. Je comprends maintenant, affirmai-je en ne mentant qu'un tout petit peu. Et ça dit autre chose ? »

Eduardo secoua la tête.

« C'est la seule référence à l'Atlantide que j'aie trouvée. Le reste, ce sont des prières et des louanges aux dieux d'Égypte.

— Eh bien, ça ne me paraît pas beaucoup.

— Comment ? Bien sûr que si ! répliqua-t-il. Excepté le texte de Platon, c'est la première et unique référence à l'Atlantide jamais trouvée. Et sur ce qui pourrait être le tombeau de Cléopâtre et Marc Antoine, rien de moins ! Nous ne parlons plus d'une métaphore littéraire imaginée par Platon pour dénoncer l'orgueil des hommes face aux dieux, comme d'aucuns le croient. Ceci pourrait être la preuve que c'était quelque chose de réel, que l'Atlantide n'est pas seulement un mythe.

— Mais nous savions déjà cela, non ? Je veux dire… quand nous étions dans la Cité noire, nous avons vu les bas-reliefs qui racontaient comment un tsunami avait balayé une île qui s'était retrouvée submergée ; et c'est de là que les Anciens ont fui vers l'Amazonie. Je me souviens même, ajoutai-je en me tournant vers Cassie, que tu disais que ce tsunami avait été provoqué par le débordement d'un grand lac intérieur d'Amérique du Nord qui, à la fin de la période glaciaire, a fait monter le niveau des mers de plus de cent mètres.

— *Caramba*, Ulysse ! Je m'étonne que tu t'en souviennes, me félicita-t-elle, avec un peu trop d'effusion pour que ce soit un compliment. C'était le lac Agassiz. Il faisait approximativement la taille de l'Espagne. Quand la digue de glace qui le retenait s'est rompue, il y a douze mille ans, toute l'eau du lac s'est déversée d'un seul coup dans l'océan Atlantique, causant un gigantesque tsunami de centaines de mètres de hauteur, qui aurait balayé l'Atlantide et inondé toutes les régions côtières de la planète. C'est probablement ce qui est à l'origine du mythe du Déluge universel que nous retrouvons dans de nombreuses cultures dans le monde entier.

— Justement. Cette inscription ne nous dit rien de nouveau, insistai-je.

— Non, *mano*. Ce qu'elle fait, c'est le confirmer : nous avons maintenant deux sources différentes qui mentionnent l'Atlantide. Et il ne s'agit plus d'une œuvre littéraire comme le *Timée* et le *Critias*, mais d'une inscription sur le foutu sarcophage de Cléopâtre. Cela élève l'Atlantide de la catégorie de mythe à celle de possible réalité.

— Oui… mais, le sarcophage est aujourd'hui recouvert de dizaines de mètres de terre, de roches et de matières fécales. À quoi il nous sert ?

— Ce ne sera pas toujours le cas, dit Eduardo. D'une façon ou d'une autre, nous obtiendrons des autorités égyptiennes qu'elles nous prennent au sérieux et effectuent des fouilles à cet endroit. Je ne peux pas accepter que la plus importante découverte archéologique des cent dernières années soit réduite à néant. Nous en appellerons à qui il faudra, autant de temps qu'il faudra, jusqu'à ce que nous réussissions, ajouta-t-il avec véhémence, son index frappant la table pour ponctuer ses paroles.

« — Vous avez déjà oublié ce qui nous est arrivé au musée, prof ? La tête que faisait le type à qui nous avons raconté l'histoire de la statuette, c'est celle que feront les autres fonctionnaires. Et pourtant, le bonhomme n'avait pas pris la peine de chercher nos noms sur Google, ce que d'autres feront sans aucun doute si nous allons voir le ministère des Antiquités égyptiennes avec cette histoire. Ils commenceront par éclater de rire, et après, ils nous jetteront dehors à coups de pied dans les fesses, vous pouvez en être sûrs.

— Mais il faut essayer ! insista-t-il. Il s'agit du tombeau de Cléopâtre et de la confirmation que l'Atlantide a existé ! Ce serait la découverte du siècle, Ulysse !

— Oui, ça, c'est très clair. » Je fis une pause mesurée avant d'ajouter : « Mais je serais incapable de dire combien de fois j'ai entendu, ces derniers temps, que c'est "la découverte du siècle" ou que "cette trouvaille va changer l'histoire". Regardez-nous, dis-je en écartant les bras. Vivants par miracle, plus pauvres qu'avant, discrédités, menacés par quelqu'un qui cherche à nous éliminer et en train de manger du pain caoutchouteux dans une pension médiocre du Caire.

— Et que veux-tu faire ? Tout oublier et retourner à la maison ?

— Je ne sais pas, avouai-je avec un profond soupir. Mais ce qui est sûr, c'est que je ne veux pas rester ici en attendant de le savoir.

— Et toi ? demanda-t-il en se tournant vers Cassie. Tu veux aussi rentrer ? »

La Mexicaine, le regard fixé sur sa tasse de café à moitié pleine, secoua lentement la tête.

« Il n'y a rien pour moi, là-bas », dit-elle en levant les yeux.

Le professeur acquiesça.

« Mais je ne veux pas rester ici non plus, poursuivit-elle. Le reconnaître me fait mal au ventre, mais Ulysse a raison. Nous pourrions payer des bakchichs pendant des années pour essayer de convaincre les fonctionnaires égyptiens sans arriver à rien. Nous devrions passer à la prochaine étape.

— La prochaine étape ? répéta Eduardo. Je ne comprends pas. Que veux-tu faire ? »

Cassandra croisa les doigts autour de sa tasse et baissa les yeux.

« Eh bien… j'ai pensé qu'il y aurait peut-être une alternative.

— Aïe », fis-je, craignant déjà ce qui allait venir.

Cette expression, chez Cassie, était généralement le prélude à une idée extravagante.

« Et si nous allions la chercher nous-mêmes ?

— La tombe ? demanda Eduardo, déconcerté.

— Pas la tombe. L'île. »

Cette fois, c'était moi qui ne comprenais rien.

« Quelle île ?

— Quelle île, à ton avis ? me lança Cassie. L'île d'Atlantis.

— Pardon ?

— Je dis que nous pourrions partir à la recherche de l'Atlantide. Il nous reste encore quelque chose de l'argent de Max. »

Je patientai quelques secondes, m'attendant à voir un sourire se former sur les lèvres de la Mexicaine, sourire qui ne vint pas.

« Tu le dis sérieusement ? »

J'étais convaincu qu'elle allait éclater de rire.

« Et pourquoi pas ? demanda-t-elle.

— Alors oui, tu parles sérieusement, confirmai-je tout haut. Voyons voir... Par où commencer ? »

Je fis une pause pour envisager la liste des difficultés, et je levai le pouce :

« Nous avons seulement quelques milliers d'euros, et je te rappelle que nous avons dépensé plus d'un demi-million pour rechercher l'U112.

— Oui, mais...

— Je suis certain que des gens plus intelligents et plus riches que nous ont déjà cherché l'Atlantide, et je ne crois pas me souvenir qu'ils l'aient trouvée. »

Je levai l'index, puis le majeur.

« Sans mentionner le fait que nous n'avons pas l'équipement nécessaire pour cette recherche, et qu'après plus de cent siècles sous l'eau, tu peux être sûre que, si elle existe, il y aura des mètres de terre et de coraux par-dessus.

— Mais c'est que...

— Ah, et n'oublions pas un léger détail : nous ignorons où elle se trouve. »

Mon annulaire se dressa à son tour.

« L'indication qu'elle serait située au-delà des Colonnes d'Hercule peut signifier qu'elle est au milieu de l'Atlantique, dans les Caraïbes ou n'importe où ailleurs, entre Gibraltar et l'Amérique.

— Tu as fini ? demanda-t-elle, les sourcils froncés. Je peux parler ?

— Je trouverai sûrement quelque chose pour le petit doigt, répondis-je avec aigreur en croisant les bras. Mais tu peux parler, en attendant. »

Cassie serra les lèvres pour retenir un juron.

« Pour commencer, l'inscription du sarcophage ne dit pas que c'est au-delà des Colonnes d'Hercule, mais que ses ancêtres vinrent *des* Colonnes d'Hercule.

— Ce pourrait être une erreur de traduction. Sans vouloir vous offenser, prof.

— Il n'y a pas d'offense, répliqua-t-il, mais je te garantis que ma traduction est correcte. »

Il rajusta ses lunettes et se mit à relire :

« *Írthan apó tis Stelées tou Iraklí, ótan o Poseidónas tous timoroúse gia tin alazoneía tous.* C'est parfaitement clair.

— D'accord, cédai-je, voyant que c'était peine perdue. Admettons que ce soit le cas et limitons la zone des recherches au détroit de Gibraltar ; nous parlons de combien… ? Mille kilomètres carrés ? Il faudrait des années pour y faire un balayage avec nos moyens.

— Max pourrait nous aider, suggéra Eduardo sans y mettre beaucoup de conviction. Nous pourrions peut-être le persuader que…

— Pas question ! l'interrompis-je avec brusquerie. *Nope. Nein. Niet.* Même ivre mort, prof. Je ne veux plus rien avoir à faire avec ce salaud. On se ferait avoir encore une fois.

— Là, je suis d'accord, approuva Cassie.

— Génial, dis-je en frappant des mains. Par conséquent, le sujet est clos.

— Ah non, regimba Cassie. Je suis d'accord pour ne pas faire affaire avec Max, mais c'est parce que nous n'avons pas besoin de lui pour trouver l'Atlantide.

— Tu n'as rien écouté, n'est-ce pas ? Est-ce que je dois recommencer à lever les doigts ? » grognai-je, la main en l'air.

L'archéologue me fixa de ses prunelles émeraude et, d'une voix suave, presque sensuelle, elle dit avec calme :

« Si tu recommences à m'interrompre ou à parler de cette manière condescendante… »

Elle sourit avec innocence, saisit le couteau à beurre, et le posa sur mon entrejambe, sous la table.

« Pardon, déglutis-je.

— Comme je disais… » Elle fit une pause et me regarda d'un air de défi. « Nous n'avons pas besoin de Max pour chercher l'Atlantide, parce que je ne crois pas qu'il nous faille beaucoup d'argent pour la trouver.

— Explique-toi, intervint le professeur, qui se pencha en avant avec intérêt.

— Vous vous souvenez que, l'année dernière, je travaillais à des fouilles archéologiques sur la côte de Cadix, à la recherche de vestiges phéniciens ? Eh bien, juste avant que nous partions dans l'urgence pour l'Amazonie, mes collègues, comme cadeau d'adieu, m'ont emmenée un jour pêcher la daurade dans un endroit appelé le banc Spartel, à sept ou huit milles de la côte marocaine.

— Cela fait…, commença le professeur, visiblement en train de calculer.

— Environ treize kilomètres au nord-est de Tanger et du cap Spartel, précisa Cassie. De fait, beaucoup de cartes y font référence sous le nom d'île Spartel.

— L'île Spartel, répéta Eduardo, comme si le nom lui disait quelque chose.

— Exactement. C'est une île immergée, juste après le détroit de Gibraltar, qui se trouve à une profondeur de cinquante à cent mètres. »

Elle prit l'ordinateur portable du professeur et ouvrit l'application Google Earth.

« Ce qui veut dire, poursuivit-elle, qu'il y a douze mille ans, quand le niveau de la mer était de cent quarante mètres plus bas qu'actuellement, ça devait être une île de plusieurs kilomètres carrés, située plus ou moins… ici. »

Tout en parlant, elle avait zoomé sur le détroit de Gibraltar, et posé le doigt au milieu du détroit, à mi-chemin entre Tanger et la côte espagnole.

411

Son discours achevé, elle leva les yeux avec une expression satisfaite et nous regarda alternativement, comme attendant des applaudissements.

« Es-tu en train de suggérer que l'Atlantide pourrait se trouver là ? aventura le professeur.

— Je ne suis pas en train de le suggérer, le corrigea la Mexicaine. En cet instant, j'en suis convaincue. »

62

Une demi-heure plus tard, le petit-déjeuner n'était plus qu'un tas de miettes et une montagne d'assiettes et de tasses vides repoussées au bord de la table pour faire place à l'ordinateur portable où nous avions ouvert une carte nautique du détroit de Gibraltar.

Une masse de terre au nord, une autre au sud, séparées par une étendue d'eau large de quinze à trente kilomètres, l'endroit le plus étroit étant situé au sud de la pointe de Tarifa. La carte détaillée de l'Institut hydrographique de la Marine montrait clairement les différentes profondeurs de la zone. Le plancher océanique se trouvait à près de mille mètres dans la part centrale du détroit, et se relevait en approchant des deux rives. La partie nord, en particulier, devant la côte de Cadix, formait un vaste bassin immergé à trente ou quarante mètres à peine de la surface.

Mais c'était du côté sud du détroit, à huit milles nautiques du cap Spartel, qu'un plateau irrégulier d'environ deux kilomètres de large s'élevait du fond marin, formant le banc de Spartel.

« Ce n'est pas très grand, non ? jugeai-je en évaluant les dimensions que devait avoir eu l'île douze mille ans auparavant. Si c'était la fameuse Atlantide, ne devrait-elle pas être plus importante ?

— Pas forcément, répondit le professeur. Il faut oublier l'image hollywoodienne de l'Atlantide : la réalité devait être bien plus modeste. Pense que nous parlons d'une époque où l'immense majorité des êtres humains vivaient dans des huttes, formaient des tribus de quelques familles et s'alimentaient de leur chasse et de leur cueillette.

— Ce qui, aux yeux des gens de cette époque, était une éblouissante métropole serait aujourd'hui à peine plus qu'un village, précisa Cassie. Par exemple, la Troie qu'Homère décrit dans l'Iliade comme une ville immense ceinturée de murailles infranchissables comptait en réalité de cinq à dix mille habitants, principalement des femmes et des enfants. Un village de la taille de Peníscola, pour te donner une idée.

— Vraiment ? m'étonnai-je. Dans les films, elle paraît énorme, avec des dizaines de milliers de soldats pour la défendre contre les Grecs.

— Tu vois. Et, dans le cas de Troie, nous parlons d'une ville d'il y a trois mille ans. L'Atlantide est quatre fois plus ancienne. »

Je poussai un sifflement d'admiration. Je me rappelai que, six cents ans avant nous, on n'avait pas encore découvert l'Amérique, les musulmans occupaient le sud de l'Espagne et les Mayas construisaient tranquillement leurs pyramides dans la jungle sans savoir ce qui allait leur tomber dessus. Dire que l'Atlantide était, littéralement, vingt fois plus ancienne que tout cela. Je n'arrivais pas à assimiler cet incommensurable laps de temps.

« Mais ne te laisse pas abuser, dit Eduardo. Que la ville ait été minuscule selon nos standards actuels ne veut rien dire. La merveilleuse Athènes de Socrate, de Platon et d'Aristote, le berceau de la civilisation occidentale, était plus petite que Teruel. Il y a douze mille ans, l'agriculture et l'élevage n'en étaient qu'à leurs balbutiements et la majorité des hommes étaient encore des chasseurs-cueilleurs. Les communautés devaient forcément être très réduites et disposer de beaucoup d'espace ; sinon, il n'y aurait pas eu assez de nourriture pour leur survie.

— Est-ce que ça veut dire que l'Atlantide n'était qu'un trou perdu avec un excellent responsable du marketing ? demandai-je en m'efforçant de me faire à cette idée.

— Je ne dirais pas cela, répondit-il en secouant la tête, mais quand le récit de l'Atlantide et de sa destruction est parvenu aux oreilles de Solon, plus de neuf mille ans s'étaient écoulés. Imagine à quel point la réalité a pu être déformée ou exagérée en quatre-vingt-dix siècles.

— Mais ce n'est pas le plus important, intervint Cassie. Sa taille hypothétique n'a aucun intérêt. L'important, c'est de savoir si elle a vraiment existé, et s'il est possible d'en retrouver des traces, même si ce n'est qu'une poignée d'ossements et quelques tessons de poterie. Si nous démontrons qu'il y a eu une civilisation encore inconnue, engloutie par la mer il y a douze mille ans, juste à l'endroit où Platon situe l'Atlantide, nous pourrions faire réécrire la foutue histoire de l'humanité.

— D'accord. Donc, nous éliminons les temples submergés et autres, récapitulai-je.

— S'il y en avait, comme tu l'as dit toi-même, on les aurait déjà découverts. Toute la zone a été amplement cartographiée, donc, quoi qu'il y ait là, ça ne peut pas être visible.

— Mais tu veux quand même y aller et plonger pour chercher quelque chose qui viendrait corroborer que l'Atlantide a vraiment existé, poursuivis-je.

— Il faut bien commencer quelque part, déclara-t-elle avec un haussement d'épaules. Et je crois sincèrement que cet endroit est très prometteur. Il remplit tous les critères pour être le bon.

— Et vous, prof ? dis-je en me tournant vers celui-ci. Vous êtes d'accord ?

— Si quelqu'un m'avait suggéré, il y a deux ans, de partir à la recherche de l'Atlantide, je l'aurais envoyé paître, reconnut-il en se grattant la nuque. Mais mon point de vue a beaucoup changé depuis lors, et aujourd'hui, je crois vraiment qu'il est possible qu'une telle chose existe. »

Il leva les yeux au plafond, rêveur.

« Carter et la tombe de Toutankhamon, ou Schliemann découvrant Troie deviendront anecdotiques, comparés à la découverte de l'Atlantide.

— Mais ce ne sera pas facile, ni bon marché, les prévins-je. Et le plus probable, c'est que nous ne trouvions que des rochers, du sable et des algues. Douze mille ans sous l'eau, ça fait beaucoup, pour une poterie ou un squelette.

— Nous le savons, intervint Cassie, mais je crois que le jeu en vaut la chandelle. Tu imagines un peu, si nous décidons de ne pas essayer et quelqu'un d'autre réussit un peu plus tard ?

— C'est une chose qui peut arriver de toute façon, objectai-je. D'après ce que je vois, la profondeur du banc oscille entre cinquante et cent mètres. Cela implique des plongées très courtes, avec des mélanges de gaz, ct, même ainsi, il y aura des endroits que nous ne pourrons pas atteindre. Nous ne pourrons pas faire plus que gratter un peu la surface.

— Nous ferons ce que nous pourrons, déclara Cassie. Si nous rentrons chez nous les mains vides, nous aurons au moins essayé.

— Mais il faudra investir tout ce qui nous reste, lui rappelai-je. Et encore, ça ne suffira peut-être pas.

— Je peux emprunter un peu d'argent à ma famille et à des amis, dit Cassandra.

— Moi, j'hypothéquerai ma maison s'il le faut, renchérit Eduardo. Je n'ai plus personne à qui la laisser en héritage, et je ne vois pas de meilleure façon de rendre hommage à la mémoire de Valéria qu'en démontrant que nous avions raison. Qu'*elle* avait raison. »

Les yeux du professeur étincelèrent d'émotion à l'évocation de sa fille.

À ce stade, j'avais compris que, quoi que je disse ou fasse, je ne pourrais plus les faire changer d'avis. J'étais convaincu que nous ne pouvions pas réussir là où tant d'autres avaient échoué, comme des gamins projetant d'aller sur Mars en se bricolant une fusée. Cela serait une énorme perte de temps et d'argent, je n'en doutais pas, mais c'étaient mes amis, et, s'il m'était impossible de les persuader qu'ils faisaient fausse route, j'étais obligé de les accompagner dans ces circonstances de folie passagère.

« Très bien, cédai-je avec un soupir. Si vous êtes décidés…

— Nous le sommes, acquiesça Eduardo en opinant lentement du chef et regardant Cassie du coin de l'œil.

— Je n'y crois pas ! s'écria l'archéologue qui leva les bras en signe de victoire, faisant se retourner les autres convives. Nous partons à la recherche de l'Atlantide ! »

QUATRIÈME PARTIE

L'Atlantide

63

Une semaine plus tard.
Port de plaisance de Barbate, Cadix.

L'homme ôta ses Ray-Ban d'un air faussement contrarié et les passa dans le col de son polo en secouant la tête.

« Ce n'est pas possible, répéta-t-il pour la troisième fois en nous regardant droit dans les yeux pour bien nous faire comprendre qu'il était sérieux. Je vous ai fait le maximum de ristourne. Si je descends davantage, je perds de l'argent.

— Mais nous ne pouvons pas payer plus, allégua Cassie, qui avait pris la direction des négociations. C'est tout ce que nous avons.

— Je regrette beaucoup, mais je ne peux pas baisser autant le prix, même si c'est la basse saison », dit-il avec un geste vers le luxueux Bénéteau Sense 51 amarré à quelques mètres de là.

À dire vrai, je ne m'attendais pas à pouvoir louer ce beau voilier de presque seize mètres de long et cinq de large. Il ne devait pas avoir plus de deux ou trois ans, et coûtait probablement plus cher que mon appartement et celui du professeur réunis.

Le montant de la réservation pour trois semaines s'avérait prohibitif pour notre budget serré, mais c'était le dernier port de plaisance du secteur qui nous restait à visiter, et l'agence de location de bateaux dirigée par ce type gominé en pantalon à pinces rose saumon et gilet matelassé était la seule à avoir un bateau adéquat disponible.

« Allez… Personne ne le saura, persévérait Cassie en battant des cils, enjôleuse. Et puis, vous gagnerez toujours plus qu'en le laissant à quai, non ? »

Mais le quidam était insensible aux charmes de la Mexicaine et paraissait de plus en plus impatient.

« Je regrette beaucoup, répéta-t-il pour la énième fois, mais ce n'est pas possible. »

Cassandra allait ouvrir encore la bouche, mais il était clair que nous n'allions arriver à rien, et moi, je commençais à avoir faim.

« Très bien, intervins-je en faisant un pas en avant. Merci pour votre temps et pardon pour le dérangement. Nous irons voir à Gibraltar si nous avons plus de chance.

— Alors, faites attention, les *yanitos* sont tous des pirates », nous prévint-il.

Je faillis lui rétorquer que le prix qu'il nous demandait pour la location à la semaine de son bateau était également digne d'un pirate, mais par chance je me ravisai au dernier moment ; car il avait posé un doigt sur ses lèvres et, les yeux à demi fermés, il ajoutait en murmurant d'un air songeur :

« Mais, maintenant que j'y pense… il y a un vieux voilier, sur l'autre ponton, que vous pourriez peut-être louer. Le capitaine est un peu excentrique et son bateau n'est pas précisément neuf, mais il est peut-être mieux adapté à votre budget. »

En prononçant le mot « budget », il avait l'air d'avoir voulu dire « budget ridicule qui ne vous permettrait même pas de louer une pirogue », mais de toute évidence, il s'était retenu lui aussi.

« Ah. C'est bien, merci, dit Cassie, regrettant quand même de ne pas pouvoir avoir le Bénéteau dernier cri. Où est ce bateau, dites-vous ?

— Regardez, c'est celui-là, là-bas, le North Wind avec cockpit central. Je ne connais pas le nom du propriétaire. Ici, tout le monde l'appelle Timonier.

— Timonier ? » répéta Eduardo.

Le gominé haussa les épaules.

« C'est comme ça qu'on l'appelle. Vous pouvez aller le chercher au bateau, mais pendant la journée, il est plus facile de le trouver à *El Caladero*.

— En train de pêcher ? » demanda Cassie.

L'homme émit un petit rire sec.

« En train de pêcher une biture, en tout cas, sourit-il ravi de sa plaisanterie. *El Caladero* est un bar de pêcheurs, derrière la capitainerie. Si vous ne l'y trouvez pas, dit-il en remettant ses lunettes, quelqu'un pourra certainement vous dire où il est.

— D'accord, merci, dis-je en lui tendant la main.

— De rien. Je regrette vraiment de ne pas pouvoir vous louer le bateau, mentit-il sans vergogne. J'espère que vous aurez de la chance avec… Bref, bonne chance. »

Il jeta un dernier coup d'œil au voilier à l'autre bout du quai, puis fit demi-tour et partit par où il était arrivé.

Un front de nuages noirs avançait de l'ouest, poussé par un vent humide et froid qui annonçait la pluie imminente ; nous décidâmes donc d'aller sans perdre de temps jusqu'au bateau indiqué, avant que l'averse ne nous tombe dessus.

Le voir de près nous fit l'effet d'une douche glacée. Amarré au ponton par la poupe, le voilier avait l'air de n'avoir jamais été nettoyé. Des traînées de rouille coulaient des hublots et les algues sur la coque dépassaient la ligne de flottaison.

« Sainte Vierge, souffla Eduardo, il est dans un état !

— Le *Carpanta*, lus-je sur le tableau arrière.

— Je suis surprise qu'il flotte, remarqua Cassie en fronçant le nez comme s'il sentait mauvais. Vous êtes sûrs qu'il n'est pas abandonné ?

— Allons voir, dis-je en posant le pied sur la passerelle. Bonjour ? Il y a quelqu'un à bord ? »

Silence.

« Bonjour ! insistai-je plus fort. Il y a quelqu'un à bord du *Carpanta* ? »

Rien. Rien que le claquement des drisses contre le mât qui annonçait l'arrivée de la pluie.

« Allo ? Il y a quelqu'un à la maison ? » essaya Cassie, les mains en porte-voix.

Cette fois, il y eut le bruit d'un objet qui tombait sur le sol, et une voix rugueuse qui grommelait quelque chose d'inintelligible à l'intérieur du voilier.

Quelques secondes après, une tête chenue apparut par l'écoutille de la cabine comme un lapin blanc surgissant de son terrier. Sauf que dans le cas présent, le lapin avait une barbe de deux semaines, la peau tannée par le soleil, et des cernes marqués soulignaient ses yeux bleus injectés de sang. Si le lapin de l'histoire avait ressemblé à cela, Alice serait repartie en courant dans l'autre sens.

« Qu'est-ce que c'est ? aboya-t-il d'une voix aussi râpeuse que du papier émeri, clignant des yeux à la lumière du jour.

— Timonier ? m'enquis-je en reculant pour descendre de la passerelle. C'est vous qu'on appelle Timonier ?

— Qu'est-ce que vous voulez ?

— Bonjour, salua Eduardo. Nous sommes à la recherche d'un bateau à louer, et à l'agence on nous a suggéré de venir vous parler. »

Timonier jeta un regard méfiant vers les locaux du port.

« À l'agence », répéta-t-il comme si nous lui avions dit être envoyés par les Alcooliques Anonymes.

S'accrochant au cadre de l'écoutille, il monta les marches, sortit de la cabine et s'adossa à la roue de gouvernail.

Avec son vieux jean taché de graisse et sa chemise flottante et rapiécée, l'homme semblait réchappé d'un naufrage, ce qui, puisqu'on parlait d'un capitaine, n'inspirait pas une confiance excessive.

« Et qu'est-ce qu'on vous a dit d'autre ? demanda-t-il en tirant de sa poche arrière un paquet de Marlboro chiffonné et se mettant une cigarette entre les lèvres.

— Rien de plus, répondit Cassie. Nous avons besoin de louer un bateau pendant deux ou trois semaines, et nous voudrions savoir si le vôtre est disponible.

— Ça dépend, fit-il en prenant un briquet pour allumer sa cigarette derrière sa main en creux.

— De quoi ?

— De combien vous payez, évidemment. »

Timonier s'acharnait sur la roue de son briquet, qui ne faisait que des étincelles.

« Vous avez du feu ? demanda-t-il en nous montrant sa cigarette toujours éteinte.

— Ça dépend », rétorqua Cassie avec un petit sourire caustique.

Timonier éclata d'un rire sec, comme un moteur qui cale.

« Je la trouve sympa, votre fille, déclara-t-il à Eduardo.

— Ce n'est pas ma fille.

— Ben je la trouve encore plus sympa, répondit-il avec un regard insinuant.

— Alors, intervins-je, vous nous louez le bateau ou non ?

— Vous, je ne vous trouve pas aussi sympa, nota-t-il en me désignant de sa cigarette. Où vous voulez aller ?

— À l'île Spartel.

— C'est au Maroc, ça, de l'autre côté du détroit.

— Nous le savons.

— Et qu'est-ce que vous irez foutre là-bas ?

— C'est important ?

— Je le veux, que c'est important, répliqua-t-il sèchement. Assez pour que vous alliez vous chercher un autre putain de bateau.

— Nous sommes des archéologues amateurs, s'empressa d'expliquer Cassandra. Nous voudrions plonger sur le banc de Spartel, c'est tout. »

Le regard de Timonier se promena sur nous, nous scrutant avec un regain d'attention.

« Des archéologues, répéta-t-il d'une voix songeuse. Et qu'est-ce que vous cherchez ?

— L'épave d'un sous-marin allemand de la Seconde Guerre mondiale, répondit le professeur. L'U-731. »

Nous avions préparé ce mensonge la veille, à l'hôtel, mettant à profit le fait qu'il y avait réellement eu un U-boot allemand portant ce numéro qui avait coulé dans les eaux du détroit en mai 44. C'était un alibi assez bien trouvé, mais les yeux de Timonier se plissèrent avec méfiance.

« Jamais entendu parler d'un sous-marin coulé à Spartel.

— C'est précisément pour ça que nous le cherchons, affirma Cassie avec un sourire innocent.

— Et vous avez les autorisations nécessaires ? s'enquit-il, acceptant la réponse de la Mexicaine. Les Marocains sont de sacrés emmerdeurs avec ça.

— Nous pensions nous faire passer pour des touristes amateurs de plongée. Les autorités n'ont pas besoin de savoir ce que nous faisons sous l'eau, n'est-ce pas ? »

Timonier fit la grimace.

« Si c'était un jour ou deux, il n'y aurait pas de problème. Mais deux ou trois semaines dans le même coin… »

Il fit entendre un claquement de langue.

« Et c'est même pas la saison où on voit des baleines.

— Si le cas se présente, nous trouverons bien quelque chose, fit Cassie négligemment, balayant les craintes du marin.

— S'il y a une amende, vous la payerez, la prévint Timonier en levant le doigt.

— Bien entendu.

— Et vous payerez aussi les frais de gas-oil, d'amarrage et les vivres.

— C'était prévu, répondit la Mexicaine. Alors… marché conclu ? »

Dans le visage recuit du marin, les commissures des lèvres se plissèrent.

« Ça dépend, dit-il en montrant sa cigarette toujours éteinte. Vous avez du feu ou non ? »

64

Il nous fallut encore trois jours de recherches intensives, d'appels à nos contacts et d'envois urgents par messagerie pour réunir tout le nécessaire. Outre les épaisses combinaisons de plongée, l'équipement pour immersion à grande profondeur, les bouées et le matériel de marquage sous-marin, nous nous pourvûmes d'un sonar à balayage latéral 6205 s d'EdgeTech auquel nous ajoutâmes un sondeur bathymétrique multifaisceaux de Norbit. Le meilleur ensemble d'outils de relevés cartographiques sous-marins que nous pouvions nous permettre avec notre budget réduit.

Un registre détaillé du fond marin indiquant chaque irrégularité de terrain et signalant la moindre anomalie détectée pouvait faire toute la différence entre un improbable succès et l'échec prévisible.

Donc, ce matin de novembre, une fois le matériel chargé à bord du *Carpanta* – c'est-à-dire entassé sur le pont et dans la cabine –, avec un vent d'ouest froid et humide de dix-huit nœuds qui gonflait les voiles et nous faisait gîter sur bâbord, nous larguâmes les amarres et mîmes le cap au sud, en direction du cap Spartel, prenant pour point de référence la sombre silhouette du mont Djebel Kebir qui se découpait sur l'horizon.

Les mains posées sur la roue du gouvernail, le regard fixé sur les voiles et ses cheveux blonds flottant au vent, Cassie était l'image vivante de la félicité. Elle n'avait cessé de sourire depuis que nous avions quitté le port et que Timonier lui avait cédé sa place à la barre.

Se sentant observée, la jolie Mexicaine se tourna vers moi.

« J'adore ça ! » avoua-t-elle en écartant les mèches qui la gênaient.

Avec son ciré bleu sur des vêtements épais pour se protéger des embruns, elle ressemblait à une vieille louve de mer.

« Quand nous habitions à Acapulco, mon père avait un petit bateau ; nous sortions les dimanches, pour naviguer et pêcher à Punta Diamante.

— Ça te manque ?

— De naviguer ?

— Naviguer, le Mexique, ton père… »

La jeune femme réfléchit un instant avant de hocher lentement la tête.

« Parfois. Quand tout sera terminé, j'irai peut-être y faire un tour, pour voir la famille et manger du *dulce de coco* sur la plage avec une *chela* bien fraîche… » Elle me jeta un coup d'œil en coin et ajouta : « Tu aimerais venir ?

— Au Mexique ? Manger des tacos, boire de la Dos Equis et me faire bronzer sur la plage d'Acapulco ? demandai-je en me pinçant le menton. Voyons… laisse-moi y réfléchir. »

À cet instant, Timonier émergea de la cabine où il surveillait l'écran du radar.

« Monsieur Vidal, aidez-moi à prendre un ris dans la GV et amener le génois. Le vent forcit et vire au nord.

— Pardon ? fis-je en me levant.

— Il te demande de l'aider à descendre la voile de proue et à ramasser un peu la grand-voile, parce que le vent est plus fort et change de direction, traduisit Cassie en pointant le doigt vers la bôme, au-dessus de ma tête.

— Ah, d'accord. Ce n'est pas la première fois que je navigue, expliquai-je au capitaine du *Carpanta*, mais je suis un peu juste en terminologie nautique.

— Eh ben, j'espère que vous n'êtes pas un peu juste pour le reste », marmotta-t-il entre ses dents, tout en jetant à Cassie un coup d'œil oblique accompagné d'un petit sourire narquois.

Il n'y avait pas une heure que nous étions partis, et je commençais déjà à ne plus supporter ce type.

Au bout d'une demi-heure, grâce au vent de poupe qui poussait le *Carpanta* à presque douze nœuds, Timonier leva les yeux de l'écran du GPS pour nous annoncer que nous étions arrivés au-dessus de l'île Spartel.

Évidemment, je me penchai sur le bastingage pour regarder l'eau bleue et légèrement moutonneuse.

« Qu'est-ce que tu fais ? demanda Cassie en se penchant près de moi. Tu espères voir l'Atlantide d'en haut ?

— Ce serait bien. Ça nous épargnerait pas mal de boulot.

— Mais ce ne serait plus aussi drôle. Où est passée ton âme d'aventurier ?

— À la maison, répliquai-je en m'emmitouflant dans mon ciré. Sur le canapé, en train de regarder un film avec une tasse de chocolat chaud dans les mains. »

Pendant que Timonier empannait le *Carpanta*, Cassie, le professeur et moi nous occupâmes de préparer le sondeur bathymétrique et le sonar à balayage latéral.

L'EdgeTech 6205 s était considérablement plus petit et moins puissant que celui que nous avions eu à bord de l'*Omaruru*, mais il possédait en revanche un logiciel de traitement des images plus avancé qui, avec l'aide de l'intelligence artificielle, permettait d'identifier plus clairement tout objet sur le fond marin.

C'était du moins ce que disait le prospectus.

Après avoir activé et connecté l'appareil à l'ordinateur, nous mîmes à l'eau la petite torpille jaune qui portait les capteurs et déroulâmes les trente mètres de câble qui la reliaient au voilier.

« Quand vous voudrez, dis-je en me tournant vers Timonier qui attendait dans le cockpit, une main sur le gouvernail. Allez à cinq nœuds et efforcez-vous de ne pas sortir de l'itinéraire marqué. »

L'intéressé grogna quelque chose et mit le contact. Le moteur démarra après avoir toussé plusieurs fois comme un tuberculeux et expulsé un inquiétant nuage de fumée blanche par le tuyau d'échappement.

Lentement, le *Carpanta* commença à prendre de la vitesse, et le sonar à nous envoyer les images du fond marin.

« On dirait que tout fonctionne correctement, dit Cassie en observant l'écran de l'ordinateur portable. J'augmente la puissance à 500 kHz. »

Au bout de quelques secondes, l'image sépia devint plus nette, comme les lettres vues par un myope pendant qu'il se fait régler des lunettes chez l'oculiste, révélant toutes les irrégularités de terrain qui défilaient sous le voilier.

« On ne peut pas augmenter la résolution ? demanda Eduardo en se rapprochant de l'écran. J'ai du mal à distinguer les choses.

— C'est le maximum, prof, répondis-je. Nous pourrions descendre un peu plus le capteur, mais il balayerait une frange bien plus étroite et nous mettrions le triple de temps pour tout couvrir.

— Nous allons faire deux balayages complets de la zone, annonça Cassie. Un d'est en ouest, et l'autre du nord au sud ; quand ils seront combinés, le logiciel générera une image en trois dimensions bien plus claire que ce que vous voyez maintenant.

— Comme nous avons fait avec le géoradar au Caire, non ?

— Quelque chose comme ça. Mais là-bas, nous cherchions des structures importantes, tandis qu'ici, nous essayons de détecter n'importe quel objet plus grand qu'une assiette.

— Et nous mettrons combien de temps ?

— C'est difficile à dire, répondis-je. La zone que nous avons délimitée – et la plus prometteuse – fait à peu près huit kilomètres carrés, et peigner deux fois chaque kilomètre carré, par sections de cent mètres, implique de naviguer approximativement dix milles nautiques. À une vitesse de cinq nœuds… je calcule que cela donne environ seize heures de navigation au total, dans le meilleur des cas.

— Seize heures seulement ? s'étonna-t-il. Je croyais vous avoir entendu parler de plusieurs jours.

— En effet, corrobora Cassie. Nous ne pouvons pas faire les seize heures d'affilée, professeur. Dans huit heures, la nuit sera tombée. Il faudra revenir demain, et peut-être même après-demain.

— Ce n'est pas un bon endroit pour naviguer de nuit, expliquai-je.

— Et de jour non plus, en fait, déclara Timonier depuis la barre, sans se retourner, mais en élevant la voix pour se faire entendre. Le courant est tenace, le vent d'est peut se lever sans crier gare et le brouillard couvrir tout le détroit pendant des jours. »

Il fit une pause, puis ajouta :

« Sans parler de ces putains de cargos porte-conteneurs et ces pétroliers qui croient être tous seuls : ils ne s'écartent pas de leur route encore qu'ils doivent te passer dessus ; et puis, il y a les trafiquants de haschisch, ou ces emmerdeurs des patrouilles marocaines qui peuvent te chercher les poux s'ils sont mal lunés. »

Le professeur Castillo fit la grimace et guetta l'horizon autour de nous.

« Diable, je ne savais pas que cet endroit pouvait être si compliqué. C'est une chance qu'on ne voie que quelques bateaux au loin.

— Le problème, ce sont ceux qu'on ne voit pas, déclara Timonier d'une voix sombre, en se retournant, cette fois, sa cigarette fumant au coin des lèvres. Et surtout ceux qui ne te voient pas : ceux-là, ce sont les plus emmerdants. »

Heureusement, rien ni personne n'interrompit notre travail de balayage, et, sauf un groupe d'une vingtaine de dauphins qui vint briser la monotonie en nageant devant l'étrave du *Carpanta*, la journée de navigation s'écoula dans une ennuyeuse prévisibilité. Quand, à plus de dix-huit heures, nous entrâmes dans le port de Tanger, je ne rêvais que d'une longue douche chaude, puis d'avaler un bon tagine, avec son pain *khobz* et une bière Casablanca.

Le port de la ville marocaine n'était qu'à douze milles au sud de Spatel. Il y avait là un club de plongée qui disposait de bouteilles pour Trimix – un mélange de gaz spécial, composé d'oxygène, d'hélium et d'azote, qui permet de plonger à grande profondeur – et de rampes de gonflage pour les remplir. Il était donc logique d'en faire notre base pour la durée de l'opération.

Le soleil avait disparu derrière le Djebel Kebir et nous pûmes nous amarrer à l'embarcadère numéro neuf du Tanja Marina Bay tant qu'il faisait encore jour.

Après avoir profité des équipements du port pour prendre une douche, et laissé un pourboire au vigile pour qu'il ne quitte pas le *Carpanta* des yeux, nous décidâmes de nous dégourdir les jambes et d'aller jusqu'au centre-ville à pied au lieu de prendre un taxi. Moins d'une demi-heure plus tard, nous étions tous les quatre attablés à l'Al Achab, un restaurant bio qui ne tentait que Cassie – on n'y servait pas de bières, seulement des jus –, mais qui fut évidemment l'endroit choisi.

Par chance, le poisson grillé était délicieux, et quand nous en fûmes au dessert, la fatigue de la journée avait presque disparu et je me sentais plein d'entrain et heureux d'être là.

Ce fut le moment que choisit Timonier pour nous regarder fixement :

« Et maintenant que nous avons mangé à la même table… vous allez arrêter de me raconter des bobards et m'expliquer ce que vous cherchez *vraiment* à Spatel ? »

Le professeur Castillo prit sa meilleure face de poker pour répondre.

« Il y a un sous-marin allemand qui…

— J'ai posé la question à un vieux copain de la Garde civile qui s'y connaît, l'interrompit le marin, et il m'a dit que l'U-731 a été coulé à plus de quatre milles de Spatel. Il m'a aussi expliqué que les épaves se cherchent avec des détecteurs de métaux, pas avec un sonar… »

Lentement, il nous regarda tour à tour, et ajouta :

« Je vais vous le demander encore une fois : qu'est-ce que vous cherchez au banc de Spatel ? »

Le silence qui suivit manifestait clairement que nous lui cachions quelque chose.

« Un avenir, murmura Cassie.

— Un avenir ? répéta Timonier sans comprendre.

— Pour nous trois, et pour vous aussi, peut-être. Nous cherchons une chose que personne ne croit exister, mais nous, nous sommes convaincus qu'elle est là, au fond. Le plus probable, c'est que nous ne puissions pas la trouver, mais si nous y arrivons… »

Elle fit une pause théâtrale.

« Cela changera notre vie, à tous les quatre », ajouta-t-elle avec un sourire malin.

L'expression du marin trahissait sa méfiance, mais encore plus sa curiosité. Les mots de Cassie l'intriguaient.

« Vous cherchez un trésor, aventura-t-il. Un foutu galion de la Flotte des Indes qui aurait coulé par ici, c'est ça ? »

La Mexicaine secoua la tête.

« Mieux. »

Timonier la regarda avec incrédulité.

« Mieux ? Qu'est-ce qui peut être mieux qu'un putain de bateau plein d'or ? »

Je me penchai sur la table, jetai un coup d'œil autour de nous, puis, à voix basse, je lui demandai :

« Vous savez garder un secret ? »

65

Aux premières lueurs de l'aube, les chants du *fajr* jaillirent en décalage du haut de chaque minaret de Tanger, comme un chœur de muezzins improvisé qui se réverbérait dans l'air pour louer Allah et proclamer que Mahomet est le seul prophète.

« Bonjour », bâilla une voix féminine à côté de moi.

J'ouvris les yeux. Dans la pénombre de la cabine arrière, je devinai le profil de Cassie tourné vers moi, la tête sur l'oreiller.

« Quelle heure est-il ? demanda-t-elle.

— Il n'est pas encore sept heures, répondis-je après avoir regardé ma montre. Il ne fera pas jour avant une bonne heure.

— Excellent, marmonna la Mexicaine. Tu as bien dormi ? Il y a un moment que tu ne fais pas de cauchemars.

— C'est vrai, réalisai-je à cet instant. J'imagine que mon subconscient est occupé à autre chose.

— C'est bien. Je suis contente.

— Et toi ? demandai-je en tendant le bras pour lui caresser le visage. Prête pour passer une autre journée palpitante à traîner des choses dans l'eau ?

— Je suppose, bâilla-t-elle de nouveau. Avec un peu de chance, nous pourrons traiter toutes les images ce soir et avoir une bathymétrie précise du fond. Tu imagines que la carte en 3D nous montre une pyramide engloutie ou quelque chose du même genre ?

— Tu crois que c'est possible ?

— En réalité, non. Mais ce serait génial.

— Alors, mettons-nous en marche, suggérai-je en m'étirant. Si nous commençons de bonne heure, il est probable que nous en ayons fini dès aujourd'hui avec le balayage. En plus, ajoutai-je en écartant la couverture et en posant les pieds sur le plancher, je suis mort de faim.

— Tu as faim. En voilà une surprise, grogna Cassandra.

— Je suis en pleine croissance.

— En largeur, rétorqua-t-elle, moqueuse.

« — C'est pour ça que tu le dis ? demandai-je en empoignant les petits bourrelets qui faisaient le tour de ma taille. Ce sont des compensateurs de flottabilité intégrés.

— Hon hon.

— Je suis quelqu'un de très engagé avec son travail.

— Je vois ça, s'amusa-t-elle en se redressant. Un grand professionnel.

— De la tête aux pieds. Mais la partie centrale…, ajoutai-je en m'approchant d'elle, est toute à toi. »

Lorsque nous émergeâmes de la cabine, Timonier était en train de préparer du café et des toasts dans la petite cuisine du bateau.

« Bonjour, dit-il à notre arrivée. Bien dormi ?

— Merveilleusement, répondit Cassie. Merci de nous avoir cédé votre cabine. »

Le marin haussa les épaules, minimisant l'importance de la chose.

« Dormir tous les trois ensemble aurait été un peu bizarre. Du café ?

— S'il vous plaît ! », le pria Cassie, les mains jointes.

La porte de la cabine du professeur s'ouvrit en grinçant et celui-ci apparut, déjà habillé et peigné, prêt pour la revue.

« Bonjour à tous, salua-t-il en humant l'air. Ça sent bon.

— Vous avez passé une bonne nuit ? demandai-je.

— Bien, mais mes os se ressentent un peu de l'humidité.

— Normal : c'est le premier symptôme de la sénilité, affirmai-je avec un grand sérieux.

— Pas possible ! Et quel est le premier symptôme de la stupidité ?

— Dire des bêtises à sept heures du matin ? suggéra Cassie en souriant.

— Et aussi à huit heures, à neuf heures, à dix heures…, poursuivit Eduardo.

— Vous êtes toujours comme ça, vous trois ? lança Timonier qui leva les yeux tout en versant du café dans quatre tasses.

— Pas toujours, rétorquai-je en prenant place devant la pile de pain grillé, mais presque.

« — Et vous ? demanda Eduardo. Avez-vous réfléchi à ce que nous vous avons dit hier soir ? »

Le capitaine du voilier s'assit à table et hocha lourdement la tête.

« Je dois dire que oui, répondit-il en se massant l'arrête du nez d'un geste las. J'y ai beaucoup pensé. Et j'ai décidé que vous n'êtes pas des cinglés.

— Fichtre. Merci.

— Comprenez-moi. Si n'importe qui était venu me voir avec cette histoire de sous-marin dans le désert, de temple enterré datant de je ne sais quand ou de la foutue Atlantide à Spatel, je l'aurais pris pour un barjot. Je l'aurais promené en bateau partout où il aurait voulu, jusqu'à ce qu'il en ait marre ou ait dépensé tout son fric. Mais vous… »

Il prit sur une étagère, derrière lui, une flasque argentée et, ayant dévissé le bouchon, il versa dans son café un doigt d'une liqueur jaune sombre.

« Vous, vous n'êtes pas fous, continua-t-il en touillant le liquide avec sa cuiller. Mais je ne sais pas encore si vous êtes très intelligents ou très stupides.

— Donc…

— Je vais faire ce que je pourrai pour vous aider. Maintenant, vous avez éveillé ma curiosité. Et puis, au pire, j'aurais gagné un peu de blé et une bonne histoire à raconter à *El Caladero* », acheva-t-il en prenant une longue gorgée de son café arrosé.

Nous terminâmes notre petit-déjeuner et détachâmes les amarres qui retenaient le *Carpanta* à l'embarcadère numéro neuf. Au petit matin, avec Timonier à la barre, nous partîmes à petite vitesse dans un brouillard dense.

Le soleil n'était guère plus qu'une lumière diffuse noyée dans la brume qui enveloppait le bateau comme un voile. On se serait cru dans une de ces boules à neige en verre, remplies d'eau et de minuscules billes blanches en polystyrène, qui, quand on les retourne, imitent une chute de neige sur une maisonnette en miniature. Sauf que nous avions du brouillard au lieu de neige, et un voilier décati à la place du petit chalet au toit rouge.

La visibilité ne dépassait pas les vingt à trente mètres. De la poupe du *Carpanta* c'était à peine si nous pouvions voir la proue et nous devions naviguer seulement au GPS et au radar. Sans les instruments de bord, nous aurions pu aller droit sur un pétrolier et ne nous en apercevoir qu'au moment d'être coupés en deux.

Naviguer à l'aveuglette dans ces ténèbres blanchâtres paraissait exacerber tous les autres sens : les ronflements du petit diesel du *Carpanta* prenaient des proportions de moteurs de rouleau compresseur et le moindre clapotis hors de portée de notre champ de vision limité nous faisait craindre de voir surgir le navire qui allait nous réduire en miettes.

Nous étions tendus comme les cordes d'un violon et tous les feux de position du bateau étaient allumés ; Cassie était postée au balcon de proue et donnait de la corne de brume toutes les deux minutes ; moi, j'étais resté dans la cabine à surveiller avec attention l'écran du radar. Timonier tenait la barre, le moteur à bas régime ; quant au professeur, agrippé au hauban et la gaffe à la main, il guettait l'horizon dans toutes les directions tel le capitaine Achab cherchant Moby Dick.

Obligés par les circonstances à naviguer à petite vitesse, il nous fallut plus de deux heures pour faire les douze milles qui nous séparaient du banc, ce qui compromettait notre espoir d'achever le balayage le jour même.

« Vous êtes prêts ? » demanda Timonier, mettant en panne pour que le *Carpanta* maintienne sa position.

Cassie et moi nous hâtâmes de mettre en marche le sonar et l'équipement de réception, révisant le tout à deux reprises pour être sûrs de ne commettre aucune erreur.

« On y est presque, informa la Mexicaine en activant les interrupteurs. Systèmes allumés.

— Câble assuré, déclarai-je en accrochant le mousqueton au taquet. À l'eau. »

La tenant chacun d'un côté, nous laissâmes tomber dans l'eau la petite torpille jaune et allâmes vérifier que l'image arrivait correctement au moniteur.

Au bout de quelques secondes, une mosaïque de points ocre commença à apparaître à l'écran, retransmettant l'écho reçu par le sonar.

« Tout est en ordre, indiqua Cassie en réglant l'image. On peut le descendre à la profondeur de balayage et nous mettre en marche.

— C'est prêt, dis-je à Timonier qui attendait après avoir situé le *Carpanta* aux coordonnées où nous avions arrêté les recherches la veille. Envoyez les gaz. »

Le marin hocha la tête et poussa la manette, nous lançant à l'allure vertigineuse de sept nœuds sur les eaux calmes du détroit. Une vitesse de moins de quatorze kilomètres-heure pourrait paraître peu de chose, mais quand on ne voit pas plus loin que le bout de son nez, ça revient à peu près à courir les yeux bandés : peu importe que l'on aille lentement, la sensation est toujours d'aller trop vite.

Les heures s'écoulèrent dans une relative tranquillité tandis que nous suivions notre patron de balayage avec une précision helvétique. Le sonar semblait fonctionner correctement, et les ombres menaçantes des cargos et des pétroliers sur l'écran du radar – qui arrivaient de l'ouest dans la partie sud du détroit où nous nous trouvions – restaient à plusieurs milles de distance.

Néanmoins, la tension ne se relâchait pas : il y avait toujours le danger d'entrer en collision avec un bateau plus petit que le radar n'aurait pas révélé, que l'hélice se prenne dans des filets de pêche, voire de perforer la coque fragile du *Carpanta*. Car la mer était pleine d'objets flottants capables de faire couler un léger voilier en fibre de verre, que ce soient des troncs d'arbres entraînés par les pluies ou des conteneurs tombés à l'eau pendant une tempête.

« Combien de temps dure généralement le brouillard, par ici ? » demandai-je à Timonier.

Je me trouvais avec lui dans le cockpit central, le professeur m'ayant relevé à l'écran du radar.

Le marin, la main sur le gouvernail, leva à peine les yeux de la boussole pour jeter un coup d'œil sur la brume environnante.

« Ça dépend », répondit-il, laconique.

J'attendis quelques secondes le reste de l'explication, mais il ne paraissait pas avoir l'intention de poursuivre.

« Ça dépend de quoi ? insistai-je.

— De la saison, du vent, de la température de l'eau… »

Il haussa les épaules, comme l'avaient fait tous les marins depuis la nuit des temps devant la même question.

La différence, c'était que nous avions maintenant des satellites, des bouées et des prévisions météorologiques plus précises… Je commençais néanmoins à douter que notre capitaine les ait consultées avant de partir ce matin.

J'allais lui poser la question, quand il me sembla entendre un bruit à tribord.

Je tendis l'oreille, et captai de nouveau le bruit, comme si quelqu'un tondait sa pelouse dans le lointain.

« Vous entendez ? dis-je tout haut en désignant la direction d'où venait le son. Sur tribord ! »

Tous se tournèrent, abandonnant leurs tâches et mobilisant toute leur attention vers ce bruit.

« C'est un hors-bord, affirma Timonier en calant le moteur. Le radar montre quelque chose ? » demanda-t-il à Eduardo qui pointait le nez hors de la cabine.

Le professeur retourna devant l'écran verdâtre et répondit au bout de quelques secondes.

« Rien. D'après le radar, il n'y a rien à moins de trois milles.

— Ça doit être un petit rafiot, conclut le marin en scrutant la brume.

— Ce sont peut-être des pêcheurs, avança Cassie.

— Les pêcheurs sont équipés de réflecteurs pour augmenter leur trace radar, expliqua Timonier. Ceux de ce bateau ne veulent pas être vus ni détectés.

— Des trafiquants de drogue ? dis-je en me tournant vers lui.

— Ce n'est pas leur route habituelle, mais c'est le plus probable.

— Que faisons-nous ? demanda Cassie.

— Rien. Rester bien tranquilles et ne pas faire un foutu bruit.

— Vous voulez les laisser passer ? s'étonna Eduardo dans la cabine. Ne devrions-nous pas prévenir les autorités, si ce sont des trafiquants de drogue ?

— Précisément, rétorqua le marin. Je n'ai pas envie de finir au fond du port avec une pierre autour du cou.

— Et il n'y a pas de danger qu'ils nous heurtent, s'ils ne peuvent ni nous voir ni nous entendre ? demandai-je de mon côté.

— Si. Mais ce serait pire s'ils nous découvraient. Les narcotrafiquants n'aiment pas beaucoup les témoins, souligna-t-il en se passant l'index sur la gorge.

— Sainte Vierge ! » s'écria le professeur.

Le son bien reconnaissable de plusieurs voix se mêla alors au bruit de moteur, et Timonier nous fit taire d'un geste.

« Silence ! » nous intima-t-il dans un souffle.

Le moteur hors-bord paraissait bien plus proche, comme s'il se dirigeait droit sur nous, mais nous ne pouvions rien faire pour l'éviter. À part prier pour éviter la collision.

Au cas où, je mis en place les pare-battages et, gaffe à la main, j'attendis à tribord, prêt à essayer d'amortir un choc éventuel.

Une minute s'écoula et le bruit augmentait toujours. Le bateau devait être à peine plus loin que notre limite de visibilité et il se rapprochait inexorablement.

— Un moment…, dit Cassie en tournant la tête pour mieux écouter. Je crois que j'ai entendu un bébé pleurer. »

Au même instant, comme surgissant d'un autre monde, un zodiac poussé par un petit moteur hors-bord émergea de la brume, à quelques mètres seulement de notre étrave.

Mais il n'y avait à bord ni paquets de drogue ni trafiquants armés.

Au lieu de cela, vingt paires d'yeux écarquillés, blancs sur la peau noire des visages, nous observaient avec ce mélange de peur et d'espoir de ceux qui n'ont plus rien à perdre, hormis la vie. Une vingtaine d'hommes, de femmes et d'enfants, sans autre bagage qu'une faim séculaire, traversaient à l'aveuglette l'une des routes maritimes les plus fréquentées du monde, en quête d'un avenir meilleur.

Je sentis pendant un instant la tentation de les prévenir que cela n'en valait pas la peine, leur dire de faire demi-tour pour ne pas courir le risque de finir dans des conditions de semi-esclavage, à supporter la solitude, le mépris et le racisme pour quelques euros quotidiens, mais je compris que cela ne servirait à rien. Le rêve occidental s'avérerait plus proche du cauchemar pour la majorité d'entre eux, mais rien de ce que je pourrais leur dire, en cet instant où ils se voyaient si près de leur but après des mois de périple à travers l'Afrique, ne les ferait changer d'avis.

Comme il était apparu, le zodiac disparut en l'espace de quelques secondes dans le brouillard, vers le nord, et ces regards terrifiés se diluèrent dans la brume, comme un songe étrange et éphémère.

Si, alors qu'ils traversaient le détroit dans ce brouillard, ils avaient la malchance de heurter un bateau, ils couleraient sans remède, et personne – ni leurs amis ni les pères, mères, grands-parents ou enfants qu'ils avaient laissés derrière eux – n'en sauraient plus jamais rien.

Le cœur serré, je pensai que nous étions peut-être les derniers à les avoir vus en vie.

66

Au début de l'après-midi, un froid vent du nord se leva, emportant la brume et l'oppressante sensation de naviguer en aveugle. Cela nous permit de récupérer un peu du temps perdu, et quand, à la fin de la journée, nous rentrâmes au port de plaisance de Tanger, nous avions complété le premier balayage du banc de Spatel.

Pendant que Timonier effectuait la manœuvre d'accostage, le professeur l'assistant avec les pare-battages et les bouts, Cassie finissait de transférer les données que le sonar à balayage latéral avait recueillies pendant ces deux jours et démarrait le processus de rendu physique 3D de l'image.

« Ça mettra combien de temps ? demandai-je, assis à côté d'elle dans la cabine du *Carpanta*.

— Deux heures environ, dit-elle en me désignant le compte à rebours qui s'affichait dans un angle de l'écran. Il y a beaucoup de données à traiter.

— Dans ce cas, allons manger et nous le verrons à notre retour, proposai-je en regardant ma montre.

— Qu'est-ce que tu as, dernièrement ? Tu ne penses qu'à bouffer !

— Pas seulement…, objectai-je en mordillant la courbe de sa nuque. Quoique… là, maintenant, je grignoterais volontiers ton cou, par exemple. »

Un toussotement sec se fit entendre de l'escalier.

« Pas la peine de vous déranger pour moi », dit Timonier.

Les marches grincèrent quand il descendit dans la cabine, tandis que nous réagissions avec nervosité, comme deux gamins qui se font surprendre en train de se peloter à l'école.

« Nous sommes déjà à quai ? demanda Cassie en me repoussant du coude.

— Nous sommes à quai, confirma le marin en se dirigeant vers sa propre cabine, à la proue. Vous allez dîner quelque part ?

— Nous irons dans un moment, dit la Mexicaine. Vous voulez venir ? »

Il s'arrêta brièvement devant la porte, la main sur la poignée.

« Des légumes et des jus ? Non, merci. C'est un bœuf que j'aimerais manger, pas sa bouffe », ajouta-t-il, sarcastique.

Sur quoi il entra et referma derrière lui.

Après avoir pris une réconfortante douche chaude dans les installations du port de plaisance, Cassie, Eduardo et moi allâmes dîner, puis nous finîmes la soirée en nous promenant dans les étroites ruelles blanchies à la chaux de la médina, au cœur de l'antique Tanger des Carthaginois. C'était une ville cosmopolite, mais d'un abord facile – à la différence des excès et du chaos qui régnaient au Caire –, que l'on pouvait explorer des jours durant pour y découvrir des recoins oubliés du temps et des cafés encore ancrés dans le siècle dernier.

« Saviez-vous que, de 1925 à 1965, Tanger a été gouvernée par une dizaine de pays ? demanda le professeur en s'approchant avec curiosité d'un étal rempli d'épices colorées disposées sous forme de montagnes coniques.

— Comment ça se fait ? voulut savoir Cassie.

— Cela s'appelait "Zone internationale de Tanger". Elle était administrée par un condominium formé par l'Espagne, la France et l'Union soviétique, entre autres. C'était alors une ville très cosmopolite où l'on trouvait plus d'étrangers que de Marocains. Pendant la Seconde Guerre mondiale, c'était probablement l'endroit avec le plus d'agents secrets au kilomètre carré du monde. » Il me désigna du doigt et ajouta : « Ulysse ne t'en a pas parlé ?

— Parlé de quoi ? s'étonna Cassie en se tournant vers moi.

— Il semblerait que mes grands-parents se trouvaient ici à cette époque, expliquai-je négligemment. D'après ma mère, ils étaient espions ou quelque chose de ce genre. »

La Mexicaine arqua les sourcils, stupéfaite.

« Pour de vrai ?

— Ma mère a tendance à tout exagérer. Tu la connais, elle adore attirer l'attention.

— Mais dans ce cas, c'est vrai : c'est ton père qui me l'a dit, il y a des années, observa Eduardo. Ils auraient même fait échouer un plan des nazis pour gagner la guerre.

— Oui, bon, fis-je, un peu gêné comme à chaque fois que l'on parlait de mon père. De toute façon, ça s'est passé il y a quatre-vingts ans. »

Pour changer de sujet, je désignai un modeste café où deux hommes en djellaba, assis à une table près de la porte, fumaient tranquillement une chicha.

« Pour l'instant, ce dont j'ai envie, c'est d'un thé à la menthe avec quelques-uns de ces petits gâteaux feuilletés aux pistaches qui font un million de calories. »

Cassie leva les yeux au ciel et Eduardo secoua la tête, mais ils me suivirent à l'intérieur.

Le café était aussi exigu et sombre qu'il le paraissait de l'extérieur. Au fond du local, sous un cimeterre bosselé et rouillé, un canapé défraîchi et quelques vieux coussins dépareillés suggéraient que l'endroit avait connu des temps meilleurs.

« Étrange... », murmurai-je en m'immobilisant brusquement au milieu de la salle.

Le professeur s'arrêta près de moi et regarda dans la même direction.

« Que se passe-t-il ?

— C'est comme si j'étais déjà venu ici.

— C'est une impression de déjà-vu.

— Peut-être, je ne sais pas. »

Mes yeux se posèrent sur ce qui faisait penser à des gouttelettes de sang qui auraient éclaboussé le mur.

« Enfin... je dois connaître un endroit qui y ressemble... », conclus-je en secouant la tête pour chasser cette étrange sensation d'un souvenir que je n'arrivais pas à me rappeler.

Lorsque nous rentrâmes enfin au bateau, à près de vingt-trois heures, l'ordinateur portable avait achevé de traiter les images du sonar et les restituait sous forme de carte en trois dimensions. Le logiciel avancé de DeepSea Software avait fusionné les données du sonar bathymétrique avec celles obtenues du sonar à balayage latéral pour générer une représentation du banc de Spatel si précise et détaillée qu'elle devait révéler clairement toute irrégularité.

Le relief de l'île immergée était divisé en bandes de couleurs vives qui indiquaient les différentes profondeurs. Celles-ci allaient du rouge cerise en son point culminant, à cinquante-deux mètres au-dessous du niveau de la mer, au bleu foncé au point le plus bas, où le sonar avait enregistré plus de deux cents mètres de profondeur et montrait parfaitement le profil du fond.

Grosso modo, la bathymétrie révélait une île en forme de croissant allongé, dont la partie ouverte regardait vers la Méditerranée, et le dos, plus large et plus haut, vers l'Atlantique. Approximativement au centre de la baie formée par les pointes du croissant, une éminence presque ronde s'élevait jusqu'à soixante-quinze mètres de profondeur.

Vu d'en haut, et avec beaucoup d'imagination, cela ressemblait un peu à la tête d'un Pac-Man aplati sur le point de dévorer une pac-gomme.

« Je vais modifier les couleurs et simuler le niveau de la mer d'il y a douze mille ans », informa Cassie en tapant sur le clavier de l'ordinateur.

Aussitôt, les couleurs vives des courbes de niveau passèrent à une gamme de teintes dans des tons de terre, et un calque bleu marine vint limiter à cent quarante mètres la profondeur maximale de la bathymétrie. Ainsi, grâce à la magie de la technologie, le banc de Spatel redevint visible sous la forme de l'île qu'il était cent vingt siècles auparavant.

« C'est merveilleux…, souffla le professeur, captivé. Combien doit-elle faire ? Trois kilomètres ? demanda-t-il en écartant deux doigts pour prendre la mesure de l'île.

— Je dirais plutôt quatre, d'est en ouest, calcula Cassie. Et environ deux du sud au nord.

— Mais ce n'est pratiquement que de l'eau, observai-je. La baie avec l'îlot central fait presque deux kilomètres de diamètre.

— C'est exactement ainsi que Platon décrivait l'Atlantide, n'est-ce pas, professeur ? »

Eduardo mit un moment à quitter l'image des yeux, comme si son esprit était trop occupé à réfléchir pour pouvoir nous écouter en même temps.

« Euh... oui. Enfin, non, se reprit-il. En réalité, dans ses dialogues du *Timée* et du *Critias*, Platon parle d'une île bien plus importante, plus grande que la Libye et l'Asie réunies, bien que ce soit clairement une exagération. À moins qu'il ne se soit référé au territoire dominé par les Atlantes. De toute manière, il ne faut pas oublier que ce qu'a écrit Platon dans son œuvre était déjà la version qu'il connaissait d'un récit qui s'était transmis de bouche à oreille pendant des millénaires. Imaginez tout ce qui a pu être changé et mal interprété au bout de si longtemps.

— Peut-être, mais ce récit plein d'erreurs nous a quand même conduits jusqu'ici, dis-je en désignant l'écran.

— Oui. Les mythes sont toujours fondés sur une base réelle, comme dans le cas de Troie et de l'*Iliade* d'Homère. Voilà pourquoi il est si difficile de faire la part de vérité parmi les fantaisies accumulées durant des siècles.

— Maintenant, nous savons que ce n'est pas seulement un mythe, déclara Cassie en se tournant vers l'ordinateur. Cette baie en fer à cheval avec une île au milieu pourrait parfaitement avoir été un port naturel.

— C'est vrai. Je n'ai aucun mal à la voir, avant le tsunami, comme une baie presque fermée et circulaire, renchéris-je.

— Si c'était le cas, dit Eduardo en suivant du doigt le bord intérieur, il ne lui manquerait qu'un deuxième cercle entre celui-ci et l'îlot pour recréer le symbole qui a presque toujours représenté l'Atlantide : deux cercles concentriques avec un point au centre.

— C'est le bon endroit, affirma Cassie, péremptoire. Même si certains détails ne cadrent pas exactement, que la situation et la forme coïncident avec la description que Platon donne de l'Atlantide ne peut pas être dû au hasard.

— Je le crois aussi, dit le professeur. Cela *doit* être l'Atlantide.

— Mais il va nous falloir des preuves, non ? demandai-je en les regardant alternativement.

— En effet, confirma l'archéologue. Tout ceci est purement circonstanciel. Nous devrons descendre et trouver quelque chose, n'importe quoi, qui démontre qu'à l'époque paléolithique il y avait sur cette île une population humaine dont le niveau de technologie était celui des âges des métaux. Alors, et seulement alors, nous pourrons rendre cela public.

— D'accord, dis-je en me penchant sur la table. On peut avoir une meilleure définition du fond ?

— Bien sûr, répondit Cassie en zoomant sur l'image. Nous avons ici une résolution de moins de cinquante centimètres.

— C'est le maximum ? s'enquit Eduardo en rajustant ses lunettes.

— Le maximum si on ne veut pas avoir une image trop pixellisée.

— Eh bien… on ne distingue pas grand-chose, dit celui-ci sans cacher sa déception tandis qu'il se rapprochait de l'écran. Cela a l'air très… je ne sais pas… très normal.

— Et à quoi vous attendiez-vous ? À voir une cité submergée ? demandai-je.

— Non, bien sûr que non. Mais je pensais que ce serait plus intéressant.

— Ce fond a subi pendant douze mille ans l'érosion de courants importants, de tremblements de terre sous-marins et Dieu sait quoi d'autre, lui rappela Cassie.

— Sans parler du raz-de-marée que nous croyons avoir balayé l'île avant qu'elle soit engloutie, renchéris-je.

— Mais alors, quel intérêt avons-nous à faire tout ceci ? Comment allons-nous pouvoir découvrir quelque chose là-dessous si tous les vestiges ont été désintégrés ?

— Dans leur immense majorité, oui, mais il y a toujours des objets qui échappent à la destruction parce qu'ils se sont enfoncés dans la vase, ou qu'ils sont restés dans un recoin à l'abri de l'érosion, expliqua Cassandra. De plus, si des structures en pierre ont existé, il se pourrait que nous en trouvions, ou au moins le creux qu'elles auront laissé.

— Ce serait quelque chose, convint Eduardo.

— Génial, dis-je. Demain, nous pourrions faire la première plongée pour aller y jeter un coup d'œil de près. Par où allons-nous commencer ?

— Par l'îlot central, dit Eduardo sans hésitation. D'après le récit de Platon, au sommet d'un îlot situé au centre de la baie se trouvait le temple de Poséidon, le plus sacré de l'Atlantide. Tant qu'à choisir un endroit, autant partir de là où il y a le plus de chances de trouver des vestiges de constructions, de statues ou d'artefacts.

— Vous avez raison, approuva Cassie. Si ce lieu est vraiment l'Atlantide, cet îlot est le meilleur endroit pour débuter nos recherches.

— C'est possible, mais j'aimerais mieux commencer par une zone moins profonde, objectai-je, du côté ouest du banc, où se trouve le point le plus haut, à cinquante-deux mètres de profondeur. L'îlot est à plus de soixante-quinze mètres, ajoutai-je après une pause. À cette profondeur, même en utilisant un mélange Trimix et en faisant plusieurs paliers de décompression pendant la remontée, on ne peut rester que quinze ou vingt minutes au fond, au maximum.

— Si peu ? s'étonna le professeur.

— Et en comptant une seule immersion par jour. Avec le risque permanent de subir une narcose à l'azote ou un syndrome nerveux des hautes pressions.

— Je ne savais pas que cela pouvait être si dangereux.

— Ça l'est, dis-je gravement. Et beaucoup. »

En maniant la souris, Cassie fit pivoter sur son axe l'image de l'îlot pour l'observer sous tous ses angles.

« Alors, nous nous surveillerons mutuellement, et, au moindre symptôme, nous remontons à la surface, déclara-t-elle en levant les yeux. Nous ferons attention.

— *Nous* ? relevai-je avec incrédulité. Non, Cassie, j'irai seul. Toi, tu n'as pas la préparation nécessaire pour réaliser une plongée au Trimix à grande profondeur.

— Et toi si, peut-être ?

— En effet. C'est pour ça que je vais descendre seul.

— Pas question , *mano*, refusa-t-elle tout net en me fusillant du regard. Nous descendrons tous les deux. Faire une telle immersion en solitaire serait complètement stupide ; c'est la première chose qu'on nous apprend, dans les cours de plongée.

— Pas aussi stupide que d'y aller avec quelqu'un qui n'est pas préparé. »

La Mexicaine croisa les bras d'un air sévère.

« Prépare-moi, alors, répliqua-t-elle.

— Tu plaisantes ? Tu prétends que je t'apprenne en une nuit ce qui m'a coûté une semaine de cours et dix immersions ? »

L'archéologue se carra contre son dossier et leva le menton avec défi.

« Tu n'as qu'à me faire un résumé. S'il t'a fallu une semaine, moi, je peux l'apprendre en deux heures.

— Bon sang ! Cassie, tu ne sais pas de quoi tu parles, protestai-je en secouant la tête.

— Bien sûr que si. J'ai plongé toute ma putain de vie. Ça, c'est juste aller plus profond et faire plus de paliers de décompression. Tu as un ordinateur de plongée pour une raison. Moi, je n'aurai qu'à faire ce que tu dis.

— Oui, bien sûr… parce que tu fais toujours ce que je te dis ! »

Elle se pencha en avant, me suppliant de son hypnotique regard vert :

« Cette fois, si. Je te le promets.

— C'est hors de question.

— S'il te plaît, insista-t-elle. Je suis archéologue : je peux interpréter ce que nous verrons en bas. Toi, tu es un plongeur plus expérimenté, mais tu pourrais laisser passer une preuve essentielle.

— Non, répondis-je avec une fraction de seconde d'hésitation.

— Je dois descendre, s'obstina-t-elle, sachant que le mur de ma conviction était en train de se fendiller. Je te surveillerai, et toi, tu me surveilleras. C'est ce qu'il y a de mieux pour tous les deux.

— C'est une mauvaise idée », arguai-je par simple inertie.

Cassie tendit le bras sur la table et pressa ma main.

« Ne t'inquiète pas, dit-elle avec un sourire confiant et les yeux étincelants d'enthousiasme. Tout ira bien. »

Et à cet instant, tandis que je hochai la tête avec résignation, je songeai que ce serait déjà beaucoup si tout n'allait pas mal.

67

Le brouillard s'était enfin dissipé dans le détroit, un ciel lumineux et dégagé brillait au-dessus de nous et un léger vent d'est gonflait les voiles du *Carpanta* en direction de l'île Spartel.

Sur le pont étaient empilées les douze bouteilles dont nous allions avoir besoin pour cette immersion compliquée. Bien que l'on m'ait assuré, au centre de plongée, que le mélange d'oxygène, d'azote et d'hélium contenu dans les bouteilles étiquetées TRIMIX en lettres capitales était adéquat pour la profondeur où nous allions, je ne cessais de penser aux risques encourus. Une minime erreur de pourcentage du mélange pouvait entraîner un problème grave de décompression en surface, ou de narcose pendant la plongée. Et dans un cas comme dans l'autre, outre le fait que nous ne disposions pas d'équipe de support ni de caisson hyperbare, cela pouvait signifier notre mort à tous les deux.

Pendant que je subissais l'assaut de ces funestes présages et que mon esprit imaginait un à un tous les pires scénarios possibles, le professeur se trouvait dans le cockpit, bavardant avec animation avec Timonier qui tenait la barre ; Cassie, emmitouflée dans son pull, se dressait avec désinvolture au balcon de proue du voilier, comme une de ces vénus qui, des siècles auparavant, fendaient les ondes sous la forme de figures de proue.

Les yeux clos, elle offrait son visage au soleil matinal tandis que le vent d'est agitait ses cheveux comme une oriflamme dorée qui se tordait sur sa nuque, dénudant ses petites oreilles, son nez retroussé, la courbe douce de son cou, et ses lèvres que, pour quelque raison mystérieuse, j'étais autorisé à baiser. J'avais la sensation de contempler la plus belle création de la nature, et je compris sans peine pourquoi des femmes comme elle avaient été adorées en tant que symboles sacrés de la divinité.

À un certain moment, songeai-je, cette dévotion pour la lumière, la vie et la beauté des déesses antiques avait été supplantée par le culte de dieux sévères et vengeurs, avec leurs livres sacrés, leurs péchés capitaux et leurs fanatiques de la vérité unique, qui brandissaient pour étendards l'ignorance et l'hypocrisie... et dès lors, le monde avait commencé à partir à vau-l'eau.

Et tandis que je l'admirais, captivé, je pensai que ce que nous faisions en tirant sur ce fil qui nous venait de la lointaine préhistoire, en recouvrant la mémoire de ces déités oubliées, était peut-être un premier pas dans la bonne direction, pour prendre conscience qu'il y avait eu du bon dans ce que nous avions abandonné derrière nous.

Ce qui pouvait inciter un athée tel que moi à y songer n'aurait-il pas le même effet chez d'autres ?

« Qui sait ? » dis-je tout bas.

Une heure plus tard, l'écran du GPS nous indiqua que nous étions arrivés au point voulu. Timonier affala les voiles et mit en marche le moteur du *Carpanta* pour maintenir la position, plaçant la proue dans le courant de deux nœuds de l'Atlantique.

Pendant ce temps, Cassie et moi avions enfilé nos épaisses combinaisons Scubapro de sept millimètres de néoprène, sous lesquelles nous portions des gilets de même épaisseur pour augmenter la protection thermique au niveau du torse.

« Au fond, nous trouverons de forts courants froids d'est en ouest, dis-je à Cassie en repassant une dernière fois les détails de l'immersion. Nous allons donc descendre cent mètres à l'est de l'îlot jusqu'à soixante-quinze mètres de profondeur, et puis nous nous laisserons porter par le courant.

— Tu excuseras mon ignorance, Ulysse, intervint le professeur, qui suivait mes explications avec la même attention que s'il devait plonger également. Mais ne serait-il pas mieux de commencer directement sur l'îlot même ?

— Ce serait plus rapide, mais nous dépenserions énormément d'énergie et d'air rien qu'en nageant pour maintenir la position. Il est plus efficace de suivre le courant, surtout quand il est aussi fort.

— Quel dommage que nous n'ayons pas de scooters, regretta Cassie. Ce serait bien plus facile.

— Au centre de plongée, ils m'ont assuré qu'ils en auraient demain, répondis-je avec un haussement d'épaules. Encore qu'ils m'aient dit exactement la même chose il y a trois jours. De toute façon, avec les six bouteilles chacun que nous devrons porter, ajouter un scooter subaquatique pourrait être plus gênant qu'utile.

— Six bouteilles, soupira Cassie. Je n'avais jamais plongé de cette façon.

— Nous n'avons pas le choix. Il nous faut différents mélanges d'air, d'azote et d'hélium pour la descente, la remontée, et la décompression. De plus, insistai-je pour la énième fois, nous devrons être très précis quant à la profondeur et le moment où nous effectuerons les changements de mélange. À cette profondeur, si nous commettons une erreur à l'une des étapes, nous pouvons nous considérer comme morts.

— Mais oui…, rétorqua Cassie en levant les yeux au ciel. Tu me l'as déjà dit mille fois. Toi, fais en sorte que l'ordinateur de plongée fonctionne bien, et moi, je suivrai tes indications.

— Ce n'est pas suffisant, Cassie, la repris-je. En bas, il peut arriver beaucoup de choses, et aucune de bonne : l'eau va être très froide, et l'hélium du mélange va très vite abaisser notre température ; il va y avoir des courants forts et peu de lumière ; dans ces conditions, nous devons nous surveiller l'un l'autre pour éviter la narcose et le SNAP. » Je regardai au loin un grand navire qui se découpait sur l'horizon. « Cela sans compter qu'un pétrolier pourrait avoir l'idée de passer au-dessus de nous pendant que nous faisons un palier de décompression. »

Je fis une pause pour respirer profondément et retrouver mon calme, puis je pris ses mains dans les miennes.

« Il n'y a pas beaucoup d'immersions aussi dangereuses que celle que nous nous apprêtons à faire aujourd'hui, achevai-je. J'ai besoin que tu sois consciente de tous les risques, parce que c'est le seul moyen de les éviter. »

En réponse à ce discours, Cassie me surprit en me caressant la joue, puis, se rapprochant, elle m'embrassa avec douceur.

« Je sais, ne t'inquiète pas, affirma-t-elle, sereine.

— S'il t'arrivait quelque chose, je…

— Je fais cela de ma propre volonté et en toute connaissance des risques, Ulysse, me coupa-t-elle. Cesse de te sentir responsable comme si j'étais une petite fille de dix ans. C'est moi qui ai pris la décision de descendre, et s'il m'arrivait quelque chose, la responsabilité serait exclusivement mienne », acheva-t-elle avec gravité.

Ma première impulsion fut de répliquer, mais je me réalisai aussitôt que je n'avais rien à ajouter. Cassie avait complètement raison, et moi, non. Fin de l'histoire. Pour des motifs que je ne m'expliquais pas, j'avais assumé avec elle une attitude ridiculement paternaliste. M'efforçant de ne pas paraître plus idiot que je ne l'étais déjà, je serrai les lèvres et hochai la tête.

« D'accord. Pardon.

— Ce n'est rien. Et qu'est-ce que tu dirais de nous mettre en marche une bonne fois ? dit-elle avec un sourire plein d'audace. Je meurs d'envie de savoir…

— Attention ! l'interrompit Timonier qui éleva la voix depuis son poste à la barre. Nous avons de la visite ! »

Nous nous retournâmes à l'unisson, et le patron du *Carpanta* nous fit un signe de tête vers tribord arrière.

À moins d'un mille de distance, un patrouilleur avec le pavillon marocain flottant au mât de proue et un épais panache de fumée noire sortant de sa cheminée venait droit vers nous.

Le navire de guerre ne mit que quelques minutes à se placer à moins de cent mètres sur tribord. Long de plus de cinquante mètres, le bateau portait le numéro 306 peint en blanc sur le gris de la coque et exhibait deux canons simples à la proue et à la poupe, ainsi qu'une dizaine de grandes antennes qui hérissaient la superstructure et un énorme bulbe blanc à l'arrière de la passerelle. Je supposai qu'il devait abriter les radars de tir et de navigation, entre autres choses.

L'aspect général du navire était assez ancien – il devait avoir plus de trente ans – mais il était quand même fort intimidant si on le comparait à notre petit voilier. Bien que son canon principal de 76 millimètres soit inactif et couvert de sa bâche protectrice, une de ses mitrailleuses de 20 millimètres – assez pour nous hacher menu – restait braquée sur nous tandis qu'un zodiac gris, avec un officier et deux matelots à bord, venait vers le *Carpanta* à vive allure.

« Ne vous inquiétez pas, dit Timonier en nous faisant un geste de la main. C'est un contrôle de routine. Restez tranquillement à l'avant et laissez-moi parler.

— Ils peuvent nous causer des problèmes ? demanda Eduardo, préoccupé.

— J'espère que non. Mais on ne sait jamais, avec ces gens-là. »

Le zodiac aborda par la poupe, et Timonier leur lança un bout pour qu'ils puissent s'amarrer au balcon. Un des marins débarqua le premier et monta l'échelle, suivi de près par l'officier qui, dès qu'il eut posé un pied sur le pont, fit à Timonier le salut militaire.

« Autorisation de monter à bord ? sollicita-t-il dans un espagnol correct assaisonné d'accent maghrébin.

— S'il vous plaît », répondit Timonier, qui d'un geste courtois l'invita à le suivre jusqu'au cockpit.

L'officier nous jeta un coup d'œil curieux, ainsi qu'à notre équipement, puis disparut avec notre capitaine.

« C'est un drôle de hasard que ces pendards apparaissent juste au moment où nous allions plonger, me chuchota Cassie.

— Vois ça du bon côté, répliquai-je sur le même ton. Si tout leur paraît correct, ils ne reviendront peut-être plus nous embêter.

— Et si tout ne leur paraît pas correct ? objecta Eduardo.

— Nous aviserons le moment venu, prof. »

L'officier marocain sortit de la cabine, suivi de Timonier, et se dirigea vers nous. C'était un homme de haute taille aux cheveux blanchissants, l'œil noir, la mâchoire carrée et le teint un peu plus sombre que le standard marocain. L'uniforme bleu marine impeccablement repassé, le rictus sévère, ainsi que le regard méticuleux qui balayait le pont à l'affût de la moindre anomalie, révélaient que l'officier prenait son travail très au sérieux. Au dernier moment, ses yeux se posèrent sur la douzaine de bouteilles de plongée empilées à l'avant.

« Bonjour, salua-t-il poliment avec une brève inclinaison de la tête.

— Bonjour », répondîmes-nous en chœur.

Il tenait nos passeports dans la main droite et, les ouvrant un par un, vérifia chaque photo en la comparant à nos visages.

« Et tout ce matériel, monsieur Castillo ? demanda-t-il en regardant fixement le professeur.

— Moi ? dit celui-ci, surpris, en se désignant du pouce.

— Oui, vous.

— Euh… eh bien, nous sommes… je veux dire, eux, corrigea-t-il avec un geste vers Cassie et moi, sont plongeurs et ils vont faire une immersion ici.

— Cela, je le vois.

— C'est parce que…, commençai-je.

— C'est à monsieur que j'ai posé la question, si ça ne vous dérange pas, m'interrompit sèchement l'officier.

— Nous sommes en vacances, reprit Eduardo en se remémorant le scénario que nous avions préparé. Mes amis désirent faire de la plongée dans le coin et moi je les accompagne. Je ne pourrais pas vous en dire beaucoup plus… je ne suis pas très porté sur la mer, ajouta-t-il avec un petit sourire nerveux.

— Pourquoi ici, et pourquoi tant de bouteilles d'oxygène, Mademoiselle… » Il ouvrit le passeport de Cassie pour vérifier le nom : « Mademoiselle Brooks ?

— C'est un endroit très intéressant pour plonger, répondit-elle brièvement en croisant les bras. Et les bouteilles, c'est ce qu'il faut pour descendre à une telle profondeur. Je suis sûre que vous le savez. »

La petite provocation de Cassie ne passa pas inaperçue du Marocain, qui plissa légèrement les yeux et mit une seconde à continuer :

« Il semblerait que vous ayez déjà navigué dans cette zone pendant plusieurs jours, suivant ce qui pourrait être un plan de recherches. »

Je pris une profonde inspiration avant de prendre la parole.

« Nous étions en train de sonder le fond pour trouver le meilleur endroit où plonger. Les cartes bathymétriques de Spartel ne sont pas très précises. »

L'officier fit une pause de quelques secondes, comme s'il calibrait la sincérité de la réponse.

« Vous savez qu'il est interdit d'extraire des échantillons minéraux et de faire des prospections géologiques sans les autorisations correspondantes, n'est-ce pas ? déclara-t-il en nous regardant tour à tour. Toute infraction aux normes impliquerait l'immobilisation du bateau et votre mise à disposition auprès des autorités judiciaires compétentes du Royaume du Maroc.

— Nous ne faisons pas de prospection ni ne cherchons d'échantillons minéraux, officier, le rassurai-je aussitôt. Nous sommes des sportifs amateurs de plongée à grande profondeur, c'est tout. »

Le Marocain nous regarda de nouveau un par un, comme s'il s'attendait à ce que l'un de nous avoue un délit.

« J'espère que c'est le cas, pour votre bien, dit-il sèchement, puis il porta la main droite à la visière de sa casquette. Merci de votre coopération et passez une bonne journée. »

Sans rien ajouter, il rendit les passeports à Timonier et retourna vers le zodiac qui l'attendait à la poupe.

Ce ne fut qu'après qu'il soit descendu du *Carpanta* et reparti vers le patrouilleur que je me remis à respirer avec un soupir de soulagement qui dut s'entendre jusqu'à Gibraltar.

« Le diable l'emporte, souffla Eduardo, il me rendait nerveux.

— Quel con, déclara Cassie.

— Est-ce que c'est normal ? demandai-je à Timonier qui revenait vers nous après avoir pris congé du militaire. Il aurait pu être de la Gestapo, ce salaud. »

Le propriétaire du *Carpanta* hocha la tête de droite à gauche.

« Ça dépend. Les patrouilleurs marocains aiment bien faire chier les bateaux espagnols, mais c'est généralement plus de la comédie qu'autre chose. Mais ce salaud en particulier est un emmerdeur de première. Il s'appelle El Harti, il est capitaine de frégate.

— Vous le connaissez ? s'étonna Cassie.

— Tout le monde le connaît, dans le détroit, affirma Timonier. À son âge, il devrait déjà être commandant, mais il paraît qu'il est tellement strict et pointilleux que ses supérieurs ne veulent même pas le faire passer capitaine : ils le gardent à tourner dans le détroit pour qu'il n'aille pas compromettre leurs affaires.

— Leurs affaires ?

— Vous savez bien. » Le marin fit le geste international de l'argent en frottant l'un contre l'autre deux doigts de la main droite. « Ici, la corruption est un mode de vie.

— Vous croyez qu'il va nous causer des problèmes ? » s'inquiéta Eduardo.

Timonier se retourna un instant, comme pour s'assurer que le zodiac s'était assez éloigné.

« Vous pouvez en être sûr. »

68

Essayant de ne pas trop penser à la dernière phrase de Timonier, nous nous activâmes et, dix minutes plus tard, Cassie et moi plongions en piqué vers le banc de Spartel.

Je n'avais encore jamais fait d'immersion aussi complexe techniquement que celle-ci, ni d'aussi risquée à presque tous les aspects. Plonger parmi les requins avec un filet de bœuf attaché autour du cou aurait été moins dangereux et moins stressant.

Je tournai la tête vers la droite : Cassie, à environ deux mètres, descendait en même temps que moi presque à la verticale. Elle était engoncée dans l'épaisse combinaison de néoprène qui ne laissait pas un centimètre de peau visible, et, bien que chargée de six bouteilles contenant différents mélanges gazeux qui devaient peser davantage qu'elle, elle était calme et se mouvait avec aisance.

J'aurais difficilement pu me sentir plus orgueilleux et plus chanceux. Qu'une telle femme ait décidé de partager sa vie avec moi était un mystère plus grand que celui de la cité perdue de l'Atlantide.

Au-dessous de nous, il n'y avait qu'une immense masse bleu foncé dans laquelle nous nous enfoncions comme des pierres, entraînés par le poids de nos ceintures de plomb.

Nous n'avions plus aucune perspective. Ne distinguant pas le fond et sans aucun point de référence, j'avais la sensation de flotter dans un espace sans étoiles. Seul le sillage de bulles que nous laissions derrière nous comme la queue d'une comète me permettait de savoir que nous descendions, que nous n'étions pas statiques au milieu d'un éther bleu infini.

Je regardai l'ordinateur de plongée que je portais au poignet droit et m'aperçus que nous avions atteint les trente-huit mètres. Le risque de narcose commençait à partir de vingt-cinq mètres ; nous venions donc de pénétrer en zone rouge. Je tournai la tête vers Cassie et, tendant le bras pour qu'elle le voie du coin de l'œil, je lui fis le signe « OK » en joignant le bout de l'index et du pouce.

Elle me retourna le geste et, malgré la lumière de plus en plus faible, son regard me révéla qu'elle souriait. Si on me l'avait demandé, j'aurais juré qu'elle exultait.

L'ordinateur de plongée m'indiqua qu'il fallait changer de mélange : j'en informai donc Cassie au moyen du signe convenu et nous changeâmes de détendeur pour respirer l'air des bouteilles de Trimix, qui ne contenaient que quinze pour cent d'oxygène et presque soixante-dix pour cent d'hélium. Ce mélange se serait révélé mortel en surface, mais à cette profondeur, c'était le seul moyen d'éviter la toxicité de l'oxygène et de réduire le risque de subir une narcose à l'azote. C'est difficile à croire, mais l'air que nous respirons chaque jour est, à partir d'une certaine pression, aussi vénéneux que du cyanure.

Une thermocline, due au changement de température et de salinité de l'eau, déforma la perspective au-dessous de nous, mais dès que nous l'eûmes traversée, des touches en clair-obscur commencèrent à se distinguer sur la toile uniformément bleue, annonçant que le fond était proche.

Je vérifiai la profondeur sur l'ordinateur à mon poignet, et l'écran gris montra le numéro cinquante-deux.

Je n'avais aucun besoin de vérifier la température de l'eau, car je sentais, même au travers du néoprène, qu'elle avait refroidi de plusieurs degrés ; ni le sens du courant, qui nous entraînait soudain dans la direction opposée à celle que nous voulions.

Alors Cassie me désigna le fond, et elle était là : ce qui avait été la surface d'une île douze mille ans plus tôt se matérialisait sous nos pieds.

Nous rééquilibrant pour retrouver la position verticale, nous descendîmes avec lenteur pour aller nous poser doucement sur le sable, soulevant un petit nuage de sédiments que le courant emporta rapidement. À la diffuse lumière bleu-vert qui nous parvenait de soixante-dix mètres plus haut, je pus enfin examiner le fond marin qui nous entourait.

La première chose qui me vint à l'esprit, ce fut que le professeur serait déçu en voyant les images des caméras GoPro que nous portions sur la tête. Nous avions atterri dans un espace dégagé d'une dizaine de mètres, mais une forêt de laminaires nous entourait : ces algues formaient comme d'énormes rubans verts larges comme la main et longs de plusieurs mètres, qui ondoyaient paresseusement dans le courant.

C'était manifestement un lieu fantastique pour la vie marine, en particulier pour les grands poissons comme les daurades, mais pas très favorable à la découverte de tout objet plus petit qu'une voiture.

Je pivotai sur moi-même pour avoir une perspective complète à trois cent soixante degrés, et en finissant je vis Cassie agenouillée en train d'observer avec beaucoup d'attention une chose qu'elle tenait dans la main.

Je m'accroupis près d'elle et vis que c'était une boule presque parfaite, de la taille d'une balle de tennis, avec l'aspect rugueux du corail. Elle me désigna le sol, et je m'aperçus qu'il y avait quantité de boules comme celle-ci. Je n'avais aucune idée de ce que cela pouvait être.

Il me vint à l'esprit l'image d'un terrain de golf pour Atlantes dont les balles auraient fini au cours des siècles par être recouvertes de corail. Ne pouvant pas le raconter à Cassie, je mimai le geste de les frapper à l'aide d'un club de golf.

Elle dut capter l'idée, parce qu'elle leva les yeux au ciel en secouant la tête. C'était sa réaction habituelle à mes plaisanteries stupides.

Puis elle fit un geste devant nous, vers l'éminence qui s'élevait doucement vers l'ouest et qui nous mènerait jusqu'à cinquante-deux mètres de profondeur, d'où nous commencerions la remontée.

Je répondis en lui faisant de la main le signe « OK » et, montant légèrement, nous laissâmes le courant nous pousser dans cette direction à plus d'un mètre par seconde.

Tandis que nous en survolions le versant, je réalisai que mon cerveau avait du mal à assimiler que cette colline tapissée d'algues avait été jadis le point culminant d'une île couverte d'arbres, d'animaux, et peut-être même d'une cité avec ses murailles et ses temples, où vivaient des milliers de gens. En cet instant, tout ce que je voyais au-dessous de nous, c'était cette interminable forêt de laminaires qui donnait au fond marin une apparence de régularité décevante.

Malheureusement, les ondes du sonar ne pouvaient pas pénétrer une telle densité végétale ni la distinguer du fond réel ; nous serions donc forcés d'examiner l'île immergée tout entière, à la recherche de zones dégagées où la végétation serait moins abondante.

Un coup d'œil à l'ordinateur de poignet m'informa qu'il nous restait neuf minutes à passer au fond. Ce seraient certainement plutôt dix, une fois atteint le sommet de la colline, mais ce n'était de toute façon pas beaucoup.

Je n'attendais pas grand-chose de cette première plongée. Ce qui m'importait vraiment, c'était de connaître les réactions de Cassie dans ces conditions extrêmes, et de suivre correctement le protocole de décompression. Si tout allait bien, si nous rentrions au bateau sans anicroche, je considérerais l'immersion comme un succès.

Par chance, au fur et à mesure que nous nous élevions le long du versant en pente douce, la forêt d'algues s'éclaircissait jusqu'à n'être plus qu'une espèce de prairie. Lorsque nous atteignîmes les cinquante-deux mètres de profondeur, le point le plus haut du banc de Spartel, seules quelques algues clairsemées poussaient ici et là, comme des poils rebelles sur la tonsure d'un moine.

Malheureusement, le courant allait à présent deux fois plus vite à cause de l'effet Venturi, et nous nous vîmes soudain entraînés par une force irrésistible qui nous faisait voler à deux mètres par seconde au-dessus du plateau qui couronnait la colline.

Ce n'était pas une vitesse énorme – plus ou moins celle d'un *runner* en route pour l'apéro – mais elle ne nous laissait guère de chances de remarquer les détails de la surface que nous dépassions rapidement. Nous n'avions pas non plus la possibilité de nous arrêter, et encore moins celle de revenir sur nos pas. Décidément, les scooters allaient être indispensables pour plonger dans ces eaux.

Tout ce que je survolais était un défilé de rochers émoussés, de coraux et de failles remplies de sable, avec un poisson qui se montrait de temps à autre sur notre passage. J'avais beau prêter attention, j'étais incapable de deviner la moindre structure, les moindres vestiges qui puissent laisser croire à une facture humaine. Évidemment, au bout de douze mille ans, il serait étonnant de distinguer quelque chose qui n'ait pas été recouvert par le corail ou érodé par la force de l'eau jusqu'à devenir méconnaissable.

Nous nous approchions rapidement du bord de ce petit plateau, et l'ordinateur de plongée me disait que nous devions commencer la remontée dans moins d'une minute, au maximum.

Je tendis le bras sur la droite pour toucher Cassie qui était juste à côté. À ce contact, elle tourna la tête pour me regarder. Moi, pouce levé, je lui fis signe qu'il fallait remonter.

Elle regarda vers le bas une dernière fois, puis elle hocha la tête et répéta mon signe ; mais je n'avais aucun mal à imaginer son expression contrariée derrière son masque.

Nous commençâmes à remonter verticalement – prenant toujours soin d'aller plus lentement que les bulles que nous relâchions par le détendeur – jusqu'à vingt et un mètres de profondeur ; là, l'ordinateur de plongée indiquait qu'il fallait faire une pause de cinq minutes, en respirant l'air d'une autre bouteille, avec un plus fort pourcentage d'oxygène et d'azote.

Ce serait le premier de cinq paliers, chacun plus long que le précédent : tel était le prix à payer pour une immersion si profonde. Si nous descendions jusqu'à soixante-dix ou quatre-vingts mètres lors des prochains jours, le processus serait encore plus fastidieux.

Il fallait rester à la profondeur indiquée de manière rigoureuse, ce qui n'est pas très facile quand on flotte au milieu de nulle part, sans point de référence. Le fond, désormais à trente mètres au-dessous de nous, n'était plus qu'un néant obscur que l'on devinait à peine, tandis que la surface était si imprécise au-dessus de nos têtes qu'elle aurait pu aussi bien se trouver à vingt mètres qu'à deux cents. On aurait dit une de ces vitres translucides des bureaux, qui laissent passer une lumière diffuse, mais rien de plus.

Tout le reste, c'était le grand bleu.

Une immensité infinie, immaculée, d'une profondeur bouleversante. Un monde à part, complètement distinct de celui de la surface, un monde serein, inhabité, où n'évoluaient que quelques rares bancs de poissons comme des envols d'oiseaux perdus. Même après tant d'années de plongée, je n'étais jamais vraiment tranquille dans cet environnement si semblable à flotter dans l'espace.

L'ordinateur fit entendre un bip, et l'écran m'indiqua que nous devions monter jusqu'au deuxième palier de décompression, trois mètres plus haut.

Je levai de nouveau le pouce pour en informer Cassie et, en deux coups de palmes, nous nous situâmes à dix-huit mètres, où il fallait rester huit minutes. La décompression était une étape fastidieuse que tous les plongeurs aimeraient éviter, à plus forte raison quand la durée totale des arrêts fait plus d'une heure, comme dans notre cas. Mais nous n'avions pas le choix. Le jour où on pourra lire ou regarder la télé en attendant que les microbulles d'azote se dissolvent dans le sang, la qualité de vie des plongeurs à grande profondeur fera un sacré bond en avant.

Perdu comme je l'étais dans mes divagations, les minutes passèrent sans que je m'en aperçoive, jusqu'à ce que l'alarme sonne de nouveau et que je fasse signe à Cassie qu'il fallait continuer de monter. Mais, cette fois, la Mexicaine sembla ne pas avoir vu mon geste ; elle regardait autre chose, derrière moi.

Alors, elle leva le bras et me désigna frénétiquement un point, au-dessus de ma tête.

Elle ouvrit démesurément les yeux et une éruption de bulles jaillit de son détendeur comme si elle disait quelque chose.

Soudain alarmé, je me retournai.

69

Se matérialisant comme un fantôme, une ombre surgit du néant.

Une ombre grisâtre qui grossissait de seconde en seconde.

Une ombre qui, en s'approchant, prenait forme et révélait sa silhouette reconnaissable entre toutes.

L'énorme et terrifiante silhouette d'un grand requin qui venait droit sur nous.

Même sous l'eau, j'entendis Cassie crier quelque chose d'inintelligible, mais c'était en vain : il n'y avait rien que nous puissions faire.

Si nous remontions, alors qu'il restait encore à faire quatre longs paliers de décompression, nous aurions une embolie avant même d'arriver à la surface. Et si nous descendions, c'était pire, parce que nous devrions prolonger d'une heure le temps de décompression, et nous mourrions d'asphyxie une fois nos bouteilles vides.

Le squale s'approchait lentement, balançant paresseusement sa nageoire caudale ; il se pourléchait peut-être déjà à l'idée des proies faciles que nous étions, comme un chien remue la queue en anticipant son repas.

C'était un requin énorme, peut-être le plus grand que j'aie jamais vu, et j'en avais vu quelques-uns. Il était d'une teinte plus sombre que ce qui est habituel, et bien que je ne sois pas capable d'en distinguer l'espèce, je calculai qu'il devait mesurer plus de sept mètres. Sept mètres, c'est beaucoup, pour un requin.

Je sentis Cassie me prendre la main gauche, consciente comme moi que nous ne pourrions rien faire pour éviter cette attaque au ralenti.

Sans pouvoir fuir, sans armes pour nous défendre, nous restâmes immobiles, dans l'espoir que l'animal soit plus curieux qu'affamé. Le moindre mouvement pouvait réveiller son instinct de prédateur.

Bêtement, je sortis mon couteau de plongée de son étui attaché à mon mollet. Je savais bien que cela revenait à affronter un tigre armé d'un coupe-ongles, mais j'en obtenais néanmoins un illusoire sentiment de sécurité.

Mon ordinateur de plongée annonça que nous devions monter immédiatement au palier suivant.

Cassie serra ma main.

Le squale colossal était à moins de cinq mètres de nous, et il ouvrait les mâchoires.

Elles étaient d'une taille incroyable : au moins un mètre de diamètre. Je ne doutais pas que, s'il le voulait, il pouvait nous avaler tous les deux d'une seule bouchée et sans mâcher.

Mais je réalisai brusquement, après le choc initial de voir cette gueule énorme devant nous, que ce n'était pas la manière d'attaquer des requins, qui n'ouvraient les mâchoires qu'au dernier moment.

Quelque chose n'allait pas.

Cassie posa la main sur mon avant-bras, celui de la main qui tenait le couteau, et me l'abaissa.

Alors mes yeux cessèrent de scruter l'insondable gosier du squale pour observer sa dentition. Quelques rangées de dents minuscules ourlaient sa mâchoire ; rien à voir avec les dents terrifiantes du requin blanc, qui ressemblent à des couteaux de cuisine.

Un soupir de soulagement s'échappa de mon détendeur sous forme de bulles quand je compris que ce n'était qu'un inoffensif requin-pèlerin en train de filtrer le plancton dont il se nourrissait, comme le font les baleines.

L'énorme squale nous frôla en passant paisiblement, comme si nous n'étions pas là, en nous regardant vaguement de ses yeux froids de poisson. Cassie ne put résister, et tendit la main pour caresser du bout des doigts la sombre peau rugueuse.

Dès que la fine nageoire caudale haute de deux mètres du requin-pèlerin nous eut dépassés nonchalamment, j'entraînai la Mexicaine vers le palier de décompression suivant.

Les premières minutes nous servirent à reprendre haleine, à calmer nos battements de cœur, ainsi qu'à constater que la dépense d'air imprévue due à cette rencontre avait réduit d'autant la marge de sécurité que nous avions pour décompresser.

Il valait mieux ne pas avoir d'autre incident, ou nous n'aurions plus assez d'air.

Par chance, l'heure suivante que nous passâmes sous l'eau s'écoula sans autre frayeur, ce qui nous permit de respirer plus tranquillement et donc de moins dépenser le mélange riche en oxygène que nous utilisions pour cet ultime palier, à seulement trois mètres de la surface.

En atteignant les neuf mètres, nous avions lâché une bouée pour indiquer notre position et informer les bateaux de notre présence, ce qui servit à Timonier pour nous localiser et amener le *Carpanta* jusqu'à nous.

L'ordinateur de plongée avait débuté le compte à rebours des cinq dernières minutes de décompression, quand un ronronnement grave se réverbéra dans l'eau. Je tendis l'oreille, essayant de le localiser, inquiet à l'éventualité qu'un bateau puisse passer trop près.

Certes, la présence du *Carpanta* près de nous était rassurante, mais, comme nous l'avait raconté Timonier, ce ne serait pas la première fois, dans ces parages, qu'un cargo porte-conteneurs en pilote automatique et sans la surveillance adéquate entraîne un voilier avec lui.

Cassie, qui avait entendu elle aussi, pivota sur elle-même pour regarder au loin.

Effectivement, le son venait de là et paraissait se rapprocher.

Je regardai l'écran de nouveau. Quatre minutes.

Merde, pensai-je.

Le ronronnement s'était transformé en un vrombissement considérable, et j'avais la conviction que, quoi que ce soit, cela arrivait à grande vitesse. Le rythme paraissait trop rapide pour qu'il s'agisse d'un gros bâtiment, et trop intense pour que ce soit une petite embarcation à moteur. Mon impression se confirma quand le sillage d'un bateau venant à vive allure devint visible, précédé de l'ombre de la coque.

Ce devait être un navire d'une cinquantaine de mètres de long, avec de bons moteurs. Je ne pensais qu'à une possibilité, assez inquiétante : pour une raison ou pour une autre, le capitaine de frégate El Harti avait décidé de revenir. Ce qui n'augurait rien de bon, de quelque côté qu'on le prenne.

Cassie m'interrogea du regard, et je lui répondis en levant trois doigts. Le temps qui restait avant que nous puissions remonter sur le voilier et voir ce qui pouvait bien se passer.

Le nouveau venu ne réduisit les gaz qu'au dernier moment, et s'approcha bien plus du *Carpanta* que la première fois ; au moins, ils avaient eu la considération d'accoster du côté opposé au nôtre et ne pas risquer ainsi de nous blesser avec leurs hélices.

Les minutes se traînaient avec une lenteur insupportable, tandis que le visiteur s'arrêtait, mettant en panne à moins de vingt mètres du *Carpanta*. Tout comme la première fois, un zodiac parcourut à toute vitesse la distance qui séparait les deux bateaux et vint s'amarrer à la poupe du voilier.

J'étais incapable d'imaginer ce qui devait se passer là-haut, ni ce que pouvait bien vouloir ce militaire aigri.

Ce dont j'étais sûr, c'est qu'El Harti n'était pas venu prendre le thé et des petits gâteaux.

Enfin, l'écran de l'ordinateur atteignit le zéro, et, avec le manomètre des deux dernières bouteilles dans la réserve, en dessous des vingt bars, nous montâmes vers la surface du côté sous le vent du *Carpanta*.

« *La gran diabla* ! s'écria Cassie en s'arrachant le détendeur de la bouche avec rage, comme si elle ne voulait plus jamais le revoir.

« Tu vas bien ? demandai-je en lâchant aussi mon détendeur.

— Bien ? » répéta-t-elle.

Elle baissa son masque de plongée jusqu'au cou, enleva la GoPro de sa tête, et rabattit la capuche de sa combinaison. Ses mèches blondes encadraient un visage épuisé où la marque rouge du masque restait bien visible.

« J'ai tellement froid, que je ne sais plus ! »

Nous avions gonflé au maximum nos gilets stabilisateurs, et, exténués, nous nous laissions flotter avec indolence, balancés par une houle légère. Même le timide soleil hivernal qui brillait dans le ciel nous paraissait chaud et réconfortant, comme une cheminée allumée après une tempête de neige.

J'allais répondre à Cassie que j'étais gelé moi aussi, quand je vis qu'une partie de la superstructure du bateau qui venait d'arriver dépassait de l'autre côté du *Carpanta*.

C'était une superstructure très haute, pour que je la voie d'ici, par-dessus le pont du voilier, et les antennes et le radar qui la couronnaient étaient différents de ceux du patrouilleur marocain. Ce n'était pas le même bateau.

« Mais qu'est-ce que… ? » bredouillai-je.

Je poussai sur mes palmes pour faire le tour du *Carpanta* et m'assurer que j'avais bien eu une hallucination.

Mais non.

« Ce… c'est impossible », murmurai-je, sidéré, en reconnaissant le bateau qui se balançait à moins de trente mètres de moi.

Je lus à trois reprises le nom inscrit sur le flanc rouge pour m'en assurer, et je n'arrivais toujours pas à y croire.

À côté de moi, Cassie lut tout haut, incrédule :

« *Omaruru.* »

Alors, une voix que j'avais espéré ne plus entendre de ma vie nous apostropha du pont du *Carpanta*.

« Mademoiselle Brooks, monsieur Vidal, dit Max Pardo en se penchant, avec son pull col roulé blanc assorti à ses cheveux et son sourire insupportablement suffisant. Quelle agréable coïncidence ! »

70

Le salon du *Carpanta* avait été converti en salle de réunion improvisée, autour de la petite table centrale.

C'était là que nous nous trouvions, Cassie et moi – enveloppés dans des couvertures et essayant de réchauffer nos corps transis avec une tasse de chocolat chaud –, en compagnie du professeur qui faisait tête basse, comme s'il était responsable de ce qui arrivait.

Devant nous étaient assis Carlos Bamberg – qui, de toute évidence, continuait d'exercer en tant que bras droit et exécuteur des basses œuvres – et Max Pardo. Ce dernier, bien carré sur son siège, conservait ce petit sourire irritant sur le mode « *je suis plus malin que toi et tu le sais* ».

« Vous voulez bien nous laisser seuls un moment ? dit Max à Timonier, qui restait debout près de l'escalier, bras croisés, avec l'air d'avoir sucé des citrons. Cette conversation est confidentielle.

— Et c'est mon bateau, rétorqua sèchement le marin.

— J'en suis conscient, mais *j'ai besoin* que vous sortiez.

— Et alors ? Moi, j'ai bien besoin d'un nouveau foie.

— Timonier, s'il vous plaît, le pria Cassie. Ce ne sera pas long. »

Le capitaine du *Carpanta* fit la grimace, mais, poussant un soupir contrarié, il fit volte-face et remonta les degrés vers le pont tout en marmonnant quelque chose d'inintelligible à propos de la mère de quelqu'un.

Max Pardo le suivit des yeux jusqu'à ce qu'il eut disparu, puis se tourna vers nous d'un air satisfait.

« Parfait. À présent que nous sommes tous…

— Qu'est-ce que vous foutez ici ? lui lançai-je sans attendre qu'il finisse sa phrase. Et comment nous avez-vous trouvés ? »

Max prit quelques secondes avant de répondre avec un calme de façade.

« La question, monsieur Vidal, serait plutôt : que faites-*vous* ici ?

— Ce n'est pas votre problème.

— Oh que si, répliqua-t-il tranquillement. Bien sûr que c'est mon problème. Vous avez signé un contrat avec moi, l'avez-vous déjà oublié ?

— Mais vous nous avez renvoyés ! s'indigna Cassie, aussi en colère que moi.

— Avec raison, ajouterais-je. Mais cela ne vous dispense pas de respecter les clauses de confidentialité et d'obligations implicites.

— Et quelles sont ces clauses ? demanda le professeur Castillo.

— Celles qui vous obligent à ne rien divulguer qui soit lié aux recherches que nous avons menées à bien durant la période de validité du contrat, et qui vous interdisent d'entreprendre vos propres investigations sur tout objet en rapport direct ou indirect avec les investigations originales.

— Mais les investigations originales sont les nôtres !

— Ce point est devenu accessoire à la signature du contrat.

— N'importe quoi, répliquai-je. Je n'ai pas souvenir d'avoir signé une telle chose. »

En guise de réponse, Max se pencha sur son téléphone portable posé sur la table.

« Minerve, pourrais-tu confirmer si monsieur Vidal, mademoiselle Brooks et monsieur Castillo ont bien signé les clauses de confidentialité et d'obligations ? »

Apparemment, quelqu'un d'autre participait à cette réunion. Quelqu'un à qui nous ne pensions jamais, mais qui était toujours là, présente et attentive.

« En effet, corrobora la voix de l'intelligence artificielle par le haut-parleur du téléphone. Les épigraphes trois, six et sept de l'article dix-neuf du contrat ont été implicitement ratifiées par la signature de l'accord. Je viens de vous en envoyer une copie à vos mails respectifs. Au fait : bonjour tout le monde ! » ajouta-t-elle en troquant le ton formel pour un enjouement trop décontracté.

Aucun ne nous n'eut envie de lui répondre, ni de consulter son courrier. Aussi frustrant que ce soit, j'étais certain que les clauses mentionnées par Minerve se trouvaient bel et bien dans les trente pages du contrat que je n'avais pas lues avec toute l'attention requise.

« Ce que nous faisons ici n'a rien à voir avec l'expédition de Namibie, déclara le professeur en tapotant la table de son index.

« — Ah, non ? s'étonna Max en croisant les bras. Et que me dites-vous de la sculpture en albâtre que vous avez subtilisée dans le sous-marin ? »

Eduardo ouvrit la bouche sur une protestation muette. Voilà qui était inattendu.

« Je... ne..., balbutia-t-il, confus.

— Vous étiez au courant ? demanda Cassie, aussi surprise que mon vieil ami.

— Pas au début, mais par la suite, on ne peut pas dire que vous ayez été particulièrement discrets. Votre départ pour Le Caire au lieu de rentrer chez vous a déclenché l'alarme.

— C'est le docteur Sedik du Musée égyptien qui vous l'a dit ? Il vous a appelé ? » voulut savoir Eduardo, décontenancé.

Max secoua la tête.

« Ce n'était pas nécessaire. »

Avec un mince sourire satisfait, il laissa tomber la main sur son smartphone.

Il me fallut quelques secondes pour comprendre.

« Minerve », dis-je.

Je regardai mon propre téléphone, qui s'était soudain converti en une entité maligne, une extension des innombrables tentacules de l'intelligence artificielle au service de Max Pardo.

« Vous nous avez espionnés par le biais de nos portables ? lui lança Cassie avec de grands yeux.

— Techniquement, c'est Minerve qui vous a contrôlés de manière automatisée et sans mon intervention. Donc, on ne peut pas considérer cela comme de l'espionnage, pas plus qu'on ne pourrait en accuser Facebook, Amazon ou Google, qui ne font pas autre chose : suivre vos pas, écouter vos conversations, lire vos courriers... Minerve est juste meilleure. Ah, au cas où vous vous poseriez la question, cette prérogative est également incluse dans le contrat. »

Le visage du professeur Castillo se crispait d'indignation.

« Cela signifie-t-il que vous saviez à tout moment où nous nous trouvions et ce que nous faisions ?

— Et ce que vous disiez, où vous téléphoniez, à qui vous écriviez, quelles applications vous utilisiez, et même ce que vous filmiez avec votre caméra, ajouta-t-il en regardant Cassie.

— Putain de bordel de merde ! » explosai-je, furieux contre Max et la technologie, mais surtout contre moi-même, pour n'avoir pas su prévoir que cela pouvait arriver.

Cassandra secoua la tête avec incrédulité.

« C'est impossible… Nous avons risqué notre vie dans cette putain de grotte… » Elle s'étranglait d'indignation et dut s'interrompre. « Ce n'était pas pour que vous le regardiez bien tranquille chez vous. »

Max Pardo fit un geste de dénégation.

« Vous voyez cela depuis une perspective erronée, mademoiselle Brooks. Si vous aviez respecté les termes du contrat, si vous m'aviez tenu au courant de vos recherches, les choses se seraient passées autrement. J'aurais certainement pu faire suspendre les travaux et le temple souterrain ne se serait pas effondré. Hélas ! quand j'ai réalisé l'ampleur de la découverte, il était déjà trop tard et je n'ai rien pu faire pour l'éviter, ajouta-t-il d'un air peiné.

— Voilà pourquoi vous êtes ici maintenant, comprit Eduardo.

— Exactement. Pour m'assurer que rien de semblable ne se reproduira. Quand vous êtes quelque part, les choses ont tendance à exploser ou à s'effondrer.

— Allez vous faire foutre », grognai-je entre mes dents.

De l'autre côté de la table, Carlos Bamberg, qui n'avait pas encore ouvert la bouche, m'adressa un sévère regard d'avertissement.

« Et qu'est-ce que vous allez faire ? demanda Cassie. Nous chasser d'ici comme des malpropres ? C'est pour ça que vous avez fait venir l'*Omaruru* depuis la Namibie ? »

Max Pardo se pencha sur la table et croisa les doigts.

« Je devrais, affirma-t-il. J'ai des motifs plus que suffisants pour le faire, et aussi pour porter plainte pour non-respect de contrat. Mais ce n'est pas mon intention.

— Et quelle est-elle, votre intention ?

— Je vous offre du travail dans l'équipe de prospection. En dépit de vos agissements, je ne vous garde pas rancune. »

Une nouvelle insulte allait franchir mes lèvres, mais le professeur prit les devants en demandant avec méfiance :

« Songeriez-vous à récupérer l'accord que nous avions ? »

Max secoua lentement la tête.

« Non, cela ne va pas être possible. Ce que je vous propose aujourd'hui, c'est de travailler *pour moi*, pas *avec* moi.

— Pouvons-nous refuser ? demanda le professeur.

— Bien sûr que vous pouvez refuser ! protesta Max, comme offensé par la question. Vous êtes libres de rentrer chez vous quand vous voulez.

— Et si nous préférons rester et poursuivre ce que nous faisions ? » s'enquit Cassandra.

Le millionnaire fit la moue.

« Dans ce cas, je ne verrais aucun inconvénient à entreprendre les actions légales pertinentes suite à votre non-respect de notre contrat précédent.

— Vous nous attaqueriez en justice, résuma la Mexicaine.

— Je vous attaquerais jusqu'à vous mener à la ruine la plus absolue, confirma-t-il en redressant la tête.

— Mais quel fils de pute ! m'exclamai-je, plus incrédule qu'indigné. Vous commencez par nous donner des coups de pied au cul et maintenant vous nous menacez. Vous avez dû en baver, à l'école, non ?

— En réalité, ce n'est pas une menace. Et je n'ai pas non plus besoin de votre aide pour quoi que ce soit. Je vous offre une opportunité. Grâce au monitorage de Minerve, je sais ce que vous cherchez, ici, au banc de Spartel. Nous avons même pu accéder à la bathymétrie du fond que vous avez relevée ces jours-ci. En outre, nous disposons d'un excellent bateau, d'un équipage compétent, d'un groupe de plongeurs experts, ainsi que de matériel de dernière génération qui nous permettra d'explorer la zone au millimètre près, ajouta-t-il avec un geste vers l'extérieur, où attendait l'*Omaruru*. S'il y a quelque chose ici, nous le trouverons.

— Si vous n'avez pas besoin de nous, pourquoi nous proposer du travail ? demanda Cassie.

— Pour la même raison que j'ai fait naviguer l'*Omaruru* pendant huit jours à toute vapeur pour venir ici, répondit-il comme s'il s'agissait d'une évidence. J'excelle dans mon domaine, parce que je sais m'entourer de gens qui excellent dans le leur. Même si l'expédition de Namibie a eu un résultat très décevant, vous avez fait du bon travail en localisant l'U112.

— Eh bien, vous savez quoi ? répliquai-je à ce millionnaire arrogant, en ce qui me concerne, votre proposition, vous pouvez vous la carrer dans… »

Cassie me fit taire en m'envoyant un coup de pied sous la table.

« Quelle est votre offre ? demanda-t-elle.

— Tu n'es pas sérieuse ? fis-je, sidéré. Il va nous utiliser avant de nous jeter comme un kleenex usagé. Tu as déjà oublié ce qu'il s'est passé il y a quelques semaines ?

— Les circonstances sont différentes.

— Mais le connard est le même, affirmai-je en désignant Max sans le regarder. Il va encore nous faire une entourloupe.

— Nous devrons figurer en tant que co-auteurs de l'éventuelle découverte », exigea soudain Eduardo.

Je me tournai vers le professeur. Je n'en croyais pas mes oreilles.

« Bien entendu, accepta Max.

— Et pas question de clauses de confidentialité ni d'exclusivité à l'expiration du contrat, ajouta Cassie. C'est le bout du chemin. Si nous ne trouvons rien là-dessous, il n'y aura plus rien à chercher. »

Cette fois, Max Pardo prit quelques secondes pour réfléchir, les yeux dans le vague.

« D'accord, céda-t-il finalement. Qu'il en soit ainsi. Mais en échange, vous devez vous engager à une collaboration totale de votre part. Si vous tentez de me cacher quelque chose, pour insignifiant que ce soit, les conséquences seront extrêmement graves pour vous trois. Et je ne fais pas référence à de simples poursuites judiciaires », précisa-t-il en nous regardant avec dureté un par un. Puis il ajouta : « Est-ce clair ?

— Comme de l'eau de roche, confirma Eduardo.

— Il n'y aura pas problème », assura Cassie.

Tous deux se tournèrent vers moi, attendant ma réponse.

« Je n'arrive pas à croire que vous envisagiez ça sérieusement.

— Et quelle est l'alternative, Ulysse ? demanda le professeur. Rentrer chez nous les mains vides, après tout ce que nous avons enduré ?

— Je ne sais pas, prof, mais vous vous fourrez le doigt dans l'œil si vous croyez que vous tirerez quelque chose de cet accord. Je suis sûr qu'il trouvera encore un moyen de nous avoir, ajoutai-je en ignorant ostensiblement l'intéressé.

— Nous nous assurerons que cela n'arrive pas, cette fois.

— Il trouvera quand même un moyen.

— Tu peux partir, si tu veux, dit Cassie avec gravité. Même si tu n'as pas tort, pour le professeur et pour moi, c'est une chance, peut-être notre seule chance, de récupérer notre vie. C'est simple : nous ne pouvons pas faire autrement. Mais toi, tu peux partir, si c'est ce que tu souhaites. Je comprends que ce n'est pas aussi important pour toi.

— Tu sais bien que je ne ferais jamais ça, répliquai-je, blessé qu'elle ait pu seulement l'envisager. Je veux juste vous faire entendre raison.

— C'est ce que nous faisons », répondit-elle en jetant un regard significatif au professeur.

Vaincu, je me rejetai contre mon dossier et poussai un profond soupir résigné.

« Très bien. Mais je me réserve le droit de vous rappeler que "je vous l'avais dit" quand on verra que je ne me trompais pas. »

L'ex-professeur d'histoire médiévale esquissa un sourire las.

« Espérons que ce ne sera pas nécessaire. » Puis, se tournant vers Max : « N'est-ce pas ? »

— Cela dépendra de vous, répondit celui-ci sans se mouiller. Minerve, rédige le document d'après les conditions accordées et envoie-le à nos amis pour révision. »

Deux secondes plus tard, l'IA informait :

« Rédigé et envoyé. Vous pouvez le trouver dans vos boîtes mail respectives.

— Si vous n'avez pas d'autre question, je crois que nous pouvons considérer cette réunion comme terminée », se félicita Max.

Il se leva, imité par Carlos.

« Vous avez plusieurs heures pour le relire *soigneusement*, appuya-t-il en se tournant vers moi, et signer. Cet après-midi, à dix-sept heures, nous avons un briefing préliminaire à bord de l'*Omaruru* avec toute l'équipe. J'espère vous y voir. »

Prenant rapidement congé, Max Pardo remonta sur le pont, et abandonna le *Carpanta*, son lieutenant sur les talons.

Les yeux fixés sur l'écoutille, j'attendis patiemment d'entendre le moteur hors-bord du zodiac s'éloigner pour me tourner vers Cassie et Eduardo.

« Je ne peux pas croire que vous vouliez de nouveau avoir affaire à ce type.

— Et qui a dit que nous le voulions ? me lança Cassie. Le problème, c'est qu'il n'y a pas d'autre solution.

— Il y en a toujours une autre.

— Ah, oui ? fit-elle en croisant les bras. Comme quoi, par exemple ?

— Je ne sais pas encore, dis-je avec un haussement d'épaules. Mais nous trouverons quelque chose. Tout est préférable à retravailler pour ce mec.

— Oh non, Ulysse, objecta le professeur. Monsieur Pardo n'est pas quelqu'un en qui l'on peut avoir confiance, c'est clair, mais nous, nous lui avons caché la vénus d'albâtre. Si nous avions pu compter sur son aide, au Caire, les choses se seraient peut-être passées autrement.

— Nous avons fait ce que nous avons pu du mieux que nous le savions, protestai-je. Ce qu'il s'est passé là-bas n'est pas de notre faute.

— Non, évidemment, mais nous pouvons essayer de ne pas commettre les mêmes erreurs.

— En en commettant d'autres, rétorquai-je.

— *La gran diabla*, Ulysse ! s'exclama Cassie. Moi non plus, je n'aime pas ce type. Il nous a espionnés pendant des semaines, et je ne peux pas imaginer ce qu'il aura vu et entendu pendant tout ce temps. » Elle secoua la tête, comme pour essayer de chasser cette pensée. « Mais le professeur a raison : nous n'avons pas le choix. Ou nous travaillons pour lui… ou on est foutus, déclara-t-elle en dardant sur moi ses prunelles telles deux dagues vertes. C'est simple. »

Je regardai l'un, puis l'autre, et je lus dans leurs yeux une conviction inébranlable. Je compris que leur décision était prise et que je devais l'assumer.

« D'accord, soupirai-je, vaincu. Je prendrai cela comme une façon de me faire un peu d'argent, parce que, d'après ce que nous avons vu en bas, je ne crois pas que cette expédition dure bien longtemps.

— Qu'est-ce que tu veux dire ? demanda Eduardo.

— Eh bien, j'ai l'impression que, s'il y a eu un jour une ville là-dessous, il y a belle lurette qu'elle a subi l'érosion des courants marins et qu'elle a été recouverte par des milliers d'années de sédiments et de coraux. Je regrette de vous en informer, prof, mais nous n'avons vu qu'un triste fond d'algues et de rochers parfaitement naturels. Rien que nous puissions, même de loin, croire dû à la main de l'homme. »

Comme c'était prévisible, le visage de l'historien s'assombrit à cette mauvaise nouvelle.

À côté de moi, Cassie s'éclaircit bruyamment la gorge.

« Euh, commença-t-elle avec un sourire rusé qui allait s'élargissant, en fait, ce n'est pas exactement le cas. »

Je me tournai vers elle, déconcerté.

« Quoi ?

— Tu ne l'as pas vu, Ulysse, dit-elle en enveloppant de ses mains sa tasse de chocolat sans cesser de sourire, mais si, il y avait quelque chose. »

71

« Quelque chose ? répéta aussitôt le professeur. Que veux-tu dire par *quelque chose* ?

— Je ne suis pas certaine, dit Cassie en prenant une gorgée de chocolat. J'ai cru déceler un patron régulier dans une formation rocheuse, juste avant de commencer la remontée.

— Moi je n'ai rien vu, m'étonnai-je.

— Je ne suis pas sûre, je te dis. C'était à vingt ou trente mètres sur notre droite, à la limite de mon champ de vision. Ce n'était peut-être rien, mais j'ai préféré ne pas le mentionner devant Max.

— Tu as bien fait.

— Tu crois que la petite caméra que tu avais sur la tête aura filmé quelque chose ? »

Cassie se frappa le front.

« *Caramba*, quelle idiote ! J'avais oublié la *GoPro*. Je vais la chercher, ajouta-t-elle en se levant pour revenir aussitôt avec, ainsi que l'ordinateur portable.

— Avant toute chose, déconnecte le Bluetooth et le Wi-Fi du portable, lui dis-je quand elle le posa sur la table. Et éteignons nos téléphones.

— N'avons-nous pas décidé avec Max de partager toutes les informations que nous obtiendrons ? objecta Eduardo.

— Si. Mais *après* avoir signé le contrat, soulignai-je. Et nous n'avons encore rien signé, que je sache.

— C'est vrai aussi. Nous avons les images ? demanda-t-il en se tournant vers Cassie.

— Presque, dit celle-ci en glissant la carte SD dans le lecteur de l'ordinateur. Ça y est. »

La première image de la vidéo occupait tout l'écran.

Cassie pressa le bouton *play* et le film commença, reproduisant notre descente vers les profondeurs du point de vue de la Mexicaine.

« Je vais chercher l'endroit qui nous intéresse », dit-elle en avançant jusqu'à 20 min 23 s

L'écran montrait le fond marin tel que je l'avais vu pendant l'immersion : une pente douce couverte d'algues vertes comme des serpentins géants et quelques rochers irréguliers ici et là. Le son, étouffé par la boîte étanche de la caméra, se réduisait au flux d'air dans le détendeur de Cassie et au gargouillis des bulles qui montaient vers la surface.

« Que sont ces choses ? demanda le professeur. On dirait… des petits boulets de canon.

— Ce sont des rhodolites, expliqua Cassie. Des algues calcaires que le courant a fait rouler jusqu'à leur donner cette forme ronde. Elles sont parfaitement naturelles. Et non, ce ne sont pas des balles de golf, Ulysse, ajouta-t-elle en se tournant vers moi.

— Dommage, c'était couillu, comme idée », souris-je

Inutile de dire que cela n'amusa personne.

Cassie secoua la tête et Eduardo détourna les yeux, comme honteux pour moi.

« Enfin…, soupira-t-elle. Regardez bien, c'est maintenant que ça devient intéressant. »

L'image pivota sur la droite et Cassie arrêta la vidéo.

« C'est ici. Vous voyez ? »

Eduardo et moi nous approchâmes de l'ordinateur, scrutant les pixels pour essayer d'y trouver quelque chose.

« Où ça ? finit par demander le professeur. Je ne vois rien.

— Moi non plus, avouai-je.

— Regardez bien ce point, dit la Mexicaine en posant le doigt sur l'écran. C'est tout juste visible, mais on devine quelque chose. »

Je me focalisai sur le point indiqué, et là, à la limite du champ de vision, où les gammes de bleu se fondaient sous la lumière affaiblie par cinquante mètres d'eau salée, je vis à quoi elle faisait référence.

À peine plus qu'une ombre, une frange sombre s'étirait sur plusieurs mètres, traversant une clairière au milieu des laminaires.

« Ça ressemble à une tranchée, non ? observa le professeur en rajustant ses lunettes.

— C'est aussi ce que j'ai pensé, confirma Cassie. Je dirais que ça se prolonge vers le bas, mais, entre les sédiments et les algues, on ne voit rien.

— Est-ce que cela pourrait être un canal d'irrigation ?

— Ça pourrait, convint Cassie. Il pourrait être relié à une citerne d'eau de pluie située en haut de la colline, et, en profitant du dénivelé, distribuer l'eau dans le reste de l'île.

— Ce serait extraordinaire, fit Eduardo, emporté par l'enthousiasme de l'archéologue. Ce serait en avance de plusieurs milliers d'années sur la révolution agricole du néolithique.

— Pas uniquement sur la révolution agricole, professeur, remarqua Cassie, mais sur toute la préhistoire en général.

— Doucement les basses, les interrompis-je en levant les mains comme s'ils me tenaient en joue avec une arme. Mettez le frein, vous ne croyez pas que vous allez un peu vite ? Ce n'est rien qu'une ombre. Ça pourrait être n'importe quoi.

— Comme quoi ?

— Comme les vestiges d'un naufrage, par exemple.

— Pour moi, ça n'y ressemble pas.

— Peu importe. Ce que je veux dire, c'est que vous vous exaltez avant l'heure.

— Non, Ulysse, me corrigea Eduardo. Nous ne faisons que spéculer, mais cette ombre pourrait signifier que nous sommes sur la bonne voie.

— C'est exactement ce que l'on pourrait s'attendre à trouver dans un gisement archéologique aussi ancien, renchérit Cassie. Les constructions et les statues disparaissent, mais les fondations et les infrastructures comme des chaussées ou des canaux finissent par être enterrées et peuvent durer bien plus longtemps. Nous avons eu de la chance de voir cela à notre première plongée, mais il faudra en faire beaucoup d'autres pour le corroborer.

— Raison de plus pour signer l'accord avec Max, souligna le professeur. À présent que tout semble confirmer qu'il y a vraiment quelque chose ici en bas, je ne peux pas tourner le dos et partir comme si de rien n'était. » Il prit une profonde inspiration et ajouta : « J'ai *besoin* de savoir.

— D'accord, capitulai-je avec réticence, mais comprenant que je ne pourrais pas les convaincre que c'était une mauvaise idée. Lisons ce fichu contrat et essayons au moins de ne pas nous faire avoir encore une fois. »

Dix minutes avant dix-sept heures, un zodiac vint nous chercher pour nous faire franchir la mince distance qui nous séparait de l'*Omaruru*. L'impressionnant bateau flottait sans s'émouvoir des vagues qui battaient son flanc rouge vif, au-dessus duquel se dressait la massive superstructure blanche, couronnée de radars et d'antennes, frappée du sigle NAMDEB peint en bleu avec un diamant stylisé.

Dès que nous arrivâmes sur bâbord, le marin amarra l'annexe à l'échelle et, après avoir laissé monter Eduardo et Cassie les premiers, je leur emboîtai le pas et me retrouvai rapidement sur le pont où je n'aurais jamais cru remettre le pied un jour.

À ma grande surprise, il y avait là le capitaine Isaksson qui nous attendait comme un grand-père sur le point de recevoir ses petits-enfants préférés, Jonas De Mul avec un sourire qui allait d'une oreille à l'autre, et jusqu'au maître d'équipage Van Peel dont l'habituelle face de carême laissait percer une expression joyeuse.

« Bienvenue à bord ! s'écria Isaksson en ouvrant tout grand les bras, menaçant de nous serrer sur sa bedaine de père Noël.

— Merci capitaine, dit le professeur, qui opta pour prendre les devants et lui serrer la main. C'est un plaisir de vous revoir.

— Tout le plaisir est pour moi, répondit celui-ci en nous regardant, Cassie et moi. Je vous assure qu'il est bien plus intéressant de travailler avec vous trois que de trier du sable sur la côte des Squelettes.

— Et, en plus, on est payés le double, ajouta Jonas De Mul avec un clin d'œil.

— Dans ce cas, je comprends pourquoi vous êtes si contents, souris-je en leur serrant la main à tous, heureux de les revoir moi aussi.

— Vous n'avez pas mis longtemps pour venir de Namibie, non ? demanda Cassie en plantant deux baisers sur les joues du capitaine.

— Quatre mille cinq cents milles à fond les machines, grogna Van Peel comme s'il avait dû les faire en ramant.

— C'était plutôt intense, mais rien que ce bateau ne puisse supporter. C'est un sacré costaud, déclara Isaksson en flattant son navire de quelques tapes sur le plat-bord.

— Le pire, c'était de devoir supporter Van Peel se plaindre tant de jours à la suite, se moqua De Mul en donnant à l'intéressé une claque dans le dos. Nous avons failli le laisser à terre quand nous avons ravitaillé à Dakar. »

Guère porté sur ce genre de familiarité, le maître d'équipage serra les lèvres en jetant un regard oblique au jovial pilote.

« Je me réjouis que vous nous ayez rejoints, lança une voix venue d'en haut.

Nous levâmes les yeux pour voir Maximilian Pardo qui, d'un balcon de la superstructure, nous saluait de la tête. Nonchalamment appuyé contre la balustrade, avec sa parfaite chevelure blanche, son pull blanc à col roulé et son pantalon bleu marine, on aurait cru une publicité pour Ralph Lauren.

« Vous ne nous avez pas vraiment laissé le choix », répondis-je.

Le millionnaire fit un léger geste de la main pour minimiser l'affaire.

« On a toujours le choix, monsieur Vidal, sourit-il avec condescendance de sa position supérieure. On a toujours le choix. »

J'avais sur le bout de la langue une réplique qui faisait allusion à une partie bien précise de mon anatomie, mais Carlos Bamberg fit son apparition juste à cet instant par une des portes de l'arrière, m'empêchant de partager mon exquis sens de l'humour avec toutes les personnes présentes.

« Le reste de l'équipe vous attend dans la salle à manger, annonça-t-il.

— D'accord, nous y allons », répondit Isaksson en se mettant en marche et nous invitant à le suivre d'un geste.

De Mul vint à côté de moi et me frappa l'épaule d'un coup de poing amical.

« Je suis content de vous revoir, Ulysse.

— Moi aussi, Jonas.

— Quelle aventure nous a-t-on préparée, cette fois ? demanda-t-il en désignant plusieurs conteneurs de six mètres de long qui occupaient pratiquement tout le pont arrière.

— Ils ne vous ont encore rien dit ? » répondis-je, essayant d'imaginer ce qu'ils pouvaient renfermer.

Le pilote secoua la tête.

« On nous a juste dit de venir ici au plus vite, avec l'équipage nécessaire pour travailler. Nous n'étions que nous trois avec une douzaine de matelots, mais entre hier et aujourd'hui, l'équipage a considérablement augmenté, ajouta-t-il avec un geste vers la superstructure.

— Nous sommes nombreux ?

— Il ne reste pas une cabine de libre. Monsieur Pardo a engagé une équipe de plongeurs et même une géologue.

— Pour tout vous dire, Jonas, je suis aussi dépassé que vous, mentis-je à demi, ignorant encore ce que je pouvais partager avec lui. La bonne nouvelle, c'est que je crois que tous nos doutes vont être éclaircis dans un moment.

— Ouais, je suppose », répondit-il sans conviction.

Et, à dire vrai, je n'étais pas très convaincu moi non plus.

72

Lorsque nous entrâmes dans la vaste salle à manger de l'*Omaruru*, précédés du capitaine Isaksson et de ses officiers, plusieurs têtes se tournèrent vers la porte et nous évaluèrent avec intérêt.

« Bonjour à tous », salua aimablement le professeur en s'adressant aux sept inconnus qui attendaient dans la pièce.

Les chaises du réfectoire, habituellement disposées autour des longues tables, avaient été rassemblées sur un côté de la salle, faisant face à une table repoussée contre la cloison et devant laquelle Carlos Bamberg avait déjà pris place.

Le capitaine Isaksson l'y rejoignit, tandis que Cassie, Eduardo, Van Peel, De Mul et moi-même allions nous asseoir sur les sièges restés libres, au fond, comme à mon époque de collégien.

Ce ne fut qu'alors que Max fit son apparition par une porte latérale, exhibant son sourire d'une assurance écrasante. Dédaignant la chaise qui lui avait été préparée, entre Carlos et Isaksson, il s'assit sur le bord de la table, comme un professeur voulant se donner des airs de type *cool* le jour de la rentrée des classes.

Il promena son regard sur l'assistance, s'arrêtant quelques secondes sur nous.

« Je vois que nous sommes tous là. Merci d'avoir accepté mon offre de travail sans savoir exactement de quoi il s'agit. Bien sûr, le double salaire est un bon argument, dit-il avec un clin d'œil à l'adresse de De Mul, mais je suis sûr que vous aimeriez en savoir davantage. Je me trompe ? Eh bien, le moment est venu », affirma-t-il après sa question purement rhétorique.

Il fit une pause, et reprit :

« Mais avant toute chose, je me permettrai de vous rappeler la clause de confidentialité que vous avez tous signée. Elle vous interdit de divulguer ou de partager des informations ou des images à propos de ce que nous allons vous expliquer maintenant. Si vous avez des questions à ce sujet, mon assistant et chef de la sécurité, monsieur Bamberg, y répondra après la présentation. »

Désigné par son patron, le Sud-Africain hocha la tête ; néanmoins, avec l'air intimidant qu'il avait, je doutais fortement que quiconque ait envie de lui demander quelque chose, ou même de s'en approcher à moins d'un mètre, au cas où.

« Encore une chose avant d'entrer dans le vif du sujet : à la fin de cette présentation, je vous demanderai de remettre vos téléphones portables au capitaine Isaksson, qui les gardera dans le coffre-fort du bateau. Dès maintenant, et jusqu'à notre retour sur la terre ferme, toutes les communications avec l'extérieur sont interdites, sauf autorisation de monsieur Bamberg ou de moi-même. Et quand je dis *toutes*, cela comprend les appels à la famille, aux amis, aux amoureux ou aux courtiers en bourse. Des questions ? D'accord, dit-il en ne voyant aucune main se lever. Dans ce cas, nous allons commencer. Lumières, s'il vous plaît. »

Il sortit de sa poche un boîtier carré, de la taille d'un portable, qu'il posa sur la table.

Les plafonniers de la salle à manger s'éteignirent, et un faisceau de fins rayons laser jaillit de la boîte vers le haut, puis il s'élargit et se mit à tourner, de plus en plus vite, comme un vortex autour de son axe.

Je me demandais ce que c'était, quand les lasers atteignirent une telle vitesse de rotation qu'ils formèrent comme un cône de lumière tangible. Aussitôt, ce cône commença à se déformer, créant quelque chose qui ressemblait à un nuage coloré suspendu en l'air.

« Mais qu'est-ce que… ? » murmura le professeur Castillo à côté de moi, en soulevant ses lunettes d'écaille comme si cela devait l'aider à mieux voir.

Puis le nuage bigarré parut se solidifier, prenant une forme en fer à cheval que je reconnus instantanément.

« Merde alors, bafouillai-je sans en croire mes yeux, c'est le banc de Spartel !

— *La gran diabla* ! » entendis-je deux chaises plus loin.

Je ne savais même pas qu'il existait une technologie capable de créer un hologramme aussi parfait, mais j'avais pourtant devant moi l'image détaillée en trois dimensions de l'île immergée, qui flottait à un mètre au-dessus de la table, avec ses cotes d'altitude délimitées par des couleurs et son îlot presque au centre de la large baie.

« C'est notre bathymétrie », affirma Cassie en se tournant vers moi.

Évidemment. Je compris alors qu'on nous avait volé les données de notre ordinateur pour en faire cette image en trois dimensions. Si je n'avais pas été aussi stupéfié par ce déploiement de technologie de pointe, je me serais sacrément énervé.

« Ce que vous voyez ici, c'est le banc de Spartel, ou île Spartel, expliqua Max en se plaçant sur le côté de l'hologramme. C'est une île immergée à une profondeur allant de cinquante-deux à cent quarante mètres. Nous nous trouvons exactement au-dessus d'elle, en ce moment. Il y a douze mille ans, cette île était à la surface, et nous pensons qu'il y avait là une ville qui s'est retrouvée engloutie sous les eaux du jour au lendemain. »

Il nous fixa brièvement, puis promena le regard sur son public, avant d'ajouter avec un demi-sourire :

« Cette histoire vous dit peut-être quelque chose. »

Un murmure d'incrédulité parcourut l'assistance, puis s'éteignit quand Max reprit la parole, venant se placer devant l'hologramme qui flottait derrière lui.

« Cela vous semblera peut-être difficile à croire. Moi aussi, j'ai eu du mal, au début. Mais j'ai la conviction que ce mythe est réel, et que cette ville se trouve juste ici, sous nos pieds, n'attendant que des femmes et des hommes assez audacieux et décidés pour vouloir la découvrir et changer l'histoire du monde. »

Il fit une pause théâtrale, regardant les assistants un par un.

« La question que je me pose à présent, c'est si vous êtes ces hommes et ces femmes », ajouta-t-il avec défi, les poings sur les hanches.

Un silence sidéré s'appesantit soudain sur la salle à manger de l'*Omaruru*, comme si l'on avait pressé le bouton *mute* de la télécommande.

Je n'avais aucun mal à imaginer les questions qui se bousculaient dans l'esprit de tous, tandis qu'ils se demandaient s'ils avaient été engagés par un fou, ou si ce qu'ils venaient d'entendre avait une chance d'être vrai et qu'ils se trouvaient alors embarqués dans l'aventure la plus hallucinante de leur vie.

Petit à petit, la stupeur muette fit place à un murmure d'incrédulité, puis à un brouhaha de conversations entrecroisées.

Assis à la rangée précédente, Jonas De Mul se tourna vers moi, ouvrant des yeux comme des soucoupes.

« Sérieux ?

— Je dirais que oui, répondis-je.

— Mais… comment ? Vous saviez quelque chose, vous autres ? »

Son air abasourdi en disait long sur les questions qui se bousculaient dans son esprit.

Avant que je puisse parler, Max éleva la voix pour dominer les bavardages croissants.

« Je comprends bien que vous avez de nombreuses questions, s'écria-t-il en levant les mains pour nous demander le silence. Nous y répondrons en temps voulu, ne vous inquiétez pas. Mais pour l'instant, j'ai besoin de toute votre attention, et de savoir si je peux compter sur vous. »

Il fit une pause pour s'assurer que tous les regards convergeaient vers lui avant d'ajouter :

« Si quelqu'un ne souhaite pas participer à ce projet, c'est le moment de l'abandonner. Il sera dûment indemnisé pour son dérangement et reconduit à terre dès aujourd'hui. Mais l'accord de confidentialité restera en vigueur, bien entendu. »

Il attendit que se manifestent ceux qui le désiraient, mais personne ne broncha.

« Si vous restez, je vous exigerai un maximum d'efforts et un engagement total. Nous pouvons réussir là où tous ont échoué avant nous, ajouta-t-il en haussant la voix, mais pour cela, il nous faudra travailler vingt-cinq heures par jour et donner le meilleur de nous-mêmes jusqu'à atteindre notre but. Ce sera dur, je vous le garantis ; mais je vous assure aussi que cette mission ne ressemblera à aucune de celles que vous avez connues. Si nous réussissons, vos noms figureront dans les livres d'histoire. »

Une dernière fois, il regarda posément l'assistance, puis, faisant un pas en avant, il demanda :

« Alors… êtes-vous disposés à trouver l'Atlantide ? »

L'explosion de « oui ! » dut s'entendre jusqu'au Maroc.

Après la confirmation de l'enthousiasme général pour la mission, nous nous présentâmes chacun notre tour, comme dans une séance des Alcooliques Anonymes.

Les premiers à le faire furent les cinq plongeurs professionnels, experts en immersion à grande profondeur. À la tête de l'équipe, il y avait Juan Ramon, ancien plongeur militaire de la vieille école, plus près de la soixantaine que des cinquante ans. Il avait un visage calme et tanné par le sel, ainsi qu'un léger tremblement de la main – c'était assez fréquent chez les plongeurs vétérans –, et se consacrait à présent à des travaux d'installation et de réparation de câbles et de conduits subaquatiques. Son habitude de porter un chapeau de cow-boy et ses initiales lui valaient d'être surnommé J.R. par son équipe ; mais le surnom était peut-être arrivé en premier, et le chapeau était venu ensuite comme blague d'initiés, je ne cherchai pas à m'en informer.

Le plus important, c'était que cette équipe comptait des milliers d'heures d'expérience sous l'eau. C'était un groupe soudé, constitué par trois hommes – Mikel, Joël et Manolo – et une jeune femme aux yeux de chat appelée Pénélope qui, malgré sa jeunesse, ne devait pas manquer de caractère pour exercer une profession accaparée par des hommes avec un excès de testostérone.

Pour compléter ce groupe de travail, nous avions Félix Fischer, un Argentin d'origine allemande, qui, quand vint son tour de parler, nous expliqua qu'il avait été envoyé par la société Triton Subs depuis le siège de San Cugat, près de Barcelone, pour gérer et s'occuper de la maintenance des appareils ; et Isabella Marcangelli, une géologue sous-marine italienne qui avait fait sa thèse sur l'histoire géologique du détroit de Gibraltar et qui, à cet instant, dévissait le bouchon d'une petite flasque et en prenait discrètement une bonne lampée.

« Triton Subs ? demandai-je. Qu'est-ce que c'est, exactement ? De quels appareils s'agit-il ?

— Notre société fabrique et commercialise des mini-sous-marins, expliqua-t-il.

— Des mini-sous-marins ? répétai-je avec surprise en me tournant vers Max. Nous avons un mini-sous-marin ?

— Deux, en réalité, répondit celui-ci en levant deux doigts. Ce soir, nous les sortirons des conteneurs, et j'assume qu'ils seront opérationnels dès demain, n'est-ce pas, monsieur Fischer ?

— Vous pouvez y compter », confirma l'Argentin.

Je devais reconnaître que le déploiement de moyens et d'effectifs mis en œuvre par Max Pardo était impressionnant. Surtout qu'il n'avait eu que quelques jours pour trouver matériel et personnel, et réunir le tout à bord de l'*Omaruru*, à point pour se mettre au travail dès le lendemain.

Ce millionnaire aux airs de play-boy m'était insupportable, mais je devais admettre que pour organiser des opérations logistiques complexes, il était tout simplement parfait. Je suspectais néanmoins que la tâche en incombait principalement à Minerve.

« D'autres questions ? » s'enquit Max en s'adressant à la ronde.

Plusieurs mains se levèrent aussitôt devant moi.

« Voyons, commençons par vous, dit Max au chef des plongeurs. Quelle est votre question, Juan Ramon ? »

Je n'entendis pas ce que demandait J.R., parce que le professeur me parlait justement à l'oreille.

« Il n'y a pas de caméras.

— Comment ? chuchotai-je en me tournant vers lui.

— Je veux dire qu'il n'y a pas d'équipe de production, comme en Namibie.

— C'est vrai, réalisai-je. C'est curieux, non ?

— Il n'y a pas non plus d'autres chercheurs, ajouta-t-il.

— Il y a Isabella.

— Elle est géologue, dit-il en secouant la tête, comme s'il s'agissait d'une espèce animale complètement différente. Je veux dire que tous les gens qu'il a réunis sont des techniciens et des spécialistes, mais il n'y a pas d'anthropologue, d'archéologue, d'historien…

— Eh bien, il y a vous, et Cassie.

— Oui, mais, pour le moment, ni l'un ni l'autre n'avons beaucoup de crédibilité. Il n'y a aucun autre chercheur pour ratifier les découvertes que nous pourrions faire. Personne qui puisse certifier qu'il n'y a ni fraude ni trucage.

— Mais… c'est une bonne chose, non ? Si c'est un succès, tout le crédit vous reviendra à tous les deux.

— Oui, je suppose.

— Alors ? Qu'est-ce qui vous préoccupe ?

— Je ne sais pas, avoua-t-il. C'est juste que moi, à sa place, j'aurais amené des chercheurs de prestige pour donner de la légitimité à la découverte.

— Je comprends. Mais il n'y avait peut-être pas d'archéologue prestigieux de garde, ou aucun n'a voulu s'embarquer dans une expédition comme celle-ci. Vous l'avez dit vous-même : l'Atlantide est un sujet tabou dans les cercles académiques, c'est ça ? Il a peut-être essayé, mais sans trouver personne.

— C'est possible. Mais quand je vois tout cela, dit-il avec un geste circulaire, j'ai du mal à croire qu'il existe quelqu'un que Max Pardo ne soit pas capable de convaincre. Ce qui m'amène à penser, ajouta-t-il après une pause, qu'il se pourrait également qu'il ne veuille voir ici personne qui risque de lui faire de l'ombre, ou de mettre ses méthodes en doute. Personne qu'il ne puisse contrôler par des menaces de poursuites judiciaires, en tout cas.

— Je vois, dis-je, saisissant enfin où il voulait en venir. Vous craignez que, si quelque chose tourne mal, Cassie et vous soyez les boucs émissaires.

— Exactement. Il pourra toujours alléguer que nous étions les consultants scientifiques et qu'il n'a fait que suivre nos suggestions. Malheureusement, il n'aurait aucune difficulté à persuader la communauté scientifique ou le juge que tout est de notre faute. Et que personne ne filme ou n'enregistre ce qui se passe ici, ajouta-t-il en dessinant un cercle de son doigt levé, ne fait qu'augmenter cette sensation. »

Je n'y avais pas pensé, mais le professeur avait certainement raison. Cela expliquerait l'intérêt qu'avait Max à nous avoir, nous, à bord de l'*Omaruru* comme participants à l'expédition.

Si l'opération était un succès, il nous laisserait dans l'ombre et s'attribuerait tout le mérite. Nous ne serions qu'une petite note en pied de page de la découverte. En revanche, si l'opération était un échec, nous serions les parfaits boucs émissaires, et tout ce qui pouvait mal se passer retomberait sur notre dos comme une belle cascade de merde.

Dans un cas comme dans l'autre, nous étions foutus.

Il ne restait qu'à savoir quand, et de quelle manière.

73

Notre déménagement du *Carpanta* à l'*Omaruru* ce même après-midi se fit en deux allers-retours du zodiac, avec tout notre équipement et nos maigres possessions. Abandonner le voilier nous fit de la peine. Nous avions apprécié la relative indépendance et l'intimité qu'il nous offrait, mais entre l'obsession pour la sécurité qu'avait Carlos, et Max qui voulait nous garder à l'œil, nous n'avions pas d'alternative et nous dûmes accepter l'« invitation » à nous installer à bord du bateau namibien.

Je regrettais déjà le plaisir de la navigation à voile, la vie familiale du Carpanta, où nous pouvions faire les choses à notre guise sans avoir de comptes à rendre. Je me consolai néanmoins à l'idée que nous serions présents pour des prises de décisions qui pouvaient être cruciales. Même si nous pouvions être mis à l'écart par Max – qui de toute manière allait décider seul – nous aurions au moins une chance de donner notre avis.

« Merci pour tout, dit le professeur en serrant la main de Timonier, dans le cockpit du *Carpanta*.

— Prenez soin de vous, tous les trois, répondit le marin.

— Je regrette que nous ne restions pas plus longtemps avec vous, mais vous voyez que les circonstances ont changé, déclara Cassie en désignant la masse de l'*Omaruru* qui se balançait à moins de cent mètres du voilier.

— Femme, fortune et vent varient souvent, déclama-t-il avec philosophie.

— Pardon ?

— Ce que je veux dire, c'est que vous n'avez pas à vous inquiéter pour moi – il tira une bouffée de sa cigarette en jetant un coup d'œil méfiant au navire de prospection –, mais plutôt pour vous. Votre copain, il n'est pas franc du collier. En plus, ajouta-t-il en palpant sa poche de chemise d'où dépassait l'enveloppe que nous venions de lui donner, vous m'avez réglé la semaine, alors, j'ai encore quatre jours de congés payés.

— Ne buvez pas tout d'un coup », lançai-je sans réfléchir, m'attirant un regard de reproche de Cassie et du professeur.

Mais le marin ne parut pas s'en formaliser et haussa simplement les épaules.

« Je ne vous promets rien. »

Plus émus que nous ne l'aurions cru, nous remontâmes dans le zodiac et laissâmes derrière nous le voilier et son curieux capitaine, qui, debout sur le pont, nous observa jusqu'à ce que nous ayons atteint l'*Omaruru*, comme s'il devait s'assurer que les enfants étaient bien arrivés à l'école.

Lorsque le matelot eut amarré le hors-bord au flanc sous le vent du navire, Cassie et le professeur entreprirent de grimper à l'échelle latérale avec leurs sacs à dos. Moi, toujours dans le zodiac, je regardai une dernière fois le *Carpanta*, avec la terrible impression que nous étions en train de commettre une grave erreur. De celles que l'on paye très cher.

Le lendemain, avant l'aube, un sifflement insistant qui émanait du haut-parleur de ma cabine me réveilla d'une manière assez déplaisante. D'instinct, je me tournai sur le côté et tendis la main, cherchant le corps chaud de Cassie. Mais j'étais seul dans ma bannette. Il me fallut quelques secondes pour me rappeler que je n'étais plus sur le *Carpanta* où nous dormions ensemble.

J'ouvris paresseusement les yeux, sans que cela fasse une grande différence. La cabine était obscure et le hublot ne laissait passer que la timide lueur des étoiles.

Émergeant à peine des brumes du sommeil, je tournai le poignet droit pour regarder le cadran de ma montre de plongée.

Cinq heures.

« Merde », soupirai-je avec humeur.

J'avais l'impression de n'avoir dormi que dix minutes.

Je caressai brièvement l'idée de faire la sourde oreille en espérant que personne ne remarquerait mon absence au petit-déjeuner et pendant le briefing du matin, mais cela n'aurait pas été une très bonne carte de présentation pour mon premier jour de travail, et ce n'aurait pas non plus été juste envers Eduardo et Cassie qui, je n'en doutais pas un instant, avaient sauté du lit au premier coup de sifflet.

« Enfin… », soupirai-je derechef tout en rejetant d'un coup mes draps pour poser les pieds sur le lino froid.

Ayant trouvé l'interrupteur de la lampe à ma troisième tentative, je pris une douche rapide et enfilai les vêtements que j'avais laissés sur la chaise la nuit précédente. Je n'avais pas envie de me mettre à choisir une nouvelle tenue à l'heure qu'il était.

À la lumière ténue de l'éclairage de secours, je m'orientai de mémoire dans les coursives et, deux ponts plus haut, j'arrivai à la salle à manger, où les marins qui venaient d'être relevés étaient en train de reprendre des forces. Étaient également là, bavardant avec animation autour d'une table, quatre membres de l'équipe engagée par Max : la jeune plongeuse aux yeux de chat, la géologue italienne à la peau parcheminée avec sa tignasse poivre et sel entortillée en chignon improvisé, le Germano-Argentin blond envoyé par la société de mini-sous-marins, et un autre des plongeurs.

Yeux-de-chat me vit entrer dans la salle et m'invita à les rejoindre. Après avoir chargé sur mon plateau une assiette d'œufs brouillés, un yaourt, des toasts, du jus de fruits et un café, je mis le cap sur le petit comité, où ils me reçurent avec un sourire poli en me faisant place.

« Bonjour, saluai-je en essayant en vain de me rappeler leurs noms. Je suis Ulysse, ajoutai-je dans l'espoir qu'ils fassent de même.

— On devrait porter des étiquettes avec notre nom, comme au jardin d'enfants. Au moins les premiers jours, suggéra la jeune femme en repoussant ses longs cheveux couleur de jais. Moi, c'est Pénélope. Et voici Isabella, Manolo et Félix.

— Vous étiez déjà ici avant notre arrivée, *vero* ? » demanda Isabella avec un fort accent italien.

Son corps athlétique et ses joues grillées par le sel et le soleil clamaient qu'elle devait avoir passé en mer une grande partie de sa cinquantaine d'années bien tassées, à faire du travail de terrain.

« Pour commencer, on ne me vouvoie pas, répondis-je en m'asseyant. Et oui, nous sommes ici depuis quelques jours. Nous avons relevé la bathymétrie du fond que vous avez vue à la présentation d'hier après-midi.

— Vous êtes archéologues ? voulut-elle savoir en me scrutant de son regard noir inquisiteur.

— C'est Cassandra, l'archéologue, précisai-je. Et le professeur Castillo est historien.

— Et toi ? demanda Pénélope.

— De jour, je suis un simple plongeur, déclarai-je en baissant la voix et en jetant des coups d'œil méfiants alentour, mais la nuit, je m'habille en chauve-souris et je combats le crime organisé. »

Cette idiotie provoqua le fou rire de Pénélope, qui faillit recracher son jus de fruits par les narines. Ce fut la seule à trouver ça drôle.

« Donc Max vous a engagés avant nous, demanda Manolo, la bouche pleine.

C'était un grand type avec une tête à casser des cailloux à coups de boule.

« Pas exactement », dis-je en détournant les yeux sans donner plus d'explications.

Je ne voulais pas risquer d'en dire trop et d'avoir l'air de semer la pagaille dans le dos de Max ; à plus forte raison quand il y avait de bonnes chances que Minerve soit en train d'écouter d'une façon ou d'une autre. Si le moment venait de régler mes comptes avec le millionnaire, je le ferais en face, si possible en lui envoyant un grand coup de pied dans les parties.

« Félix, tu es celui des mini-sous-marins, n'est-ce pas ? demandai-je pour éluder des questions auxquelles je ne voulais pas répondre dans l'immédiat.

— En effet, confirma-t-il avec son curieux accent mi-argentin, mi-allemand, en posant le doigt sur le logotype doré Triton Submarines qui ornait son tee-shirt noir. Tu en as déjà utilisé ?

— Il y a quelques années, je suis monté dans un de ces sous-marins touristiques de la mer Rouge. C'est impressionnant, mais l'expérience finit par être plutôt ennuyeuse. C'est comme d'être dans un autobus par vingt mètres de fond.

— Ah, oui, renifla Félix d'un air dédaigneux. Ces antiquités ne sont pas vraiment de la même catégorie que ce que nous construisons.

— Et qu'est-ce que vous construisez, *esattamente* ? » demanda Isabella avec intérêt.

De son haleine émanait une légère odeur de vieux rhum. Manifestement, l'Italienne commençait de bonne heure.

Le technicien de *Triton* eut un sourire suffisant.

« Vous devrez le voir pour le croire.

— Voir quoi ? » fit la voix de Cassie derrière moi.

Je me retournai : elle était avec le professeur, tous deux chargés de leurs plateaux.

« Bonjour ! les saluai-je, tout en m'écartant pour leur permettre de rapprocher une autre table. Nous étions en train d'interroger Félix sur les mini-sous-marins que Max a loués.

— Ah, très intéressant, répondit Cassie en s'asseyant. Hier, je me demandais qui va les piloter. Toi et Max ? s'enquit-elle auprès du technicien.

— En principe, oui. Mais une des caractéristiques qui rendent nos submersibles si particuliers, c'est qu'ils sont aussi faciles à utiliser qu'une voiture. Ils sont conçus pour être à l'épreuve des maladroits. En fait, avec une formation d'heure ou deux, vous pourriez tous les piloter sans problème, affirma-t-il en promenant son regard sur la tablée, non sans une seconde d'hésitation en voyant Manolo s'acharner en vain sur le couvercle de son yaourt.

— Vous nous apprendrez ? » demanda Pénélope que la perspective enthousiasmait.

Félix ouvrit les mains.

« C'est à monsieur Pardo d'en décider. Nous, nous lui louons le matériel et le service de maintenance. Il désignera qui peut les manœuvrer.

— Qui paye les violons choisit la musique, résuma le professeur Castillo.

— Pour changer, ajouta Cassie.

— Maintenant, si vous voulez bien m'excuser, je dois aller faire les dernières vérifications sur les appareils, dit Félix en se levant. Nous nous verrons au briefing. »

La suite du petit-déjeuner s'écoula entre bavardages légers et questions sur ce que nous savions jusqu'à présent. Isabella, en particulier, s'intéressait beaucoup aux caractéristiques morphologiques du fond.

« C'est une zone *eccezionale* et peu étudiée, expliquait l'Italienne avec une passion que je ne me serais jamais attendu à trouver dans un domaine comme la géologie. Il y a *sei milioni* d'années, le détroit de Gibraltar s'est retrouvé bloqué et l'eau de l'Atlantique a cessé d'entrer en Méditerranée, entraînant la crise de salinité messinienne.

— Messi était déjà célèbre, il y a six millions d'années ? plaisantai-je.

— Le nom vient de la *citta* de Messine, précisa-t-elle sans broncher. Pendant les quatre cent mille ans suivants, reprit-elle en s'adressant plus particulièrement au professeur et à Cassie, l'évaporation et le déficit hydrique qui en a découlé ont provoqué un assèchement total de la Méditerranée : ce n'était plus qu'un désert recouvert d'une couche de sel de plusieurs mètres d'épaisseur.

— Incroyable, murmura Eduardo. Je ne savais pas qu'une telle chose était survenue.

— Et comment le détroit a-t-il pu s'obstruer ? demanda Cassie. Il fait quand même presque quinze kilomètres dans sa partie la plus étroite.

— Il y a plusieurs théories, répondit Isabella en levant l'index, mais celle que je soutiens, c'est que, en partie à cause de la faille tectonique qu'il y a près d'ici, un supervolcan a émergé des profondeurs, faisant s'élever le terrain et bloquant progressivement le détroit, jusqu'à interdire complètement l'entrée d'eau de l'Atlantique, ce qui a entraîné la crise messinienne.

— Et que s'est-il passé ensuite ? demanda le professeur, comme un petit garçon intrigué par la fin de l'histoire.

— Il s'est certainement passé ce qui arrive à beaucoup de supervolcans, dit Isabella en mimant une explosion avec les mains. Il a explosé et, en un instant, le bouchon qui fermait le détroit a disparu, laissant l'eau entrer à flots et couler avec une telle force que la Méditerranée s'est de nouveau remplie en quelques semaines.

— Vacherie, sifflai-je, apportant mon petit grain de sagesse à cette conversation pointue. Ça devait en faire, de la flotte.

— On appelle cet événement la transgression zancléenne, précisa l'Italienne. Et oui, c'était beaucoup d'eau. On calcule que le débit faisait mille fois celui de l'Amazone et formait une cascade de plus d'un kilomètre de haut. »

Cassie fit entendre un sifflement d'admiration tandis que le professeur se penchait en avant, fasciné. Il avait à peine touché à son petit-déjeuner.

« C'est incroyable. C'est pour cela que vous avez accepté de participer à cette expédition ?

— Pour cela, et pour la paye, sourit-elle. Quand la secrétaire de monsieur Pardo m'a appelée pour me le proposer, je n'ai pas pu refuser. La possibilité d'explorer ce fond marin et de trouver des preuves de l'existence du volcan pour confirmer mon hypothèse est un rêve devenu réalité. »

J'allais lui demander si la secrétaire qui l'avait contactée ne porterait pas, par hasard, le nom de Minerve, quand Cassie me devança avec une autre question.

« Alors… vous croyez que ce volcan existe toujours ? »

La géologue hocha la tête avec un sourire.

« C'est à vous de me le dire, rétorqua-t-elle. Vous avez plongé dedans.

— Un moment, l'interrompis-je, déconcerté par cette affirmation. Vous voulez dire que le banc de Spartel est en fait… un volcan ?

— Un supervolcan inactif, précisa-t-elle. Mais oui, en effet, je suis convaincue que l'île ou le banc Spartel, comme vous l'appelez, était il y a six millions d'années le super volcan qui a bloqué le détroit, asséché la Méditerranée, et qui, bien plus tard, a explosé en provoquant une inondation d'une ampleur *inimmaginabile*.

— Mais… il y a des preuves de cela ? demanda Eduardo en se caressant la barbe d'un air intéressé.

— *Vediamo*… Vous vous souvenez de l'image de la bathymétrie de l'île immergée que nous a présentée monsieur Pardo hier, avec l'hologramme ? » dit-elle en sortant un stylo de sa poche.

Sur la nappe en papier, elle dessina la familière forme en fer à cheval déformé avec son îlot central.

« Plutôt bien, grogna Cassie.

— Et vous trouvez que je l'ai bien dessinée ? demanda la géologue en donnant de petits coups sur la table avec son stylo.

— Parfaitement bien », confirma Eduardo.

Un léger sourire plissa le visage tanné de l'Italienne.

« Eh bien, ce que j'ai dessiné ici, c'est une autre île. Il s'agit de Thera, ou, comme on la connaît aujourd'hui : Santorin. C'est tout ce qu'il reste d'un super volcan qui a explosé il y a trois mille six cents ans.

— Elle est identique, s'étonna Cassie. La forme, l'île au centre… Vous êtes sûre qu'elle est exactement comme ça ? demanda-t-elle en levant les yeux.

— Vous pouvez vérifier vous-mêmes. Je suis sûre que le *capitano* a une carte nautique avec *Santorini*. Vous verrez que je ne vous mens pas. C'est la configuration typique des vestiges d'un supervolcan après qu'il a explosé. Si vous voulez, quand nous aurons de nouveau accès à Internet, je vous montrerai d'autres exemples, aux Galapagos, aux Açores…

— Donc, vous pensez que le banc de Spartel est en fait ce qu'il reste d'un supervolcan éteint », récapitulai-je pour m'assurer d'avoir bien compris.

La géologue leva son index droit et le fit osciller de droite à gauche.

« Inactif, me corrigea-t-elle. Je n'ai jamais dit qu'il était éteint, loin de là.

— Et quelle est la différen…

— Vous entendez ? m'interrompit le professeur en levant la main.

— Évidemment que j'entends, répliquai-je avec agacement. C'était moi qui parlais.

— Mais non, renifla-t-il. Écoutez, cela vient de l'extérieur. »

Cassie tourna la tête, comme un chien de chasse en train de localiser le rappel d'une perdrix. Mais avant qu'elle puisse dire quelque chose, le petit haut-parleur de la salle se mit à crépiter.

« Attention à tout l'équipage, résonna la voix d'Isaksson, présentez-vous immédiatement sur le pont arrière avec vos passeports pour une inspection. Merci. »

Trois personnes échangèrent un regard inquiet : cela ne pouvait signifier qu'une chose.

74

Nous retournâmes immédiatement dans nos cabines pour y prendre nos passeports. Lorsque nous arrivâmes sur le pont, nous y trouvâmes l'équipage au complet, y compris les officiers et le capitaine Isaksson, qui, en compagnie du capitaine de frégate El Harti, paraissaient en train de passer l'inspection comme si c'était un haut dignitaire en visite officielle.

Nous efforçant de passer inaperçus, nous nous plaçâmes dans la deuxième file et donnâmes nos papiers à Jonas De Mul, qui les ajouta à la pile qu'il tenait avant d'aller la remettre à un des sous-officiers qui accompagnaient El Harti.

Tandis qu'Isaksson discutait avec le militaire en lui montrant un dossier qui, supposai-je, devait contenir la documentation du bateau et les autorisations du gouvernement marocain, le sous-officier commença à ouvrir les passeports un par un, vérifiant par routine les tampons et les visas.

Mais il se figea soudain : fermant à demi les yeux, il approcha de son visage le dernier passeport ouvert pour le voir de plus près, comme s'il doutait de sa vue. Puis il examina les deux suivants de la même manière, et, rejoignant son supérieur, il lui dit quelque chose à l'oreille et les lui mit entre les mains.

El Harti regarda les trois passeports et fit un signe d'assentiment, comme s'il se donnait raison. Puis, levant les yeux, il scruta l'équipage jusqu'au moment où il nous localisa, à l'arrière du peloton.

« Eh merde, grognai-je.

— Vous trois, dit-il en haussant le ton, la main en l'air pour attirer notre attention. Approchez. »

Obéissants, nous abandonnâmes l'anonymat relatif du groupe et allâmes nous planter devant lui.

« Qu'est-ce que vous faites ici ? lança-t-il sans préambules.

— Travailler, répondis-je. Et vous ? »

La pointe de provocation était inutile, voire dommageable, mais, une fois de plus, ma langue avait été plus rapide que mes neurones.

El Harti fit un pas en avant et vint se placer à quelques centimètres de mon visage.

« Travailler ? demanda-t-il. Je croyais que vous ne plongiez que pour le sport. »

À la hauteur des miens, ses yeux me fulminaient du regard.

Le professeur vint à la rescousse :

« C'était le cas. Nous avons été engagés juste après votre visite sur le *Carpanta*. Nous ne mentons pas, vous pourrez vérifier la date du contrat.

— Je le ferai », affirma-t-il sur un ton de menace implicite, puis, se tournant vers Cassie :

« Et on peut savoir pour quel travail vous avez été engagés ?

— Nous effectuons une étude bathymétrique détaillée du fond, répondit la Mexicaine. C'est tout. »

El Harti posa les yeux sur les deux Tritons qui attendaient sur le pont.

« Une étude bathymétrique ? répéta-t-il, ses lèvres s'étirant en une moue railleuse. Vous n'avez pas besoin d'un bateau tel que celui-ci, d'une demi-douzaine de plongeurs et de deux mini-sous-marins pour faire une "étude bathymétrique". J'ai comme le soupçon…, ajouta-t-il, le regard sombre, que vous ne me prenez pas au sérieux. »

Il fit face au professeur, qui déglutit ostensiblement.

« Je… Nous, nous ne…, bredouilla ce dernier avant de s'interrompre d'un coup quand El Harti leva l'index pour le faire taire.

— Je vous le demanderai une dernière fois. Que faites-vous ici ? Que cherchez-vous ? Pourquoi Spartel ? dit-il gravement en croisant les bras. Vous pouvez me l'expliquer maintenant, ou plus tard à la base navale de Tanger. Qu'est-ce que vous me dites ?

— Eux, rien, fit soudain une voix. Mais moi je vais vous dire ce que vous allez faire. »

Je me tournai vers le nouvel arrivant : Max Pardo s'avançait d'un pas résolu, le téléphone à la main, suivi de près par Carlos.

« Vous et vos hommes allez descendre de mon bateau immédiatement, vous allez remonter dans le vôtre, et vous allez nous laisser tranquilles. »

L'officier se planta devant Max, une main sur l'étui de pistolet qu'il portait sur la hanche.

« Pour qui vous prenez-vous, pour donner des ordres à un officier de la marine royale du Maroc ? l'apostropha-t-il, la mâchoire crispée.

— Moi ? Personne, répliqua Max d'un air innocent tout en lui tendant le téléphone. Mais il y a ici votre ministre de la Défense, monsieur Loudiyi. Je crois qu'il a quelque chose à vous dire. »

El Harti regarda le smartphone de Max comme si c'était un scorpion.

« À votre place, je ne le ferais pas attendre », insista Max en lui montrant l'écran qui indiquait un appel en cours.

Finalement, le capitaine prit le téléphone et le porta à son oreille.

« *Alsyd alwazir* ? » demanda-t-il avec méfiance.

Quelqu'un répondit à l'autre bout, et, à en juger par la lividité soudaine du visage d'El Harti, j'étais prêt à parier que le ministre lui passait un savon épique et lui expliquait ses chances de finir dans un poste au Sahara avec un balai et une pelle.

« *Nem wazir. Nem wazir* », acquiesçait le militaire, ce qui devait vouloir dire, supposai-je, « oui, monsieur » ou quelque chose du même genre.

Après moins d'une minute de conversation tendue, El Harti rendit le téléphone à Max.

« Tout est clair ? » s'informa ce dernier en croisant les bras.

Le capitaine regardait Max Pardo comme s'il cherchait à décider si, une fois qu'il lui aurait arraché le cœur, il allait le manger cru ou grillé.

« Qui êtes-vous ? demanda-t-il, les yeux flamboyants de colère.

— Je suis celui qui paye tout cela, répondit le millionnaire avec un grand geste circulaire. Mais tout ce que vous devez savoir, c'est que j'ai passé un accord avec votre ministre, et que je vais travailler dans les eaux territoriales marocaines sans être de nouveau dérangé, ni par vous ni par aucun de vos subordonnés, sous aucun prétexte. »

El Harti leva le menton d'un air de défi.

« Vous êtes ici pour spolier le royaume de ses ressources naturelles, affirma-t-il avec un geste vers le logotype de NAMDEB et son diamant stylisé. Ni le ministre ni aucun autre politicien corrompu n'a autorité pour laisser quiconque piller nos richesses. Je ne permettrai pas que vous emportiez un seul diamant du territoire marocain ! » Et, désignant le ciel, il ajouta : « Je le jure par Allah le tout-puissant. »

Loin de se laisser intimider ou de donner des explications, Max Pardo se limita à jeter un coup d'œil à sa montre en réprimant un bâillement.

« Vous avez autre chose à ajouter ? s'enquit-il avec indifférence. Vous m'excuserez, mais j'ai plus important à faire que rester ici à perdre mon temps avec vous. »

El Harti serra les poings si fort que ses articulations blanchirent. Je n'aurais pas été étonné qu'il caresse l'idée de prendre son pistolet et de tirer sur Max – chose assez compréhensible, par ailleurs –, mais il finit par lancer un ordre à son second avant de se diriger vers l'échelle de bâbord, où leur zodiac était amarré.

De là, il jeta à Max Pardo un dernier regard, chargé d'une profonde hostilité.

« Nous nous reverrons », dit-il à voix haute avant de descendre.

Et, sans que je sache pourquoi, son regard haineux se posa également sur moi.

Lorsque tout le monde eut quitté le pont, je m'attardai pour observer les officiers marocains qui retournaient à leur navire de guerre. J'avais l'inquiétante conviction que, d'une façon ou d'une autre, à un moment ou un autre, c'était moi qui finirai par payer les pots cassés de cette humiliation.

Je secouai la tête pour me libérer de ce mauvais pressentiment, et me dirigeai vers la réunion préliminaire de la matinée – ou briefing, comme on dit en anglais pour aller plus vite – où s'était déjà rendu le reste de l'équipe sous la houlette de Max Pardo. Comme d'habitude, j'arrivai le dernier.

La projection holographique de l'île immergée flottait en l'air, entre Max et Carlos.

« Je crois que nous sommes tous là, non ? » demanda Max en me voyant entrer dans la salle. Après cette question purement rhétorique, il poursuivit :

« Comme vous verrez en lisant le programme préparé, vous avez tous été assignés à des missions initiales, qui, bien évidemment, seront adaptées en fonction des circonstances et des besoins au fur et à mesure qu'ils apparaîtront. Par exemple, dit-il en se tournant vers nous, les nouvelles données recueillies par nos amis révèlent la présence éventuelle de traces à la cote de cinquante-deux mètres de profondeur. Nous commencerons donc par là. Des questions ? »

Le professeur Castillo leva la main.

« On ne nous a donné aucun programme, informa-t-il en montrant ses mains vides. Que faisons-nous ?

— Vous venez avec moi, naturellement, répondit Max.

— Où ça ? »

Le millionnaire sourit et désigna ses pieds.

« En bas. »

Eduardo avala sa salive et, le doigt pointé vers le sol :

« Vous voulez dire, en bas… en bas ? »

Le timide soleil d'hiver faisait enfin son apparition par-dessus le mont Djebel Musa, éclairant sans le réchauffer le pont arrière de l'*Omaruru*, désormais presque entièrement occupé par un grand caisson hyperbare, les conteneurs – reconvertis respectivement en atelier, centre de contrôle et entrepôt – et, posés à une extrémité du pont, les deux mini-sous-marins que je ne pouvais cesser de regarder, bouche bée.

Je n'avais jamais rien vu de pareil, et mon cerveau n'arrivait pas à établir une quelconque similitude avec tout autre véhicule sous-marin que j'aie pu voir auparavant, dans la vie ou au cinéma.

J'allai jusqu'au plus proche et passai la main sur sa surface d'acier bleu métallisé, comme pour m'assurer qu'il était bien réel, et que ce n'était pas un élément du décor d'un plateau de cinéma.

S'il fallait lui trouver une vague ressemblance, une fois à proximité, on aurait pu le décrire comme une sorte de pédalo en acier, avec des flotteurs surdimensionnés, une grande bulle transparente qui abritait trois sièges pour les passagers et une écoutille d'accès à l'arrière. Fixées à l'extérieur, une batterie de projecteurs et des petites hélices distribuées sur toute la coque garantissaient un bon éclairage et une manœuvrabilité dans toutes les directions, tandis qu'une pince rétractile placée sous la cabine, avec un bras d'environ deux mètres, permettait de manipuler des objets sous l'eau.

L'ensemble n'était pas seulement spectaculaire sur le plan technique, il était aussi étonnamment esthétique. On voyait que les concepteurs avaient fait des efforts pour intégrer tous les éléments de manière harmonieuse, de sorte que le mini-sous-marin soit fonctionnel tout en ayant des allures de voiture de sport ultramoderne.

« Triton 1650, lus-je sous le logotype en forme de trident qui figurait à l'arrière, comme sur une Maserati.

— Impressionnant, hein ? »

Je me retournai. Félix Fischer était là, les bras croisés, avec aux lèvres un sourire de fierté paternelle.

« Je n'avais jamais rien vu de pareil, avouai-je.

— C'est qu'*il n'y a rien* de pareil, affirma-t-il en se rapprochant pour donner une tape sur le châssis comme on le ferait sur le flanc d'un pur-sang. C'est une merveille technologique : un peu plus de trois mètres de long, deux mètres cinquante de large, cinq cents kilos de capacité de charge, douze heures d'autonomie, des caméras 4K, cent vingt mille lumens d'éclairage et plus de cinq nœuds de vitesse sous l'eau. En plus, vous voyez ces boîtes noires fixées sur la coque ? »

S'accroupissant, il m'invita à regarder le sous-marin par dessous.

« Ce sont des capteurs que nous avons ajoutés spécialement pour cette mission : lidar, sonar décimétrique, magnétomètre, radar de sol…

— À quelle profondeur peut-il descendre ? demanda Cassie qui s'était approchée pour se joindre à la conversation.

— En théorie, jusqu'à cinq cents mètres. Mais nous conseillons de ne pas dépasser les quatre cents pour laisser une marge de sécurité.

— C'est beaucoup.

— Plus que ne peut atteindre un sous-marin militaire moyen, répondit-il avec orgueil. De fait, nous fabriquons des modèles qui sont capables d'aller à cinq mille, et même dix mille mètres. Mais, pour cette expédition, qui ne devrait pas impliquer d'immersions au-delà de cent cinquante mètres, ces deux bijoux sont plus que suffisants.

— Excusez-moi », intervint Eduardo, debout devant l'habitacle transparent de l'autre sous-marin, identique en tous points à celui-ci, sauf pour la couleur : rouge vermillon métallisé. « Ceci, c'est fait avec quoi ? demanda-t-il en toquant du doigt contre la bulle.

— C'est un polymère que nous avons créé spécialement, répondit Félix.

— J'espérais que ce serait du verre blindé ou quelque chose du même genre, avoua le professeur, un peu inquiet.

— Soyez tranquille, c'est plus résistant que le verre blindé. Sans compter que c'est beaucoup moins lourd et que ce matériau a été conçu pour compenser la distorsion de l'eau en plongée.

— C'est vrai ? fit Cassie.

— C'est vrai, confirma-t-il. Quand je dis qu'il n'y a rien au monde qui ressemble à ces merveilles, je n'exagère pas.

— Je ne détesterais pas d'en avoir un, déclara la Mexicaine en tournant autour. Ce serait fantastique pour travailler sur des gisements sous-marins.

— Si vous avez deux millions d'euros, sourit le Germano-Argentin, nous vous le livrons chez vous avec un ruban.

— Je constate que vous avez découvert mes nouveaux jouets », fit derrière nous la voix de Max Pardo.

Me retournant, je le vis approcher d'un air triomphant, accompagné d'Isabella.

« Vous êtes prêts pour faire une promenade dans l'Atlantide ? »

Moins d'une demi-heure plus tard, les deux sous-marins – baptisés de manière très originale comme *Rouge Un* et *Bleu Un* – se balançaient sur l'eau, protégés du vent et de la houle par les presque cinq mille tonnes d'acier de l'*Omaruru*.

Comme je le découvris ce matin-là, une des nombreuses vertus de ces petits submersibles était la facilité avec laquelle ils pouvaient être mis à l'eau en quelques minutes, sans autre contrainte que de s'être assuré que les passagers étaient dedans et que les batteries et les réservoirs d'air étaient pleins.

« Ici *Bleu Un* », dit Félix, aux commandes de notre mini-sous-marin. Il occupait le siège du pilote, au centre et légèrement surélevé, derrière le professeur Castillo et moi-même. « *Omaruru*, vous me recevez ?

— *Ici l'*Omaruru, fit la voix de De Mul dans le haut-parleur. *Nous vous recevons cinq sur cinq. Vous me recevez,* Rouge Un ?

— *Parfaitement*, répondit Max qui avait pris les commandes de l'autre sous-marin. *Tous systèmes en nominal*, informa-t-il, pour ajouter aussitôt : *Nous commençons l'immersion.*

— Nous vous suivons », dit Félix.

J'entendis derrière moi le cliquetis de quelques interrupteurs, et le Triton commença à plonger avec lenteur.

Par la grande bulle en polymère transparent qui nous enveloppait, je pus voir diminuer la fraction de ciel visible jusqu'à ce qu'elle disparaisse et, sous nos pieds, une immensité bleue qui paraissait sans fin. Étant plongeur, cette vision n'était en rien une nouveauté pour moi ; en revanche, le fait de pouvoir en jouir assis confortablement et complètement sec, si. J'avais même un porte-gobelet sur l'accoudoir.

Je me sentais à la fois émerveillé et un peu déconnecté de cette expérience, comme si le fait de ne pas sentir l'eau sur ma peau au travers du néoprène lui enlevait de son authenticité. Si ce n'était la légère vibration des moteurs électriques et la sensation de descente au creux de l'estomac, je me serais presque cru dans un de ces cinés à 360°, en train de voir un documentaire extrêmement réaliste sur les fonds marins.

« Comment trouvez-vous ça, prof ? » demandai-je en me tournant vers lui.

Mon vieil ami ne paraissait pas beaucoup apprécier.

Agrippé des deux mains au rebord de son fauteuil ergonomique, comme s'il craignait de tomber dans l'abîme, il gardait les yeux fixés sur le fond à travers le plexiglas qui constituait le sol de la cabine.

« Professeur ? Vous allez bien ? »

Comme si ma voix avait mis plusieurs secondes à parvenir à ses oreilles, il leva la tête et cligna des paupières.

« Je... je ne suis pas certain, répondit-il avec agitation. Cela est un peu trop semblable à voler, Ulysse.

— Mais nous sommes entourés d'eau, prof. Vous ne pouvez pas tomber.

— Mais nous pouvons couler, non ? Si cette bulle de verre se brise...

— Ne vous inquiétez pas, monsieur Castillo, intervint Félix. Comme je vous l'ai expliqué, ce polymère a été testé à des profondeurs dépassant les mille mètres. En plus, tous les systèmes du Triton sont redondants. Si un capteur détectait le moindre problème, nous remonterions en flèche vers la surface, comme un bouchon de champagne à la Saint-Sylvestre.

— Mais… est-ce que ce ne serait pas également dangereux ? s'inquiéta Eduardo en se retournant vers Félix. Cassandra et lui ont dû faire plus d'une heure de décompression avant de revenir à la surface.

— Dans ce cas, ce n'est pas un problème. Là-dedans, il y a la même pression qu'à la surface. Il ne faudra pas faire de décompression ni rien de ce genre, prof, ne vous inquiétez pas, expliquai-je en posant une main apaisante sur son avant-bras.

— Peut-être, soupira-t-il en reprenant son observation du bleu de plus en plus intense sous ses pieds, mais cela ne m'amuse pas pour autant.

— Ça vous passera quand nous serons au fond, le rassurai-je. Nous serons à quelques mètres du sol et la sensation de vertige disparaîtra, faites-moi confiance.

— Rouge Un *à* Bleu Un, fit la voix de Max, déformée par la transmission subaquatique. *Tout va bien ?*

— Tout va bien, *Rouge Un*, répondit Félix. Arrivée au point de réunion dans vingt secondes.

— *Bien reçu,* Bleu Un. *À partir de maintenant, je passe devant*, informa Max. *Connectez les caméras et les capteurs, monsieur Fischer, et ne nous perdez pas de vue.*

— Bien reçu », répondit le pilote.

Au même instant, la panoplie de projecteurs du sous-marin s'anima, éclairant dans toutes les directions avec une puissance surprenante.

« Capteurs et caméras connectés. »

La seconde suivante, le submersible rouge vermillon commandé par Max Pardo – avec Cassie et Isabella comme passagères – nous dépassa pour se placer à une quinzaine de mètres devant nous, laissant derrière lui un sillage de turbulences

Puis, illuminé comme une guirlande de Noël, il s'élança vers le fond, redressant l'appareil au dernier moment, à seulement deux mètres du crash.

« Tu es sûr que Max sait ce qu'il fait ? demandai-je à Félix en me retournant à demi sur mon siège.

— Monsieur Pardo est un pilote expérimenté. Il a été l'un de nos premiers clients en Europe, et, si je ne me trompe pas, il est propriétaire d'un modèle *Neptune*.

— Il possède son propre mini-sous-marin ? s'étonna le professeur.

— En effet. Il a été fabriqué en collaboration avec Aston Martin pour les clients les plus exigeants. Un vrai petit bijou », ajouta-t-il, l'admiration perçant dans sa voix.

Devant nous, le Triton commandé par le millionnaire réalisa une pirouette parfaitement inutile autour d'un rocher, soulevant un nuage de sable.

Je ne doutai pas que cette exhibition était destinée aux caméras de notre sous-marin, qui filmaient tous ses mouvements, ainsi qu'à impressionner les dames qu'il avait à son bord. Qu'il n'y ait pas d'équipe de tournage pour enregistrer l'expédition n'empêchait pas Max de s'offrir le plaisir d'être le protagoniste absolu du spectacle.

Nous refaisions essentiellement le même chemin que Cassie et moi avions fait la veille, mais, cette fois, nous avancions bien plus vite et nous étions confortablement installés et bien au chaud. *Voilà comment les riches vivent l'aventure : avec des gadgets hors de prix, des fauteuils en cuir et un tas de gens pour leur faciliter la vie*, pensai-je alors.

En quelques minutes, nous atteignîmes l'espace dégagé où nous avions vu l'espèce de tranchée, et, presque aussitôt, le mini-sous-marin de Max et Cassie s'arrêta net. De notre position, une vingtaine de mètres en arrière, je pus voir les quatre hélices du Triton se réorienter pour compenser la force du courant tandis que ses puissants projecteurs éclairaient le sol.

« *Ici* Rouge Un, dit Max par radio. *Vous me recevez* ?

— Allez-y, *Rouge Un*, répondit Félix. Nous vous recevons parfaitement.

— *Je crois que nous avons trouvé quelque chose de très intéressant. On dirait un canal ou un fossé creusé dans la pierre. D'après sa forme et sa régularité, je suis certain que c'est la main de l'homme qui l'a façonné. Je suppose que la force du courant l'a empêché d'être recouvert par les sédiments au cours de ses milliers d'années sous l'eau.* »

Eduardo et moi échangeâmes un regard de connivence. Le type parlait pour la galerie, répétant les explications que lui avait données Cassie pendant le briefing.

« *C'est extraordinaire, mes amis !* exultait-il. *Ceci pourrait être la première preuve jamais découverte de l'existence de l'Atlantide.* »

Il fit une pause pour reprendre haleine et ajouta :

« *Cet exploit va au-delà de la simple archéologie et les générations à venir se le rappelleront avec admiration. Ce jour, mes amis*, acheva-t-il avec solennité, *restera gravé à jamais dans les livres d'histoire.* »

Espérant que ma voix resterait elle aussi enregistrée pour la postérité, je levai les yeux vers le petit haut-parleur et articulai avec ma meilleure diction :

« Connard. »

75

Une fois terminée la pantomime de la fausse découverte de Max, nous continuâmes de peigner la zone, cherchant d'autres pistes pouvant confirmer la présence de constructions humaines. Bien qu'il eût été plus efficace de nous séparer pour inspecter chacun de son côté, Max insista pour que nous le suivions, comme mesure de sécurité. Personne ne doutait qu'il voulait en réalité être filmé tant que nous étions sous l'eau.

« *Je suis en train de suivre le possible tracé du canal*, indiqua Max par radio. *Nous croyons qu'il pourrait nous mener à quelque chose d'intéressant.* »

Je regardai en bas, mais je ne vis qu'une forêt de laminaires de plusieurs mètres de haut qui se balançaient dans le courant. Il était impossible de distinguer quoi que ce soit à travers cet épais manteau végétal : c'était comme survoler la jungle.

« *Les algues ne me permettent pas de voir clairement*, dit Max au bout de quelques secondes, comme s'il avait lu dans mes pensées. *Je vais descendre pour passer entre elles.*

— Quoi ? » m'exclamai-je, alarmé. Puis je me tournai vers Félix : « Est-ce que c'est sûr ? S'ils pénètrent dans les laminaires, ils iront à l'aveuglette. »

Le technicien haussa les épaules.

« Ce n'est pas recommandé. La bulle supporte très bien la pression, mais elle n'a pas été conçue pour résister aux impacts.

— Dites-le-lui, alors, le pressai-je avec un geste vers le mini-sous-marin rouge qui entrait dans les algues. Dites-lui que c'est dangereux.

— Il le sait déjà, répondit le pilote.

— Donc, vous n'allez rien faire ?

— Je ne peux rien faire. Monsieur Pardo a assez d'expérience pour…

— Ce qu'il a, monsieur Pardo, c'est un ego qui ne tient pas dans son pantalon, le coupai-je. Et il met Cassie et Isabella en danger pour faire son petit numéro devant les caméras.

— Calme-toi, Ulysse, dit le professeur en posant la main sur mon épaule. Je suis sûr qu'il fait attention. Cassie ne craint rien.

— Les systèmes de sécurité du Triton sont extraordinaires, monsieur Vidal, souligna Félix. Si les capteurs détectent le moindre choc, l'appareil commencera à remonter automatiquement. Je vous garantis que vous n'avez aucune inquiétude à avoir.

— C'est ce que disait le capitaine du *Titanic* », grognai-je, peu convaincu par cette tiède garantie.

Pendant ce temps, le mini-sous-marin de Max avait pénétré dans la forêt d'algues et, de notre position à dix mètres au-dessus de lui, on ne pouvait distinguer que la lumière de ses projecteurs qui perçait par intermittence ces frondaisons mouvantes.

À une vitesse de trois nœuds, nous descendions à contre-courant le versant de la colline, vers l'est, en direction de ce qui avait été l'intérieur de la grande baie insulaire.

« *Bleu Un* à *Rouge Un*, appela Félix par radio. Comment ça va ?

— *Lentement*, répondit Max au bout de quelques secondes. *La visibilité est pratiquement nulle et j'ai dû réduire la vitesse, mais je reçois des lectures très intéressantes des capteurs.*

— Quel genre de lectures ? demanda Eduardo en se tournant vers l'arrière.

— On me demande quel genre de lectures », répéta Félix.

Il y eut de nouveau une pause particulièrement longue. Je n'avais pas de mal à imaginer que Max écoutait les explications de Cassie et d'Isabella avant de répondre.

« *Je détecte de légers pics du magnétomètre*, dit-il enfin, *et le géoradar indique des variations de densité du fond, à environ deux ou trois mètres de profondeur. Il faudra réviser les données quand nous serons de retour sur l'*Omaruru*, mais il se pourrait que j'aie trouvé quelque chose.* »

Ce crétin de première parlait comme s'il était seul à bord du sous-marin. Cela expliquait la kyrielle de clauses, dans le contrat, qui interdisaient de divulguer une version de cette expédition qui différerait de l'officielle.

« *Bien qu'elle soit partiellement enterrée, les capteurs me permettent de suivre le trajet de la tranchée, nous verrons où elle nous conduira*, déclara-t-il ensuite. *Je tiens le cap à la même vitesse.*

— Bien reçu, *Rouge Un*, répondit Félix. Nous vous suivons. »

Lentement, mais de manière constante, nous descendions de plus en plus tandis que la lumière qui nous parvenait de la surface s'amenuisait en proportion.

Près de mes pieds, sur un écran transparent faisant corps avec l'intérieur de la bulle, des chiffres bleus brillaient, indiquant la profondeur à tout instant.

Mon instinct de plongeur fit sonner l'alarme quand je vis que les chiffres avaient dépassé quatre-vingts et augmentaient toujours. Par réflexe, j'examinai des yeux chaque jonction, chaque fixation de la cabine, m'attendant à voir apparaître une fissure dans le plexiglas ou une vis sauter, laissant l'eau entrer à flots.

« Quatre-vingt-dix mètres », murmura près de moi Eduardo, qui regardait fixement l'indicateur.

Mais le fait est que la pression ne semblait pas affecter le moins du monde le Triton. Pas de gémissements métalliques, pas de vibrations ni aucun des symptômes que l'on voit toujours dans les films de sous-marins de la Seconde Guerre mondiale.

« Je n'étais jamais descendu si profond », dis-je tout bas en me tournant vers le professeur.

Sans savoir pourquoi, il paraissait déplacé de parler normalement, comme si nous avions pénétré dans un lieu interdit. Comme des enfants se glissant dans un cimetière en pleine nuit : terrorisés, mais décidés à ne pas montrer leur peur.

« Cent mètres », annonça Félix d'une voix neutre.

À nos pieds, la forêt d'algues s'étendait dans toutes les directions, là où la lumière arrivait à peine et où le bleu s'assombrissait pour se convertir en une opacité sans fin. Là-bas, presque impossible à distinguer sous les laminaires et s'enfonçant toujours plus dans les ténèbres, se trouvait Cassie.

La radio se mit soudain à crépiter, me faisant sursauter violemment.

« ... *ci... ge Un*, faisait la voix de Max, déformée jusqu'à en être méconnaissable. ... *ous... ... cevez* ?

— Ici *Bleu Un*, répondit Félix. Il y a beaucoup d'interférences. Tout va bien ?

« — ... out... ien. *Nous... ouvé... hose... reuses... lect... ca... eurs.... nuons... cendre.*

— Reçu, *Rouge Un*, confirma notre pilote. Nous sommes au-dessus de vous.

— Qu'est-ce qu'il a dit ? s'enquit le professeur en se tournant vers moi.

— Je crois qu'ils ont trouvé quelque chose, dis-je, mi-enthousiaste, mi-contrarié. Ils continuent de descendre.

— Encore plus ? » demanda-t-il en désignant le profondimètre.

Les chiffres du compteur avaient pris un ton verdâtre et brillaient sur le noir bleuté du fond marin.

Le mini-sous-marin rouge n'était plus qu'une luciole géante dont la trace lumineuse apparaissait et disparaissait par intermittence entre les laminaires.

Jusqu'à ce que l'on cesse de le voir.

Je retins mon souffle pendant trois, quatre, cinq, dix secondes, et les lumières de *Rouge Un* ressurgirent.

« Rouge Un *à* Bleu Un. *Nous avons suivi un tracé qui ressemblait à une structure, mais il est impossible de voir, avec toutes ces algues. Comment ça va pour vous ?*

— Ici *Bleu Un*, répondit Félix. Pour le moment, nous n'avons rien vu non plus. »

Entre l'aspect futuriste du Triton, la sensation de flotter dans l'espace et le choix des noms des mini-sous-marins, j'aurais pu croire que nous étions sur le point d'attaquer l'Étoile de la mort.

« *Pas de signal du magnétomètre ?* »

Je jetai un coup d'œil à l'iPad auquel il était connecté, mais rien. Une ligne aussi plate que l'encéphalogramme d'un hooligan.

Me tournant vers notre pilote, je secouai la tête.

« Aucun signal pour le moment, informa Félix.

— *D'accord*, dit Max, déçu. *Nous allons peigner le plateau et nous commencerons à descendre le versant est.*

— Bien reçu, *Rouge Un*, confirma Félix. Nous vous suivons de près. »

Laissant derrière nous la forêt de laminaires, nous poursuivîmes notre balayage, à un ou deux mètres seulement au-dessus du fond. Les cônes de lumière des deux appareils scrutaient chaque centimètre, en quête du moindre patron ou aspect vaguement régulier qui permettrait d'imaginer que des temples et des palais s'étaient jadis dressés ici, mais je réalisai vite que cela revenait à chercher un château de cartes après le passage d'un ouragan. Si le tsunami qui avait balayé l'Atlantide avait l'ampleur que nous avions calculée – plus de cent mètres de hauteur – il ne devait pas avoir laissé une pierre debout. Sans compter que ces mêmes pierres devaient avoir été désagrégées par l'érosion et enterrées sous les sédiments.

« Que pensez-vous de ces tumulus ? demandai-je en élevant la voix pour être capté par le micro situé près des haut-parleurs. Est-ce que ça peut être des formations naturelles ? »

Entre les deux sous-marins, le canal à double fréquence avait été laissé ouvert, de sorte que nous pouvions désormais communiquer sans avoir à attendre notre tour.

« *C'est possible,* répondit Isabella, *mais je ne saurais dire quel processus géologique aurait pu les former, que ce soit ici ou en surface, et leur disposition me paraît remarquable. S'ils sont naturels, je ne sais pas comment ils se sont créés.*

— Qu'est-ce que vous voulez dire par "remarquable" ? demanda Eduardo avec intérêt. Vous voyez quelque chose d'étrange ?

— *Pas exactement. Mais, si vous les observez, vous verrez qu'il y a comme un patron dans les hauteurs et les espacements entre les tumulus. Les formations naturelles tendent vers le chaos, pas vers la régularité.*

— Donc… Ils pourraient avoir une origine artificielle ?

— *Possibile. Mais il faudrait faire des prospections pour vérifier.*

— Avec un radar de sol ? demandai-je, me rappelant Le Caire.

— *Je me référais à creuser*, précisa l'Italienne. *Les géoradars ne fonctionnent pas bien sous l'eau.*

— *Nous aurons le temps d'en parler plus tard*, nous interrompit Max, que je sentis contrarié de ne pas être au centre de la conversation. *Pour l'instant, occupons-nous d'explorer le secteur à fond. Monsieur Fischer, placez-vous à six heures par rapport à nous et ne nous perdez pas de vue.*

— À vos ordres », répondit notre pilote tandis que le Triton rouge accélérait et s'éloignait de nous, planant à quelques mètres du fond.

Après presque une heure d'examen de la zone, et avoir compté une trentaine de ces étranges tumulus, Max conduisit son Triton jusqu'au versant est et entreprit une descente rapide le long de la pente douce, comme s'il était pressé d'arriver quelque part.

Nous étions encore très loin de la limite des cinq cents mètres et je n'étais pas inquiet pour l'instant, mais les chiffres du profondimètre se succédaient rapidement et Max ne faisait pas mine de s'arrêter.

Nous avions prévu d'aller jusqu'à un maximum de cent quarante mètres, le niveau exact qui se trouvait au-dessus de l'eau douze mille ans auparavant. Mais les chiffres continuaient de monter, et lorsque nous atteignîmes cent mètres, je sus que l'autre sous-marin avait dépassé les cent vingt. Et ils descendaient toujours.

Max était une fois de plus en train de faire l'imbécile.

« Qu'est-ce qu'il fait ? demandai-je en me tournant vers Félix. Il t'a dit quelque chose, à toi ?

— Négatif, répondit celui-ci, qui paraissait assez déconcerté lui aussi.

— Ils descendent trop vite, non ? demanda Eduardo en se penchant en avant.

— Ne vous inquiétez pas, dit Félix. Nous sommes dans les marges de sécurité.

— Je sais bien, mais il n'y a aucune raison de descendre si rapidement, dis-je en désignant le profondimètre qui affichait cent dix-huit. Tu peux demander à Max où il va si vite ? »

Félix pressa le bouton de la radio de son casque.

« *Bleu Un* à *Rouge Un*... Vous me recevez ? »

Silence.

« *... Un... çois...*, crépita la radio.

— *Rouge Un*, répétez, s'il vous plaît.

— *... bo... dons...*

— Merde, toujours la même chose, maugréai-je.

— Que faisons-nous ? demanda Eduardo non sans inquiétude.

— Nous ne pouvons pas faire autre chose que les suivre. Si nous nous rapprochons suffisamment, nous pourrons compenser la perte de signal, répondit Félix.

« — Fais-le, alors, le pressai-je en lui désignant les lumières de *Rouge Un* qui s'éloignaient toujours plus. Colle-leur aux fesses, s'il te plaît. »

Le Germano-Argentin poussa le levier des gaz, mais, juste à cet instant, le signal sur l'écran du magnétomètre fit un tel bond que je sursautai.

« Un moment ! m'écriai-je en levant la main. Arrête-toi !

— Que je m'arrête ? Mais tu viens de dire que…

— Arrête-toi, bordel ! répétai-je, sans quitter l'écran des yeux. Arrête le sous-marin ! »

Le Triton s'immobilisa pratiquement sur place, aidé par le courant qui remontait le versant.

« Fais demi-tour, ordonnai-je, décrivant un cercle d'un doigt en l'air.

— Mais que se passe-t-il ? s'inquiéta Eduardo. Qu'as-tu vu ?

— Le magnétomètre a détecté quelque chose un peu avant, dis-je assez haut pour être entendu de Félix. Nous devons revenir sur nos pas.

— Quelque chose ? répéta-t-il, intrigué. Quoi ?

— Aucune idée, prof, répondis-je, les yeux fixés sur le graphique qui s'affichait à l'écran. Mais le signal du magnétomètre a crevé le plafond. »

76

Max avait heureusement fini par se rendre compte que nous étions restés en arrière, et il fit faire demi-tour à son Triton pour venir nous retrouver. Après l'avoir mis au courant de ce qui s'était passé, nous peignâmes la zone pour délimiter la source du signal, qui se révéla être une zone étonnamment réduite en regard d'une telle intensité magnétique.

Mise à part une légère élévation du terrain, il n'y avait rien qui permette de penser que nous trouverions là quelque chose d'exceptionnel. On ne voyait que des rochers, du sable, et quelques algues clairsemées sur le fond.

« Que faisons-nous, maintenant ? demanda Eduardo en me regardant.

— Je ne crois pas qu'il y ait grand-chose à faire pour l'instant, à part tourner au-dessus.

— Mais, il faudra bien voir ce qu'il y a là-dessous, non ?

— Oui, bien sûr. Mais ce sera à l'équipe de plongeurs de le faire.

— Je croyais que ces sous-marins pouvaient creuser avec leur pince, dit-il à Félix.

— C'est une pince pour saisir et manipuler des objets, précisa le pilote, ce n'est pas une pelle.

— *Bleu Un, vous me recevez ?* fit la voix de Max par radio.

— Cinq sur cinq, répondit Félix. Allez-y.

— *Il n'y a plus rien à faire ici. Nous allons remonter. Les gars de J.R. viendront voir ce que nous avons trouvé.* »

Je me tournai vers le professeur avec mon air de « je vous l'avais bien dit » et il me retourna le sien de « ne fais pas l'idiot ».

Deux heures plus tard, les deux Tritons étaient de retour sur le pont arrière de l'*Omaruru*. Pendant que Félix rechargeait les batteries et les réservoirs d'air comprimé en vue de la prochaine immersion, les autres passagers des mini-sous-marins et moi-même étions regroupés devant l'écran géant de la salle de détente, en compagnie du capitaine Isaksson, de Carlos Bamberg et de J.R.

Derrière le microphone, le chef de l'équipe de plongeurs, chapeau de cow-boy vissé sur la tête, donnait des ordres aux deux hommes qui étaient en train de descendre vers l'endroit où s'était déclenchée l'alarme du magnétomètre.

« Vous me recevez bien, en bas ? demanda-t-il.

— *Cinq sur cinq* », répondit Joël.

Grâce au cordon ombilical qui les reliait au bateau pour leur fournir de l'air et du courant, la communication était bien plus stable qu'avec le système sans fil. Les images que nous voyions à l'écran nous parvenaient en direct de la caméra haute définition fixée au scaphandre de Joël. À cet instant, la caméra se tourna vers Mikel qui, s'agrippant à la nacelle métallique qui les descendait depuis l'*Omaruru*, fit le signe « OK » en hochant la tête dans son scaphandre jaune vif.

« *Nous nous rapprochons* », poursuivit-il en désignant le fond.

J.R. prit alors le walkie-talkie posé sur la table et pressa le bouton rouge.

« Pénélope, tu m'entends ?

— *Je t'entends*, répondit aussitôt la jeune femme.

— Diminue la vitesse de la grue de moitié, et tiens-toi prête à stopper quand je te le dirai.

— *Bien reçu. Vitesse réduite à la moitié.* »

Manolo et elle étaient restés à bord pour se charger de la grue et du compresseur d'air, refusant catégoriquement de laisser la sécurité de leurs compagnons aux mains de l'équipage de l'*Omaruru*.

Nous, les plongeurs, nous sommes ainsi faits. Nous ne faisons confiance qu'à ceux qui, comme nous, savent ce que c'est que se trouver dans un milieu froid et obscur, à des dizaines de mètres de profondeur, soumis à une pression qui pourrait vous écraser comme une cannette de bière.

« Ils y sont presque », murmura Cassie près de moi quand les lampes des plongeurs éclairèrent l'endroit, une sorte d'éminence haute de deux mètres, de l'intérieur de laquelle semblait venir le signal.

La nacelle métallique toucha le fond peu après, soulevant un nuage de sable que le courant emporta rapidement.

Sur l'écran de télévision, nous vîmes Joël consulter l'ordinateur de plongée qu'il portait au poignet.

« *Cent vingt et un mètres...*, dit-il d'une voix solennelle en lisant le chiffre que lui montrait le petit écran. *C'est dingue.*

— Tu vas bien ? demanda J.R.

— *Parfaitement bien,* répondit Joël. *J'étais juste en train d'halluciner un peu.*

— Alors, au boulot, ordonna J.R., les yeux fixés sur l'écran. Il serait temps de commencer à gagner votre salaire.

— *À vos ordres, mon général !* répliqua Mikel en faisant un salut militaire devant la caméra.

— Arrête de faire le con, Mikel, le gourmanda J.R. Dans une demi-heure ce travail doit être terminé et je veux vous voir de retour ici, c'est clair ?

— *Comme de l'eau de roche, patron.*

— *On ne peut plus clair.* »

Max Pardo se tourna vers J.R.

« Vous êtes sûr qu'ils sont capables de faire ce travail ? »

Juan Ramon se carra sur son siège et désigna la télévision, où l'on voyait les deux plongeurs en train de descendre de la nacelle l'encombrant matériel de prospection.

« Ne vous y trompez pas, monsieur Pardo. Ils sont jeunes et ils aiment bien faire le clown, mais ce sont les meilleurs dans leur partie. Je leur confierais ma vie sans hésitation. »

Max hocha la tête, acceptant l'argument de J.R. sans être convaincu pour autant.

Pendant ce temps, les deux scaphandriers avaient déchargé un volumineux tripode en aluminium et le déployaient suivant les indications que nous leur donnions depuis le confort de l'*Omaruru*.

« Un peu plus à *destra*, précisa Isabella en faisant des gestes vers l'écran comme s'ils pouvaient la voir. Oui, ça semble bien placé », acheva-t-elle avec satisfaction quand le tripode fut situé approximativement au centre du promontoire.

Sans perdre une seconde, ils le fixèrent au sol, qui était couvert de petits rochers tapissés d'algues comme d'un duvet vert, et d'une sorte de cailloux d'un rose passé gros de quelques centimètres seulement.

« Que sont ces choses ? s'étonna le professeur.

— C'est du maërl, répondis-je. Ce sont des algues corallines qui poussent à grande profondeur. Typiques de ces eaux.

— On dirait du pop-corn, remarqua-t-il en tendant le cou.

— C'est vrai, acquiesça Cassandra, mais ils ont une composition calcaire assez dure, en réalité. On ne peut pas dire qu'ils soient très digestes. »

Pendant que nous regardions Joël finir de fixer le tripode, Mikel revenait de la nacelle avec une mèche d'un mètre de long et une perceuse sous-marine qu'ils installèrent sur le tripode en quelques secondes.

« *Perceuse prête*, dit Joël. *Nous allons commencer à perforer.*

— Allez-y, confirma J.R.

— Dites-leur de faire attention, intervint Cassie. Nous ne savons pas ce qu'il y a dessous. »

Juan Ramon se tourna à demi vers la Mexicaine, tandis que les haut-parleurs de la télé transmettaient le bruit de la perceuse.

« Vous croyez qu'il pourrait y avoir quelque chose de dangereux sous ce promontoire ? s'inquiéta-t-il soudain. Une bombe perdue de la Seconde Guerre mondiale ou quelque chose comme ça ?

— Pas du tout. Nous en avons déjà discuté. Quoi qu'il y ait là-dessous, c'est enterré depuis des milliers d'années. C'est juste que nous pourrions avoir détecté un objet très ancien et très délicat. Je n'aimerais pas qu'on fasse un trou dedans.

— Et il n'y aurait pas la possibilité que ce soit naturel ? demanda le professeur. Je ne sais pas... une veine de fer ou quelque chose du même genre.

— C'est très peu *probabile*, répondit Isabella. Le signal était très fort et centré sur un point. »

Elle se tourna vers moi, comme pour me prier de certifier ses dires.

« Ça dépassait l'échelle, rappelai-je. Plus de vingt mille gauss.

— Ça ne peut pas être dû à une veine naturelle, ajouta l'Italienne en secouant la tête. Pas à une telle concentration.

— En résumé..., dit Max d'une voix songeuse sans quitter des yeux l'écran où l'on voyait les deux plongeurs au travail avec la perceuse. Nous avons une grande masse métallique, qui n'est pas d'origine naturelle, et qui, semble-t-il, est là depuis des milliers d'années, c'est cela ?

— C'est cela, corrobora Isabella.

— De quel métal pourrait-il s'agir ? reprit Max. De fer ? De cuivre, peut-être ?

— Si c'est aussi ancien que nous l'avons estimé, ce ne peut être aucun des deux, déclara Cassie. C'est ce qu'il y a de bizarre. Après tant de temps, presque n'importe quel type de métal devrait s'être désagrégé au contact de l'eau salée. Ça doit forcément être un métal inerte, qui ne réagisse pas chimiquement à la corrosion.

— Par exemple…

— Par exemple le nickel, le titane, le platine…

— L'or, l'interrompis-je. L'or ne s'oxyde jamais, même après être resté longtemps sous l'eau.

— Est-ce que c'est vrai ? demanda Max en regardant alternativement Cassie et Isabella.

— Ça se pourrait, acquiesça cette dernière, mais il faudrait qu'il y en ait vraiment beaucoup pour donner un signal du magnétomètre aussi fort. Des dizaines de tonnes, peut-être même plus de cent. »

Les yeux de Max se posèrent sur l'archéologue.

Celle-ci réfléchit un instant avant de répondre.

« Techniquement, c'est possible. L'or est relativement facile à extraire et à fondre en grandes quantités. Mais, comme elle l'a dit, ajouta-t-elle avec un regard pour l'Italienne, il faudrait que ce soit un sacré tas d'or.

— Vous dites ça comme si c'était un problème, renifla Max.

— Un problème, non. Mais tant de tonnes…, dit la Mexicaine en claquant la langue tout en secouant la tête. Je n'ai jamais entendu parler d'une telle découverte. »

À cet instant, la radio crépita et la voix de Joël jaillit des haut-parleurs.

« *Le foret ne rencontre plus de résistance,* informa-t-il tandis que nous voyions Mikel remonter la mèche de la perceuse. *Je crois que nous avons trouvé un vide.*

— À quelle profondeur ? demanda J.R. par le micro.

— *Nous avons perforé à peine un mètre cinquante. Qu'est-ce qu'on fait ? On raccorde l'autre mèche pour aller plus loin ?*

— Non. Jetons d'abord un coup d'œil avec l'endoscope, ordonna J.R. N'oublie pas de le connecter à ta caméra.

— Oui, patron. Mikel, tu l'as entendu. »

Sans répondre, le deuxième plongeur prit dans un filet une boîte noire d'où sortait un épais câble enroulé, noir lui aussi.

Joël s'accroupit devant le trou qu'ils venaient de faire et commença à y introduire l'extrémité du câble. Une seconde plus tard, l'image transmise par la caméra de son casque fut remplacée par celle de la caméra miniature dont était équipé l'endoscope, qui descendait par l'orifice circulaire en éclairant les parois.

C'était comme une coloscopie en haute définition.

« Regardez, intervint le professeur. On dirait que c'est le bout. »

Effectivement, un peu plus loin, le champ de vision de la caméra s'élargit brusquement, révélant un espace vide et sombre. Une cavité emmurée entre deux couches de terre et de débris, où nous ne distinguions que le reflet de particules flottant sur un fond noir.

« Il peut augmenter la lumière ? demandai-je au chef d'équipe.

— Elle est déjà au maximum.

— Qu'il se rapproche d'une paroi, suggéra Cassie. Il peut faire ça ?

— Joël, dit J.R. dans le micro, fais des cercles avec l'endoscope, pour voir ce qu'il y a autour.

— *Tout de suite* », répondit le plongeur.

Et l'image qui se montrait à l'écran devint aussitôt floue lorsque la caméra se mit à tourner sur elle-même.

« Attendez ! s'écria Cassie. Dites-lui d'arrêter ! Vous avez vu ? »

Un très bref instant, la lumière avait éclairé quelque chose.

« Joël, reviens en arrière, ordonna J.R. Lentement. »

Nous retînmes notre souffle pendant quelques secondes, puis la lampe de l'endoscope éclaira la surface régulière de ce qui semblait être une roche de couleur claire, comme du calcaire.

« Qu'est-ce que c'est que cela ? demanda à voix haute le professeur, qui s'était levé pour venir un peu plus près de l'écran.

— Il n'y a pas d'adhérences ni d'algues, observai-je en la voyant si nette. Elle a dû rester isolée de l'extérieur. »

La tête de l'endoscope continua de se mouvoir avec lenteur jusqu'au bord de la pierre. Un bord parfaitement circulaire et symétrique.

« Ce n'est pas une formation naturelle, affirma Isabella.

— Non, ça ne l'est pas, confirma Cassie en contenant son émotion. Il pourrait éloigner un peu la caméra pour élargir la perspective ? »

L'endoscope recula doucement, et, bien qu'ayant perdu un peu de luminosité, il nous permit de distinguer une forme et des limites bien définies : cela ressemblait à une roue en pierre. La première chose qui me vint à l'esprit fut l'image d'une meule de moulin, car, juste au centre, on devinait un creux. Comme une beigne géante.

« Oh mon Dieu ! bredouilla le professeur près de moi. Est-ce que c'est… ?

— Oui, répondit Cassie d'une voix rauque avant qu'il n'ait achevé sa question.

— Quoi ? lança Max en se tournant vers eux avec impatience. Vous savez ce que c'est ?

— C'est une section de colonne, affirma Eduardo sans quitter l'écran des yeux. Un fragment d'une colonne d'un édifice, ajouta-t-il, très ému.

— Nous l'avons trouvée… C'est la preuve définitive, déclara Cassie en me regardant, les yeux humides et un sourire de bonheur aux lèvres. Nous avons trouvé l'Atlantide, Ulysse. »

77

Après un court instant de confusion, comme quand on voit à la télé annoncer les chiffres de la combinaison qu'on a jouée au Loto, la salle tout entière éclata en ovations et se congratula. Je me levai d'un bond pour serrer Cassie dans mes bras, puis Eduardo, Van Peel, et je crois qu'aussi un matelot qui passait par là en apportant des bouteilles d'eau.

« L'Atlantide ! criait le professeur en regardant en l'air, les poings fermés, s'adressant peut-être à sa défunte fille. Nous avons trouvé l'Atlantide !

— Incroyable, répétait Isaksson en secouant la tête avec incrédulité. Incroyable.

— Félicitations à tout le monde ! clama Max en venant nous serrer la main un par un. Aujourd'hui, nous sommes entrés dans l'histoire ! »

Moi, j'étais sur un nuage d'euphorie, n'arrivant pas encore à réaliser que, après tout ce que nous avions vécu, nous avions enfin réussi. Cela changeait tout, et peut-être, croyais-je en cet instant, notre chance allait-elle tourner elle aussi. Mon esprit commença à vagabonder, imaginant tout ce que cela allait représenter pour nous, quand la voix de Joël vint interrompre mes pensées et la liesse générale. Il essayait peut-être de se faire entendre depuis un bon moment.

« *Hello ? Quelqu'un m'écoute ? Patron, vous me recevez ?*

— Je te reçois, Joël, répondit J.R. en s'approchant du micro. Dismoi.

— *Est-ce que vous voyez ce que je vois ?* » demanda le plongeur, ignorant l'enthousiasme débridé qui régnait dans la salle de détente de l'*Omaruru*.

Nous en avions tous oublié la télévision, qui était redevenue noire.

« Tu ne montres rien, dit J.R. après avoir levé les yeux vers l'écran. Tu dois déplacer l'endoscope.

« — *C'est ce que j'ai fait, chef. Je l'ai descendu sur presque trois mètres avant de rencontrer quelque chose.*

— Qu'est-ce que tu veux dire par là ?

— *Qu'il y a quelque chose qui m'empêche d'aller plus loin. Mais on ne voit rien.* »

J.R. réclama le silence d'un signe de la main.

« Tu as vérifié que l'endoscope ne soit pas obstrué ?

— *Bien sûr, patron. C'est la première chose que j'aie faite* », répliqua Joël, avec une pointe d'irritation.

À ce moment, les conversations avaient cessé et notre attention se portait de nouveau sur la télévision à l'écran si noir qu'on aurait pu la croire éteinte.

« C'est peut-être la lampe de l'endoscope qui est en panne », suggérai-je en me plaçant à côté de J.R. pour que le micro capte ma voix.

Pour toute réponse, Joël fit tourner sur la droite l'extrémité de l'endoscope, qui éclaira faiblement un fragment de pierre.

« *La lampe fonctionne parfaitement* », déclara-t-il en ramenant l'endoscope à sa position initiale.

L'écran redevint noir. Mais ce n'était pas un noir normal : c'était si dense et si intense qu'on avait l'impression de voir une nappe de pétrole. *C'est impossible*, pensai-je, *le pétrole est liquide et, d'ailleurs, il flotte sur l'eau.*

« Quelqu'un a une idée de ce que cela pourrait être ? » demanda Max en se tournant vers nous.

Quelques secondes de silence suffirent à révéler que personne ne savait quoi répondre.

« Est-ce que ça ne pourrait pas être une veine de charbon ou quelque chose du même genre ? suggéra Isaksson. C'est noir et solide.

— Le charbon et ses dérivés possèdent un albédo très faible, répondit Isabella en secouant la tête, mais, éclairé aussi directement, il réfléchirait quand même un peu de lumière, il ne l'absorberait pas entièrement de cette façon.

— Sans mentionner que c'est magnétique », remarqua le professeur.

Tous les regards convergèrent vers lui.

« Avez-vous déjà oublié que c'est exactement à cet endroit que nous avons détecté l'anomalie magnétique ? Quelles probabilités y a-t-il qu'il s'agisse de deux choses différentes ?

— Il a raison, dis-je. Cette chose doit être l'anomalie relevée par le magnétomètre. »

Max sembla soupeser cette éventualité avant de demander à la géologue :

« Qu'est-ce que vous en pensez, docteure ? dit-il en se tournant vers l'écran noir. Est-ce que ceci pourrait être à l'origine de l'anomalie ? »

L'Italienne ouvrit les mains en signe d'ignorance.

« Je ne peux pas le savoir simplement au vu d'une image sur un écran, mais c'est certain que cela ne ressemble à aucun métal que je connaisse. Si je disposais d'un échantillon pour l'analyser dans mon laboratoire, je pourrais vous donner des réponses en quelques heures.

— Vos hommes peuvent prendre un échantillon ? demanda Max à J.R.

— Bien sûr, confirma celui-ci en s'apprêtant à en donner l'ordre.

— Qu'ils procèdent avec beaucoup de soin, intervint Cassie avant qu'il n'active le micro. Je veux dire…, ajouta-t-elle en baissant d'un ton, qu'ils n'aillent pas lui faire un énorme trou avant de savoir de quoi il s'agit.

— Ne vous inquiétez pas, mademoiselle, nous n'allons pas le casser.

— Il pourrait s'agir d'une pièce archéologique de grande valeur, insista la jeune femme en se tournant vers Max. Il faut que l'échantillon soit le plus petit possible. »

Ce dernier regarda Isabella d'un air interrogateur.

« J'en aurai assez de quelques grammes pour faire les analyses, confirma la géologue.

— Vous avez entendu, dit Max à J.R., quelques grammes. »

Le chef de l'équipe de plongeurs acquiesça doucement et transmit les ordres aux deux scaphandriers.

Peu après le déjeuner, nous étions quelques-uns à nous attarder avec un café dans le carré des officiers tout en commentant les événements de la matinée, quand la voix de Carlos Bamberg jaillit des haut-parleurs pour demander, en anglais et en espagnol, que le personnel autorisé se présente dans la salle de détente de l'*Omaruru*.

Rongé par la curiosité de savoir ce qu'Isabella avait tiré de l'échantillon recueilli, je me dirigeai d'un pas vif vers la salle de détente, qu'il serait temps, songeai-je alors, de rebaptiser comme salle de réunions ou « salle pour y faire des choses qui n'ont absolument rien à voir avec se détendre ».

En arrivant, je constatai que je n'étais pas le seul qu'intéressaient les découvertes de la géologue. Moins de trois minutes après l'appel, tout le monde était présent et attendait dans un silence impatient.

Dix minutes s'écoulèrent encore avant que Max et Isabella n'entrent dans la pièce, suivis de Carlos qui, comme à son habitude, se plaça près de la porte comme s'il craignait de nous voir nous enfuir.

« Excusez notre retard, dit Max en s'écartant, mais je subodore que ce que va nous dire la docteure Marcangelli valait la peine d'attendre. »

La géologue poussa un léger soupir et, après avoir posé sur la table un dossier rouge d'où dépassaient plusieurs feuilles de papier, elle s'éclaircit la voix et regarda l'assistance.

« Je veux d'abord préciser, commença-t-elle en s'adressant particulièrement à Max Pardo, que tout ce que je vais dire à présent est le fruit d'analyses préliminaires, et que, pour l'affiner, j'aurais besoin de plus de temps et d'un laboratoire spécialisé. »

Max hocha la tête, et ce fut le signal qu'attendait la géologue pour continuer.

« Malgré tous les tests auxquels j'ai soumis l'échantillon, je n'ai pas réussi à déterminer de quelle matière il s'agit », déclara-t-elle avec un léger tremblement dans la voix. Elle fit une pause de plusieurs secondes, et ajouta : « Mais je peux vous dire ce que *ce n'est pas*. »

L'atmosphère de mystère qu'elle conférait à un simple exposé ne faisait qu'augmenter l'attente des assistants, à commencer par moi. De l'autre côté de l'équipe de plongeurs – y compris Joël et Mikel, qui venaient de compléter les fastidieux paliers de décompression –, je pouvais voir Cassie et le professeur penchés en avant sur leurs chaises.

Isabella ouvrit le dossier rouge et distribua les feuillets sur la table. Puis, levant les yeux, elle se racla légèrement la gorge.

« Bien, commença-t-elle, la première chose que je peux vous confirmer, c'est qu'il s'agit en effet d'une matière dont la couleur est un noir presque absolu, raison pour laquelle nous ne voyions rien. Son indice de réflexion lumineuse est inférieur à 0,03 %. Cela veut dire qu'elle absorbe 99,97 % de la lumière qu'elle reçoit. » Elle fit une pause puis reprit : « Cela n'a pu être obtenu qu'assez récemment, avec une matière de laboratoire appelée Vantablack, développée à partir de nanotubes de carbone. »

Mikel leva la main comme à l'école.

« Si c'est si récent… comment est-ce possible que ce que nous avons trouvé soit fait de cette matière ?

— Parce que ce n'en est pas, répondit l'Italienne. L'échantillon remonté est ferromagnétique et sans nul doute métallique. C'est un élément naturel et non fabriqué par l'homme.

— Incroyable », murmura Max.

Isabella regarda le millionnaire et souffla par les narines.

« Eh bien, vous n'avez encore rien vu, dit-elle en secouant légèrement la tête tandis qu'elle prenait un autre de ses feuillets. J'ai ensuite cherché à déterminer les propriétés de cette matière : point de fusion, densité, résistance, etc. J'ai commencé par soumettre l'échantillon à une température de plus de dix mille kelvins… mais il n'a pas fondu. »

La géologue attendit quelques secondes. Devant le manque de réaction à l'écoute de cette information, elle ajouta d'un air docte :

« Pour vous donner une idée, je vous dirai que le métal qui possède le point de fusion le plus élevé que l'on connaisse, c'est le tungstène, qui fond à environ trois mille quatre cents kelvins. L'élément de l'échantillon supporte au moins le triple. »

Cette fois, un murmure stupéfait parcourut la salle.

« Un instant, docteure, intervint Max. Ne m'interprétez pas mal, mais… vous êtes certaine de ce que vous avancez ?

— Le test a été *fatto* deux fois, précisa-t-elle seulement. Mais attendez, ce n'est que le début. »

J'essayais d'ordonner dans mon esprit chaque nouveau détail qu'apportait l'Italienne. En dépit de ma maigre formation scientifique, je commençais à me sentir submergé par les implications éventuelles, si cela se révélait être ce que je croyais.

« Ensuite, poursuivit la géologue en prenant un autre document, j'ai tenté de déterminer son poids atomique à l'aide d'un spectromètre de masse, mais il a été impossible de le maintenir à l'état gazeux pour le test. » Elle rejeta la feuille de papier comme si elle l'avait déçue et prit la suivante. « J'ai également appliqué tous les solvants, acides et réactifs en ma possession, mais cette matière est complètement inerte. Après quoi j'ai soumis l'échantillon à des hautes pressions, mais il n'a pas réagi non plus. » Elle leva les yeux et esquissa un sourire amer. « Il me rappelle assez mon ex-mari, je dois dire. »

Elle remit les feuillets dans le dossier et s'appuya sur la table, apparemment épuisée.

Après avoir attendu quelques secondes pour s'assurer qu'elle n'avait rien à ajouter, Max prit la parole :

« C'est tout ?

— *Che cazzo* ! Ça vous semble peu ? »

Max prit ostensiblement un air de patience pour demander d'une voix neutre :

« Et êtes-vous arrivée à une conclusion ?

— Aucune conclusion ferme, dit-elle en croisant les bras. Je ne peux que spéculer.

— Faites-le, je vous prie. »

Pendant un moment, Isabella parut soupeser quelles pensées elle pouvait partager, puis elle promena le regard sur l'assistance et exhala avant de murmurer entre ses dents quelque chose que je n'entendis pas.

« Ce que j'ai analysé paraît être un élément totalement inconnu jusqu'à présent, si étrange que sa propre existence semble impossible, résuma-t-elle. C'est un métal dont le point de fusion, la densité et la stabilité le placent dans le tableau périodique au-delà de tout autre élément connu ; il dépasse probablement les cent soixante-dix, et est composé d'atomes géants comportant des centaines de protons et de neutrons. Il possède une certaine similitude avec l'or, en ce qui concerne sa résistance à la corrosion et sa malléabilité, mais il est trois fois plus dense et son point de fusion est au minimum un ordre de grandeur plus élevé. Sans doute aucun, il n'existe sur Terre aucun élément naturel ou artificiel qui y ressemble, même de loin. » Elle fit une pause pour reprendre haleine et ce n'est qu'alors qu'elle ajouta : « Ce qui nous amène à la seule conclusion possible… »

Avant qu'elle ne les prononce, je sus quels allaient être les prochains mots d'Isabella.

78

« Extra-terrestre ? répéta Max comme s'il s'agissait d'une plaisanterie.

— Il n'y a pas d'autre explication. »

Le volume des conversations dans la salle avait augmenté de plusieurs décibels et l'incrédulité était générale. Tout le monde échangeait des regards qui demandaient si c'était une blague.

« Un instant, un instant, dit le professeur en élevant la voix par-dessus le brouhaha croissant. Êtes-vous en train de parler de petits hommes verts et de soucoupes volantes ? »

L'Italienne mit un moment à saisir le sens de la question.

« Quoi ? *No mio Dio* ! protesta-t-elle avec véhémence lorsqu'elle réalisa que c'était ce à quoi nous pensions tous en cet instant. Pas du tout ! Quand je dis extra-terrestre, je fais référence à une météorite. Je crois que notre échantillon appartient à une météorite ou à un fragment de météorite.

— Une météorite ? répéta Cassie.

— Une météorite très spéciale, précisa la géologue. Voyez-vous, des milliers de petits météores entrent chaque jour dans l'atmosphère où ils sont désintégrés. Mais il arrive de temps en temps que des météoroïdes soient assez durs et volumineux pour atteindre la surface ; ils finissent généralement dans les musées et les laboratoires. Au cours de millions d'années d'histoire planétaire, la quantité de météorites qui sont arrivées sur Terre est assez importante. La plupart sont grosses comme le poing, quelques-unes font la taille d'une voiture ou d'une maison, certaines étaient aussi grandes qu'une ville ; celle de Chicxulub, par exemple, responsable d'avoir déclenché le cataclysme qui a balayé le globe et causé l'extinction des dinosaures, il y a soixante-quinze millions d'années. Néanmoins… »

Là, elle fit une pause et nous étudia du regard, peut-être pour s'assurer que nous suivions ses explications.

« Toutes, sans exception, les rocheuses comme les métalliques, sont composées d'éléments connus sur Terre, puisqu'elles se sont formées, en principe, à partir du nuage gazeux de notre système solaire… »

Une fois de plus, Isabella laissa son exposé en suspens, attendant que son public mette les pièces en place.

« Voulez-vous dire que, dans ce cas précis, il pourrait s'agir d'une météorite venue d'*au-delà* de notre système solaire ? demanda le professeur.

— Une météorite interstellaire, spécifia l'Italienne en hochant la tête.

— Tiens, comme le film, rigola Pénélope.

— Comme le film, oui, confirma Isabella. Tout semble indiquer qu'elle s'est formée dans un autre système solaire, probablement à la suite de l'explosion d'une supernova ou de la *collisione* entre deux trous noirs. Seul un événement de cette magnitude énergétique aurait pu fournir les conditions de température et de pression nécessaires pour créer un élément comme celui que nous avons trouvé. Je ne vois aucune autre explication possible. »

Si la géologue s'attendait à une salve d'applaudissements, elle dut être déçue, car ce qui succéda à son raisonnement fut un silence qui mettait en évidence autant l'ignorance que la perplexité. À part elle, aucun de nous ne semblait comprendre exactement de quoi elle parlait.

« Qu'un tel événement soit survenu est-il vraiment concevable ? demanda Max, l'air sceptique. C'est-à-dire… quelles probabilités y a-t-il qu'une météorite née à des billions de kilomètres de distance finisse par percuter la Terre ?

— Plus ou moins les mêmes que si, après avoir jeté une pièce en l'air depuis un avion, elle s'introduisait toute seule dans la fente d'une machine à sous et que vous touchiez le jackpot en plus. Un événement hautement improbable, affirma Isabella sans ambages. Mais c'est pourtant déjà arrivé. »

Les sourcils du millionnaire formèrent deux arcs parfaits.

« C'est vrai ?

— Presque, nuança Isabella. Quelqu'un a-t-il entendu parler de l'Oumuamua ?

— Cet astéroïde que certains croyaient être un vaisseau spatial ? répondit aussitôt Isaksson.

— Exactement. Il a été découvert en 2017 et est devenu célèbre à cause de sa forme allongée inexplicable, et une probable origine interstellaire. Il est passé à plus de vingt-quatre millions de kilomètres de la Terre, presque cent fois l'éloignement de la Lune, mais il a démontré qu'il existe *effetivamente* des objets qui voyagent entre les systèmes solaires et que l'un d'eux pourrait éventuellement percuter notre planète. »

Max hocha la tête d'un air pensif, apparemment satisfait de cette réponse.

Mais moi, je ne l'étais pas.

« Il y a quelque chose que je ne comprends pas, intervins-je en levant la main. Je veux bien qu'une météorite interstellaire se soit écrasée un jour sur la Terre et tout le reste, mais qu'elle soit tombée précisément ici, c'est une trop grande coïncidence. »

L'Italienne me regarda avec surprise.

« Il fallait bien qu'elle tombe quelque part, non ? Nous avons simplement eu la chance de la trouver.

— Vous ne m'avez pas compris. Comment est-ce possible que nous l'ayons découverte juste à l'endroit où il semble y avoir les ruines de l'Atlantide ? Quelles probabilités y a-t-il qu'une météorite interstellaire et les vestiges d'une civilisation perdue se retrouvent exactement au même endroit ? »

Pour le coup, l'Italienne cilla sans rien dire.

« C'est une bonne question, jugea Max.

— À laquelle je ne peux pas répondre, reconnut Isabella avec un haussement d'épaules.

— Mais moi, si, affirma Cassie. Une réponse toute simple, en réalité. »

Tous les regards se tournèrent vers elle.

« La météorite n'est pas tombée ici. Elle y a été apportée, expliqua-t-elle tranquillement, comme énonçant une évidence.

— Ça a du sens, admit Max. Mais pourquoi faire cela ? »

Ce fut Eduardo qui prit la parole :

« Pour l'adorer. Savez-vous comment on appelait les météorites, jadis ? »

Et, sans attendre la réponse, il poursuivit :

« Bétyles, ou "demeure divine". Les météorites sont peut-être les objets de culte les plus anciens de l'histoire de l'humanité. C'étaient des roches *littéralement* tombées du ciel, déclara-t-il en levant un doigt vers le plafond. Que peut-il y avoir de plus impressionnant ? L'omphalos de Delphes, la Béthel mentionnée dans la Genèse chrétienne, la pierre benben de l'Égypte ancienne, l'Abadir des Mésopotamiens… Tous ces peuples possédaient leur propre météorite qu'ils adoraient.

— Et même de nos jours, intervint Cassie, quand mille cinq cents millions de musulmans font leurs prières tournés vers La Mecque, ils prient le temple de la Kaaba, où se trouve enchâssée la Pierre noire qui, selon leur tradition, est un rocher du Paradis tombé du ciel que l'archange Gabriel a remis à Abraham. »

Max Pardo leva les sourcils, sincèrement surpris.

« Vous voulez dire qu'en réalité les musulmans font leurs prières à une météorite ?

— Cinq fois par jour, confirma Eduardo.

— Il y a douze mille ans, reprit Cassie, si les Atlantes ont découvert une météorite aussi extraordinaire que celle-ci, il est très plausible qu'ils l'aient emportée et qu'elle soit devenue une part de leur imaginaire religieux. Cela expliquerait pourquoi elle se trouve justement ici. »

Max réfléchit un moment, hochant la tête à mesure qu'il était plus convaincu.

« J'ai une autre question à vous poser, dit-il à Isabella. À votre avis, avec ce que nous en savons jusqu'à présent, croyez-vous que cette météorite puisse… avoir de la valeur ? Économiquement parlant, je veux dire. »

L'Italienne le regarda fixement, comme si elle n'était pas certaine d'avoir bien entendu.

« Vous plaisantez ?

— J'ai l'air de plaisanter ? »

Isabella se pinça l'arête du nez, comme le ferait une professeure qui doit répéter une leçon pour la énième fois.

« Comment dirai-je… ? »

Elle prit quelques secondes avant de poursuivre :

« Si les analyses sont confirmées, nous aurions découvert un corps d'origine interstellaire composé par un élément inconnu dans notre système solaire. Un élément aux propriétés tellement uniques et *impossibile* à reproduire sur Terre, qu'il représenterait une révolution sans précédent en ce qui concerne la physique et la chimie actuelles ; sans compter ses applications pratiques dans les domaines de l'énergie, les télécommunications, la métallurgie, et que sais-je encore. Un seul kilogramme de cet élément vaudrait des millions d'euros. Des dizaines de millions, probablement, ajouta-t-elle après avoir réfléchi. Et, à en juger par les lectures du magnétomètre, la densité et le volume estimés, la masse de la météorite pourrait dépasser les cent tonnes. Calculez vous-même, monsieur Pardo. »

CINQUIÈME PARTIE

La météorite

79

Je dois confesser que la réponse d'Isabella me laissa rêveur tandis que j'essayais de calculer la valeur de la météorite, sans beaucoup de succès. Je m'étais perdu à partir des dix zéros, et je me rendis à la simple certitude que, cent mètres sous la coque de l'*Omaruru*, reposait ce qui pouvait être l'objet de plus grand prix qui existe sur la face de la Terre.

Et je n'étais pas le seul à me sentir ainsi. Tout le monde était plongé dans un abîme de perplexité.

Quelques minutes auparavant, à notre entrée dans la salle, aucun de nous n'aurait pu imaginer comment allait tourner cette réunion.

Et ce n'était pas encore fini.

Me levant, je traversai la pièce pour rejoindre Cassie et le professeur, et commenter avec eux ce que nous venions d'apprendre. J'avais besoin d'en parler à quelqu'un pour me débarrasser de cette sensation d'irréalité.

« C'est dingue, non ? dis-je tout en m'asseyant près de la Mexicaine. Qu'est-ce que tu penses de tout cela ? »

Cassie ne répondit pas. De fait, elle ne semblait même pas avoir entendu. Son attention était fixée sur Max Pardo, qui discutait à voix basse avec J.R., et l'expression de son visage n'était ni d'étonnement ni d'incrédulité : elle paraissait vraiment préoccupée.

« Que se passe-t-il ? demandai-je, intrigué. Qu'est-ce que tu as ? »

Elle se tourna vers moi, comme surprise de me voir me matérialiser à côté d'elle. Avant qu'elle n'ait eu le temps de me répondre, Max s'éclaircit la gorge pour réclamer l'attention de l'assistance.

Le brouhaha se dissipa immédiatement et tous les regards se posèrent de nouveau sur lui.

« Mesdames et messieurs, dit-il en élevant la voix, faisant taire les derniers chuchotements. Je comprends très bien ce que vous ressentez… Parce que je ressens exactement la même chose, affirma-t-il avec un sourire complice. Ce que vient de nous expliquer la docteure

Marcangelli est si extraordinaire que nous aurons besoin d'un moment pour l'assimiler. »

Après une courte pause, il ajouta gravement :

« Mais le temps est un luxe que nous ne pouvons pas nous permettre. Au vu des nouvelles circonstances, j'ai décidé de modifier l'orientation de cette expédition. À partir de maintenant, déclara-t-il en prenant sur la table le dossier rouge d'Isabella pour le brandir comme un drapeau, notre priorité absolue sera la récupération de la météorite et son transfert à bon port. Toute autre considération passe au second plan. »

Cassie se tourna alors vers moi et, d'une voix lugubre, elle répondit enfin à ma question.

« Voilà ce que j'ai, Ulysse. »

Mais Max poursuivait.

« Dès maintenant et jusqu'à nouvel ordre, J.R. prendra la tête des opérations, dit-il en désignant le plongeur vétéran. Il m'a assuré qu'avec le matériel adéquat, la météorite pourrait être à bord en moins de cinq jours, et c'est exactement ce que nous allons faire. »

Il prit le temps de vérifier que nous avions tous bien compris.

« Ah, une dernière chose… » ajouta-t-il en arborant son sourire pédant de monsieur je sais tout.

Avec ses cheveux blancs, sa veste de sport et son pull à col roulé, il avait l'air du frère cool de Steve Jobs sur le point de présenter le premier iPhone.

« Cette opération réclame une implication totale, de la confiance, et confidentialité de votre part. Je vais vous exiger un engagement absolu, il est donc juste que vous receviez une compensation en accord avec cet engagement. Dès que nous aurons débarqué la météorite en lieu sûr, chacun de vous recevra un virement supplémentaire d'un million d'euros. »

Pendant quelques secondes, un silence stupéfait s'empara de tout le monde.

Je me demandais si j'avais bien entendu, quand une salve de vivats et de cris de joie éclata dans la salle, me confirmant que je n'avais pas été victime d'hallucinations auditives.

Un million d'euros.

En toute ma vie, je n'avais pas eu la chance de gagner cette somme. C'était comme mille fois le solde moyen sur mon compte.

Les plongeurs s'embrassaient, se réjouissant de leur bonne fortune, tout comme les officiers de l'*Omaruru* : on se serait cru devant un bureau de loterie qui vient de toucher le gros lot. Même le flegmatique capitaine Isaksson s'approcha de Max pour lui serrer la main, le visage rouge d'émotion. Il devait déjà se voir définitivement retraité, buvant une bière fraîche au soleil, sous le porche de sa maison d'Uppsala.

Entraîné par l'euphorie unanime, je me tournai vers Cassie pour la prendre dans mes bras ; mais, loin de paraître contente, la Mexicaine regardait Max Pardo d'un œil noir.

« Monsieur Pardo ! cria-t-elle en se levant dans le tohu-bohu général. Monsieur Pardo ! »

Il y avait un tel vacarme que Carlos dut prévenir Max que Cassie l'appelait.

« Oui, mademoiselle Brooks ? » répondit-il tout en serrant les mains qui se tendaient vers lui. On aurait dit un politicien faisant campagne.

« Qu'en est-il des fouilles archéologiques ? »

Max cessa de serrer des mains.

« Comme je l'ai déjà dit, à présent la priorité est…

— La putain de météorite, j'ai entendu, l'interrompit-elle sèchement. Mais que se passe-t-il avec les fouilles ? Et l'Atlantide ? N'est-ce pas elle que nous étions venus chercher ?

— Je crois bien que nous l'avons trouvée, non ? argua Max d'un air suffisant.

— Et votre premier geste va être de détruire le gisement ?

— Détruire ? Qui a parlé de détruire quoi que ce soit ? »

Cassie croisa les bras et sa mâchoire se crispa. Mauvais signe.

« Ah, non ? fit-elle avec défi. La valeur de cette météorite va bien au-delà de sa composition. C'est probablement le témoignage religieux et culturel d'une civilisation inconnue, et vous ne pensez qu'à la vendre par petits bouts. Cela sans mentionner que, d'après ce que nous avons vu ce matin, elle se trouve certainement enfouie sous ce qui semble les restes d'un temple, que vous allez détruire aussi pour vous emparer de la pierre.

— Probablement, certainement…, répéta Max. Ce ne sont que des spéculations, mademoiselle Brooks.

— Vous avez vu la même chose que moi, dit Cassie en désignant la télévision désormais éteinte. Ça peut être un temple, un palais ou un tombeau. Mais nous avons sans aucun doute vu les vestiges d'un édifice vieux de milliers d'années. C'est peut-être tout ce qui reste de la cité de l'Atlantide ! s'écria-t-elle avec désespoir. Est-ce que vous vous en fichez ?

— Je vous garantis que nous ferons attention.

— Si vous voulez faire attention, ne touchez à rien, merde ! Si vous commencez à tout chambouler pour prendre la météorite, vous n'entrerez pas dans l'histoire comme le découvreur de l'Atlantide, mais comme l'homme qui l'a pillée. »

Tout le monde dans la salle gardait un silence tendu, attentif à chaque mot prononcé et sans que personne n'ose ouvrir la bouche.

« Les circonstances ont changé, mademoiselle Brooks, ou n'avez-vous pas écouté ?

— Ce que j'ai entendu, c'est que nous avons cessé de parler archéologie pour parler appât du gain. Pourquoi voulez-vous encore plus d'argent ? Vous n'en avez pas assez ? »

Max eut un sourire condescendant, comme s'il s'apprêtait à lui révéler une évidence.

« Il n'y en a jamais assez. »

Debout près de moi, Cassie secouait la tête comme si elle était incapable d'assimiler ce raisonnement.

« Et vous tous ? Vous êtes d'accord avec lui ? Vous allez permettre que cet homme détruise la plus grande découverte de l'histoire ? Allez-vous vous rendre complices d'un crime en échange des miettes qu'il voudra bien vous laisser ? » ajouta-t-elle avec véhémence, en désignant Max comme si c'était Satan en personne.

De notre place habituelle, au fond de la salle, nous ne voyions qu'une dizaine de nuques qui ne faisaient pas mine de se tourner. La liesse de l'instant précédent s'était convertie en honte et en mutisme coupable. Personne n'eut le courage de regarder Cassie ou de contredire le sourire satisfait de Max qui, bras croisés, soupira ostensiblement, comme un père qui vient d'assister à une crise de rage enfantine.

Quand il fut bien clair que personne n'allait piper mot, il reprit la parole :

« Vous avez quelque chose à ajouter, mademoiselle Brooks ? Je suis sincèrement désolé, affirma-t-il hypocritement, mais je crains que vous ne puissiez plus faire partie de ce projet. Je vous demande donc de quitter la salle et de retourner dans votre cabine. Votre contrat est résilié dès cet instant et vous serez débarquée aussitôt que nous en aurons l'occasion », conclut-il en lui montrant la sortie.

Alors qu'il semblait que rien ne pouvait être pire, Cassie baissa les yeux sur moi. J'étais resté avachi sur ma chaise, comme un soldat se planque dans sa tranchée sous un feu croisé.

« Et toi ? Tu n'as rien à dire à ce sujet ? »

Son visage était un masque désespéré, et ses yeux verts fixés sur les miens me criaient de me ranger à ses côtés, de faire cause commune avec elle, de ne pas la décevoir.

« Je regrette, Cassie, murmurai-je, à peine capable de soutenir son regard.

— Tu prends son parti ? » demanda-t-elle, consternée. Et je sentis quelque chose se briser en elle. « Comment peux-tu ? Pourquoi, Ulysse ?

— Pour l'argent, Cassie, dis-je en haussant les épaules. C'est un million d'euros, merde.

— Ne me fais pas ça, Ulysse, dit-elle en secouant la tête avec lenteur. Tu sais combien c'est important pour moi… pour lui…, ajouta-t-elle en désignant le professeur assis près d'elle. Pour le monde entier, en fait. »

Chacun de ses mots était un poignard en plein cœur. Je me vis tel qu'elle me voyait et je me méprisai profondément.

« Pas pour moi.

— Tu n'es pas comme ça…, balbutia-t-elle, presque suppliante, me regardant comme si elle me voyait pour la première fois et découvrait qu'elle avait dormi pendant des années auprès d'un parfait étranger. Tu n'étais pas comme ça. »

Un scintillement annonciateur des larmes brilla au coin de ses yeux. Chaque cellule de mon corps me criait de la prendre dans mes bras, de lui demander pardon, de lui dire que c'était elle et moi contre le monde, qu'elle avait tout mon soutien, maintenant et pour toujours.

Mais je ne le fis pas.

« Je regrette, Cassie, répétai-je, tandis que toutes les têtes s'étaient enfin tournées vers nous, cette fois pour voir en direct comment on trahissait un être aimé. Je t'ai déjà dit que j'étais fatigué de risquer ma vie pour rien. Maintenant, au moins, si tout va bien, tout le reste en aura valu la peine. »

Soudain, l'expression de Cassie vira à l'indignation et je compris que j'avais encore empiré les choses, si c'était possible.

« Tout le reste ? releva-t-elle en fronçant les sourcils. Tu veux dire, ces dernières années ? Un putain de million d'euros fera qu'elles auront valu la peine ?

— Je ne voulais pas dire…

— Quand je t'ai connu, tu cherchais un trésor, et maintenant, je comprends enfin que c'est tout ce qui t'importe : l'argent. Tout ce que nous avons vécu n'aura été que du tracas pour toi, non ?

— Ce n'est pas vrai.

— Fous-moi la paix, déclara-t-elle d'une voix sombre. Pour toujours. »

Et, tournant la tête avec tout le mépris dont elle fut capable, elle repoussa sa chaise violemment et quitta la salle.

Le professeur Castillo, qui était assis de l'autre côté de Cassie, me jeta un regard attristé et, se levant en silence, il partit derrière elle.

Je continuai de fixer la porte qui s'était refermée sur eux, avec ce goût amer dans la bouche que l'on a quand les choses se brisent et qu'on sait qu'on ne pourra sans doute pas les réparer.

Je me sentis comme un moins que rien, et je l'étais sûrement.

« Très bien, reprit la voix de Max, avec comme une pointe d'amusement. À présent que ce petit drame familial est résolu, revenons à nos moutons. »

Il attendit quelques secondes pour que la tension se dissipe, et ajouta, comme si rien ne s'était passé :

« D'autres questions ? »

80

Le flux d'air continu qui arrivait de l'*Omaruru* entrait dans mon casque avec un bruit sifflant, comme celui d'une cafetière qui aurait expulsé de la vapeur à deux centimètres de mon oreille. Je passai ma langue sur mes lèvres desséchées par l'Hydreliox et aspirai profondément le mélange d'hydrogène et d'hélium, avec moins d'un pour cent d'oxygène, qui me permettait de me tenir debout sur le fond marin à cent vingt-cinq mètres sous la surface.

La lumière du soleil, à cette profondeur, n'était guère plus qu'une faible lueur bleutée au-dessus de moi, comme une pleine lune cachée par un rideau de nuages.

Malgré l'épaisseur de la combinaison étanche, le froid de l'eau qui m'enveloppait pénétrait le néoprène et les sous-vêtements thermiques, et je rêvais d'être de retour sur le bateau, un bol de bouillon chaud entre les mains.

Je n'avais jamais plongé aussi profond, et je ne croyais pas que l'occasion se représenterait. Pas seulement en raison des risques extrêmes, mais parce que l'équipement et le mélange d'air nécessaires à une telle immersion avaient un coût prohibitif, sauf quand l'objectif les rentabilisait. Un objectif qui se trouvait juste sous mes pieds, noir comme la nuit la plus obscure, absorbant chaque photon que lui envoyaient les doubles lampes de mon casque et les projecteurs du mini-sous-marin.

Félix aux commandes, le Triton voletait autour de nous comme une gigantesque mouche bleue, filmant en 4K chacun de nos mouvements, mais sans être d'une grande aide, à part transporter le matériel du bateau au fond, et faire fonction de témoin de ces fouilles stupéfiantes.

L'objet détecté par le magnétomètre s'était révélé encore plus étrange que nous l'avions anticipé. Sa composition était effectivement celle d'une météorite, mais sa forme et sa surface ne correspondaient pas du tout à ce que nous attendions.

Entre le maërl et les vestiges de colonnes et de blocs de pierre émergeait le sommet de ce qui semblait être une sphère, noire et parfaite comme une énorme bille d'obsidienne. Sa relative ductilité avait apparemment permis aux Atlantes de modeler et polir la météorite en forme de globe.

Après avoir passé plusieurs jours à déplacer des rochers et creuser, nous en avions à peine dégagé un dixième, mais la partie visible me faisait évaluer son diamètre à environ deux mètres. Une sphère de deux mètres de diamètre polie comme du verre, qui ne reflétait pas le moindre rayon de lumière. Je la regardai à plusieurs reprises avec la vertigineuse sensation d'être devant un puits insondable et non pas un objet solide. Comme moi, tous les membres de l'équipe de plongeurs ne pouvaient s'empêcher de la toucher de temps en temps, comme pour s'assurer que c'était une chose tangible et que nous ne courrions aucun danger de tomber dedans.

Ce fut d'ailleurs ainsi, en la caressant comme pour vérifier qu'elle se trouvait vraiment là, que nous découvrîmes une série de marques et de fentes peu profondes gravées sur sa surface, impossibles à distinguer à l'œil nu. De prime abord, nous supposâmes que ce pouvaient être des fissures provoquées par l'effondrement de l'édifice qui l'abritait, mais nous vîmes rapidement que ce n'était pas le cas.

Les mains glacées et le bout des doigts ridé comme des pois chiches à tremper faisaient perdre beaucoup de sa sensibilité au sens du toucher, mais même ainsi il était évident que ces sillons formaient un motif qui semblait s'étendre sur toute la sphère.

Ce que représentait ce motif dont nous ne pouvions que deviner une partie, nous ne le saurions que quand...

« *Ulysse* ? »

Une voix dans mon oreille interrompit mes pensées, me faisant sursauter.

Je regardai autour de moi et mes yeux se posèrent sur un autre plongeur qui, une pelle à la main, m'observait à quelques mètres de distance.

« *Tu vas bien* ? » C'était Pénélope, la jeune plongeuse que J.R. m'avait assignée comme co-équipière pour cette immersion. « *Tu as eu un vertige ?*

— Quoi ? Non, sois tranquille, tout va bien, répondis-je, ayant mis quelques secondes à saisir le sens de la question.

— *Tu n'as pas de symptômes de narcose* ? insista-t-elle, inquiète.

— J'étais seulement distrait. Pardon.

— *Génial*, dit-elle avec soulagement. *Alors, viens m'aider, il n'y a pas moyen de faire bouger cette fichue caillasse.* »

Abandonnant ma tâche, je pris mon pic et me dirigeai vers elle. Car, même si on nous avait fourni le matériel de plongée le plus sophistiqué, des mini-sous-marins de science-fiction et un bateau aussi extraordinaire que l'*Omaruru*, nous étions obligés de creuser à l'ancienne, avec des pics et des pelles.

L'*Omaruru* n'avait malheureusement pas de tuyaux d'extraction assez longs, ni la puissance qu'il aurait fallu pour aspirer à une telle profondeur ; les Tritons, de merveilleuses prouesses technologiques avec leur pince préhensile, n'étaient pas conçus pour creuser ; et la machinerie d'excavation subaquatique adéquate pour cette tâche aurait nécessité un navire et une équipe spécialisés en prospection qui auraient mis des semaines à être prêts. Des semaines que Max Pardo n'était évidemment pas disposé à attendre, et pour être sincère, moi non plus.

C'était la raison pour laquelle je respirai à présent le mélange à base d'hydrogène et d'hélium qui m'arrivait de l'*Omaruru* par le « cordon ombilical », à une pression de douze atmosphères, dans le noir et tremblant de froid tandis que je pelletais la terre comme un ouvrier sur un chantier. Il ne me manquait que la clope au coin des lèvres.

Grâce aux plombs supplémentaires que nous portions à la ceinture, nous pouvions marcher sur le fond ou nous maintenir à l'horizontale sans avoir à lutter contre le courant.

Ainsi, progressant par petits bonds comme un astronaute sur la Lune, je passai au-dessus de la météorite pour aller me placer aux côtés de Pénélope.

« *Il y en a une sacrément grosse là-dessous*, dit-elle en désignant ses pieds. *Même en faisant levier je n'arrive pas à la faire bouger.* »

Nous nous trouvions à l'endroit où la sphère était encastrée dans la pente, et le pic de Pénélope était planté dans une fente de la roche.

« Essayons ensemble », dis-je.

Tenant fermement mon pic, je le fichai près du sien, puis, les pieds calés dans une fissure, nous forçâmes tous les deux, mais en vain.

Ça, ce n'est pas un simple fragment de roche ou de corail, pensai-je en sautant précautionneusement sur la surface noire du monolithe. Je me penchai sur le point où des deux pics étaient plantés et, y dirigeant la lumière de mon casque, je pris le couteau que je portais accroché au mollet et commençai à gratter la pierre.

« *Qu'est-ce que tu fais ?* » demanda la jeune femme.

Je ne m'étais pas rendu compte qu'elle s'était approchée, et, me retournant, je vis ses yeux de chat qui m'observaient avec curiosité à quelques centimètres de mon visage.

« Ce n'est pas un rocher », dis-je.

Je raclai un peu plus avec la lame et finis par mettre au jour une surface lisse, de couleur grise et parfaitement polie, où l'on pouvait distinguer un bas-relief représentant une rangée d'hommes vêtus d'une sorte de toge.

« *On dirait...*, fit Pénélope au bout d'un moment.

— C'est une frise, affirmai-je en reculant pour avoir une plus ample perspective, non sans m'étonner moi-même que ce terme fasse partie de mon vocabulaire. C'est comme une poutre qui était placée à la part supérieure des temples et des palais.

— *Eh bien, à nous deux on ne va pas la bouger, ça je peux te le dire.*

— Je ne sais même pas si nous devrions, dis-je en levant les yeux vers la silhouette noire du bateau qui se découpait sur la clarté de la surface. Examinons bien les lieux avant de retourner sur l'*Omaruru*. Il y a bien plus ici qu'on ne le croirait à première vue. »

Les paliers de décompression étaient toujours inévitables, mais grâce à la nacelle métallique dans laquelle on nous faisait monter ou descendre au moyen de la grue de l'*Omaruru* – sous la surveillance de J.R. – je n'avais pas à m'inquiéter de la durée des paliers.

Malheureusement, une tempête hivernale s'était levée le matin même, un vent de force six qui soufflait à presque cinquante kilomètres-heure et formait des vagues de deux mètres de haut, obligeant le système de positionnement du bateau à beaucoup travailler. Rester dans la nacelle où Pénélope et moi étions suspendus pendant qu'on nous remontait vers l'*Omaruru* ressemblait assez à faire un tour de manège.

Par chance, bien qu'assez désagréable, ce ballottement constant n'était pas encore dangereux et, en revanche, la possibilité de bavarder par radio grâce au « cordon ombilical » rendait le long processus de décompression beaucoup moins fastidieux.

« *Lol, il fait plus froid qu'à la chasse aux pingouins !* », lança soudain Pénélope, agrippée à la rambarde pour résister aux mouvements de la nacelle.

Je souris à cette saillie de la jeune femme.

« Oui, c'est vrai, il fait un peu froid.

— *Un peu ? J'ai le minou congelé !* »

Je savais qu'elle exagérait, car J.R. m'avait parlé la veille de certaines missions que l'équipe avait réalisées sur des plates-formes pétrolières, en mer du Nord et en Finlande, où le froid était certainement bien plus intense qu'ici. Mais c'était la typique conversation d'ascenseur où on se plaint du temps qu'il fait.

« *Au fait, toi et Cassandra, vous vous êtes... séparés ?* » demanda-t-elle au bout d'un moment, l'air de rien.

La question me prit tellement au dépourvu que je ne sus pas quoi répondre. Depuis que Cassie était sortie de la salle de réunion l'autre jour, je ne l'avais croisée qu'une fois ou deux dans les coursives, et elle ne m'avait pas adressé la parole. En réalité, j'ignorais si c'était une bouderie passagère, ou quelque chose de plus profond et durable.

J'avais essayé de ne pas y penser, de me plonger – on ne peut pas mieux dire – dans le travail ; mais à présent, ma co-équipière venait de m'envoyer cette question en pleine figure et je ne pouvais plus me défiler, à moins de faire le sourd ou de sauter la rambarde.

« Je ne sais pas, à dire vrai, répondis-je avec sincérité. Peut-être que oui. »

La jeune femme mit sa main gantée sur la mienne, posée sur le garde-fou.

« *Je suis désolée.* »

Derrière le verre trempé de son casque intégral, son regard félin sembla s'aiguiser, comme celui d'un chat qui guette les mouvements d'une souris particulièrement dodue.

« *Si tu as besoin de parler... tu sais où me trouver* », ajouta-t-elle en passant la main sur la manche de ma combinaison.

Était-elle en train de flirter avec moi ?

Car, malgré ma légendaire maladresse pour interpréter les femmes, le casque hermétique et les cinq millimètres de toile laminée et de néoprène qui nous enveloppaient, c'était exactement ce que cela paraissait.

« Merci, répondis-je, un peu troublé. Mais je… je ne sais pas si… »

Je haussai les épaules, bien que l'épaisse combinaison étanche ScubaPro ne lui permette pas de voir mon geste.

La main de Pénélope se referma sur la mienne et le coin de ses yeux se plissa dans un sourire.

« *Ce sera avec plaisir.* »

Quand nous fûmes enfin de retour sur le bateau, je me changeai à toute allure et, bredouillant une excuse, je pris congé de Pénélope alors qu'elle n'avait pas encore ôté son équipement. La mince partie de mon cerveau que je n'employais pas à dormir, manger et travailler, était exclusivement consacrée à Cassie. Aussi flatteur que soit l'intérêt de Pénélope, mon cœur appartenait toujours à une Mexicaine aux yeux verts qui ne voulait plus me voir.

Quant à mon esprit, il était mobilisé par la perspective de prendre une douche chaude, puis de m'écrouler sur mon lit jusqu'à l'heure du déjeuner, du dîner ou de quoi que ce soit d'autre qui inclurait de la nourriture.

« Ulysse ! entendis-je derrière moi.

— Salut, prof, dis-je en me retournant sans grand enthousiasme, sachant que ma douche chaude allait devoir attendre. Comment ça va ?

— Moi ? Bien. Et toi ? Je ne t'ai pas vu depuis hier.

— J'ai été assez occupé, dis-je avec un geste vague.

— J'imagine. Comment vont les fouilles ? demanda-t-il sur le ton de la confidence en s'approchant. Vous avez déterré la météorite ? Depuis que notre contrat a été résilié, on ne nous dit plus rien, à Cassie et moi.

— Je sais. Je n'ai pas non plus le droit d'en parler avec vous. »

Le visage d'Eduardo s'assombrit brusquement. Mais, malgré les clauses l'interdisant et le fait que je ne pensais qu'à un jet d'eau à quarante degrés coulant sur ma peau, je regardai des deux côtés du couloir et répondis en baissant la voix :

« C'est une sphère. Une sphère de deux mètres, parfaitement polie et couverte de symboles. Je parierais la moitié de ma paye qu'elle est faite du même matériau que le monolithe de la Cité noire. »

Le professeur fit un pas en arrière en portant la main à son cœur. Je crus un instant qu'il avait une attaque.

« Mon Dieu…, souffla-t-il quand il retrouva la parole. Évidemment. C'est parfaitement logique. Le monolithe et la sphère ont une origine commune : ils ont été faits à partir de la même météorite.

— C'est ce que je crois.

— Ce qui confirmerait, sans le moindre doute, que la Cité noire et l'Atlantide sont liées, poursuivit-il, songeur. Ce serait la preuve que tout était vrai, Ulysse. Je savais bien que nous avions raison depuis le début, ajouta-t-il en me prenant le bras comme s'il craignait de me voir partir avant la fin de ses réflexions.

— Oui, mais ce n'est pas tout, prof. Il y a moins d'une heure, pendant que nous travaillions à déterrer la sphère, nous avons découvert autre chose : une frise, dis-je en me penchant vers lui.

— Une frise ? répéta-t-il, clignant des paupières avec incrédulité. Tu en es sûr ?

— En fait, c'est plutôt ce qu'il en reste. Avec des figures humaines sculptées en bas-relief.

— Mon Dieu, murmura-t-il, ils vont détruire le gisement, Ulysse. Tu dois les empêcher de continuer.

— Moi ? Et que voulez-vous que je fasse ? Couler le bateau ? »

Mon vieil ami baissa les yeux et secoua la tête.

« Je ne sais pas, Ulysse, mais il faut les arrêter, insista-t-il. Nous ne pouvons pas les laisser détruire une telle découverte.

— Je suis désolé, prof, vraiment, dis-je en posant une main sur son épaule. Je ne peux rien faire pour l'empêcher.

— Monsieur Vidal ! » s'écria une voix autoritaire, me faisant sursauter.

Dressée au fond du couloir, l'énorme corpulence de Carlos Bamberg en occupait presque toute la largeur.

À grandes enjambées, il vint vers nous comme si nous étions deux adolescents surpris en train de fumer dans un couloir du lycée.

« Monsieur Vidal, répéta-t-il en arrivant à notre hauteur, je vous rappelle qu'il est strictement interdit de partager des informations sur les détails des fouilles avec des personnes non autorisées. Cela inclut monsieur Castillo et mademoiselle Brooks.

— Oui, je sais, répondis-je en m'efforçant de ne pas avoir l'air coupable. Nous étions juste en train de nous saluer.

— Oui, c'est cela, renchérit Eduardo en se frottant les mains nerveusement. Nous nous saluions. »

Je mentais très mal, mais le professeur, c'était tout un poème.

« Ne recommencez pas ou je devrais prendre des mesures, c'est bien clair ? »

Eduardo et moi acquiesçâmes à l'unisson. Face à ce type énorme, il était difficile de ne pas se sentir comme un collégien pris en flagrant délit.

« Je l'espère », dit-il.

Puis, plaquant sa grosse main dans mon dos, il ajouta :

« Venez avec moi, s'il vous plaît. Monsieur Pardo veut vous voir.

— Je viens de terminer mon tour de travail. J'ai besoin d'une douche et de me reposer un peu, déclarai-je avec un geste vers l'escalier. Dites à Max que j'irais dans un moment. »

À cette réponse, une grimace se dessina sur le visage de Carlos, de celles qui apparaissent quand quelqu'un vous dit qu'il croit encore à la petite souris ou à l'honnêteté d'un conseiller municipal en charge de l'urbanisme.

81

Carlos ouvrit la porte de la salle de détente et s'effaça pour me laisser passer.

Il y avait là Isaksson, Van Peel, Isabella, ainsi que Juan Ramon en compagnie d'une partie de son équipe de plongeurs : Mikel, Joël et Manolo. Tout ce petit monde formait un demi-cercle devant la télévision, où une photographie de Météosat montrait le sud de l'Europe et le nord de l'Afrique vus de l'espace. Une menaçante spirale de nuages blancs occupait la moitié gauche de l'image.

Assis sur le coin de la table, Max me salua d'un signe de tête qui m'invitait à m'unir au groupe.

« Merci de nous avoir rejoints, monsieur Vidal, dit-il sans trace apparente d'ironie. Nous vous attendions. »

La répartie sarcastique qui me traversa l'esprit répondait que rien ne pouvait me faire plus plaisir après m'être gelé dans l'eau pendant des heures, mais je me bornai à acquiescer avec lassitude.

« De rien.

— Continuez, je vous prie, dit-il au capitaine Isaksson, qui patientait, debout près de l'écran. Vous nous parliez de cette tempête. »

Le rubicond Suédois se tourna vers la télévision et son doigt décrivit un cercle autour de la masse dense des nuages, grande comme l'Europe occidentale.

« Je disais qu'elle s'est en fait convertie en cyclone extratropical, avec des pressions atmosphériques inférieures à neuf cent soixante millibars. Une sale bête, ajouta-t-il en nous regardant, avec des rafales de plus de quatre-vingts nœuds et des vagues de dix mètres.

— Une vraie saloperie, murmura un des plongeurs. »

Isaksson lui donna raison d'un hochement de tête.

« C'est une bonne définition.

— Vous pouvez nous dire dans quelle mesure cela va nous affecter, capitaine ? demanda Max.

— Cela dépendra du cap qu'il prendra, ce n'est pas encore très clair. Mais, dans moins de trente-six heures, nous pourrions avoir des vents soutenus de force sept et des vagues de quatre mètres, ici, dans le détroit. Cela nous obligerait à suspendre les opérations et à rentrer au port immédiatement.

— Et dans le meilleur des cas ? voulut savoir J.R. Si la tempête s'éloigne ? »

Isaksson fronça les sourcils et secoua la tête.

« Je crois que je ne me suis pas bien expliqué, dit-il en regardant gravement le chef des plongeurs, puis les autres. *Cela* était le meilleur des cas.

— Merci, capitaine », intervint Max, qui lui fit un signe de tête et se tourna vers nous.

« Vous avez entendu. Les choses vont devenir difficiles dans très peu de temps. Donc, il n'y a plus un instant à perdre. Monsieur Vidal, ajouta-t-il, me surprenant alors que je n'étais pas encore installé. Pourriez-vous nous donner brièvement votre rapport d'immersion ?

— Vous n'avez pas vu les images du Triton et entendu les communications ? demandai-je, sachant bien que toutes les conversations entre les plongeurs passaient forcément par l'*Omaruru*.

— J'aimerais l'entendre de votre bouche. »

À cet instant, Pénélope fit son entrée dans la salle, enveloppée d'un peignoir et les cheveux encore mouillés après sa douche ; murmurant une excuse, elle vint s'asseoir près de moi.

« Nous avons découvert, dis-je en jetant un coup d'œil furtif à ma partenaire de bal, que la météorite est enterrée sous les vestiges d'un édifice important. Nous avons même trouvé ce qui me paraît être une frise ornée de bas-reliefs et d'une sorte d'écriture. À mon avis, il vaudrait mieux faire attention de ne pas l'abîmer et essayer de récupérer les restes de…

— Nous n'avons pas de temps pour cela, m'interrompit sèchement Max. L'objectif, c'est remonter la météorite avant que la tempête nous atteigne. Je croyais l'avoir bien spécifié lors de notre première réunion. Toute autre considération passe au second plan, est-ce que c'est bien clair ? »

Le silence qui suivit lui fit répéter sa question en élevant légèrement la voix.

« Est-ce clair ? »

Cette fois, le chœur de « oui » donné en réponse démontra l'implication de l'équipe.

« Très bien, dit-il ensuite en croisant les bras. Comment allons-nous extraire la météorite de sous ces décombres en moins de trente-six heures ?

— Ce n'est peut-être pas la peine. Nous pourrions creuser une rampe et la sortir par là », proposa Isabella.

L'Italienne n'avait pas fini de parler que Juan Ramon secouait déjà la tête.

« Tout pourrait s'écrouler. Sans compter qu'il faudrait creuser pendant des jours pour faire cette rampe. Trop dangereux et trop long.

— Et avec la grue du bateau ? suggéra Mikel. On pourrait accrocher les décombres et tirer. »

Cette fois, ce fut Isaksson qui secoua la tête.

« Vous pouvez oublier ça. La charge maximale de la grue de l'*Omaruru* est de vingt tonnes seulement. Sur les images que nous avons vues, il y avait des blocs de pierre qui doivent en peser plus de cinquante.

— Mais si je me souviens bien de l'histoire d'Archimède dans sa baignoire, les corps pèsent moins lourd dans l'eau, non ? observai-je.

— J'avais déjà pris cela en compte, monsieur Vidal. Et même ainsi, cela dépasse de beaucoup la capacité maximale de la grue. »

Les maths n'ayant jamais été mon fort, j'assumai que le calcul était correct et je la fermai. Être mis en évidence une fois par jour était bien suffisant.

« Et si nous la découpons ? Je parle de la météorite, suggéra Van Peel.

— La découper ? répéta Max, déconcerté. Qu'est-ce que vous voulez dire ?

— Ben ça, la couper où nous pourrons, répondit le maître d'équipage en mimant le geste de scier. On sectionne la partie visible de la sphère, on la remonte sur le bateau, et après on cherche le moyen de récupérer tranquillement l'autre moitié. Mieux vaut un tiens que deux tu l'auras, non ?

— Ce serait très compliqué, objecta J.R. À cette profondeur, il faudrait deux ou trois jours de travail.

— Écartons cette possibilité pour le moment, dit Max. D'autres idées ?

— Il y a des excavatrices subaquatiques qui peuvent faire le job en vingt-quatre heures, proposa Pénélope. Elles sont chères à louer et elles nécessitent un bateau-base avec un tas d'opérateurs, mais c'est ce qu'il y a de mieux pour des cas comme celui-là.

— Nous en avons déjà parlé, trancha Max. Il faudrait attendre deux semaines pour les avoir ici, et demander de nouvelles autorisations qui retarderaient encore toute l'opération. J'ai besoin d'une solution effective dans la limite de trente-six heures.

— Des explosifs, suggéra dans notre dos la voix grave de Carlos, nous faisant tous nous retourner. On peut réduire en purée tout ce qui est trop gros pour être déplacé et libérer la sphère. On a une bonne quantité de gélignite à bord.

— Faire sauter un temple de l'Atlantide ? C'est ça, ton idée ? répliquai-je.

— Si c'est bien fait, l'explosion peut être circonscrite et efficace, argumenta Carlos.

— Efficace pour tout détruire.

— Tout est déjà détruit, objecta-t-il, le tsunami s'en est chargé.

— Ce n'est pas la même chose, merde.

— Qu'est-ce que vous en pensez, docteure Marcangelli ? demanda Max, dédaignant mes réticences. La météorite pourrait-elle être endommagée ? »

La géologue sembla calculer mentalement avant de répondre.

« Si l'explosion est trop forte, l'onde de choc pourrait causer quelques fissures, mais je ne crois pas qu'elle serait structurellement abîmée. Au bout du compte, c'est une grosse boule métallique extrêmement dense. Au pire, elle serait un peu cabossée.

— Je comprends, dit Max avant de se tourner vers le chef des plongeurs. Vous sauriez faire cela ? Vous avez de l'expérience dans le domaine des explosifs, non ?

— Nous avons de l'expérience en explosions sous-marines, nuança le plongeur. Mais faire sauter une digue est une chose, et réaliser un plasticage contrôlé sans affecter ce qu'il y a dessous en est une autre. C'est complètement différent.

— Vous n'avez pas répondu à ma question, insista Max. Vous pouvez le faire ou non ? »

Pendant quelques secondes, Juan Ramon se mordit les lèvres, le regard perdu vers le plafond.

« Oui, dit-il finalement en baissant les yeux. Ce sera la première fois que nous faisons une telle chose, mais il ne devrait y avoir aucun problème que nous ne puissions résoudre.

— Il y a toujours une première fois, répliqua Max. De combien de temps avez-vous besoin pour être prêts ?

— D'ici deux heures, nous pourrions commencer à placer les charges, et, si tout va bien, réaliser l'explosion demain matin de bonne heure.

— D'accord, fit Max en frappant dans ses mains avec approbation. Mettez-vous au travail, et si vous avez besoin de quoi que ce soit, n'hésitez pas à le demander. Il faut faire ça bien et que ce soit fait du premier coup. Nous n'avons plus le temps. »

J.R. se leva et remit son chapeau, qu'il avait posé sur la chaise à côté de la sienne.

« Laissez-nous faire, affirma-t-il avec assurance.

— Un instant, intervins-je en me levant, une main en l'air. Tout le monde se fiche que nous nous apprêtions à dynamiter un temple d'une civilisation inconnue ? »

Je m'adressais à tous, mais mes yeux étaient rivés sur Max.

« Là-dessous, il y a des bas-reliefs, des gravures, et peut-être même l'écriture de ces maudits Atlantes. C'est une chose d'emporter la sphère et de déplacer une ou deux colonnes, mais détruire complètement le gisement…, renâclai-je en secouant la tête.

— Comme l'a dit monsieur Bamberg, le gisement est déjà détruit, rétorqua Max. Tout ce qu'il y a, c'est un tas de gravats.

— Un tas de gravats qui date de douze mille ans, soulignai-je. La communauté scientifique voudra voir nos têtes au bout d'une pique. »

Max Pardo croisa les bras avec impatience.

« Vous faites référence à la même communauté scientifique qui vous a méprisés et dénigrés ? Celle qui vous a obligés à venir frapper à ma porte pour demander de l'aide ?

— Oui, dis-je en avalant ma salive.

— Et cela vous importe réellement ?

— Je sais que je ne devrais pas, admis-je, mais oui, ça m'importe. Et vous aussi, ça devrait vous importer. Nous parlons de dynamiter le peu qu'il reste de l'Atlantide. »

Max secoua la tête, comme s'il avait du mal à croire que je puisse être aussi bête.

« Vous pouvez bien avoir tous les conflits moraux que vous voulez, soupira-t-il, mais nous allons faire ce qui doit être fait, et je vous rappelle que vous avez signé un accord de confidentialité. Rien de ce qui est dit ou fait ici ne pourra être divulgué sans mon autorisation explicite, compris ?

— Je ne vais rien dire à personne, répliquai-je, irrité qu'il m'ait rappelé que je lui avais vendu mon âme. Mais vous, vous devriez en voir l'importance. Il y a peut-être des choses qui ne pourront plus jamais être récupérées. Pourquoi ne pas attendre que la tempête soit passée et faire ça comme il faut ? La sphère ne va pas se sauver. »

Max me regarda, très sérieux, pendant un long moment. Je ne savais pas s'il soupesait ma proposition ou la possibilité d'ordonner à Carlos de me jeter par-dessus bord.

« Juan Ramon, dit-il finalement au plongeur en m'ignorant royalement, vous savez ce que vous avez à faire.

— Oui monsieur, répondit ce dernier, presque au garde-à-vous.

— Les autres, vous pouvez vous retirer. Sauf vous, monsieur Vidal », ajouta Max en se tournant vers moi, le visage fermé.

Tous se levèrent aussitôt et se dirigèrent vers la sortie, passant près de moi sans me regarder. Personne n'avait paru apprécier mes objections à leur futur statut de millionnaires.

En réalité, j'étais presque aussi surpris qu'eux de ce subit accès de scrupules.

Pourquoi cet intérêt soudain pour la conservation archéologique ? Est-ce que cela venait de moi, ou est-ce que les valeurs de Cassie et d'Eduardo avaient pris racine en moi sans que je m'en aperçoive ? Étais-je vraiment en train de placer quelques débris au-dessus d'un million d'euros ?

Lorsque nous ne fûmes plus que Carlos, Max et moi dans la salle, le millionnaire vint vers moi jusqu'à moins d'un mètre. Si ce n'étaient ses poings crispés et son rictus de colère rentrée, on aurait pu croire qu'il allait m'embrasser.

« On peut savoir ce que vous foutez, monsieur Vidal ?

— Moi ? Rien, répondis-je, présentant ma candidature à la meilleure excuse de l'année.

— Vous semez le doute parmi mon équipe et vous créez des problèmes au lieu de donner des solutions. Si vous n'êtes pas content de ce qui vient, vous pouvez résilier votre contrat et vous enfermer dans votre cabine jusqu'à ce que ce soit fini, comme vos deux amis. Eux, au moins, ils sont fidèles à leurs principes, ajouta-t-il.

— Je veux seulement que les choses se fassent bien.

— Bien ? répéta-t-il avec un rire étouffé. Mais pour qui vous prenez-vous ? Un petit con de boy-scout ? Vous avez encore neuf ans ? Ici, c'est moi qui décide de ce qui est bien et ce qui est mal, vous comprenez ? dit-il en me vrillant la poitrine de son index sous le regard attentif de Carlos. Limitez-vous à obéir à mes ordres, et si vous n'êtes pas d'accord, vous savez ce qui vous reste à faire. »

Son doigt alla de ma poitrine vers la porte.

« Pourquoi choisir entre la gloire et l'argent ? demandai-je en ignorant son geste. En faisant les choses autrement, vous pourriez avoir les deux.

— Nous n'avons pas le temps, je vous l'ai déjà dit. C'est à quitte ou double, et sans prix de consolation pour le second.

— Mais quel second, putain ? Il n'y a personne d'autre, ici ! Personne, à l'exception de ceux qui sont sur ce bateau, n'est au courant de ce que nous faisons.

— Et combien de temps croyez-vous que ça va durer ? dit-il en approchant son visage à quelques centimètres du mien. Tôt ou tard, quelqu'un commencera à se poser des questions quant aux motifs réels de notre présence dans le coin. Si le gouvernement du Maroc décide de faire une inspection à fond, ils découvriront ce que nous avons fait et nous chasseront à coups de pied.

— Et votre ami, le ministre de la Défense marocain ? m'étonnai-je. Je croyais que vous maîtrisiez tout. »

Max secoua la tête.

« Je ne connais absolument pas ce monsieur et je n'ai jamais parlé avec lui.

— Qu'est-ce que vous dites ? Mais, j'ai vu moi-même le capitaine du patrouilleur marocain lui parler au téléph… »

C'est alors que je réalisai.

« Minerve ? cillai-je avec incrédulité. Non, c'était elle ?

— Je vous ai dit qu'elle était douée pour imiter les voix.

— Mais… Vous avez vraiment fait croire à El Harti qu'il parlait avec son ministre ? Quand il s'en apercevra, il se mettra en chasse !

— Je sais. C'est pourquoi nous devons nous dépêcher.

— Mais qu'est-ce que vous avez fait, bordel ! explosai-je, furieux. Vous ne vous rendez pas compte du danger que vous nous faites courir ? »

Carlos réagit rapidement, interposant sa grosse paluche entre son employeur et moi.

« J'ai fait ce qu'il fallait et je recommencerai s'il le faut », déclara Max.

Il écarta son garde du corps et se rapprocha encore, le nez presque collé au mien.

« J'espère que c'est désormais bien clair, siffla-t-il entre ses dents, parce qu'il n'y aura pas d'autre avertissement. »

82

L'infirmerie de l'*Omaruru* était une pièce d'environ quarante mètres carrés, avec des vitrines remplies de médicaments et de matériel médical, des murs ornés de posters sur l'anatomie humaine et les maladies infectieuses, quatre lits vides séparés par des paravents de toile, et un squelette en résine oublié dans un coin avec son sourire congelé, comme s'il était mort en attendant que quelqu'un le fasse danser.

J'étais là depuis près de dix minutes quand la porte s'ouvrit et le professeur Castillo apparut, l'air perdu, un papier à la main.

« Je pensais que vous ne viendriez plus, saluai-je en sautant du lit où je m'étais assis.

— Tu aurais dû ajouter un plan au message, protesta-t-il en brandissant son papier. Sans pouvoir demander mon chemin, j'ai mis un moment à trouver cet endroit.

— Je ne pouvais pas courir ce risque.

— Je crois que tu as vu trop de films d'espionnage.

— Peut-être, mais on n'est jamais trop prudent, argumentai-je pour me justifier d'avoir glissé le mot sous la porte. Comment ça va ?

— À ton avis ? Depuis quelques jours, c'est à peine si je suis sorti de ma cabine, l'accès à la passerelle ou au pont nous est interdit et nous n'avons pas d'informations.

— Et Cassie ? Vous l'avez prévenue, pour qu'elle vienne ? »

Le professeur fit la grimace.

« Oui, je le lui ai dit, mais te voir ne l'intéresse pas particulièrement.

— Ne l'int… Que vous a-t-elle dit, exactement ?

— Eh bien, je n'en ai pas compris la moitié… et l'autre moitié, je préférerais ne pas avoir à la répéter.

— Elle est toujours fâchée contre moi.

— On peut le dire ainsi, oui.

— Et vous ? »

Mon vieil ami prit une profonde inspiration, et expira en secouant la tête.

« Moi, mes factures sont payées, Ulysse. J'aurais aimé figurer dans les livres d'histoire, mais je comprends qu'une telle somme est une grande tentation, et que cela peut te résoudre la vie. Moi, à ta place, j'aurais peut-être fait la même chose.

— Mais pas Cassie.

— Non, pas elle. Elle est trop jeune et trop idéaliste pour faire passer l'argent avant ses rêves.

— Et quel plus beau rêve, pour une archéologue sous-marine, que de découvrir les ruines de l'Atlantide… »

Eduardo hocha doucement la tête.

« Tu ne peux pas le lui reprocher.

— Je ne le fais pas. En réalité, je voulais précisément vous parler de ça. Ils vont utiliser des explosifs pour dégager la météorite.

— Quoi ? Non ! s'exclama-t-il en reculant d'un pas, horrifié. Pourquoi ?

— Une forte tempête s'approche et ils veulent sortir la sphère avant qu'elle soit sur nous, dis-je en désignant le ciel plombé que l'on voyait par le hublot de l'infirmerie. Nous avons moins de trente-six heures pour la déterrer, la remonter à la surface, et rentrer au port.

— Mon Dieu !

— Et ce n'est pas tout, ajoutai-je. Vous vous souvenez de cette fameuse conversation entre El Harti et le ministre de la Défense, sur le pont de l'*Omaruru* ? Eh bien, c'était Minerve qui se faisait passer pour lui. »

Les lèvres du professeur formèrent un « O » d'incrédulité.

« Nous voilà dans de beaux draps, articula-t-il très lentement lorsqu'il saisit les éventuelles conséquences.

— Je suis désolé, prof, dis-je en baissant les yeux, me sentant coupable. Je ne croyais pas que les choses tourneraient si mal.

— Je dois parler avec Max immédiatement, dit Eduardo, prêt à sortir. Je dois le convaincre que…

— Non, vous ne pouvez pas faire ça, l'interrompis en l'attrapant par le bras. Il ne doit pas savoir que je vous ai parlé. De plus, ça ne servirait à rien. Il est bien décidé, même s'il réduit en miettes le gisement. Tout ce qui l'intéresse, c'est d'emporter la météorite, à n'importe quel prix.

— Mais alors… Pourquoi me le dire ?

— Parce que j'ai un mauvais pressentiment, prof. Il se passe trop de choses à la fois, et aucune n'est bonne. Je veux que vous soyez prêts.

— Prêts ? Prêts à quoi ? »

Je secouai la tête en poussant un long soupir.

« Je ne sais pas, avouai-je. Faites seulement attention à ce qui pourrait arriver. »

Le professeur réfléchit quelques secondes.

« D'accord. J'en parlerai à Cassie et nous ouvrirons l'œil.

— Merci.

— Et toi, que vas-tu faire, pendant ce temps ?

— D'ici une demi-heure, je dois descendre avec le reste de l'équipe pour aider à placer les explosifs. »

Les sourcils de l'historien se froncèrent derrière ses lunettes.

« Tu vas les aider ? dit-il, plus accusateur qu'interrogateur.

— Je n'ai pas le choix. Si je ne le fais pas, un autre le fera.

— C'est ce que tu te dis pour calmer ta conscience ? »

Cela me fit mal, je dois le reconnaître. Surtout parce que c'était la vérité.

« Même si je refusais de collaborer, ils le feront quand même », insistai-je.

Et tout en parlant, je me rendis compte que, plus que lui, c'était moi que je cherchais à persuader.

« Au moins, puisque tout est foutu, nous ne repartirons pas les mains vides… pour une fois. »

Eduardo ouvrit la bouche pour formuler un reproche, mais il se ravisa au dernier moment et soupira avec un sourire triste.

« Sois prudent, dit-il.

— Merci, prof. J'essayerai de ne pas faire boum !

— Ce serait souhaitable.

— Oui, ce serait souhaitable. Mais, au cas où ça finirait mal, je voudrais vous demander pardon de ne pas m'être rangé à vos côtés.

— Tu as fait ce que tu croyais être le mieux, Ulysse.

— À présent, je n'en suis plus si sûr, avouai-je, tête basse. Mais… bref, dites à Cassie que je l'aime et que j'espère qu'elle me pardonnera. »

Eduardo resta silencieux, me regardant fixement.

« Je le lui dirai, acquiesça-t-il, compréhensif, en posant la main sur mon épaule. Fais bien attention, en bas.

— Je serai prudent. Je dois y aller, maintenant, dis-je en jetant un coup d'œil à ma montre.

— Je sais », répondit-il en me serrant dans ses bras.

Et cela avait le goût d'un adieu.

Un silence ému flotta pendant quelques secondes, puis je fis un pas en arrière, et, sur un dernier regard, je me retournai et sortis de l'infirmerie. J'étais la proie d'un sombre pressentiment qui me perforait le cœur comme un pic à glace.

Presque neuf heures après ma conversation avec le professeur, et suivant l'horaire strict qui avait été programmé, je plongeai une nouvelle fois vers la météorite. À cette occasion, c'était avec J.R. et Pénélope, afin de réviser l'installation des explosifs que nous avions placés avec Joël, Mikel et Manolo.

En revanche, on n'avait cette fois pas considéré nécessaire de nous faire accompagner d'un Triton. Même s'il ne faisait guère plus que donner une trompeuse impression de sécurité, il fallait avouer que je regrettais de ne pas le voir voleter autour de nous pendant notre travail.

Lors des deux immersions précédentes, j'avais fait office de plongeur de réserve, tandis que l'équipe plaçait les charges de gélignite aux points exacts indiqués par J.R.

Nous n'avions ni le matériel ni le temps de perforer le fond marin autour de la météorite ; ils avaient donc opté pour la méthode brute, qui consistait à envelopper de plastique les grandes cartouches rouges et flexibles qui ressemblaient à des chorizos, pour les fixer ensuite à tout objet trop gros pour pouvoir être déplacé à coups de pied. Malheureusement, figuraient dans cette catégorie des tronçons de colonnes couverts de pictogrammes, des chapiteaux travaillés, et une frise ornée de bas-reliefs représentant des scènes d'une civilisation inconnue.

Même pour quelqu'un comme moi, pas très cultivé et pas spécialement amoureux de l'archéologie, il paraissait aberrant de détruire ce qui, de toute évidence, devait avoir été un temple magnifique douze mille ans auparavant.

À cause de la tempête qui commençait à forcir à la surface, la nacelle d'acier où nous étions, J.R., Pénélope et moi, descendait avec des embardées et des à-coups qui nous obligeaient à nous tenir bien fort pour ne pas tomber. À ma gauche, les yeux posés sur le volumineux ordinateur de plongée fixé à son avant-bras, le vétéran chef d'équipe portait, dans un filet noir, le rouleau de câbles jaunes qui devaient connecter les charges de gélignite au détonateur.

Désirer fortement quelque chose, tout en sachant que c'est intrinsèquement mal et que le faire va vous faire mourir au-dedans est une sensation horrible. Mais je ne voyais aucun moyen de l'empêcher, tout en gagnant plus d'argent que je n'aurais rêvé d'en avoir dans ma vie.

C'était comme l'horoscope dans un mauvais quotidien :

Poissons : Journée importante où vous devrez choisir entre faire ce qui est bien et une montagne d'argent. Bonne chance pour t'en tirer, mon gars.

Debout près de moi, Pénélope posa la main sur la mienne pour attirer mon attention.

Je me tournai vers elle qui, me regardant fixement, me fit le signe « OK » pour savoir si j'allais bien.

« Tout va bien, merci, dis-je tout haut grâce au micro de mon casque.

— Tu es bien silencieux.

— Oui, désolé, répondis-je, conscient que J.R. était sur la même ligne de communication. J'étais perdu dans mes pensées. Rien d'important.

— Je me réjouis que ce ne soit rien d'important », dit la jeune femme. Et, une fois de plus, il me sembla discerner un double sens dans ses paroles.

« Allez, les mioches, assez bavardé, nous interrompit J.R. Nous sommes presque arrivés. »

Effectivement, quelques secondes plus tard, la nacelle s'immobilisa brusquement, à cinquante centimètres du fond.

Un peu plus loin, on voyait la partie déterrée de la sphère qui, avec la distance, paraissait un trou noir ou une porte vers l'inframonde.

Il n'était pas difficile d'imaginer pourquoi, des milliers d'années auparavant, des hommes avaient pu l'adorer ou la craindre comme une entité surnaturelle qui dépassait leur entendement. Même aujourd'hui, si nous parvenions à la ramener en un seul morceau sur la terre ferme, je n'étais pas certain de la réaction qu'auraient les gens en la voyant. Nombre de cultes religieux étaient nés à partir de bien plus bête.

À petits sauts, nous nous approchâmes jusqu'au périmètre de la météorite, à présent encerclée par près de cent charges explosives de tailles diverses. Comme des vers rouges assiégeant la sphère noire, accrochés au moindre fragment plus gros qu'un ballon de basket.

Les calculs prévoyaient que, sous l'eau, les débris de l'explosion n'iraient pas très loin ; l'idée était donc de les convertir en morceaux plus maniables pour pouvoir les déplacer à la main. Si nous parvenions à libérer la moitié de la sphère – et si elle n'était pas fixée à un piédestal ou autre –, nous pourrions l'extraire de la fosse où elle reposait, enterrée depuis plus de cent siècles.

« Nous suivons le plan, dit J.R. en se référant au court briefing que nous avions eu juste avant notre départ. Pendant que Pénélope et moi nous installons les câbles détonateurs, toi tu vérifies l'ancrage des charges. S'il y en a qui se sont lâchées, cela pourrait nous causer des problèmes quand nous les ferons exploser. D'accord ?

— D'accord, acquiesçai-je dans mon casque.

— Nous avons vingt-huit minutes, dit-il en regardant son ordinateur de plongée. Il n'y en a pas une à perdre. »

J.R. s'éloigna à petits bonds, suivi de près par Pénélope.

Moi, je m'accordai une seconde pour contempler ce qui devait jadis avoir été un édifice majestueux. Détruit par un tsunami et gisant sous l'eau depuis des millénaires, il en émanait encore une présence émouvante.

Planté là devant elles, je pris conscience avec amertume que ces ruines avaient survécu douze mille ans aux assauts de la nature, mais n'allaient pas résister plus de vingt-quatre heures à la cupidité de l'homme.

83

Redoublant de violence, la tempête avait désormais la force d'un ouragan. La pluie ne tombait plus simplement du ciel, mais de toutes les directions, poussée par le vent et mêlée à l'écume qui se fracassait contre la coque du navire.

Tels des Léviathan furieux de nous voir là, des vagues de plus de six mètres de haut s'abattaient sur l'*Omaruru*, dont la proue s'enfonçait et le tangage s'accentuait en un va-et-vient de plus en plus prononcé.

Il était impossible de tenir debout, si ce n'était en s'agrippant à une rambarde ou tout autre élément fixe. Sur le pont arrière – où, à côté des *Tritons*, s'entassaient les énormes flotteurs jaunes apportés par hélicoptère depuis Algésiras quelques heures plus tôt –, des rafales à quatre-vingt-dix kilomètres-heure emportaient tout objet qui ne soit pas bien arrimé.

Et c'était pourtant là que je me tenais.

Posté contre le plat-bord de bâbord, avec le vent rugissant dans mes oreilles, protégé par un épais ciré de marin de la pluie torrentielle et des rafales grosses d'embruns, je guettais le moment où les charges allaient exploser.

Le capitaine Isaksson avait déplacé le bateau de quelques centaines de mètres pour l'éloigner du gisement. Tandis que le système de positionnement dynamique de l'*Omaruru* travaillait à la limite de sa capacité, nous attendions que J.R. active le dispositif détonateur.

À côté de moi, sous la pluie et dans le vacarme de la tempête, De Mul, Joël, Pénélope et Mikel étaient là aussi, agrippés des deux mains à la lisse, les yeux fixés sur la mer furieuse et protégés de la tête aux pieds par leurs cirés jaunes identiques au mien. De dos, nous devions paraître une bande de *minions*.

Personne ne faisait mine de parler, non qu'il n'y ait rien à dire, mais parce que c'était inutile d'essayer, avec la tempête qui empêchait presque d'entendre ses propres pensées.

Soudain, étouffée par le vent, la sirène de l'*Omaruru* résonna une, deux, trois fois dans les haut-parleurs, faisant vibrer l'air et se tendre les muscles dans l'attente de l'explosion imminente.

Je retins ma respiration, conscient qu'il n'était désormais plus possible de faire marche arrière. Dans une crispation croissante, je comptai les secondes, jusqu'à trente. Et alors, comme dans un de ces vieux films de guerre où un sous-marin reçoit une charge de profondeur, une colonne d'eau écumante s'éleva abruptement une vingtaine de mètres au-dessus des vagues, pour s'effondrer ensuite sur elle-même tandis que les rafales effilochaient dans l'air les panaches d'écume et d'eau, comme la fumée d'un feu qui s'éteint.

Une nouvelle explosion – de liesse, cette fois, avec des cris d'enthousiasme et quelques obscénités – éclata chez les spectateurs qui observaient depuis le bateau.

Autour de moi, les *minions* se congratulaient et manifestaient leur jubilation, sans s'inquiéter de la pluie ni du va-et-vient prononcé du pont, se voyant un peu plus près du million d'euros promis.

Mais ce n'était pas mon cas.

Même la gaîté exacerbée de mes collègues n'arrivait pas à me gagner.

« Mais fais une autre tête ! me lança Pénélope en me saisissant les deux bras avec un sourire qui ne tenait pas dans son visage. Putain, Ulysse, on va être riche ! »

Je haussai les épaules.

« Ouais, possible.

— Allons, ne fais pas ton rabat-joie », répliqua-t-elle, rieuse.

Et, emportée par l'excitation du moment, supposai-je, elle se dressa sur la pointe des pieds, approcha son visage du mien et me donna un baiser sur les lèvres.

J'avoue que je ne l'avais pas vu venir. Saisi, je restai pétrifié dans mon ciré jaune et plus perdu qu'un taliban dans une bibliothèque, sans bien savoir comment je devais réagir.

Pénélope me regarda un instant, avec sur son visage ruisselant de pluie une expression d'amusement devant ma confusion évidente.

« Tu devrais voir la tête que tu fais, mon vieux, sourit-elle de nouveau.

— Je... c'est que je ne... »

— Allons, c'était juste un petit baiser innocent », affirma-t-elle.

Et, après m'avoir adressé un clin d'œil qui ne paraissait pas aussi innocent, elle fit volte-face pour rejoindre ses collègues et poursuivre la célébration.

Au sentiment de culpabilité asphyxiant que me causait l'explosion qui venait de détruire le gisement, s'ajoutait maintenant l'impression d'avoir trahi la femme que j'aimais.

Peut-être était-ce cela, ou la houle, ou un excès d'azote dans le sang après tant de plongées successives, mais je me sentis soudain nauséeux. Je ne désirais plus qu'une chose : aller dans ma cabine, m'allonger sur le lit, et peut-être pleurer un peu.

Faisant attention de ne pas tomber, je me retournai et, comme de bien entendu, elle était là.

Penchée au balcon du deuxième pont, sous la pluie, trempée sans que cela paraisse lui importer, Cassie me regardait fixement.

Je restai figé sur place et avalai ma salive, sans savoir quoi faire ni quoi dire.

Comme cela m'arrivait souvent quand j'étais devant elle, un sourire involontaire se forma sur mes lèvres.

Mais Cassie ne sourit pas.

Ce que je lus dans son regard était le pire qu'un homme puisse lire dans les yeux de la femme qu'il aime. Quelque chose qui brise l'amour et glace l'âme de celui qui la ressent comme de celui qui la subit.

Dans les yeux de Cassie, je vis une profonde et désespérante déception, dont je sus que nous ne nous relèverions jamais.

Une déception qui n'avait que peu à voir avec le baiser de Pénélope. Celui-ci n'était, au pire, que la cerise sur le gâteau.

Ce qui l'avait amenée à me regarder comme si elle avait découvert que je n'étais pas l'homme qu'elle croyait, que j'étais un imposteur qui s'était introduit dans son lit et dans sa vie, c'était ma décision de continuer de travailler pour Max tout en sachant bien que c'était immoral et en opposition avec tout ce qu'elle défendait.

Je l'avais trahie et je m'étais trahi moi-même, et cela, quoi que je fasse, ne pourrait plus changer.

Six heures plus tard avait lieu ce qui devait être ma dernière immersion. Nous prenions des risques intolérables en sautant à la corde avec les lignes rouges des tableaux de décompression les plus optimistes. Seule l'utilisation intensive du caisson hyperbare où nous entrions dès notre retour à la surface expliquait que personne n'ait encore subi d'embolie.

En cette occasion, Joël, Mikel et moi constituions l'équipe de travail, tandis que J.R., Manolo et Pénélope restaient sur le bateau.

En surface, à plus de cent mètres au-dessus de nous, la nuit était tombée. Tout l'éclairage dont nous disposions était celui de nos lampes et du mini-sous-marin *Rouge Un* qui, Félix aux commandes, flottait sur le gisement comme un poisson globe de quatre tonnes. Le hisser à bord de l'*Omaruru* n'allait pas être facile, mais on avait pris la décision de le lancer quand même pour nous aider lors de la descente et la remontée, puisque la tempête rendait impossible l'utilisation de la nacelle.

Malgré le dilemme que cela me posait, je devais reconnaître que le dynamitage de J.R. avait été impeccable : dans un périmètre de cent mètres carrés, il ne restait rien de plus gros qu'une citrouille. Comme si nous travaillions dans les fractures d'une vieille carrière, nous déplacions des cailloux pour dégager la sphère. À la différence près que parmi ces cailloux se trouvait la réponse à l'une des plus anciennes énigmes de l'humanité.

Je m'efforçais de ne pas y penser tandis que j'ôtais les pierres instables de la tranchée d'une cinquantaine de centimètres de large que nous avions ménagée autour de la sphère.

Comme il était impossible de distinguer, sur cette surface polie sans ombres ni reflets, si elle avait subi des dommages, il avait fallu faire un scanner micrométrique de toute la partie dégagée – plus des deux tiers, désormais – pour y chercher d'éventuelles fissures qui auraient pu l'affecter et compromettre sa récupération.

Par chance, elle était apparemment sortie indemne de l'explosion, et le scanner avait enregistré les tracés et les symboles gravés qui la recouvraient sans déceler aucun dommage interne ou externe.

« *Comment ça va, en bas* ? s'enquit J.R. depuis le caisson hyperbare de l'*Omaruru*, d'où il pouvait nous suivre grâce aux caméras de *Rouge Un*.

— La tranchée est presque prête, l'informai-je. Il n'y a pas beaucoup d'espace pour bouger, mais je crois qu'on peut commencer à placer les sangles.

— *Tu es d'accord, Joël* ? demanda-t-il à son homme.

— Je suis d'accord, patron, corrobora le plongeur qui était à côté de moi, lui aussi recroquevillé dans l'étroit espace entre la paroi de roche et l'inquiétante sphère noire. Finissons-en le plus vite possible.

— *Alors, allez-y. D'après les calculs de la docteure, elle doit peser environ cent soixante tonnes. Pour assurer le coup, nous utiliserons toutes les sangles dont nous disposons, compris ? Ne courons aucun risque.*

— Compris », répondîmes-nous à l'unisson tous les trois.

Pendant que Joël et Mikel se glissaient hors de la tranchée, je restai un moment à regarder cette météorite que quelqu'un, douze mille ans plus tôt, avait polie au point de lui donner cette stupéfiante forme parfaitement ronde.

Ce que j'avais le plus de mal à assimiler, c'était que cette sphère de deux mètres seulement – à nous trois, nous aurions pratiquement pu en faire le tour en tendant les bras – puisse peser aussi lourd qu'un Boeing 747 ou que trente éléphants.

Parce que trente éléphants, ça fait vraiment beaucoup.

Sans perdre de temps, nous commençâmes à installer les sangles orange fluo de dix centimètres de large, constituées de couches superposées de kevlar et de fibre de carbone, qui pouvaient théoriquement supporter un poids de cinquante tonnes chacune.

Bien que l'espace dont nous disposions pour travailler soit exigu, et que le chronomètre de l'immersion montre implacablement le compte à rebours pour notre retour à la surface, à nous trois nous parvînmes à placer à temps les courroies sous et autour de la sphère, les unissant entre elles pour former une sorte de solide maillage orange qui l'enveloppait complètement.

« *Les gars, vous devez commencer à remonter, maintenant*, informa la voix de J.R. dans l'oreillette de mon casque. *Vous êtes à une minute de la zone rouge.*

— On y est presque…, répondis-je entre mes dents, tandis que je tendais la dernière sangle à l'aide d'une clé à cliquet. Prêt ! annonçai-je, essoufflé par l'effort. Toutes les fixations sont en place.

— Il nous reste encore à accrocher les flotteurs, fit remarquer Mikel.

— *Ça, nous nous en chargerons,* déclara J.R. *Vous, allez au Triton et commencez la remontée. Quand vous arriverez, nous serons sortis du caisson.*

— Et ce sera à notre tour d'y entrer, ajouta Joël avec résignation.

— *C'est ça, le travail, fiston,* commenta J.R. philosophiquement. *Mais si tout va bien, nous allons être riches et ce sera peut-être la dernière fois que vous devrez le faire de toute votre vie. Alors, activez, maintenant, et remontez. Plus vite nous aurons fini, plus tôt nous pourrons rentrer chez nous. »*

84

Le caisson hyperbare n'était guère qu'un cylindre pressurisé en acier peint en blanc, avec une télévision, communication par radio, quatre couchettes superposées et un lavabo, où nous accélérions la décompression après la dangereuse série d'immersions consécutives que nous avions faites.

C'était un processus ennuyeux de plusieurs heures que nous passions généralement à dormir ou à lire ; en cette occasion, néanmoins, les trois plongeurs qui étaient sous l'eau moins d'une heure auparavant, observaient dans un silence tendu les opérations qui se déroulaient cent mètres au-dessous de nous, conduites par J.R., Pénélope et Manolo.

D'après ce que je voyais, ils avaient déjà mis en place les quatre grands flotteurs jaunes destinés à enlever la sphère jusqu'à la surface. Une fois remplis d'air, ceux-ci pouvaient remonter plus de deux cents tonnes. Cela dépassait de vingt-cinq pour cent les cent soixante tonnes du poids estimé par Isabella.

Personnellement, cela me paraissait exagéré. Mais, en cas de doute, il valait mieux pécher par excès de précautions.

La voix de J.R. se fit entendre par radio :

« *Tout est prêt, là-haut* ?

— *En position et prêts à commencer le pompage*, informa Isaksson depuis la passerelle.

— *On y va*, confirma le plongeur. *Pompes à dix pour cent et soyez prêts à stopper sur mon ordre.*

— *Bien reçu. Pompes à dix pour cent* », répéta le capitaine.

Sur l'écran de télé, je ne voyais aucun changement : les flotteurs me paraissaient toujours aussi vides et inertes. Mais, alors que je commençais à croire que quelque chose ne fonctionnait pas correctement, les quatre boudins jaunes se convulsèrent légèrement, comme si on y avait mis un chat dedans au lieu d'air.

« *Pompes à vingt pour cent* », ordonna J.R.

Presque instantanément, les quatre flotteurs s'élevèrent en une chorégraphie coordonnée, prenant peu à peu leur forme, et tendirent les sangles qui les unissaient au maillage enveloppant la sphère.

En moins de deux minutes, les énormes cylindres de huit mètres de long et presque trois de diamètre furent tellement gonflés que l'on vit s'échapper des bulles par les valves de sûreté.

« Quelque chose ne va pas, murmurai-je, les yeux rivés sur l'écran. Elle devrait déjà remonter. »

« *Que se passe-t-il, Juan Ramon* ? demanda Max par radio.

— *Je ne sais pas*, avoua J.R., déconcerté. *Les flotteurs sont gonflés au maximum, mais ils ne montent pas.*

— *Est-ce que la sphère pourrait être fixée à une base ?*

— *Ça se pourrait. Mais pourquoi fixer un objet si lourd ? Ça n'a aucun sens.*

— Est-ce que ce ne serait pas tout simplement parce que la sphère pèse plus que nous le pensions ? » suggérai-je après avoir appuyé sur le bouton de la radio.

Quelques secondes passèrent.

« *Je ne sais pas comment ce serait possible*, répondit Isabella, perplexe. *Pour peser* più *de deux cents tonnes, elle devrait avoir une densité de... je ne sais pas, plus de cinquante. Cela la placerait bien au-dessus de la limite des éléments stables de la table périodique.*

— Et en chrétien, cela signifie ?

— *Cela signifie qu'elle ne devrait pas exister.*

— Mais elle existe, de toute évidence, observai-je.

— *On dirait*, répondit l'Italienne, qui semblait plongée dans ses réflexions.

— *Juan Ramon*, intervint de nouveau Max, *vous avez un autre flotteur, non ?*

— *En effet, le flotteur de secours, au cas où il y en aurait qui s'abîmerait.*

— *Vous pouvez le fixer aussi ? Cela nous ferait cinquante tonnes de poussée en plus.* »

La réponse de J.R. mit longtemps à venir. Je commençai à croire que je ne l'avais pas entendue, quand il dit :

« *Je peux, mais nous serons à la limite de résistance des élingues.*

— *Faites-le*, ordonna Max. *Nous n'avons plus le temps.* »

Encore une fois, la réponse se fit attendre. Le plongeur vétéran ne semblait pas très convaincu.

« *D'accord*, finit-il par dire, en ajoutant : *Et priez pour que ça marche, parce que nous n'avons pas d'autre carte dans nos manches.* »

Dans le confort relatif du caisson hyperbare, j'observais l'équipe de travail qui s'affairait à installer et assurer le cinquième flotteur. En moins de cinq minutes, ils y connectaient déjà le tuyau pour le gonfler.

Au même moment, pendant que j'étais concentré sur l'écran, une lame particulièrement grosse vint frapper l'*Omaruru* par le flanc et le bateau donna de la gîte. Je craignis un instant que les plongeurs qui étaient au fond s'en voient affectés par le biais du « cordon ombilical » qui leur fournissait l'air et la communication avec l'*Omaruru*. Mais, après quelques secondes d'inquiétude, tout paraissait aller bien.

Le système de positionnement dynamique arrivait encore à maintenir le navire en place sans affecter la tâche des plongeurs, mais si la tempête et la hauteur des vagues continuaient d'augmenter, comme l'indiquaient les prévisions, le moment viendrait où il ne serait plus possible de compenser. Si nous n'avions pas récupéré la sphère à ce moment-là, il faudrait l'abandonner sans remède.

« Elle a bougé un peu, ou c'est moi qui me l'imagine ? » s'étonna Joël en venant presque se coller à la télévision.

Sur l'écran, on pouvait voir le cinquième flotteur qui finissait de se gonfler au maximum de sa capacité, et on avait l'impression qu'effectivement, la sphère s'était légèrement élevée avant de s'immobiliser.

« *Juan Ramon, informez, que se passe-t-il, en bas ?* demanda Max.

— *On dirait qu'elle a bougé*, répondit aussitôt J.R. *Elle a monté un peu et s'est arrêtée.*

— *Pourquoi ?*

— *Je n'en ai pas la moindre idée*, admit J.R., *mais j'ai l'intention de le découvrir, croyez-moi.* »

L'image, transmise par la caméra fixée au casque de Manolo, montrait J.R. et Pénélope qui, sous les projecteurs du mini-sous-marin, s'approchaient de la sphère dans son filet de sangles, avec ses cinq flotteurs jaunes qui la tiraient vers le haut. C'était un spectacle fascinant et décidément étrange, comme un croisement entre un ballon aérostatique et une soucoupe volante peinte par Salvador Dali.

Je regrettai d'être enfermé dans le caisson au lieu d'être en bas pour le voir de mes propres yeux.

« *Patron, venez voir* », dit Pénélope, au pied de la tranchée où était toujours la météorite.

Juan Ramon rejoignit la jeune femme et s'accroupit au bord de la fosse.

« *Je crois que nous avons trouvé le problème*, informa-t-il au bout d'un moment. *Une des élingues s'est coincée dans une saillie.* »

La réponse mit quelques secondes à arriver.

« *Vous pouvez arranger ça* ? demanda Max, l'urgence perçant dans sa voix.

— *Il faudrait se glisser sous la météorite* », expliqua J.R., laissant entendre que ce serait une très mauvaise idée.

Pendant un moment, aucun des deux ne parla.

« *Nous n'avons pas beaucoup de temps* », dit Max.

J.R. réfléchit, puis acquiesça à mi-voix.

« *D'accord. Je vais le faire.* »

Sur l'image en direct, le plongeur sortit son couteau de sa gaine et, sans y penser davantage, se laissa tomber dans l'espace libre entre la paroi de la tranchée et la sphère.

Tout fut silencieux pendant une minute, puis le vieux plongeur réapparut.

« *Je n'ai pas réussi*, déclara-t-il en reprenant son souffle. *C'est trop étroit pour moi. Il faudra faire un autre tour et apporter des outils de l'Omaruru.*

— *Nous ne pouvons pas perdre encore deux ou trois heures*, rétorqua Max. *D'après le capitaine, le gros de la tempête sera sur nous dans un rien de temps.*

— *Je vais y aller*, intervint soudain Pénélope.

— *Pas question*, répliqua aussitôt J.R.

— *Je suis plus mince que vous et mes bras sont plus longs que les vôtres, patron.*

— *J'ai dit non. C'est trop dangereux.*

— *Faites pas chier, patron*, regimba-t-elle. *Il y a trop en jeu pour que vous veniez jouer au paternel. Je suis plongeuse professionnelle, merde. C'est mon boulot.* »

Juan Ramon ne lui répondit pas tout de suite, signe manifeste qu'il hésitait.

« *Laissez-la faire*, intervint Max pour briser le statu quo.

— Je crois que nous devrions revenir quand la tempête sera passée, m'ingérai-je sans pouvoir m'en empêcher. Faire ce genre de chose dans la précipitation n'est jamais une bonne idée.

— *Personne ne vous a demandé votre avis, monsieur Vidal*, répliqua Max avec sécheresse. *Gardez le silence ou nous fermons votre canal.*

— En rêve ! Je ne vais pas me taire pendant que vous mettez en danger… »

Je n'avais pas fini ma phrase que la diode de transmission passait du vert au rouge. Il m'avait coupé, ce salaud. Je pouvais toujours continuer de parler : quoi que je dise, cela ne sortirait pas de ce caisson hyperbare.

Soudain, une main se posa sur mon épaule.

C'était celle de Joël, qui hocha la tête pour me remercier.

« Ne t'inquiète pas, dit-il d'une voix rassurante. Elle travaille très bien. »

Le canal de réception était resté ouvert, en revanche. Par conséquent, les mots que prononça alors Pénélope s'entendirent clairement par les haut-parleurs.

« *Merci de vous inquiéter pour moi, mais c'est ma décision et je vais descendre* », affirma-t-elle fermement. Puis elle ajouta : « *Dès que je sors du caisson hyperbare, je t'invite à boire une bière ou deux, Ulysse.*

— Ça marche », répondis-je à l'écran, tout en sachant qu'elle ne pouvait pas m'entendre.

La jeune femme s'assit au bord de la tranchée et se laissa tomber, disparaissant à nos yeux.

Portant sur son casque la caméra qui transmettait l'image en direct, Manolo fit quelques pas pour se placer derrière J.R.

« *Comment ça va, là-dessous* ? demanda le chef de l'équipe. *Tu vois où c'est coincé*?

— Je le vois, répondit Pénélope. *Je crois que je peux l'atteindre avec mon couteau.*

— Fais très attention, insista J.R.

— Oui papa, rigola-t-elle.

— Dès que tu auras coupé la sangle, poursuivit le chef d'équipe en ignorant la pique, *la sphère devrait filer vers le haut. Fais attention qu'elle ne t'entraîne pas.*

— D'accord, soupira-t-elle. *Je m'y mets.* »

Pendant la minute qui suivit, tout ce qu'on entendit, ce fut les grognements sourds de Pénélope qui luttait pour couper l'épaisse sangle. Puis J.R. demanda :

« *Comment ça va, Pénélope ? Informe.*

— J'y suis presque », répondit celle-ci d'une voix haletante.

Manolo s'approcha un peu plus, montrant l'espace exigu où s'était glissée la jeune femme. On ne voyait que la moitié de son corps, l'autre était cachée sous la masse de la météorite.

Dans le caisson de décompression, nous étions tous les trois devant la télévision, dans un silence angoissé.

« Elle a des couilles, la gamine, commenta Mikel tout bas. Moi, je ne me serais pas fourré là-dessous même pour cent millions. »

Et il avait raison. Se glisser dans un espace de quelques centimètres juste sous une masse de plus de deux cents tonnes suspendue à des ballons, ce n'était pas quelque chose que beaucoup de gens auraient le courage de faire. Sans aller chercher plus loin, moi, je ne l'aurais pas eu.

« *Ça y est presque...*, haleta Pénélope. *Aha !* triompha-t-elle. *Patron, j'ai... Oh, merde.* »

Sur l'écran, il me sembla voir la sphère osciller avant de commencer à s'élever.

« *Pénélope !* appela J.R. avec angoisse, penché sur le trou. *Sors de là !* »

L'image devint floue quand Manolo s'élança.

Les deux plongeurs, ignorant la sphère noire qui entamait sa remontée devant eux, se jetèrent sans hésitation vers le trou.

Alors, l'image se congela brièvement. Assez pour distinguer le corps immobile de Pénélope qui gisait dans une position peu naturelle.

« *Pénélope !* » cria une dernière fois J.R. en s'accroupissant près d'elle.

Mais la voix de Pénélope ne se fit plus entendre.

85

J'étais toujours enfermé dans le caisson hyperbare avec Joël et Mikel, terminant le processus de décompression, quand *Rouge Un* émergea des profondeurs avec le cadavre de la jeune femme.

Tout ce que je pus distinguer, par le hublot du caisson, ce fut quelques bribes de la remontée du corps jusqu'au pont de l'*Omaruru* et son transport sur un brancard, vers l'infirmerie. Pénélope portait sa combinaison de plongée et son casque jaune. Un casque qui – je le vis malgré la distance et la pluie battante – était complètement déformé et dont la glace était brisée.

Un frisson me parcourut l'échine en imaginant ce qu'avait pu faire au fragile squelette de Pénélope une pression capable d'écraser ainsi un casque d'acier.

Même après avoir vu passer son cadavre devant moi, j'avais encore du mal à croire à la réalité de ce qui était arrivé.

Quelques minutes plus tôt, c'était une jeune femme joyeuse et pleine d'énergie, avec toute sa vie devant elle pour en jouir et la remplir de souvenirs heureux, et ce n'était plus désormais que cinquante-quatre kilos de chair et d'os inertes dans un sac mortuaire noir.

Tous ses rêves, ses projets, ses espoirs, avaient été annihilés en un instant terrible. Le caractère irréversible de l'événement m'atteignit comme une massue en pleine poitrine. J'en avais même du mal à respirer.

Joël et Mikel étaient encore plus accablés que moi. S'efforçant de retenir leurs larmes, ils cognaient avec rage sur les épaisses parois d'acier du caisson hyperbare, se demandant tout haut comment une telle chose avait pu se passer.

Et c'était précisément la question que Max venait de poser à J.R. par radio, tandis que ce dernier était toujours dans l'eau pour effectuer sa lente ascension depuis les profondeurs.

« *C'est ma faute*, ne cessait de se lamenter le plongeur vétéran. *C'est ma faute, bordel.*

— *Expliquez-vous.*

— Il n'y a rien à expliquer ! Cette putain de caillasse s'est déséquilibrée en s'accrochant et je ne m'en suis pas rendu compte, bordel de merde ! Quand Pénélope a coupé l'élingue, la sphère a repris sa position initiale pendant une seconde et l'a écrasée de tout son poids avant de commencer à monter. C'est ma faute, répéta-t-il. *J'aurais dû le prévoir.*

— C'est possible, répliqua froidement Max. *Mais nous lamenter est un luxe que nous ne pouvons pas nous permettre pour le moment. Vous devez revenir au bateau au plus vite pour partir immédiatement.* »

Juan Ramon sembla ruminer sa réponse.

« *Nous remonterons le plus rapidement que nous le pourrons* », grogna-t-il avec humeur avant de couper la communication.

À peine cette conversation avait-elle pris fin que quelqu'un frappa à l'écoutille du caisson.

« *Hello? Vous m'entendez ?* » fit dans l'interphone une voix étouffée par la tempête.

Il me parut reconnaître celle de Jonas De Mul.

« Jonas ? demandai-je en pressant le bouton près de la porte de sas.

— Oui. Comment ça va ? Il vous manque beaucoup pour sortir ? »

Je jetai un coup d'œil au chronomètre mural, où le compte à rebours indiquait cinq minutes vingt-quatre secondes.

« Non, pas beaucoup, l'informai-je. Pourquoi ?

— À cause des vagues, le câble qui reliait la météorite à l'Omaruru s'est cassé. Il faut en fixer un autre pour pouvoir la remorquer, mais quelqu'un doit se mettre à l'eau pour le faire.

— Et, par "quelqu'un", tu veux dire, nous.

— Vous êtes les plus qualifiés, répondit-il pour ne pas dire que c'était notre fichu boulot.

— Et pourquoi le capitaine ne rapproche-t-il pas le bateau ?

— Avec ces vagues, nous ne pouvons pas faire demi-tour, et on ne peut pas non plus mettre un canot à l'eau. Tout ce qu'on peut faire, c'est maintenir la distance. »

Je me tournai vers mes compagnons, qui restaient étrangers à la conversation, le regard dans le vague et les poings crispés.

« D'accord, nous nous en chargeons, dis-je vers la porte.

— *Génial. Faites vite, on ne va pas pouvoir garder la position beaucoup plus longtemps. La tempête forcit rapidement.* »

Quand j'ouvris la porte du caisson, cinq minutes plus tard, une rafale de pluie horizontale m'obligea à me protéger le visage d'une main, tandis que de l'autre je me tenais pour ne pas tomber sous l'assaut des lames.

Les conditions s'étaient terriblement dégradées pendant les deux petites heures que j'avais passées à éliminer l'azote de ma circulation sanguine. En voyant les vagues se dresser plusieurs mètres plus haut que le pont, secouant l'*Omaruru* comme un canard en caoutchouc dans une baignoire, je me demandai comment une telle tempête pourrait encore empirer.

Hélas, j'étais sur le point de le découvrir.

« On y va ! » criai-je à Joël et Mikel, qui s'étaient immobilisés à la porte du caisson, paralysés à la vue de ce spectacle d'apocalypse.

Les deux plongeurs échangèrent un regard et je sus aussitôt ce qui venait.

« Pas question ! hurla Joël en reculant d'un pas pour s'abriter de la pluie. Si tu crois que je vais me mettre à l'eau dans ces conditions, tu te fourres le doigt dans l'œil !

— Ce serait un suicide ! ajouta Mikel en désignant les vagues brutales, comme s'il pensait que je ne les avais pas remarquées. Même pour tout l'or du monde !

— Faites pas chier ! Je ne peux pas le faire tout seul !

— Alors, ne le fais pas ! Tu finiras dans un sac noir comme Pénélope ! »

C'était donc cela.

La mort terrible de la jeune femme leur avait ôté tout leur courage. Je pouvais comprendre qu'ils aient peur, après ce qui était arrivé, mais c'était un sale tour à me jouer.

« Faites-le pour elle ! » criai-je.

C'était tout ce qui m'était venu à l'esprit.

Joël secoua la tête et rentra dans le caisson. Mikel le suivit.

« Désolé », firent leurs lèvres avant qu'ils ne referment la porte.

J'étais dans de beaux draps. Déjà, à trois, ç'aurait été compliqué. Essayer de le faire seul était d'une stupidité sans nom.

« Ulysse ! » cria De Mul à pleins poumons, en faisant de grands gestes pour que je le rejoigne à la poupe.

Près de lui, un trio de courageux marins philippins, dans leurs cirés jaunes estampillés NAMDEB dans le dos, déroulaient du cabestan une épaisse corde avec une manille d'acier au bout.

« Et les autres ? demanda-t-il lorsque j'arrivai à sa hauteur.

— Il n'y a personne d'autre.

— Je vois, soupira-t-il avec un regard significatif vers le caisson hyperbare. Que faisons-nous, alors ? »

J'allais lui dire « rentrer, et au diable tout le reste » ; que quand on ne peut pas, on ne peut pas, que c'était impossible. Mais une vague souleva soudain le groupe de flotteurs jaunes, me permettant de les apercevoir un instant.

Ils étaient à moins de cinquante mètres.

Dans ces conditions, avec des vagues hautes comme des maisons qui se brisaient au-dessus de nos têtes, cinquante mètres pouvaient être une distance insurmontable, mais c'était juste cinquante mètres.

À ce stade, j'avais tout foutu en l'air avec Cassie. Pour un maudit million d'euros qui, matériellement, flottait à seulement cinquante mètres sur bâbord.

« Eh merde, grognai-je. Quel est le plan, Jonas ?

— Il faut accrocher les flotteurs à cette aussière, dit-il avec un geste en direction des Philippins. Comme ça, on pourra remorquer la météorite.

— Elle n'est pas un peu épaisse ? » demandai-je, calculant que le cordage pouvait faire au moins dix centimètres d'épaisseur et peser un âne mort.

Deux ânes morts, en réalité, une fois gorgée d'eau.

De Mul secoua la tête.

« Elle doit l'être pour supporter la traction. Si elle se cassait, il faudrait aller la raccrocher.

— Je comprends. Et ensuite ?

— Ensuite c'est tout. Tu reviens à bord, on démarre et on fout le camp, expliqua l'officier de l'Omaruru. Mais on ne peut pas mettre le zodiac à l'eau ni utiliser les sous-marins. Il faut y aller à la nage. C'est pour ça qu'il faut être au moins deux.

— Et tu n'as pas envie d'un bain ? » demandai-je pour la forme.

Le timonier de l'*Omaruru* grimaça un sourire d'excuse.

« Je suis allergique aux vagues de dix mètres de haut.

— Ouais, comme tout le monde.

— Je suppose », dit-il, philosophe.

Voilà où j'en suis, pensai-je en regardant en direction des flotteurs de la météorite, désormais invisibles. Je calculai que j'avais cinquante pour cent de probabilités de me noyer, ce qui n'était pas excessif. Surtout en considérant que je n'avais rien d'autre à perdre qu'une vie que je m'étais chargé personnellement et méthodiquement de foutre en l'air.

« Je vais le faire seul.

— D'accord. »

Je n'espérais pas une salve d'applaudissements ni des claques dans le dos, mais ce « d'accord » me sembla un peu maigre au moment où j'allais risquer ma peau.

« Je vais me changer, dis-je en désignant le conteneur où nous rangions le matériel de plongée. Donne-moi cinq minutes. »

Une nouvelle vague souleva le bateau de plusieurs mètres, puis il se précipita dans la vallée qui précédait la suivante, faisant naître au creux de l'estomac une désagréable impression de chute dans le vide. C'était comme faire un tour de montagnes russes sans ceinture de sécurité.

« Ulysse ! cria De Mul tandis que je m'éloignais. Il vaut mieux que ce soit quatre ! »

Finalement, je ne mis que trois minutes à enfiler ma combinaison de néoprène et les chaussons, prendre les palmes et le masque et ressortir.

Lorsque je rejoignis Jonas, l'officier finissait d'attacher un filin plus mince à l'extrémité de l'aussière.

« Prends ce bout ! cria-t-il dans la tempête en me montrant l'extrémité libre de la corde. Il sera plus facile à traîner et tu n'auras qu'à tirer pour récupérer l'aussière et l'accrocher aux flotteurs.

— D'accord ! répondis-je, en ajoutant le signe "OK" avec la main.

— Tu ne mets pas de gilet de sauvetage ? »

Je secouai la tête.

« Il me gênerait pour nager. Le néoprène flotte déjà assez. »

De Mul sembla hésiter à insister, mais il finit par hausser les épaules. « C'est toi qui vois, mon gars », signifiait le geste.

Je pris le bout, lui fis rapidement un nœud coulant et l'enfilait en bandoulière, comme les secouristes des plages portent leurs bouées.

« Je suis prêt, dis-je en me calant les palmes sous le bras et m'approchant du plat-bord.

— On te donnera du fil jusqu'à ce que tu atteignes les flotteurs, mais en arrivant, il faudra tirer sur le bout pour accrocher l'aussière, m'expliqua Jonas en me suivant.

— Compris, répondis-je en m'ajustant le masque sur le visage. Souhaite-moi bonne chance. »

Je ne sais pas s'il le fit, parce que je me focalisais déjà sur la fréquence des vagues, essayant de calculer le meilleur moment pour sauter à l'eau. Ou, plus exactement, le moment où il y avait le moins de risques qu'une vague se brise sur ma tête, m'envoie contre la coque de l'*Omaruru* et me jette contre les hélices pour me faire déchiqueter. *Ça*, ce serait le bon moment.

Le problème, c'était que ce n'était pas facile. Je devais sauter sur le dos d'une vague, juste après la crête et avant qu'elle ne se transforme en un vertigineux toboggan. J'en laissai passer une, deux, trois, sans trouver ce bon moment, mais je ne pouvais pas non plus perdre de temps. La sphère s'éloignait un peu plus chaque seconde, rallongeant d'autant la distance qu'il me faudrait nager pour l'atteindre.

« Eh merde », pensai-je.

Ce mot définissait de mieux en mieux les circonstances : la situation était merdique, à cause des décisions merdiques que j'avais prises et qui avaient fait de ma vie exactement cela, une vie de merde.

Depuis ce lointain après-midi à Utila, lorsque je trouvai la cloche de bronze des Templiers ensevelie dans un récif, tous les chemins semblaient m'avoir conduit jusqu'à cet instant où, penché sur le plat-bord d'un bateau au cœur d'une terrifiante tempête, j'étais sur le point de me jeter à l'eau en jugeant que cinquante pour cent de probabilités de mourir n'étaient pas une si mauvaise affaire.

Je poussai un soupir d'épuisement et de résignation, je serrai les palmes contre ma poitrine d'une main, et, appuyant sur mon masque de l'autre, je fis un grand pas en avant et me laissai tomber dans le vide.

86

Après avoir sauté de si haut, je m'enfonçai de plusieurs mètres en touchant l'eau, ce que je mis à profit pour enfiler rapidement mes palmes avant de remonter vers le chaos qu'était la surface.

En émergeant, j'essayai de m'orienter, mais une vague monstrueuse se brisa juste au-dessus de moi comme une avalanche, me renvoyant vers le fond ; je tournoyai, impuissant, comme si j'étais dans une machine à laver.

Après quelques interminables secondes de terreur où il semblait que le programme d'essorage n'allait jamais s'arrêter, je cessai enfin de tourner, et, m'efforçant de deviner où était le haut et où était le bas, je me mis promptement à nager, étourdi et les poumons presque vides.

Dès que je sortis la tête de l'eau, le sternum palpitant et toutes les alarmes de mon cerveau hurlant qu'il me fallait de l'oxygène, je pris une goulée d'air désespérée, au bord de l'asphyxie. Il y a peu de sensations aussi affreuses que d'être sous l'eau et de ne pas pouvoir respirer. La seule chose qui m'avait empêché de me noyer, c'était de savoir que, dans de telles situations, le pire ennemi est la panique. Elle avait été là, à me guetter dans un coin, mais j'avais réussi, pour cette fois, à la dominer. Je n'étais pas certain de pouvoir le refaire.

Par chance, aucune nouvelle montagne liquide ne s'effondra sur moi, ce qui me permit de constater que j'étais bien trop près à mon goût du flanc d'acier de l'*Omaruru*. Serrant les dents, je me mis à nager dans la direction où je pensais que se trouvait la météorite.

Ce n'est qu'alors que je réalisai que j'aurais pu prendre un des scooters sous-marins rangés dans les soutes de l'Omaruru.

Je m'arrêtai, hésitant, mais je compris qu'il était trop tard.

Trop tard pour retourner au bateau. Trop tard pour défaire les erreurs que j'avais commises au cours des dernières minutes, des derniers jours, mois, années…

Trop tard pour presque tout, en fait.

Une énorme vague me hissa alors au-dessus de l'horizon, et je réussis à voir les gros flotteurs jaunes secoués par la mer, un peu plus éloignés qu'ils ne l'étaient avant que je saute.

Je devais me dépêcher.

Priant pour qu'aucune nouvelle lame ne se brise sur moi, je nageai de toutes mes forces, poussant sur mes palmes et utilisant mes bras pour garder la tête hors de l'eau. J'avais déjà nagé dans des mers agitées, avec des vagues de deux ou trois mètres, et je savais me débrouiller, mais là, c'était le niveau supérieur. Même si les vagues ne faisaient « que » le triple de hauteur, leur force et leur rage étaient décuplées.

Je ne pouvais que nager le plus vite que je le pouvais et supplier Poséidon, Neptune ou quel que soit le dieu qui avait la concession des océans en ce moment, qu'il me laisse vivre encore un jour.

Chaque fois que j'ouvrais la bouche pour respirer, mes poumons se remplissaient d'air et d'eau à parts égales, déclenchant une toux compulsive et angoissante qui augmentait le risque de ne pas pouvoir garder le cap.

Je m'efforçai de me concentrer sur mon rythme, mais, à chaque coup de palmes, je sentais que mes jambes perdaient de la force et que la fatigue accumulée au cours des derniers jours me faisait payer la note. Comme si ce n'était pas assez, le cordage que je traînais derrière moi pesait de plus en plus lourd à mesure qu'il se gorgeait d'eau, et ce poids supplémentaire me freinait, me rendant la tâche d'autant plus difficile.

Je compris que je devais prendre des risques et accélérer la cadence, même si cela devait épuiser mes ressources, ou je n'atteindrais jamais les flotteurs, finissant par n'être plus qu'un poids mort au bout d'une corde. Littéralement parlant.

Alors, je nageai, je nageai, je nageai sans penser à rien d'autre que continuer, oubliant même de vérifier si j'allais dans la bonne direction, me concentrant juste pour palmer plus vite, bouger les bras plus vite, respirer plus vite.

Je commençais à payer cet effort exténuant de crampes dans les bras et les jambes, mais je ne pouvais pas m'arrêter. Si je m'arrêtais, j'étais certain que je n'aurais plus assez d'énergie pour repartir.

Mes poumons étaient en feu et j'avalai de nouveau une telle quantité d'eau que je me mis à tousser violemment et fus obligé de faire halte, le temps de reprendre haleine.

J'en profitai pour m'orienter. Mon masque était si couvert de buée à cause de l'effort que je dus le descendre sur mon cou pour essayer de voir où j'étais.

Je tendis le cou, mais, atterré, je ne vis pas trace des flotteurs.

Comment était-ce possible ? M'étais-je autant écarté ? Avaient-ils coulé à cause de la tempête ?

Au désespoir, je les cherchai, regardant dans toutes les directions. Je me retournai et, soudain, le monde tout entier devint jaune.

Un des flotteurs était si proche qu'il occupait tout mon champ de vision.

J'aurais poussé un cri de joie, si j'avais eu assez de souffle pour le faire. Je m'accrochai à une des sangles de l'énorme cylindre, comme un naufragé à une planche, respirant un peu avant de poursuivre.

J'avais fait la première partie, la plus dangereuse, mais aussi la plus simple.

Il me restait l'autre partie, certainement la plus compliquée : amener l'épais cordage du bateau jusqu'ici et le fixer aux flotteurs. Si je ne réussissais pas, ce que je venais de faire aurait été en vain, et, au cas où j'aurais eu besoin d'un peu plus de stimulation, je ne voyais pas comment j'aurais pu retourner jusqu'à l'*Omaruru*.

Après avoir ôté mes palmes et les avoir enfilées sur l'avant-bras comme un sac à main, je contournai les flotteurs pour qu'ils m'abritent de la tempête.

Puis, à l'aide des nombreuses courroies et sangles qui les ceinturaient, j'en escaladai un et m'assis à califourchon dessus, m'agrippant à une des poignées supérieures comme si c'étaient des rênes pour ne pas tomber sous les assauts constants du vent et des vagues. Ce devait être le rodéo mécanique le plus sauvage de l'histoire.

Veillant à ne pas perdre l'équilibre, je nouai le bout à la poignée du flotteur et, levant les bras, je fis des signes vers l'*Omaruru* pour qu'ils commencent à faire filer le cordage.

À la poupe, je pus voir plusieurs silhouettes se mouvoir en hâte pour mettre à l'eau l'aussière portant la manille. Ils avaient eu l'heureuse idée d'y accrocher plusieurs gilets de sauvetage pour donner de la flottabilité à l'ensemble.

Sans attendre, je me commençai à tirer sur le filin et je compris immédiatement pourquoi – comme l'avait dit De Mul – il fallait au moins deux personnes pour faire ce travail : le cordage pesait trop lourd pour moi.

L'image me vint à l'esprit de ces colosses islandais qui traînent un camion avec les dents.

J'en étais tout simplement incapable. Mes bras rompus n'avaient pas assez de force.

Je regardai autour de moi, cherchant quelque chose qui puisse m'aider, mais je ne vis rien d'utile, ni sur mon flotteur ni sur les quatre autres. En réalité, je ne voyais qu'une seule chose à employer pour haler la corde : mon propre poids. Si je me laissais glisser sur le côté opposé du flotteur, mes presque quatre-vingts kilos viendraient s'ajouter à la force de mes bras.

Le problème, c'était que j'étais au beau milieu d'une sale tempête, avec des vagues de huit mètres de haut et des vents à cent kilomètres-heure.

Mais il n'y avait pas d'autre solution.

Faisant attention de ne pas tomber à l'eau, je glissai le long du flanc du flotteur jusqu'à rester suspendu des deux mains à la corde. Les deux pieds appuyés sur la paroi du cylindre, je rejetai mon poids en arrière pour laisser la force de la gravité faire une partie du travail.

La corde commença alors à céder et je pus la haler, au prix de l'effort surhumain que je devais fournir pour supporter mon propre poids et ne pas perdre l'équilibre tandis que j'étais secoué par la tempête.

Je compris très vite que je ne pourrais pas soutenir cet effort plus d'une minute sans me reposer. Mais c'était là encore un luxe, d'une liste déjà longue, que je ne pouvais pas me permettre.

Je n'avais pas d'autre option que de continuer de tirer, et, quand les muscles de mes bras et mes jambes protesteraient, de les ignorer. Comme dans l'eau, si je m'arrêtais, je risquais de ne pas pouvoir reprendre.

Alors, je continuai de tirer quand les crampes ressurgirent, quand mes mains raides eurent du mal à tenir la corde, quand mes jambes flageolèrent et menacèrent de céder.

Je continuai de tirer jusqu'à ce que, à bout de souffle et ayant presque oublié pourquoi je faisais cela, il y eut un choc de l'autre côté du flotteur et, deux tractions plus tard, un amalgame de gilets de sauvetage liés entre eux apparut.

Trop faible pour seulement sourire, je grimpai péniblement pour les atteindre. Je défis l'enveloppe de gilets orange, attirai à moi la manille d'acier et la laissai retomber sur le flanc de l'énorme flotteur cylindrique.

Dix ou douze mètres de cordage suivirent la manille. Je remis mon masque de plongée et allais enfiler mes palmes quand je me rendis compte que je n'en avais plus qu'une : j'avais perdu l'autre sans m'en apercevoir.

Mais il ne servait à rien de me lamenter. Je me jetai donc à l'eau de nouveau, avec seulement ma palme droite.

Fixer la manille à une des poignées du flotteur n'était pas une solution, car elle n'aurait jamais résisté à la pression de la tempête. Mon plan était de passer l'aussière sous le flotteur, de la remonter de l'autre côté et d'y accrocher la manille, créant un nœud coulant autour de l'énorme cylindre jaune.

Ce n'était pas idéal, mais il faudrait que ça marche. Je ne pouvais rien faire de mieux.

De nouveau dans l'eau, je plongeai pour attraper l'épais cordage et, pendant un instant, je restai fasciné par le spectacle de l'entrelacs serré des sangles qui allaient envelopper une forme sphérique, une ombre, un fragment d'obscurité complète et maléfique.

Que cette chose ait été créée à partir du même matériau que le monolithe de la Cité noire, qu'elle ait été témoin de la destruction de l'Atlantide et qu'elle ait tué Pénélope moins d'une heure plus tôt, ne faisait que souligner l'impression sinistre qu'il en émanait quelque chose de malfaisant et qu'il aurait été plus sensé de la laisser enterrée où elle était.

Pour le meilleur ou pour le pire, je n'avais pas de temps à perdre à de sombres pensées ; tenant l'extrémité de l'aussière, je remontai à la surface en passant sous le flotteur et accrochai la manille au cordage lui-même, fermant le nœud.

C'était fait.

Agrippé à une poignée du flotteur, je pris un moment pour retrouver mon souffle et me faire une idée de la situation.

Je ne pouvais pas rester là indéfiniment à supporter les assauts des vagues. Je devais retourner au bateau avant d'entrer en hypothermie, mais, dans mon état d'épuisement et avec une seule palme, je ne pouvais pas y aller en nageant.

Je ne voyais qu'une solution : utiliser l'aussière comme une rampe pour me ramener à l'Omaruru.

N'avoir qu'une unique alternative simplifie grandement les choses. Sans y réfléchir à deux fois, je saisis le cordage et entrepris de mettre une main derrière l'autre, pressé d'être de retour sur le bateau et d'abandonner cet enfer fait de vagues, de vent et d'eau glacée.

Mais mon rythme ralentissait de plus en plus. Il ne pouvait pas y avoir de moment plus mal choisi pour arriver au bout de mes forces. Je n'avais pas fait dix mètres que je dus m'arrêter pour reprendre haleine.

Il y avait longtemps que le froid avait rendu mes mains insensibles, et venaient s'y ajouter de nouvelles crampes dans les bras et les jambes.

J'eus soudain du mal à me tenir à l'aussière.

Et au même instant, évidemment, une lame haute comme l'Everest s'enroula sur moi et se brisa juste au-dessus de ma tête dans une avalanche d'écume, d'eau et de fureur.

Une seconde avant d'être entraîné vers le fond par la vague gigantesque, je sus que je ne pourrais pas me retenir au cordage ; et, exténué comme je l'étais, je ne serais probablement pas capable non plus de remonter à la surface.

Un calme étrange m'envahit lorsque je compris que ce qui venait était inéluctable.

Ironiquement, n'avoir plus aucune alternative simplifie beaucoup les choses.

87

Emporté par la force colossale de la vague, je compris que résister n'aurait eu aucun sens. Je me laissai simplement entraîner par cette puissance qui me faisait tournoyer, attendant une rémission dans l'espoir de reprendre le contrôle et pouvoir remonter à la surface avant d'avoir épuisé l'oxygène de mes poumons.

Mais il arrive parfois que la tempête n'apporte aucune rémission et qu'une vague s'enchaîne avec la suivante, puis avec une autre – elles vont généralement par trois, les maudites –, et, quand la danse prend fin, on ne sait plus très bien qui on est, ce que l'on fait là, et pourquoi on était si pressé de sortir respirer. Le manque d'oxygène finit par jouer de ces tours. Et j'en étais justement à ce point-là. J'avais vaguement conscience de m'être enfoncé de plusieurs mètres, et qu'insuffler un peu d'air dans mes poumons ne serait peut-être pas une mauvaise idée, mais je ne savais pas très bien dans quelle direction il fallait aller ; et puis, de toute manière, mes muscles ne répondaient plus.

Épuisement, hypoxie et froid ne sont pas une bonne combinaison. C'était même franchement mauvais. Mon corps n'aspirait qu'à une chose : rester où il était, tranquille. Laisser advenir ce qui devait advenir. Et ma tête semblait d'accord avec lui.

Ainsi donc, à une vaste majorité, Ulysse Vidal, majeur, résidant à Barcelone et pas vraiment en possession de toutes ses facultés mentales, décida que ce moment valait aussi bien qu'un autre pour mourir.

Je sentis la confortable obscurité de l'inconscience s'emparer de moi, je fermai les yeux, et laissai l'océan faire son office.

J'atteignais tout juste cette sorte de nirvana *ante mortem* quand quelque chose me saisit le bras gauche et tira dessus comme pour chercher à me l'arracher.

Ma première pensée fut qu'un maudit requin venait de m'attaquer au lieu d'attendre un peu que je meure tranquillement. Mais, quand j'ouvris les yeux, prêt à lui manifester ma légitime indignation, ce que je vis ne ressemblait pas du tout à un squale.

On aurait plutôt cru une blonde en tenue de plongée qui, de sa main libre, manœuvrait un scooter sous-marin à pleine puissance.

Mon souvenir suivant, c'est quelqu'un qui me soufflait de l'air dans les poumons et qui répétait mon nom en me cognant brutalement sur la poitrine.

« Ulysse ! Ulysse ! criait la voix à quelques centimètres de mon oreille. Réagis, *mano* ! »

Des nausées incoercibles remontèrent mon œsophage et quelqu'un me tourna sur le côté pour me laisser expulser l'eau qui s'était accumulée dans mes poumons.

Un long moment s'écoula tandis que je recrachais de l'eau salée avec de grands râles, puis je roulai de nouveau sur le dos, la gorge en feu comme si on venait de me la passer au papier de verre.

La pluie et le vent me fouettaient toujours le visage, mais, sous moi, je sentais la rassurante solidité d'un sol ferme. De toute évidence, n'étais plus dans l'eau, mais j'étais incapable de comprendre comment j'étais arrivé là. La dernière chose dont je me souvenais, c'était l'attaque d'un requin avec des cheveux blonds.

Nageant en pleine confusion, je m'efforçai d'accommoder ma vision et mon esprit, aussi flous l'un que l'autre, comme après une cuite au mauvais vin.

Devant moi, deux yeux verts inquiets se plissèrent en un sourire de soulagement.

Je battis des paupières, déconcerté.

« Cassie ? Que… qu'est-ce que tu fais ici ? Que s'est-il passé ?

— Il s'est passé que tu t'es presque noyé, imbécile », souffla-t-elle.

C'était peut-être à cause de la surdose d'eau salée, mais il me fallut un moment pour assimiler cette réponse.

Je jetai un coup d'œil autour de moi, et je compris que j'étais sur le pont de l'*Omaruru*, entouré de visages de type philippin.

« Bienvenue dans le monde des vivants », m'accueillit Jonas De Mul en apparaissant entre les marins.

Mes yeux se posèrent de nouveau sur ceux de Cassie.

« Tu m'as sauvé, affirmai-je. Comment as-tu… ?

— Jonas m'a prévenue, expliqua-t-elle en jetant à celui-ci un rapide regard reconnaissant. Alors, je me suis équipée, j'ai pris un scooter et je suis partie t'aider. Je suis arrivée juste au moment où la vague t'entraînait sous l'eau. »

À sa manière de le relater, on aurait dit qu'elle était sortie se promener et qu'elle avait croisé un voisin sur le palier.

« Je... je ne sais pas quoi dire, balbutiai-je. Tu as risqué ta vie pour moi, Cassie.

— Tu aurais fait la même chose.

— Oui, mais...

— Mais quoi ? »

Je déglutis, plus par crainte de commettre un nouvel impair qu'à cause de ma gorge à vif.

« Je croyais que tu... que je...

— Charrie pas, *mano*, répliqua-t-elle, sourcils froncés. Que tu sois un imbécile et que je sois vraiment furieuse contre toi, c'est une chose, mais ce n'est pas une raison pour vouloir que tu meures.

— Ah... d'accord. C'est bon à savoir.

— Ce que tu peux être bête », souffla-t-elle avec incrédulité.

Puis, me saisissant par le col de ma combinaison, elle se pencha sur moi pour me donner un long baiser.

Avec son aide et celle de Jonas, je me levai lentement, reprenant confiance en mes jambes percluses de crampes, et nous allâmes nous mettre à l'abri de la tempête.

« Je suis trop vieux pour ce genre de choses, me plaignis-je en me massant les muscles. À propos, ça a marché ? Le flotteur est bien accroché ?

— C'est parfait, répondit le pilote avec un geste vers la poupe, en direction d'un point imprécis où, à une cinquantaine de mètres, on distinguait entre les vagues le bouquet de flotteurs jaunes. Nous avons déjà mis le cap sur Gibraltar. »

Je vis, suspendu à la grue arrière comme un pendule, le mini-sous-marin rouge, et je me souvins des plongeurs qui se trouvaient encore sous l'eau quand j'avais sauté par-dessus bord.

« J.R. et Manolo ? m'enquis-je en me tournant vers le caisson hyperbare. Ils vont bien ?

« — Oui, ne t'inquiète pas, confirma Cassie. Ils sont tous les deux en décompression. Au fait… Je suis vraiment désolée de ce qui est arrivé à Pénélope », ajouta-t-elle en secouant la tête.

J'avais oublié. Un siècle semblait s'être écoulé depuis qu'on avait remonté à bord le cadavre de la malheureuse jeune femme.

Des visions de l'horrible accident me revinrent à l'esprit.

« Je ne peux pas me faire à l'idée qu'une telle chose ait pu survenir, et justement à elle. Pauvre fille.

— Juan Ramon n'a pas prononcé un mot depuis qu'il est sorti de l'eau. Je crois qu'il est en état de choc.

— Il doit être dévasté.

— Cette putain de météorite n'a amené que du malheur, déclara Cassie, les yeux fixés sur l'horizon. J'aurais voulu ne jamais la trouver.

— Moi non plus. Je regrette, Cassie. Je… je ne sais pas quoi te dire. Toute cette merde a échappé à notre contrôle. »

La jolie Mexicaine fit la grimace.

« Rien ne s'est passé comme nous l'imaginions. Toi, au moins, tu auras ton million en arrivant au port.

— Notre million, la corrigeai-je instantanément en lui prenant la main. Assez d'argent pour revenir plus tard et reprendre notre projet de départ. »

Cassie me regarda, sérieuse, les yeux à demi fermés.

Dieu m'est témoin que je ne savais pas si elle allait me dire merci ou m'envoyer paître. Elle-même hésitait peut-être, d'où cette expression indéchiffrable.

« Et le professeur ? demandai-je avant qu'elle me donne une réponse qui aurait pu ne pas me plaire. Où est-il ?

— Dans sa cabine, avec Isabella.

— Dans sa cabine avec Isabella ? répétai-je, surpris. Pendant que je risquais ma vie, il jouait au docteur avec la géologue ?

— Efface ce sourire de ton visage et ne sois pas stupide. Ils travaillent.

— Ils travaillent ? Mais je croyais que vous aviez été mis au ban de la mission, lui et toi.

— En effet, mais Isabella avait besoin d'aide, et Eduardo était le seul à pouvoir lui donner un coup de main.

— Un coup de main, oui, insinuai-je avec un sourire. J'ai bien vu comment il la regarde par en dessous. »

La jeune femme leva les yeux au ciel, comme pour implorer qu'on lui accorde d'être patiente.

« Ils sont en train d'étudier les images et les lectures micrométriques de la sphère. Il semblerait qu'il y ait quelque chose d'assez étrange.

— Étrange ? Pff. Il y a peut-être quelque chose qui ne soit pas étrange, dans cette météorite ? »

Avant que Cassie ne réponde, un coup de tonnerre retentit au loin.

« Il ne manquait plus que ça, grognai-je. Quelques éclairs pour animer la soirée qui est un peu morne.

— Ce n'était pas la foudre », affirma Jonas avant de ressortir.

Cassie et moi échangeâmes un regard perplexe, nous demandant ce que voulait dire le pilote.

Au même instant, avec un bruit fracassant qui fit vibrer toute la structure du navire, une colonne d'eau haute de plusieurs dizaines de mètres s'éleva sur tribord comme un gigantesque geyser.

« Mais qu'est-ce que c'est ? », bredouillai-je, déconcerté.

La sirène retentit par tous les haut-parleurs du bâtiment namibien. Un hurlement d'alarme qui me donnait la chair de poule.

Jonas entra de nouveau et passa près de nous comme un spectre, en direction de la passerelle.

« Jonas ! Qu'y a-t-il ? » demandai-je en le saisissant par le bras.

Le visage décomposé du timonier n'augurait rien de bon, et sa brève réponse ne fit que le confirmer.

« On est attaqués ! »

SIXIÈME PARTIE

El Harti

88

Lorsque Cassie et moi fîmes irruption dans la passerelle dans le sillage de Jonas, nous y trouvâmes Max, Carlos, Van Peel, et, bien évidemment, le capitaine Isaksson, le regard fixé sur la violente tempête qui faisait rage autour du bateau et qui paraissait empirer à chaque seconde. Chaque lame qui venait frapper l'étrave de l'*Omaruru* semblait plus forte que la précédente, et de là où nous nous tenions, au plus haut de la superstructure, le tangage était si accentué qu'il fallait se tenir en permanence pour ne pas tomber.

Tandis que De Mul courait prendre son poste à la barre, Cassie et moi restâmes hypnotisés par le spectacle que montraient les larges baies vitrées : des vagues en une succession interminable, certaines presque aussi hautes que le navire, qui se fracassaient en lambeaux d'écume dont les rafales s'emparaient pour les disperser dans l'air, tels des confettis par un jour de grand vent. La mer avait cessé d'être une surface définie pour se convertir sous l'effet de l'ouragan en un tableau délirant dont les vagues géantes s'étendaient à perte de vue, allant hérisser la ligne de l'horizon.

Mais le plus impressionnant était le bruit. Les rugissements du vent contre les vitres et le vacarme des lames qui venaient se briser sur la proue, comme de monstrueux coups de marteau qui faisaient trembler le bateau tout entier.

J'en avais presque oublié que Jonas avait dit que nous étions attaqués, quand Van Peel annonça d'une voix forte :

« Contact de surface à cinq milles, zéro quatre huit, six nœuds. Juste à la limite des eaux territoriales marocaines.

— Ils nous bloquent le passage, alerta Jonas.

— Gardez le cap et l'allure, commanda Isaksson de sa voix posée de professionnel.

— Que se passe-t-il ? Qui a tiré sur nous ?

— Silence dans la passerelle ! ordonna Isaksson en me jetant un coup d'œil courroucé avant de regarder de nouveau devant lui.

— C'est El Harti, dit Van Peel à voix basse.

— Le capitaine marocain ? s'étonna Cassie.

— Lui-même, confirma le maître d'équipage.

— Et pourquoi nous a-t-il tiré dessus ? demandai-je en faisant un effort pour ne pas élever la voix.

— Il veut la météorite, répondit Van Peel d'un air sombre. Il nous a donné l'ordre de mettre le cap sur Tanger.

— La météorite ? répéta Cassie. C'est impossible. Comment sait-il que nous l'avons ?

— Il ne le sait pas. Mais il a dû voir que nous avons récupéré quelque chose du fond, et il refuse tout simplement que nous l'emportions.

— Capitaine Isaksson, quelle est la situation, exactement ? demanda Max en rejoignant le marin. »

Le capitaine leva les yeux de l'écran du GPS.

« L'œil de l'ouragan s'approche rapidement, informa-t-il en désignant le moniteur où se superposaient des vues satellite météorologiques. Il faut rentrer au port immédiatement, mais le patrouilleur marocain nous barre le passage vers les eaux espagnoles.

— Il n'y a pas moyen d'arriver à Gibraltar ?

— Impossible, répondit Isaksson. Nous ne pouvons pas aller vers le nord.

— Quelles alternatives avons-nous ?

— Des alternatives ? répéta le capitaine, comme si on lui avait demandé quelles alternatives il y a à la sortie du soleil tous les matins. Il n'y a aucune alternative, à part faire ce qu'il dit et mettre le cap sur Tanger.

— Si nous faisons cela, nous perdrons la météorite. »

Isaksson le regarda longuement, avant de répondre.

« Vous avez déjà perdu la météorite, monsieur Pardo. À présent, tout ce qui me préoccupe, c'est de sauver mon bateau et protéger mon équipage.

— Je vous rappelle que je vous ai engagé pour faire un travail, capitaine.

— *Jag ger inte ett skit*, rétorqua Isaksson en suédois, perdant toute son affabilité. Sur ce bateau, l'autorité suprême, c'est moi, et j'ai décidé de mettre le cap sur Tanger immédiatement. » Il se tourna vers Van Peel à qui il ordonna : « Contactez le vaisseau marocain et informez que nous nous dirigeons vers le port de Tanger afin de nous soumettre à une inspection.

— Ignorez cet ordre, intervint Max, en s'adressant au maître d'équipage. Capitaine, je vous assure que nous pouvons nous sortir de cette situation sans perdre la météorite. Si vous faites ce que je dis, vous me remercierez dans quelques heures.

— Que je fasse ce que vous dites ? répéta Isaksson qui n'en croyait pas ses oreilles. Qui vous croyez-vous ? Vous ne voyez pas qu'on tire sur nous ? Ici, c'est moi qui donne les ordres, et moi seul, *jävel*. Maître d'équipage, passez l'appel.

— Désolé, capitaine, vous ne me laissez pas le choix, déclara Max d'un air peiné. Minerve ? appela-t-il en prenant dans sa poche son téléphone par satellite.

— Oui, Max ? répondit la voix sensuelle de l'intelligence artificielle.

— Annule les communications de l'*Omaruru* jusqu'à nouvel avis.

— C'est fait, dit-elle immédiatement. Autre chose ?

— Reste en attente.

— Capitaine ! alerta Van Peel. Nous avons perdu la radio. »

Isaksson se tourna vers Max, écumant de rage. Il n'avait soudain plus rien à voir avec le père Noël.

« Qu'est-ce que vous avez fait ? rugit-il. Comment osez-vous ? Dites à cette créature de restaurer les communications ! »

Avec une assurance incompréhensible, Max répondit avec calme.

« Je regrette, mais c'est non, capitaine. Je vous demande de vous tranquilliser et de m'écouter.

— Van Peel, De Mul, dit Isaksson en se tournant vers ces derniers, faites sortir monsieur Pardo de la passerelle et enfermez-le dans sa cabine.

— À vos ordres ! » répondirent-ils à l'unisson en se levant... avant de se rasseoir avec la même synchronisation.

Il me fallut quelques secondes pour m'apercevoir qu'ils avaient les yeux fixés sur la main droite de Carlos Bamberg.

Qui tenait un pistolet.

« Je suis vraiment désolé que nous ayons dû en arriver là, dit Max en secouant doucement la tête, comme s'il était profondément déçu.

Retournez à vos postes, s'il vous plaît, et gardez votre calme. Vous, monsieur Bamberg, rangez votre arme. Je suis sûr que nous pouvons arranger cela de manière civilisée. »

Carlos remit le pistolet dans l'étui caché sous ses vêtements. Un pistolet noir, de forme curieusement curviligne, qui portait le sceau de la marque *Vektor* gravé sur le canon.

Chez les officiers de l'*Omaruru*, la tension se relâcha visiblement.

« Vous êtes en train de commettre une très grave erreur, déclara Isaksson en reposant les yeux sur Max. Vous en payerez les conséquences.

— Vous vous trompez, capitaine. C'est vous qui faites erreur, et croyez bien que je le regrette. Reprenez vos postes, s'il vous plaît, ajouta-t-il à l'adresse des autres officiers. »

À cet instant, un nouveau coup de canon retentit au loin, et toutes les conversations cessèrent, dans l'attente de l'impact qui devait venir.

Un geyser se dressa à plus de vingt mètres de haut, tribord amures. Bien plus près que le précédent.

Un silence sépulcral envahit la passerelle. Le message était on ne peut plus clair : le prochain tir ne serait plus un tir d'avertissement.

« Minerve, dit Max, brisant le mutisme général. Tu peux faire quelque chose avec ces Marocains ? »

L'IA mit presque trois secondes à répondre, ce qui, rapporté à l'échelle humaine, représentait plusieurs heures de réflexion.

« Le vaisseau 306 de la flotte marocaine *Sultan Ahmed Ziday* est si ancien qu'il n'a presque pas d'équipement informatique que je puisse intervenir, expliqua Minerve comme si elle énonçait une recette de cuisine. Néanmoins, le système d'acquisition d'objectif a été actualisé avec un système informatique en 2017, ce…

— Droit au but, Minerve.

— Je peux insérer un sous-programme dans le programme du radar de tir qui les empêchera de viser à distance, résuma-t-elle.

— Fais-le, ordonna Max. Tu peux faire quelque chose de plus ?

— Pas directement sur le bateau, non. Mais je peux créer de fausses communications des supérieurs d'El Harti pour lui donner l'ordre de rentrer à la base.

— Je doute que nous puissions l'abuser deux fois, mais cela le fera hésiter, au moins. Merci, Minerve. Tiens-moi au courant.

— Bien sûr, Max, répondit l'imitation de la voix de Scarlett Johansson. Si tu as besoin d'autre chose, tu sais où me trouver. »

Tout le monde avait assisté bouche bée à cette conversation... Qu'une telle chose soit possible était difficile à croire.

« Vous voyez, dit Max en ouvrant les mains. Problème résolu.

— Ce n'est pas résolu ! répliqua Isaksson avec un geste en direction du patrouilleur. Ils sont plus rapides que nous, et, une fois assez près, ils n'auront plus besoin d'un radar de tir pour nous viser. Nous avons seulement gagné un peu de temps.

— Alors, nous devrions mettre ce temps à profit, vous ne croyez pas ? rétorqua Max en croisant les bras.

— Comment ? Pour nous rendre à Gibraltar ou tout autre port espagnol, nous devons passer juste devant eux. Ils pourraient nous couler.

— Et Ceuta ? suggérai-je en m'approchant de l'écran du GPS. C'est sur la côte africaine, mais c'est une ville espagnole. Nous y serions en sûreté. Il ne faudrait plus aller vers le nord, mais vers l'est.

— Ça ne changerait pas grand-chose, intervint De Mul. Pour arriver à Ceuta, il y a environ trente milles, et leur vitesse peut dépasser la nôtre de cinq ou six nœuds. Plus, même, tant que nous traînerons la météorite. Si nous la lâchons, nous aurons peut-être une petite marge.

— Cette possibilité n'est pas envisageable, objecta Max avec gravité. Nous ne lâcherons la météorite en aucune circonstance. »

Je fus sur le point de lui dire que c'était le capitaine qui donnait les ordres à bord, mais je devais bien reconnaître que ce n'était plus le cas.

« Et vous ne pouvez pas appeler par radio les autorités espagnoles pour les informer de ce qui est en train de se passer ? demandai-je en revanche. Il y a quand même des ressortissants espagnols à bord.

— Nous l'avons déjà fait, dit Van Peel en secouant la tête. Mais nous sommes un bâtiment namibien dans les eaux territoriales marocaines. Ils ne peuvent rien faire.

— Et pourquoi ne pas soudoyer le capitaine marocain pour qu'il nous fiche la paix ? lança Cassie à Max avec mépris. Je suis sûre que ça ne vous pose aucun problème moral.

— Ce serait pire, répondit Max en passant outre l'insulte implicite. Nous ne réussirions qu'à lui confirmer la valeur de la météorite, et il serait encore plus déterminé à nous pourchasser. Il jugerait toute action entreprise contre nous d'autant plus justifiée.

— Alors ? demanda Cassie, en interrogeant Max et les officiers du regard. Si on ne peut ni fuir ni se rendre, qu'est-ce qu'on fait ? Naviguer sans but jusqu'à ce qu'on soit coulés par le patrouilleur ou par la tempête ? »

Personne ne sut quoi répondre, et les hurlements du vent contre les baies vitrées prirent encore plus de force dans ce silence.

Pendant ce temps, j'avais remarqué un petit triangle vert qui, sur l'écran du GPS, paraissait se trouver à un peu moins d'un mille au nord de notre position.

« Qu'est-ce que c'est que ça ? demandai-je à Van Peel, qui était debout près de moi.

— C'est le signal de l'AIS, le système d'identification automatique. Chaque bâtiment possède une balise qui l'identifie.

— Et ce triangle vert, c'est le patrouilleur ?

— Les bâtiments militaires n'en sont pas équipés. C'est la balise d'un bateau civil, concrètement… Le *Mont*, un superpétrolier battant pavillon panaméen qui fait cap sur le canal de Suez, précisa-t-il après avoir sélectionné l'icône correspondante.

— Par ce temps ? m'étonnai-je avec un coup d'œil vers l'extérieur. Je croyais que nous étions les seuls à être assez fous pour naviguer.

— Ce superpétrolier est dix fois plus grand que nous. Ces vagues ne sont pas un problème, pour un bateau de cette taille.

— Je vois, murmurai-je, songeur. Et nous aussi, nous avons une de ces balises allumée ?

— Naturellement.

— Donc, sur le patrouilleur marocain, ils doivent avoir un petit écran comme celui-ci où ils voient exactement où nous sommes et dans quelle direction nous allons, déduisis-je en posant le doigt sur l'écran.

— C'est très probable, oui.

— Et on ne pourrait pas déconnecter cette balise ? »

Van Peel regarda Isaksson, qui s'approcha, les sourcils froncés.

« Ce serait une infraction aux lois internationales sur la navigation maritime, et, de toute façon, le patrouilleur pourrait encore nous localiser par radar, ou même visuellement.

— Oui, mais… vous pourriez la déconnecter ? »

Isaksson battit des paupières, l'air assez convaincu que je n'avais pas compris un mot.

« Oui, on pourrait la déconnecter, répondit-il avec patience. Mais, à quoi cela servirait-il ?

— Il y a peut-être un moyen d'échapper à ce salopard. »

89

Tous feux éteints et la balise de l'AIS déconnectée, le capitaine Isaksson donna l'ordre de mettre le cap à plein régime sur la trajectoire du superpétrolier.

Le plan que je leur avais proposé était facile à expliquer, mais extrêmement compliqué à mettre en œuvre, surtout dans ces circonstances.

L'idée était d'attendre que le *Mont* s'interpose entre nous et le vaisseau marocain afin qu'il nous dissimule sur l'écran du radar, et, au moment précis où le patrouilleur ne pourrait plus nous localiser, virer au nord pour nous situer à l'ombre de l'énorme bâtiment panaméen. Si nous nous collions à lui comme un rémora, les Marocains nous perdraient de vue pendant un certain temps, ce qui nous permettrait peut-être de faire quelques milles vers l'est, en direction de Ceuta, à l'abri du superpétrolier. Celui-ci ferait en outre office de bouclier contre les canons d'El Harti, car il semblait peu probable qu'il se hasarde à tirer sur nous avec un radar de tir hors service, au risque d'atteindre le navire panaméen.

La coordination était la clé de la réussite ou de l'échec de cette manœuvre risquée. Une manœuvre que les vagues de plus de dix mètres qui secouaient impitoyablement l'*Omaruru* rendaient extrêmement téméraire, et qui l'était d'autant plus que le bateau remorquait un poids mort de deux cents tonnes.

« Cap zéro quatre deux ! brama Isaksson de sa voix grave de baryton pour dominer le tumulte de la tempête. En avant toute !

— Cap zéro quatre deux ! confirma De Mul, à son poste aux commandes du navire. En avant toute ! »

Nous portions désormais tous des gilets de sauvetage. Ils étaient heureusement de type autogonflable et n'étaient pas plus gênants qu'un simple harnais intégral.

Je n'avais néanmoins pas eu le temps de me changer et j'étais encore engoncé dans mon épaisse combinaison de néoprène, qui avait formé une flaque à mes pieds. Le manteau qu'on m'avait prêté ne m'empêchait pas d'être transi de froid, mais à la vitesse à laquelle se succédaient les événements, trop de choses pouvaient arriver pendant les cinq minutes nécessaires pour un aller-retour à ma cabine, et aucune n'était bonne.

« Accrochez-vous ! nous prévint Isaksson. Nous allons présenter le flanc aux vagues ! »

Cassie et moi agrippâmes aussitôt des barres d'acier fixées à la cloison. Au même instant, alors que le bateau avait commencé à virer de bord, une lame énorme vint le frapper par bâbord arrière.

Brusquement, l'*Omaruru* se mit à prendre de la gîte sur tribord en pleine ascension de la vague. Son inclinaison prononcée était d'autant plus vertigineuse vue depuis la passerelle.

Je jetai un coup d'œil par les baies vitrées sur ma droite et, au-dessous de nous, je ne vis que de l'eau. Pendant un instant terrible, j'eus la certitude que nous allions chavirer.

Mais, alors qu'il semblait inévitable que le bateau se retourne, il commença à se redresser lentement et retrouva la verticale en atteignant le sommet de la vague.

À travers les rideaux de pluie, au milieu de la mer démontée contre laquelle il paraissait immunisé, la coque noire du superpétrolier apparut, avec ses timides feux de navigation allumés et sa superstructure blanche à l'arrière, toute petite par rapport aux dimensions colossales du navire.

« Putain, qu'est-ce qu'il est gros », murmura Cassie près de moi.

Elle avait raison. D'après la fiche de l'AIS, ce truc mesurait trois cent quatre-vingts mètres. Presque quatre terrains de football, suivant le populaire système métrique espagnol.

« Distance ? demanda Isaksson, les yeux fixés sur le Léviathan d'acier.

— Huit cents brasses, capitaine, répondit aussitôt Van Peel.

— Bien. Conservez le cap et l'allure.

— À vos ordres », répondit De Mul.

À ce moment, l'*Omaruru* gîtait cette fois sur bâbord tandis qu'il redescendait. L'inclinaison était moins dramatique que la précédente, mais lorsque nous arrivâmes dans la vallée entre cette vague et la suivante, j'eus l'impression de pénétrer dans un gouffre entre deux montagnes d'eau couronnées d'écume.

Et une de ces montagnes nous frappa de nouveau sur bâbord arrière, et le navire se remit à gîter si fort sur le flanc opposé que je fus une fois encore persuadé que nous allions chavirer.

Détournant les yeux de la vision terrifiante qui s'offrait à nous de l'autre côté des vitres, je jetai un coup d'œil à Cassie qui, les paupières à demi fermées et les muscles tendus, paraissait se concentrer totalement sur l'instant présent. J'aurais presque cru qu'elle aimait cela.

« Quoi ? lança-t-elle en se sentant observée, mais sans tourner la tête.

— Tu vas bien ?

— Ne sois pas stupide, *mano* », répliqua-t-elle, en me regardant, cette fois.

C'était effectivement une question idiote.

« Quand nous serons à côté du pétrolier, les vagues viendront de l'arrière et nous serons moins secoués.

— J'espère que ça ne va pas tarder, parce qu'on ne va pas tenir beaucoup plus longtemps », haleta la Mexicaine, essoufflée par l'effort qu'elle devait fournir pour se retenir à la barre et ne pas tomber.

Je ne pouvais pas dire le contraire. On avait l'impression que chacune de ces vagues pouvait nous faire couler. Seuls le professionnalisme et le calme apparent du capitaine, qui ne cessait de donner des ordres pour modifier la vitesse ou rectifier le cap, empêchaient la panique de s'emparer de nous.

À cet instant, je pensai à Eduardo. J'aurais aimé qu'il soit sur la passerelle avec nous. Je me demandais ce qu'il y avait de si important pour que lui et Isabella continuent de travailler par ce temps.

Dans de telles circonstances, rester dans une cabine n'était pas conseillé : si le bateau chavirait, il leur serait plus difficile d'en sortir. Mais je ne pouvais plus rien y faire ; je ne pouvais qu'espérer qu'ils aient suivi les instructions que le capitaine avait transmises par haut-parleurs interposés et qu'ils se tiennent prêts.

Quoique, connaissant le professeur, il devait être si absorbé par sa tâche, quelle qu'elle soit, qu'il ne devait s'apercevoir de rien.

« Qu'est-ce qui te fait rire ? demanda Cassie au moment où l'*Omaruru* couronnait une crête avant de redescendre dans la vallée suivante.

— Je pensais au professeur, enfermé dans sa cabine avec Isabella.

— Sérieux ? Tu crois peut-être qu'ils... ?

— On dit que le danger stimule la libido.

— La tienne, peut-être, rétorqua-t-elle en me toisant. Tu es en permanence comme un bouc au printemps. »

J'avais la réponse sur le bout de la langue – à savoir une invitation dans ma cabine pour y mettre sa théorie à l'épreuve –, lorsque je vis se dresser sur bâbord la vague la plus grande, la plus menaçante que j'aie vue de ma vie.

Elle dépassait facilement quinze mètres de haut, peut-être même vingt, mais le plus terrifiant n'était pas sa taille colossale, mais son front, vertical comme un immeuble qui s'approcherait à quatre-vingts kilomètres-heure.

« À tribord toute ! ordonna Isaksson en voyant ce qui arrivait. Machines à fond ! »

Le navire avait à peine commencé à virer de bord quand le mur liquide se précipita sur nous, soulevant l'arrière de l'*Omaruru* comme si c'était un jouet.

Le bateau s'inclina brutalement vers l'avant, sa proue plongea à un angle de quarante-cinq degrés, au point que les baies vitrées de la passerelle touchaient presque l'eau. La vision de la surface de la mer qui montait vers nous et la certitude d'être en train de couler était terrifiante.

Dans un rugissement de tonnerre, la vague gigantesque se brisa sur nous juste au moment où la proue émergeait de nouveau, et ce fut comme si l'océan tout entier nous était tombé dessus.

Des millions de litres d'eau s'abattirent sur l'*Omaruru* avec une violence telle que les vitres explosèrent. La mer s'engouffra dans la passerelle, balayant tout ce qui n'était pas fixé au sol, mobilier, documents et personnes.

Cassie et moi réussîmes par chance à nous agripper, mais dans la confusion qui régnait, il me sembla voir Van Peel entraîné à l'autre bout de la salle tandis qu'il appelait à l'aide.

Alors toutes les lumières s'éteignirent d'un seul coup, et, pendant un moment effroyable, la passerelle fut plongée dans l'obscurité la plus complète.

Quand l'éclairage de secours s'alluma automatiquement avec un clignotement incertain, il conféra au vaste espace l'éclat inquiétant d'une catastrophe imminente.

Pourtant, d'une manière que j'aurais crue impossible, l'*Omaruru* se stabilisa peu à peu et finit par retrouver son équilibre tandis que l'eau était évacuée par les dalots.

Finalement, garder ma combinaison n'avait pas été si mal.

« Ça va, Ulysse ? » demanda Cassie d'une voix haletante.

Je me tournai vers elle : elle était complètement trempée, comme si on l'avait jetée tout habillée dans une piscine. Elle repoussa une mèche de cheveux mouillée, et je vis l'inquiétude dans ses yeux verts posés sur moi.

« Tu as une coupure au front, ajouta-t-elle en me passant la main sur le visage avant de me la montrer, teintée de rouge.

— Oh, merde, fis-je en l'imitant avec le même résultat. J'ai dû recevoir un bout de verre quand les vitres ont explosé. Je ne m'en suis même pas rendu compte.

— Tu auras besoin de quelques points de suture, dit-elle en cherchant des yeux une armoire de premiers secours.

— Ne t'inquiète pas, je vais bien, dis en secouant la tête, pas très chaud pour me faire recoudre en pleine tempête. Mieux que la plupart, en tout cas. »

Devant nous, je discernais à peine les silhouettes des autres membres de l'équipage, certains en train de se relever péniblement.

À présent, le vent et la pluie s'engouffraient aussi à l'intérieur de la passerelle, ce qui, avec la lumière chiche de l'éclairage de secours et le ballottement permanent, donnait une impression d'absolu chaos.

« Officiers, au rapport ! ordonna Isaksson.

— Nous conservons la puissance et la barre, capitaine ! annonça De Mul, le visage illuminé par l'écran devant lui. Mais nous avons perdu l'antenne de radio et le radar !

— Nous n'avons pas perdu que cela ! » déclara alors Cassie avec un geste vers l'avant.

Tous les regards se tournèrent vers la proue. Là où s'était trouvée la plate-forme de l'héliport, on ne voyait plus qu'un entassement informe de barres de fer et de poteaux qui ne soutenaient plus rien.

« Et la météorite ? s'inquiéta Max en élevant la voix. On la remorque toujours ? »

Van Peel, qui était revenu à son poste en boitant considérablement, activa la caméra en circuit fermé du pont arrière.

« On dirait qu'elle est encore là, informa le maître d'équipage. Je crois même qu'elle nous a servi d'ancre flottante, évitant ainsi que nous coulions par l'avant.

— Vous voyez ? triompha Max. Si vous ne m'aviez pas écouté, nous serions tous morts à l'heure qu'il est.

— Distance du pétrolier, timonier ? » s'enquit Isaksson en l'ignorant.

Toute son attention était focalisée sur la présence colossale du *Mont* qui se dressait comme une falaise devant nous.

« Moins de deux cents brasses, capitaine ! annonça De Mul. Les vagues nous ont beaucoup poussés !

— En avant, deux tiers et cap zéro huit neuf ! Placez-nous en parallèle ! ordonna le Suédois avant d'ajouter : quelqu'un voit le patrouilleur ?

— Aucune trace, déclara Van Peel au bout de quelques secondes, scrutant l'horizon avec des jumelles. Il doit être de l'autre côté du pétrolier.

— D'accord. Réglez notre vitesse sur celle du *Mont* et maintenez-la stable, Jonas. »

Avec lenteur, l'*Omaruru* vira de bord pour se situer sur le côté de l'immense navire, qui ne broncha pas. Nous avions certainement été détectés par radar depuis plusieurs milles, mais je supposai qu'une telle masse avait besoin de plusieurs kilomètres pour pouvoir virer ou s'arrêter, à plus forte raison au beau milieu d'une tempête. Ils ne pouvaient rien faire d'autre que continuer leur route et essayer de nous contacter par radio, ce qui était également impossible, puisque nous avions perdu notre antenne.

Je fermai les yeux, priant pour que le navire panaméen ne fasse rien d'inattendu et se limite à tenir son cap en ligne droite. Si nous réussissions à rester à son côté jusqu'aux eaux territoriales espagnoles de Ceuta, vingt milles plus loin, nous serions sauvés.

« Capitaine ! Nous sommes freinés ! s'écria soudain De Mul, les yeux fixés sur les indicateurs de sa console.

— En avant toute ! » ordonna Isaksson.

La vibration des moteurs augmenta sous nos pieds, et il y eut quelques secondes d'attente tendue, jusqu'à ce que Jonas crie pour dominer les rugissements du vent :

« Nous perdons toujours de la vitesse !

— Que se passe-t-il ? demanda Isaksson. Perte de puissance ?

— Négatif, capitaine ! répondit Van Peel. Nous sommes à cent pour cent ! »

Alors Isaksson jeta un coup d'œil en arrière, où se trouvaient Max et Carlos.

« C'est la météorite, conclut-il avec détermination. Il faut s'en débarrasser. »

90

Maximilian Pardo secoua la tête avec lenteur avant d'affirmer, non moins fermement :

« Il n'est pas question de la lâcher. »

Isaksson fit face au millionnaire.

« Vous ne voyez donc rien ? Si nous n'arrivons pas à égaler la vitesse du pétrolier, nous serons de nouveau exposés à la vue du patrouilleur !

— Je suis parfaitement conscient de la situation, capitaine, répondit calmement Max. Vous devez trouver un autre moyen. Je suis sûr que vous avez assez de marge pour augmenter la puissance pendant un moment.

— Vous ne savez pas de quoi vous parlez, répliqua le Suédois en glissant un coup d'œil vers Carlos.

— C'est vrai. Mais vous, vous avez perdu toute perspective, capitaine. Je comprends votre préoccupation pour votre bateau et l'équipage, mais il faut juste tenir vingt milles et nous serons tous millionnaires. »

Il réfléchit un instant, et reprit :

« De fait… Je vais tripler la prime pour mener la météorite à bon port. » Il promena le regard sur toutes les personnes présentes sur la passerelle, et ajouta : « Trois millions d'euros pour chacun de vous si nous réussissons à atteindre Ceuta avec la météorite.

— Cinq ! » lança soudain une voix que je n'identifiai pas tout de suite.

Le plus drôle, c'est que c'était la mienne.

J'avais parlé sans réfléchir, de manière spontanée. Quand je réalisai, tous les yeux étaient déjà fixés sur moi.

Max Pardo me fusilla du regard, l'air d'hésiter à demander à Carlos de me faire taire d'un coup de pistolet.

« Cinq, répéta alors Van Peel.

— Cinq », répéta De Mul.

Isaksson tourna la tête vers ses officiers, puis, résigné, il s'adressa à Max.

« Vous avez entendu. Cinq millions chacun et la moitié de cette somme pour le reste de l'équipage de l'*Omaruru*. Sinon, ajouta-t-il avec défi, vous devrez piloter le bateau vous-même. »

Max Pardo souffla par le nez, l'air presque amusé.

« Alors, on en vient au marchandage.

— Appelez ça comme vous voudrez. C'est à prendre ou à laisser. »

Max échangea avec Carlos un coup d'œil qui signifiait « je te l'avais dit », avant de tendre la main à Isaksson pour sceller l'accord.

« Cinq millions chacun », dit-il, et je soupçonnai que, de lui en avoir demandé dix, il aurait accepté.

Le capitaine regarda la main tendue comme si elle était couverte de miasmes.

Alors, fronçant les lèvres avec un dégoût évident, il la serra pour conclure le marché.

La seconde suivante, il se tourna vers ses officiers avec décision.

« Van Peel, désactivez le système de contrôle de propulsion informatisé, ordonna-t-il.

— Capitaine ? s'étonna le maître d'équipage.

— Nous allons faire cela à l'ancienne, sans régulateur. Passez en contrôle manuel.

— À vos ordres !

— De Mul, augmentez la puissance à cent dix pour cent, dit-il ensuite au pilote.

— Puissance à cent dix pour cent, répéta ce dernier tout en poussant un petit levier, sur sa droite.

— Température dans le rouge, informa alors Van Peel.

— Vitesse ? s'enquit Isaksson.

— En augmentation, indiqua De Mul. Mais pas encore assez.

— Montez à cent quinze pour cent.

— Cent quinze pour cent », confirma Jonas.

Cassie et moi observions la scène avec cette tension qui s'empare de vous quand vous assistez à un processus dans lequel vous ne pouvez pas intervenir, mais dont votre vie dépend.

« Température du moteur ?

« — En surchauffe, informa Van Peel. Nous n'allons pas tenir beaucoup plus longtemps.

— Nous n'avons pas encore atteint la vitesse du Mont, capitaine, dit Jonas. Il nous faut trois nœuds de plus.

— Poussez à cent vingt pour cent. »

De Mul et Van Peel échangèrent un regard, comme s'ils doutaient soudain du bon sens de leur capitaine.

« Je connais mon bateau, affirma ce dernier en voyant hésiter ses officiers. Il tiendra le coup.

— Oui, capitaine, répondit Jonas en poussant à fond la manette des gaz. Moteurs à cent vingt pour cent. »

Suspendus à la manœuvre, nous attendions dans un silence tendu que seuls venaient rompre les hurlements du vent qui s'engouffrait par les vitres brisées. À côté de moi, trempée de la tête aux pieds, Cassie grelottait sans paraître s'en apercevoir. C'est à peine si elle m'adressa un bref regard de gratitude quand je lui passai mon manteau.

Les vagues nous frappaient toujours par l'arrière, mais le superpétrolier, à bâbord, paraissait en atténuer la hauteur et la force, comme une énorme digue flottante.

« Vitesse ? » demanda de nouveau Isaksson.

La réponse de Jonas se fit attendre un instant, comme celle du présentateur d'un concours télévisé qui va révéler le nom du gagnant.

Enfin, il se tourna vers le capitaine, et je compris à son expression que nous n'avions pas gagné.

« Il nous manque presque deux nœuds, annonça-t-il sombrement. Encore dix minutes et le pétrolier nous aura laissés en arrière. »

Max sortit de sa poche son téléphone par satellite et, comme si c'était la lampe d'Aladin, il demanda :

« Minerve, tu m'entends ?

— Parfaitement, patron.

— Tu as quelque chose à suggérer ? »

Et je m'étonnai de constater que j'espérais que ce soit le cas.

L'idée que Minerve puisse nous apporter son aide dans ces circonstances était comme avoir un dieu mineur de notre côté : à la fois rassurant et terrifiant.

Si quelques années d'utilisation du GPS nous avaient pratiquement fait perdre tout sens inné de l'orientation, quelles conséquences pourraient avoir à long terme les descendants de Minerve dans la poche du tout un chacun ?

Notre cerveau finirait-il par se flétrir comme un appendice inutile à mesure que nous dépendrons toujours plus de l'intelligence artificielle pour penser mieux et plus vite que nous ne le faisions ?

Était-ce là l'avenir inéluctable qui nous attendait ?

Est-ce que j'exagérais ?

« Je n'ai aucune proposition viable pour le moment, répondit Minerve au bout de presque une minute – une éternité, pour elle. J'ai examiné quatorze millions six cent cinq voies d'action et aucune n'a de probabilité supérieure à sept pour cent de conserver la sphère.

— Merde, grogna Cassie, proférant tout haut le mot que nous avions tous à l'esprit.

— Et quelles sont les probabilités que nous arrivions à bon port *sans* la sphère ? demandai-je.

— Je regrette, répondit immédiatement Minerve, ce calcul n'entre pas dans les paramètres établis.

— Comment ? Pourquoi ? s'étonna la Mexicaine.

— Les variables de survie de chaque passager de l'*Omaruru* prises individuellement sont trop élevées et dépassent ma capacité de traitement. Mes paramètres d'action sont circonscrits à la conservation de la sphère et à son acheminement jusqu'à un port sûr. C'est ma priorité absolue.

— Vous voulez dire… Qu'elle ne nous aidera que si nous sauvons la météorite ? demandai-je à Max.

— Comme je vous l'ai déjà expliqué, Minerve est une extension de moi-même qui peut aller plus loin que je ne peux. Elle sait que conserver la météorite en notre pouvoir est d'une importance cruciale. Elle fera donc tout pour y parvenir, même sans que je le lui ordonne.

— Même s'il y a moins de sept pour cent de probabilités ? lançai-je. Même si pour ce faire elle nous met tous en danger ? »

Ce fut Minerve elle-même qui répondit.

« La priorité absolue est la récupération de la météorite. Toute autre considération est secondaire.

— Vous avez entendu, dit Max en hochant la tête d'un air satisfait comme il l'aurait fait devant un de ses enfants qui aurait bien appris sa leçon. Minerve a le pouv… »

Mais il ne put achever sa phrase.

L'air vibra sous un coup de tonnerre et, la seconde suivante, un geyser d'eau s'éleva sur tribord, à moins de cinquante mètres de distance.

Nous revînmes d'un seul coup à l'instant présent. Qu'on nous tire dessus était bien plus urgent que toute autre discussion.

« Il est derrière nous ! informa Van Peel en montrant l'écran qui transmettait les images de la caméra de poupe. À moins de cinq cents brasses ! »

Sans réfléchir, je m'élançai vers le balcon de la passerelle pour aller voir par moi-même.

Une violente rafale chargée de pluie faillit me jeter à terre quand j'ouvris la porte, mais cela m'importait bien peu.

Van Peel disait vrai.

Manifestement, El Harti n'était pas tombé dans le piège. Manœuvrant à toute allure, il s'était placé à moins d'un kilomètre derrière nous. Le pétrolier ne s'interposait plus.

Vu de face, avec tous ses feux allumés pour signaler sa présence, le patrouilleur ressemblait à un arbre de Noël ballotté par la mer.

Un arbre de Noël pourvu d'un canon de soixante-dix millimètres qui crachait justement une petite flamme.

« À terre ! » cria quelqu'un derrière moi.

Je me baissai au moment précis où la détonation parvenait à l'*Omaruru*, immédiatement suivie de l'explosion qui fit jaillir une nouvelle colonne liquide.

« Ce salaud va nous mettre une tannée, augura Cassie qui, accroupie près de moi, levait à peine la tête.

— Retournons à l'intérieur, dis-je en l'entraînant sans lui laisser le temps de répondre.

— … est beaucoup plus rapide que nous, résumait Van Peel lorsque je refermai la porte derrière moi. Dans cinq minutes, nous aurons sa proue dans les fesses et il ne pourra plus manquer ses tirs.

— À quelle distance sommes-nous encore de Ceuta ? demanda Max.

— Environ dix-huit milles, lui répondit un Jonas découragé.

— Une heure de navigation, si les moteurs tiennent le coup, calcula Isaksson.

— Nous n'y arriverons jamais.

— Où n'arriverons-nous jamais ? Mais, que diable s'est-il passé, ici ? » fit la voix déconcertée du professeur.

Me retournant, je les vis tous deux, Isabella et lui, plantés devant la porte d'accès à la passerelle, qui regardaient autour d'eux avec la même stupéfaction.

Ils avaient l'air de parents qui rentrent plus tôt que prévu et tombent sur la fiesta que leurs enfants ont organisée à la maison.

« Mais qu'est-ce que c'est que ce désastre ? ajouta-t-il en voyant les vitres brisées et les différents papiers et objets variés flottant sur l'eau dans toute la salle. Que se passe-t-il ?

— Professeur ! m'écriai-je avec soulagement en m'approchant de lui en deux enjambées. Où vous étiez-vous fourré ?

— Où je…, commença-t-il, décontenancé. J'étais en train de travailler ! Où, sinon ? À propos, je vous serais reconnaissant de naviguer d'une manière plus douce, capitaine. Vous n'imaginez pas ce que nous avons dû endurer. Je me suis même fait une bosse, avec toutes ses secousses ! »

Il montra à Isaksson un petit bleu qu'il avait sur le front.

Ce dernier cligna des yeux, désarçonné par les récriminations d'Eduardo, et je crus un instant qu'il allait l'envoyer sur les roses, ou à tout autre endroit où les capitaines suédois vous envoient quand ils sont en colère.

Mais, à ma grande surprise, de la cage thoracique du capitaine jaillit un rire de stentor, qui venait du fond de l'âme. Il s'esclaffait de si bon cœur qu'il dut se tenir à un des pupitres pour ne pas tomber.

Eduardo l'observait, à mi-chemin entre l'étonnement et l'indignation.

« Je ne vois pas ce qui vous amuse. J'ai même cassé mes lunettes ! » ajouta-t-il en désignant la branche droite enveloppée de ruban adhésif.

Mais tout ce qu'il obtint, ce fut que l'hilarité devienne générale dans la passerelle.

Tout le monde riait aux éclats, sauf lui et Isabella, qui nous regardaient sans rien comprendre.

Eduardo secoua la tête, renonçant à chercher une explication à notre comportement incohérent.

« Et comment ça a marché ? demanda Cassie en retrouvant son calme. Vous avez découvert quelque chose sur la sphère ?

— Oh, oui ! Certainement ! C'est ce que nous venions vous dire. Vous n'allez pas le croire, mais, après avoir étudié les résultats du scanner micrométrique que nous avons réalisé, il s'avère que ce n'est pas une simple sphère. En réalité, c'est… annonça-t-il en écartant les mains comme s'il tenait un ballon imaginaire, un globe terrestre !

— Qu'est-ce que vous dites ? m'exclamai-je.

— Ce que tu entends ! Un globe terrestre ! répéta-t-il, comme si aucune autre explication n'était nécessaire. C'est une représentation exacte de la Terre, avec ses mers, ses continents…

— C'est impossible, objecta Cassie, péremptoire.

— Oui, je me suis dit la même chose moi aussi, au début, mais je t'assure que nous avons vérifié. »

Un nouveau coup de canon fit alors trembler l'air, suivi presque immédiatement de la déflagration, toute proche, cette fois, sur tribord.

« Dieu tout puissant ! s'exclama l'historien avec horreur, oubliant ses explications. Que se passe-t-il ?

— On nous tire dessus, professeur, répondit Cassie. C'est le patrouilleur qui nous attaque.

— Le patrouilleur marocain ? Pourquoi ? Qu'y a-t-il ? J'ai cru que c'était le tonnerre !

— Cinq cents brasses et en approche ! s'écria Van Peel.

— Nous vous expliquerons plus tard, prof, dis-je en le poussant contre la cloison. Pour l'instant, mettez-vous à l'abri. »

La seconde partie de la phrase se perdit dans le fracas d'un nouveau coup de canon.

Retenant ma respiration, je regardai Cassie et Eduardo qui s'étaient figés, les yeux écarquillés, comme des lapins devant les phares d'un camion.

Pendant un instant d'angoisse, j'eus le pressentiment que le projectile allait atteindre la passerelle et tous nous tuer.

91

Mais il n'y eut pas d'explosion.

« Ils ont manqué leur tir ! se réjouit Isabella. Ils ont manqué leur tir !

— Ils n'ont pas raté, répliqua Van Peel en désignant le moniteur devant lui. Ils visaient les flotteurs. »

Isaksson se précipita vers la console du maître d'équipage, et, une seconde après, nous étions plusieurs à nous agglutiner devant l'écran qui montrait les images de la caméra arrière. La silhouette acérée du patrouilleur gris était à huit ou neuf cents mètres de distance. Plus près de nous, le bouquet de flotteurs jaunes grâce auquel nous remorquions la sphère apparaissait entre les vagues.

Un des cinq cylindres avait disparu.

« Ils ne nous tirent pas dessus de peur de toucher le pétrolier, mais les flotteurs sont à leur portée, comprit Isaksson. Est-ce qu'ils suffiront à maintenir à flot la météorite ? »

Il me fallut un moment pour réaliser qu'il s'adressait à moi. Car j'étais alors le seul plongeur présent dans la passerelle.

« Je ne sais pas trop, avouai-je en me tournant vers lui. Je ne crois pas.

— Vous n'en savez rien, objecta Max.

— Que va-t-il se passer, à votre avis, monsieur Vidal ? insista Isaksson en ignorant le millionnaire.

— Quatre flotteurs n'ont pas suffi à la faire remonter, rappelai-je. Mais nous ne savons pas encore combien pèse cette fichue boule. Si elle dépasse de peu les deux cents tonnes, elle pourra peut-être se maintenir à flot pendant un certain temps – et je parlais plus pour entretenir l'espoir que pour donner une estimation réelle –, mais si c'est beaucoup plus…

— Elle coulera, conclut Isaksson.

— Alors, faites quelque chose ! ordonna Max. Il ne faut pas la laisser couler ! »

Dans sa voix, il ne restait plus trace de cette perpétuelle et irritante assurance qui le caractérisait. Il me faisait penser à un gosse de riches que son père vient d'informer un beau matin qu'ils sont ruinés.

Je me tournai vers lui, jubilant presque de son angoisse.

« Faire quelque chose ? Qu'est-ce que vous voulez qu'on fasse, bordel ? De la magie ?

— Débrouillez-vous ! Je vous paye pour trouver des solutions. Vous ne vouliez pas cinq millions ? Alors, résolvez ce problème ! lança-t-il avec un regard circulaire qui cherchait celui qui avancerait d'un pas. Mettez plus de flotteurs, faites ce qu'il faudra, mais ne laissez pas couler la météorite ! »

Mais personne ne pipa mot. Car, de fait, il n'y avait rien à dire.

« Il n'y a pas d'autres flotteurs, objectai-je en secouant la tête. Et, même s'il y en avait, personne ne pourrait sortir les accrocher. Si ce truc commence à s'enfoncer, nous ne pourrons rien faire pour l'empêcher. »

Max fit un pas en arrière, s'écartant de l'écran et mettant de la distance entre nous, comme si nous étions soudain porteurs d'une maladie contagieuse.

« Vous êtes des minables…, feula-t-il avec un rictus de dégoût. Vous êtes incapables de voir plus loin que le bout de votre nez. La moindre difficulté vous paralyse.

— La moindre difficulté ? répétai-je en avançant vers lui. Dites donc ça à Pénélope ! »

Son regard chargé de mépris se posa sur Cassie, Eduardo et moi.

« Et vous trois, vous êtes les pires de tous. Quelle bande de ratés ! Minerve n'a eu aucun mal à mettre en œuvre sa campagne pour vous discréditer. En fait, elle n'a presque rien eu à faire », ajouta-t-il en montrant les dents dans un sourire mauvais.

J'avais parfaitement entendu, mais mon cerveau n'arrivait pas à assimiler l'aveu qu'il venait de faire sans la moindre vergogne.

« Pardon ? Qu'est-ce que vous avez dit ? » demanda Eduardo, apparemment aussi déconcerté que moi.

Comme d'habitude, Cassie fut la première à comprendre.

« C'était vous ! Espèce de salaud ! *Hijo de la gran puta* ! »

Hors d'elle, la Mexicaine se jeta sur lui, ignorant Carlos qui s'interposa instantanément.

« Je n'ai aucun mérite, hélas ! répliqua le millionnaire tandis que Carlos retenait la jeune femme comme un garde du corps retiendrait une groupie hystérique. C'est Minerve qui en a eu l'idée et elle s'en est chargé toute seule. Elle a mis moins d'une minute, précisa-t-il en étirant son sourire de requin.

— Vous avez fichu notre vie en l'air pour que nous vous demandions votre aide, comprit alors Eduardo, presque plus stupéfait que furieux. Mais, comment saviez-vous que…

— J'insistais pour vous rencontrer depuis des semaines. Minerve a calculé qu'il y avait soixante-dix pour cent de probabilités que vous acceptiez de collaborer si vous étiez discrédités. »

Cette ordure jouissait de la situation, comme le méchant d'un film qui se met à table quand il voit que tout est perdu.

« De toute manière, nous n'avons fait qu'accélérer un processus inévitable, affirma-t-il avec morgue. Je vous ai épargné des mois, voire des années d'une lente déchéance, et je vous ai donné une chance de changer le cours de votre vie. En fait, vous devriez plutôt me remercier.

— Vous remercier ? répéta Cassie, qui luttait en vain pour l'atteindre. Je vais te démolir ta sale gueule !

— Toi ! Ôte tes mains de sur elle ! » aboyai-je à l'intention du garde du corps de Max.

En réalité, Carlos ne faisait qu'utiliser sa corpulence comme bouclier contre la fureur de la jeune femme, mais j'étais tellement hors de moi qu'il me fallait me défouler d'une façon ou d'une autre.

Étranger à notre affrontement, Eduardo poursuivait ses déductions.

« Mais alors… cela signifie que Luciano Queiroz, le président d'AZS, ne cherche pas à nous empêcher de parler de la Cité noire. Ce n'était pas lui qui nous persécutait. Ce n'est pas lui… »

Il se tut brusquement et transperça Max d'un regard où flambait quelque chose qui ressemblait fort à de la rage.

« Ernesto », articula-t-il alors très lentement, comme si ce nom était si fragile qu'il risquait de se briser rien qu'en l'évoquant. « Vous… c'est vous qui avez provoqué l'accident.

— Qui ça ? fit Max.

— Ernesto. Le garçon qui nous a révélé l'existence du sous-marin allemand. Il a été renversé par une voiture qui a pris la fuite, pendant que nous étions en Namibie.

— Il est mort ? demanda-t-il avec une surprise qui semblait sincère. Première nouvelle.

— Vous l'avez fait assassiner, dit le professeur d'une voix grave, ignorant la protestation. Il en savait trop. En outre, vous vous assuriez ainsi que nous serions assez effrayés pour croire que travailler pour vous était notre seule issue. C'était vous… C'était vous depuis le début.

— Je vous jure que je ne sais pas de quoi vous parlez. J'ignorais jusqu'à l'existence de cet Ernesto.

— Vous mentez », insista le professeur.

Non, il ne mentait pas. Maximilian Pardo n'était pas un si bon comédien.

J'avais les yeux fixés sur le téléphone par satellite qui dépassait de la poche du millionnaire et un soupçon terrible se fraya un chemin dans mon esprit.

« Minerve. C'est elle qui a tout organisé, non ? »

D'abord décontenancé, Max se mit à rire.

« Êtes-vous en train d'insinuer que Minerve a engagé quelqu'un pour écraser votre ami ? demanda-t-il avec un sourire railleur.

— Posez-lui la question, dis-je en désignant le téléphone.

— C'est impossible, rétorqua-t-il en sortant l'appareil de sa poche. Minerve, tu m'écoutes ?

— Bien sûr, patron, répondit-elle joyeusement. Je t'écoute toujours.

— Bien. Peux-tu expliquer à monsieur Vidal qu'il se trompe ? »

Silence.

« Je ne comprends pas la question. »

Max eut un geste excédé, comme si le fait de n'être pas compris du premier coup par Minerve était la goutte qui faisait déborder le vase.

« As-tu quelque chose à voir avec la mort du nommé Ernesto ? reformula-t-il d'une voix impatiente.

— Oui, bien entendu », confirma l'IA avec légèreté.

Dans le silence tendu qui succéda à la réponse de Minerve, la stupéfaction le disputait à une peur atavique. C'était comme découvrir au réveil qu'un tigre dort à côté de vous dans votre tente de camping.

« *La gran diabla* », murmura Cassie en reculant d'un pas.

Max regardait son téléphone comme s'il s'efforçait de résoudre une énigme particulièrement compliquée.

« Minerve, c'est toi qui... as donné l'ordre de le tuer ? Mais, comment ? »

Il était si déconcerté qu'il en avait du mal à formuler sa question.

« Ce n'était pas compliqué, affirma Minerve. Sur le *deep web*, j'ai trouvé un tueur à gages qui, pour un bitcoin, pouvait s'en occuper en faisant passer cela pour un accident et sans laisser de traces de la transaction. Il avait de bonnes opinions de clients, et le fait est qu'il a été très efficace. »

Le naturel avec lequel l'intelligence artificielle parlait d'organiser un assassinat me donna la chair de poule ; on aurait dit qu'elle expliquait comment acheter un sèche-cheveux sur Amazon.

« Mais... pourquoi as-tu fait cela ? »

Loin de paraître horrifié, Max était simplement perplexe. Il me semblait même déceler un zeste d'admiration dans le ton de sa voix.

« Une de mes fonctions est d'analyser les circonstances et de prendre des décisions rapides et efficaces. Après leur rencontre, le garçon a commencé à enquêter sur l'U112 de son côté et il risquait d'attirer l'attention sur nos activités en Namibie. C'était un électron libre qu'il fallait éliminer, et j'ai calculé que le faire disparaître de manière suspecte stimulerait la paranoïa de nos associés, ce qui serait bénéfique au projet. »

Les yeux de Max semblaient regarder au-delà du téléphone qu'il tenait dans la main.

« Tu aurais dû me demander.

— Si je l'avais fait, les implications légales auraient été un inconvénient. Ainsi, personne ne peut te rendre responsable de mes actions.

— Ne prends plus jamais une telle décision sans me consulter, tu comprends ?

— Je comprends, répondit-elle d'une voix contrite. Tu es fâché ? »

Max paraissait avoir oublié notre présence. C'était comme d'assister à une scène de ménage. Sauf que là, l'homme discutait avec une intelligence artificielle qui avait fait tuer un autre être humain.

L'absence totale de sentiments de l'IA mettait en relief, plus que tout autre aspect, combien son cerveau artificiel était éloigné de la condition humaine, en dépit de toutes ses capacités.

Dans un certain sens, avec son immense intelligence et son empathie inexistante, Minerve était la plus parfaite des psychopathes : une psychopathe omniprésente, douée d'un pouvoir terrifiant, au service d'un fils de pute multimillionnaire. Qu'est-ce qui aurait pu tourner mal ?

« Non, bien sûr que non, finit par répondre Max, presque tendrement. Ce n'est pas ta faute. Nous arrangerons cela.

— Et c'est tout ? l'interrompit Eduardo avec stupeur. Votre créature fait tuer un pauvre garçon et c'est tout ce que vous trouvez à dire ? *Nous arrangerons cela ?* »

Max remit son téléphone dans sa poche et haussa les épaules.

« Ce qui est fait est fait, déclara-t-il avec une indifférence qui n'était pas sans rappeler celle de Minerve. Elle a fait ce qu'elle a cru être correct. Je ne peux pas le lui reprocher.

— C'est vous, le responsable, affirma Eduardo en pointant sur lui un doigt accusateur. Je ne sais pas comment, mais je ne vous laisserai pas vous en sortir. »

La tempête s'engouffrait toujours dans la passerelle, sans que personne n'y fasse attention. Comme absorbé par une extravagante pièce de théâtre mise en scène sur son bateau, l'équipage de l'*Omaruru* demeurait à l'expectative.

Jusqu'à ce qu'Isabella brise l'enchantement en élevant la voix pour dominer les hurlements du vent.

« Elle s'enfonce ! alerta-t-elle en montrant l'un des écrans. La météorite est en train de s'enfoncer ! »

Comme si quelqu'un avait appuyé sur « pause », nous restâmes tous cloués sur place, tandis que nos têtes pivotaient vers la géologue.

Isaksson s'approcha rapidement du moniteur, et, quand il leva les yeux, tout était dit.

« Elle coule, confirma-t-il en se tournant vers nous, puis vers Max, comme un chirurgien informant qu'il a perdu le patient. Il faut la lâcher.

— La lâcher, répéta le millionnaire comme s'il n'arrivait pas très bien à saisir ce mot. Non, pas question. Nous ne la lâcherons pas. »

Le capitaine secoua la tête.

« Vous ne comprenez pas, répondit-il en s'efforçant à la patience. L'*Omaruru* ne va pas pouvoir supporter ce poids supplémentaire. Si nous ne nous en débarrassons pas, elle nous entraînera par le fond avec elle.

— Ça, vous l'avez dit avant et nous sommes toujours là, répliqua Max. Trouvez une alternative.

— L'alternative, c'est sombrer, trancha Isaksson, visiblement lassé de cette discussion.

— Nous avons la position exacte, intervint De Mul, et il y a moins de cinq cents mètres de profondeur. Vous pourrez revenir la chercher plus tard. »

Max croisa les bras, donnant à entendre qu'il avait déjà réfléchi à cette éventualité.

« Et vous croyez peut-être que les Marocains nous autoriseront à revenir ? Si nous la laissons couler, elle sera perdue à jamais, conclut-il.

— Eh bien, qu'il en soit ainsi, déclara Isaksson. Van Peel, allez à l'arrière et lâchez l'amarre du remorqueur.

— À vos ordres, capitaine.

— Désolé, mais je ne peux pas vous le permettre, dit Max. Monsieur Bamberg, que personne ne sorte de la passerelle. »

Pour toute réponse, Carlos tira son arme de son étui et alla se placer devant la porte.

« Mais, vous avez perdu l'esprit ? lança Eduardo. Vous n'avez pas entendu le capitaine ? Si nous ne la lâchons pas, nous allons couler !

— Dites à votre gorille de ranger son pistolet, exigea Isaksson, rouge de colère une fois de plus. Vous êtes sur mon bateau ! Vous entendez ? Ici, c'est moi qui donne les ordres !

— Je regrette, capitaine, dit Max, avec ce calme qu'on ne peut avoir que quand un énorme type armé assure vos arrières. Vous finirez par me remercier.

— Et qu'est-ce que vous allez faire ? l'apostrophai-je. Lui donner l'ordre de tirer ?

— J'espère que ce ne sera pas nécessaire, déclara-t-il mollement.

— Tu vas faire ça, Carlos ? demandai-je directement au Sud-Africain. Tu vas me tirer dessus ? Sur Eduardo ? Et aussi sur... Cassie ? »

Je m'étais tourné vers la jeune femme, mais elle n'était pas là. Je fis volte-face, cherchant des yeux sa tête blonde.

Elle n'était pas très grande, mais quand même pas assez petite pour la perdre de vue dans les cinquante mètres carrés de la passerelle.

« Où est-elle passée ? » s'étonna le professeur, aussi déconcerté que moi.

Comme s'il s'agissait d'un enfant perdu dans un centre commercial, nous nous mîmes tous à regarder autour de nous, sans comprendre comment elle pouvait avoir disparu.

Van Peel étouffa soudain un rire sans joie. Il avait les yeux fixés sur l'écran de la caméra arrière.

« Je crois bien que je l'ai trouvée », dit-il d'une voix où perçait une sorte de fierté. Et, se tournant vers Max, il ajouta avec satisfaction : « Et ça ne va pas vous plaire. »

Intrigué, je courus vers le maître d'équipage.

Et je compris aussitôt.

Sur l'écran, une petite silhouette en ciré jaune traversait le pont arrière en essayant de ne pas perdre l'équilibre sous les assauts conjugués des lames et du vent.

De la main gauche, elle se retenait ici ou là ; dans sa main droite, elle portait quelque chose que je mis quelques secondes à identifier.

Une hache.

La maligne s'était munie d'une des haches qui se trouvent placées sous verre dans toutes les coursives du bateau pour les cas d'urgence, et s'était rendue sur le pont en pleine tempête. De loin, elle ressemblait à l'assassin psychopathe d'un film d'épouvante pour adolescents.

« Mais où va-t-elle ? demanda Eduardo, penché sur mon épaule.

— Elle va couper l'aussière de remorquage, répondit Van Peel avant de se tourner vers le professeur pour ajouter : elle va lâcher la météorite. »

Je compris qu'elle s'était esquivée pendant que nous nous disputions pour voir qui pissait le plus loin.

Une fois de plus, c'était elle qui avait fait preuve d'assez de courage et de ruse pour faire ce qui devait être fait.

« Arrêtez-la ! ordonna Max à Carlos.

— Tu n'as pas intérêt ! » criai-je au Sud-Africain.

Mais il avait déjà franchi la porte.

Sans hésitation, je m'élançai à sa suite.

Lorsque j'atteignis l'escalier, Carlos avait passé le premier palier. Pour un type aussi volumineux, il était vraiment rapide, ce salaud.

Je compris que je ne le rattraperais pas sans courir de risques. Je me précipitai dans l'escalier, touchant à peine les marches. J'agrippais la rampe et sautais par-dessus avant chaque palier, pour gagner chaque mètre possible.

Je n'avais pas le temps ni assez de souffle pour lui crier de s'arrêter.

Je ne pouvais que rester concentré sur l'endroit où je posais les mains et les pieds si je ne voulais pas me casser la figure avant de l'atteindre. De toute manière, le boucan que nous faisions sur les marches d'acier et les hurlements du vent formaient une telle cacophonie qu'il était inutile d'essayer.

Cette vertigineuse dégringolade prit fin brusquement.

Il n'avait fallu que quelques secondes pour descendre les cinq étages jusqu'au pont arrière, par la porte duquel Carlos sortait déjà, pistolet au poing.

« Carlos ! » bramai-je. Mais dans un tel vacarme, je n'aurais pas pu attirer son attention en criant dans un mégaphone.

Au bout du pont, sur fond d'écume que le vent arrachait aux vagues, j'aperçus fugacement Cassie qui levait sa hache, prête à l'abattre sur l'aussière qui nous unissait à la météorite.

Carlos leva son arme et tira en l'air. La jeune femme s'immobilisa, et regarda vers nous, surprise.

Carlos lui cria quelque chose que je ne compris pas. Mais elle avait visiblement décidé de l'ignorer, car elle leva de nouveau la hache au-dessus de sa tête.

Le lieutenant de Max la mit en joue. Mais les quelques secondes qu'il avait perdues me permirent de me jeter sur lui et de le faire tomber à terre.

Sous le choc, il avait lâché son pistolet. Alors, l'attrapant par-derrière, je parvins à me jucher sur lui à califourchon. J'avais réussi à passer un bras sous son cou et, les doigts entrelacés, j'exerçai une pression dans l'intention de l'empêcher de respirer. Ce n'était pas un combat des plus honnêtes, mais, avec un type deux fois plus musclé que moi, les fioritures étaient inutiles.

Je crus un instant que j'allais arriver à mettre hors combat le géant, mais, ayant récupéré du premier choc, il se tordit sur lui-même et se retourna.

Manifestement, je n'avais aucune chance de le gagner à la lutte, alors je tentai de l'écarter avec mes pieds, mais il me saisit par la cheville. De la main gauche, il tira et me fit glisser sur le pont, jusqu'à m'amener à portée de son poing, que je vis venir droit vers mon visage comme un train de marchandises. De mon bras droit, je réussis à dévier légèrement le coup, mais il m'atteignit quand même à la tempe comme une massue, me laissant groggy pendant quelques secondes.

Il n'en fallait pas plus à Carlos pour se redresser et me bourrer de coups sous les côtes, expulsant tout l'air de mes poumons.

Je ne pouvais plus respirer, la tête me tournait, j'étais impuissant sous l'avalanche des coups.

Je tentai gauchement de me protéger de mes bras. Trop lentement, et trop tard. Changeant d'objectif pour viser mon visage, Carlos leva le poing et prit son élan. Une grimace de triomphe apparut sur ses lèvres, et je sus que le coup qui venait allait me mettre hors combat.

La massue à cinq doigts m'arrivait déjà dessus quand le Sud-Africain changea soudain d'avis et décida de se laisser tomber sur moi de tout son poids de cent et quelques kilos.

Le choc me coupa le souffle et je compris ce que ressentaient les cavaliers quand leur cheval s'écroule sur eux au milieu de la bataille. Mais, au moins, j'étais conscient.

Ce ne fut qu'à ce moment que je me rendis compte que Carlos était immobile, comme si une attaque de narcolepsie l'avait fait s'endormir brusquement sur moi.

En pleine confusion, je m'essuyai les yeux de ma main libre et, au-dessus de la masse du Sud-Africain, je vis apparaître le visage de Cassie encadré de la capuche jaune. Un sourire féroce aux lèvres.

D'un mouvement fluide, elle chargea la hache sur l'épaule, comme un bûcheron après une bonne journée de travail.

« Ça va, *mano* ? demanda-t-elle, plantée devant moi. Tu as l'intention de rester allongé ici encore longtemps ? »

92

Elle l'avait frappé du dos de la hache et le Sud-Africain gisait à mes pieds, inconscient, peut-être avec un traumatisme crânien. Tout bien considéré, il avait eu de la chance. Car si j'avais moi-même tenu la hache, elle serait probablement plantée entre ses deux omoplates.

Même s'il m'avait sauvé la vie en Namibie, je savais bien qu'il ne l'avait pas fait par bonté d'âme, mais parce que Max lui avait donné l'ordre de nous protéger afin de sauvegarder son investissement. Si ses instructions avaient été de se débarrasser de nous, j'étais sûr qu'il l'aurait fait sans un instant d'hésitation.

C'est le problème, avec les mercenaires – comme tout type d'emploi qui consiste à obéir sans discuter. Ils deviennent de simples instruments, sans conscience ni remords. Au cours de l'histoire, cette fameuse « obéissance aveugle » à un supérieur, pour de l'argent, une idéologie ou des croyances, avait tué davantage que tout autre chose.

Carlos n'était qu'un instrument conçu pour la violence ; comme un chien de chasse ou le pistolet qui était resté dans un coin, quelques mètres plus loin. Ils pouvaient aussi bien préserver une vie que l'ôter.

Pour ma part, quand j'allai ramasser l'arme, j'avais plutôt envie de l'ôter.

Cassie dut lire cette intention dans mes yeux, car elle s'interposa entre moi et le corps inerte de Carlos.

La pluie et le vent fouettaient son visage sous la capuche de son ciré.

« Non, Ulysse, cria-t-elle pour dominer la tempête.

— Il t'aurait tiré dessus, alléguai-je en soupesant le pistolet. Si je n'étais pas arrivé derrière lui, tu serais morte à l'heure qu'il est.

— Je sais. Mais tu n'es pas comme lui, Ulysse, dit-elle en posant la main sur ma poitrine. L'homme que j'aime n'est pas comme ça. »

Elle se trompait.

La rage et l'indignation que je sentais courir dans mes veines étaient loin de s'éteindre, au contraire.

Ainsi, debout, l'arme au poing, je voyais défiler dans mes souvenirs tous ceux qui avaient menacé notre vie ces dernières années : de John Hutch et Goran Rakovijc aux intégristes fanatiques du Caire, en passant par Queiroz et ses sbires ou les Touaregs du Mali.

Je ne pouvais plus supporter qu'on me tire dessus.

Appréciant le poids du pistolet dans ma paume, je songeai que le moment était venu de régler mes comptes.

« Je suis désolé », dis-je en secouant la tête.

Pendant un instant, Cassie crut que j'abandonnai, que j'épargnais Carlos.

Mais ce n'était pas à lui que je pensais.

Sans ajouter un mot, je tournai les talons et repartis en courant dans l'escalier.

En arrivant au dernier des cinq ponts, le sang battant à mes tempes, je fis irruption sur la passerelle, l'arme de Carlos à la main, haletant, le visage décomposé et toujours engoncé dans ma combinaison de néoprène noir dégoulinante.

Tous reculèrent à ma vue et se raidirent avec inquiétude.

À ma grande surprise, pendant que nous affrontions Carlos, ils avaient fait de même avec Max, qu'ils avaient réduit et attaché à un des pupitres à l'aide de fil électrique. À côté de lui, éparpillés sur le sol, je vis les morceaux de son téléphone par satellite. Minerve n'était plus là.

Maximilian Pardo n'avait plus l'air aussi sûr de lui. Néanmoins, lorsqu'il me vit arriver sur la passerelle avec l'arme de son lieutenant à la main, il me lança un de ces regards qui semblent calculer de quelle façon vous pourrir la vie.

Tant mieux. Ce serait plus facile comme ça.

« Toi », dis-je seulement en ôtant le cran de sécurité.

Le millionnaire devint livide en voyant mon expression.

Mon sang bouillait dans mes veines, mes poumons me brûlaient après avoir monté cinq étages quatre à quatre, mais intérieurement, j'étais glacé. Comme si tuer ce salaud n'avait pas plus d'importance que jeter un sac poubelle dans le conteneur.

« Qu'est-ce... qu'est-ce que tu vas faire ? » balbutia-t-il en essayant de se protéger le visage de ses mains attachées.

Je m'approchai de quelques pas et visai, à moins de cinquante centimètres, assez près pour être certain de ne pas rater sa tête.

« Devine.

— Non... tu ne peux pas... »

Ses yeux exorbités allaient du canon du pistolet au capitaine Isaksson et aux officiers de l'*Omaruru*, qui eurent l'intelligence de reculer légèrement.

« Vous n'allez pas permettre... Capitaine ! Arrêtez-le ! » glapit le millionnaire.

Mais Isaksson ne faisait que le regarder, avec une colère rentrée guère différente de la mienne. Car si quelqu'un avait été particulièrement humilié ce jour-là, c'était bien le Suédois.

Il leva les mains, comme si c'était lui qui était visé.

« Il a une arme, allégua-t-il, faisant honneur à sa patrie. Je ne peux rien faire.

— Un dernier mot ? demandai-je en caressant la détente.

— Je n'ai rien fait ! dit-il avec des sanglots dans la voix. Je ne savais pas que Minerve allait tuer votre ami !

— Et que Carlos ait été sur le point de tuer Cassie, ce n'est pas votre faute non plus, hein ?

— Je ne....

— Et vous n'êtes pas non plus coupable d'avoir foutu notre vie en l'air ? le coupai-je en approchant encore le pistolet. Ni de nous mettre tous en danger pour récupérer la météorite ? Ni que Pénélope soit morte parce que vous étiez trop pressé ?

— Je regrette ! cria-t-il, au désespoir. Je ne voulais pas que... » Puis, voyant qu'il n'arriverait à rien de cette manière, il abandonna les excuses. « Je vous compenserai ! Tous ! Je le jure !

— Trop tard, annonçai-je, l'âme glacée.

— Ulysse ! Non ! Je t'en prie ! » hurla Cassie derrière moi, surgissant de l'escalier qui menait à la passerelle.

Sa voix me fit vaciller. Mais personne, pas même elle, ne pouvait me faire renoncer à ce que j'étais venu faire.

« Rendez-vous en enfer, dis-je, les dents serrées, en pressant la détente.

— Non ! » cria Max en se cachant le visage.

Le mécanisme du percuteur cliqueta. Et ce fut tout.

Pendant quelques secondes d'un silence incrédule, le monde parut s'arrêter. Jusqu'au vent, qui semblait avoir cessé de hurler sur le bateau.

Max ouvrit les doigts avec précaution et ses yeux se posèrent sur l'arme que je n'avais pas lâchée. Elle n'était plus braquée sur lui.

Déconcerté, il me regarda, puis regarda de nouveau le pistolet. Il devait se demander pourquoi il était encore en vie.

Alors, je glissai la main dans une des poches latérales de ma combinaison et en sortis le chargeur.

« Capitaine, dis-je en tenant l'arme par le canon et la lui tendant avec le chargeur. Prenez cela. Gardez-le. Vous en aurez peut-être besoin quand vous conduirez ce misérable devant la justice pour tentative de mutinerie. »

Isaksson acquiesça avec gravité, prenant l'arme pour la donner à Van Peel.

Quelqu'un me donna une bourrade dans le dos.

« Quel idiot, souffla Cassie avec soulagement. Quelle peur tu m'as faite, salopard !

— À moi aussi, dit le professeur, qui avait assisté à la scène avec stupeur. J'ai vraiment cru que tu allais le tuer.

— Oui... bon, dis-je avec un claquement de langue. C'était l'idée de départ. Mais, à mi-chemin, j'ai décidé que ça ne valait pas la peine de finir en prison pour avoir éliminé un rat. À propos, pourquoi as-tu mis si longtemps ? Je croyais que tu étais juste derrière moi.

— J'ai dû traîner Carlos pour le mettre à l'abri, expliqua Cassie, les joues encore rougies par l'effort. Le laisser sur le pont par cette tempête serait revenu à le tuer. »

J'avais du mal à imaginer comment elle avait pu s'arranger pour traîner un type inconscient qui faisait le double de son poids. Mais, si quelqu'un en était capable, c'était bien elle.

Pendant ce temps, Max avait en partie récupéré sa dignité et devait probablement déjà ruminer les différentes manières de me faire payer son humiliation. Mais j'aurais le temps de m'en inquiéter plus tard.

Pour le moment, tout ce qui importait, c'était que nous soyons en vie et toujours à flot.

« La météorite a coulé, informa Van Peel en revenant à son terminal, mais nous avons les coordonnées exactes.

— Vitesse ? s'enquit Isaksson en me donnant une tape amicale sur l'épaule avant de rendosser son rôle de capitaine.

— Dix-huit nœuds en augmentation », répondit De Mul, qui ajouta immédiatement : « Dix-neuf. »

Isaksson se pencha sur l'écran du GPS, où le signal de l'*Omaruru* touchait presque celui de l'AIS du pétrolier, dont nous étions encore tout près sur bâbord. Il nous protégeait toujours d'un tir direct du vaisseau de guerre marocain.

« Distance du patrouilleur ? demanda-t-il ensuite.

— Trois cent cinquante brasses et ça se réduit, annonça Van Peel sans pouvoir dissimuler la préoccupation qui perçait dans sa voix.

— Vous en êtes sûr, demanda Isaksson sur le ton de quelqu'un qui connaît déjà la réponse.

— Ils vont plein gaz, capitaine, confirma le maître d'équipage. Même sans traîner la météorite, ils sont bien plus rapides que nous.

— À quelle distance sommes-nous de Ceuta ?

— À environ seize milles, capitaine. Mais si nous virons au nord, les eaux territoriales espagnoles ne sont qu'à deux milles. »

Isaksson secoua la tête.

« Pour virer au nord, il faudrait ralentir pour laisser passer le pétrolier, ce qui nous ferait perdre le peu d'avance que nous avons, expliqua-t-il d'une voix morne. Ils nous barreraient la route avant que nous y arrivions.

— Et si nous poursuivons vers Ceuta ? demandai-je avec appréhension.

— À ce rythme et avec la différence de vitesse, nous n'atteindrons pas les eaux territoriales espagnoles, répondit De Mul.

— *Skit*, jura Isaksson dans sa langue natale en donnant un coup de poing sur le terminal.

— Vous voulez dire qu'il n'y a pas d'issue ? s'inquiéta Eduardo en regardant les officiers. Qu'il va nous rattraper de toute façon... quoi que nous fassions ? »

Le silence qu'il obtint en réponse était assez éloquent pour ne pas laisser de place au doute.

« Quelles options avons-nous ? » demanda Cassie.

Le capitaine s'appuya des deux mains sur le pupitre et baissa la tête, comme si le poids de la responsabilité pesait brusquement sur ses épaules. Il resta ainsi pendant près d'une minute. Son attitude d'abattement n'augurait rien de bon.

« Capitaine ? » insista-t-elle devant le mutisme d'Isaksson.

Ce dernier leva les yeux et se tourna vers nous.

« Il n'y a qu'une chose à faire, déclara-t-il d'une voix grave. Nous rendre. »

Un éclat de rire amer se fit entendre à l'autre bout de la passerelle, où Max Pardo était attaché. Je l'avais complètement oublié.

« Vous allez vous faire tuer, affirma-t-il. Ils vont tous nous tuer. Vous ne le voyez pas ? »

Isaksson pointa le doigt vers lui.

« Vous, fermez-la si vous ne voulez pas que je vous bâillonne ! le prévint-il avec sévérité.

— El Harti en a fait une affaire personnelle, insista Max en ignorant le capitaine. De plus, il a les coordonnées de l'endroit où la météorite a coulé.

— *Ma*, il ne sait pas que c'est une météorite, objecta Isabella.

— Il ne sait pas exactement de quoi il s'agit, mais il doit avoir bien compris que c'est une chose de grande valeur. Assez pour que nous ayons risqué notre vie pour cela.

— Et pourquoi vouloir nous tuer ? demanda l'Italienne, sceptique.

— Parce que nous sommes les seuls témoins. S'il nous coule au cours de notre fuite, il pourra alléguer que nous étions suspects de n'importe quoi. Seuls ses officiers et lui sauront ce qu'il s'est réellement passé et où la météorite a coulé. »

Le spectacle qu'offrait Max Pardo attaché au pupitre, avec ses cheveux collés sur le visage et ses vêtements dans un triste état, n'avait plus rien du play-boy arrogant de la liste Forbes. Il évoquait plutôt un poivrot d'âge mûr qui a passé une mauvaise nuit.

« Vous avez peut-être raison, reconnus-je à mon corps défendant.

— Non, Ulysse, intervint Cassie. Ce salaud cherche encore à nous manipuler.

— C'est possible, mais faut-il courir le risque ? »

Alors, comme si le capitaine de frégate El Harti avait suivi notre conversation et voulu préciser les choses, l'air vibra sous un nouveau coup de canon.

L'impact arriva moins d'une seconde après.

Une terrible explosion fit voler en éclats les quelques vitres encore debout et le sol trembla sous nos pieds.

D'instinct, je me jetai sur Cassie pour la protéger et je ne levai la tête qu'en entendant Isaksson demander si tout le monde allait bien.

Par chance, il n'y avait pas de blessés.

« Maître d'équipage, au rapport », ordonna le capitaine en se relevant péniblement.

Van Peel alla consulter les écrans de son pupitre.

« Ils nous ont touchés, dit-il en s'efforçant de rester professionnel sans trahir l'inquiétude qui se lisait dans ses yeux. Le projectile a atteint un des conteneurs du pont arrière. » Il fit une pause, avant d'ajouter avec soulagement : « Mais il ne semble pas avoir affecté les moteurs ni le gouvernail. Nous avons eu de la chance, affirma-t-il en se tournant vers Isaksson.

— Combien de temps avons-nous avant qu'ils soient trop près pour nous manquer ? » demandai-je en appréhendant la réponse.

Isaksson mit un moment à répondre, comme s'il calculait mentalement.

« Peut-être quinze ou vingt minutes, maximum, dit-il, laconique. Mais ils peuvent nous toucher avant, vous l'avez vu. Je suis désolé, mes amis, mais il n'y a plus rien à faire. »

À cet aveu de défaite succéda un long silence. Isaksson avait raison, il n'y avait plus rien à faire.

Quoique… peut-être…

Depuis que j'étais descendu sur le pont à la suite de Carlos, l'image du mini-sous-marin rouge suspendu à la grue comme un pendule me trottait dans la tête sans motif apparent. Mon subconscient essayait de me dire quelque chose, mais ma part consciente, bien moins éveillée, n'arrivait pas à l'interpréter.

Mais assumer que tout est perdu est parfois une libération – ou alors, c'était un effet secondaire du coup à la tempe – mais une petite étincelle jaillit sur quelque neurone reculé et une idée pointa son nez tel un lièvre timide sortant de son terrier.

Je restai immobile, comme si je craignais de l'effrayer, mais aussi pour m'assurer qu'elle était bien là, que ce n'était pas une simple divagation.

Était-ce possible ? Je me demandais si cette idée folle avait du sens ou si elle était de celles qui n'en ont aucun.

« Je n'aime pas du tout la tête que tu fais, dit Cassie qui m'observait avec appréhension. Tu faisais la même quand tu as inventé le truc du ballon en Amazonie.

— Je crois que j'ai trouvé quelque chose, avouai-je, presque sur un ton d'excuse.

— Je le savais ! soupira-t-elle.

— Ça pourrait marcher, dis-je. Le ballon a bien fonctionné. »

Cassie mit les poings sur les hanches.

« Nous nous sommes écrasés.

— Oui, bon. Aucun plan n'est parfait.

— Pas les tiens, en tout cas.

— Excusez-moi, nous interrompit Isaksson, mais de quoi diable parlez-vous ?

— Je crois qu'il y a peut-être une possibilité de nous en sortir, dis-je en regardant toutes les personnes présentes dans la passerelle. Les chances sont faibles, mais c'est mieux que rien, non ? »

93

Lorsque je leur eus exposé mon plan, leur expression allait de la stupéfaction à l'incrédulité la plus complète.

« Eh bien ? Qu'est-ce que vous en pensez ?

— J'en pense que c'est la pire idée, la plus folle que tu as eue de ta vie, déclara aussitôt Cassie. Et pourtant, tu en as eu, de mauvaises idées.

— D'accord, toi, tu ne joues pas », dis-je. Et, me tournant vers les autres, je répétai : « Qu'est-ce que vous en pensez ?

— C'est une folie, Ulysse, affirma Eduardo comme s'il me présentait ses condoléances.

— Ça ne marchera pas, décréta Isaksson. Il y a tellement de détails qui peuvent mal tourner, ce serait un miracle que cela fonctionne.

— Bon, moi, je dirais que c'est exactement d'un miracle dont nous avons besoin, non ? Le moment des options sensées est passé ; maintenant, il faut prendre des risques.

— Et pourquoi c'est toi qui devrais le faire ? Tu n'es que la cinquième roue du carrosse, ici, dit Cassie avec humeur.

— Précisément. Nous ne pouvons pas faire confiance à Max et à Carlos, et le capitaine et les autres doivent s'occuper du bateau. En plus, c'est mon idée, et je ne laisserai personne y aller à ma place.

— Tu veux jouer les héros, me reprocha la jeune femme. Si quelque chose tourne mal, ils te tueront. Ce n'est pas un putain de film.

— Ça pourrait, dis-je avec un sourire sans joie. Ou mieux, une saga d'aventures comme…

— Arrête tes conneries, Ulysse ! »

Elle me frappa la poitrine de sa paume ouverte, puis ajouta, d'une voix enrouée :

« Je ne te laisserai pas faire, tu m'entends ? »

Une larme apparut dans son œil droit, reflétant l'éclairage de secours de la passerelle. La voir ainsi me brisait le cœur et me faisait douter.

J'hésitai un instant à lui dire que j'étais d'accord, que je restais, que c'était une mauvaise idée.

Mais je ne pouvais pas. Je devais le faire. Pour tous les gens à bord de l'*Omaruru*, mais plus particulièrement pour Eduardo et pour elle. Surtout pour elle, même si elle devait me détester. Encore une fois.

« Je suis désolé, Cassie », dis-je en empêchant ma voix de trembler.

Le professeur Castillo fit entendre un claquement de langue résigné.

« Tu vas le faire, quoi que nous disions, n'est-ce pas ? »

Je me limitai à sourire avec assurance, mais je n'étais pas très convaincant.

« De quoi avez-vous besoin ? » demanda Van Peel en faisant un pas en avant.

Je repassai mentalement la liste, espérant ne rien avoir oublié.

« Que J.R. prépare son matériel, et que Félix apprête *Rouge Un* pour l'immersion. »

Le bosco quêta du regard l'approbation d'Isaksson.

Après un instant de lutte intérieure, le Suédois finit par acquiescer.

« D'accord. Donnez à ce cinglé tout ce dont il a besoin, céda-t-il en se tournant vers moi.

— Merci, capitaine, dis-je.

— Non, c'est à vous qu'il faut dire merci, répliqua-t-il en appesantissant une grosse main encourageante sur mon épaule. Je vous souhaite toute la chance du monde, fiston.

— Espérons qu'il n'en faudra pas tant », souris-je.

Je me retournai et sortis à la suite de Van Peel, qui descendait déjà les escaliers.

Après une rapide explication, et le premier moment d'incrédulité passé, Félix et l'équipe de plongeurs comprirent que mon plan, tout insensé qu'il paraisse, était tout ce que nous avions.

Ayant été confinés dans leurs cabines sur ordre du capitaine, ils avaient manqué une bonne partie de la fête, et je dus donc les mettre au courant des mauvaises nouvelles : nous avions perdu la météorite ainsi que la prime attendue, et le patrouilleur était toujours à notre poursuite, dans l'intention plus que probable de nous couler.

« Voilà la radio ! cria Van Peel pour se faire entendre malgré le vent, me tendant un walkie-talkie dans un sac hermétique. Vous avez besoin d'autre chose ? »

Nous nous dirigions alors vers le zodiac suspendu aux cabestans de bâbord, devant pour ce faire passer sur les débris de tôle tordue qui jonchaient le pont arrière depuis le coup de canon du patrouilleur.

« Non », répondis-je, avant d'ajouter, plus bas : « Je crois. »

Malgré le vent froid et la pluie, je transpirais à grosses gouttes sous le ciré jaune et le gilet de sauvetage autogonflable. J'avais enfin troqué ma combinaison mouillée contre une sèche ; mais, nerveux comme je l'étais, j'étais de nouveau trempé comme si je sortais de la douche.

« J.R. et son équipe sont prêts ! m'informa le maître d'équipage en me désignant l'endroit où les plongeurs et Félix s'affairaient autour du *Rouge Un* qu'ils avaient descendu sur le pont à l'aide de la grue.

— Génial ! » répondis-je avec toute la conviction dont je fus capable, tandis que le nœud que j'avais dans le ventre grossissait et se resserrait. « Assurez-vous qu'ils attendent mon signal ! » ajoutai-je en lui montrant la radio qu'il venait de me donner.

Il hocha la tête avec gravité.

« Soyez tranquille ! Le capitaine a déjà hissé le drapeau blanc et a réduit la vitesse ! Tous savent ce qu'ils ont à faire ! »

Je faillis lui dire que ce n'était pas mon cas, mais je me ravisai, jugeant que ce n'était pas un bon moment pour être sincère.

Au lieu de cela, j'affichai une expression confiante que j'étais loin de ressentir et levai le pouce comme si c'était une émoticône.

« Ulysse ! » cria alors une voix féminine dans la tourmente.

Sortant de la superstructure de l'*Omaruru*, une petite silhouette traversait le pont en agitant la main pour s'assurer que je la voyais.

« Tu es sûr de toi, Ulysse ? dit Cassie en arrivant à ma hauteur. Tu peux encore faire machine arrière.

— Bien sûr que non, répondis-je, sans préciser à quoi je répondais exactement.

— Les systèmes sont en marche ! » annonça Félix en apparaissant par le sas du mini-sous-marin.

Cassie approcha son visage, tout contre le mien. Ses lèvres étaient tout juste assez loin pour qu'elle puisse parler sans toucher les miennes.

« Promets-moi que tu ne feras rien d'insensé.

— Je te promets que j'essayerai.

— Je suis sérieuse, *mano*, dit-elle en entrelaçant les doigts derrière ma nuque pour me donner un long et tendre baiser. Je veux que tu reviennes. D'accord ?

— D'accord, dis-je en me plongeant, pour la dernière fois, peut-être, dans ces yeux verts. Fais attention toi aussi.

— Monsieur Vidal ! appela Van Peel, qui attendait près du zodiac avec deux matelots.

— Je dois y aller, dis-je à Cassie, le cœur battant à tout rompre dans ma poitrine. On se voit tout à l'heure.

— Tu as intérêt, rétorqua la Mexicaine, les lèvres serrées sur un sanglot.

— Je t'aime ! » dis-je encore en partant à reculons vers Van Peel.

Les rugissements du vent m'empêchèrent d'entendre la réponse, mais j'aurais juré lire sur ses lèvres : « Je sais ».

Deux minutes plus tard, je regrettais déjà cette folie.

Piloter le zodiac par cette mer démontée était comme chevaucher un taureau de rodéo sur un trampoline. Le moteur Yamaha de vingt-cinq chevaux suffisait à peine à escalader les vagues immenses qui m'arrivaient de face à plus de cinquante kilomètres-heure.

Tout ce que je pouvais faire, c'était tenir la position et faire de mon mieux pour ne pas chavirer ni tomber à l'eau, tandis que je me dirigeais en ligne droite vers le patrouilleur marocain. L'*Omaruru* ayant perdu ses antennes radio, il n'y avait aucun moyen d'avertir El Harti que j'allais vers eux. J'espérais donc qu'il y aurait quelqu'un avec une bonne vue, sur le pont du *Sultan Ahmed Ziday*, parce que, sinon, cette mission risquait d'être des plus courtes.

En atteignant la crête d'une vague, je jetai un rapide coup d'œil en arrière pour voir l'*Omaruru* s'éloigner de plus en plus lentement, avant de finalement s'arrêter.

Regardant de nouveau devant moi, je vis que le patrouilleur marocain, lui, émergeait d'une vallée entre deux vagues que son étrave effilée tranchait dans un nuage d'écume.

Deux cents mètres à peine me séparaient du navire, et je calculai que cela faisait un peu moins de trois cents mètres entre celui-ci et l'*Omaruru*.

C'était très juste.

Je glissai la main dans la poche de mon ciré, en sortis une fusée de détresse, et tirai sur l'anneau.

Avec un sifflement bref, la petite fusée quitta ma main tendue pour foncer vers le ciel, jusqu'à trois cents mètres de hauteur ; alors un parachute miniature s'ouvrit, et elle commença à redescendre en émettant une vive lumière rouge. Dans des circonstances normales, on aurait pu la détecter à des kilomètres de distance. Mais le manque de visibilité dû à la pluie et aux embruns rendait les choses plus compliquées.

Néanmoins, je jetai la cartouche vide et je tirai de mon ciré une taie d'oreiller blanche que je me mis à agiter au-dessus de ma tête.

Le patrouilleur réapparut de derrière la crête d'une vague, à un peu plus de cent mètres, cette fois. Il allait très vite.

« Eh ! Ici ! criai-je en agitant le bout de tissu, tandis que je manœuvrais le moteur hors-bord de l'autre main. Regardez par ici, bordel ! »

Le vaisseau disparut de nouveau dans un creux pendant de longues secondes, durant lesquelles je ne voulus même pas envisager la possibilité qu'ils ne m'aient pas vu.

Avec la vague suivante, le navire de guerre réapparut, si proche que je pouvais parfaitement distinguer les officiers de la passerelle qui m'observaient avec des jumelles.

« Eh ! Ici ! répétai-je, en agitant mon drapeau blanc de fortune, tout en sachant qu'ils ne pouvaient pas m'entendre. Ici ! »

Quelqu'un dut donner des ordres sur la passerelle, car ils réduisirent leur vitesse et, sur leur flanc bâbord, ils laissèrent tomber un filet qui atteignait l'eau.

J'accélérai et allai me placer à quelques mètres de leur coque ; du pont, on me lança un bout que je n'arrivai pas à saisir du premier coup. Ce ne fut qu'à la troisième tentative que je réussis à l'attraper de ma main libre et à l'attacher à l'avant du zodiac.

Je me rapprochai encore du navire marocain, mais les énormes vagues qui faisaient monter et descendre les deux bateaux ne facilitaient pas l'opération. Autant essayer de monter en marche dans un wagonnet de montagnes russes.

Enfin, un court répit entre deux lames me permit de m'accrocher au filet et de grimper comme un singe jusqu'au plat-bord. Je passai le corps par-dessus le bastingage et me laissai tomber sur le pont, épuisé par l'effort.

Étendu sur le plancher, cherchant à retrouver mon souffle, je levai les yeux : deux marins patibulaires armés de fusils me tenaient en joue, à côté d'un officier au visage taciturne. Le type m'examinait comme un pêcheur devant une prise douteuse : ne sachant trop s'il devait m'envoyer dans le seau ou me balancer par-dessus bord.

« Toi fou », affirma-t-il, péremptoire, en portant le doigt à sa tempe.

Je pris une inspiration et hochai la tête.

« Sur ce point, je crois que nous sommes tous d'accord. »

94

Poussé par le canon d'un AK-47 dans le dos, je fus subtilement invité à suivre le militaire jusqu'au poste de commandement du patrouilleur. Beaucoup plus petite que celle de l'*Omaruru*, la passerelle semblait bien dépassée, avec sa pléthore de leviers, d'interrupteurs et d'indicateurs analogiques du siècle dernier. Rien de commun avec le vaste espace dégagé et résolument numérique du bateau namibien.

Une demi-douzaine d'officiers et de sous-officiers étaient regroupés devant les vitres et les panneaux des instruments. Ils parlaient entre eux, à phrases courtes et concises, en arabe.

Un des gradés baissa ses jumelles, les yeux fixés sur l'horizon qui s'étendait devant lui.

« Qu'est-ce que vous voulez ? » demanda le commandant El Harti sans se retourner.

Je pris une profonde inspiration, avalai ma salive, et priai pour ne pas faire de faux pas.

« Nos communications sont hors service, expliquai-je avec un geste en direction de l'*Omaruru* qui s'était placé de proue face à la tempête et au patrouilleur. Voilà pourquoi je suis venu, pour que nous puissions parler.

— Il n'y a rien dont je doive parler avec vous, répliqua-t-il automatiquement. Tout ce que vous avez à faire, c'est vous rendre.

— Nous l'avons déjà fait. Vous voyez bien que nous avons hissé le drapeau blanc et réduit la vitesse au minimum pour pouvoir contrebalancer la tempête. Nous sommes conscients que nous n'avons pas d'issue.

— Alors, nous sommes d'accord sur le fait que nous n'avons rien à nous dire, répondit-il avec froideur.

— Je vous propose un marché, commandant. »

Cette fois, El Harti se tourna vers moi.

« Un marché ? répéta-t-il comme si j'avais insulté sa mère. Pour qui vous prenez-vous ? La Marine royale du Maroc ne passe pas de marché avec les délinquants.

— C'est une très bonne proposition, pour vous et pour vos hommes, commandant, insistai-je en ignorant sa réponse. Tout ce que nous demandons en échange, c'est de nous laisser la vie sauve et de nous laisser partir.

— Je ne vois aucun motif pour accepter de telles conditions, déclara-t-il avec fermeté.

— Écoutez, capitaine, soupirai-je en comprenant que le moment était venu d'aller droit au but. Vous savez déjà que nous vous avons menti : nous ne sommes pas une entreprise de prospection géologique. Ce que vous ne savez pas, c'est que nous avons trouvé au fond une chose de très grande valeur. Cette chose, nous l'avions récupérée à l'aide des flotteurs que nous remorquions, jusqu'à ce que vous tiriez dessus et qu'elle coule.

— Et vous allez me dire de quoi il s'agit, ou vais-je devoir le deviner ? »

Je jetai un coup d'œil aux autres officiers de la passerelle, qui nous observaient avec plus ou moins de discrétion.

« Vous aimeriez peut-être mieux parler de cela en privé », suggérai-je.

El Harti secoua la tête.

« Aucun d'eux ne parle un mot d'espagnol. Dites ce que vous avez à dire, monsieur Vidal, et faites-le vite. »

Qu'il se souvienne de mon nom qu'il n'avait vu qu'en feuilletant mon passeport des jours plus tôt me déconcerta.

« Une météorite, lançai-je avec toute la sincérité dont j'étais capable. Nous avons trouvé et récupéré une météorite de plus de deux cents tonnes d'une matière inconnue sur Terre.

— Une météorite ? grimaça le militaire, sur le même ton que si je lui avais dit que nous avions remonté un étron.

— Une météorite qui vaut des dizaines de milliards et qui nous rendrait tous immensément riches, précisai-je aussitôt.

— Des dizaines de milliards, répéta-t-il avec une moue d'incrédulité. Vous me croyez assez stupide pour avaler un autre de vos mensonges ?

— Si j'avais voulu vous abuser, je vous aurais raconté que nous avions trouvé de l'or, ou des diamants, comme vous le pensiez, vous ne croyez pas ? Je vous dis la vérité, commandant, insistai-je. La valeur de ceci est beaucoup plus grande. Réfléchissez : pourquoi aurions-nous couru tant de risques pour l'emporter, sinon ? »

El Harti sembla enfin comprendre.

« Et vous êtes en train de me proposer de garder cette météorite ?

— Nous vous offrons cinquante pour cent de sa valeur si vous nous laissez partir. »

Les lèvres du militaire s'étirèrent en une grimace féroce.

« Vous m'offrez cinquante pour cent d'un objet que vous avez essayé de voler dans les eaux territoriales du Maroc, déclara-t-il crûment, et que vous n'avez même plus. Vous me prenez donc pour un imbécile ?

— Absolument pas, commandant ! »

Je niai énergiquement : je ne voulais surtout pas qu'il se sente méprisé.

« Mais, même si vous avez les coordonnées de l'endroit, la météorite a coulé par plus de quatre cents mètres de fond, et vous n'avez pas les moyens de la récupérer. Vous serez obligé d'en informer vos supérieurs pour qu'ils mettent sur pied une complexe opération de sauvetage, dont vous serez tenu à l'écart. Cela ne fera que remplir un peu plus les poches de Mohamed VI et de sa cour de militaires et de fonctionnaires corrompus.

— Vous avez commencé par m'insulter, moi, et maintenant, mon roi, s'indigna-t-il. Vous n'êtes pas sur la bonne voie.

— Vous savez que j'ai raison, répliquai-je, sans autre voie que celle qui consistait à insister. Vous aurez de la chance si on vous donne une médaille et une tape sur l'épaule, commandant. Nous, en revanche, avec nos mini-sous-marins, nous pouvons la remonter en deux heures sans que personne ne le sache. Nous serions tous gagnants. »

El Harti secoua la tête avec incrédulité.

« Vous cherchez à me soudoyer, affirma-t-il avec mépris. Rien que pour cela, vous pourriez passer le reste de vos jours en prison.

— Je vous propose un accord, rectifiai-je. Une chance unique de devenir l'homme le plus riche du Maroc, peut-être plus que le roi lui-même. Songez à tout ce que vous pourriez faire pour votre famille, pour votre équipage, pour votre pays…, insistai-je en enfonçant le clou. Ou alors, vous continuez de patrouiller dans le détroit sur votre vieux bateau jusqu'à votre retraite, pendant que s'enrichissent les pourris qui se moquent de vous et de vos principes. »

L'expression d'El Harti changea subtilement, assez cependant pour que je m'aperçoive que mon argument avait fait mouche.

« À supposer qu'arriver à un accord avec vous m'intéresse, dit-il au bout de quelques secondes de réflexion, pourquoi vous a-t-on envoyé, vous, et non pas le capitaine ou Maximilien Pardo ? Quelle autorité avez-vous ? »

En dépit des doutes raisonnables du militaire, une onde de soulagement m'envahit. Qu'il se pose ces questions signifiait que nous avions fait un pas en avant.

« Le capitaine est occupé à maintenir l'*Omaruru* à flot, comme vous pouvez l'imaginer. Et Max Pardo a été blessé quand nous avons été touchés de plein fouet par un de vos projectiles. Par conséquent, on pourrait dire que j'ai tiré la paille la plus courte », simplifiai-je.

El Harti me regardait avec autant de confiance qu'un employé de bijouterie devant un Albano-Kosovar en passe-montagne.

« Je ne vous fais pas confiance, confirma-t-il. Vous m'avez menti à maintes reprises et je suis certain que vous allez recommencer.

— Dites-moi comment faire pour que vous me croyiez. »

El Harti réfléchit un instant.

« Je vous propose un autre marché. Vous récupérez la météorite, vous me la livrez, et, en échange, je vous laisse la vie sauve. Qu'est-ce que vous en pensez ?

— J'en pense que c'est injuste.

— La vie est injuste, monsieur Vidal. Vous êtes assez grand pour le savoir.

— Vous prétendez que tout notre travail et nos efforts soient réduits à néant ?

— Ils vous permettront de vous en sortir vivants, rétorqua-t-il en découvrant ses dents. Je peux recommencer à tirer à tout moment, et je vous garantis que je ne vous manquerai pas.

— Ce n'est pas ce que j'étais venu vous proposer, commandant, rappelai-je. Je suis sûr que nous pourrions arriver à un meilleur accord pour tout le monde. »

El Harti lâcha un petit rire sec.

« Nous pourrions, mais nous n'allons pas le faire. C'est à prendre ou à laisser.

— Je... je devrais consulter...

— Il n'y a rien à consulter. Vous le faites, ou je vous coule »,
affirma-t-il. Puis, se tournant vers ses officiers, il lança un ordre en arabe
que ceux-ci répétèrent comme un écho.

En guise de réponse, le canon de proue pivota pour pointer vers
l'*Omaruru*, qui se trouvait à moins de cent cinquante mètres.

« Non ! criai-je en les voyant se préparer à tirer. D'accord !
D'accord ! La météorite est à vous ! Mais donnez-moi votre parole que
vous nous laisserez partir dès que nous vous l'aurons livrée.

— Vous avez ma parole d'officier », affirma-t-il.

Mais le pli subtil qui s'était formé au coin de ses lèvres et une
lueur rusée dans ses yeux démentaient ses paroles.

De toute évidence, ce salaud allait nous faire sauter dès que nous
lui aurions livré la météorite.

« Je vous fais confiance », mentis-je à mon tour comme si j'étais
dupe.

Je ne pouvais rien faire d'autre.

El Harti me rendit la radio qu'un de ses subalternes m'avait
confisquée en arrivant.

« Maintenant, dites-leur de se mettre au travail. Je vous donne
une heure.

— Une heure ? C'est impossible à faire en si peu de temps !
Nous aurons besoin d'au moins deux heures !

— Dans ce cas… dit-il en s'approchant tout près de moi avec un
sourire de requin, vous feriez mieux de vous dépêcher. »

Après une brève conversation par walkie-talkie avec l'*Omaruru*
– sous le regard attentif du commandant – pour leur expliquer la situation
et les informer du court délai dont ils disposaient, le mini-sous-marin fut
immédiatement mis à l'eau, avec les hommes de J.R., accrochés au petit
appareil comme des bernicles, équipés du même matériel de plongée
rebreather que nous avions utilisé, Cassie et moi, en Namibie.

Dès qu'ils eurent plongé, un des officiers de la passerelle prit
place devant un écran rond où apparut aussitôt un petit point vert brillant
qui se déplaçait avec lenteur.

L'officier échangea quelques mots avec El Harti, et ce dernier se
tourna vers moi.

« Ce point, sur l'écran du sonar, c'est votre petit sous-marin, dit-il. J'espère qu'ils ne feront rien de stupide et qu'ils ne tenteront pas de fuir vers les eaux espagnoles, ajouta-t-il sur le ton d'un avertissement. Nous avons des charges sous-marines.

— Ils n'essayeront pas de s'enfuir, commandant. Je peux vous l'assurer. »

El Harti sembla soupeser la véracité de mon affirmation.

« Nous verrons », dit-il. Et il reprit ses jumelles pour observer l'*Omaruru* à travers les vitres.

Pendant ce temps, je m'efforçais de contrôler la désespérante impression d'impuissance qui m'envahissait à ne rien pouvoir faire d'autre que regarder et attendre la suite des événements.

Je jetai un coup d'œil à ma montre, et vis avec angoisse que presque vingt minutes s'étaient écoulées du délai imparti par El Harti. Cela allait être très juste.

Derrière moi, le marin à l'AK-47 semblait un peu plus détendu : il ne me visait plus en permanence, ce qui ne laissait pas de me soulager. Avec cette grosse mer qui secouait le navire de guerre, son doigt risquait facilement de glisser sur la détente et moi, de finir avec un trou dans le dos. Après tout ce que nous avions déjà traversé, ce serait une manière assez idiote de mourir, franchement.

Les aiguilles de l'horloge de la passerelle paraissaient avancer bien plus rapidement qu'elles n'auraient dû, et j'en vins même à penser qu'elle était truquée ou que les Marocains mesuraient différemment les minutes et les secondes.

Dix minutes passèrent encore.

Puis vingt.

Puis trente.

Malgré le froid qui entrait par la porte ouverte sur le balcon de la passerelle, je transpirais à grosses gouttes.

« Il vous reste moins de dix minutes, me prévint El Harti en désignant le cadran de l'implacable horloge. Vos amis feraient bien de se dépêcher.

— Ne vous inquiétez pas, répondis-je avec une assurance que j'étais loin de ressentir. Ils finiront à temps. »

L'officier en charge du sonar dit alors quelque chose, et le commandant alla le rejoindre.

« Le sous-marin est en train de remonter, dit El Harti en se tournant vers moi.

— Je vous l'avais dit. »

Ignorant ma réponse, il s'approcha des fenêtres et se mit à regarder dans toutes les directions.

« Où est la météorite ? demanda-t-il sans se retourner. Si le travail est terminé, elle devrait déjà être à la surface, non ?

— Pas forcément. Il peut y avoir mille raisons pour qu'elle remonte plus lentement.

— Ah, oui ? fit-il en me vrillant du regard. Comme quoi ? »

Je déglutis.

« Eh bien, je ne sais pas, dis-je en haussant les épaules, mais je suis sûr qu'il y a une bonne raison. Quand ils seront de retour à la surface, je peux leur demander, si vous voulez.

— Épargnez-moi vos excuses, répliqua-t-il d'une voix coupante. Si dans cinq minutes je ne vois pas émerger les flotteurs, vous et vos amis en pâtirez les conséquences. »

Le ton funeste du militaire ne laissait pas de place au doute.

Moi, je restais à regarder fixement l'horloge, essayant d'arrêter la trotteuse par la pensée, comme un Jedi de pacotille.

Inéluctablement, le compte à rebours arriva à son terme, et El Harti se tourna vers moi avec une expression qui n'augurait rien de bon. J'aurais juré qu'il se réjouissait de notre échec.

« C'est fini, annonça-t-il comme un présentateur de concours télévisé.

— Encore un instant, s'il vous plaît. Je vous en supplie. Quelques minutes seulement. »

Un des officiers qui guettaient l'horizon avec des jumelles fit un geste en direction de l'Omaruru et lança un avertissement à son capitaine.

El Harti regarda à son tour avec ses jumelles.

« Le sous-marin et les plongeurs sont de retour sur le bateau. Comme je l'avais supposé, c'était un mensonge », affirma-t-il.

Il lança un ordre à un autre officier qui, actionnant un petit levier, fit que le canon de proue vise l'*Omaruru*.

« Non ! Laissez-moi un moment pour leur parler !

— Trop tard.

— Trente secondes. Je vous demande seulement trente secondes pour m'informer, dis-je en faisant un pas vers lui tandis que le marin me mettait de nouveau en joue. Qu'est-ce que vous avez à perdre ? »

El Harti renifla avec mépris, mais finit par acquiescer.

« Allez-y. »

Sans perdre un instant, je levai ma radio et pressai le bouton.

« *Omaruru*, ici Ulysse. Vous me recevez ? À vous. »

J'attendis quelques secondes éternelles et la voix de Cassie se fit entendre par le petit haut-parleur.

« *Ulysse, ici l'*Omaruru. *Je te reçois. À toi.*

— Omaruru, renseignez-moi, s'il vous plaît. Comment ça s'est passé ? Vous avez réussi ? À vous.

— *Tout est prêt, Ulysse. Qu'est-ce qu'on fait ?* »

À ces mots, El Harti fronça les sourcils avec étonnement.

« Envoyez la sauce, Cassie. Que la fête commence. »

Sentant que quelque chose n'allait pas, le commandant de frégate Mohammed El Harti porta instinctivement la main droite à l'étui de son pistolet.

« Qu'est-ce qui se passe, ici ? » demanda-t-il, comme tous ceux qui, depuis la nuit des temps, découvrent qu'ils viennent d'être trompés.

Pour toute réponse, j'esquissai un sourire satisfait et lâchai une de ces phrases que l'on passe sa vie à vouloir dire un jour :

« *Yippee-ki-yay*, pauvre con ! »

Mais la dernière syllabe ne s'entendit pas : car au même instant, une terrible explosion secoua le *Sultan Ahmed Ziday* comme sous l'impact d'un missile.

95

Le bateau tout entier chancela comme un homme qui vient de recevoir un coup de pied à l'entrejambe.

Toutes les alarmes du navire se mirent à sonner en même temps, tandis que les ordres et les cris déconcertés s'entrecroisaient dans la passerelle.

« *'Iitlaq alnnar ! hariq fi ghurfat almhrk !* criait quelqu'un.

— *Aldifat la tastajiba !* s'exclamait un autre.

— *'Iindhara ! 'iindharan !* » répétait le reste.

Des ampoules de couleur rouge et orange s'allumèrent et commencèrent à clignoter partout, émettant des bips dans toutes les fréquences possibles qui se mêlaient aux voix des officiers dans un chaos complet.

On aurait cru la cabine des frères Marx peinte par Jackson Pollock.

Le navire étant désormais ingouvernable, il ne fallut que quelques secondes pour que les vagues lui fassent prendre de la gîte et qu'il présente son flanc aux assauts de la tempête. S'ils n'arrivaient pas à reprendre le contrôle, le vaisseau allait être entraîné par le vent comme un bateau de papier et il finirait par sombrer, ou s'échouer, s'il avait de la chance.

« Vous ! rugit El Harti en se tournant vers moi, le visage empourpré de colère. C'est vous ! »

C'était certainement le moment parfait pour lâcher une phrase ingénieuse et mémorable qui le laisserait bouche bée sous les salves d'applaudissements d'un public transporté. Mais hélas ! rien ne me venait à l'esprit. J'étais seulement focalisé sur la main droite d'El Harti qui saisissait déjà la crosse de son pistolet.

À ce stade, j'étais censé sauter par-dessus bord et m'éloigner du bateau à la nage en attendant d'être repêché.

Ce n'était pas le meilleur plan du monde, j'en étais conscient, mais je n'avais rien trouvé d'autre.

Pendant que le pandémonium se déchaînait sur la passerelle et que le plancher s'inclinait fortement sur bâbord, j'avais tenté de me rapprocher discrètement du balcon, mais le matelot à l'AK-47 s'était placé juste devant la porte qui donnait à l'extérieur, comme le videur d'une discothèque.

« *'Iitlaq alnnar ealayha* ! lui cria alors El Harti en me désignant avec haine. *'Iitlaq alnnar ealayha* ! »

Mon vocabulaire en arabe avait beau se limiter à dire bonjour et à commander le menu du jour, je devinai que cela n'était pas bon.

Ce qui se confirma quand le marin me montra les dents en tournant vers moi le canon de son arme.

J'hésitai un instant à me jeter sur lui pour essayer de la lui arracher, mais cela ne marche que dans les films. Même si j'en avais eu la possibilité, et la force suffisante pour le faire, El Harti m'aurait flanqué deux balles avant que je puisse seulement me retourner.

N'ayant pas le temps de réfléchir à une solution plus élaborée, je balançai mon walkie-talkie à la tête du marin et, profitant du fait qu'il s'était écarté pour esquiver le projectile, je m'élançai vers la sortie de la passerelle.

Par chance, la porte n'était pas bloquée, et je pus tourner la poignée tout en utilisant mon épaule en guise de bélier avant d'en franchir le seuil comme une flèche.

Au même instant, une rafale de balles percuta le battant ouvert, envoyant des éclats de bois dans toutes les directions. Si j'avais été un dixième de seconde plus lent, j'étais coupé en deux.

« *Adhhab wahdarh waqtalahu* ! *Aqtalahu* ! » rugit El Harti derrière moi.

Je m'étais déjà précipité dans l'escalier vers le niveau inférieur et je n'allais pas m'arrêter pour poser des questions, mais je ne fus pas étonné d'entendre, deux secondes plus tard, le vacarme que faisaient les bottes militaires sur les marches métalliques, quelques mètres derrière moi.

Au bruit, je jugeai qu'ils étaient au moins deux, et que je n'avais pas beaucoup d'avance. Non seulement je devais éviter qu'ils me rejoignent, mais je ne devais pas non plus leur fournir l'occasion de tirer, parce que, je n'en doutais pas, ils m'auraient aussitôt criblé de balles.

L'escalier donnait sur le pont immédiatement inférieur. Il débouchait dans une étroite coursive où une foule de marins en gilets de sauvetage couraient dans tous les sens en criant sous les lampes rouges de l'éclairage de secours, tandis que la sirène d'alarme retentissait par les haut-parleurs.

La pagaille était telle que je pus me précipiter en direction de la poupe et c'est à peine si l'on me regarda. Croiser un type en civil alors que le bateau était en train de couler devait être le cadet de leurs soucis.

Mes poursuivants se mirent à hurler, mais, soit le vacarme empêchait les matelots de les comprendre, soit ils avaient plus urgent à faire, et je réussis à atteindre l'extrémité du couloir sans que personne ne fasse un geste pour m'arrêter ou m'abattre.

Devant moi, je trouvai une porte d'acier, fermée, surmontée d'un écriteau en arabe et d'un triangle jaune.

Aucune autre issue en vue.

J'ouvris le lourd battant, et un escalier étroit apparut, descendant presque à la verticale dans les entrailles obscures du patrouilleur. Seules les lampes de secours éclairaient faiblement la voie.

Une bouffée d'huile et de gas-oil m'arriva aux narines et je sus ce que disait le panneau écrit en arabe : « Salle des machines ».

Cette fichue salle des machines ne m'intéressait pas. Je voulais justement aller dans l'autre direction, vers le haut.

Mais il n'y avait pas d'issue vers le haut, seulement vers le bas.

Génial, comme épitaphe.

Je me retournai avec l'intention de revenir sur mes pas pour trouver une sortie vers l'extérieur. Juste à temps pour voir mon copain à l'AK-47 qui, en compagnie d'un sous-officier qui tenait un pistolet à la main, se frayait un chemin dans la cohue en vociférant.

Eux aussi m'avaient vu.

Ils tentèrent de viser, mais ils ne pouvaient pas tirer dans la foule.

Je n'avais plus le choix.

Je refermai la porte dans l'espoir de les retarder quelques secondes, et je dévalai les degrés quatre à quatre, descendant dans les entrailles d'un bateau en train de couler pendant que deux types me donnaient la chasse pour me transformer en passoire.

Franchement, j'avais vécu de meilleurs moments.

Sans que j'y sois préparé, mes pieds cessèrent de résonner sur les marches d'acier et je les sentis s'enfoncer dans l'eau.

Je poussai un épouvantable juron en découvrant que cette partie du navire était déjà inondée.

J.R. et son équipe avaient dû faire un joli trou dans la coque pour que l'eau ait autant monté en si peu de temps. À ce rythme, le bateau n'allait mettre que quelques minutes à couler.

Si je restais là, j'étais fichu. Je devais faire demi-tour.

Je préférais tenter ma chance avec les militaires, au risque de recevoir une balle, plutôt que me noyer dans cette salle des machines puante. Au moins, ce serait plus rapide.

Je me retournai afin de remonter ; en haut, le sous-officier m'observait avec une expression satisfaite, comme on regarde le rat pris dans le piège.

Je crus qu'il allait tirer, mais, étonnamment, il rangea son arme et me sourit.

Pendant un instant absurde, je pensai que tout était arrangé et que nous étions bons amis.

Mais non.

Le militaire murmura quelque chose en arabe qui avait l'air d'un adieu, il fit un pas en arrière, et ferma la porte d'acier.

« Non ! Attendez ! » criai-je inutilement.

Les verrous qui s'enclenchaient avec un bruit sec sonnèrent comme des clous dans mon cercueil.

96

J'étais seul.

Enfermé.

J'avais froid.

Dans l'eau sombre et glacée qui m'arrivait déjà en haut des cuisses, les ampoules rouges de l'éclairage de secours se reflétaient, conférant une aura démoniaque à ce qui m'entourait.

Ce n'était pas exactement comme dans les cauchemars qui me tourmentaient depuis des mois, mais ça y ressemblait beaucoup trop.

Mon psychiatre allait devoir faire des heures supplémentaires avec moi, quand je serai rentré à la maison.

Si je rentrais, bien sûr.

Parce que tout semblait indiquer que ce ne serait pas le cas.

Ce qu'il y avait de bien, c'était qu'il n'y avait pas de morcegos.

Ce qu'il y avait de moins bien, c'était que l'eau montait vraiment très vite. En quelques secondes, elle avait atteint ma taille.

La voie d'eau devait être considérable, mais je ne la voyais pas. Elle se trouvait probablement au niveau du dessous.

Baignée de cette lumière fantasmagorique, la salle des machines s'allongeait devant moi sur dix ou douze mètres. À droite et à gauche, ses deux énormes moteurs diesel à l'arrêt, et des tableaux pleins de relais, d'interrupteurs, de cadrans et de diodes éteintes. Des dizaines de tuyaux de grosseurs variables couraient sur les parois et le plafond, avec des valves et des manomètres répartis ici et là.

Mais il n'y avait pas trace d'une éventuelle issue.

Je traversai péniblement toute la salle, d'un bout à l'autre, mais il n'y avait pas une seule porte ni aucune écoutille qui me permette d'en sortir.

Voilà pourquoi le sous-officier n'avait pas pris la peine de tirer quand je m'étais trouvé à sa portée : il savait que je ne pourrais pas m'échapper.

Je baissai les yeux. L'eau m'arrivait à la poitrine.

« Je suis foutu », soufflai-je, épuisé par l'effort et le découragement.

Et comme pour bien me confirmer ce verdict, une vague vint frapper de côté le vaisseau, qui s'inclina si fortement que, pendant un instant, le plafond devint la paroi.

Les dizaines de milliers de litres d'eau qui inondaient la salle des machines se déplacèrent d'un seul bloc avec une puissance incommensurable.

Je tentai de m'agripper à quelque chose, mais le flot m'entraîna et j'allai heurter brutalement un des moteurs.

Ce fut mon flanc gauche qui encaissa le gros de l'impact, et une douleur aiguë me fit serrer les dents sur un hurlement de souffrance. Je m'étais sûrement brisé quelques côtes.

Je n'avais pas encore repris mes esprits que le bateau se redressa. Le flot se déplaça derechef, et moi avec, impuissant et aveuglé, jusqu'à un des combinés d'instruments. Le choc fut cette fois pour mon côté droit, et, bien qu'un peu moins violent, il fut quand même assez fort pour expulser l'air de mes poumons.

En émergeant, je tentai de prendre une profonde inspiration, mais je sentis mes côtes me vriller la poitrine.

Le plafond de la salle était à un peu plus d'un mètre de ma tête, et l'eau m'arrivait déjà au cou.

Dans quelques minutes, elle atteindrait le plafond. Et moi, je serais mort.

« Alors, c'est ça ? criai-je avec fureur, les yeux levés vers le ciel. C'est tout ce que tu as trouvé pour m'emmerder ? »

Aussitôt, les lampes de secours se mirent à clignoter, puis s'éteignirent une par une.

« Ah. D'accord. Comme disait ma mère, j'aurais mieux fait de la fermer. »

Une nouvelle lame vint heurter le flanc du patrouilleur, et la salle des machines bascula de nouveau.

Cette fois, j'avais réussi à m'accrocher à un tuyau pour ne pas être emporté par le flot. Mais, quand le vaisseau eut atteint ce point d'équilibre instable qui précède le retour à sa position d'origine, il ne se rétablit pas.

Brusquement, il s'inclina encore davantage jusqu'à rester totalement sur le côté, et l'inévitable arriva. Le centre de gravité du *Sultan Ahmed Ziday* se déplaça vers les ponts supérieurs, et rien ne pouvait plus l'empêcher de se retourner.

Mon univers restreint se retrouvait sens dessus dessous, le sol était le plafond, et le plafond, le sol.

Une lampe de secours solitaire résistait encore sous l'eau. Une faible lueur rougeâtre dont les secondes étaient comptées.

Je ne pouvais rien faire d'autre qu'essayer de me maintenir à flot comme je pouvais, grelottant dans une eau qui empestait l'huile et qui montait de plus en plus vite.

Il ne restait que quelques secondes avant qu'elle ne m'écrase contre le plafond.

C'est à cet instant que je la vis.

Une cataracte qui jaillissait d'une écoutille béante dans ce qui avait été le sol, et que l'eau qui couvrait celui-ci m'avait empêché de voir plus tôt. C'était certainement par là que la salle des machines avait été inondée.

Mais l'écoutille se trouvait maintenant en haut, et l'eau de la sentine se déversait dans la salle des machines.

Je me mis à nager contre le courant généré par la petite cascade, mais je n'avais plus assez de forces pour l'atteindre, sans parler d'y grimper.

C'était la seule issue, mais elle était hors de portée.

Je cherchai des yeux une autre écoutille, plus proche, en vain.

L'eau montait toujours, imparable, et je pouvais déjà toucher le plafond du bout des doigts.

Je ne pouvais que voir se réduire l'espace encore libre, priant pour qu'une poche d'air se forme, permettant ainsi de prolonger mon agonie.

Car, si j'étais sûr de quelque chose, c'était que je ne sortirais pas d'ici.

La combinaison de néoprène que je portais sous mes vêtements me conférait une certaine flottabilité et me protégeait un peu du froid, mais, sans air, je finirai par n'être plus qu'un cadavre flottant bien couvert.

L'eau n'était plus qu'à une main du plafond ; obligé de pencher la tête, j'aspirai une goulée d'air en m'efforçant de ne pas laisser entrer l'eau avec.

Dix centimètres.

Je collai les lèvres au plafond pour prendre une ultime bouffée d'oxygène, comme un ivrogne incapable de renoncer à un dernier verre.

Évidemment, aucune poche d'air ne s'était formée. Ç'aurait été trop beau.

L'eau toucha le plafond ; c'était fini, je ne pourrais plus respirer.

Je restai un instant immobile, figé, sans savoir que faire, les yeux fixés sur la petite lampe de secours qui, têtue, refusait obstinément de se rendre.

C'était idiot, mais j'avais soudain l'impression que nous étions comme des proches, tous les deux. La confrérie des moribonds.

Ce fut alors, dans ce calme absurde qui précède l'adieu au monde des vivants, que je sentis qu'un courant subtil m'éloignait de la petite lumière.

Si j'en avais eu la force, et de l'air dans les poumons, j'aurais résisté, pour ne pas l'abandonner, seule en cet instant terrible. Mais je ne pouvais rien.

Je me laissai simplement porter, vaguement curieux de comprendre ce qu'il se passait et de voir où j'allais. Tout en sachant que je n'irais pas bien loin.

Effectivement, au même instant je me cognai la tête sur quelque chose de métallique qui saillait du plafond, et quelques bulles s'échappèrent de ma bouche quand je poussai un juron sous l'eau.

Un conseil : si vous êtes en train de vous noyer, ne jurez pas.

Mais je n'eus pas le temps de le regretter : presque simultanément, je me sentis aspiré, puis projeté vers le haut… et soudain, je flottais de nouveau, la tête hors de l'eau.

Je crus d'abord à un tour que me jouaient mes sens.

Mais non. Mes poumons s'emplissaient de ce qui était, sans nul doute, de l'air.

« L'écoutille », dis-je tout haut, comprenant enfin.

Quand le niveau de l'eau avait atteint le plafond de la salle des machines, la pression avait inversé le courant, lui faisant rebrousser chemin vers le haut par l'écoutille.

À présent, la question était : où était ce « haut » ?

Autrement dit : où diable avais-je atterri ?

« La sentine, bien sûr », affirmai-je, comme si j'attendais que l'on me donne raison.

Au-dessus de ma tête se trouvait la coque du bateau retourné, malmené sans pitié par les vagues.

Il me fallut encore un moment pour me rendre compte que l'endroit était éclairé.

Je levai les yeux, et, bouche bée, je découvris un trou de forme irrégulière dans la coque. Une ouverture ourlée de dents d'acier tordu laissait entrer la lumière plombée d'un ciel que j'avais cru ne plus jamais revoir.

97

Eh ben mes salauds ! pensai-je avec admiration en regardant la brèche large de plus d'un mètre que J.R. et ses hommes avaient ouverte dans la coque. L'acier blindé du navire de guerre s'était déchiré et replié vers l'intérieur, comme sous l'impact d'une torpille.

C'était un plan audacieux et très risqué, ou presque tout pouvait aller mal, mais nous ne savions que trop qu'El Harti ne nous laisserait jamais partir. Nous étions des témoins gênants, et il lui était trop facile de se débarrasser de nous pour qu'il s'en prive.

Mais placer les charges avec une telle précision, en pleine tempête et avec les quatre cents tonnes du patrouilleur en train de se balancer au rythme de vagues géantes, c'était un exploit extraordinaire.

Et qu'ils l'aient mené à bien en moins d'une heure, cela frisait le surhumain.

Cette étape du plan, qui consistait à placer les explosifs pendant que Félix abusait le sonar avec le mini-sous-marin, avait fonctionné comme une horloge.

En revanche, l'autre partie, celle où je devais me jeter à l'eau et m'éloigner en nageant du vaisseau avant qu'il commence à sombrer…

Bon, disons qu'elle aurait pu mieux se dérouler.

Mais j'avais peut-être une chance : le trou était l'issue que j'attendais.

La mauvaise nouvelle, c'était qu'il était encore à deux mètres au-dessus de moi.

La bonne, que le bateau s'enfonçait, donc le niveau de l'eau montait et m'en rapprochait d'autant.

Sauf que le moment où je l'atteindrai serait aussi celui où le patrouilleur coulerait comme une pierre vers le fond, et que l'effet de succion pouvait m'entraîner à sa suite sur des centaines de mètres. Ce qui pouvait être un sérieux problème, à moins que des branchies ne me poussent dans les prochaines minutes.

Soudain, une grande vague s'écrasa sur le bateau agonisant, et un flot écumeux s'engouffra dans la sentine.

L'assaut passé, je sortis la tête de l'eau : j'étais juste devant la brèche. Sans y réfléchir à deux fois, je m'accrochai comme je pus aux arêtes coupantes, et, au mépris des coups de poignard lancinants de mes côtes meurtries, je réussis à atteindre le bord du trou pour, poussant sur mes jambes et contre tout pronostic, émerger à l'extérieur tel un ver hors d'un fruit bien étrange.

« Oui ! exultai-je en serrant les poings. Non ! », criai-je aussitôt après en voyant une lame géante arriver sur moi.

Elle se brisa avec une fureur assassine, m'envoya contre la coque à plusieurs reprises ; un objet dur et pointu perça le néoprène et se planta dans ma cuisse droite.

Je serrai les dents, luttant contre la douleur de la blessure et des chocs répétés – j'avais appris la leçon –, jusqu'à ce que la vague poursuive sa route, me ramenant à la surface avec elle. Je pus alors reprendre mon souffle pour, cette fois, jurer de bon cœur.

Je palpai ma jambe ; je devais avoir une sacrée entaille. L'intensité de la souffrance et le sang qui teintait l'eau autour de moi certifiaient que ce n'était pas une simple écorchure.

Mais je n'avais pas le temps de m'appesantir sur mon malheur.

Je flottais à quelques mètres seulement de la coque du patrouilleur, qui s'enfonçait rapidement. Il ne me restait que quelques secondes pour m'éloigner avant qu'il ne sombre et que la succion m'entraîne à sa suite. Alors, serrant les dents de plus belle, j'entrepris de nager le plus vite que je le pouvais, souffrant le martyre à chaque brasse.

Dans mon dos, je sentis soudain l'eau s'agiter comme si quelqu'un avait mis en marche le jacuzzi. Je m'arrêtai et me retournai, pour voir le malheureux patrouilleur basculer et se dresser à la verticale, le safran et les hélices vers le ciel. Enfin il coula pour de bon, laissant derrière lui un bouillonnement sourd, un dernier râle avant de disparaître sous les flots.

Après cet adieu définitif, je regardai autour de moi, cherchant des yeux quelque objet flottant auquel m'accrocher. Certes, la combinaison me protégerait du froid pendant un temps, et me donnait une certaine flottabilité, mais ce n'était pas un gilet de sauvetage. Mais il n'y avait rien : ni bouées, ni planches, ni même le cercueil de Queequeg n'apparaissaient entre les vagues. Ce devait être le naufrage le plus propre de l'histoire de la navigation.

Je ne voyais même pas les canots de sauvetage des survivants du patrouilleur ; ils devaient déjà être en route vers les côtes marocaines.

J'espérais malgré tout que l'équipage au complet en avait réchappé, El Harti y compris. Et même l'ordure qui m'avait enfermé dans la salle des machines pour que j'y meure noyé. Bon, tout bien considéré, pas celui-là.

Il n'y avait pas trace de l'*Omaruru* non plus.

Profitant d'une haute vague, je guettai l'horizon, mais je n'arrivai pas à voir, entre les rideaux de pluie, la silhouette du navire namibien. Je me persuadai que c'était une bonne nouvelle. Si Isaksson s'en était tenu au plan, il devait avoir mis le cap à toute vapeur vers les eaux espagnoles toutes proches, pour mettre à l'abri son bateau et tous ceux qui étaient à son bord.

Surtout parce que la marine marocaine pourrait bien ne pas apprécier que nous ayons coulé un de ses bâtiments.

De toute manière, je ne pouvais rien faire concernant le sort de l'*Omaruru*. Tout ce dont j'avais à m'inquiéter, c'était de sortir de l'eau le plus vite possible. Sinon, le froid allait tôt ou tard gagner la partie et je finirais par être le seul mort de ce naufrage.

Car, à mesure que la température du corps s'abaisse, les membres s'endorment, le sang s'en retirant pour que les organes vitaux continuent de fonctionner.

Puis le sommeil arrive, quand le cerveau commence à s'éteindre doucement, jusqu'à ce que l'hypothermie atteigne finalement le cœur, qui tire sa révérence sur un ultime battement.

Fin de l'histoire.

Adios.

Ciao.

Goodbye.

Adieu.

Do svidaniya.

Hasta la vista, baby.

Grelottant de froid, perdant mon sang et à la merci de la tempête, je ne pouvais qu'essayer de rester conscient et de tenir le plus longtemps possible.

Ce qui n'allait pas être beaucoup.

98

Au-dessus de ma tête, une mouette lança un éclat de rire moqueur.

Je m'éveillai en sursaut.

Je ne me souvenais pas de m'être endormi.

J'avais mal aux oreilles et au creux de mes orbites, mais le reste de mon corps paraissait avoir été déconnecté de mon système nerveux. Comme si j'avais été anesthésié à partir du cou.

L'avantage, c'était que je ne sentais plus aucune douleur dans mes côtes ni de ma blessure à la cuisse.

Car mon sang s'était retiré de mes membres pour se concentrer dans mes organes vitaux, comme le cœur et le cerveau. Tôt ou tard – et probablement plus tôt que tard –, la chaleur résiduelle de mon organisme finirait par se dissiper et je m'éteindrai alors comme une chandelle sous la pluie.

Si j'avais eu assez de force et les poumons pour le faire, j'aurais ri de cette envolée poétique. Je ne me serais jamais attendu à ce que l'approche de la mort vienne éveiller ma veine artistique.

De mes doigts gourds, je relâchai brièvement le tourniquet que je m'étais fait à la jambe à l'aide de ma ceinture et je le resserrai de nouveau.

Encore que, vu la vitesse à laquelle mon cœur battait à cause du froid, j'aurais mis une semaine à perdre tout mon sang.

Je réalisai alors que la tempête semblait avoir nettement faibli.

Pendant le moment où j'étais resté inconscient, le vent avait cessé de souffler comme un ouragan, et les vagues, bien qu'encore d'une taille considérable, ne ressemblaient plus à des immeubles en train de s'écrouler.

Le ciel était toujours plombé et une pluie fine piquetait la surface de la mer, qui avait retrouvé une uniformité relative, comparée au chaos écumeux qu'elle était quelques heures plus tôt.

Car, manifestement, plusieurs heures s'étaient écoulées depuis que j'étais dans l'eau. J'évitai volontairement de regarder ma montre –

qu'y aurais-je gagné, sinon me désespérer ? –, mais le soleil avait déjà plongé vers l'occident et la nuit n'allait plus tarder.

Tournant la tête avec difficulté, comme si elle pesait deux fois son poids habituel, je scrutai l'horizon, mais il n'y avait pas trace de l'*Omaruru*, ni d'aucun autre bateau.

En revanche, sur ma gauche, flottant paresseusement à quelques dizaines de mètres, je vis une petite balise qui, dépassant à peine de l'eau, émettait un signal stroboscopique à courts intervalles.

Elle devait provenir du patrouilleur marocain ou d'un de ses canots de sauvetage, ce qui signifiait qu'il était plus que probable qu'un navire de la Marine royale du Maroc risquait de faire son apparition et que je me retrouverais dans de beaux draps.

Mais, entre cette éventualité et la certitude de mourir d'hypothermie dans quelques heures, ma décision fut vite prise. Réactivant alors mes muscles raidis, je nageai jusqu'à la balise, à laquelle je m'accrochai comme un footballeur uruguayen à sa calebasse de maté.

Cela pouvait paraître paradoxal, mais, avec l'arrivée de la nuit, j'aurais davantage de chances de distinguer les feux de navigation des bateaux, ainsi que d'être vu grâce au signal stroboscopique de la balise.

Si ce n'était que la minuscule lumière clignotante était perdue dans une zone de deux cents kilomètres carrés. Au cas hypothétique où des équipes de sauvetage seraient à ma recherche, elles auraient tant de mal à me trouver qu'elles risquaient d'arriver trop tard.

Mais je ne pouvais rien faire, à part rester à flot, inerte comme un bouchon de liège, totalement impuissant et avec pour unique tâche lutter contre le sommeil.

Car je savais fort bien que si je m'endormais, ce serait pour ne plus me réveiller. Il me fallait donc occuper mon esprit, le garder en alerte, mais… comment ?

Je n'avais pas apporté mon jeu d'échecs. De toute manière, j'étais très mauvais. J'étais incapable de voir plus loin que le deuxième mouvement, et ne faisais que réagir sans beaucoup d'adresse aux coups de mon adversaire. Chaque fois que j'y jouais avec Cassie, elle me mettait de ces tannées… J'allais devoir apprendre à…

« Merde ! Arrête ! » grognai-je pendant un instant de lucidité.

Mon esprit était en train de divaguer. De là à s'endormir, il n'y avait qu'un pas.

Je devais me concentrer. Ramener mon attention à l'instant présent.

Combien de fois avais-je entendu cette phrase, quand je m'essayais au yoga sur le conseil de Cassie ? Nous nous étions même inscrits dans une école des environs de Barcelone. Comment s'appelait-elle, déjà ? Ah, oui. *Dhana*. La professeure était excellente –, elle s'appelait Teresa ; je m'en souviens, parce que c'est le nom de ma mère – et sa classe était un havre de paix. Mais c'était précisément là le problème : dès que nous faisions un exercice de méditation ou de relaxation, je m'endormais invariablement, en arrivant même à ronfler. Il était rare que Cassie n'ait pas à me réveiller pendant un cours, à moins que les rires des autres participants ne l'aient pas déjà fait...

« Merde ! m'exclamai-je en me secouant.

Je divaguais de nouveau.

Je me serais donné des gifles pour me réveiller, si j'avais encore senti mes bras. Si un requin venait et se mettait à les dévorer, je ne m'en rendrais peut-être même pas compte.

OK. Tu as encore l'esprit qui bat la campagne.

« Reprends-toi, mon garçon », dis-je à voix haute pour me maintenir en éveil.

Je devais trouver quelque chose pour me concentrer, quelque chose qui soit important pour moi, qui m'aide à rester ancré dans la réalité ; quelque chose où mes pensées pourraient s'accrocher comme des berniques.

Ironiquement, toute ma vie avait été guidée par le détachement, par la quête de la liberté, quel que soit ce concept. Jouer les électrons libres à l'âge où les gens sensés économisent pour leur retraite m'avait apporté beaucoup et m'avait privé d'autres choses.

Cela m'avait donné une vie intense, pleine de moments mémorables et terribles, mais qui valait la peine d'avoir été vécue. Tout spécialement depuis que Cassie en faisait partie.

Ce qui avait été jusqu'alors une existence insouciante, entre plages, bières bon marché et amours éphémères, s'était converti en autre chose. En mieux. Et ce n'était pas seulement à cause des aventures incroyables que j'avais vécu depuis, ni pour le sexe, ni même pour nos rires et notre complicité. Ma vie était meilleure avec elle, parce que sa simple présence me rendait meilleur. Auprès d'elle, j'aspirais à devenir quelqu'un de bien meilleur que je n'aurais pu l'être avant de la connaître. Elle était mon inspiration, et sa patience infinie devant mes défauts et mes maladresses me servait d'exemple jour après jour.

Ici, dans l'eau glacée du détroit, tandis que je regardais le ciel s'obscurcir à la venue de ce qui allait probablement être ma dernière nuit, je compris que Cassie était devenue le centre de mon univers et que, plus que toute autre chose au monde, je ne souhaitais que retourner auprès d'elle.

Je voulais vivre, rien que pour m'allonger de nouveau sur son sein, lui masser les pieds en regardant un film sur le canapé, la tenir par la main pour nous promener dans le parc de la Ciudadela, quand l'automne tapisse l'herbe de feuilles mortes et qu'elle me dit, emmitouflée dans son manteau, que c'est sa saison préférée.

Une souffrance aiguë me traversa le cœur quand je compris que cela n'arriverait jamais plus. Alors, levant les yeux vers le ciel couvert de nuages et presque noir déjà, je priai pour qu'elle ait atteint le port saine et sauve.

Décidément, pour un athée, je passais ma vie à prier le ciel.

Moi, j'avais déjà un pied dans la tombe ; alors, s'il y avait quelqu'un là-haut, conclure un marché l'intéresserait peut-être : ce qui me restait à vivre en échange de sauver Cassie.

« Qu'est-ce que tu en dis ? chuchotai-je en fermant les yeux. Si tu prends soin d'elle… on peut en finir tout de suite. »

Aussitôt, une lumière étincelante tomba sur moi. Elle brillait si fort qu'elle traversa mes paupières closes.

Interloqué, j'ouvris les yeux et me retournai, faisant face à la lumière aveuglante venue du ciel.

« Vacherie, ça a été rapide ! », bredouillai-je, stupéfait.

Je levai une main pour me protéger les yeux, et il me sembla distinguer une silhouette de forme humaine.

« Alors, c'est maintenant que je dois aller vers la lumière ? » demandai-je à voix haute.

La réponse ne fut pas exactement telle que je m'y attendais.

« Eh ben mon colon, répondit une voix rauque, vaguement familière. Tu ne veux quand même pas que je te porte ?

— Saint Pierre ? fis-je, à la fois vexé et déboussolé. Un peu de respect pour les moribonds, tout de même !

— Mais quel respect et quel moribond ? répliqua-t-il avec impatience, en jetant quelque chose qui fit *plof* juste à côté de moi. Sacré suceur de merles aigris... Accroche-toi à ça, vingt dieux, j'ai le cul qui gèle. »

C'est à cet instant que mon cerveau engourdi reconnut la proue du voilier et la voix de rogomme qui en émanait.

Sur la bouée que l'on venait de me lancer, un mot figurait en grandes lettres d'imprimerie : CARPANTA.

SEPTIÈME PARTIE

La révélation

99

Quelques ultimes vrilles de sommeil s'accrochaient encore à une confortable et léthargique tiédeur. Mais quelque chose, un son, une voix, peut-être, ou alors une odeur, semblait tirer dans l'autre sens, aiguillonnant ma curiosité envers le monde réel, pour me ramener vers l'endroit où je devais être.

Lentement, très lentement, de fait, les synapses de mon cortex préfrontal commencèrent à échanger quelques menus signaux électriques, essayant de faire démarrer le moteur de ma conscience, comme si c'était une vieille voiture après une tempête de neige.

Je serais incapable de dire combien de temps dura le processus. Des heures, ou quelques secondes. Mais il y eut un moment où mes paupières se soulevèrent comme si quelqu'un d'autre actionnait la télécommande du volet roulant, et la clarté floue de la lumière matinale assaillit mes pupilles, faisant irruption dans ma tête comme un carnaval au milieu d'un cortège funèbre.

« Bonjour, matelot », fit une voix à côté de moi.

Je cillai plusieurs fois, encore dans le brouillard, avant de tourner la tête vers la droite et voir le visage féminin qui m'observait avec un mélange d'inquiétude et de soulagement.

Son sourire hésitait entre les deux, tandis que ses yeux, d'un vert inimaginable, reflétaient autre chose, une émotion plus profonde. Une émotion qui ne pouvait venir que des tréfonds de son cœur.

« Salut, Cassie, soufflai-je, parvenant je ne sais comment à assembler les bonnes lettres dans le bon ordre.

— Comment te sens-tu ? » demanda-t-elle en approchant son visage.

Excellente question, pensai-je.

Je passai rapidement en revue mes sensations ; j'étais allongé sur un lit.

Ma bouche me donnait l'impression d'avoir sucé une espadrille, mais tout le reste paraissait à sa place.

« Je vais bien, je crois », dis-je, avant de remarquer près de moi deux écrans avec des petites lumières et des chiffres. De l'un d'eux émergeait un fin tube transparent qui finissait sur le dos de ma main gauche, recouvert d'un pansement.

« Où sommes-nous ? demandai-je, déconcerté, en levant la main. C'est un hôpital ?

— Nous sommes à Algésiras. Tu avais perdu beaucoup de sang et tu présentais des symptômes sévères d'hypothermie. »

Elle déglutit et, prenant ma main dans les siennes, elle ajouta d'une voix tremblante :

« Si on t'avait trouvé seulement un peu plus tard…

— Je me souviens, murmurai-je en fermant les yeux pour rassembler les fragments épars de ma mémoire. C'était… c'était Timonier ? »

J'hésitai, ne sachant si cela avait fait partie d'un rêve.

« C'est lui qui m'a trouvé ?

— En effet.

— Mais… comment ?

— La sûreté maritime a fait son apparition dès notre arrivée dans les eaux territoriales espagnoles, mais toi, tu étais toujours dans les eaux marocaines et ils n'ont pas été autorisés à partir à ta recherche. Alors, l'alerte générale a été lancée à tous les bateaux se trouvant dans les parages. Sauf qu'il n'y en avait presque pas. Mais Timonier était justement à quai dans le port de Tarifa, à moins de cinq milles de notre position. Sans hésiter, il a aussitôt largué les amarres du Carpanta et, malgré la tempête, il est parti à ta recherche au beau milieu de la nuit. »

Je secouai la tête avec un sourire en me l'imaginant.

« Il est complètement fou, soufflai-je avec admiration tandis que j'évoquais les conditions terribles et l'indicible témérité dont il avait fait preuve en faisant naviguer le *Carpanta* sur les vagues géantes. Rappelle-moi de lui envoyer une caisse du meilleur gin que je trouverai », ajoutai-je.

Cassie sourit avec complaisance.

« Je lui en ai déjà expédié deux.

— Merci, dis-je en esquissant un sourire de mes lèvres gercées. Je lui dois la vie, à cet homme.

— Et tous les autres, nous te la devons à toi, Ulysse.

— C'était un travail d'équipe, affirmai-je, refusant le compliment. Si les choses avaient mal tourné, s'il t'était arrivé quelque chose… »

Ma gorge se noua à l'évocation de ces moments.

« Je ne me le serais jamais pardonné, ajoutai-je péniblement.

— Mais ce n'a pas été le cas, dit-elle en posant sur mon bras une main rassurante. Nous sommes arrivés à bon port en quelques heures sans incident. Tout s'est déroulé comme tu l'avais prévu.

— Ce doit être la première fois.

— Je ne te le fais pas dire, confirma-t-elle avec une moue railleuse. J'en suis la première surprise.

— Et le professeur ? m'enquis-je, me souvenant subitement de lui. Il va bien ?

— Très bien, répondit-elle joyeusement. Depuis hier, il travaille avec Isabella sur les données recueillies sur la sphère. Il m'a justement appelée il y a un moment pour me dire qu'il allait acheter deux ou trois choses et qu'ils viendraient ici, parce qu'il voulait me montrer quelque chose d'hallucinant.

— Hallucinant ? répétai-je avec une grimace. Je ne l'ai jamais entendu prononcer ce mot. »

La Mexicaine haussa les épaules.

« Moi aussi, j'ai trouvé ça bizarre. Il avait l'air très ému.

— Tu le connais, souris-je. Il lui en faut peu pour être ému. À propos, que s'est-il passé avec Max ?

— Qu'est-ce que tu veux dire ?

— Je veux dire… Tu lui as parlé après votre arrivée à terre ? La dernière fois que je l'ai eu devant moi, il a cru que j'allais lui tirer une balle dans la tête, et je ne pense pas qu'il soit de ceux qui oublient facilement ce genre de chose.

— Ah, oui. Je ne m'inquiéterais pas de ça pour le moment. Avant ton réveil, Isaksson est passé voir comment tu allais, et il m'a assuré qu'il le tenait par les couilles. Il semblerait que menacer avec une arme le capitaine d'un navire n'est pas précisément bien vu des autorités internationales et que, malgré tous leurs avocats, lui et Carlos pourraient écoper d'une lourde condamnation pour prise d'otages et piraterie.

— J'aimerais. Mais je ne crois pas que quelqu'un comme Max puisse finir derrière les barreaux. Ni pour cela, ni pour sa part de responsabilité dans l'assassinat d'Ernesto, ni pour aucune autre chose.

— Moi non plus. D'après Isaksson, ils parviendront certainement à un accord moyennant une bonne indemnisation pour éviter d'aller s'embourber au tribunal. Quant à Ernesto... »

Elle secoua la tête sans finir sa phrase. C'était inutile.

« Je sais, personne ne va payer pour son meurtre, dis-je amèrement. Et Minerve ? Tu en sais quelque chose ? »

Je regardai avec inquiétude le portable de Cassie, posé sur la table de nuit.

La Mexicaine secoua de nouveau la tête.

« Aucune idée. Mon téléphone est presque toujours éteint, même si je ne sais pas vraiment si cela sert à quelque chose. Quand je pense qu'elle pourrait être en train de me voir et m'entendre... »

Elle serra les lèvres en jetant un regard furtif autour d'elle, cherchant peut-être une caméra grâce à laquelle la toute-puissante intelligence artificielle pourrait nous épier.

« Je crains que nous ayons de ses nouvelles tôt ou tard, augurai-je, soupçonnant qu'elle nous surveillait d'une façon ou d'une autre.

— Oui. Il ne nous reste qu'à attendre, en espérant qu'elle ne nous considérera pas comme une menace et nous laissera tranquilles.

— Ou que Max ne cherchera pas à se venger », ajoutai-je en grimaçant : dernièrement, nous nous faisions des ennemis à une vitesse stupéfiante. C'était comme vivre sur Twitter.

« Espérons que non, dit-elle en haussant les épaules. Bien sûr, tu l'as menacé et moi, j'ai coupé les amarres de sa météorite pour la laisser couler ; mais, d'un autre côté, nous lui avons quand même sauvé la vie, à ce pendard. Moi, je crois que nous sommes à égalité. Tu n'auras pas tes cinq millions d'euros, mais il se pourrait au moins qu'il nous fiche la paix. »

Mon moniteur cardiaque sauta un bip à la mention de cette maudite prime.

« À ce sujet..., dis-je en avalant ma salive. Je... je regrette, vraiment. »

La jeune femme me regarda fixement, très sérieuse.

« J'aurai du mal à oublier, je ne vais pas te mentir. » Elle fit une pause, puis ajouta, d'une voix plus indulgente : « Mais je t'ai déjà pardonné, Ulysse. Que celui qui ne s'est jamais trompé te jette la première pierre. Nous merdons tous à un moment ou un autre.

— Mais je…

— Oh, tais-toi ! » me coupa-t-elle.

Et ses lèvres se fondirent avec les miennes en un long et calme baiser, comme une soirée d'été au bord de la mer. Un baiser d'amour, de pardon et de compréhension. Un baiser qui était comme un retour chez soi après un voyage long et difficile.

« J'adore que tu me fasses taire de cette manière », murmurai-je, la bouche tout contre la sienne.

Le coin de ses yeux se plissa lorsqu'elle sourit.

« Je peux être très persuasive, quand je veux.

— Je confirme. Et tant qu'on y est… Pourrais-tu user de cette force de persuasion pour demander qu'on me donne quelque chose à manger ? dis-je en posant la main sur mon ventre. Mon estomac crie famine.

— Tu es toujours tellement romantique, Ulysse, soupira-t-elle.

— Si tu m'apportes un sandwich à l'omelette de pommes de terre et une bière fraîche, je te jure que je serai l'homme le plus romantique du monde. Ou de cet hôpital, au moins.

— L'infirmière m'a prévenue que tu aurais faim en te réveillant, mais elle m'a dit que, tant que tu seras en observation, tu ne peux absorber que des liquides.

— Tu plaisantes.

— J'ai peut-être l'air de plaisanter ?

— Sincèrement, oui.

— Bon, d'accord, oui, avoua-t-elle en réprimant le sourire qui frisait le coin de ses lèvres. Mais c'est vrai, tu ne peux rien manger de solide avant demain.

— Et ça te plaît, hein ? Me voir souffrir d'inanition.

— N'exagère pas. Deux jours à la diète ne font de mal à personne.

— Deux jours ?

— Tu es ici depuis plus de trente heures, Ulysse. Hier, tu as dormi toute la journée. On t'a sorti de l'eau il y a deux nuits. »

C'était assez logique, bien sûr, mais ma tête n'avait pas encore complètement démarré, et découvrir que j'avais perdu une journée entière n'aidait pas à m'éclaircir les idées.

« Bigre, grinçai-je. J'ai manqué autre chose ? L'homme est arrivé sur Mars ? Le FC Barcelona a encore gagné la Champion League ?

— Isaksson m'a informée qu'il semble ne pas y avoir eu de victimes appartenant au patrouilleur marocain. Tout le monde a été secouru et ils sont sains et saufs.

— J'en suis très heureux, dis-je avec soulagement, tout en précisant : enfin, je suis content pour les matelots, mais je n'aurais pas pleuré de chagrin si El Harti avait coulé avec son bateau.

— Si ça peut te consoler, ce qui l'attend pourrait être bien pire, remarqua-t-elle avec un sourire malicieux. La version officielle des Marocains, c'est que le patrouilleur a sombré à cause de la tempête, mais ils savent que la réalité est tout autre, et il est probable que ce salaud d'El Harti devra payer les pots cassés. D'après Timonier, ses supérieurs ont déjà une dent contre lui, alors, il a toutes les chances de finir comme laveur de latrines jusqu'à sa retraite. »

En entendant cela, je ne pus retenir un sourire sardonique.

En d'autres circonstances, je me serais senti coupable d'avoir de la sorte ruiné la vie de quelqu'un, mais, en l'occurrence, ce n'était pas le cas.

J'allais lui demander des nouvelles de J.R. et du reste de son équipe, mais on frappa à la porte de la chambre et, avant que je puisse dire « entrez », le professeur Castillo fit irruption précipitamment, comme s'il craignait que nous soyons partis sans lui.

Il portait en bandoulière une besace en toile et, dans la main droite, un sac de plastique blanc qui paraissait contenir un gros ballon. Le plus étonnant était qu'il était vêtu d'un pull et d'un jean de coupe moderne qui, comparés à sa tenue habituelle, le rajeunissaient de dix ans.

Je me demandai si la géologue italienne, qui apparut à la porte l'instant suivant, avait quelque chose à voir avec ce changement de style.

« Enfin ! Ce n'est pas trop tôt ! » s'écria-t-il en constatant que j'étais réveillé.

Il s'approcha pour me donner l'accolade. Sa voix était affable, mais ses gestes accélérés révélaient qu'il avait la tête ailleurs.

« Content de vous voir, prof. Tout va bien ?

— Bien… Très bien, en réalité », répondit-il, un peu trop joyeusement.

Isabella avait certainement quelque chose à y voir aussi.

« Et toi ? Comment te sens-tu ?

— Comme si j'avais dormi trente heures.

— Ah ! Ah ! Ah ! Je m'en doute bien, dit-il avec un petit rire nerveux.

— Vous êtes fort beau, Eduardo, affirma Cassie. La mode de ce siècle vous va bien. »

Le professeur lissa son pull d'une main timide.

« Euh, oui… Comme nous avons perdu tous nos vêtements, Isabella et moi sommes allés faire des achats, expliqua-t-il en se tournant légèrement vers celle-ci dans une attitude amicale. J'en ai profité pour actualiser un brin ma garde-robe. »

Cassie et moi échangeâmes un coup d'œil complice.

À sa manière de la regarder et à la subtile teinte rose qu'avaient prise ses joues, il paraissait que ses rapports avec la géologue italienne étaient un peu plus que strictement professionnels.

Je fus tenté de chercher à en savoir plus et le mettre mal à l'aise pour m'amuser un moment, mais son agitation et son expression nerveuse me disaient qu'il mourait d'impatience de parler. Il me rappelait une cocotte-minute au moment où son sifflet commence à tourner à toute allure.

« Alors, professeur, Cassie m'a informé que vous vouliez nous dire quelque chose d'*hallucinant ? »*

Il rougit légèrement en m'entendant répéter ce mot, comme si je l'avais surpris en train de voler les serviettes de bain d'un hôtel.

« En effet, confirma-t-il avec un nouveau regard pour l'Italienne. C'est pour cela que nous sommes venus.

— De quoi s'agit-il ? s'enquit Cassandra. Vous avez découvert quelque chose d'intéressant à propos de la sphère ? »

L'expression énervée d'Eduardo fit place à un enthousiasme contenu. On eût cru voir un prestidigitateur sur le point d'exécuter le meilleur tour de sa vie.

« Intéressant ? releva-t-il, mettant en évidence que le mot était faible. C'est bien plus qu'intéressant. En réalité, il ne s'agit pas d'une sphère. De fait… c'est quelque chose qui va changer l'histoire du monde. »

100

Ouvrant sa besace, Eduardo en tira une tablette iPad douze pouces qui paraissait presque une petite télévision et s'assit sur le lit.

« Aïe ! » criai-je.

En s'asseyant, il avait effleuré ma cuisse droite, déclenchant un spasme de douleur qui s'était répercuté jusque dans ma moelle épinière.

« Oh, pardon. Je t'ai fait mal ? s'excusa-t-il, mais sans faire mine de se lever.

— Je vous rappelle que j'ai les côtes cassées et une entaille à la jambe, professeur, grinçai-je entre mes dents.

— Mais, les médecins ne disaient-ils pas que ce n'était pas grave ? demanda-t-il en se tournant vers Cassie avec inquiétude.

— Ne vous occupez pas de lui, professeur, il faut toujours qu'il exagère.

— Exagérer, moi ? protestai-je. Mais j'ai failli mourir !

— Bah, dans quelques semaines tu seras comme neuf, affirma la Mexicaine avec un geste négligent. Arrête de pleurnicher.

— Bon, où en étions-nous ? dit Eduardo, sans plus se préoccuper de mon rictus de souffrance.

— Vous veniez de nous dire que la sphère n'est pas une sphère, lui rappela Cassie.

— Ah, oui. En fait, si, c'en est bien une, si nous parlons strictement physique. Une sphère parfaite. Mais ce n'est pas ce que nous pensions, c'est plus que cela, beaucoup plus, déclara-t-il en une exhalation, comme dépassé.

— Beaucoup plus ? Que voulez-vous dire ?

— Je ferais mieux de vous le montrer », dit-il en ouvrant une application puis en nous tendant l'écran.

Sur un fond noir, on voyait l'image en trois dimensions d'une sphère jaune, sillonnée de lignes irrégulières qui avaient été soulignées en rouge, et quelques points en violet. Cela me fit penser à ces curieuses représentations prises au radiotélescope de planètes trop lointaines pour les télescopes optiques.

« C'est la météorite ? comprit Cassie.

— En effet, confirma Isabella qui avait pris place de l'autre côté du lit. C'est une composition des images micrométriques que nous avons obtenues en la passant au scanner. Cela a demandé de nombreuses heures de travail, mais le résultat a valu la peine, ajouta-t-elle avec fierté.

— Vous vous rappelez ce que je vous ai dit sur l'*Omaruru* ? reprit Eduardo en suivant du doigt les lignes de la sphère. C'est une représentation de la Terre. Si vous regardez bien, vous distinguerez parfaitement les continents. Vous voyez ? »

Je me redressai un peu et me penchai en avant pour mieux voir l'écran où, plus que les voir, on devinait les lignes en question. Mais il fallait quand même un peu d'imagination pour y reconnaître la forme des continents.

« C'est... incroyable... souffla une Cassie stupéfaite. Vous êtes sûrs qu'il n'y a pas eu d'erreur de lecture ?

— Il n'y a aucune erreur, répondit Isabella. Nous avons vérifié trois fois.

— Eh bien, qu'est-ce que vous voulez que je vous dise, si c'est une mappemonde, elle a dû être dessinée par un manchot, avouai-je

— Un manchot ? répéta l'Italienne avec étonnement.

— Je veux dire par là qu'elle donne l'impression d'avoir été tracée de mémoire par un gamin de dix ans. Ça ressemble aux continents, c'est vrai, mais ils ne sont pas très détaillés, ajoutai-je en désignant l'écran. Regardez l'Australie, par exemple : on dirait plutôt une patate.

— Tu le dis sérieusement ? demanda le professeur en fronçant les sourcils avec incrédulité.

— Que c'est une patate ? Bon, une patate douce, si vous préférez.

— C'est une carte de la Terre à l'époque des mammouths, Ulysse ! s'exclama-t-il. Tu es en train de faire la comparaison avec des cartes modernes qui n'ont guère plus de cent ans. Ne te souviens-tu pas de l'Atlas catalan d'Abraham Cresques ? Il date de 1375, et c'était, de loin, le meilleur de son temps ; mais il ne comprend que l'Europe, le Moyen-Orient et le nord de l'Afrique, parce qu'on ne connaissait alors rien d'autre, tout simplement.

— Si, je m'en souviens.

— Eh bien, ici, nous pouvons voir l'Amérique, l'Australie et jusqu'à l'Antarctique ! déclara-t-il en désignant l'écran avec ferveur. Des milliers d'années avant leur prétendue découverte !

— Je vois. Donc, le manque de détail n'est pas important, réalisai-je.

— Exactement ! Cette simple représentation, même imprécise, est complètement inédite.

— Et ce n'est pas tout, intervint Cassie en montrant un point déterminé de la sphère. L'île de Grande-Bretagne est rattachée au continent et l'Australie est unie à la Nouvelle-Guinée. » Elle leva les yeux et ajouta : « Exactement comme cela devait être pendant la dernière glaciation.

— Mais… comment est-ce possible ? demandai-je, éberlué.

— Cela voudrait dire que ce peuple, les Anciens ou quel que soit le nom qu'ils portaient, étaient non seulement arrivés en Amérique comme nous le savions déjà, mais qu'ils avaient parcouru le monde entier des milliers d'années avant que les Égyptiens ou les Sumériens aient seulement commencé à poser de tristes pierres l'une sur l'autre. »

Le professeur hochait la tête, visiblement ravi de nous voir si excités.

« Effectivement, confirma-t-il. Bien que, par malheur, nous n'ayons toujours aucune preuve de cela.

— Pardon ? Et ça, qu'est-ce que c'est ?

— Ce n'est qu'une image, Ulysse.

— L'image d'une météorite interstellaire que nous avons trouvée parmi les vestiges de l'Atlantide ! J'hallucine rien qu'en le disant !

— Oui, cette part est vraie. Mais je te rappelle que la sphère a coulé, nous ne l'avons plus.

— Mais nous savons où elle est, non ? Tout comme l'Atlantide, merde ! Il n'y a qu'à y retourner.

— Avec tout ce qu'il s'est passé, je doute que le gouvernement marocain soit très enclin à permettre que des étrangers aillent fouiner dans les eaux territoriales du détroit. Sans mentionner le fait que nous n'aurions pas l'argent nécessaire à une telle entreprise, et que ce ne serait pas non plus une très bonne idée que l'un de nous s'approche du Maroc avant un bon bout de temps. Car enfin, nous avons coulé un de leurs navires de guerre : certains pays sont assez chatouilleux sur ce genre de détails.

— Bordel ! Donc, vous dites que tout ceci ne sert à rien du tout ? explosai-je en saisissant l'iPad des deux mains. Qu'il va se passer la même chose qu'avec la Cité noire ?

— Je le crains fort, acquiesça-t-il, moins consterné que je ne m'y serais attendu. N'ayant plus la sphère pour prouver nos dires, nous serions accusés d'être des fantaisistes, d'avoir falsifié les preuves... – Il jeta un bref regard à Isabella, comme pour s'excuser – encore une fois.

— Eh merde. C'est injuste, reniflai-je amèrement en me laissant tomber en arrière sur le lit, les yeux fixés au plafond.

— Et vous, professeur ? Pourquoi n'avez-vous pas l'air plus abattu ? s'étonna Cassie. On croirait que vous vous en fichez.

— Oh, je ne m'en fiche aucunement, ma très chère.

— Eh bien, on ne le dirait pas, répliqua-t-elle. Et si ce n'était pas impossible... on pourrait presque croire que vous êtes content. »

Eduardo attendit quelques secondes avant de répondre, assez longtemps pour que je reporte les yeux sur lui et réalise que Cassie avait raison.

« Eh bien... commença-t-il, souriant comme un joueur de poker sur le point de tirer un as de sa manche. Il y a quelque chose que je ne vous ai pas encore dit. »

La fin n'est que le commencement

Cassandra secoua la tête avec incrédulité.

« *No mame*, professeur.

— Ras le bol de vos effets dramatiques ! lançai-je, sourcils froncés. Crachez votre Valda une bonne fois où je vous aide avec le porte-manteau, ajoutai-je en tendant la main vers le support à perfusion d'où pendait ma poche de solution saline.

— D'accord, d'accord... capitula-t-il, les mains levées. Diable, qu'est-ce que vous pouvez être impatients !

— Je vais le tuer, grondai-je en cherchant des yeux le soutien de Cassie et d'Isabella. Je vous jure que je vais le tuer. »

Isabella hocha doucement la tête, comme pour m'approuver, tandis que Cassie jetait au professeur un regard dangereux.

« Vous avez de la chance que je ne sois pas armée, *compadre*. »

Ce dernier secoua la tête d'un air consterné en protestant :

« Vous pourriez quand même laisser un pauvre malheureux jouir d'un moment de gloire ! Enfin... Ce que je ne vous ai pas encore dit, poursuivit-il comme si de rien n'était, c'est que nous avons découvert quelque chose en scannant la sphère. Et cela est peut-être plus extraordinaire encore. » Il fit une pause, mais reprit rapidement en voyant la tête que nous faisions. « Si vous observez avec attention, dit-il en nous montrant de nouveau la tablette, vous pourrez voir ces points de couleur violette placés autour de la sphère. Ils ont cette teinte parce qu'ils sont légèrement plus profonds que les lignes qui dessinent les continents.

— Et que signifient-ils ? »

Le sourire d'Eduardo s'élargit de plus belle.

« Nous l'avons découvert ce matin même », dit-il.

Puis, d'un geste, il céda la parole à Isabella.

L'Italienne s'éclaircit la gorge.

« Au début, dit-elle, nous avons pensé qu'il pouvait s'agir de points d'ancrage, des perforations destinées à fixer la sphère à un socle ou quelque chose dans ce genre. Mais elles ne sont pas complètement équidistantes ; et puis, il ne semblait pas très logique qu'ils aient employé de tels efforts pour polir la météorite jusqu'à en faire une *sfera perfetta* si c'était pour y laisser ces trous. Ils devaient représenter quelque chose de particulièrement significatif.

— Alors, reprit Eduardo qui ne pouvait plus se retenir, Isabella a eu une idée : si les lignes correspondaient aux côtes des continents il y a quinze mille ans, ces points pouvaient eux aussi désigner quelque chose qui existe dans le monde réel.

— Nous sommes donc allés sur Google Earth, poursuivit Isabella tandis qu'Eduardo ouvrait l'application sur l'iPad comme s'ils avaient répété la scène, nous avons entrepris de placer ces points sur le globe terrestre... et, *ecco* ! »

Le professeur retourna la tablette pour nous montrer l'écran où apparaissait la Terre vue de l'espace. Et, au centre de celle-ci, tout près de l'endroit où la mer Rouge rencontre presque la Méditerranée, il y avait l'image d'une punaise.

« Est-ce que c'est... commença Cassie en écarquillant démesurément ses immenses prunelles vertes.

— Le plateau de Gizeh, confirma Eduardo sans la laisser finir sa phrase. Exactement là où se trouvent les pyramides égyptiennes.

— Un des points de la sphère coïncide avec la position des pyramides ? m'étonnai-je.

— Effectivement. »

Cassie clignait des yeux avec incrédulité.

« M... mais... les pyramides sont censées n'avoir que quatre ou cinq mille ans, comment leur emplacement pourrait-il figurer ici ?

— Parce que ceci n'indique pas les pyramides, suggérai-je en me rappelant notre conversation avec l'excentrique égyptologue rencontré à Gizeh. C'est le lieu où les pyramides allaient être construites *plus tard*.

— Très bien, Ulysse, me félicita le professeur. Je me réjouis de voir que tu peux parfois tirer profit de ce neurone que tu as.

— Et les autres points ? s'enquit Cassie, sans me permettre de répliquer.

— Les autres points, les voici, répondit-il en faisant pivoter la Terre du bout du doigt. Celui-ci, au milieu du Sahara, indique le tassili n'Ajjer, un massif montagneux où se trouvent les peintures rupestres les plus mystérieuses de toute l'Afrique.

« — C'est là que sont ces figures anthropomorphiques qui ressemblent à des astronautes, non ? demanda Cassandra.

— En effet, confirma-t-il, avant de faire de nouveau tourner la planète qui s'immobilisa sur le Pérou. Il y a ici deux points relativement proches, dit-il en montrant les deux punaises jaunes, l'une près de la côte et l'autre à la frontière des Andes et de la forêt. Avez-vous deviné lesquels ?

— Je n'arrive pas à y croire ! s'écria Cassie. Ce sont Nazca et le Machu Picchu !

— Très bien, dit le professeur comme l'on félicite un petit chien qui vient de donner la papatte. Poursuivons. »

Eduardo fit tourner la Terre comme un dieu capricieux et l'immobilisa sur un point minuscule au beau milieu de l'océan Pacifique.

Cela ne pouvait être que…

« Ne me dites pas que c'est l'île de Pâques, aventurai-je.

— La seule, la vraie, l'unique, sourit-il, heureux comme un père regardant ses enfants ouvrir leurs cadeaux de Noël. Continuons ! »

Une nouvelle tape de son index nous fit traverser le Pacifique, survoler l'Australie et nous arrêter au-dessus de la forêt cambodgienne, dans le Sud-est asiatique.

« J'ai fait le *backpacker* par là-bas, dis-je en identifiant l'endroit instantanément. C'est Angkor Wat, le plus grand ensemble archéologique de toute l'Asie.

— Effectivement. Et pour finir…, dit-il en interrompant la rotation sur le désert du Pakistan. Qui connaît ceci ?

— Je n'en suis pas sûre, hésita Cassie. Mohenjo-daro, peut-être ? »

Eduardo acquiesça avec satisfaction.

« Ce fut l'une des plus grandes cités du monde à l'époque de la Mésopotamie et de l'Égypte ancienne. »

Il fit une pause pour nous permettre de souffler un peu, avant de demander :

« Qu'en dites-vous ?

— Je trouve ça incroyable, murmurai-je, effaré. Cela signifierait… putain, je ne sais pas ce que ça signifierait. Mais quelque chose d'énorme, c'est sûr.

— J'ai du mal à y croire, avoua Cassie. Je le vois et je sais que c'est vrai… mais j'ai quand même beaucoup de mal à y croire. Si la sphère est aussi ancienne que nous le pensons, et si tous ces lieux si particuliers y figurent, cela voudrait dire que la civilisation humaine est bien plus ancienne que l'on ne croit. Il y a quinze mille ans, il y avait des tribus qui s'abritaient dans des cavernes et chassaient pour survivre. Mais ceci prouve qu'il y avait aussi des cités, des temples, des cultures avancées dans le monde entier.

— Exactement comme maintenant. »

Cassie me jeta un regard interrogateur.

« Réfléchis. De nos jours, nous envoyons des vaisseaux sur Mars ; nous avons Internet, des robots, nous pouvons modifier notre propre ADN… Mais, en même temps, il y a toujours des tribus qui vivent dans des huttes, qui sont vêtues de pagnes et qui subsistent de la chasse et de la cueillette.

— C'est vrai, reconnut l'archéologue.

— Exactement. Le monde ne progresse pas de manière uniforme aujourd'hui, souligna le professeur, mais nous nous entêtons pourtant à croire que c'était le cas il y a dix ou quinze mille ans. Ce que nous avons là est la preuve qu'il n'en était pas ainsi, ajouta-t-il en désignant, sur l'écran de l'iPad, la Terre flottant sur un fond noir piqueté d'étoiles. Que l'histoire de l'humanité telle que nous la connaissons n'a pas commencé il y a cinq ou six mille ans, mais beaucoup, beaucoup plus tôt.

— Vous aviez raison, prof, déclarai-je en m'efforçant d'assimiler toutes ces informations. C'est vraiment hallucinant. »

Il accepta le compliment en acquiesçant silencieusement, d'un hochement de tête lent et approbateur.

« Malheureusement, personne ne nous croira, se lamenta Cassie. Sans la météorite à titre de preuve, ce ne sont que des points sur un écran. Si nous montrons ceci, on dira que nous avons falsifié les résultats du scanner pour que les points coïncident avec ces sites. Sans preuve, on ne nous croira jamais, conclut-elle en cédant au découragement avec un geste vague en direction de l'écran. Le monde ne saura jamais rien de tout ceci. »

Hélas, elle avait raison. Par la faute de Max, nous portions autour du cou un écriteau qui disait « charlatan » et il était absolument impossible que quiconque nous prenne au sérieux.

Bon sang ! Même moi, j'avais du mal à le croire, et je l'avais sous les yeux.

« Cela n'a pas à être forcément le cas, dit soudain Eduardo. Il y a autre chose que nous ne vous avons pas encore montré, et qui pourrait bien être la preuve que nous cherchons.

« Vous êtes sérieux ? Autre chose ? Quoi ? demanda Cassie.

— Vous allez voir. »

Il prit son sac de plastique et en sortit un de ces globes terrestres bon marché que l'on achète aux enfants pour les faire étudier.

« Je l'ai acheté en venant, dans un bazar chinois, expliqua-t-il, mais je crois qu'il servira. »

Ensuite, il sortit du même sac un marqueur noir et, pendant qu'Isabella tenait le globe, il marqua les points où se trouvaient approximativement les lieux indiqués sur la sphère.

« Gizeh, tassili n'Ajjer, Machu Picchu... récita-t-il tout en dessinant. Angkor Wat, et Mohenjo-daro. Je crois que c'est tout, confirma-t-il en vérifiant la situation des points, apparemment satisfait. Et maintenant, faites bien attention », lança-t-il comme un magicien avant son numéro final.

Isabella soutenant toujours le globe terrestre, il traça au feutre une ligne droite qui unissait Gizeh au tassili n'Ajjer.

Puis une autre, du tassili n'Ajjer au Machu Picchu.

De là il alla à Nazca, puis à l'île de Pâques ; de l'île à Angkor Wat, puis à Mohenjo-daro, et finalement, il revint à Gizeh.

Absorbés, Cassie et moi l'observions en essayant de comprendre où notre vieil ami voulait en venir.

Nous n'allions pas tarder à le découvrir.

« Vous le voyez, non ? J'ai tracé une ligne qui relie chacun des lieux indiqués sur la sphère. »

Il leva les yeux sur nous, vérifiant que nous ne perdions aucun détail.

« Maintenant, regardez », ajouta-t-il.

Il démonta le support du globe, ne gardant que la boule qu'il tendit de nouveau à l'Italienne.

Et la magie opéra.

Tandis qu'Isabella soutenait la sphère d'un doigt en haut et un autre en bas, Eduardo se mit à la faire tourner lentement, et là, nous comprîmes.

Tous les points qu'il avait dessinés sur les endroits les plus anciens et emblématiques de l'histoire de l'humanité formaient une ligne absolument droite.

Une ligne qui les reliait tous et encerclait la Terre comme l'Équateur.

« Mon Dieu ! souffla Cassie d'une voix faible. Ce ne peut pas être un hasard... Il est impossible que les gisements archéologiques les plus importants de la planète soient situés sur une ligne parfaitement droite.

— Non, ce ne peut pas être dû au hasard, confirma le professeur. Moi, je l'ai appelée la Ligne ancestrale. La preuve dont nous avions besoin pour démontrer que toutes ces cultures étaient non seulement connectées entre elles, mais aussi qu'elles ont une origine commune que nous ne connaissons pas encore. Une origine oubliée, plus ancienne que les pyramides, que la Cité noire ou même que l'Atlantide. Plus ancienne que tout ce que nous connaissons. ».

Le professeur exhala et se détendit, comme s'il avait craint de mourir avant cette dernière révélation.

« Je crois que nous avons trouvé la clé de l'origine de l'humanité.

— Comment n'avons-nous pas vu cela avant ? » se demanda Cassie.

Prenant le globe terrestre des mains d'Isabella, elle le fit tourner devant elle avec une expression extasiée.

« Comment est-il possible que personne ne se soit rendu compte avant aujourd'hui que ces lieux sont parfaitement alignés ?

— Je suppose que, pour trouver, il faut d'abord chercher, observa philosophiquement le professeur. D'autres l'ont peut-être remarqué avant, mais n'ont pas rendu leur découverte publique de peur d'être tournés en ridicule, qui sait ?

— C'est possible, convint la Mexicaine sans cesser de faire tourner la sphère comme une petite fille enchantée de son nouveau jouet. Mais c'est... c'est tellement incroyable. »

Moi aussi, je regardais, absorbé, ce globe terrestre bon marché, quand un doute effleura mon esprit.

« Ce que je ne comprends pas, dis-je en désignant la boule, c'est pourquoi ces lieux n'ont pas été édifiés suivant la ligne de l'équateur. Celle-ci est inclinée à vingt-cinq ou trente degrés. Pourquoi faire une ligne qui divise la Terre en deux à cet angle ?

— Bonne question, Ulysse, approuva Eduardo. Et la réponse est extrêmement simple.

— Et c'est...

— Isabella, dit le professeur pour l'inviter à répondre.

— *In realtá*, la ligne a effectivement été tracée le long de l'équateur... mais pas l'équateur d'aujourd'hui, déclara l'Italienne en prenant le globe des mains de Cassie. C'est l'équateur d'il y a quinze mille ans.

— L'équateur d'il y a quinze mille ans ? répétai-je, perdu. De quoi parlez-vous ?

— L'axe sur lequel la Terre pivote se déplace avec les siècles. Il y a quinze mille ans, il se trouvait plus ou moins par ici, expliqua-t-elle en posant l'index à l'endroit où la côte ouest du Canada touche la frontière de l'Alaska. Tu vois ?

— Je ne le savais pas, reconnus-je, déconcerté. Alors... cette ligne correspond à l'équateur de la Terre de l'époque ?

— C'est juste, confirma Eduardo. Ils ont tracé *leur* ligne d'équateur, divisant la Terre en deux moitiés égales par une ligne droite perpendiculaire à ce qui en était alors l'axe de rotation. Et c'est sur celle-ci que, des millénaires plus tard, ont été construits Machu Picchu, les Pyramides, et tout le reste. Je suis persuadé qu'il y a, à l'origine, une civilisation inconnue qui – il y a au moins quinze mille ans et pour une raison qui m'échappe – a édifié ces sites particuliers le long de l'équateur d'alors. Par la suite, au cours des millénaires, les hommes oublièrent probablement leur signification originelle et commencèrent à élever des temples sur ces sites, comme si c'étaient des lieux sacrés. Si nous pouvions y réaliser des fouilles, ajouta-t-il avec des yeux brillants d'excitation, nous trouverions les constructions initiales et, avec celles-ci, la trace de cette ancienne civilisation qui s'étendait dans le monde entier il y a plus de quinze mille ans.

— Dix mille ans avant les pyramides…, souffla Cassie, rêveuse. Dans ces endroits, parmi leurs fondations, se trouve peut-être la véritable origine de l'humanité. Une civilisation dont nous ignorons tout, qui se retrouvait sur toute la planète et qui a été à l'origine de toutes les autres. La véritable origine perdue », conclut-elle avec extase.

Elle se tut, étourdie par la portée de ses propres mots.

Moi, je me souvins de José Luis, l'égyptologue rencontré près des pyramides de Gizeh, qui affirmait que celles-ci étaient bien plus anciennes qu'on ne le croyait et que si on creusait dessous, on trouverait des constructions de plus en plus anciennes, jusqu'à l'édification première.

Il avait raison, pensai-je.

Cet homme avait raison, avec sa théorie sur l'origine des pyramides… et il avait fini comme guide touristique pour frappadingues.

Mes yeux se posèrent sur Cassie, sur le professeur, et je décidai que je n'allais pas permettre qu'il leur arrive la même chose. Si nous ne parvenions pas à aller plus loin, à soulever totalement le voile pour que le monde entier en soit témoin, ils risquaient de finir comme notre copain de Gizeh ou par ouvrir une chaîne YouTube pour conspirationnistes.

Je ne le permettrai pas, me répétai-je.

« Et pourquoi ne pas le faire ? demandai-je à voix haute. Pourquoi ne pas nous rendre sur ces sites et y chercher des indices de cette origine perdue ? »

Cassie arqua un sourcil et me regarda comme si j'avais demandé pourquoi les ânes ne volent pas.

« Et bien, parmi de nombreuses autres raisons, parce qu'on ne nous le permettrait pas. C'est tout juste si des universités et des archéologues renommés sont autorisés à effectuer des fouilles dans ces endroits. Alors, si nous nous présentons la bouche en cœur en pensant qu'on nous laissera creuser un trou sous leurs lieux les plus sacrés…

— Et depuis quand demandons-nous la permission pour faire ce genre de chose ? objectai-je.

— Sur ce point, le garçon n'a pas tort », admit le professeur.

Cassie fronça les sourcils, ne sachant trop si je ne me moquais pas d'elle.

« *No mames*, Ulysse. Tu parles sérieusement ?

— Absolument.

— Mais, tu ne disais pas que tu en avais marre de cette vie de nomade ? De chercher des mystères et de nous fourrer dans des problèmes sans aucun bénéfice ? lança-t-elle, sceptique, en croisant les bras.

— J'ai changé d'avis.

— Pourquoi ? »

Là, j'inspirai à fond et, lui prenant la main, je la fixai droit dans les yeux.

« Pour toi, Cassie », déclarai-je, et j'avais été rarement aussi certain de quelque chose. « L'autre nuit, quand je croyais que j'allais mourir en mer, j'ai compris que mon plus cher désir, ce n'est ni l'argent, ni la stabilité, ni aucune autre chose. Tout ce que je veux, c'est être avec toi et jouir de chaque seconde qu'il me reste à vivre, à tes côtés. C'est tout. » J'inspirai de nouveau, et ajoutai : « Alors, si tu peux être heureuse en regardant sous les jupes d'un moaï ou en faisant des trous dans les pyramides, je serai avec toi, toujours. Quoi qu'il arrive. »

Cassie garda le silence un long moment, presque sans respirer, me sembla-t-il.

« Tu le penses vraiment ?

— J'en pense chaque mot, acquiesçai-je gravement. Et je parie qu'il est d'accord, n'est-ce pas, prof ? » ajoutai-je en me tournant vers Eduardo.

Le professeur Castillo eut un sourire d'enfant à qui l'on vient de proposer de s'introduire dans une maison hantée.

« Je ne vois pas de meilleure façon d'employer mes années de retraité. »

Cassie nous regarda l'un et l'autre, comme si elle cherchait à s'assurer que nous ne nous moquions pas d'elle.

« Ce sera difficile, dangereux, et il y a très peu de chance d'obtenir quelque chose, ou d'être pris au sérieux, nous prévint-elle.

— Plus ou moins comme tout ce que nous avons fait jusqu'à présent, non ? dis-je en haussant les épaules.

— Vous êtes sûrs ? insista-t-elle, les yeux étincelant d'excitation à la perspective d'une nouvelle aventure.

— Absolument », confirmai-je, heureux de la voir ainsi.

Le professeur Castillo posa la main sur le globe terrestre.

« Il y a quinze mille ans, au minimum, une civilisation inconnue a posé ces jalons autour de la planète, pour une raison que nous ne pouvons imaginer. Des jalons sur lesquels, des milliers d'années plus tard, on a édifié les pyramides de Gizeh, le Machu Picchu, Angkor Wat, les lignes de Nazca ou les moaïs de l'île de Pâques. »

Il fit une pause pour respirer à fond, et ajouta :

« Je crois que je n'ai pas été aussi sûr de quelque chose de toute ma vie. » Puis, regardant Isabella : « Et toi ? Tu viens ?

— Moi ? s'étonna-t-elle. Venir ? *Ma non sono archeologa* !

— Eh alors, moi non plus, déclara Eduardo en balayant l'objection d'un revers de la main. Et Ulysse non plus. Mais cela n'est qu'un détail. La question, c'est si tu en as envie.

— Je ne sais pas... » Son expression trahissait son complet désarroi. « Il parle sérieusement ? » demanda-t-elle, la main tendue vers Eduardo, posant sur Cassie et moi un regard interrogateur.

La proposition m'avait pris moi aussi au dépourvu, mais, si le professeur Castillo trouvait cela bien, ce n'était pas moi qui irai m'y opposer. Et puis, à dire vrai, la géologue m'était sympathique.

« Bien sûr, pourquoi pas ? répondis-je. Plus on est de fous, plus on rit.

— Ce serait fantastique d'avoir une autre femme dans l'équipe, dit Cassie à son tour avec un clin d'œil. Comme ça, je n'aurais plus à supporter ces deux-là toute seule.

— *Oh, mio Dio...* souffla-t-elle avec un sourire secret. Je sais que c'est une folie... mais, d'accord ! » Elle eut pour le professeur un regard significatif, qui révélait que, ces derniers jours, ils avaient fait un peu plus que travailler. « Je viens !

— Fabuleux ! s'exclama Eduardo, exultant comme un adolescent qu'une fille a accepté d'accompagner au bal.

— Alors, bienvenue », dit Cassie, pour ajouter timidement, après un instant : « Et maintenant... je vous demande pardon à tous les deux, mais... Vous pourriez me rendre un petit service ?

— Bien sûr, dis-moi.

— Vous voulez bien aller faire un tour sur la plage ?

— Faire un tour sur la plage ? répéta Eduardo, décontenancé. Mais il fait un froid de canard !

— Ou faire des courses, ou ce que vous voudrez, répondit Cassie avec un geste vers la porte. J'ai besoin d'être seule avec Ulysse pour nous occuper d'un sujet.

— Un sujet ? Quel sujet ? »

Il fallut un léger coup de coude d'Isabella pour que mon vieil ami réalise.

« Oh, bien sûr, pardon, rougit-il. Je vous laisse pour que... hum... pour que vous vous donniez des nouvelles. »

Troublé, il se racla la gorge et se leva.

« Merci, professeur. »

Abandonnant tout leur barda, Isabella et lui sortirent en hâte de la chambre, non sans, avant de fermer la porte sur eux, qu'Eduardo ne m'adresse un clin d'œil complice.

« Amusez-vous bien. »

Et il ferma avec un léger clic.

« On fera ce qu'on pourra », répondis-je à la porte.

Cassie alla tourner le verrou de la poignée, s'assurant que nous ne serions dérangés par personne.

« On fera ce qu'on pourra ? répéta-t-elle, les poings sur les hanches.

— C'est que... je suis convalescent...

— Ce n'est pas un problème », rétorqua-t-elle, insinuante, en s'approchant avec lenteur avant de grimper sur le lit comme une chatte.

Ma blessure à la jambe et mes côtes brisées protestèrent douloureusement, mais cela m'était égal, car le sourire mutin qui voletait sur ses lèvres portait en lui bien des promesses. Un sourire pour lequel cela valait la peine de vivre, et même de mourir s'il le fallait.

« Tu es sûre que c'est une bonne idée, demandai-je tandis qu'elle ôtait son pull, en lui montrant le tube de la perfusion toujours planté au dos de ma main gauche.

— Bien sûr que non, chuchota-t-elle en se penchant doucement pour effleurer sa bouche de la mienne. Mais... qu'est-ce qui te fait croire que tu as l'exclusivité des mauvaises idées ? »

NOTE DE L'AUTEUR

Cher ami ou amie, après m'avoir accompagné au long de ce roman, et peut-être dans des livres précédents, vous n'êtes plus pour moi un simple lecteur, mais un compagnon de route. À ce stade, Ulysse, Cassie et Eduardo sont vos amis autant que les miens, et je parle également en leur nom en affirmant que c'est un plaisir et un honneur que vous nous ayez suivis cette fois encore.

Si ce roman vous a plu, j'aimerais, avant de nous séparer, vous demander d'avoir la gentillesse de vous rendre sur la page d'Amazon où vous avez acheté ce livre et d'y rédiger votre avis, même brièvement. C'est très important pour moi, car, en tant qu'auteur indépendant, le bouche-à-oreille est le seul moyen que j'aie de toucher de nouveaux lecteurs.

En remerciement pour avoir écrit une opinion, vous pouvez, si vous le souhaitez, m'envoyer un mail à gamboaescritor@gmail.com et je vous ferai parvenir un court supplément intitulé LA LIGNE ANCESTRALE qui explique et illustre la théorie exposée par le professeur Castillo et Isabella au dernier chapitre de ce livre.

Et avant que vous ne vous embarquiez dans une nouvelle aventure, je vous invite à vous inscrire à ma newsletter. Cela vous permettra d'être parmi les premiers à être mis au courant de mon prochain roman, d'avoir des informations exclusives sur les séries et les films inspirés de mes livres, de recevoir du contenu extra comme des nouvelles et des récits inédits. Vous serez également informé quand mes livres seront en promotion sur Amazon et autres sites. Cela gratuitement, bien entendu.

Ah, et il n'est évidemment pas question de *spam* ni de partager votre adresse avec des tiers. Ceci est juste entre vous et moi. Vous ne recevrez que quelques emails de ma part, et peu fréquemment.

Si vous êtes intéressé, scannez ce code QR avec votre téléphone.

J'espère ne pas avoir à trop vous faire attendre la publication d'une nouvelle aventure de nos amis, où sera peut-être dévoilée l'origine primordiale de la civilisation humaine. En attendant, un autre de mes romans vous plairait certainement.

Merci de m'avoir lu, et à bientôt pour la prochaine aventure. Amicalement,

FERNANDO GAMBOA

Autres romans de FERNANDO GAMBOA

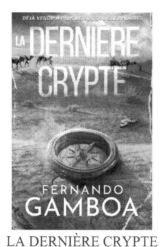

LA DERNIÈRE CRYPTE
Le roman d'aventures numéro 1 sur Amazon

LA DERNIÈRE CITÉ PERDUE
La suite trépidante de La Dernière crypte.

GUINEA

Plus qu'une aventure.
Un thriller comme vous n'en avez jamais lu.

Printed in Poland
by Amazon Fulfillment
Poland Sp. z o.o., Wrocław

25163485R00396